READER'S DIGEST
AUSWAHLBÜCHER

D1828584

Die Kurzfassungen in diesem Buch erscheinen
mit Genehmigung der Autoren und Verleger
© 2008 Reader's Digest
– Deutschland, Schweiz, Österreich –
Verlag Das Beste GmbH,
Stuttgart, Zürich, Wien
Alle Rechte, insbesondere das der Übersetzung, Verfilmung
und Funkbearbeitung, im In- und Ausland vorbehalten
4085 (280)
Printed in Germany
ISBN: 978-3-89915-479-5

www.readersdigest.de

READER'S DIGEST AUSWAHLBÜCHER

Reader's Digest
DEUTSCHLAND · SCHWEIZ · ÖSTERREICH

INHALT

Seite 6

Für eine Reportage über illegalen Walfang begleitet die Journalistin India Kane ein *Greenpeace*-Schiff ins Südpolarmeer. Als es in den eisigen Gewässern zu einer unglückseligen Kollision kommt, sind sechs Opfer zu beklagen, darunter ein guter Freund Indias. Zurück in Australien, setzt sie auf der Jagd nach Gerechtigkeit alles daran, das flüchtige Unfallschiff zu finden – und gerät in einen Sumpf aus Skrupellosigkeit und Gier, der sie zu verschlingen droht.

Seite 178

Es soll ein entspannter Arbeitsurlaub werden: Die 45-jährige Christine will für ein paar Tage nach Norderney, um ihrer Freundin Marleen bei der Renovierung ihrer Kneipe zu helfen. Doch dann wird Christine von ihrer Mutter dazu verdonnert, ihren Vater mit in den Urlaub zu nehmen. Damit sind für die Sommertage auf der Ferieninsel jede Menge amüsanter Verwicklungen garantiert – einschließlich der Jagd nach einem Heiratsschwindler.

Seite 302

Dafydd Woodruff führt ein ruhiges Leben als Arzt in Wales. Das einzige Problem für ihn und seine Frau ist der unerfüllte Wunsch nach einem Kind. Da erhält Dafydd einen Brief aus Kanada, der wie eine Bombe einschlägt: die 13-jährige Miranda teilt ihm mit, er sei ihr Vater. Ein Betrugsmanöver, ein Erpressungsversuch? Denn Dafydd ist sicher, dass er einst bei seinem Aufenthalt in der kanadischen Wildnis nie mit Mirandas Mutter geschlafen hat.

Seite 458

Gibt es die wahre Liebe, die allen Widrigkeiten trotzt? John ist überzeugt, dass seine Beziehung zu Savannah hält, auch wenn er als Soldat jahrelang ins Ausland muss. Umso erschütterter ist er, als er ihren Abschiedsbrief empfängt – der ihn vor die schwerste Entscheidung seines Lebens stellt.

Der Fluch
des
Aborigine
Caroline Carver

Seit einiger Zeit suchen mysteriöse Krankheiten und Todesfälle einen kleinen Ort an der australischen Küste heim. Tragischer Zufall, meinen die einen. Doch andere fürchten sich, denn die Siedlung wurde auf heiligem Land der Ureinwohner erbaut. Und Donnergott Jambuwal, so heißt es, fordere nun seinen Tribut.

Prolog

Er traute seinen Augen nicht. Direkt vor der Baustelle saß Albert Jimbuku an einen Schaufelbagger gelehnt. Sein Gesicht war mit weißem Lehm beschmiert, sein nackter Oberkörper mit Mustern aus weißen und gelben Punkten und Strichen bemalt. Er hatte ein totes Kaninchen aufgeschlitzt und die Innereien hervorgeholt. Dabei sang er disharmonische Klagelaute. Die Menschen vor sich schien er nicht zu bemerken – Männer, die Overalls und Helme trugen, sowie Maisie Wilson und ihre Tochter, die für die Verpflegung auf der Baustelle zuständig waren. Es waren ungefähr zwanzig Personen, denen allesamt vor Staunen der Mund offen stand.

Albert warf die Kanincheninnereien zu Boden. Eine Brise wirbelte den Staub vor den großen, schmutzigen Füßen des Aborigines auf. Im nächsten Augenblick traf der Gestank des Kadavers Bobby wie ein Faustschlag.

„Mein Gott, Albert!“ Er rannte auf den Ureinwohner zu. „Was tust du da? Ist dir nicht klar, dass Jack jede Minute hier sein wird?“

Der Aborigine hörte abrupt auf zu singen und blieb stumm sitzen.

Es war ein frostig kalter Tag im August, Australiens Winter, und obwohl die Sonne schien und der Himmel sich strahlend blau bis zum Meer am Horizont wölbte, fühlte sich Bobby, als habe er einen Eiszapfen im Gesicht. Ihm tränten die Augen, und seine Nase lief. Am liebsten wäre er zu Maisies Imbisswagen gegangen und hätte sich einen Becher Kaffee zum Aufwärmen geholt, aber er wusste, dass das jetzt nicht infrage kam. Nicht bevor er Albert weggeschafft hatte.

„Komm schon“, drängte er ihn. „Wenn Jack dich hier sieht, dreht er durch. Er liegt deinetwegen schon jetzt Monate hinter dem Zeitplan.“

„Das ist mein Land“, erwiderte Albert. Der tiefe Bariton seiner Stimme drang mühelos zu den wartenden Arbeitern hinüber. „Ihr dürft eure verdammten Häuser hier nicht bauen.“

„Doch, das dürfen wir!“, schrie Laurie Harris, Jacks Vorarbeiter.

Ein paar Leute fingen an zu lachen, hörten aber auf, als Albert Anstalten machte aufzustehen. Trotz des wabbelnden Bauchs über dem Bund seiner Jeans bot er mit seinen 1,93 Metern einen imposanten Anblick. Seine Oberschenkel waren so massiv wie Bahnschwellen, und seine Hände hatten die Größe von Baggerschaufeln. Durch den gespenstisch wirkenden Lehm in seinem Gesicht wirkte er nicht wie ein sanfter Riese, sondern ausgesprochen bedrohlich. „Dieser Ort ist heilig. Diese Quellen sind heilig. Und ihr zerstört, was mein Geburtsrecht ist –"

„Quatsch!", schrie Laurie. „Du bist genauso wenig der rechtmäßige Eigentümer dieses Landes wie Crocodile Dundee."

Warum bin ich bloß heute Morgen hergekommen?, fragte sich Bobby. Eigentlich wollte ich nur sehen, wie weit die Bauarbeiten vorangeschritten sind, und jetzt stehe ich hier zwischen den Leuten, die einfach nur ihrer Arbeit nachgehen wollen, um am Ende der Woche ihren Lohn zu bekommen, und diesem riesigen angemalten Aborigine mit Kakadufedern im Haar.

„Albert", flehte er, „denk doch mal nach. Du hast keine Chance. Was, wenn die Polizei auftaucht? Oder der Stadtrat?"

„Die sind alle geschmiert", erwiderte der Ureinwohner schmallippig. „Jeder hier weiß, wozu deine Familie imstande ist. Ihr kauft euch doch überall ein, wenn ihr das wollt, und es interessiert euch nicht, was ihr für ein Chaos hinterlasst. Du hast hier nichts zu suchen, Kumpel."

„Du aber ebenso wenig. Hast du die einstweilige Verfügung vergessen?"

„Es ist mein angestammtes Recht, hier zu sein."

Ungläubig blickte Bobby ihn an. „Es ist dein angestammtes Recht, unsere Bagger zu ruinieren, Zucker in die Tanks zu streuen und die Baustelle mit roter Farbe vollzusprühen?"

Einen Moment lang herrschte Stille, dann wandte sich Albert den Leuten zu. „Die Quellen gehören zu unserer Traumzeit. Wir sind mit ihnen durch die Geister verbunden …"

Als er wieder mit seiner Litanei anfing, die er schon die letzten sechs Monate ständig heruntergeleiert hatte, spürte Bobby, wie sich Panik in seinem Bauch breitmachte. Eher würde es ihm gelingen, mit bloßen Händen einen Bagger zur Seite zu rücken, als Albert zu stoppen, wenn dieser erst einmal in Fahrt gekommen war. In seiner Verzweiflung rief er einen Cousin an, der bei der Polizei in Perth tätig war, und bat ihn, so rasch wie möglich jemanden vorbeizuschicken, der Albert hier wegschaffte, bevor Jack eintraf. „Kein Problem", meinte der Cousin, „Kuteli ist ganz in der Nähe. Gib ihm zwanzig Minuten, um zu euch zu kommen."

„Vor sehr langer Zeit", erzählte Albert unterdessen den Leuten, „hat ein großer Held an dieser Stelle seinen Sohn bei der Jagd verloren, und in seiner Trauer vergoss er Tränen. Als diese auf den Boden fielen, entsprang eine Süßwasserquelle, die mich und mein Volk über Generationen hinweg versorgte. Diese Quellen sind heilig. Dies ist mein Zuhause –"

„So ein Schwachsinn!", unterbrach ihn Maisie entschlossen. „Wie alle anderen auch hast du ein Haus in der Stadt. Du willst einfach nur Ärger machen, sonst nichts."

„Ich will nur haben, was mir gehört", beharrte Albert. „Früher haben wir an diesem Ort wichtige Zeremonien gefeiert. Heilige, geheime Rituale, mehrere Male im Jahr. Ich muss mein Erbe beschützen."

„Warum haust du nicht endlich ab, damit wir mit unserer Arbeit weitermachen können?", schrie ein Mann aus der hinteren Reihe.

„Hör mal, Albert", raunte Bobby ihm beschwörend zu, „was hältst du davon, wenn du jetzt einfach nach Hause fährst, dir das Zeug aus dem Gesicht wäschst und wir uns später auf ein Bier in der Kneipe treffen? Wir kriegen das irgendwie hin, mach dir keine Sorgen." Er klopfte sich auf die hintere Hosentasche, in der sein Portemonnaie steckte.

„Ich lasse mich nicht wie die anderen kaufen!", rief Albert für alle hörbar aus, und Bobby errötete. „Hier geht es nicht um Geld, sondern um die Ahnen. Hört gut zu, ihr Weißen, wenn ihr mit den Bauarbeiten aufhört, wird alles wieder gut."

Einen Moment lang war Bobby fassungslos. „*Drohst* du uns etwa?"

Der Aborigine blickte ihn an. „Hört auf, dieses Land zu verwüsten."

„Oder du wirst was tun?"

Albert deutete auf das traurige Fellbündel zu seinen Füßen. „Ich wollte es nicht so weit kommen lassen."

Bobbys Mund wurde trocken wie ein Wasserloch zur Dürrezeit, als ein Landcruiser hinter den Leuten zum Stehen kann. „Mist, Jack ist da!"

Albert gab nicht zu erkennen, dass er verstanden hatte. „Ich habe mit einem Zauberer gesprochen, einem Medizinmann. Er hat mir gesagt, dass ich das tun soll. Dieses Land wird sich gegen all die Weißen richten, die hierherkommen, um auf unserem geweihten Boden zu leben."

Der kühle Wind blies plötzlich heftiger, ein leerer Plastikbecher schepperte über den Boden, und eine winzige Windhose hatte sich am Eingang der Baustelle gebildet. Die Leute waren plötzlich verstummt.

„Spürt ihr, dass der Wind mich verstanden hat?", fragte der Aborigine ruhig. „Es hat begonnen. Jambuwal, der Herrscher des Donners, ist auf dem Weg."

Unruhe breitete sich unter den Menschen aus; sie blickten nach hinten zum Horizont, wo schwarze Wolken auftauchten.

„Um Himmels willen, Albert“, zischte Bobby, „du weißt doch, wie Jack ist. Geh nach Hause!“

Zu seinem maßlosen Entsetzen sah er, wie sich die Augen seines Gegenübers mit Tränen füllten. „Zu spät. Jambuwals Zorn ist geweckt.“

Voller Würde machte Albert einen Schritt über das tote Kaninchen hinweg und schickte sich an, das Baugelände zu verlassen. Seine letzten Worte waren nur ein Raunen gegen den aufkommenden Wind, aber Bobby hörte sie trotzdem.

„Jambuwal wird sich rächen.“

1

Zum ersten Mal seit einer Woche war India wieder an Deck. Der heulende Südwind hatte sich endlich gelegt, und die Sonne war hervorgekommen und spiegelte sich grell im grünen Ozean. Während sie der Crew half, das Deck der *Sundancer* vom Bug bis achtern zu schrubben, summte sie vor sich hin, froh darüber, endlich wieder im Freien zu sein.

Sie unterbrach ihre Arbeit für einen Moment und schaute einem Albatros zu, der über dem Kielwasser schwebte. Fünfhundert Kilometer von der Antarktis entfernt war die Luft beißend kalt. Der Gedanke, dass zu Hause gerade alle unter der Hitze des australischen Sommers litten, kam India seltsam vor. Nur war jetzt im Januar die beste Zeit, um in die Weiten des Südpolarmeeres zu reisen und dabei auf nicht allzu viele Eisberge zu stoßen. Sie hatte gedacht, dass sie besseres Wetter haben würden, aber bislang war die Reise recht anstrengend gewesen. Zum Glück wurde sie nicht seekrank, sonst wären die letzten vier Wochen unerträglich gewesen.

Der Albatros schwenkte nach steuerbord ab, und in diesem Moment entdeckte India einen kleinen Fleck am Horizont. Ihr Fernglas bestätigte, dass es sich um ein anderes Schiff handelte. Vor Aufregung fingen ihre Nerven zu vibrieren an. Es konnte kein Handelsschiff sein, da die üblichen Routen von Fremantle, der nahe der südwestaustralischen Metropole Perth gelegenen Hafenstadt, nach Kapstadt in Südafrika viel weiter nördlich verliefen. War es ein Versorgungsschiff, das die Forschungsstationen in diesem Gebiet anpeilte? Es gab nur einen Weg, dies herauszufinden.

India eilte zur Brücke, wo schon etliche Crewmitglieder versammelt waren: der Expeditionsleiter Cuan, der Kapitän der *Sundancer* und Ned, der Erste Offizier. Sie alle beobachteten angespannt den Fleck am Horizont.

India hoffte, dass sie Glück hätten. Sie berichtete ihrem Chefredakteur beim *Sydney Morning Herald* täglich über die Aktivitäten an Bord des *Greenpeace*-Schiffes – die tägliche Routine, das Knotenschlagen und Tausplissen – und hatte die Nase gestrichen voll, sich ständig Neues auszudenken, um die Leser bei der Stange zu halten. Stattdessen wollte sie endlich Beweise dafür haben, dass die japanische Fangflotte illegal in dem für Walfang gesperrten Gebiet des südlichen Polarmeeres auf Jagd ging, und sie wollte diese Beweise veröffentlicht sehen. Doch letzte Nacht war ihr unvermittelt der Gedanke gekommen, dass sie mit leeren Händen nach Hause zurückkehren könnte. Wie sie es hasste, zu versagen! Und wie naiv sie gewesen war! Ihr war nicht klar gewesen, dass das Walfanggebiet zweieinhalbmal so groß wie ganz Australien war – und sie waren nur ein Schiff, das einen Verband von fünf anderen Schiffen suchte. In der Hoffnung, dass die Strecken sich nicht veränderten, hatte das Greenpeace-Team seine Berechnungen aufgrund der alten Walfängerrouten durchgeführt, aber man hätte ebenso gut nach der berühmten Stecknadel im Heuhaufen suchen können.

Mit dem Fernglas suchte India sorgfältig den Horizont ab. Das Meer war für antarktische Verhältnisse relativ ruhig, der Wind wehte mäßig. Nach etwa fünf Minuten entdeckte sie einen weiteren Fleck steuerbord, der in gleichbleibender Entfernung dem ersten nachfuhr.

„Da!“, rief Katy, die neben ihr stand.

„Ja!“, schrie Ned entzückt. „Wir kriegen die Mistkerle doch noch!“

India brach in Gelächter aus. Neds Enthusiasmus war heute noch genauso ansteckend wie vor acht Jahren, als sie ihn kennen gelernt hatte. Und wahrscheinlich war das auch der Grund dafür, dass sie auf diesem Schiff mitten im Nirgendwo bislang noch nicht durchgedreht war. Ned war ihr Elixier, ihr Freund und Vertrauter, und ohne ihn hätte es bei all der erzwungenen Untätigkeit kaum eine Stunde gedauert, bis sie in einen Streit mit der Crew verwickelt gewesen wäre. Er grinste sie zufrieden an, während der Kapitän ins Ruder griff und die *Sundancer* in Richtung der japanischen Schiffe lenkte.

„Ach herrje!“, stöhnte Ned kurze Zeit später, das Fernglas noch immer vor Augen. „Schlechte Neuigkeiten. Es ist die *Kagoshima Maru*, das Fabrikschiff der Japaner. Und seit unserer letzten Begegnung hat sie ein paar verdammt große Wasserkanonen am Heck dazubekommen." Er seufzte. „Ich frage mich, für wen die bestimmt sind."

Ihnen wurde klar, dass das Fabrikschiff die *Sundancer* entdeckt haben musste, als es plötzlich beschleunigte und rasch in die entgegengesetzte Richtung davonfuhr. Mit Neds Erlaubnis rief India das Schiff über Funk: „Wenn wir es nicht besser wüssten, würden wir glatt denken, dass ihr vor uns wegrennt. Habt ihr was zu verbergen? Wir wissen, dass ihr bloß Walforschung betreibt, wir würden nur gern eure Quote erfahren."

Das Empfangsgerät blieb stumm, während die *Sundancer* die Verfolgung aufnahm. Das sei die übliche Reaktion, meinte Ned. Fänger, Fabrikschiffe und Kundschafter würden fliehen, sobald sie ein Greenpeace-Schiff entdeckten.

„Könntet ihr bitte etwas langsamer machen?", fragte India lachend über Funk bei den Japanern an. „Wir kommen nicht nach!"

Zu ihrer großen Überraschung antwortete das Fabrikschiff. „Holt größer Motor für euer Boot", erwiderte ein Mann mit starkem Akzent.

„Okay, wir werden den entsprechenden Antrag stellen", gab India postwendend zurück. „An welchen Motor haben Sie gedacht?"

„Besser noch größer Boot."

„Nächstes Mal kommen wir mit der *Queen Elizabeth 2*", versetzte India lachend. „Wie hört sich das an?"

„Ah, gut. Könnt ihr heiß baden, während ihr uns jagt. Aber danach euch warm anzieht", kam es von dem Walfänger, bevor die Verbindung unterbrochen wurde.

Um sieben Uhr abends passierte die *Kagoshima Maru* sechzig Grad Süd, den nördlichsten Punkt des Fanggebiets der Flotte, und fuhr auf gleichem Kurs weiter. Überraschenderweise schlugen auch zwei Fänger diesen Kurs ein.

„Ich glaube es nicht", staunte Ned. „Sieht so aus, als würden sie nach Hause fahren."

„Haben wir sie etwa vertrieben?"

„Da bin ich mir nicht so sicher", erwiderte er stirnrunzelnd. „Ich frage mich, ob sie uns auf nördlichen Kurs locken wollen, um dann wieder schnurstracks hierher zurückzukehren."

Ned, Cuan und der Kapitän diskutierten heftig, was als Nächstes zu tun sei. India und Katy überließen die Männer sich selbst, als ihnen der köstliche Geruch von Pizza in die Nase stieg, und machten sich auf den Weg in die Messe.

Als sich India fünf Minuten vor Mitternacht auf der Brücke meldete, stellte sie fest, dass Cuan die Jagd gen Norden aufgegeben hatte und die *Sundancer* wieder Richtung Süden steuerte.

„Das hier ist nichts anderes als ein Katz-und-Maus-Spiel", verkündete der Expeditionsleiter gähnend. „Wir haben nirgendwo den Kundschafter gesehen, und ich wette, dass die *Kagoshima* und die anderen beiden auf schnellstem Weg zu ihm stoßen wollen."

India zog die Seekarte zu sich heran und warf einen Blick darauf. Sie befanden sich weiter nördlich, als sie angenommen hatte. Das nächste Festland war die kahle Küste von Heard Island, die ungefähr neunhundert Kilometer entfernt lag und höchstwahrscheinlich von nichts anderem als Robben, Seevögeln und Goldschopfpinguinen bevölkert war.

Ned hatte sich auf dem gepolsterten Stuhl am Steuerruder niedergelassen und starrte nach draußen. Obwohl es mitten in der Nacht war, nahm man am Himmel noch immer einen Streifen Licht wahr. Aufgrund dichten Nebels war aber wenig zu erkennen. Wenigstens ist die See ruhig, dachte India, so werden alle heute Nacht gut schlafen können.

Cuan gähnte noch einmal und verließ mit einem Winken die Brücke. India goss sich eine Tasse starken schwarzen Kaffee aus Neds Thermoskanne ein, bevor sie sich neben ihn setzte. Da immer ein Schiffsoffizier und ein Matrose Wache halten mussten, hatte sie jede Menge Training hinter sich gebracht, um sich an Bord nützlich machen zu können. Ihre Schicht ging von Mitternacht bis vier Uhr früh. Während sie an ihrem Kaffee nippten, unterhielten sich die beiden über die Ereignisse des Tages. India bemerkte, dass Ned nicht besonders gut aussah, und fragte sich, ob er eine Grippe ausbrütete. Ihr gefielen weder der dünne Schweißfilm auf seinem Gesicht noch seine leicht rasselnden Atemzüge. Sie fragte ihn, ob er seine Wache nicht an jemand anderen übergeben wolle.

„Ich bin nicht richtig krank", erwiderte er indigniert. „Es ist nur ein Schnupfen oder so. Außerdem möchte ich das hier im Auge behalten." Er deutete auf einen Punkt auf dem Radarschirm, der sich ungefähr acht Seemeilen südlich von ihnen befand und direkt auf sie zusteuerte.

India runzelte die Stirn. „Der Kundschafter?"

„Könnte sein, aber ich nehme an, dass es ein weiterer Fänger ist, der uns glauben machen will, sie hätten aufgegeben. Es ist nur ein Trick." Ned versuchte, das Schiff auf Kanal 16, dem allgemeinen Notrufkanal, zu kontaktieren, aber es kam keine Antwort. „Wird wohl zur Jagdflotte gehören", meinte er schulterzuckend. „Sonst hätten sie geantwortet."

Ihr Gespräch wandte sich dem Thema Zuhause zu. India erzählte ein wenig von Mikey und Polly und Ned eine Menge von Ellie. Wie sehr er sie vermisse. Welche Pläne er für zweite Flitterwochen habe, die er irgendwann einmal mit ihr verbringen wolle. Und welcher Name ihm für das Baby gefalle.

„Albert?", fragte India entsetzt. „Du kannst den armen Kleinen unmöglich Albert nennen!"

Ein wenig verärgert blickte Ned sie an. „Das findet Ellie auch."

„Warum bloß Albert, um Himmels willen?"

„So heißt der Typ, der damals gegen das Bauprojekt in Jimbuku Bay protestiert hat. Seine Vorfahren haben die Quellen über Generationen hinweg genutzt, und er hat versucht, sie zu retten." Sein Gesicht nahm einen verlorenen Ausdruck an. „Ich dachte mir, wenn wir das Baby nach Albert benennen, werden alle beschützt."

„Was meinst du damit?"

Doch Ned blieb stumm, während sie den unnatürlichen Glanz auf seinem Gesicht betrachtete. Dann sah er auf die Uhr. „Zeit für deine Runde."

Er wollte sie loswerden, aber das nahm sie ihm nicht übel. Ihr blieben schließlich noch vier Wochen, um herauszufinden, was in ihm vorging. Bevor sie die Brücke verließ, warf sie einen letzten Blick auf den Radarschirm und stellte fest, dass sich der Punkt immer noch näherte.

„Ja, ich ändere den Kurs gleich." Ned warf ihr ein knappes Grinsen zu. „Sie werden schon nicht auf Schmusekurs kommen. Und jetzt ab mit dir."

Zuerst überprüfte India die Kombüse und berührte sämtliche Herdplatten, um sicherzugehen, dass sie ausgeschaltet waren. Dann folgten die Waschküche und der Maschinenraum, wo sie nach Öllecks und möglichen Feuerquellen Ausschau hielt. Zum Schluss sah sie an Deck nach, ob der Helikopter sowie das Schlauchboot und die aufblasbaren Rettungsinseln festgezurrt waren. Alles in bester Ordnung. Sie beschloss, sich noch eine kurze Pause zu gönnen, bevor sie für sich und Ned etwas Suppe aufwärmte. Mit der Hüfte an die Reling gelehnt, blickte sie auf den grünlich schimmernden Nebel. Die Sichtweite lag unter fünfzig Metern.

Irgendwo aus dem Nichts glaubte sie ein schwaches Dröhnen zu hören. Sie neigte den Kopf zur Seite und lauschte angestrengt. Es konnte sich kaum um das Schiff handeln, das sie auf dem Radar gesehen hatten, nicht wenn Ned den Kurs geändert hatte.

Sie blickte auf ihre Uhr. Halb drei. Das hieß, in Sydney war es jetzt halb sechs. Mikey und Polly würden noch tief und fest schlafen. In Gedanken schickte sie beiden einen Kuss.

Sie wollte gerade gehen, als sie merkte, wie das Dröhnen lauter wurde. Definitiv ein Schiff! Ihr Blick glitt suchend über die Wellen. Sie konnte kein Schiff ausmachen, aber das pulsierende Dröhnen wurde stärker. Entsetzt begriff sie, dass das Schiff unaufhaltsam auf sie zukam.

India rannte zur Brücke. Adrenalin schoss ihr durch die Adern. Sie lief weiter auf die Brücke zu und rief: „Ned, da draußen ist ein … O Gütiger!"

Ned lag bewusstlos am Boden. India machte einen Satz zum Radarschirm hinüber. Es gab zwei Signale. Aber während sich das eine ungefähr eine halbe Meile von ihnen entfernt kontinuierlich Richtung Süden bewegte, näherte sich das andere beängstigend schnell ihrer Steuerbordseite.

Sie warf einen Blick durchs Fenster. Nichts als Nebel. Aber das Radar sagte ihr deutlich, dass sich ein Schiff auf Kollisionskurs mit ihnen befand. Sie drückte auf den Feueralarmknopf, und augenblicklich gingen die Sirenen los.

Hoffentlich kommt Cuan gleich her, er wird wissen, was zu tun ist … Das Nebelhorn, du Idiotin, los, drück auf das Nebelhorn …

Während auch das Nebelhorn losheulte, fummelte India an den Knöpfen der Funkstation herum. Sie rief das andere Schiff auf Kanal 16. Mit panischer Stimme schrie sie: „Hier ist die *Sundancer*, wir sind auf Kollisionskurs, bitte korrigieren Sie nach steuerbord … nach STEUERBORD!"

Keine Antwort. Da die *Sundancer* das Schiff war, das nach den Seeregeln den Zusammenstoß zu vermeiden hatte, riss India das Ruder sofort nach steuerbord herum. Sie hoffte verzweifelt, dass dieser neue Kurs sie am Heck des anderen Schiffes vorbeiführen würde, sofern dieses das gleiche Manöver ausführte. Gleich darauf hörte sie Rufe, als die Crew zu ihren Notfallposten rannte. Und plötzlich waren Cuan und Katy neben ihr, barfuß und mit Ölzeug über ihren Pyjamas.

„Was ist mit Ned passiert?", keuchte Katy.

„O Gott", sagte Cuan tonlos, und zur gleichen Zeit machte India eine dunkle Silhouette steuerbord aus. Ein riesiges Schiff tauchte aus dem Nebel auf und steuerte direkt auf sie zu. Ohne Lichter, wie India auffiel.

„Macht das Schlauchboot und die Rettungsinseln klar!", schrie Cuan in die Bordlautsprecheranlage. Dann wirbelte er auf dem Absatz herum. „Ihr beide – *raus*!"

India rannte hinter Katy die metallene Wendeltreppe hinab. Unten schnappte sie sich im Vorbeilaufen zwei Schwimmwesten. Sie streifte sich eine davon über und zog die Gurte fest, während sie durch die Messe hastete. Als sie auf dem Backborddeck ankam, sah sie, dass man bereits das

Schlauchboot und eine Rettungsinsel zu Wasser ließ. In einem entfernten Winkel ihres Gehirns registrierte sie, dass die Maschinen der *Sundancer* gestoppt worden waren. Die Crewmitglieder schrien einander Anweisungen zu, während das Nebelhorn immer noch plärrte. Mit leichenblassem Gesicht starrte Katy auf einen Punkt hinter India. Diese drehte sich um und sah den riesigen weißen Rumpf eines Containerschiffs voller Rostspuren, der auf sie zupflügte und den Himmel und das Meer ausfüllte. Ihnen blieben nur noch wenige Sekunden bis zum Zusammenprall.

India reichte Katy die zweite Schwimmweste und brüllte: „Zieh die über!" Katy nahm die Weste und hatte bereits einen Arm hindurchgeschoben, als sie Indias Hand ergriff. Sie schrien einander etwas zu, doch das waren nur klägliche Geräusche im Vergleich zu dem gewaltigen Krachen, das ertönte, als das Containerschiff direkt auf die Steuerbordseite der *Sundancer* prallte.

Indias Hand wurde Katys Griff entzogen, als sie auf das Deck schlug. Das ohrenbetäubende Kreischen von berstendem Metall erklang, ein Ächzen und schrilles Pfeifen. Die *Sundancer* rollte heftig nach steuerbord. India schlang die Arme um die Reling, und in der nächsten Sekunde wurde sie unter Wasser gezogen. Im ersten Moment glaubte sie, die Kälte würde sie umbringen – sie presste ihr die Lunge zusammen und schien ihr das Herz zu zerquetschen. Aber sie war nicht tot, sie war lediglich im eiskalten Wasser untergetaucht, also brauchte sie sich bloß gut festzuklammern und den Atem anzuhalten, bis die *Sundancer* sich wieder aufrichtete. Aber das Schiff schien weiter zu kippen.

O mein Gott, sie wird kentern!

Das Wasser war von einem gedämpften Knirschen erfüllt, das nicht mehr aufzuhören schien. Während sie sich verzweifelt an der Reling festhielt, betete India, dass die *Sundancer* nicht kentern möge.

Unvermittelt endete das Knirschen, und langsam richtete sich die *Sundancer* wieder auf. Würgend und keuchend kroch India aufs Deck zurück, während scheinbar der halbe Ozean aus den Speigatten abfloss. Mühsam kam sie auf die Beine und blickte sich um. Sie sah den riesigen Umriss des Containerschiffs, das sich mit nur wenigen Metern Zwischenraum an der *Sundancer* vorbeischob. Es schien sein Tempo nicht zu drosseln, sondern verfolgte seinen Kurs, als wäre nichts passiert.

Dann bemerkte India das schwarze Öl, das aus den Kesseln der *Sundancer* leckte. Außerdem lag sie viel zu tief im Wasser – sie lief rasch voll. Ihnen blieben maximal fünf Minuten, bevor sie sanken.

Über die Bordanlage hörte India Cuans Stimme von der Brücke, aber sie konnte nicht verstehen, was er sagte. Sie blickte noch einmal dem davonstampfenden Containerschiff nach, und im Bruchteil einer Sekunde brannte sich ihr das Bild ins Gedächtnis ein: die Delle an der Abschlussplatte, die wie ein Stiefelabdruck aussah, und die Spuren eines roten Schriftzugs. *Pride of Tang*-irgendwas … aus … Es waren nur zwei Buchstaben des Heimathafens lesbar. A und A. Keine Registrierungsnummer.

India zitterte am ganzen Körper. Verzweifelt hielt sie nach Katy Ausschau. Sie sah Menschen im Wasser, beobachtete, wie ein Crewmitglied einem Mann vom Schiff aus eine Schwimmweste zuwarf und brüllte: „Fang auf!“ Andere feuerten Notraketen ab und suchten die Wasseroberfläche mit Scheinwerfern ab. Ein Mann hing an einem Seil und wurde langsam aus dem Wasser gezogen. Eine Frau schrie um Hilfe, als sie immer weiter vom Schiff weggetrieben wurde. Das Schlauchboot folgte ihr. Andere versuchten, zu den Rettungsinseln zu schwimmen. India hörte sie würgen und schluchzen.

Doch wo war Katy? India lehnte sich über die Reling und blickte über die tanzenden Nebelschwaden auf die grüngrau schimmernden Wellen. Von Entsetzen gepackt, entdeckte sie etwas Glänzendes, das von der Längsseite der *Sundancer* wegtrieb. Katys Ölmantel. Keine Schwimmweste. Katy lag mit dem Gesicht nach unten im Wasser. Bewegungslos.

India brüllte so laut, dass sich ihre Stimme überschlug. „Katy!“

Das Heck der *Sundancer* versank langsam, während der Bug immer weiter emporragte. Das Schiff befand sich im Todeskampf. India hörte Cuans Stimme, der alle noch an Bord Verbliebenen anwies, die Rettungsinseln zu besteigen.

„Jemand muss Katy holen!“, schrie sie dem Schlauchboot zu, aber man fischte gerade zwei andere Leute heraus, und niemand hörte sie. Katy würde sterben, wenn sie nicht ins Meer sprang und sie zu einer der Rettungsinseln zog. Sie griff nach einer u-förmigen Rettungsboje und warf sie neben Katys leblosen Körper ins Wasser. Dann sprang sie hinterher.

Sobald sie eingetaucht war, verkrampften sich ihre Muskeln in der Eiseskälte, aber sie schwamm mit aller Kraft auf Katy zu. Ihre Kleider zogen sie unter die Wasseroberfläche, aber sie entledigte sich ihrer nicht. Sie würde jeden Fetzen Stoff benötigen, der sie vor dem Erfrieren bewahrte. Sie kraulte auf Katys glänzendes Ölzeug zu. Fast geschafft …

Eine Welle brach über ihrem Kopf, drückte ihr Salzwasser in den Mund. Hustend und würgend trat sie Wasser und versuchte mit aller Macht, die Lunge freizubekommen, bevor sie den Kampf gegen die Wellen wieder aufnahm. Als sie an der Rettungsboje vorbeigetrieben wurde, kämpfte sie sich ein Stück zurück, sodass sie sich die Boje schließlich in die Armbeuge klemmen konnte. Ihre Muskeln wurden allmählich steif, aber sie bekam den Kragen von Katys Ölzeug zu fassen. Mit einem gewaltigen Ruck zog sie Katys Kopf an ihre Schulter, versuchte sie zu schütteln, aber Katy war zu schwer.

„Katy!" Indias Stimme war nur noch ein schwaches Krächzen. Erschöpft und verzweifelt griff sie in Katys Haar und schüttelte sie so kräftig wie möglich, bis sie ein Keuchen hörte, dem ein würgender Husten folgte. Katy atmete. Mit gigantischer Anstrengung gelang es India, Katys linken Arm anzuheben und über den Plastikrand der Boje zu schieben. „Halt dich gut fest!"

Eine Welle schlug India ins Gesicht, und sie bemühte sich vergeblich, sich von der Gischt abzuwenden. Ihr unterkühlter Körper wollte ihr nicht länger gehorchen. Muss Hilfe holen, dachte sie.

Während sie angestrengt über das Wasser blickte, sah sie, wie die Lichter der *Sundancer* erloschen. Blaue Funken stoben in hohem Bogen über das Meer. Jetzt wurde die Dunkelheit nur noch von den Lichtkegeln der Suchscheinwerfer unterbrochen. India und Katy waren praktisch unsichtbar geworden; sie waren zu weit weg, um entdeckt zu werden.

Ich kann noch nicht sterben. Ich habe Polly versprochen, nach meiner Rückkehr mit ihr in den Zoo zu gehen.

Ein blinkendes Licht tauchte hinter der Dünung auf und verschwand wieder. Es schien sich in ihre Richtung zu bewegen.

Bitte, lieber Gott, lass es das Schlauchboot sein!

Da bemerkte India, wie Katys Griff nachließ und sie von ihr wegtrieb. India packte ihren Kragen und zog sie wieder an ihre Schulter. Aber Katys Gewicht drückte sie nach unten.

„Katy! Hilf mir, verdammt!"

Keine Antwort. Mit einem Arm umklammerte India die bewusstlose Katy, mit dem anderen die Boje, während sie gleichzeitig versuchte, die Knie anzuziehen, um den Wärmeverlust ihres Körpers zu verringern. Ihre Hände waren taub, und sie konnte auch ihre Beine und Füße nicht mehr spüren.

„Katy!" India nahm ihren eigenen Herzschlag nicht mehr wahr. Alles begann vor ihren Augen zu verschwimmen.

Katy. Es war nicht mal mehr ein Flüstern, nur noch ein Gedanke.

Rotes Licht drang durch ihre geschlossenen Lider. Dann wurde das Rot durch grelles Weiß ersetzt. In einer letzten verzweifelten Anstrengung öffnete India die Augen und wurde von einem Suchscheinwerfer geblendet, den man direkt auf sie und Katy richtete. Ein Mann brüllte ihr etwas zu, aber sie verstand kein Wort. Wie gelähmt starrte sie die Hände an, die sich ihr entgegenreckten. Dann wurde sie aus dem Wasser gezogen. Sie hätte gern mitgeholfen, aber ihr Körper war wie ein Zementblock. Sie wollte ihnen sagen, dass sie auch Katy retten sollten, aber ihr Mund war gelähmt.

Im nächsten Augenblick ließen die Männer sie wie einen riesigen Fisch auf einen schlüpfrigen Schiffsboden gleiten. Der widerliche Gestank von Blut und Fischinnereien drang in ihre Nase. Sie würgte etwas heraus, was sich wie mehrere Liter Meerwasser anfühlte.

Ein Mann rief Befehle, und sie versuchte herauszufinden, was er sagte, aber es gelang ihr nicht. Einen Moment später wurde sie durch Gänge und über Niedergänge in ein Quartier getragen. Vorsichtig legte der Mann sie auf der Koje ab und begann, ihr die Kleider vom Leib zu schneiden. „Kein Grund zur Scham", sagte er knapp. „Notfall."

Sie spürte, wie er sie vorsichtig trocken tupfte. „Kein Reiben", erklärte er. „Reiben jetzt nicht gut für Haut." Er wickelte ihre Gliedmaßen einzeln in Handtücher, dann deckte er sie mit mehreren Laken zu und flößte ihr heißen, bitteren Tee ein. Sie fing an zu zittern. Sanft hob er ihre Haare mit einer Hand an und legte ihr ein weiteres Handtuch um den Nacken.

„Wir müssen langsam sein", sagte er. „Manchmal noch sehr kaltes Blut in Armen und Beinen. Kann gefährlich sein, wenn zum Herzen kommt."

India gelang nicht einmal ein Nicken. Sie lag einfach nur bewegungslos da; es kam ihr wie eine Ewigkeit vor. Sie hörte, wie der Mann ging und zurückkam. Dann spürte sie, wie er ihre Glieder abtastete. Er murmelte etwas vor sich hin. Seine Stimme klang wohltuend sanft und beruhigend. Sie konnte nicht antworten, weil sie zu sehr von den Schmerzen beherrscht war, die sich ihrer jetzt, wo das Leben in Arme und Beine zurückkehrte, bemächtigten. Weißglühende Flammen schossen ihr durch die Venen.

Nach etlichen Augenblicken schaffte sie es, die Augen zu öffnen. Ein Paar dunkler, ausdrucksloser Augen erwiderte ihren Blick. Schnurgerade Augenbrauen, breiter Mund, kantiges Kinn, schwarzes Haar, das über den Ohren von weißen Strähnen durchzogen war. Wäre der Mann vor ihr nicht mit dreckigem Ölzeug bekleidet gewesen und hätte nicht so bestialisch gestunken, hätte sie ihn für eine vornehme Erscheinung gehalten.

Ihr gelang es, ein wenig zu sprechen. „Katy, meine Freundin …"

Seine Augen glänzten. „Ihrer Freundin geht gut. Sie nach Ihnen gefragt."

„Ned. Was ist mit Ned?"

„Er ist Kapitän?"

„Nein. Erster Offizier.“

Augenblicklich ließ er den Kopf hängen. „So traurig.“

„Ned ist tot?“

„So traurig.“

Ihr verschwamm alles vor Augen. „Wer … sind Sie?“

„Kapitän von dieses Schiff.“ Er schien unsicher zu sein, ob er noch etwas sagen sollte, fügte dann aber hinzu: „Die *Kagoshima Maru*.“

Wäre India nicht so schwach gewesen, dann wäre ihr jetzt vor Überraschung der Mund aufgeklappt. Sie waren tatsächlich vom Fabrikschiff der japanischen Walfangflotte gerettet worden!

WÄHREND DER NACHT wurde India mehrmals vom Rettungssanitäter der *Kagoshima Maru* untersucht. Als es dämmerte, zog er den Vorhang vor dem Bullauge beiseite. Sie blickte in den grauen Himmel und sah die weißen Schaumkronen der Wellen, von denen sie wusste, dass sie so kalt waren wie die Hand des Todes. „Können Sie das bitte wieder schließen?“

Ihr war nicht danach zumute, den Ozean zu betrachten, stattdessen zog sie die Laken höher und wackelte mit den Zehen. Sie steckten in Socken des Kapitäns, die ihr zu groß waren. India fragte sich, ob sie jemals wieder würde Wärme spüren können.

Ihr Verstand schaltete plötzlich auf die Erinnerung an Ned um, der ausgestreckt auf der Brücke gelegen hatte. Hatte er nach dem Zusammenstoß das Bewusstsein wiedererlangt? War er mit dem Schiff gesunken? Wie auch immer, ihr guter Freund war umgekommen, und sie hoffte, dass es schnell gegangen war und er nichts davon mitbekommen hatte.

Sie lag still da und dachte lange an Ned. Dann nahm sie all ihre Kraft zusammen, um aufzustehen und nach Katy zu sehen. Als sie einem Crewmitglied durch die endlos langen Gänge folgte, trug sie die Kluft der Walfänger: eine ausgebeulte blaue Hose, die mit einem Strick um die Taille festgehalten wurde, Gummistiefel und einen Pulli, der nach Fisch stank.

„Nettes Outfit“, wurde sie von Katy begrüßt.

„Selber nettes Outfit.“

Katy trug einen pinkfarbenen Morgenmantel mit gelbem Stiefmütterchenmuster. Unter ihren Augen waren schwarze Ringe zu erkennen.

India nahm ihre Hand und war froh, dass sie sich warm anfühlte. „Wie geht es dir?“

„Sie haben mir erzählt, dass du mir das Leben gerettet hast.“

India blickte zur Seite. „Da bin ich mir nicht so sicher.“

„Und wer hat dann meinen Kopf über Wasser gehalten, während ich bewusstlos war? Eine Robbe?“ Ein schwaches Lächeln breitete sich auf Katys Gesicht aus, dann wurde ihre Miene wieder ernst. „Danke, India.“

„Keine Ursache.“

Katy ließ sich in die Koje zurückfallen und schloss die Augen. „Tut mir leid, ich bin einfach so müde.“

„Ich komme später wieder.“

In der Hoffnung, ein paar andere Leute von der *Sundancer* aufzustöbern, ging India den Korridor hinab. Sie dachte daran, wie sie Katy zum ersten Mal begegnet und sich im Vergleich zu deren tollem Aussehen wie ein Kutschgaul vorgekommen war. Katy besaß Kurven, India Kanten. Katy trug ihr glänzendes blondes Haar zu einem schicken Bob geschnitten, India hatte eine schwarze Mähne, die ständig zu einer Masse von Korkenzieherlocken verfilzte. Katy war kontaktfreudig und schien sich in ihrem Körper wohlzufühlen, India konnte weder das eine noch das andere von sich behaupten. Trotzdem hatten sie sich sofort gut verstanden.

India lief bereits den dritten endlosen Gang hinunter, als sie auf Cuan traf, der ebenfalls wie ein Walfänger gekleidet war. Als er die Arme ausbreitete, ließ sie sich hineinfallen und erwiderte die Umarmung.

„Gut gemacht!“ Sie spürte, wie er ihr einen Kuss aufs Haar drückte. „Du bist eine verdammte Heldin, einfach für eine Kameradin ins Meer zu springen! Aber du solltest wissen … Wir haben Emma verloren. Und Keith, Matt, Vince und Marie …“ Cuan lehnte sich zurück und blickte ihr direkt in die Augen. „Wir haben auch Ned verloren.“

„Ich weiß.“ Sie vergrub ihr Gesicht an seiner Schulter.

Er drückte sie fester an sich. „Es tut mir so leid. Ich weiß, wie eng ihr befreundet wart.“

„Wie ist er gestorben? Ist er ertrunken?“

„Nach dem Zusammenstoß herrschte Chaos auf der Brücke. Er war heftig auf den Kopf gefallen …“ Cuan räusperte sich. „Er ist nicht wieder zu Bewusstsein gekommen.“

Ihre Finger umklammerten die raue Wolle seines Pullis. „Was ist mit der *Sundancer*?“

„Sie blieb lange genug oben, dass wir alle das Schiff verlassen konnten. Dann schoss der Bug in die Höhe, und sie ist so schnell gesunken, als hätte ein gigantischer Krake an ihr gezogen.“ Er küsste sie nochmals aufs Haar. „Du wirst dich besser fühlen, sobald du was im Magen hast. Sie richten gerade das Frühstück her, und ich denke, du solltest es mal versuchen.“

Sie hatte noch nie in ihrem Leben weniger Appetit gehabt, aber trotzdem meinte sie gehorsam: „In Ordnung. Aber du müsstest mich führen, sonst werde ich es nämlich nicht finden."

„Ich zeige Weg", sagte eine Stimme hinter ihnen. Sie drehten sich um und erblickten den Kapitän der *Kagoshima Maru*.

Cuan nickte ihm zu und entfernte sich. India beobachtete, wie er mit gesenktem Kopf den Gang entlanglief. Sein sonst so gerader Rücken war gebeugt, seine Schultern waren nach vorn gezogen.

DAS FRÜHSTÜCK bestand aus einer Schale mit heißen, leckeren Nudeln und einem Riesenbecher grünem Tee.

Der Kapitän („Nennen Sie mich Shinzo") hatte India Neds Armbanduhr ausgehändigt, nachdem Cuan gegangen war. Sie hatte die Uhr verlegen entgegengenommen und sich wie betäubt gefühlt. Sie wusste, dass die Tränen später kommen würden, wenn die Ereignisse mit voller Wucht in ihr Bewusstsein drängten. Neds Uhr befand sich nun an ihrem linken Handgelenk über ihrer eigenen, die stehen geblieben war. Mikey hatte sie ihr letztes Jahr zu Weihnachten geschenkt, um sie daran zu erinnern, dass sie ständig zu spät zum Abendbrot nach Hause kam. Er würde in die Luft gehen, sobald er von der Kollision erfuhr. Er hatte ihr vorher schon ständig in den Ohren gelegen, dass sie sich von Ärger fernhalten solle. Aber viel mehr belastete sie die bevorstehende Begegnung mit Ellie.

Ned war von einem nicht registrierten Containerschiff getötet worden. Warum hatte es nicht auf seinen Funkruf reagiert? Warum hatte es später nicht beigedreht, um zu helfen? Keine Lichter. Sie hatten nicht gewollt, dass man sie sah. Warum? Wäre die *Sundancer* von einem Fischereifahrzeug gerammt worden, hätte India es noch kapiert, aber ein Containerschiff? Die üblichen Routen verliefen um die zweitausend Seemeilen nördlich der Stelle, an der die Kollision stattgefunden hatte. Und das Schiff war aus Richtung Süden gekommen. Wo es nichts gab, bis man irgendwann auf die öde, einsame, zugeschneite Küste von Wilkes Land traf. India verstand es einfach nicht.

Während sie einen weiteren Löffel Nudeln verschlang – ihr Appetit war zurückgekehrt, sobald ihre Geschmacksknospen signalisiert hatten, dass das Zeug tatsächlich schmeckte –, beobachtete sie Shinzo, der an seinem bitteren grünen Tee nippte. Er hatte die gesamte Greenpeace-Crew gerettet, neun Menschen aus dem eiskalten Ozean gezogen und auch die Leichen derjenigen an Bord geholt, die es nicht geschafft hatten. Vier Mannschaftsmitglieder waren an den Folgen der Unterkühlung gestorben, zwei an ihren durch die Kollision erlittenen Verletzungen. Shinzo hatte India mitgeteilt, dass er die Behörden informiert habe und man im Hafen von Fremantle auf ihre Ankunft vorbereitet sei. Offensichtlich war er nicht sonderlich erpicht darauf, den Beamten zu begegnen und ihre Fragen beantworten zu müssen: Was hatte er in dem Teil des südlichen Polarmeeres zu suchen, wo Wale besonders geschützt waren? Und warum lagerte auf seinem Schiff das Fett und das Fleisch von über hundert Minkwalen?

Bevor er India in die Messe geführt hatte, hatte sie ihn um eine Besichtigung des Schiffes gebeten, und zu ihrer Überraschung hatte er eingewilligt. Die meisten Leute von der Crew vertrieben sich die Zeit mit Kartenspielen, lagen auf ihren Kojen und lasen oder sahen sich Videos in der Mannschaftsmesse an. Es gab für sie nicht viel zu tun, wenn sie nicht gerade Wale verarbeiteten. Shinzo gestattete India sogar einen Blick in den Kühlraum, wo Regal für Regal mit lachsfarbenen Fleischblöcken gefüllt war, so weit das Auge reichte.

„Was machen Sie mit alldem?“, fragte India mit unschuldiger Miene.

„Forschungszwecke.“

„Klar, sicher.“ Ihr Tonfall hätte einen Motor zum sofortigen Stillstand zwingen können. „Ich wette, dass diese Walfleischproben im Verkauf über hundert Millionen Dollar im Jahr einbringen.“

Er grinste und entblößte dabei eine Goldkrone. „Gutes Geschäft, nicht?“

„Aber sie sind vom Aussterben bedroht. Was passiert, wenn ihr den letzten Wal getötet habt?“

„Für mich sind genug da.“

„Shinzo, ihr löscht sie aus. Diese Tiere vermehren sich nicht wie Karnickel! Sie bekommen ungefähr alle zwei Jahre ein Kalb, und dieses braucht wiederum acht Jahre, bis es überhaupt fortpflanzungsfähig ist. Sie können mit eurem Killertempo nicht mithalten!“ Sie merkte, dass sie ihn anschrie, aber das war ihr egal. „Ihr seid alle schuld, wenn die Wale in ein paar Jahren ausgestorben sind!“

Shinzo hatte ruhig in die Tasche seines Overalls gegriffen und ihr ein fettig aussehendes Papiertaschentuch hingehalten. Gleichzeitig deutete er auf ihr Gesicht. Doch sie hatte seine Geste ignoriert und war davongestürmt.

Während sie den Kapitän nun anblickte, wurde sie von Schuldgefühlen geplagt. Dieser Mann hatte ihr nicht nur das Leben gerettet, sondern auch eine außergewöhnliche Sanftheit und Rücksichtnahme an den Tag gelegt, als er ihren halb erfrorenen Körper aufgetaut hatte. Außerdem hatte er ihr sein Taschentuch angeboten, als sie vor Wut in Tränen ausgebrochen war.

In diesem Moment blickte er auf und erwischte sie dabei, wie sie ihn ansah. India senkte den Kopf und rührte in ihren Nudeln herum. Shinzo war genau wie alle anderen Walfänger. Ihn interessierte nur das Geld.

DIE *KAGOSHIMA MARU* war doppelt so schnell wie die *Sundancer*, aber es dauerte trotzdem vier Tage, bis sie sich der Küste näherte. Vier Tage voll benommener Fassungslosigkeit, gedämpfter Stimmen und endlos vielen Tassen grünem Tee. India war froh, dass sie von Menschen umgeben war, die zu mitfühlenden Gesten fähig waren, denn sie brauchte jede Umarmung, die sie bekommen konnte. Sie wusste, dass es dumm war, aber sie hielt immer nach Neds Blondschopf Ausschau, und wenn sie ihn zwischen den anderen nicht entdeckte, zog sich etwas in ihrem Innern zusammen.

Am Sonntag ließ Shinzo kurz nach Tagesanbruch vor Anker gehen. Die See war ruhig, am Himmel türmten sich graue Wolken. India suchte den Horizont hinter der stahlgrauen Dünung nach Land ab, aber sie konnte nichts dergleichen entdecken, nur einen Fischkutter, der in ihre Richtung fuhr.

„Freunde von Ihnen?", fragte sie.

Shinzo gab keine Antwort.

Sie standen auf der Brücke. Neds Leichnam lag zusammen mit den anderen Toten bereits an Deck; jeder war in feine Stoffsäcke gehüllt.

India beobachtete, wie sich der Kutter mit beachtlicher Geschwindigkeit dem Fabrikschiff näherte. Dann kletterte ein dicker Japaner in einem Overall an Deck und kam auf sie zu.

„Er wird alle an Land bringen", erklärte Shinzo.

Der Overall trat auf ihn zu und schüttelte ihm die Hand. Als India sah, wie Shinzo dem Mann ein dickes, wasserdicht verschnürtes Päckchen gab, wurde ihr klar, dass der Kapitän gelogen hatte. Er hatte keineswegs die Behörden in Fremantle informiert.

Sie wartete, bis der Overall auf seinen Kutter zurückgekehrt war, bevor sie Shinzo mit ihrer Erkenntnis konfrontierte. „Sie haben ihn bestochen, nicht wahr?"

„Sie leben." Sein Mund war zu einer schmalen Linie zusammengepresst, die ihr deutlich sagte, dass sie ihm etwas schuldig war.

Sofort wurde sie wieder von Gewissensbissen geplagt. Er hätte die Hilferufe der *Sundancer* ignorieren können. Außerdem hatte er, damit die Greenpeace-Crew wieder sicher an Land kam, riskiert, dass sein Schiff in der Nähe der australischen Küste gesichtet und der Polizei sowie der Zollbehörde gemeldet wurde. „Shinzo, es tut mir leid."

Er verbeugte sich förmlich, und India streckte ihm die Hand entgegen. Sein Händedruck war so fest und stark wie ein Schraubstock.

„Wenn Sie von dem Containerschiff hören oder es sogar sehen, würden Sie mich informieren? Es wird vermutlich eine große Delle haben, wo der Bug uns gerammt hat, und der Name lautet –"

„Pride." Er nickte knapp.

„Genau. Könnten Sie mich bitte beim *Sydney Morning Herald* anrufen?"

Verblüfft blinzelte er. „Sie sind Reporterin?"

„So ist es."

Er stieß ein Grunzen aus, von dem sie nicht sagen konnte, ob es zustimmend oder missbilligend gemeint war.

„Ich weiß, dass ich grob war", sagte sie sanft. „Nach allem, was Sie getan haben … Bitte glauben Sie nicht, dass ich es nicht zu schätzen wüsste. Es ist nur so, dass ein Freund von mir gestorben ist."

Er legte ihr eine Hand leicht auf die Schulter und entgegnete mit milder Stimme: „Möge Gutes aus Vergangenheit von Ihrem Freund ihm in Zukunft folgen."

Gerührt legte sie ihre Hand auf seine. „Danke", erwiderte sie feierlich.

Der Schatten eines Lächelns glitt über sein Gesicht. „Nächstes Mal wenn Sie mich jagen, Sie nehmen *Queen Elizabeth 2*. Wir trinken an Bord von Ihrem Schiff. Ich schlage Sie im Poker."

Sie grinste ihn an. „Abgemacht."

„Es war ein Unfall", wiederholte Detective Inspector Zhuganov und blickte zur Tür, als wünschte er, dort rausgehen und für immer von hier verschwinden zu können.

„Ja", erwiderte India, „aber es kann überhaupt nicht sein, dass denen nicht aufgefallen ist, dass wir in Seenot waren, dass Leute über Bord gegangen sind. Sie haben uns dem Untergang überlassen."

Mit Cuan und zwei *Feds*, Beamten der Bundespolizei, befand sich India auf der Polizeistation von Fremantle. Da sich die Kollision auf hoher See und außerhalb australischen Hoheitsgebiets ereignet hatte, waren die Feds im Auftrag der AMSA, der Australischen Behörde für Maritime Sicherheit in Canberra, für den Fall zuständig. Der Rest der Crew machte seine Aussagen im Gruppenraum, was bedeutete, dass sie sich zu fünft in dieses winzige Büro von der Größe einer Abstellkammer hatten quetschen müssen. Es gab drei Stühle, doch niemand saß.

„Warum sollten sie so etwas tun?“, fragte einer der Feds.

„Weil sie etwas zu verbergen hatten.“

„Haben Sie eine Vorstellung, was das sein könnte?“

„Noch nicht.“

„Es sind keine Schiffe mit beschädigtem Bug eingelaufen“, sagte der andere Fed. „Aber wir halten danach Ausschau. Wir haben außerdem ein paar Flugzeuge nach oben geschickt. Vielleicht entdecken sie die *Pride*, zusammen mit der *Kagoshima Maru*.“

India setzte nicht viel Hoffnung darauf, nickte aber.

Zhuganov beeilte sich, die Zusammenkunft zu beenden, die bereits zwei Stunden dauerte. Man einigte sich, das Unglück nicht an die große Glocke zu hängen, bis die nächsten Angehörigen informiert waren. India würde ihren Chefredakteur erst anrufen, sobald sie von Cuan die Erlaubnis dazu erhalten hatte. Sie wollte vermeiden, dass nichtsahnende Verwandte aus der Zeitung vom Tod ihrer Angehörigen erfuhren.

Im Gruppenraum waren die Polizisten damit beschäftigt, für alle die Heimfahrt zu organisieren. Ein Beamter händigte Zehndollarscheine für Kaffee und Sandwiches an die Crewmitglieder aus, andere telefonierten. Die Stimmung war angespannt, und es flossen Tränen. India fühlte, wie eine Mischung aus Klaustrophobie und Panik in ihr hochstieg. Rasch ging sie zur Tür.

„India, warte!“ Katy hastete ihr nach. „Können wir dich mitnehmen? William ist auf dem Weg hierher.“

Doch India wollte lieber allein sein und sich sammeln, bevor sie Ellie gegenübertrat. „Danke, aber ich komme schon zurecht.“

Draußen setzte gerade ein leichter Regen ein. Düsteres Wetter an einem düsteren Tag. Gierig sog India die feuchte Luft ein und tat so, als könne sie die endlos weiten Weizenfelder, die sich hinter den flachen Stadthäusern erstreckten, und die rote Wüste riechen. Allmählich durchströmte sie ein Gefühl von Weite, und sie spürte, wie sie ruhiger wurde.

Gern hätte sie Mikey angerufen, aber dafür fehlte ihr noch der Mut. Er würde die Tränen in ihrer Stimme hören und sich sofort ins nächste Flugzeug nach Perth setzen. Aber das wollte sie nicht. Ihr war vielmehr danach, noch heute Abend nach Hause zurückzukehren und ihm dort anstatt von irgendeinem anonymen Hotelzimmer aus alles zu erzählen.

Sie fragte sich, was sie als Nächstes tun sollte, als sie hörte, wie jemand hinter ihr die Polizeistation verließ. Noch bevor derjenige einen Arm um sie legte, wusste sie, wer es war. Sie war mit der Mannschaft nur einen Monat lang unterwegs gewesen, aber es fühlte sich an, als sei sie durch ein Stahlband mit ihnen verbunden.

„Gehst du zu Ellie?“, fragte Cuan.

Sie nickte.

„Dann kannst du ihr auch Neds Geländewagen zurückbringen.“

Zwar hatte sie den Schlüssel für das Auto nicht, aber das schien Cuan nicht von seiner Idee abzubringen. Sie nahmen ein Taxi zum Victoria Quay, wo er zu ihrer Überraschung den Wagen kurzschloss und ihr anschließend zeigte, wie man das machte.

„Du glaubst wohl, nur weil ich Expeditionsleiter bin, hätte ich eine blütenreine Weste?“ Er versuchte unbeschwert zu klingen, doch ein gestresster Unterton schwang in seiner Stimme mit. Schnell verneinte India und meinte, sie habe ihn immer schon für einen Autodieb gehalten und sei stolz auf seine Fähigkeiten.

„Danke für das Kompliment.“ Er küsste sie auf die Wange, bevor er ihr zum Abschied zuwinkte. „Wir sprechen uns bald wieder.“

INDIA erreichte Jimbuku Bay am späten Nachmittag und parkte in der Nähe des Strandes. Ihre Hände zitterten, und sie wusste, dass sie sich beruhigen musste, bevor sie Ellie gegenübertrat. Ein Ostwind schlug ab und an kräftig gegen den Wagen und brachte ihn zum Erbeben. India zuckte jedes Mal zusammen. Sie brauchte einen starken Drink, aber sie würde ihn nicht eher bekommen, bis sie die schlechte Nachricht überbracht hatte.

Sie sah auf die donnernde Brandung, dann wanderte ihr Blick zu der Reißbrettsiedlung, die sich an den äußersten Rand des windumtosten Strandes schmiegte. Nicht zum ersten Mal empfand India bei diesem Anblick ein Gefühl der Unwirklichkeit. Die Häuser von Jimbuku Bay hätten sich mit ihren kleinen Türmchen, den bullaugenförmigen Fenstern und den in bunten Smartiesfarben gestrichenen Fassaden hübsch am Ufer des Swan River in Perth gemacht, aber in der flachen Ödnis der mittleren Westküste wirkten sie vollkommen deplatziert. Alles hier war wild und einsam. Die Luft roch salzig, und der Himmel schien endlos weit mit einem Horizont, der sich vor dem Auge wie ein Gummiband ausdehnte.

India ließ den Wagen an. In ihren Eingeweiden rumorte die Furcht. Wie sollte sie Ellie beibringen, dass der Mann, den sie liebte, nicht mehr zurückkommen würde? Sie erinnerte sich an den Tag, an dem Ellie Ned in der

Tate Gallery in London kennen gelernt hatte, als sei es erst gestern gewesen. Ellie war in die Wohnung gestürmt und hatte lauthals gerufen: „Wir haben Kaffee getrunken! Und er mag die Gemälde von Kitaj genauso gern wie ich, ich kann es noch gar nicht glauben! Er ist perfekt!“ Und eine Woche später hatte Ned in der Küche beim Öffnen einer Flasche Wein zu India gesagt: „Ich fasse es nicht, dass ihr Kitaj gefällt. Sie ist perfekt.“

Nach vier Jahren Ehe hatten sie beschlossen, nach Australien zurückzukehren und Kinder zu bekommen. Sie hatten sich in der Nähe von Ellies Eltern niedergelassen, die in Geraldton lebten, und alles war perfekt gewesen.

India hielt vor Ellies kirschrot gestrichener Haustür und konzentrierte sich darauf, ihre Gefühle zu unterdrücken. Sie musste jetzt stark sein, ihre eigene Trauer konnte warten. Mit zitternder Hand drückte sie auf die Klingel.

Als Ellie die Fliegentür öffnete, trat sofort ein alarmierter Ausdruck auf ihr Gesicht. „Was ist passiert? Warum bist du zurück …?“ Als ihr Blick über Indias ausgebeulte Hochwasserhose und die Gummistiefel glitt, wich ihr das Blut aus dem Gesicht. „Wo ist Ned?“

„Lass uns reingehen.“

Stocksteif blieb Ellie stehen und starrte India an. *„Wo ist er?“*

Mit aller Macht verdrängte India die aufkeimende Trauer. „Lass uns reingehen“, wiederholte sie mit fester, ruhiger Stimme.

„Nein!“ Ellies Blick verschwamm. „O Gott, er ist im Krankenhaus, nicht wahr?“

„Es tut mir so leid, es hat einen Unfall gegeben –“

„Nein, nein, nein!“ Ellies Stimme wurde schrill. „Nein, sag nicht, dass er tot ist, nein, nicht das, bitte, bitte nicht …“

„Wir sind mit einem Containerschiff zusammengestoßen. Wir haben sechs Leute verloren …“ Indias Stimme brach, aber sie zwang sich weiterzusprechen. „Darunter auch Ned.“ Sie hielt Ellie Neds Armbanduhr entgegen. „Es tut mir so leid …“

„Nein!“

Ellies Schrei kam aus der Tiefe ihrer Seele und traf India mitten ins Herz. Sie weinte, obwohl sie es nicht wollte, während Ellie mit schmerzverzerrtem Gesicht auf die Knie sank, die Hände zu Fäusten ballte und sie auf den Boden hämmerte. India hockte sich neben sie und versuchte sie zu umarmen, aber Ellie schubste sie beiseite und schlug nach ihr. Dabei stieß sie Klagelaute aus, die so fürchterlich klangen, dass sie India wie ein Messer durchbohrten. Sie verstand, dass das Herz ihrer Freundin in diesem Moment gebrochen war.

ALS ELLIES SCHLUCHZEN lange Zeit später ein wenig abgeebbt war, gelang es India, sie ins Haus zu führen. Sie schob einen Stapel Babyzeitschriften zur Seite, setzte sich mit Ellie auf das Sofa und nahm sie in die Arme. Sie wollte nicht daran denken, wie Ellie ohne Ned die Schwangerschaft durchstehen sollte. Es lagen noch sieben Monate vor ihr.

„W-wie ist es passiert?“, stammelte Ellie.

„Später vielleicht“, erwiderte India sanft.

Ellie setzte sich kerzengerade auf, ihre Miene war wild entschlossen. „Nein, jetzt. Ich will, dass du mir alles erzählst, was passiert ist. Seinen letzten Tag. Ich *muss* es wissen.“

Also fing India an zu berichten. Als sie zu der Stelle kam, wo sie und Ned gemeinsam Wache gehalten und über den Namen Albert für das Baby gesprochen hatten, erstarrte Ellie.

„Hat er den Fluch erwähnt?“

India zog die Stirn kraus. „Welchen Fluch?“

Ellie starrte ins Leere. „Der auf diesem Ort lastet.“ Ihre Stimme war nur noch ein Flüstern. „Ich habe es nicht geglaubt, aber Ned schon. Er wollte verkaufen.“

„Warum?“

„Er hatte Angst. Leute sind krank geworden, manche sogar gestorben … O Gott, und jetzt ist Ned auch tot …“ Eine neue Welle des Kummers rollte über sie hinweg.

India hielt sie fest, bis es nicht mehr ganz so schlimm war. „Ich werde einen Arzt rufen.“

„Nein“, brachte Ellie hervor. „M-Mama und Papa.“

Nachdem India Ellies Eltern angerufen hatte, die versprochen hatten, sofort zu kommen, ging India zum Kühlschrank und holte Orangensaft heraus.

Bei dem Gedanken an Ned, der ihr stolz seine Haushaltsgeräte des Herstellers Ocean Green gezeigt hatte, hielt sie einen Moment lang inne. „Kühl-Gefrier-Kombination, Eismaschine und Klimaanlage sind im Preis für das Haus inbegriffen“, hatte er mit einem Anflug von Selbstgefälligkeit erzählt, und sie verstand warum. Nachdem FCKW verboten worden waren, hatte die Leistungsfähigkeit von Kühlgeräten erheblich gelitten, aber Ocean Green hatte eine neue Methode für effektives Kühlen gefunden, das der Umwelt nicht schadete. India wollte ebenfalls einen Kühlschrank dieses Herstellers für ihre Wohnung, aber da man eine Hypothek aufnehmen musste, um sich einen leisten zu können, hatte sie beschlossen zu warten, bis die Preise sinken würden. Ihre Kehle zog sich zusammen. Ned war so stolz auf seinen Kühlschrank gewesen.

Sie brachte ihrer Freundin den Saft und saß bei ihr, bis Ellies Eltern eintrafen.

„Ron, hast du gewusst, dass dieser Ort verflucht ist?", fragte India Ellies Vater eine Weile später. Er bereitete Tee in der Küche zu und sah sehr unglücklich aus.

„Ja, Ned hat es erwähnt. Er wollte wegziehen, aber Ellie glaubt nicht an solchen Firlefanz. Ihr gefällt es hier."

„Sie erzählte mir, dass einige Leute krank geworden und manche sogar gestorben sind."

„Stimmt beides. Fünf sind letztes Jahr gestorben." Er bedeckte seine Augen mit einer Hand. „Und jetzt Ned."

Sie gab ihm einen Moment, damit er sich fassen konnte, bevor sie ihn weiter ausfragte. „Woran sind sie gestorben?"

„Zuerst glaubte man, es sei ein Virus. Aber als Bob Jarrett letzten Oktober einfach umkippte, machten sie sich ernsthaft Sorgen. Der Bursche war fit wie ein Turnschuh. Also hat man verschiedene Sachen geprüft: das Trinkwasser, die elektrischen Anlagen, die Strahlung. Alles, was man sich denken kann, und alles war okay. Aber trotzdem waren auch Jill und ich der Meinung, dass sie umziehen sollten. Aber nein, nicht Ellie."

„Macht sie sich wegen des Babys keine Sorgen?"

„Doch, schon, aber sie bat uns, es Ned nicht zu sagen. Sonst hätte er das Haus unter Wert verkauft."

„Kümmert ihr euch darum, dass sie mit euch geht?", fragte India. „Ich habe keine Ahnung, was hier los ist, aber es hört sich ziemlich seltsam an."

„Sie wird mit uns nach Hause kommen, keine Sorge." Er blickte zu Boden. „Sie will ihn sehen. Könntest du uns eventuell dabei helfen?"

Auf der Stelle rief India im Royal Perth Hospital an und wurde darüber informiert, dass sie am nächsten Tag ab neun Uhr morgens in der Leichenhalle vorbeikommen könnten. Rons Erleichterung war deutlich spürbar, als sie ihm mitteilte, dass sie mitgehen würde. „Danke, meine Liebe."

Wenn sie hier übernachten wollte, müsste sie allerdings Mikey anrufen. Es kam nicht infrage, dass er oder Polly von der Kollision erfuhren, bevor sie ihnen nicht versichert hatte, dass es ihr gut ging. Sie atmete tief durch und rief Mikeys Nummer in der Polizeistation in North Sydney an.

„Hallo, meine Schöne“, begrüßte er sie. „Habt ihr die bösen Buben schon gefunden?“

Sie räusperte sich. „Eigentlich haben eher sie mich gerettet.“

Stille.

„Wie geht es Polly?“, fragte sie.

„Das Thema Polly kann warten, ich will wissen –“

„Mir geht es ausgezeichnet. Ich brauche nur ein paar neue Klamotten, das ist alles.“ Sie fand, dass sie sich ganz gut hielt. Ein unbeschwerter Ton, ein wenig Geplauder. „Allerdings stinkt meine Walfängerkluft ziemlich.“

„Walfänger-*was*?“, hakte er mit gepresster Stimme nach.

„Es gab da einen kleinen Unfall, und ein Walfangschiff hat uns netterweise zurück an Land gebracht. Ich bleibe über Nacht bei Ellie, nehme morgen einen Flieger und bin zum Abendessen zu Hause. Wie wäre es mit Steak? Ich bin einfach verrückt nach deiner Pfeffersahnesoße.“

Wieder Stille, dann: „Ist mit dir alles in Ordnung?“

„Ja, ich schwöre es. Alles wunderbar.“

„Du hörst dich aber nicht danach an.“

„Danke, nächstes Mal warte ich, bis du es aus den Zeitungen erfährst.“

Ein Stöhnen entrang sich seiner Kehle. „So schlimm?“

Ihre Lunge zog sich zusammen; sie wusste, dass sie jede Sekunde die Fassung verlieren würde. Aber sie wollte unbedingt, dass er blieb, wo er war, und zu Hause auf sie wartete, bis sie zurückkam. „Wir sehen uns dann zum Abendessen“, verabschiedete sie sich fröhlich und legte auf.

AM NÄCHSTEN MORGEN steuerte India Ellies Wagen nach Perth. Blass und mit glasigen Augen saß Ellie auf dem Beifahrersitz, ihre Eltern hatten sich auf der Rückbank angeschnallt. Keiner von ihnen sprach ein Wort.

Der Autopsiebericht besagte, dass Ned an einem Blutgerinnsel gestorben war, das durch einen heftigen Schlag auf den Kopf verursacht worden war.

„Er hat dadurch sofort das Bewusstsein verloren“, erläuterte die Pathologin freundlich. „Er hat von dem Unglück nichts mitbekommen.“

Während Ellies Eltern ihre Tochter nach draußen führten, blieb India noch und wandte sich an die Ärztin. „Würde es Ihnen etwas ausmachen, wenn ich Ihnen rasch ein paar Fragen zu Ned stelle?“

Die Pathologin runzelte die Stirn. „Kommt ganz darauf an.“

India erzählte ihr, wie krank Ned auf der Brücke der *Sundancer* ausgesehen hatte. Sie beschrieb seinen rasselnden Atem, den Schweiß und dass er kurz vor der Kollision das Bewusstsein während der Wache verloren hatte.

„Das habe ich nicht gewusst.“ Die Pathologin fuhr sich mit der Hand über die Augen.

„Nein, woher auch?“ India wusste, dass die Medizinerin ihr möglicherweise keine heiklen Informationen geben würde, trotzdem fragte sie: „Haben Sie etwas gefunden, das eine Erklärung für seinen Ohnmachtsanfall bieten könnte?“

„Nun, er litt an Asthma.“

„Ach, tat er das?“ India hörte zum ersten Mal davon.

„Seine Lunge war zusammengezogen und von entzündeten Zellen befallen.“

„Wollen Sie damit sagen, dass er an Asthma gestorben ist?“

„Nein. Er ist an einem Blutgerinnsel gestorben, nachdem er einen schweren Schlag auf den Kopf bekommen hat. Aber eine Asthmaattacke würde erklären, weshalb er das Bewusstsein verlor.“ Die Pathologin blickte sie prüfend an. „Sie sollten jetzt gehen.“ Ihre Stimme klang allerdings sanft. „Es tut mir sehr leid wegen Ihres Verlusts.“

Draußen auf der Straße stand Ellie mit kalkweißem Gesicht zwischen ihren Eltern. Dieser Anblick ließ India zornig werden. Und wenn es das Letzte ist, was ich tue, schwor sie sich, aber ich werde dieses verdammte Containerschiff zur Strecke bringen.

2

Die Bankangestellten waren die Freundlichkeit in Person. India hatte gerade erst die Hälfte ihrer Geschichte erzählt, als man sie in das Büro des Direktors bat und ihr Kaffee und Sandwiches anbot. Sie wurde behandelt, als hätte sie nach dem Schiffbruch tagelang nichts zu essen bekommen, aber sie würde sich nicht beschweren. Nach dem täglichen Einerlei aus Nudeln und rohem Fisch verlangte ihr Körper sehnsüchtig nach vernünftigen Kohlenhydraten. Schließlich händigte man ihr zusammen mit 700 Dollar in bar eine Kreditkarte aus und sie machte sich auf den Weg zu ein paar Geschäften. Dort ersetzte sie den Walfängeraufzug durch ihre übliche Kleidung, die aus Jeans, Stiefeln und Bluse bestand. Anschließend besorgte sie sich noch eine billige Armbanduhr, einen Notizblock und einen Kugelschreiber. Nachdem sie den Laden verlassen hatte, sah sie sich suchend nach einem Taxi um.

In diesem Augenblick sah sie ihn. Ihr stockte der Atem. Blauer Fleecepulli, Jeans, Segelschuhe, blonder Pferdeschwanz. Eine Sekunde lang glaubte sie, es sei Ned.

Er blickte in ein Schaufenster auf der gegenüberliegenden Straßenseite. Als sie ihn anstarrte, drehte er sich um, und sie hätte schwören können, dass er ihr direkt ins Gesicht blickte. Aber dann schlenderte er die Straße hinab, und ihr wurde klar, dass der Mann nicht die geringste Ähnlichkeit mit Ned hatte. Er war viel stämmiger und gedrungener. Es musste an dem Pferdeschwanz und seiner Kleidung gelegen haben.

Als ein Taxi die Straße entlangfuhr, schob sie den Gedanken an den Fremden beiseite, rief den Wagen heran und bat den Fahrer, sie zum Hafen von Fremantle zu bringen.

Der Himmel war bleigrau, und India fühlte sich ebenso trostlos, wie die Umgebung wirkte, als sie das Hafengelände betrat. Es hatte bestimmt 25 Grad, aber sie fröstelte. Sie lief zur Anlegestelle Corkhill Landing, wo sie stehen blieb und über den Hafen zum North Quay hinüberblickte, dem großen Industrieverladeplatz, wo es von Containern, Kränen und Handelsschiffen nur so wimmelte.

Die *Sundancer* hatte hier gelegen, bevor sie zur Fahrt in die Antarktis aufgebrochen war. Vor ihrem geistigen Auge sah India die Crewmitglieder, wie sie kistenweise Ausrüstung an Bord trugen, und sie hatte noch ihre fröhlichen Rufe im Ohr. Sie sah Emma, die ihre Listen abzeichnete und die Lebensmittel verstaute. Keith, den Ersten Ingenieur, der noch einmal die Maschinen einschließlich der Hilfsmotoren checkte. Vince, der half, ein zusätzliches Rotorblatt als Reserve für den Hubschrauber an Bord zu hieven. Matt und Marie, die von allen Blutproben nahmen, um zu wissen, wer wessen Blutgruppe hatte. Und schließlich Ned, der alles überblickte und überall gleichzeitig war.

Alle sechs waren tot.

India schluckte schwer gegen den Schmerz an, der ihr die Kehle zuschnürte, dann atmete sie tief durch, machte auf dem Absatz kehrt und ging auf das elfstöckige Gebäude der Hafenbehörde zu.

„Kann ich Ihnen behilflich sein?“, fragte die Dame am Empfang.

„Ist der Hafenmeister zu sprechen?“

Die Frau blickte sie skeptisch an, doch als India ihr Anliegen vortrug, griff sie rasch zum Telefonhörer und wählte.

„Chief? Ich habe hier jemanden wegen des Greenpeace-Vorfalls … Klar, ich bringe sie nach oben.“

Hank Gregory war ein großer Mann mit dunkelbraunen Locken und strahlenden blauen Augen, die von Lachfältchen umgeben waren. Er hatte die Hemdsärmel aufgerollt und so auf dem rechten Arm eine Tätowierung in Form einer Taube entblößt, die eine Fahne im Schnabel hielt. Seine Miene war wachsam. „Was wollen Sie?"

Da er sie nicht gebeten hatte, Platz zu nehmen, blieb India einfach mitten in seinem Büro mit Blick über den Hafen stehen und erzählte ihm alles.

„Heiliges Kanonenrohr!", entfuhr es ihm, als sie geendet hatte. „Sie sind also die Reporterin, die ihrer Kameradin ins Wasser nachgesprungen ist? Das nenne ich mutig! Wie kann ich Ihnen behilflich sein?"

„Mich interessiert nur, ob Sie in letzter Zeit ein Containerschiff gesehen haben, das hier angelegt hat. Es hat eine Delle am Bug von –"

„Von der Kollision, klar." Der Chief nickte. „Laut Beschreibung ist das Schiff neunzig Meter lang, fünfzehn Meter breit und hat vier Deckkräne."

„Haben Sie es gesehen?"

Gregory schüttelte den Kopf. „Nein, sie taucht nicht in unseren Listen auf. Wir haben Rücksprache mit der Klassifikationsgesellschaft gehalten, unsere eigenen Unterlagen durchgesehen und überprüft, welche Schiffe in letzter Zeit im Hafen waren. Die Bundespolizei vermutet, dass besagtes Schiff niemals Australien angesteuert hat."

„Haben Sie eine Vermutung, was ein Containerschiff mitten im Südpolarmeer zu suchen hatte?"

Er kratzte sich am Kinn. „Ich sehe keinen Grund, weshalb ein Kapitän mit einem Schiff im Wert von einer halben Million in dieser Gegend herumfahren sollte."

„Was meinen Sie, wie kann ich es am besten aufstöbern?"

„Das machen schon die Bundesbeamten."

„Und ich."

Er blickte ihr einen Moment lang unverwandt in die Augen. „Verstehe."

„Das Schiff heißt *Pride of Tang*-irgendwas", ergänzte sie.

„Ja, ich weiß." Er grinste sie breit an und gab ihr endlich mit einer Handbewegung zu verstehen, dass sie sich setzen möge. „Und es kommt aus einem Hafen, der zwei A im Namen trägt."

„Die beiden A standen recht weit auseinander", informierte sie ihn. „Mit drei, vielleicht sogar vier Buchstaben dazwischen, wie in ‚Manila'."

Der Chief gab etwas in seinen Computer ein. „Das einzige Schiff, das mir im Lloyds-Register gezeigt wird, ist *The Pride*. Ohne Zusatz. Sie kommt aus Hongkong. Soll ich dort mal anrufen?"

„Aber Hongkong hat nicht zwei A im Namen."

„Möchten Sie sie nicht wenigstens von Ihrer Liste streichen können? Ich finde mal heraus, wo sie steckt." Er tätigte einen Anruf. Als er auflegte, sah er enttäuscht aus. „Sie ist auf dem Weg zurück vom Nordpazifik. Hat irgendwas nach Anchorage in Alaska transportiert. Sie kann es also keinesfalls gewesen sein, tut mir leid."

Mehr zu sich selbst als an den Hafenmeister gewandt, fragte India: „Wo um alles in der Welt kann ich dieses Schiff finden?"

Er fuhr sich mit der Hand durch die Locken. „Nun, die Feds überprüfen die Register auf der ganzen Welt. Es ergibt also wenig Sinn, wenn Sie das Gleiche tun. Ich würde mich an Ihrer Stelle auf den Docks umhören. In Melbourne und Sydney. Eine anständige Belohnung anbieten. Die Seeleute könnten das Schiff irgendwo in einem anderen Hafen gesehen haben. Aber sind Sie sich sicher, dass Sie sich in solche Sachen einmischen wollen? Könnte gefährlich werden."

India entschloss sich, seine letzten Worte zu ignorieren, und erwiderte stattdessen: „Wenn Sie von einem Schiff mit einer gewaltigen Beule am Bug hören …"

„Klare Sache, dann gebe ich Ihnen Bescheid."

Die Frau am Empfang rief freundlicherweise ein Taxi, das India zum Flughafen bringen würde. Sie wollte draußen auf den Wagen warten. Sobald sie den ersten Schritt vor die Tür getan hatte, sah sie ihn. Blauer Fleecepulli und Pferdeschwanz. Er lehnte sich auf dem Parkplatz gegen einen dunkelblauen Ford, doch sobald sie auf der Bildfläche erschien, schlüpfte er schnell hinter das Steuer. India ließ ihren Blick über ihn und das Auto gleiten, wobei sie vorgab, ein langes aschgraues Schiff anzustarren, das auf der anderen Seite des Hafens vor Anker lag.

Was zur Hölle war hier los? Folgte er ihr etwa? In diesem Fall war er aber nicht besonders umsichtig. Allerdings hätte sie ihn möglicherweise überhaupt nicht beachtet, wenn er sie nicht an Ned erinnert hätte. Mit zum Zerreißen gespannten Nerven wartete sie, dass er wegfuhr. Aber er blieb.

Als ihr Taxi angefahren kam, hörte sie, wie der Mann den Motor anließ. Dann beobachtete sie, wie er mit seinem blauen Ford zu ihr aufschloss, als das Taxi den Parkplatz verließ. Er folgte ihr den ganzen Weg bis zum Flughafen, hielt sich im Hintergrund, als sie eincheckte, und schlenderte ihr zur Abflughalle nach. Er zog sich erst zurück, als sie am Ende einer Rolltreppe die Sicherheitskontrolle passierte. Zuletzt sah sie, wie er in sein Mobiltelefon sprach, während er nach draußen eilte.

Am Flughafen in Sydney bemühte sich India herauszufinden, ob ihr wieder jemand folgte, aber das war bei so vielen Menschen in ihrer unmittelbaren Umgebung ein schwieriges Unterfangen. Nichtsdestoweniger blickte sie sich vorsichtig um, als das Taxi sie in ihrer Straße absetzte. Sie sah eine Frau in den Zwanzigern mit einem dicken, ungefähr zehn Jahre alten Jungen im Schlepptau, mehrere Männer und Frauen, die von der Anlegestelle der Cityfähre heraufkamen, einen Fensterputzer und einen Mann, der mit seinem Retriever Gassi ging. Sie versuchte, sich alle so gut wie möglich einzuprägen, zusammen mit den beiden Autos, die an ihr vorbeifuhren, einem weißen Lexus und einem rostigen Mini.

Als sie im Aufzug stand, der sie ächzend in den 15. Stock brachte, versuchte sie ihren Verstand davon abzubringen, ständig über den Mann in Perth nachzugrübeln. Wem hatte er Bericht erstattet? Es ist sinnlos, sich weiter den Kopf darüber zu zerbrechen, ermahnte sie sich entschlossen. Du bist zu Hause und hast wichtigere Dinge zu erledigen. Zum Beispiel alles Mikey zu erzählen und zu hoffen, dass er nicht in die Luft gehen wird.

Zu ihrer Erleichterung war er fast damit fertig, einen Berg von Zuckererbsen zu enthülsen, als sie hereinkam. Die Steaks lagen in der Marinade, zwei Flaschen Merlot waren bereits dekantiert. Wenn er sauer auf sie wäre, würde er nie kochen und schon gar keine Flasche Wein für sie öffnen.

„Ist Polly schon im Bett?“, fragte sie.

„Sie wartet auf dich.“

India hatte am Flughafen noch ein Geschenk für die Kleine besorgt, doch als sie sah, dass das Mädchen schon fest eingeschlafen war, legte sie das Mitbringsel beiseite. Es konnte warten.

Das Laken hatte sich um Pollys Taille gewickelt; India zog es hoch. Dann strich sie eine dunkle Lockensträhne aus Pollys Stirn und gab ihr anschließend einen Kuss auf diese Stelle. Sie hatte das Aborigine-Mädchen in einem siedend heißen Städtchen im Outback getroffen, und als sie und Mikey erfahren hatten, dass die Kleine kürzlich verwaist war, hatten sie sie offiziell adoptiert. India lächelte und gab Polly noch einen Kuss, bevor sie zurück in die Küche ging.

Mikey schenkte ihr ein Glas Wein ein und beobachtete, wie sie daran nippte. „Erzähl mir, was passiert ist“, forderte er sie dann auf.

India ging zum Fenster und starrte nach draußen. Kein Lexus oder Mini. Keine Menschen in geparkten Autos, die zu ihrem Fenster hinaufstarrten. Während sie ihren Wein trank, erzählte sie Mikey alles über die Kollision der *Sundancer*, wobei sie immer wieder auf die Straße schaute, aber nichts entdeckte, das sie beunruhigte.

Allmählich entspannte sie sich, und als sie geendet hatte, blickte Mikey sie eine ganze Weile mit unergründlicher Miene an. Dann legte er sein Messer beiseite, kam zu ihr, küsste sie wild und führte sie ins Schlafzimmer.

„Ich sollte öfter Nahtoderfahrungen machen“, sagte sie, als sie später in seinen Armen lag.

„Ich habe mit mir gekämpft, ob ich dich übers Knie legen soll, weil du mir so eine Höllenangst eingejagt hast, oder –“

„Ich bin froh, dass es ‚oder‘ geworden ist“, unterbrach sie ihn lachend.

„Aha.“ Er bewegte sich ein wenig, um ihr ins Gesicht blicken zu können. „Was meinst du, sollen wir uns trauen?“

O Gott, dachte sie, nicht schon wieder! „Wie, auf der Stelle?“ Sie bemühte sich weiter um einen heiteren Tonfall.

Er grinste. „Auf der Stelle wäre perfekt.“

„Ich habe nicht die geringste Absicht, nackt zu heiraten“, protestierte sie.

ALS INDIA am nächsten Morgen die Straße entlangblickte, sah sie die Pendler auf dem Weg zur Fähre. Einige liefen, andere fuhren mit dem Auto. Es gab nichts Ungewöhnliches an der Szene, und sie konnte sich nach wie vor nicht vorstellen, weshalb ihr jemand folgen sollte. Sie würde allerdings trotzdem weiterhin ein wachsames Auge haben, nur für alle Fälle.

Nachdem sie zu dritt gefrühstückt hatten, überreichte India Polly das Mitbringsel vom Flughafen.

„Ein Geschenk?“, fragte die Kleine mit großen Augen. „Aber ich habe doch gar nicht Geburtstag.“

„Das ist ein Ich-habe-dich-vermisst-Geschenk“, erklärte India.

„Komm, Polly“, drängte Mikey, „mach es auf.“

Hochkonzentriert öffnete das Mädchen das Geschenkpapier und wurde vollkommen still, als es das Armband im Aborigine-Stil sah. Sie nahm es und inspizierte vorsichtig das polierte schwarze Holz, das mit winzigen weißen und gelben Sprenkeln sowie braunen, schattenartigen Tupfen verziert war, bei denen es sich um Kängurus oder Hunde oder Stachelschweine handelte. India war sich da nicht so sicher, aber Polly konnte genau erklären, was es war.

„Ich sehe ein Lager“, erklärte sie atemlos, „und ein Wasserloch. Einen Schwarm Kakadus.“ Sie schob sich das Schmuckstück den schmalen Arm hinauf und bewunderte, wie es auf ihrer Haut lag. Dann breitete sich ein

Lächeln auf ihrem Gesicht aus, als würde die Sonne hinter einem Berg Gewitterwolken hervorkommen. „Es erzählt eine ganze Geschichte!" Sie legte die Arme um Indias Hals. „Das ist das beste Geschenk überhaupt!"

NACH EINER BESPRECHUNG mit ihrem Chefredakteur saß India am Nachmittag wieder an ihrem Schreibtisch und versuchte, nicht an Mikeys beiläufig vorgebrachten Heiratsantrag zu denken. Es war das fünfte Mal in ebenso vielen Monaten. Aber warum sollten sie heiraten? Schließlich lebten sie zusammen und bildeten mit Polly eine richtige kleine Familie. Sie glaubte nicht, dass ein Stück Papier einen Unterschied ausmachte, aber Mikey dachte offensichtlich anders darüber. Was hatte er das letzte Mal gesagt?

Es geht um die Bindung, India. Es heißt, du liebst mich so sehr, dass du mich für ein ganzes Leben haben willst.

Sie hatte sich damals gedacht, „für ein ganzes Leben" höre sich nach Freiheitsstrafe an, aber nichts gesagt, sondern Mikey lediglich ein strahlendes Lächeln zugeworfen und ihm versprochen, darüber nachzudenken.

Seufzend griff sie nach dem Telefonhörer und rief alle großen australischen Häfen an. Danach kamen Häfen mit zwei A im Namen an die Reihe: Daressalam, Auckland, Jakarta, Punta Arenas, Mar del Plata. Ein großer Teil des Reporterlebens bestand in derartig öden Recherchen. India hoffte, dass sie, wenn sie gründlich genug arbeitete, vielleicht ein wenig Glück haben würde.

Mit Cuans Zustimmung brachte der *Sydney Morning Herald* am nächsten Morgen ihre Geschichte. Außerdem setzte die Zeitung eine Belohnung für jeden aus, der ihnen Informationen über die *Pride* lieferte. Daraufhin ging eine Handvoll idiotischer Anrufe ein, die nur auf das Geld abzielten, doch weiter passierte nichts. Die Feds waren ebenfalls noch auf der Suche, hatten aber bislang weder das Containerschiff noch die *Kagoshima Maru* ausfindig machen können.

Die Woche war noch nicht vergangen, als India entdeckte, dass sie wieder verfolgt wurde.

Eine Frau in den Zwanzigern mit einem dicken Jungen im Schlepptau. Sie hatte ihn nicht jedes Mal bei sich, und deswegen war sie India bisher wohl noch nicht aufgefalien. Und auch die Frau selbst hielt sich nicht ständig in ihrer Nähe auf, teilte sich die Überwachung wahrscheinlich mit einer oder mehreren anderen Personen. Wer das war, konnte India nicht sagen. Doch die Betreffenden waren offenbar wesentlich besser im Observieren als die Frau, da India nie jemand auffiel, der auch nur im Entferntesten verdächtig wirkte.

Durch ihre erhöhte Vorsicht bemerkte sie immer mehr Dinge. So entdeckte sie eines Freitagmorgens, als sie ins Büro kam, dass die Tastatur ihres Computers rechts vom Monitor lag, obwohl sie sie immer nach links schob, wenn sie mit Tippen fertig war. Und die Papiere auf ihrem Schreibtisch lagen ebenfalls nicht in der gleichen Anordnung, wie sie sie in Erinnerung hatte. Aber was ihr weitaus größere Sorge bereitete, war die Tatsache, dass während ihrer Abwesenheit vier Dateien auf ihrem Computer geöffnet worden waren, die allesamt mit dem Untergang der *Sundancer* zu tun hatten.

„Aber wir haben doch ein Sicherheitssystem", meinte Scotto, ihr Chefredakteur, als sie ihm von ihrem Verdacht erzählte. Er nahm seine Brille ab und rieb sich die Nasenwurzel. „Niemand kann einfach von der Straße hereinkommen und deine Sachen durchwühlen."

„Eigentlich nicht."

„Was meinst du, wonach sie suchen?"

„Ich vermute, dass sie herausfinden wollen, wie weit ich mit dem Auffinden des Containerschiffs gekommen bin." Sie stieß einen abgrundtiefen Seufzer aus. „Das so gut wie nirgendwo aufzufinden ist."

„Hast du mit Mikey darüber gesprochen?"

„Noch nicht. Ich möchte ihn nicht beunruhigen."

Scotto brummte etwas Unverständliches. „Sollen wir Schlösser an deiner Bürotür anbringen?"

India dachte über den Vorschlag nach. „Nein, ich möchte diese Typen nicht alarmieren. Lieber trage ich alle wichtigen Unterlagen mit mir herum. Aber wenn du jemanden in meinem Büro auf frischer Tat ertappen solltest …"

„Werde ich ihn höchstpersönlich festnehmen", ergänzte Scotto.

Die nächsten Tage verbrachte India auf Trauerfeiern, auf denen sie sich ebenfalls umsah, aber niemanden entdeckte, der ihr auf den Fersen war. Allerdings durfte man nicht vergessen, dass die unbekannten Verfolger über beträchtliche Mittel verfügen und unglaublich gut organisiert sein mussten, da India am Dienstagmorgen nach Melbourne, am selben Nachmittag nach Brisbane und am Mittwoch weiter nach Westaustralien geflogen war. Kein Mann mit Pferdeschwanz erwartete sie am Inlandterminal des Flughafens von Perth, und es schien auch niemand dem Mietwagen zu folgen, mit dem sie den Flughafen verließ und auf den Highway fuhr. Als sie Geraldton erreichte, entspannte sich India allmählich.

Ihre stabile Gemütsverfassung blieb ihr bis nach Neds Beerdigung erhalten, als sie herausfand, dass Ellie nicht bei ihren Eltern wohnte. „Du kannst nicht zu Hause bleiben. Was ist mit dem Baby?“ Sie erzählte ihr, was ihr die Pathologin über Neds Lunge mitgeteilt hatte.

„Aber dort ist er immer in meiner Nähe.“ Ellie machte eine hilflose Geste. „Ich möchte nirgendwo anders sein. Vielleicht sehe ich es in ein paar Wochen anders, aber jetzt nicht.“

Die letzte Trauerfeier wurde für Emma im ausgedörrten Nordaustralien abgehalten. Während sie bis zu den Knöcheln in rotem Staub versank und bei vierzig Grad Hitze aus jeder Pore schwitzte, entdeckte India Katy, die aus einem nagelneuen Landcruiser mit Klimaanlage sprang.

„Was haben die denn zu bedeuten?“ India wies auf die WERDET AKTIV!-Aufkleber, mit denen der Wagen regelrecht bepflastert war. „Ich dachte, dass du gegen das Aussterben des Kaninchennasenbeutlers protestierst, statt Werbung für einen Fitnesstrend zu machen.“

„Das ist der neue Name von Williams Firma. Er soll die Leute dazu aufrufen, aktiv zu werden, indem sie seine Produkte kaufen, weil sie damit den Umweltschutz unterstützen. Außerdem hofft William, so den Umsatz zu steigern.“

India zog die Augenbrauen hoch. In Anbetracht der Tatsache, dass er im letzten Jahr auf der Liste der reichsten Männer Australiens gestanden hatte, hätte sie gedacht, dass mit Williams Umsatz alles zum Besten stand. Er galt als landesweit größter Produzent so genannter grüner Haushaltsprodukte. Die Werbespots seiner Firma wurden von allen Fernsehsendern ausgestrahlt und informierten die Öffentlichkeit, dass sein Spülmittel und seine Parkettpolitur genauso gut waren wie die der Konkurrenz, allerdings weitaus weniger umweltschädlich. India erinnerte sich dunkel, dass von Williams Firma darüber hinaus kürzlich erst ökologisch perfektes, selbstkompostierendes Verpackungsmaterial auf den Markt gebracht worden war.

„Hat er nicht was mit Ecopac zu tun?“

Katy strahlte sie an. „Ist er nicht brillant?“

Das dürfte die Wahrheit noch nicht mal annähernd treffen, dachte India, denn Ecopac wird die ganze Welt verändern. Sämtliche Kunststoffverpackungen für Saft oder Milch würden sich nicht länger auf Mülldeponien türmen, sondern unter der australischen Sonne porös werden und schließlich zu Staub zerfallen.

„Sehr gut gemacht“, antwortete India beeindruckt. „Wann kommt es auf den Markt?“

Katy blickte auf die staubige Landebahn neben der Straße, dann sah sie stirnrunzelnd zum Himmel empor. „Das wird William dir selbst sagen, sobald er hier ist. Er kann es nicht erwarten, dich kennen zu lernen."

Als der gedämpfte Klang von Orgelmusik zu ihnen herüberdrang, blickten sie sich bestürzt an und hasteten durch die brütende Hitze auf die getünchte kleine Kirche zu.

NACH DEM GOTTESDIENST wollte India gerade eine Flasche Wasser aus ihrem Mietwagen holen, als jemand ihren Namen rief. Sie drehte sich um und sah einen dunkelhaarigen Mann Anfang vierzig mit schnellen Schritten auf sich zukommen. Schicker Anzug, dachte sie beifällig, ich wette, der ist maßgeschneidert.

„India Kane?" Er streckte ihr die Hand entgegen. „Ich bin Katys Mann, William Hughes."

Sie verbarg ihre Überraschung, dass er nicht Katys Alter entsprach, damit, dass sie begeistert seine Hand schüttelte und ausrief: „Toll, Sie kennen zu lernen!"

Er grinste. „Die Freude ist ganz meinerseits, glauben Sie mir. Sie haben ihr das Leben gerettet."

„Nun, wenn ich es nicht getan hätte, dann jemand anders."

„Das wage ich zu bezweifeln."

India war immer unbehaglich zumute, wenn jemand sie lobte, und so zuckte sie die Schultern.

„Ich würde mich freuen, wenn Sie mit Katy und mir Mittag essen gingen, falls Sie Zeit haben", fuhr er fort. „Bei der Gelegenheit könnte ich mich dann ausgiebig und in aller Form bei Ihnen bedanken –"

„Ich esse sehr gern mit Ihnen", unterbrach sie ihn, „aber nur, wenn Sie versprechen, dass Sie sich nicht weiter bedanken."

Er lächelte. „Kann ich es nicht wenigstens noch *ein* Mal tun?"

Sie merkte, dass er sie neckte, und lächelte ebenfalls.

Er nahm ihre Hände in seine und blickte sie ernst an. Dann sagte er mit feierlicher Stimme: „Danke, India Rose Kane, dass Sie das Leben der Frau gerettet haben, die ich liebe. Ich stehe tief in Ihrer Schuld. Sollten Sie je meine Hilfe brauchen, wird es mir eine Ehre sein, Ihnen zur Seite zu stehen."

ZURÜCK IN SYDNEY, hielt India weiterhin wachsam Ausschau nach Verfolgern, aber sie konnte niemanden entdecken, und auch ihr Büro schien nicht wieder betreten worden zu sein. Schließlich gestattete sie sich den Gedanken, dass die Unbekannten aufgegeben hatten. Was eine große Erleichterung war, selbst wenn sie gar nicht wusste, wer die anderen waren oder was genau sie im Sinn gehabt hatten. Wieder eines der seltsamen Mysterien im Leben, dachte sie und fragte sich, ob sie jemals herausfinden würde, was es mit der Beschattung auf sich gehabt hatte.

Die Medien berichteten auch noch während der folgenden Monate über den Untergang der *Sundancer*. Überlebende wurden für Fernsehshows interviewt, und die Regierung forderte eine internationale Zusammenarbeit, um die *Pride* zu finden, aber rein gar nichts kam ans Tageslicht. Es war, als habe sich das Schiff in Luft aufgelöst.

India weigerte sich jedoch, sich von dem ausbleibenden Erfolg entmutigen zu lassen, und erinnerte sämtliche Hafenmeister von Mexiko bis Madagaskar daran, dass sie noch immer nach dem Containerschiff suchte, das den Tod von sechs Menschen zu verantworten hatte. Doch erst im Juli sollte sie auf eine erste Spur stoßen.

Sie hatte sich etwas zum Mittagessen geholt und stellte es auf den Schreibtisch, um zunächst ihre Nachrichten abzuhören. Spannung ergriff sie, als sie eine jungenhafte Stimme vernahm, die fragte, ob es noch immer eine Belohnung für Informationen über das Containerschiff gäbe. Umgehend rief India zurück.

„Ich habe jemanden an der Hand, der Ihr Schiff kennt“, sagte die helle Stimme. „Wie viel wird derjenige bekommen?“

Der klingt, als wäre er gerade mal zwölf, dachte sie. Das wird nur wieder ein schlechter Scherz sein. „Hören Sie, die Belohnung ist für echte, harte Fakten über das Greenpeace-Unglück ausgesetzt. Wenn Sie nichts –“

„Wie viel springt für mich raus?“ Seine Stimme wurde weinerlich, aber India wurde hellhörig, als er von „er“ zu „ich“ wechselte.

„Kommt darauf an.“

„Auf was?“

„Ob es das richtige Schiff ist.“

„Wie wäre es mit *Pride of Tangkuban*? Ein Containerschiff, das normalerweise im Indischen Ozean unterwegs ist. Einundneunzig Meter ist die Rostlaube lang, mit einer verdammt großen Delle im Bug. Vier Winden und Kräne. Indischer Kapitän, philippinische Crew.“

„Okay“, stieß sie überrascht hervor. „Hört sich nach dem Schiff an.“

„Also, wie viel?“

„Wo ist sie? Sind Sie gerade auf dem Schiff? Liegt es in Australien?“ India musste sich zusammenreißen, als ihr klar wurde, dass sie ihm keine

Zeit für eine Antwort ließ. „Hallo?“, fragte sie nach ein paar Sekunden mit pochendem Herzen. „Sind Sie noch dran?“

„Ich beantworte keine einzige Frage mehr, bis ich mein Geld bekommen habe.“

Indias Gedanken überschlugen sich förmlich. „Wo sind Sie?“

„In Perth.“

Das lag über viertausend Kilometer entfernt, aber sie zögerte keine Sekunde. „Ich werde morgen dort sein. Gegen sechs, passt Ihnen das?“

„Wie viel springt für mich dabei raus?“, beharrte er.

„Kommt darauf an, aber bis zu … sagen wir, zwei Riesen ist alles drin.“

„Das ist alles?“ Er bemühte sich um einen lässigen Tonfall, aber sie hörte deutlich die Aufregung aus seiner Stimme heraus und wusste, dass sie nicht weiter zu verhandeln brauchte.

„Ja, das ist alles“, bestätigte sie. „Wo sollen wir uns treffen?“

„Im ‚Dolphin‘. Das ist ein Pub in Fremantle.“ Seine Stimme klang jetzt gehetzt. „Und kommen Sie allein, ich will keine Polizei und keine Typen von der AMSA. Nur Sie allein.“

„Woran werde ich Sie erkennen?“

„Werden Sie nicht. Aber ich weiß aus der Zeitung, wie Sie aussehen.“

Als er aufgelegt hatte, erwog India, die Feds anzurufen, entschied sich aber dagegen. Sie würden den Pub umstellen, und das würde den Jungen abschrecken. Sie hatte keine Lust, die einzige Spur zu verlieren, über die sie verfügte.

Sie holte sich grünes Licht von Scotto und buchte bereits ihr Ticket, als ihr klar wurde, dass sie noch gar nicht mit Mikey geredet, geschweige denn an Polly gedacht hatte. Wenn man mit anderen Menschen zusammenlebte, wurde alles gleich so kompliziert!

Als Polly im Bett lag, informierte India Mikey bei einem späten Abendessen über ihr Vorhaben. „Mein Flug geht gleich morgen früh.“

Er legte seinen Löffel beiseite. „Und Polly?“

„Kann sie nach der Schule nicht zu deiner Mutter gehen?“

Sein Kiefer verspannte sich. „Nicht ständig. Mein Gott, manchmal bist du so vernagelt, dass du alles außer deiner eigenen Existenz völlig vergisst!“

Sie widerstand der Versuchung wegzublicken, was einem Eingeständnis der Scham gleichgekommen wäre. „Polly kann mich jederzeit begleiten.“

Seine entsetzte Miene war Antwort genug. „Kommt nicht infrage.“

„Dann also doch zu deiner Mutter."

„Nein." Er presste das Wort förmlich hervor. „Ich will nicht, dass du fährst."

„Wie bitte?"

Mikey erhob sich langsam und starrte sie über den Tisch hinweg an. „Hol dir dieses Mal jemand anders für die Drecksarbeit. Von deinem letzten Trip bist du fast nicht mehr lebendig zurückgekehrt. Oder hast du das schon wieder vergessen?"

„Die Sache mit Greenpeace war ein Unfall. Willst du damit etwa sagen, dass ich keine Nachforschungen anstellen soll? Dass ich zu Hause bleiben und die Türen verriegeln soll?"

„Nein, ich sage nur, dass du dich nicht wieder in Gefahr bringen sollst."

„Ich will aber wissen, was geschehen ist. Du müsstest das mehr als alle anderen verstehen."

„Nein, India." Seine Stimme wurde lauter. „Ich will nicht, dass es schon wieder losgeht. Es ist wie eine Droge für dich und nimmt dein ganzes Leben in Anspruch. Polly und ich existieren nicht länger für dich …" Er schaute weg, als könne er ihren Anblick nicht ertragen, bevor er das Zimmer verließ.

India hörte, wie er nebenan den Fernseher anschaltete. O Gott, dachte sie, ich hätte ihn fragen müssen, ob es für ihn okay ist, damit er die Chance gehabt hätte, darüber zu reden! Wie konnte ich nur so dämlich sein?

Sie warf einen Blick ins Wohnzimmer, wo Mikey wie betäubt auf den Fernseher starrte. An der Art, wie er die Arme verschränkt hielt und die Zähne aufeinanderpresste, konnte sie ablesen, dass sie in diesem Augenblick bessere Chancen gehabt hätte, mit einem Krokodil Freundschaft zu schließen. Also übernahm sie den Abwasch – was für sie immer einer Entschuldigung gleichkam, da sie Hausarbeit hasste – und ging zu Bett.

Sie war schon fast eingeschlafen, als sie spürte, wie die Matratze unter Mikeys Gewicht nachgab. Er legte sich mit dem Rücken zu ihr, woraufhin India ebenfalls mit dem Rücken zu ihm hinrutschte. Doch die winzige Bewegung, die er machte, reichte, um ihr zu zeigen, dass sie ihm nicht willkommen war.

Überzeugt, dass sie keine Sekunde schlafen würde, weil sie sich schämte, rollte India sich zusammen. Doch als sie erwachte, war der Tag schon angebrochen und sie fühlte sich kräftig und ausgeruht. Sie spürte Mikeys Atem an ihrem Nacken, und sein rechter Arm lag über ihrer Brust, so wie es immer war.

Am frühen Abend holte India Neds Geländewagen am Flughafen von Perth ab und war wie immer überrascht von der unglaublichen Großzügigkeit der Australier, wenn es darum ging, ohne viel Aufhebens jemandem einen Gefallen zu erweisen. Als sie Ellie angerufen und gefragt hatte, ob sie über Nacht bleiben könne, hatte ihre Freundin nicht lange nach Indias Transportmittelplänen gefragt, sondern ihr schlicht mitgeteilt: „Meine Nachbarin ist ebenfalls in Perth. Ich werde sie bitten, Neds Wagen für dich dort abzustellen. Sie wird jemanden finden, der sie auf dem Rückweg mitnimmt, keine Sorge."

India hatte nicht protestiert. Ein kostenloses Auto war ihr stets willkommen, und sie nahm sich vor, als Dankeschön ein Geschenk für Ellies Nachbarin zu besorgen.

Sie warf einen prüfenden Blick in den Rückspiegel, als sie das Flughafengelände verließ. Sie hatte den Mann mit dem Pferdeschwanz nicht am Terminal gesehen, und niemand fuhr hinter ihr her, kein Wagen, kein Motorrad, noch nicht einmal ein Fahrrad. Sie begab sich auf direktem Weg nach Fremantle und verbrachte die Zeit bis zu ihrem Treffen damit, durch die Kunstgalerien und Boutiquen zu streifen.

Es war schon dunkel, als sie sich endlich ins Dolphin aufmachte. Als sie den Kopf zur Tür hineinsteckte, bot sich ihr der Anblick einer überfüllten Bar voller Rauch und Lärm, in der es nach Schweiß und Bier stank. In einem Seitenraum zu ihrer Rechten spielten einige Männer Darts und Billard, während fünf knapp bekleidete Kellnerinnen hinter der Bar literweise Bier an die in drei Reihen davorstehenden Gäste ausschenkten. India zögerte. Sie glaubte nicht, jemals zuvor so viele trinkfeste Kerle auf so engem Raum gesehen zu haben, und war sich nicht sicher, ob sie willkommen war. Da hörte sie, wie jemand ihren Namen rief.

Erleichterung durchzuckte sie und katapultierte sie förmlich durch die Tür. „Chief Gregory!"

Der Hafenmeister von Fremantle bahnte sich einen Weg durch die Menge. Sein Gesicht war gerötet und glänzte, als er sie angrinste. „Wenn das nicht meine Lieblingsreporterin ist! Kann ich Ihnen einen Drink spendieren?"

„Ein Bier wäre großartig."

Er begab sich an die Spitze der Warteschlange, was ihm niemand zu verübeln schien, am wenigsten die hübsche Kellnerin, die ihm unaufgefordert einen Maßkrug mit Export einschenkte.

„Sind Sie meinetwegen vorbeigekommen?", fragte er India mit einem Lächeln in den Augen.

„Nein. Ich bin hier, um jemanden zu treffen, der zu wissen behauptet, wo mein Schiff ist.“ Sie biss sich auf die Lippe und fügte dann hinzu: „Ich habe den Feds nichts davon gesagt, weil ich vermeiden will, dass sie meinen Kontakt abschrecken.“

Ihr Geständnis schien den Chief nicht aus der Fassung zu bringen. Er reichte ihr das Bier. „Ich werde schon nichts verraten, wenn Sie es auch nicht tun.“

Fragend zog sie die Brauen hoch.

„Von Hafenmeistern wird erwartet, dass sie ein gutes Vorbild abgeben.“ Er blickte zu den Barmädchen hinüber, bevor er sich mit betretener Miene wieder India zuwandte. „Meine Vorgesetzten würden einen Herzkasper bekommen, wenn sie wüssten, dass ich hier bin.“

India beschloss, das förmliche Sie sausen zu lassen. „Dein Geheimnis ist bei mir gut aufgehoben, Hank.“

Er stieß sein Glas gegen ihres und trank einen großen Schluck. „Was ist das eigentlich für ein Typ, mit dem du dich treffen willst?“

India berichtete von dem Telefonat mit dem Jungen, woraufhin der Chief seinen Blick durch den Raum schweifen ließ. „Warum bleibst du nicht einfach hier, damit ich ein Auge auf dich haben kann? Wenn er kommt, werde ich ihn mir mal ansehen, um sicherzugehen, dass du nicht in Gefahr bist.“

Sie war erleichtert. „Das wäre wunderbar.“

„Du findest mich dort drüben.“ Er wies auf eine Ecke am anderen Ende des Raumes, in der sich ungefähr ein Dutzend Männer um mehrere runde Tische drängten. „Allerdings werden die Jungs ziemlich sauer sein, weil ich dich nicht mit rüberbringe. Sie sind von einem hübschen Gesicht immer sehr angetan.“

Scheinbar mühelos schob er seinen massigen Körper durch die ausgelassene Menge, bevor er sich bei seinen Kumpels mit dem Rücken zur Wand niederließ. Er hob sein Glas in Indias Richtung und blinzelte ihr zu. Sie prostete zurück. Daraufhin drehten sich alle anderen an seinem Tisch zu ihr um und grüßten sie auf die gleiche Weise. Es brachte sie zum Lachen.

Es waren fünf Minuten vergangen, als sie eine Hand auf ihrem Arm spürte. Sie fuhr zusammen, und der junge Mann, der sie berührt hatte, zuckte ebenfalls zusammen. Er entschuldigte sich, während seine Blicke unruhig durch den Raum huschten.

„Kein Problem.“

„Sie sind die Journalistin, stimmt’s?“

„India.“ Sie streckte den Arm aus, und sie schüttelten sich die Hände.

Sein Griff war überraschend fest, auch wenn seine Handfläche feucht von Schweiß war. „Danny."

Er war um die zwanzig und entsprach dem typischen Bild eines Surfers. Er war gebräunt und sehr dünn. Sein schwarzes gelocktes Haar glich dem Fell eines Wasserspaniels, und auch sein Blick erinnerte an den eines Hundes. India glaubte nicht, dass er ihr Schwierigkeiten bereiten würde, schaute sich aber trotzdem um. Der Chief war nirgendwo zu sehen.

„Wo ist das Geld?", fragte Danny.

„In sicherer Verwahrung."

„Verflucht!" In seine Spanielaugen traten Tränen der Verzweiflung. „Soll das etwa heißen, dass du es nicht dabei hast?"

Sie war im Begriff zu antworten, als ein Mann sie anrempelte, woraufhin sie ihr Bier über ihre Hand und den Unterarm verschüttete. Sie stellte das Glas ab. „Es ist zu voll hier. Lass uns gehen –"

„Nebenan ist es ruhiger. Hallo, ich bin Hank Gregory." Der Chief hielt Danny seine Pranke entgegen. „Ein Freund von India."

Danny sah bestürzt drein, schüttelte aber trotzdem die ihm dargebotene Hand.

„Konnte es nicht zulassen, dass eine schöne Frau ohne Begleitung diesen Ort besucht", erklärte Hank geschmeidig. „Das wirst du sicher verstehen."

„Aber ich dachte –"

„Ich sage kein Sterbenswörtchen. Tut einfach so, als wäre ich nicht da."

Mit einer Hand an Indias Ellbogen und der anderen auf Dannys Schulter, führte der Hafenmeister sie in den Nebenraum, in dem es ein klein wenig ruhiger war, und dort zu einem Ecktisch. India setzte sich Danny gegenüber, während der Chief zwischen ihnen Platz nahm.

„Nur zu, dann leg mal los!", forderte er den Jungen auf.

Danny fuhr sich mit der Zunge über die Lippen. „Wo ist die Kohle?"

India griff in ihre Jackentasche und holte einen Umschlag heraus, den sie auf den Tisch legte. „Zwei Riesen."

Hintereinander huschten kurz zwei Gefühlsregungen über sein Gesicht: erst Gier, dann Angst.

„Also, Danny, erzähl mal, woher du die *Pride of Tangkuban* kennst."

„Ich gehörte zur Crew."

„Wann war das?"

„Januar." Sein Blick war unverwandt auf den Tisch gerichtet, bevor er murmelte: „'tschuldigung."

India hatte das Gefühl, als sei ein eiskalter Wassertropfen in ihrem Nacken gelandet. Danny war an Bord der *Pride* gewesen, als es den Zusammenstoß gegeben hatte. Doch ihre Stimme klang ruhig, als sie fragte: „Wem gehört das Schiff?"

„Weiß nicht."

„Wer ist der Kapitän oder der Reeder?"

„Weiß nicht."

„Und von welchem Hafen kommt die *Pride*?"

Er nagte eine Weile auf seiner Lippe herum. „Jakarta."

Wenigstens etwas Konkretes. „Sehr gut, Danny. Und was hattet ihr im Südpolarmeer zu suchen?"

„Aber ich habe nie behauptet, dass wir dort waren!" Entsetzt sah er auf.

India stand im Begriff, ihn darauf hinzuweisen, dass er es mit seiner Entschuldigung praktisch zugegeben hatte, doch stattdessen atmete sie tief durch und besann sich eines Besseren. „Dann sag mir bitte, wie oft du auf der *Pride* angeheuert hast."

„Nur ein Mal. Dem Kapitän fehlten in Sydney noch vier Mann. Vier Filipinos waren ihm abhandengekommen, gerade bevor das Schiff in See stechen wollte."

„Abhandengekommen?" India runzelte die Stirn. „Ich nehme an, das soll heißen, dass sie sich jetzt illegal in Australien aufhalten."

„Genau."

„Und der Kapitän war daraufhin gezwungen, dich und drei weitere Crewmitglieder in Sydney an Bord zu nehmen."

„Zwei. Wir kosten ein wenig mehr als ein Filipino."

„Verstehe. Und wie lautet der Name des Kapitäns?"

Er schüttelte den Kopf.

Sie versuchte es noch einmal. „Wo ist die *Pride* jetzt?"

„Keine Ahnung." Er bemerkte ihre Miene und fügte hastig hinzu: „Sie haben mich in Chennai rausgelassen, dann habe ich Arbeit bis Port Elizabeth gekriegt. War im südlichen Atlantik unterwegs, bevor es wieder nach Hause ging."

Chennai war früher unter dem Namen Madras bekannt, entsann sich India. Es lag an der Ostküste Indiens, eine gigantische, pulsierende Stadt mit einem entsprechend riesigen Hafen.

„Was hattet ihr für Fracht an Bord?"

„Fracht?" Der entsetzte Ausdruck war auf sein Gesicht zurückgekehrt. Er schüttelte den Kopf. „Ich weiß nichts über Fracht."

„Aber du musst doch irgendetwas mitgekriegt haben."

„Ehrlich, ich weiß es nicht.“ In Dannys Stimme mischte sich Verzweiflung, und er richtete seine Spanielaugen auf India. „Ich schwör’s. Ich war nur für ein paar Wochen angeheuert. Hab ausgeholfen und bin für die Typen eingesprungen, die den Kapitän im Stich gelassen hatten. Das ist alles. Ich weiß nichts von einer Fracht, okay?“

„Und wo liegt das Problem?“

„Nirgends!“

Von wegen. Kaum hatte sie das Wort Fracht ausgesprochen, hatte er sich benommen, als säße er auf einer Ladung Knallfrösche. „Danny, gib mir einen Namen. Einen Schiffsmakler, eine Firma, die bei euch verlädt, etwas, was du auf einer Rechnung gesehen haben könntest, *irgendeinen* Namen.“

Er wollte rasch aufstehen, aber Hank legte eine Hand auf seine Schulter und drückte ihn auf den Stuhl zurück.

„Lasst mich gehen“, flehte der Junge.

„Nein“, entgegnete der Hafenmeister ruhig.

Danny zitterte wie Espenlaub. India bezweifelte, dass sie noch etwas aus ihm herausholen könnte. Sie wollte ihm zweihundert Dollar geben und ihn ziehen lassen, als er unvermittelt sagte: „Harris und … Ich kann mich nicht an den zweiten Teil erinnern.“

„Ist das ein Firmenname?“ Sie lehnte sich vor, ihr Ton klang eindringlich. „Wo hast du ihn gesehen?“

Es entstand eine lange Pause, in der sie ihn unverwandt ansah und er verzweifelt versuchte, ihrem Blick auszuweichen.

„Ach, Mist!“ Er wischte sich mit der Handfläche über das Gesicht. „Die Sache ist so, dass wir etwas von deren Zeug hier in Fremantle an Bord genommen haben. Reicht das?“

Er versuchte, sich den Umschlag zu schnappen, aber India war schneller.

„Tut mir leid. Aber was du mir an Informationen geliefert hast, ist keine zwei Riesen wert.“ Sie gab ihm sechshundert und sah zu, wie er das Geld in seiner Gesäßtasche verschwinden ließ.

Hank hob die Augenbrauen, aber India schüttelte den Kopf und ließ Danny gehen. Ohne nach rechts und links zu blicken, huschte er mit vorgebeugten Schultern nach draußen wie ein zu Tode verängstigtes Kaninchen.

„Danke, Chief.“ India griff nach ihrer Jacke und eilte ihm nach.

DER WIND war so beißend kalt, dass sie den Kragen ihrer Jacke hochschlug, als sie Danny die Straße hinabfolgte. Ihre Schritte tönten wie eine Maschinengewehrsalve auf dem Gehsteig, aber der Junge schien sie nicht zu hören. Er ging sehr schnell, hatte den Kopf gesenkt und schien auf nichts anderes Wert zu legen als auf sein Bedürfnis, von hier wegzukommen. An der nächsten Ecke bog er rechts ab, dann wieder links an einer Kreuzung.

India vermutete, dass er auf dem Weg zu irgendeiner Absteige war, wo er vorübergehend untergekommen war, bis er einen neuen Job auf einem anderen Schiff annahm. Sie wollte nur wissen, wo er wohnte, damit sie die Feds informieren konnte. Die würden sich Danny ordentlich vorknöpfen und sehr viel mehr Informationen aus ihm herausholen, als ihr das gelungen war.

Nachdem er noch zweimal abgebogen war, sah sie ein Schild, das ihr verriet, wohin Danny wollte: in den „Flying Angel Club", den es in jedem größeren Hafen der Welt gab. Dabei handelte es sich um Seefahrermissionen, die im Besitz der Church of England waren und ihren Spitznamen nach ihrem Symbol, einem fliegenden Engel, bekommen hatten. Sie hätte es wissen müssen, dass Danny dort untergekommen war, sagte sich India. Es war der perfekte Unterschlupf für einen Matrosen. Man war unter seinesgleichen, und die Leute wussten, welche Schiffe im Hafen lagen und wo man Arbeit finden konnte.

Ein Auto kam die Straße entlang und bremste auf Dannys Höhe ab. Dann rollte es fast parallel zu ihm im Schritttempo weiter. Schließlich beschleunigte es und fuhr weiter. India dachte sich nichts dabei, bis der Wagen plötzlich anhielt und zwei Männer ausstiegen, die sofort auf Danny zukamen. India beschlich eine dumpfe Ahnung. Sie glaubte, bei einem der beiden ein metallisches Aufblitzen in der Hand zu sehen. O Gott, war das ein Revolver? Ihre Ahnung verwandelte sich schlagartig in höchste Alarmbereitschaft.

„Danny!", brüllte sie.

Er fuhr herum, als er ihren Schrei hörte, woraufhin die beiden Männer kurz stehen blieben.

„Pass auf!"

Er blickte sich noch immer nach ihr um, als einer der Männer auf ihn zusprang und ihn zu Boden riss. Danny versuchte sich zu befreien, doch der andere schlug auf ihn ein. India wich zurück und suchte in ihrer Tasche hektisch nach ihrem Handy, als der zweite Mann direkt auf sie zulief.

Keine Zeit zum Telefonieren …

India machte auf dem Absatz kehrt und rannte den Weg zurück, den sie gekommen war, zurück zum Sicherheit versprechenden Pub und zu Hank.

Mit gesenktem Kopf eilte sie die Straße entlang, wandte sich nach links, dann wieder nach links. Sie hörte die hämmernden Schritte ihres Verfolgers und betete, dass sie den Abstand zwischen ihnen beibehalten konnte.

Sie gelangte an die Kreuzung, doch als sie einen Haken nach rechts schlug, rutschte sie mit ihren Stiefeln auf einer Handvoll nasser Blätter aus, und im nächsten Augenblick stürzte sie mit voller Wucht zu Boden. Der Aufprall raubte ihr den Atem, doch sie rappelte sich gleich wieder hoch. Während sie noch versuchte, wieder etwas Luft in die Lunge zu bekommen, sah sie das metallische Blitzen in der Hand des auf sie zulaufenden Mannes.

Er hatte ein Messer bei sich.

Die Angst löste einen Adrenalinstoß aus, der India weiterhasten ließ. An der nächsten Kreuzung bog sie nach links und erkannte das hell erleuchtete Pub am Ende der Straße, doch niemand hielt sich in seiner unmittelbaren Nähe auf. Sie rannte, so schnell sie konnte, aber die Schritte des Mannes kamen näher.

Sie hörte ihn hinter sich keuchen und spürte gleich darauf, wie er sie von hinten anfiel. Seine Hände griffen nach ihren Knien, dann riss sein Gewicht sie zu Boden. Sie schlug auf dem Gehsteig auf, und wieder setzte ihr Atem aus. Sie wand sich unter dem enormen Gewicht des Angreifers. Dabei roch sie seinen Atem – etwas Bitteres und Antiseptisches, wie zerstoßene Kräuter.

Plötzlich erkannte sie Licht, das aus der geöffneten Tür des Pubs fiel. Eine Handvoll Leute strömte nach draußen. Sie starrte unverwandt zu ihnen hinüber. Das waren ihre Retter, aber sie konnte weder sprechen noch schreien. In diesem Augenblick spürte sie, wie der Mann seinen Arm zurückzog. Jetzt wird er mich erstechen!, schoss ihr durch den Kopf.

Gierig schnappte sie nach Luft, aber der Angreifer presste seine Hand auf ihren Mund und dämpfte ihre Schreie. Er schien das Gewicht eines Bären zu haben. Sie versuchte, gegen ihn anzukämpfen und die Männer vor dem Pub auf sich aufmerksam zu machen.

„Halt die Schnauze, verdammt!“, keuchte der Angreifer an ihrem Ohr.

Sie versuchte in seine Hand zu beißen, doch er drückte sie stärker auf ihr Gesicht, sodass sie kaum noch den Kopf bewegen, geschweige denn ein Geräusch von sich geben konnte.

„Ganz ruhig, Miststück!“

Die Männer vor dem Pub machten sich auf den Weg – zwei in Richtung Norden, drei gen Süden, und nur einer kam torkelnd auf sie zu.

„Wenn du wieder versuchst, mich zu beißen, knall ich dir eine, dass deine Ohren noch in einer Woche brummen, kapiert?“

Sie nickte, dann verschwand das Gewicht von ihr. Er zog sie hoch, seine Hände glitten an ihre Hüften, und sein Kinn schmiegte sich an ihre Schulter, als wären sie ein Liebespaar.

Der Mann aus dem Pub kam näher. Er war noch ungefähr zwanzig Meter von ihnen entfernt und murmelte etwas vor sich hin.

„Wenn du um Hilfe schreist“, murmelte Indias Peiniger, „gleitet dieses Messer schneller zwischen deine Rippen als eine Schlange unter einen Stein.“

Als der Pubbesucher an ihnen vorbeitorkelte, spannte India ihre Muskeln an und spürte, wie der Angreifer das Gleiche tat. Sie fühlte den kalten Stahl einer Klinge an ihrem Hals. Das Messer. Er hielt es direkt unter ihr Ohr, wo es von ihren Haaren verdeckt wurde.

„Wag's nicht!“, zischte er, und sie nahm seinen Atem an ihrer Wange wahr. Der Geruch von zerstoßenem Rosmarin und Thymian. Bitter und scharf.

Der Mann aus dem Pub war inzwischen lallend an ihnen vorbeigetaumelt, ohne sie eines Blickes zu würdigen. India wandte den Kopf, um zu beobachten, wohin er ging, aber ihr Peiniger flüsterte: „Denk nicht mal dran“ und presste sie noch stärker an sich.

Verzweifelt starrte sie auf die Tür des Pubs, betete, dass sie sich öffnen möge, aber sie wusste nur zu genau, dass es noch eine halbe Stunde dauern konnte, bis die nächsten Gäste herauskamen.

„Wenn du abhauen willst, schlitze ich dich mit meinem Messer auf, das weißt du, nicht wahr, du dreckiges Miststück?“

India zwang sich zu einem Nicken.

„Ich will nur einen kleinen Plausch über unseren Freund Danny. Also, schön ruhig bleiben, Miststück.“

Sie fühlte, wie er das Messer langsam sinken ließ und seinen Griff an ihrer Taille lockerte. Sie wartete darauf, dass er von ihr abrückte. Und in der gleichen Sekunde, als er es tat, setzte sie den rechten Fuß nach vorn und schwang sich mit der Geschmeidigkeit einer Raubkatze herum, bis sie ihm gegenüberstand. Sein Mund öffnete sich überrascht, als sie ihm ihr Knie mit voller Wucht zwischen die Schenkel rammte. Wie ein Stein fiel er zu Boden.

India sah kurz zu, wie er sich keuchend krümmte, dann beugte sie sich über sein aschfahles Gesicht. „Man sieht sich, *Mistkerl*.“

3

Es war schon weit nach Mitternacht, als India in Jimbuku Bay ankam. Der Wind blies kräftig, doch das war ihr ausnahmsweise egal. Er roch nach frisch geschnittenen Limonen, die mit ein wenig Salz vermengt waren, und sie hieß dieses Gefühl von Reinheit nach den Ereignissen der letzten Stunden willkommen.

Zum Glück war Ellie schon schlafen gegangen. India öffnete eine Flasche Rotwein und ging ins Bad. Dort drehte sie die Wasserhähne auf, schälte sich aus ihren Klamotten und ließ sie einfach auf den Boden fallen. Ihre rechte Hüfte und ihr Knie schmerzten, und einer ihrer Oberschenkel verfärbte sich bereits zu einem hässlichen Blauschwarz. Auf ihrer Wange prangte ein blutender Kratzer, den sie sorgfältig auswusch und desinfizierte. Sobald das Blut abgespült war, sah es nicht mehr danach aus, dass sie mit dem Gesicht auf das Pflaster geknallt war; die Stelle war nur noch gerötet wie ein Ausschlag.

Sie ließ sich in die Wanne sinken und, am Wein nippend, die Ereignisse des Abends Revue passieren. Nachdem sie den Messertypen mit ihrem Knie zu Boden gestreckt hatte, war sie in den Pub gerannt, hatte Hank am Handgelenk gepackt und nach draußen gezerrt, während sie die erstaunten Blicke seiner Kumpel geflissentlich übersehen hatte.

„Jemand hat dich angegriffen?“, hatte er gefragt und sie bestürzt angesehen. „Alles in Ordnung?“

„Mir geht’s so weit gut, aber ich mache mir Sorgen um Danny. Würde es dir was ausmachen, mitzukommen und seine Unterkunft zu überprüfen?“

Im Flying Angel Club teilte man ihnen mit, Danny sei den ganzen Abend nicht da gewesen. Als sie besprachen, was er ihnen erzählt hatte, meinte der Chief, die *Pride* sei möglicherweise unter einer Billigflagge registriert. „In Jakarta gelten nicht die gleichen Bestimmungen wie hier. Wenn man von dort kommt, kann man so ziemlich alles auf die Beine stellen.“ Er nagte an seiner Lippe. „Ich kapiere aber nicht, wie die *Pride* in den Hafen gekommen ist. Danny sagte, sie hätte in Fremantle Fracht aufgenommen, aber wir akzeptieren nur klassifizierte Schiffe, also solche, die als sicher und seetüchtig eingestuft wurden. Die *Pride* fällt wohl kaum in diese Kategorie.“

Dem konnte India nur beipflichten.

Hank begleitete sie zu ihrem Auto und schlug vor, die Polizei zu informieren. Zögernd stimmte sie zu und hoffte, dass es nicht allzu lange dauern würde. Sie war verletzt und hatte Schmerzen, außerdem spürte sie bereits die Anzeichen eines heftigen Muskelkaters.

Auf der Wache kümmerte sich der höflich-pedantische Sergeant Kuteli um sie. Er war Ende dreißig, braun gebrannt und athletisch. Er nahm ihre Aussagen mit knapper Effizienz entgegen und erklärte ihnen, dass Dannys Beschreibung in Umlauf gebracht würde und seine Leute alles tun würden, um ihn zu finden. India schlug vor, die Feds über die Ereignisse zu informieren, einschließlich der Tatsache, dass die *Pride* aus Jakarta kam, woraufhin Kuteli versprach, dies seinem Bericht hinzuzufügen. Sie sollten sich keine Sorgen machen.

AM NÄCHSTEN MORGEN war Indias Körper steif und schmerzte. Sie betrachtete sich prüfend und stellte fest, dass sich die Blutergüsse vermehrt hatten und ihren Oberschenkel mit einem spektakulären Violett überzogen. Mikey würde Herzrasen bekommen. Sie nahm ein paar Schmerztabletten, griff nach ihrem Mobiltelefon und rief Scotto an.

„Hallo India, hast du schon deinen Exklusivbericht ergattert?"

„Ähm … noch nicht ganz. Ich bin nur eine Gefälligkeit davon entfernt."

„Wie groß soll diese Gefälligkeit sein?", fragte er misstrauisch.

„Kennst du jemanden in Jakarta?"

„Warum?"

„Weil von dort das Schiff kommt, das die *Sundancer* gerammt hat. Es heißt *Pride of Tangkuban*."

Stille.

„Ich würde mich ja selbst auf den Weg machen, aber sie ist wahrscheinlich noch auf hoher See und könnte dort auch noch monatelang bleiben. Ich brauche Kontakt zu jemandem, der vor Ort lebt, sich umhören kann und uns anruft, wenn sie auftaucht."

„Ich werde jemanden auftreiben." Scotto klang fest entschlossen. „Ich kümmere mich noch heute darum."

IN DER KÜCHE hatte Ellie eine Nachricht gegen den Wasserkessel gelehnt, auf der sie India mitteilte, dass sie bei ihren Eltern übernachten würde und zum Abendessen am nächsten Tag gegen 18 Uhr zurückkäme. Ein Zusatz informierte India, dass Katy und William sie beide für die kommende Woche zum Grillen eingeladen hatten.

India lächelte bei der Aussicht, ihre Freunde bald wiederzusehen. Dann bereitete sie sich eine Kanne Tee zu und griff nach den Gelben Seiten.

Danny hatte erwähnt, dass die *Pride* in Fremantle Fracht von einer Firma mit dem Namensbestandteil „Harris“ an Bord genommen hatte. India hoffte, einen Anhaltspunkt zu finden.

Fünf Minuten später legte sie den dicken Wälzer mit einem Stöhnen beiseite. Es gab in der Umgebung über dreißig Firmen namens Harris, von Boutiquen bis zu Motorzubehör. Sie würde die kommenden zwei Wochen den ganzen Bundesstaat abgrasen müssen, wenn sie ihre Aufgabe sorgfältig erledigen und jedes einzelne Unternehmen einer genauen Prüfung unterziehen wollte, um festzustellen, ob es das war, was es zu sein vorgab.

India ergriff Ellies Nachricht und schrieb unter den Text: *Bin tagelang unterwegs, wenn ich tue, was ich müsste. Schick bis Ende der Woche keinen Suchtrupp nach mir aus.*

In diesem Augenblick klingelte es an der Haustür. Draußen standen zwei Polizeibeamte. „Ms Kane?“, fragte der größere von ihnen.

„Ja.“

„Hätten Sie ein paar Minuten Zeit?“

Ihre Gedanken überschlugen sich, als sie die beiden abschätzend anblickte. Die Gesichter wirkten neutral, ohne Anspannung. Die Revolver steckten im Holster. Auch konnte India keine Handschellen entdecken.

„Sicher“, erwiderte sie. „Kommen Sie herein.“

Sie führte die Beamten in die Küche und bot ihnen Platz an, doch beide zogen es vor zu stehen. So höflich wie möglich fragte India: „Womit kann ich Ihnen behilflich sein?“

Der größere Polizist stellte sich vor: Sergeant Block – mittleres Alter, mittlere Größe, ein ehrliches Gesicht mit Falten, die nahelegten, dass er vom Leben nicht immer verschont worden war. Der kleinere hieß Constable Thomas. Er war jung und muskulös, hatte sandfarbenes Haar und einen schwachen Händedruck.

Block blickte auf seine Notizen. „Laut Ihrer Aussage sind Sie letzte Nacht im Dolphin gewesen.“

Furcht regte sich in Indias Bauch. „Ja, das stimmt.“

„Sie haben mit Danny Fawcett gesprochen.“

Sie schluckte. „Ist alles in Ordnung mit ihm?“

„Haben Sie ihn gut gekannt?“

„O Gott!“, entfuhr es ihr. „Er ist tot, nicht wahr?“

Ein kurzer Augenblick der Stille trat ein. „Warum glauben Sie das?“, fragte Block.

„Weil Sie ‚gekannt‘ sagten. Vergangenheitsform.“

Eine Pause entstand, während sich beide Beamten räusperten und verlegen von einem Bein aufs andere traten. „Es tut mir sehr leid“, meinte Block schließlich.

„Mir auch. Wie ist er gestorben?“

„Er wurde erstochen.“

„Lieber Gott!“ Ihr wurde übel.

„Möchten Sie sich setzen?“ Der Constable beobachtete sie besorgt.

„Es geht schon, danke.“

„Ich weiß, dass Sie bereits eine Aussage gemacht haben“, erklärte Block, „aber wenn es Ihnen nichts ausmacht, möchten wir die noch mal mit Ihnen durchgehen. Wann haben Sie Danny zuletzt gesehen?“

India kannte die Prozedur nur zu gut. Zuerst musste man die letzten Schritte und Handlungen des Opfers bis zu seinem Tod rekonstruieren. Dann galt es herauszufinden, wer es zuletzt lebend gesehen hatte. India war klar, dass sie selbst höchstwahrscheinlich diejenige war, die Danny als Letzte lebend gesehen hatte. Abgesehen von seinen Mördern.

„Gestern Abend um sieben Uhr. Er war auf dem Weg zum Flying Angel Club.“

„Sie sind mit ihm zusammen hingegangen?“

„Nein. Ich wollte bloß herausfinden, wo er wohnte. Für die Feds von der AMSA. Ich hatte mit Danny über den Greenpeace-Vorfall gesprochen.“

Während sie sprach, machte sich der Constable Notizen.

„Erzählen Sie mir von dem Mann, der Sie angegriffen hat“, forderte Block sie auf.

Sie beschrieb ihn so detailliert, wie sie konnte. Jeans, Fleecepulli, ordentlich geschnittenes braunes Haar, Stiefel, glatt rasiert. Ungefähr Mitte vierzig und körperlich recht fit. Wenig markante Gesichtszüge. Blasse Augen, blau oder grau. Ein Leberfleck auf dem rechten Wangenknochen.

Thomas wirkte beeindruckt. „Sie haben ein gutes Auge fürs Detail.“

India nickte und erklärte, dass sich diese Eigenschaft stets als sehr hilfreich im Job erweise, aber Block blickte sie eindringlich an. „Mitte vierzig, meinen Sie?“

„Ja.“

„Nicht Anfang zwanzig?“

Sie schüttelte den Kopf. „Keinesfalls.“

Block starrte sie so penetrant an, dass sie beschloss, das Thema zu wechseln. „Wo wurde Dannys Leiche gefunden?“

Er ignorierte ihre Frage. „Sie sagten, dass er braunes Haar hatte?“

„Ja, dunkelbraun. Es war wegen der Straßenlaternen nicht ganz einfach zu erkennen. Aber es war nicht so schwarz, wie es typisch für einen Asiaten wäre, und auch nicht grau."

„Aber es war nicht blond?"

Jetzt war sie es, die ihn unverwandt anblickte. „Ganz gewiss nicht."

Einen Moment lang herrschte Stille.

„Erinnern Sie sich, wer Ihre Aussage aufgenommen hat?"

Ihre Augen verengten sich zu streichholzschmalen Schlitzen. „Sagen Sie bloß nicht, das wissen Sie nicht."

„Ich bitte Sie lediglich, mir zu bestätigen, mit wem Sie gesprochen haben. Das ist alles."

„Sergeant Kuteli."

Der Constable fuhr zusammen und starrte Block an, der seinerseits dreinblickte, als habe er auf eine Brennnessel gebissen.

„Gibt es ein Problem mit Sergeant Kuteli?", erkundigte sich India.

Block machte eine längere Pause und starrte auf das Papier in seiner Hand, während Thomas nervös an seiner Unterlippe nagte.

„Kein Problem, nein", antwortete Block schließlich und wollte alles wissen, woran India sich sonst noch erinnerte: die Farbe des Autos, ob andere Fortbewegungsmittel auf der Straße unterwegs gewesen seien, ob sie sich eines Nummernschildes entsinne.

Als ihm die Fragen ausgingen, wiederholte sie ihre eigene, nämlich wo man Dannys Leiche gefunden habe, obwohl sie im Grunde keine Antwort erwartete.

Zu ihrer Überraschung entgegnete Block: „Auf einer Müllhalde vor den Toren der Stadt."

„Wann ist er gestorben?"

„Die Gerichtsmedizin geht davon aus, dass er letzte Nacht umgebracht wurde. Zwischen acht Uhr abends und zwei Uhr früh."

Sie versuchte ein Schaudern zu unterdrücken, doch Block ertappte sie dabei. „Das waren diese beiden Männer", würgte sie hervor.

„Eben", erwiderte er. „Mit denen würde ich mich gern mal unterhalten."

NACHDEM DIE POLIZISTEN gegangen waren, trat India auf die Veranda, um frische Luft zu schnappen. Ihr gefiel nicht, dass Block angedeutet hatte, der Messertyp sei ein ganz anderer als der Mann, der sie angegriffen hatte. Sie dachte außerdem über die Reaktion der Polizisten auf ihre Frage nach, ob es ein Problem mit Kuteli gebe. Beiden war das sehr unangenehm gewesen.

Was hatte das zu bedeuten? Dass sie ihn nicht mochten? Dass es interne Ränkespiele gab? Oder war es etwas anderes, tiefer Liegendes?

Indias Gedanken wanderten zu dem armen Danny, der vom Messertyp und dessen Komplizen erstochen worden war. Warum? Weil er mit ihr gesprochen hatte? Hatten sie sie im Pub beobachtet? Oder hätten sie ihn sowieso umgebracht und hatten sich nach ihrem Warnschrei zusätzlich dazu entschlossen, sie ebenfalls um die Ecke zu bringen? Und warum hatte der Messertyp mit ihr reden wollen? Um herauszukriegen, wem sie sich anvertraut hatte, bevor er sie umgebracht hätte? Würde er sie noch einmal verfolgen?

Der Wind wehte ihr eine Haarsträhne in den Mund, die sie entfernte, indem sie den Kopf zur Seite wandte. Auf der anderen Straßenseite kam eine derangiert aussehende Frau aus einem Haus. Ihr Gang war unsicher, und ihre Bewegungen waren langsam, sodass India einen Moment lang annahm, es handele sich um eine ältere Frau. Doch dann betrachtete sie den schlanken, gebräunten Körper und das kurz geschnittene Haar mit den Strähnchen vom Friseur genauer. Du lieber Himmel, sie ist so alt wie ich!, dachte sie. Ist sie vielleicht krank? Besorgt beobachtete sie, wie die Frau stolperte und auf die Knie fiel.

Sie rannte hinüber, um ihr zu helfen. Als sie sich über sie beugte, fragte sie: „Alles in Ordnung mit Ihnen?“

Die Frau antwortete nicht. Tränen liefen ihr über die Wangen. Ihre Kleidung war sauber, aber zerknittert, ihr Haar ziemlich durcheinander.

„Kann ich Ihnen helfen?“

„Ich kann nicht … muss …“ Die Frau schien Schwierigkeiten beim Sprechen zu haben. „Ich brauche Milch.“

„Sie sollten besser nach Hause gehen“, riet India ihr. „Ich kann schnell für Sie zum Laden gehen.“

„Nett“, erwiderte die Frau und schien sich wieder etwas zu fangen. „Das wäre sehr nett von Ihnen. Mein Mann müsste bald nach Hause kommen, aber wir haben keine Milch mehr. Sam möchte seine Cornflakes haben, verstehen Sie …“

India griff nach den Händen der Frau, zog sie hoch und sorgte dafür, dass sie sicher wieder ins Innere ihres Hauses gelangte.

„Wie viel Liter?“, erkundigte India sich.

„Zwei. Aber … ich möchte Ihnen keine Umstände –“

„Das sind keine Umstände. Was noch?“

„Orangensaft. Aber ohne Fruchtfleisch. Sam hasst es.“

„Das tue ich auch“, erwiderte India lächelnd. „Bin gleich wieder da.“

Als sie zurückkehrte, klingelte sie an der Haustür, aber niemand reagierte. Sie wartete etwa eine Minute, dann probierte sie es abermals. Ein kleiner Junge von ungefähr fünf Jahren öffnete die Tür.

„Hallo, bist du Sam?"

Er nickte.

„Ist deine Mutter zu Hause?"

„Sie ist im Bad."

„Ich habe euch Milch besorgt. Und Orangensaft ohne Fruchtfleisch."

Er sah sie aufmerksam an. „Bist du eine Freundin von Mami?"

„Ja, das bin ich."

Er hielt die Tür weit auf, aber India blieb auf der Schwelle stehen. Es waren schließlich fremde Leute.

„Kannst du das hier reintragen? Danach kommst du zurück und holst den Rest." Sie hielt ihm einen Liter Milch entgegen. Er griff mit beiden Händen nach der Packung und trottete davon. Kurz darauf erschien er wieder an der Tür.

„Ist deine Mama noch im Bad?"

Er starrte sie an. Seine Augen waren riesig und blickten sehr ernst. „Sie ist oft da drin. Sie weint dort viel."

„Das tut mir leid", entgegnete India sanft. Sie gab ihm den nächsten Milchkarton und beobachtete, wie er ihn ins Haus trug. Als er zurückkam, fragte sie: „Hat dir deine Mama erzählt, warum sie weint?"

„Weil Pippa gestorben ist. Meine Schwester."

Er trottete wieder davon und ließ India zurück, die sich mit der Hand über das Gesicht fuhr, als könne sie fortwischen, was Sam ihr soeben eröffnet hatte. Sie erinnerte sich an Neds Worte auf der Schiffbrücke. *Ich dachte mir, wenn wir das Baby nach Albert benennen, werden alle beschützt.*

Was zur Hölle ging hier vor?

INDIA kehrte in den Laden zurück und fragte den Mann, der dort arbeitete, wo Albert lebte.

„Shoalhaven", antwortete der Verkäufer. „Waratah Road Nummer drei. Aber Sie werden kein Glück haben. Er ist schon seit Jahren nicht mehr dort gewesen."

India fuhr trotzdem hin. Das war schließlich besser, als auf einer windumtosten Veranda über den armen Danny nachzudenken.

Wie die meisten Orte an diesem Küstenstrich war Shoalhaven von Walfängern sowie Perlen- und Langustenfischern gegründet worden. Kaum mehr als eine Ansammlung von Häusern mit Verschalungen aus Holz oder Kunststoff, die als Wetterschutz dienten, lag es zwischen dem Meer und weißen Wanderdünen. Die Hauptstraße war eine staubige Durchfahrtsstraße mit ein paar Läden für Angelzubehör und Lebensmittel. India fuhr sie entlang, bis sie die Waratah Road gefunden hatte, und parkte an der Ecke. In Nummer drei befand sich ein Reisebüro, das von Expeditionen in den Busch über Angeltouren bis zum Windsurfverleih alles anbot.

Eine junge Frau blickte lächelnd von ihrem Computer auf, als India eintrat. Ihre Haut besaß die Farbe von Karamell, und ihre riesigen braunen Augen erinnerten India an Polly.

„Wir haben sonntags normalerweise nicht geöffnet, aber wenn Sie eine Tour buchen möchten, dann bin ich gerne bereit –"

„Ich bin auf der Suche nach Albert Jimbuku", unterbrach India sie.

Das Lächeln schwand. „Da sollten Sie sich besser mit meiner Großmutter Ginny unterhalten. Versuchen Sie es mal an der Mole. Sie können sie nicht verpassen. Halten Sie einfach nach einer alten Glucke in Orange Ausschau."

Noch bevor India fragen konnte, wo sich die Mole befand, klingelte das Telefon. Als die Frau den Hörer abhob, drehte sie India demonstrativ den Rücken zu.

India ging zu ihrem Wagen zurück und fuhr auf der Uferstraße am Meer entlang. Sie hatte ungefähr einen halben Kilometer hinter sich gelassen, als sie auf ein paar Motorboote aufmerksam wurde, die in Strandnähe vertäut waren, und entdeckte kurz darauf die Mole, auf der ein paar Fischer standen. India parkte unter einer Pinie und hielt nach einer alten Glucke in Orange Ausschau.

Die Mole sah aus, als stünde sie schon etwas länger an genau dieser Stelle, aber der Holzunterbau wirkte solide und stabil und ragte ungefähr hundert Meter ins Wasser hinein. India kam an zwei Burschen Anfang zwanzig vorbei, von denen jeder eine Bierflasche in der einen und die Angelrute in der anderen Hand hielt, dann an ein paar Kindern mit ihren Eltern. Als sie die Mole zur Hälfte entlanggegangen war, sah sie eine dünne alte Schwarze, die einen kleinen Fisch aus dem Wasser zog, ihre Beute routiniert vom Haken löste und in einen Plastikeimer neben sich fallen ließ. Sie trug ausgebeulte Shorts in der Farbe von Ringelblumen und eine leuchtend orangefarbene Bluse.

„Hallo", grüßte India sie. „Mein Name ist India Kane. Sind Sie Ginny? Ihre Enkelin sagte mir, dass Sie Albert Jimbuku kennen."

„Und warum fragen Sie nach ihm?“

„Eine Freundin von mir lebt in Jimbuku Bay.“

Die alte Frau starrte sie an, und die Falten in ihrem Gesicht schienen sich zu vertiefen. Dann klopfte sie auf das salzüberkrustete Holz neben sich, woraufhin India sich neben sie setzte und ihre Füße über dem Wasser baumeln ließ. Es wirkte dunkelblau, fast schwarz, mit einem türkisfarbenen Fleck, wo sich direkt vor ihnen eine seichte Stelle abzeichnete.

Ginny betrachtete India eingehend, dann nahm sie ein Stück Fischgedärm von einem blutverschmierten Holzblock neben sich, steckte es mit geübten Fingern auf den Haken und warf die Angelschnur ins Wasser.

„Sie wollen bestimmt etwas über Alberts Fluch erfahren.“

„Ja.“

Wieder herrschte Stille zwischen ihnen. Die alte Frau rutschte ein wenig näher an India heran. „Traumzeit“, sagte sie eindringlich. „Wissen Sie, was das bedeutet?“

„Eine spirituelle Verbindung. Die Einheit von Mensch und Natur. Der Kern des Lebens und der kontinuierlichen Existenz der Menschen.“

Ginny seufzte auf – zufrieden, wie India annahm – und meinte: „Albert versuchte seine Traumzeit zu beschützen, das ist alles. Haben Sie von Neville gehört? Dem Kerl, der uns vor vielen Jahrzehnten vertrieben hat?“

India spürte, wie ihr Mut sank. Ja, sie hatte genug über Auber Ocatavius Neville gelesen. Obwohl er nicht das geringste Wissen über die Ureinwohner besaß, war er 1905 zum *Chief Protector* für Aborigine-Angelegenheiten in Westaustralien ernannt worden, was bedeutete, dass er die Rechte der Ureinwohner zu wahren und umzusetzen gehabt hätte. Doch während der nächsten 25 Jahre waren sie von ihrem Land vertrieben und zwangsumgesiedelt, Kinder ihren Familien entrissen und nach europäischen Vorgaben erzogen worden. Ab 1930 waren die Aborigines, einst ein wirtschaftlich unabhängiges Volk, das im Busch oder vorübergehend an anderen Orten gelebt hatte, zu Ausgestoßenen im eigenen Land geworden. India seufzte. Sie ging jede Wette ein, dass Jimbuku Bay nicht der einzige Ort Australiens war, der von einem Aborigine mit einem Fluch belegt worden war.

„Alles in Ordnung mit Ihnen?“ Ginny sah sie prüfend an.

„Ja“, erwiderte India leise. „Neville hat uns keinen Gefallen erwiesen, richtig?“

„Es ist ein Wunder, dass er von niemandem über den Haufen geschossen wurde. Keiner hielt etwas von ihm, weder damals noch heute.“

Sie verstummten beide und schauten auf das Wasser.

„Wenn Sie über Neville Bescheid wissen“, sagte Ginny schließlich, „dann können Sie sicher auch verstehen, warum Albert diesen Aufruhr veranstaltet hat. Es ist eine längere Geschichte …“ Sie blinzelte zum Himmel empor. „Aber letztlich läuft es darauf hinaus, dass er seine Wurzeln fand, nachdem er jahrelang danach gesucht hatte. Seine Mutter war bei seiner Geburt gestorben, sodass er nie etwas von ihr über seine Familie erfahren konnte. Er war ein Mischlingsbaby und verbrachte seine Kindheit in verschiedenen Pflegeheimen. Alles, was er hatte, war sein Nachname, Jimbuku. Er fand heraus, dass sein Großvater in den Zwanzigerjahren im Moore River Camp gelebt hatte. Die Weißen nannten es Siedlung, aber es war eher eine Art Straflager für unsere Leute. Jedenfalls gelang es Albert, die Spur seines Großvaters aufzunehmen. Und dieser erzählte ihm von der Zeit vor Neville und den Quellen in Jimbuku Bay, die von seinen Leuten verehrt wurden, da sie sie mit Trinkwasser versorgten. Sobald Albert davon erfuhr, zischte er los wie eine Rakete, und als er sah, dass die Bagger im Begriff waren, seine spirituelle Heimat zu zerstören, ist er eben ausgerastet.“

Ginnys rechter Arm zuckte hoch, und ein Fisch mit einem gelben Streifen an der Seite flog aus dem Wasser. Zwei Sekunden später landete er im Wassereimer bei einem Dutzend Artgenossen. Ginny steckte neues Köderfleisch an den Haken und warf ihn mit geübter Hand genau an den Rand der türkisfarbenen seichten Stelle.

„Weder die Behörden haben ihm damals geholfen noch der Stadtrat. Er vermutete, dass sie allesamt bestochen worden waren, also kehrte er zu seinem Großvater zurück, der ein Medizinmann und Hexer war. Albert sagte zu ihm, er müsse den Donnergott Jambuwal heraufbeschwören. Der wird richtig sauer, wenn man ihm oder seinen Leuten etwas antut, verstehen Sie?“

India blieb ruhig neben der alten Frau sitzen, um sie nicht in ihren Erinnerungen zu stören.

„Die meisten von uns haben sich an dem Tag damals verzogen. Wir hatten keine Lust, eingelocht zu werden, weil wir den Frieden vor Ort stören oder so. Aber ich wünschte, ich hätte damals Alberts Mut gehabt und wäre dabei gewesen, denn als er diese Eingeweide zu Boden schleuderte, hat der alte Jambuwal ihn erhört.“ Sie stieß ein heiseres Lachen aus. „Da zog tatsächlich aus dem Nichts ein Sturm auf, Regenrinnen flogen von den Dächern, Bäume fielen auf die Straßen, und wir versteckten uns wie Kinder unter der Bettdecke. Sogar Jack und seine verdammte Sippschaft.“

„Wer ist Jack?“, fragte India stirnrunzelnd.

„Der Typ, der diese verdammte Siedlung gebaut hat.“ Ginny wandte sich ab und spuckte ins Wasser.

„Wo kann ich ihn finden?“

Die alte Frau blickte sie nicht an, sondern ließ eine Hand in einer fließenden Bewegung dreimal über den Oberkörper gleiten. India kannte die Geste – es war das Zeichen zum Schutz gegen das Böse.

Ihre Haut prickelte. „Was ist los?“

Wieder entstand eine lange Pause, dann wandte sich Ginny India zu und sah sie forschend an. „Sie sind die Erste, die sich nach Jack erkundigt. Alle anderen fragen nur nach Albert.“

„Aber Albert ist nicht da.“

„Als ob wir das nicht auch wüssten! Er wurde seit dem 14. August vor drei Jahren nicht mehr hier gesehen.“ Ginny erschauderte. Als sie wieder zu sprechen begann, beugte sie sich zu India hinüber und wisperte: „Jacks Nachname lautet Zhuganov.“

„Zhuganov?“, wiederholte India verdutzt. Der leitende Inspektor, von dem ihre und Cuans Aussage nach dem Unglück aufgenommen worden war, hatte auf den gleichen Namen gehört. Sie fragte Ginny, ob die beiden miteinander verwandt seien.

Wieder schützte sich die alte Frau mit dem Zeichen gegen das Böse. „Sie sind mit fast jedem hier verwandt. Man kann sich kaum bewegen, ohne ihnen zu begegnen.“

„Wo kann ich Jack finden?“

Die alte Frau hob den Kopf und heftete ihren Blick auf einen Kormoran, der dicht über der Wasseroberfläche flog. „Er hat sich Richtung Bulimba zur Ruhe gesetzt. Das Anwesen heißt Goondari.“

„Wann hat er –“

„Das ist alles, was Sie kriegen.“ Ginny rückte von ihr ab, als hätte India plötzlich eine ansteckende Krankheit. „Hauen Sie jetzt ab. Lassen Sie mich gefälligst in Ruhe angeln.“

Als India sich entfernte, hörte sie noch, wie Ginny ihr nachrief: „Um Himmels willen, sagen Sie ihm bloß nicht, dass ich Sie geschickt habe!“

INDIA brauchte zwei Stunden, um Bulimba zu erreichen, ein Durchgangsstädtchen mit einer Autowerkstatt, einem kleinen Supermarkt und einem Hotel. Während der ganzen Fahrt waren ihr gerade mal drei Pkws und ein Lastwagen begegnet. Trotz des geringen Verkehrs hatte sie die ganze Zeit die Scheinwerfer angelassen. Ein heftiger Südwind war aufgekommen, kurz nachdem sie Shoalhaven verlassen hatte, und füllte die Luft mit Sandwolken und salziger Gischt. Es war ihr vorgekommen, als würde sie durch wabernden Nebel fahren.

Sie bog auf den Hof der Autowerkstatt und fragte nach dem Weg.

„Fahren Sie einfach weiter geradeaus durch den Ort", erklärte der Mechaniker. „Jacks Anwesen liegt nach dreißig Kilometern auf der linken Seite. Goondari. Sie können es nicht verfehlen."

Er hatte Recht. Jack schien offensichtlich nichts von Diskretion zu halten. Der Wegweiser hatte die Größe einer Plakatwand: PFERDEZUCHT GOONDARI. Sie bog auf die gepflegte Zufahrtsstraße ab, die ein Stück lang parallel zur Küste verlief. India verlangsamte das Tempo und beobachtete die Brandung, die zusammen mit dem Wind heftiger geworden war. Obwohl sie das Outback liebte, war sie nicht sicher, ob sie mit einem Leben an diesem Ort zurechtkäme, so gefangen zwischen den scharfen Zähnen des Windes.

Allmählich wandelte sich die Umgebung, und aus dem küstennahen Gestrüpp wurden Viehweiden, die hier und da von Kalkstein unterbrochen waren. Außerdem erkannte India Grüppchen von Blutholzbäumen, majestätisch wirkende Eukalyptusbäume, die eine rote, gummiartige Substanz absonderten und dem Vieh als Schutz dienten. Zu ihrer Rechten verlief ein Streifen dichter Wald in die Ferne. Als sie anhielt, um ein paar Gatter zu öffnen, bemerkte sie, dass der Wind nachgelassen hatte.

Zehn Minuten später erblickte sie Jack Zhuganovs Haus. Ach du liebe Zeit!, dachte sie, und ihre Kinnlade klappte nach unten. Vor ihr türmte sich ein monolithisches Bauwerk auf, voller sich nach Norden und Süden erstreckender Winkel und Ecken und mehreren dazwischengelagerten Etagen. Zum Westen hin wurde das Gebäude von einer Berme abgestützt, die ihm eine seltsam gedrungene Form verlieh, wie die Schultern eines Bullen. Drei massive, quadratische Schornsteine dominierten das glänzende Dach, das die fahle Färbung des Himmels reflektierte. Tausende Quadratmeter Wand waren in kaltem Weiß gestrichen und erinnerten damit an typische Häuser in Indien oder Spanien, doch gewiss nicht in Australien. Wie in Jimbuku Bay, fand India. Es war nicht unbedingt schlecht entworfen, doch es passte einfach nicht hierher.

Sie fuhr weiter, und Neds Geländewagen ratterte über eine Weidesperre. Zu beiden Seiten der Straße erstreckten sich nun Pferdekoppeln. Die Tiere hielten ihren Kopf gesenkt, hatten die Ohren angelegt und standen quer zur

Windrichtung. Neben einer Gruppe von Bäumen befand sich eine Reihe makelloser Ställe.

Alles war in einem sehr ordentlichen Zustand, bis auf eine Schutthalde, die sich von einem nahe gelegenen Sattelplatz bis zum vorderen Hof ausbreitete. Es wirkte, als blicke man auf einen Haufen vollgestopfter Müllsäcke, deren verrotteter Inhalt sich über die Haupttreppe der Oper von Sydney ergoss. Neben der Halde standen zwei Schaufelbagger, hinzu kamen unzählige aufgestapelte Reifen, leere Ölfässer, Autowracks und altes Wellblech. Doch direkt vor dieser unansehnlichen Ansammlung glänzte ein roter Fünftonner mit einem Paar silberner Hupen an der Schnauze.

Typische Australiermentalität, dachte India und seufzte angewidert. Es gibt überall so viel Platz, dass niemand auf den Gedanken kommt, seinen Müll wie jeder normale Mensch zu entsorgen. Man wirft ihn einfach zum Verrotten beiseite.

Sie parkte am Ende einer Reihe neu aussehender japanischer Geländewagen und ging dann auf die steinerne Freitreppe zu, die sich direkt vor ihr dramatisch zum Eingang emporschwang. Sie hatte die Stufen zur Hälfte erklommen, als fünf Hunde oben an der Treppe erschienen. Kaum hatten sie India entdeckt, kamen sie bellend und knurrend mit gebleckten Zähnen auf sie zugestürmt. Es hätte ihr nichts ausgemacht, dem Spaniel zu zeigen, wer hier das Sagen hatte, aber sie würde es keinesfalls mit vier Deutschen Schäferhunden aufnehmen. Sie fuhr herum und rannte zurück zu ihrem Wagen.

Sie konnte gerade noch rechtzeitig die Autotür zuschlagen, als einer der Schäferhunde sie angreifen wollte. Mit dumpfem Laut knallte sein Kopf gegen die Fensterscheibe. Doch unverdrossen sprangen er und seine Kumpel am Wagen hoch, kratzten an der Tür und bellten wie die Verrückten. Was für ein Willkommensgruß, dachte India.

Wenige Minuten später tauchte eine Frau auf und rief die Hunde, die auf der Stelle verstummten. Dann kam sie herüber, und India kurbelte ihre Fensterscheibe ein wenig herunter. „Ist Jack da?"

„Ja. BB scheint etwas am Bein zu haben, daher will Jack ihm eine Spritze mit einem Antibiotikum verpassen. Halten Sie einfach nach einem gefährlich aussehenden schwarzen Bastard Ausschau, den können Sie gar nicht verfehlen."

India war sich nicht sicher, ob Jack oder ein Pferd gemeint war, doch sie öffnete vorsichtig die Wagentür und stieg wieder aus. Einer der Schäferhunde fletschte die Zähne und knurrte sie an, doch als die Frau sich umwandte, um ihm einen Tritt zu verpassen, wich er ihr aus. „Wehe, noch einmal, Satan“, warnte ihn die Frau. „Dann mach ich dich kalt, verdammt!“ Sie wandte sich wieder India zu. „Tut mir leid, die werden Sie jetzt nicht mehr behelligen. Würden Sie Jack bitte ausrichten, dass ich gegangen bin? Ich sehe ihn dann später beim Grillen.“

India dankte der Frau, die in Richtung der Ställe davonging, im Schlepptau die fünf Hunde, die ihr wie eine Horde aufmüpfiger Teenager folgten. Die Sonne schien so grell, dass India ihre Sonnenbrille aus dem Rucksack hervorzog und aufsetzte.

Die Stallungen stellten das genaue Gegenteil der Schutthalde dar. Der gepflegte, saubere Hof war mit üppig bepflanzten Geranienkübeln verziert, und die Farbe an den in Weiß und Grün gestrichenen Stalltüren war frisch. Ein durchdringender Geruch nach Pferdedung hing in der Luft, doch das lag lediglich an einer Schubkarre, die voll frischem Mist in einer Ecke des Hofes stand.

India hatte ihre halbe Kindheit mit dem Ausmisten von Tante Sarahs Ställen verbracht. Nicht, dass es ihr etwas ausgemacht hätte, schließlich hatte sie als Gegenleistung später ein eigenes Pony bekommen. Nach dem Tod ihrer Eltern hatte das Jugendamt als einzige lebende Verwandte – und als einzige Person, die willens gewesen war, ein sieben Jahre altes Mädchen aus Australien aufzunehmen – ebenjene Tante ausfindig gemacht, die, wie sich herausgestellt hatte, überhaupt keine Tante, sondern eine entfernte Cousine ihres Vaters war. Tante Sarah war eine forsche, lebenserfahrene Frau von fünfzig Jahren, die mit elf Katzen und fünf Labradorhunden in einem alten Bauernhaus ohne Zentralheizung im Norden Oxfords lebte. Sie war für Indias Ausbildung aufgekommen und hatte ihr die Kaution für ihr erstes Apartment in London bezahlt. Doch zuallererst hatte sie ihr das Reiten beigebracht.

Kaum hatte India die Grundzüge beherrscht, hatte sie auch springen wollen, woraufhin ihr Tante Sarah buchstäblich den Sattel unter dem Hintern weggezogen hatte und India es mit verschränkten Armen auf dem blanken Pferderücken hatte versuchen müssen. Sie war so oft vom Pferd gefallen, dass sie irgendwann mit dem Zählen aufgehört hatte, aber im Alter von zehn Jahren war sie mit ihrem Pony ohne Sattel förmlich über die Wiesen geflogen und überglücklich gewesen.

Als sie nun über den Hof ging, hörte sie das schrille Wiehern eines entrüsteten Pferdes aus einem Stall zu ihrer Linken, dann folgte Hufschlagen und ein Krachen gegen Holz. Sie schaute vorsichtig in den Stall, während sie wartete, bis sich ihre Augen an das Dämmerlicht gewöhnt hatten. Vor ihr stand ein riesiger, staubbedeckter Rappe mit einer Blesse am Vorderbein, der sich gegen den mit Stroh ausgelegten Betonboden stemmte und mit dem Hals den dicken Strick, an dem er festgebunden war, stramm zog.

Ein untersetzter Mann hielt etwas in der Hand, das nach einer Spritze aussah. Sobald er sich damit dem Kopf des Pferdes näherte, schnappte es nach ihm, doch der Strick war zu kurz, als dass es den Mann erreicht hätte. India erkannte, dass es sich trotz des schmutzigen Fells um einen Zuchthengst erster Güte handelte, dessen perfekte Proportionen durch die arrogante Haltung verstärkt wurden. Unter dem Fell des Vollblüters zeichnete sich das prächtige Spiel seiner kräftigen Muskeln ab.

India merkte, wie sie automatisch mit einem für Tante Sarah typischen Murmeln begann, als der Mann zu einem weiteren Versuch ansetzte. „He, Süßer, ganz ruhig“, wisperte sie in dem Bedürfnis, die Qual des Hengstes zu lindern. Und plötzlich hörte er auf zu zucken, blieb ruhig stehen und wandte den Kopf in ihre Richtung, als habe er sie gehört. Im nächsten Augenblick hatte der Mann die Nadel gesetzt und klopfte dem Pferd anschließend auf den Rücken. Prompt schwang der Hengst herum und schlug mit beiden Hinterbeinen kräftig aus, doch der Mann hatte ihn so geschickt angebunden, dass die Hufe keinen Schaden anrichten konnten.

Mit einer knappen Handbewegung löste der Mann den Laufknoten und ließ den Vollblüter frei. Eine Sekunde lang blieb der Hengst wie angewurzelt stehen, dann wollte er dem Mann nachjagen, doch der war bereits nach draußen geeilt und hatte die Stalltür hinter sich verriegelt. Er wandte sich um und blickte India ohne Überraschung an. Da wurde ihr klar, dass er sich die ganze Zeit ihrer Anwesenheit bewusst gewesen war.

Er trug eine schmutzige Mütze über dem kantigen, gebräunten Gesicht, das mit Sommersprossen gesprenkelt war. Graue Bartstoppeln. Muskulöse Unterarme und Hände, auf denen drahtige graue Härchen wuchsen. Breite Brust. Kräftiger Nacken und abfallende Schultern, wie man sie bei einem professionellen Boxer vermuten würde. Um die sechzig, aber auf eine primitive Art attraktiv. Er trug ein wattiertes rot kariertes Hemd und – obwohl es mitten im Winter war – Shorts. Dazu das übliche Paar staubige Stiefel, die jeder Farmer im Outback trug.

„Hallo, ich bin India Kane“, verkündete sie mit ihrer fröhlichsten Miene und streckte ihm die Hand entgegen. Weder griff er danach, noch stellte er sich vor. Also ließ sie die Hand sinken und fuhr fort: „Ich bin Journalistin und würde mich gern mit Ihnen über Ihre Pferde unterhalten.“

Seine Miene blieb unverändert, aber ein kalter Ausdruck schlich sich in seine Augen und blieb dort, während er sie beobachtete. „Ich bin nur Landwirt. Und ich spreche nicht mit Journalisten."

Ihr stellten sich sämtliche Nackenhaare auf. Es kam ihr vor, als sei sie eben noch einem harmlosen Weberknecht begegnet, der sie nun als tödliche schwarze Riesenspinne belauerte.

„Tut mir leid." Sie bemühte sich, sich ihre Verunsicherung nicht anmerken zu lassen. „Aber Sie haben ein paar außergewöhnlich schöne Tiere hier. Insbesondere Ihr Hengst. Und einige der Zuchtstuten auf der vorderen Koppel sind ebenfalls von erstaunlicher Schönheit. Sind das allesamt Rennpferde?"

Er hörte nicht auf, sie auf diese beunruhigende Art anzustarren. Sie fuhr zusammen, als er schließlich sprach. „Welche Zeitschrift?", fragte er mit kühler Höflichkeit.

„Oh, keine Zeitschrift." Sie improvisierte. „Ich arbeite für einen Verlag, der mich beauftragt hat, ein Buch zu schreiben. Einen großen Bildband mit Hunderten von Fotos, in dem es um die Geschichte des Pferderennens gehen soll. Und über die Pferdebesitzer, die Trainer und so weiter. Vom Beginn des letzten Jahrhunderts bis zum heutigen Tag."

Sie glaubte, einen Anflug von Belustigung auf seinem Gesicht zu entdecken, und ihr Magen krampfte sich zusammen. Hatte er sie etwa durchschaut?

„Verstehe", meinte er. „Warum ein Besuch ohne Vorankündigung?"

„Weil ich mir nicht sicher war, ob ich hier genügend Fotomotive finden würde, solange ich mich nicht mit eigenen Augen davon überzeugt hatte. Die meisten Leute hassen es, wenn man sie erst anspricht und später nichts daraus wird."

„Warum ich?"

Seine Augen schienen immer noch vor Belustigung zu schimmern.

„Die Kollegen vom Magazin *Horse Australia* haben mir den Tipp gegeben, dass ich unbedingt bei Ihnen vorbeischauen soll. Und sie hatten Recht."

Er betrachtete sie noch einen Moment lang prüfend, während sie den Atem anhielt, und fragte schließlich: „Wie wäre es mit einem Bier?"

„Ja, sehr gern." Vor Erleichterung wäre ihr fast der Mund offen stehen geblieben. „Oh, das hätte ich fast vergessen …"

Aber er ging schon auf das Gutshaus zu und schien offensichtlich von ihr zu erwarten, dass sie ihm folgte.

„Ähm … da war vorhin eine Dame bei Ihrem Haus, die sagte, dass sie gehen müsse. Und dass sie Sie später beim Grillen treffen wird."

Er antwortete nicht, sondern führte sie um das Haus herum und durch eine künstlich angelegte Landschaft mit einem riesigen Swimmingpool, an dem unter schattenspendenden Palmen und strohgedeckten Sonnenschirmen eine Bar eingerichtet war. India kam sich wie in einer Filmkulisse vor.

Als Jack Zhuganov an der Türschwelle seine Stiefel auszog, tat sie es ihm nach. Dann folgte sie ihm ins Haus und über geflieste Korridore zu einem Raum, von dem sie vermutete, dass es sich um sein Arbeitszimmer handelte: schwere Holzmöbel und dicke Teppiche, dazu stapelweise Zeitschriften und Zeitungen. Aber das Hauptaugenmerk des Betrachters richtete sich unweigerlich auf die Fotos, die fast eine gesamte Wand einnahmen: Pferde im Trab und beim Rennen in gestrecktem Galopp. Doch daran war India nicht interessiert. Vielmehr starrte sie auf eine Anordnung privater Aufnahmen in Silberrahmen, die genau dort hingen, wo man sie einfach nicht übersehen konnte.

Auf den Fotos war der ungehobelte Farmer aus dem Outback verschwunden, und an seine Stelle war ein Mann im maßgeschneiderten Anzug oder Smoking getreten, der sehr weltmännisch und charmant wirkte, während er wichtigen Leuten die Hand schüttelte. Hier war er mit einem australischen Ex-Premierminister zu sehen, dort auf einem Grillfest mit einem wegen eines Milliardenbetrugs mittlerweile in Ungnade gefallenen Geschäftsmann. Interessante Kontakte. India beugte sich vor, um eine weitere Fotografie in Augenschein zu nehmen. Jack Zhuganov beim Abendessen mit einer Familie irgendwo in tropischer Umgebung. Am Kopf der Tafel, zu Zhuganovs Linken, saß der ehemalige indonesische Präsident Suharto.

Dann blieb ihr Blick an einer Aufnahme hängen, die weiter unten, auf Höhe ihrer Hüfte, hing. Ihr Herz machte einen kleinen Satz. Das Bild war verblichen und ziemlich alt. Es zeigte ein Containerschiff, das eine ruhige blaue See durchpflügte. Es hatte einen weißen Block, in dem sich die Mannschaftsunterkünfte befanden, eine große Luke und vier Kräne. Mein Gott! Es könnte sich um das Containerschiff handeln, das sie gerammt hatte. Das Schiff auf dem Bild wirkte neu, wenn jedoch das Foto so alt war, wie es aussah …

Zhuganov war vorangegangen und befand sich gerade außer Sichtweite. India bückte sich blitzschnell und versuchte, den Namen des Schiffes auf dem Foto zu erkennen, aber die Schrift war zu klein. Sie hoffte auf einen anderen Hinweis, der es identifizieren könnte, als sie das typische Geräusch einer aufschnappenden Kühlschranktür hörte. Hastig folgte sie

Zhuganov in die Küche, einen großen Raum direkt neben dem Arbeitszimmer, wo er gerade zwei Bierflaschen aus dem Kühlschrank hervorholte.

Er bat sie nach draußen und nahm neben ihr auf einer riesigen windgeschützten Veranda Platz, die auf die vorderen Koppeln hinausführte. Mit seiner Flasche stieß er gegen ihre. „Also, Ms Kane, dann schießen Sie mal los."

Da sie sich immer noch nicht sicher war, was sie von ihm zu halten hatte, beschloss sie, das Ganze vorsichtig anzugehen. Sie holte ihr kleines Aufnahmegerät aus ihrem Rucksack, stellte es zwischen ihnen beiden auf und klappte ihren Notizblock auf. Sie hätte Zhuganov am liebsten sofort nach dem Foto mit dem Containerschiff gefragt, aber es erschien ihr besser, ihn zunächst weichzuklopfen, indem sie ihm Fragen zu seiner Pferdezucht stellte, die er auch bereitwillig beantwortete. Die Pferde seien zunächst ein Hobby gewesen, erzählte er, das er erst spät für sich entdeckt habe. Auf BB habe er während eines Rennens als Außenseiter gesetzt, und als der Hengst gewonnen habe, habe er ihn gekauft, die Ställe gebaut und ihn hierhertransportiert.

BB war in der Tat der schwarze Hengst, dem Zhuganov die Spritze verpasst hatte und der offiziell auf den Namen Grafton Statesman hörte. Doch nachdem er einen Stalljungen so heftig gebissen hatte, dass dieser im Krankenhaus hatte behandelt werden müssen, hatte man dem Hengst den Spitznamen „Blöder Beißer" verpasst.

India spürte, wie ihre Aufmerksamkeit nachließ, als Zhuganov von den ersten Zuchtstuten erzählte, die er angeschafft hatte, und welche von ihnen die besten Fohlen hervorbrachten. Doch sie fuhr vor Schreck fast aus der Haut, als er einen bestimmten Namen erwähnte.

„Harris?", hakte sie nach.

„Harris und Hewitt. Das sind die einzigen Viehversicherer in der Gegend, mit denen es lohnt, ins Geschäft zu kommen."

„Sind sie hier in der Nähe?"

Er hielt inne und schien nachzudenken, ob er ihr antworten sollte. Dann meinte er nach einer langen Pause: „Richtung Moora runter. Das ist nicht allzu weit weg."

Sie würde diese Angaben später überprüfen, beschloss India, obwohl sie nicht sicher war, was ein Viehversicherer mit einem Containerschiff zu tun haben sollte.

Sie nippte an ihrem Bier. Es war die beliebteste Sorte im Bundesstaat und hatte volle fünf Prozent Alkohol. Es würde sie garantiert über die Promillegrenze bringen, wenn sie die ganze Flasche austrank. Sie ließ ihren Blick zu den Koppeln schweifen und registrierte, dass einige Pferde jetzt quer zum Wind standen und in Ruhe grasten.

„Und bevor Sie sich glücklich mit Ihren Pferden in den Ruhestand zurückgezogen haben, welcher Beschäftigung sind Sie da nachgegangen?"

Auf sein Gesicht trat ein wachsamer Ausdruck.

„Ein Beispiel genügt", sagte sie so beiläufig, als sei diese Information nicht weiter von Belang. „Ich möchte Sie keinesfalls bedrängen, aber die Leser brauchen etwas, mit dem sie sich identifizieren können. Sie wissen schon: ‚Jack Zhuganov, Besitzer von Grafton Statesman und ehemaliger Bauunternehmer' oder was auch immer. Wie wäre es, wenn wir ein paar Fotos von dieser fantastischen Siedlung hinzunähmen, die Sie in Jimbuku Bay errichten ließen?"

Er sprach kein Wort.

„Wie ich hörte, gab es damals einen ziemlich großen Sturm", mühte sich India weiter ab. „Es gab Gerüchte, dass es etwas mit einem Fluch zu tun hätte. Also das würde ganz bestimmt großes Interesse bei den Lesern hervorrufen."

In seine Augen kehrte der distanzierte Ausdruck zurück. India brach der Schweiß aus. Sie wünschte sich den Ich-liebe-meine-Pferde-Zhuganov zurück und deutete rasch auf eine elegante sandfarbene Stute auf der nächsten Koppel. „Sie sieht aus wie eine Araberstute."

Er richtete seine Augen auf das Pferd. „BB kriegt nur das Beste."

„So ein Glückspilz." Sie spürte, wie sich ihre Nackenmuskeln entspannten, als er wieder einigermaßen freundlich dreinblickte.

Mit knacksenden Knien erhob er sich und wedelte mit seiner leeren Bierflasche in ihre Richtung. „Möchten Sie noch eines?"

„Schon, aber ich muss noch fahren. Schade."

Verächtlich schnaubte er. „Der einzige Bulle, der hier auf der Küstenstraße patrouilliert, ist ein Cousin von mir. Er wird Ihnen schon keine Strafe aufbrummen, wenn Sie ihn wissen lassen, dass Sie mich kennen."

„In diesem Fall hätte ich gern noch ein Bier", erwiderte India, ohne mit der Wimper zu zucken.

Während Zhuganov im Haus war, bemühte sie sich, wieder zur Ruhe zu kommen. Sie wollte nicht, dass er mitbekam, wie sehr er sie verunsicherte. Als er ihr diese unheimlichen Blicke zugeworfen hatte, wäre sie am liebsten davongerannt, in ihren Wagen gesprungen und nie mehr an diesen Ort zurückgekehrt. Aber sie musste noch mehr aus ihm herauskriegen.

Als er zurückkam, ließ sie ihn weiter über seine Pferde erzählen. Nach einer Weile nahm sie all ihren Mut zusammen und fragte so ruhig wie möglich: „Was hat es mit dem Foto von diesem Containerschiff in Ihrem Haus auf sich? Haben Sie einmal in diesem Bereich gearbeitet?“

Weder blinzelte er, noch deutete er an, dass ihn ihre Frage überraschte. Er sagte nur sehr leise: „Sie sollten jetzt besser gehen, meinen Sie nicht auch?“

4

Schweißüberströmt fuhr India die Küstenstraße entlang. Sie wusste, dass sie eine schmale Grenze überschritten hatte, als sie Zhuganov wegen des Schiffes gefragt hatte, und obwohl er sie mit ausgesuchter Höflichkeit zu ihrem Auto geleitet hatte, fühlte sie sich, als sei sie soeben einem Grizzlybären entkommen, dem sie zuvor einen ordentlichen Schlag auf die Schnauze verpasst hatte.

Doch zwei Dinge hatte sie gelernt: Jack Zhuganov wollte weder über Jimbuku Bay noch über das Schiff reden. War es die *Pride of Tangkuban*? Immerhin hatte Danny erzählt, es sei in Jakarta registriert, und Jack hatte auf einem der Fotos höchstpersönlich mit Indonesiens Ex-Präsident Suharto zu Abend gegessen. Vielleicht gehörte das Containerschiff ja Suharto oder einem seiner Kinder. Soweit India informiert war, gehörte diesem Clan fast alles in Indonesiens Hauptstadt.

Sie versuchte die ganze Sache logisch zu durchdenken, fühlte sich aber zu benommen von den zwei Bieren, die in ihren Adern kreisten. Ihr war klar, dass Zhuganov ihr niemals gestattet hätte, so lange zu bleiben, wenn sie das angebotene Bier ausgeschlagen hätte. So waren die Leute hier draußen eben: Wenn du mit jemandem trinkst, wirst du zum Kumpel. Allerdings dürfte Zhuganov sie kaum für einen solchen halten, insbesondere nachdem sie ihm diese Fragen gestellt hatte.

India durchquerte Shoalhaven mit der vorgeschriebenen Geschwindigkeit von sechzig Stundenkilometern, als ein Streifenwagen auf der Gegenspur an ihr vorbeifuhr. Sie blickte zweimal auf den Tacho, dann in den Rückspiegel und sah, wie das Polizeiauto verschwand. Als sie wieder nach vorn blickte, bog gerade ein Pritschenwagen aus einer Seitenstraße direkt vor ihr auf die Hauptstraße. Der Fahrer trug einen Akubra-Hut, seine Beifahrerin hatte gekräuseltes graues Haar. Da sich auf der Gegenfahrbahn ein Auto befand und neben ihr kein Seitenstreifen war, blieb India keine andere

Möglichkeit, als hart auf die Bremse zu treten. Die Reifen quietschten, und der Geländewagen schlingerte immer näher an das Heck des anderen Autos heran, als sie im letzten Augenblick den Fuß von der Bremse nahm, das Lenkrad nach rechts riss und für einen winzigen Augenblick die Kontrolle wiedererlangte. Aber dann war es doch zu spät – der Wagen prallte an eine Straßenlaterne.

„Verfluchter Mist!", entfuhr es India.

Der Pritschenwagen fuhr weiter und verschwand. Offensichtlich hatte der Fahrer nichts mitbekommen.

India löste den Sicherheitsgurt und warf einen prüfenden Blick in den Rückspiegel. „O nein!" Das Polizeiauto hatte gewendet und fuhr nun in ihre Richtung. Jetzt war sie dran.

India stand vor ihrem Wagen und betrachtete ruhig den Schaden, als die Beamten sich ihr näherten. „Hallo Officers", begrüßte sie die beiden.

Der eine war groß und grobschlächtig, mit einem vom Trinken geröteten Gesicht, der andere sah aus, als habe er gerade erst die Schule beendet.

„Bitte die Fahrzeugpapiere", sagte Schuljunge.

India reichte sie ihm. „Zwei ältere Leute in einem Pritschenwagen sind ohne Vorwarnung direkt vor mir auf die Straße gebogen. Ich glaube, dass sie mich überhaupt nicht bemerkt haben. Und da auf der anderen Seite ein Wagen fuhr, musste ich ausweichen." Sie deutete auf die Straßenlaterne, die wohl einen Klecks Farbe brauchte.

„Haben Sie Alkohol getrunken?", wollte Schuljunge wissen.

Ihr war klar, dass die Polizisten das Bier in ihrem Atem riechen würden, sobald sie auch nur einen Schritt näher kamen. Daher antwortete sie: „Ich habe mir zum Mittagessen ein Bier mit jemandem geteilt. Das ist alles."

„Nur eines?" Seine Stimme klang sarkastisch.

„Ja, ich habe es mit einem Freund geteilt." Sie holte tief Luft und entschied, aufs Ganze zu gehen. „Mit Jack Zhuganov. Er hat die eine Hälfte getrunken, ich die andere."

Drückende Stille.

„Stimmen Sie einem Alkoholtest zu, Ma'am?", fragte der Grobschlächtige mit einem scharfen Unterton in der Stimme.

Sie atmete tief durch. Sie würde ihren Führerschein loswerden.

„Dafür gibt es keinen Grund." Mit einem Lächeln reichte ihr Schuljunge die Papiere zurück. „Ein halbes Bier ist kein Problem. Solange mit Ihnen und dem Wagen alles in Ordnung ist, haben wir kein Problem."

„Wir haben sehr wohl ein Problem", unterbrach ihn sein Kollege aggressiv.

„Ich wette hundert Dollar, dass sie zu viel intus hat, und es ist mir schnurzegal, ob sie mit deiner gesamten Familie schläft – ich werde jetzt den Alkoholtest mit ihr machen!"

Daraufhin griff Schuljunge nach dem Arm seines Kollegen und zog ihn zur Seite, um ihm etwas zu sagen, das India nicht hören konnte. Der Grobschlächtige fluchte fürchterlich und gab am Ende nach.

Schuljunge drehte sich um, kam zu India zurück und tippte sich an die Hutkrempe. „Wünsche Ihnen noch eine sichere Heimfahrt, Ms Kane."

„Bitte nennen Sie mich India." Sie trat einen Schritt vor, um ihm die Hand zu schütteln.

„Bryce Zhuganov." Er zwinkerte ihr zu. „Ich freue mich immer, einer Freundin der Familie zu Diensten zu sein."

Nach einer unruhigen Nacht in Jimbuku Bay fuhr India am nächsten Morgen Neds Computer hoch, musste aber leider feststellen, dass er ihn mit einem Passwort versehen hatte, das sie nicht knacken konnte, sosehr sie es auch versuchte. Schließlich machte sie sich hochgradig frustriert auf den Weg nach Shoalhaven. Wie es schien, befand sich dort das einzige Internetcafé im Umkreis von fünfzig Kilometern.

Es war ein verfallenes einstöckiges Gebäude am Rand des Strandes. Der Sand auf den Stufen am Eingang lag mindestens zehn Zentimeter hoch. Innen roch es nach frischem Kaffee und Doughnuts, und India stellte erfreut fest, dass sie die einzige Kundin war. Der junge Mann am Tresen goss ihr einen Kaffee ein und wies ihr einen Computer mit Blick auf den Strand zu.

Die erste brauchbare Information fand sie in einem fünf Jahre alten Zeitungsartikel. Demzufolge hatte die Firma Regent Enterprises, deren Besitzer Jack Zhuganov war, mehrere Verträge über staatliche Wohnungsbauprojekte bekommen, und eine Konkurrenzfirma hatte daraufhin die zuständige Beamtin der Baubehörde bezichtigt, Vetternwirtschaft zu betreiben. Was nicht von der Hand zu weisen war, da die Beamtin mit Frank Zhuganov, Jacks älterem Bruder, verheiratet war. Dieser war im Transportgeschäft tätig und hatte zwei Söhne, Jimmy und Bobby, die „wütend" und „aufgebracht" über die Anschuldigungen gegen ihre Mutter waren.

Weitere Zeitungsartikel folgten inhaltlich der Berichterstattung dieser ersten Meldung und den Vorwürfen, dass die Familie korrupt sei und Klüngelei betreibe, aber nichts war je dabei herausgekommen.

India forschte genauer über Regent nach und entdeckte, dass die Firma im ganzen Bundesstaat Geschäftsfelder beackerte, von Zhuganov-Wolkenkratzern in Perth bis zu einem Zhuganov-Taxiunternehmen in Broome. Außerdem las sie, dass Jack nie geheiratet und auch keine Kinder hatte, was sie überraschte, wenn man bedachte, dass er selbst mit sechs Geschwistern aufgewachsen war. Seine Schwestern und Brüder hatten zusammen siebzehn Kinder, und diese hatten – sofern die Angaben stimmten – auch wieder zwölf Kinder hervorgebracht, die allesamt unter elf Jahren waren. Zwei von Jacks Brüdern waren in die Vereinigten Staaten ausgewandert, aber der Rest der Familie wohnte in Westaustralien.

India lehnte sich zurück, und ihre Gedanken überschlugen sich angesichts der dynastischen Größe der Zhuganovs. Kein Wunder, dass sie beschuldigt wurden, staatliche Bauvorhaben zu monopolisieren. Sie konnten eigentlich kaum anders handeln, da doch in so ziemlich jeder Stadt Westaustraliens Verwandte von ihnen ansässig waren.

India erinnerte sich an etwas und gab rasch HARRIS UND HEWITT ein, den Namen von Jacks Viehversicherung. Nach langem Suchen fand sie heraus, dass David Harris ein Cousin dritten Grades von Jack und ein Neffe von Steve Harris war, dem Gesundheitsminister von Westaustralien.

Als die Fliegengittertür des Cafés zugeschlagen wurde, sah India auf und erblickte einen wettergegerbten älteren Mann in einem Arbeitshemd, der sich an den Computer neben ihr setzte. Sein Gesicht hatte das dunkle Braun von Jarrah-Holz und wies tiefe Furchen um die Augen auf, die davon zeugten, dass er zeit seines Lebens in die Sonne und den Wind geblinzelt hatte.

„Tag“, grüßte er.

„Hallo.“

India rieb sich die Augen und warf einen Blick auf die Uhr. Sie saß bereits seit zwei Stunden in dem Café. Sie stand auf, holte sich noch einen Kaffee, streckte sich und nahm wieder vor dem Bildschirm Platz. Dann änderte sie ihre Suchstrategie.

Eine weitere Stunde später lehnte sie sich mit schmerzendem Rücken zurück. Ihr Nacken fühlte sich steif an, und in ihrem Kopf summte es. Was für eine Familie! Ein Zhuganov bot Dienstleistungen im Bereich der Industriereinigung an, es gab ein Zhuganov-Abfüllwerk und sogar ein Mitglied der Sippschaft, das in leitender Position staatliche Sicherheitstests bei Industrieprodukten durchführte. Allesamt engagierten sie sich in regionaler und lokaler Politik, aber davon interessierte India nur der Vorsitzende der Liberalen Partei, Jacks jüngerer Bruder Don. Nach dem, was sie gelesen hatte, sah es so aus, als würde er es schaffen, bei den nächsten Wahlen den Spitzenkandidaten der Labour Party abzulösen. Ein Zhuganov als Ministerpräsident des Bundesstaats. Der Gedanke behagte ihr ganz und gar nicht, nachdem sie all die Vorwürfe über Vetternwirtschaft gelesen hatte.

„Freunde von Ihnen?“

India drehte sich um und stellte fest, dass der junge Bursche hinter dem Tresen verschwunden war und der ältere Mann neben ihr sie beobachtete.

„Wie bitte?“

Er deutete auf ihren Monitor. „Die Zhugs.“

„Kann man nicht behaupten.“

„Was heißt das konkret?“

India betrachtete ihn eingehend, sah die Neugier in seinen Augen und lächelte. „Dass ich denen keinen Meter weit über den Weg traue.“

Der Mann lachte rau auf, was in einen Hustenanfall mündete. „Verdammt richtig! Jack hat meinen Schwiegersohn vor ein paar Wochen ganz schön ausgenommen, der elende Mistkerl.“

„Inwiefern?“

„Na ja, der arme Kerl schuldete Jack sechzig Riesen, aber der wollte nicht warten, bis er das Geld zusammenhatte, also endete es damit, dass mein Schwiegersohn ihm einige Neuwagen direkt von seinem Hof geben musste. Die waren allerdings zweihunderttausend wert, nicht sechzig.“

India starrte ihren Sitznachbarn an. „Das waren nicht zufällig japanische Geländewagen, oder?“

Er runzelte die Stirn. „Woher wissen Sie das? Arbeiten Sie etwa auch im Transportgeschäft wie unser Joe?“

India schüttelte den Kopf, aber etwas, was er gerade gesagt hatte, ließ sie nicht mehr los. In einem Zeitungsartikel hatte gestanden, dass Frank Zhuganov im Transportgeschäft tätig war. Vielleicht hieß das, auch im Bereich Schifffahrt.

„Was wissen Sie über Jacks Bruder Frank?“

Der Mann blinzelte überrascht. „Frank ist tot.“

„Wie ist er gestorben?“

Seine Stimme senkte sich zu einem heiseren Wispern. „Krebs.“

„Wie ich hörte, war Frank im Transportgeschäft unterwegs.“

„So hätte ich es nicht formuliert, aber er besaß eine Menge Laster, ja. Sein Geld verdiente er damit, dass er unseren Müll abholte und entsorgte, manchmal sogar ins Recycling gab. Kann nicht so schlecht verdient haben, wenn man bedenkt, dass er einundzwanzig Millionen wert war, bevor er ins Gras gebissen hat.“

Dannys Leiche wurde auf einer städtischen Mülldeponie abgeladen.

India fragte den Mann nach Albert und bekam daraufhin eine weitere Version der Geschichte von herabfallenden Regenrinnen, umherwirbelnden Autos und umstürzenden Bäumen zu hören.

„Wo steckt Albert jetzt?"

„Niemand weiß es." Er schüttelte den Kopf. „Ich habe ihn zuletzt im Pub gesehen, im ‚Nelson'. Direkt nachdem er diesen verdammten Sturm heraufbeschworen hatte. Er trug eines seiner vermaledeiten Hawaiihemden. So was würde ich nie anziehen."

„Ist er nach Hause, nachdem er den Pub verlassen hatte?"

„Nach Hause? Nee. Er ging, als Jimmy auftauchte …" Zu ihrem Verdruss hielt er inne, als der junge Mann wiederkam.

„Jimmy?"

Er warf dem Burschen hinter dem Tresen einen Blick zu und widmete sich erneut seinem Monitor. „Schlechter Zeitpunkt, um Fragen zu stellen", murmelte er.

„Wer ist er?", wisperte sie zurück.

Er wartete, bis der andere sich bückte und hinter dem Tresen mit Bechern und Tellern klapperte. „Steve Marsdon", flüsterte er.

Enttäuscht erwiderte sie: „Dann ist er kein Zhug?"

Der Mann beugte sich vor, seine Augen wachsam auf den Tresen geheftet. „Doch, zu einhundert Prozent. Diese Sippe ändert ständig ihre Namen, weil sie nicht wollen, dass man sie für Ausländer hält. Es gibt da die Reillys, die Grants und die Marsdons. Sie sind alle miteinander verwandt."

„Danke."

Als sich Steve Marsdon wieder aufrichtete, wandte sich der Mann dem Computer zu und begann, auf der Tastatur zu tippen. Als India ihren Stuhl zurückschob, hielt er inne. „War nett, Sie kennen gelernt zu haben", sagte er unverbindlich.

„Ebenfalls."

India verließ das Café und versetzte der Sandwehe auf den Stufen einen Tritt. Trotz des Berges an Informationen hatte sie keinen einzigen Hinweis darauf gefunden, dass Suharto, Jack Zhuganov oder einer seiner Verwandten ein gewisses Containerschiff besaß oder etwas damit zu tun hatte.

ES WAR schon dunkel, als India den kleinen Pfad zu Ellies Haustür entlangging. Ihre Finger griffen in ihrem Rucksack gerade nach dem Schlüssel, als sie hinter sich Schritte hörte. Noch bevor sie sich umdrehen konnte, stürzte jemand auf sie zu, schleuderte sie gegen die Tür und bog ihr den linken Arm auf den Rücken. Sie wollte schreien, aber ihr wurde eine Hand auf den Mund gepresst.

„Hallo Miststück! Hast du mich vermisst?"

India schüttelte den Kopf.

„Oh, ich denke doch. Warum hättest du sonst überall herumgeschnüffelt und Sachen gefragt, die dich einen Dreck angehen?"

Mit hin und her rollenden Augen hielt sie nach Hilfe Ausschau, aber da er ihr Gesicht an die Tür gedrückt hielt, konnte sie nichts erkennen.

„Ich will, dass du mir ganz genau zuhörst. Ich fand, dass ich mich bei unserem letzten Treffen ziemlich zurückgehalten habe, aber jetzt ist meine Geduld zu Ende. Wenn ich also noch mal höre, dass du mit der AMSA oder dem Hafenmeister oder den Feds über irgendein Schiff plauderst, dann werde ich zurückkommen und nicht mehr höflich sein. Und noch was: Künftig wirst du dich gefälligst nicht mehr in Shoalhaven herumtreiben und die Leute nach Dingen fragen, die dich nichts angehen. Du hast nichts mit meiner Familie zu schaffen. Ich will, dass du abhaust. Geh zurück nach Hause. Verstanden?"

Heftig nickte sie. Woher wusste er so viel?

Während er die eine Hand immer noch auf ihren Mund gedrückt hielt, ließ er mit der anderen ihren Arm los, presste aber ihren Körper weiterhin an sich. Sie spürte, wie seine Hand vorn über ihre Jeans glitt, und als sie sich wehrte, drückte er sie noch stärker an sich. „Ich werde dich vermissen, Miststück", flüsterte er.

„Mistkerl!", drang es gedämpft aus ihrem Mund. Sie holte mit dem Ellbogen aus und hoffte sein Brustbein zu treffen, damit er nach Luft schnappen musste. Zu ihrer Überraschung klappte es, und sein Griff lockerte sich.

Blitzschnell öffnete sie den Mund, nahm den unteren Teil seines Daumens zwischen die Zähne und biss kräftig zu. Er schrie auf, und seine andere Hand schnellte nach oben, um India zu schlagen. Sie ließ vom Daumen ab und fuhr herum. Für den Bruchteil einer Sekunde standen sie sich gegenüber, und dann tat sie etwas, was sie niemals zuvor gewagt hatte, obwohl man ihr einmal gezeigt hatte, wie es funktionierte: Sie verpasste ihm einen Kopfstoß mitten ins Gesicht.

Ein dumpfes Knacken erklang, dann taumelte er zurück und schrie: „Du elende Schlampe!", während sie auf die Straße zurannte.

Da löste sich ein Schatten aus einer der Silberbaumhecken und etwas schlug ihr seitlich aufs Ohr. Schmerz explodierte hinter ihren Augen, und sie fiel benommen und blind zu Boden. Ihre Hände tasteten nach einem Stein oder einem Ast, egal was.

Ein Stiefel trat gegen ihre Rippen und ihr wurde die Luft aus der Lunge gepresst. Noch ein Tritt, diesmal in die Nieren. Sie stöhnte auf und rollte sich zu einem Ball zusammen, um den Angriff besser abwehren zu können.

„Herrgott, Jimmy!“, fluchte ein Mann. „Nicht jetzt. Wir müssen hier verschwinden.“

Noch ein Tritt. „Verdammtes Miststück!“ Und noch einer.

„Jimmy, hör auf! Es sollte nur eine Warnung sein.“

„Die Warnung kannst du vergessen.“ Jimmy lachte schrill auf. „Dann kommt sie bloß wieder zurück. Du hast ja gesehen, wie die drauf ist.“

Wo sind bloß die Leute aus der Nachbarschaft?, fragte sich India verzweifelt. Es musste sie doch bestimmt jemand gehört haben.

„Aber Bobby hat gesagt, dass wir es nicht tun sollen.“

„Was weiß er schon? Der ist doch bloß ein verdammter Feigling.“

Verzweifelt versuchte India, wieder einen klaren Kopf zu bekommen und ihre Kräfte zu sammeln. Sie musste unbedingt um Hilfe schreien. Durch den gleißenden Schmerz blinzelte sie zu einem Mann hoch, der mit geballten Fäusten neben Jimmy stand und vom Licht der Straßenlaternen angestrahlt wurde. Ein athletischer Mann, den zu sehen sie niemals erwartet hätte. Sergeant Kuteli. Kein Wunder, dass ihre Beschreibung von Jimmy falsch weitergegeben worden war. Ganz offensichtlich hatte er einflussreiche Freunde an den richtigen Stellen.

„Sie hat dich erkannt“, bemerkte Jimmy nun höchst zufrieden. „Willst du sie jetzt etwa noch laufen lassen?“

„Mist!“ Kuteli fuhr sich mit der Hand über das Gesicht.

India holte tief Luft und öffnete den Mund, um nach Hilfe zu schreien. Da registrierte sie aus dem Augenwinkel eine Bewegung. Sie wandte gerade noch rechtzeitig den Kopf zur Seite, bevor Jimmys Stiefel ihr das Jochbein zertrümmert hätte. Ihre Schulter fing den Tritt ab, aber der neue Schmerz raubte ihr den Atem.

„Siehst du?“, meinte Jimmy. „Die gibt einfach nicht auf.“

„Gut“, erwiderte Kuteli mit entschlossener Stimme. „Dann lass es uns zu Ende bringen.“

Er trabte davon und kam kurz darauf wieder. Hände griffen nach India, die versuchte sich zu wehren, aber zu schwach gegen die doppelte Kraft zweier Männer war. Sie hoben sie rasch hoch, trugen sie zu einem Auto mit geöffnetem Kofferraum, warfen sie hinein und schlugen den Deckel zu.

Mit einem Ruck rollte der Wagen an. India drehte sich in dem stockfinsteren Kofferraum auf die Seite. Sie tastete nach dem Schloss, aber der

Schließmechanismus lag hinter einer Plastikverschalung, die mit dem Metallrahmen des Autos verbunden war. Ohne Werkzeug, welcher Art auch immer, konnte sie nicht an das Schloss herankommen.

So lag sie einfach nur schwitzend und keuchend da und merkte rasch, wie die Luft immer knapper wurde. Aber sie machte sich bewusst, dass Kofferräume nicht hermetisch versiegelt sind. Sie schloss die Augen. Sie musste ruhig bleiben. Es musste einen Weg geben, diese Sache hier zu überleben.

Der Wagen machte einen Satz, und sie stöhnte auf, als ihre Hüfte gegen etwas Metallisches stieß, das sich unter ihr befand. Sie tastete danach und stellte fest, dass es die harte Felge des Ersatzrades war. Und wo es Ersatzräder gab, waren Werkzeuge nicht fern.

Sie begann, den Reifen abzutasten. Ja, da, in die Vertiefung gestopft, lag eine Plastiktasche mit Werkzeug! India rollte sie auseinander und ertastete ein paar Schraubenschlüssel, Schraubenzieher und ein Montiereisen. Okay, sie sollte sich besser einen Plan zurechtlegen. Sie würde irgendwie den Kofferraum aufbekommen, rausspringen und wegrennen.

Die Luft war heiß und stickig, als atmete India durch nassen Flanellstoff. Ruhe dich ein wenig aus, sagte sie sich. Nur ein wenig …

Als sie wieder zu sich kam, fuhr der Wagen über unebenes Gelände und schlingerte von einer Seite zur anderen. Hatten sie die Hauptstraße verlassen und fuhren nun querfeldein? Sie hatte keine Vorstellung davon, wie viel Zeit vergangen war. Mittlerweile könnten sie schon gut mehrere Hundert Kilometer gefahren sein. Der Gedanke schreckte sie auf.

Sie probierte, mit dem Schraubenzieher die Verschalung des Kofferraums zu lösen, aber durch die Schlingerbewegungen des Wagens und die Dunkelheit würde es ihr kaum gelingen, mehr als zwei Schrauben zu lockern. Also Plan B: einfach die verdammte Verschalung abreißen.

India lag so stark zusammengekrümmt da, dass ihre Muskeln höllisch schmerzten. Aber trotzdem setzte sie den Schraubenzieher zwischen dem Plastik und dem Metallrahmen an und zog ihn kraftvoll nach unten. Die Verschalung gab ein wenig nach, und zu Indias großer Überraschung fiel ihr die erste Schraube entgegen. Daraufhin schloss sie die Finger um den Rand der Verschalung und zog noch kräftiger. Eine zweite Schraube löste sich. India zwängte ihre Hand durch den fünf Zentimeter breiten Schlitz und suchte nach dem Schloss des Kofferraums oder dem Kabel, das den Mechanismus zum Öffnen in Gang setzte. Aber sie griff ins Leere.

Sie wandte ihre Konzentration der anderen Seite des Kofferraums zu, der zum Innenraum hin, und widmete sich den Schrauben dort. Die Haut ihrer Hände war abgeschürft, ihre Muskeln schmerzten, aber sie zog und zerrte fest entschlossen weiter – und hätte fast laut aufgeschrien, als sie spürte, wie das Plastik nachgab. Endlich klaffte eine große Lücke in der Verschalung.

India griff hindurch und suchte weiter nach dem Kabel, das es dem Fahrer ermöglichte, von seinem Sitz aus den Kofferraum zu öffnen. Da! Ihre Finger griffen nach dem schmalen Draht und zogen ihn in ihre Richtung. Sie hörte ein leises Klicken und konnte es im ersten Moment nicht glauben. Der Kofferraumdeckel hob sich ein Stück und wippte dann offen im Fahrrhythmus des Wagens mit.

India zog ihren Arm durch die Lücke zurück, was ziemlich schmerzhaft war, und wartete darauf, dass der Wagen mit quietschenden Reifen zum Stehen kam. Aber nichts geschah. Wer auch immer fuhr, schaute auf jeden Fall nicht in den Rückspiegel. Warum sollte er auch? Es war dunkel, sie befanden sich nicht auf einer Hauptstraße, also gab es nicht viel zu sehen.

India schob sich eine Handvoll der kleineren Werkzeuge in die Tasche und blickte nach draußen. Sie erkannte struppiges Gebüsch zu beiden Seiten einer sandigen Piste. Am Himmel waren die Sterne zu sehen. Und der Wind war so eiskalt wie in der Wüste. Sie spähte zu Boden. Der Wagen schien sehr schnell zu fahren …

Nicht nachdenken, einfach machen.

India manövrierte sich an die Kante des Kofferraums. Ihr Atem ging schnell. Dann senkte sie den Kopf auf die Brust, kreuzte die Arme vor dem Oberkörper und ließ sich mit den Schultern voran hinausfallen.

In der nächsten Sekunde rappelte sie sich auch schon auf, ignorierte den Schmerz in ihrer Schulter und lief, so schnell sie konnte, in das Buschland. Dort schlug sie sich durch das Gestrüpp, ohne genaue Einzelheiten, sondern nur die Umrisse von möglichen Hindernissen zu erkennen, die vom Sternenlicht erhellt wurden. Einen wunderbaren Augenblick lang hörte sie, wie sich das Motorengeräusch entfernte, und glaubte, noch einmal davongekommen zu sein. Aber dann erklang das Quietschen von Bremsen auf Schotter und das schrille Aufheulen des Motors, als der Wagen schnell rückwärtsfuhr.

India versuchte, so weit wie möglich von der Piste wegzukommen, bevor die zwei Männer aus dem Auto gestiegen waren. Denn sobald sie den Wagen verlassen hatten, würde sie mucksmäuschenstill sein müssen und dürfte sich nicht mehr bewegen. Zweige verhedderten sich in ihrer Kleidung, und

Dornen zerkratzten ihr die Haut. Würden die beiden ihre Spur finden? Ihr blieb keine Zeit mehr, sich Sorgen zu machen, denn der Motor war abgeschaltet worden. India ließ sich nach vorn fallen und kroch unter den Stamm eines Eukalyptusbaums. Sie hörte, wie zwei Autotüren zugeschlagen wurden.

„Wann?“, verlangte Jimmy zu wissen. Seine Stimme war deutlich durch die stille, kalte Luft zu hören.

„Es ist mir eben erst aufgefallen.“

„Herrgott noch mal! Soll das etwa heißen, dass sie schon vor zwanzig Kilometern rausgesprungen sein könnte?“ Stille, die Jimmy offensichtlich als Zustimmung interpretierte. „Du Idiot!“

„Sollten wir uns nicht besser umsehen? Nur für den Fall?“

„Wozu, verdammt? Es ist dunkel, falls dir das noch nicht aufgefallen ist. Hast du eine Taschenlampe dabei?“

„Tut mir leid.“

Jimmy stieß einen Schwall Flüche aus. „Dann wende und benutze die Scheinwerfer. Lass uns sehen, ob wir rausfinden können, an welcher Stelle sie entkommen ist.“

„Wenn wir sie nicht finden …“, begann Kuteli zögernd. „Vielleicht ist ihre Flucht gar nicht so schlecht. Oder glaubst du, dass sie hier draußen überleben wird?“

„Das will ich nicht hoffen.“

Die Autotüren wurden wieder zugeschlagen, dann fuhren die beiden langsam, unglaublich langsam den Weg zurück, den sie gekommen waren.

India lag auf dem Boden und rührte sich nicht. Sie lebte. Sie hatte weder zu essen noch zu trinken und ihr ganzer Körper war zerschunden, aber im Moment zählte nur, dass sie lebte.

5

India humpelte die staubige Sandpiste entlang. Sie glaubte nicht, dass Jimmy und Kuteli zurückkommen würden, und davon abgesehen hatte sie keine Lust, sich in der Wildnis zu verirren. Sie würde einfach den Reifenspuren folgen, bis sie an die asphaltierte Straße kam, einen Wagen anhalten und weitertrampen. Was hatte Jimmy gesagt? Zwanzig Kilometer? Das war nicht allzu weit. Sie sollte es bis zum Morgengrauen geschafft haben.

In regelmäßigen Abständen blickte sie auf die Uhr, um zu überprüfen, wie weit sie ungefähr schon gelaufen war. Ab und zu hörte sie ein Krachen, das aus dem Buschland kam und bei dem sie vor Angst fast losgerannt wäre, aber dann beruhigte sie sich wieder bei dem dumpfen Klopfgeräusch eines davonhüpfenden Kängurus, das sie aufgeschreckt hatte.

Ihr Hinken wurde schließlich zu einem sehr langsamen Humpeln, da ihre Schulter pochte, ihre Rippen schmerzten, sie Schüttelfrost bekam und sich krank fühlte. Sie schlang die Arme um ihren Oberkörper, um sich warm zu halten. Plötzlich wurde der Weg etwas steiler. Sie schwitzte und taumelte, als sie auf der Kuppe ankam. In weiter Entfernung, dort, wo die Erdkrümmung zu erahnen war, sah sie, wie ein hauchdünner Streifen Karmesinrot das Blauschwarz des nächtlichen Himmels unterbrach. Morgenröte. Sie konnte jetzt nicht mehr weit von der Hauptstraße entfernt sein.

India hockte sich hin und wartete, dass die Sonne aufging, damit sie sich besser zurechtfinden konnte. Sie war durstig und hungrig, sehnte sich nach einem Bett und einem extrastarken Schmerzmittel. Angst schnürte ihr die Kehle zu. Wo waren die Lichter der kleinen Städte und Siedlungen? Sie wandte den Kopf in alle Richtungen und stellte mit großem Entsetzen fest, dass nirgendwo auch nur ein winziges Licht zu erkennen war. In ihrer Erschöpfung hatte sie wohl eine Abzweigung verpasst.

Oder glaubst du, dass sie hier draußen überleben wird?

Sie weigerte sich, der Angst nachzugeben, und zwang sich eiligst, an praktische Dinge zu denken. Zuerst an Wasser. Als sich der Horizont blau färbte, ließ India prüfend den Blick über die endlose Weite des Busches gleiten und hielt nach Zeichen von Leben Ausschau. Da! Ein Schwarm Kakadus flog niedrig in Richtung Westen. Indias Blick folgte ihrer gleichmäßigen Flugbahn, und als sie die Vögel nicht mehr sehen konnte, erhob sie sich und ging in diese Richtung.

Sie fand kein Wasser, stieß allerdings auf ein paar Djuk-Büsche und war froh, dass sie vor ein paar Jahren ein wenig über Nahrung in der Wildnis gelernt hatte. Sie erntete zwei Handvoll der orangeroten Kirschart, die sie sofort verzehrte, und eine weitere Handvoll, die sie als Vorrat mitnahm.

Ihre Lebensgeister kehrten zurück, als sie ihren Marsch fortsetzte. Sie verfolgte die Flugbahn sämtlicher Vögel und versicherte sich am Stand der Sonne regelmäßig, dass sie noch nach Westen unterwegs war. Sie wollte keinesfalls gen Osten in die Gluthitze des Hinterlandes wandern. Richtung Westen hingegen bestand die Hoffnung, auf eine Siedlung zu stoßen. Sie war noch nicht sehr durstig. Wenn sie bis zum nächsten Tag Wasser gefunden hatte, war es noch nicht zu spät.

Aber schon bald verflüchtigten sich ihre Hoffnungen. Sie erinnerte sich an die saloppe Nachricht, die sie Ellie hinterlassen und die besagt hatte, man brauche sie bis Ende der Woche nicht zu suchen. Niemand würde nach ihr fahnden, mal ganz abgesehen davon, dass niemand wusste, wo sie sich aufhielt. Vor ihrem inneren Auge sah sie bereits einen zufällig durch die Gegend streifenden Wanderer, der nur noch ihre von Ameisen und anderen Tieren des Busches blank genagten Knochen fand. Reiß dich zusammen!, schalt sie sich. Noch bist du nicht tot!

Kurze Zeit später flog ein Schwarm kleiner brauner Vögel zwitschernd an ihr vorbei. India prägte sich ihre augenblickliche Position ein und folgte den Vögeln ins Unterholz. Fünf Minuten später gelangte sie an einen Bach, der zwar kaum Wasser führte, doch dafür gab es genug davon in einem nahe gelegenen Tümpel. India sank auf die Knie, beugte sich vor und schöpfte sich mit den Händen das Wasser direkt in den Mund. Während ihr noch dünne Rinnsale über das Kinn liefen, nutzte sie die ihr verbliebenen Kräfte und machte sich eine Schlafstätte zurecht, indem sie eine Kuhle in den Sand grub. Darüber legte sie Büschel getrockneten Grases, unter denen sie es warm haben würde. Es wurde bereits dunkel. Sie schlüpfte in ihr Bett mitten im Outback und bemühte sich, das Knurren ihres Magens sowie ihre schmerzenden Muskeln und Rippen zu ignorieren.

Du kommst hier raus, schwor sie sich. Und du wirst Jimmy dafür bezahlen lassen.

Am nächsten Morgen entdeckte sie einen weiteren Bach, der westwärts floss. Von Zeit zu Zeit verschwand der Wasserlauf unter der Erde, aber nicht lange genug, als dass sie ihn verlieren konnte. Sie folgte seinem gewundenen Lauf und betete, dass er sie zu irgendeiner menschlichen Behausung führen möge. Aber dann verschwand er abermals. Sie suchte stundenlang, konnte die Stelle, an der er wieder zum Vorschein kam, diesmal jedoch nicht finden. Sie hätte am liebsten geschrien, wusste aber, dass es nichts nützte. Also setzte sie sich auf einen Felsen und überlegte, was zu tun war. Es war sinnlos, dem Bach in die Richtung zu folgen, aus der sie gekommen war. Sie musste weitergehen und hoffen, dass es auf dem Weg irgendwo wieder Wasser geben würde.

Am Nachmittag des nächsten Tages war India halb wahnsinnig vor Durst, und so lutschte sie an einem Stein, während sie dahinwanderte. Ich muss weiter, trieb sie sich an.

Das erste Zeichen, dass sie sich der Küste näherte, war eine niedrige

Strauchart mit saftigen graugrünen Blättern. Ein Seedorn. Der Boden wurde weich und bestand nun aus grauem Sand, in dem die Füße versanken. Als sie an ein paar Wagenspuren vorbeikam, folgte sie ihnen in westlicher Richtung. Immer nach Westen.

Die Sonne ging unter und der Himmel wurde allmählich dunkler, als sich die Wagenspuren teilten. Eine Fahrrille führte nach rechts, die andere geradeaus. India entschied sich für die Geradeausspur. Kurze Zeit später hörte sie Brandungsrauschen und gelangte an einen Strand. Sie rutschte eine Düne hinunter, zog die Stiefel aus und badete ihre geschundenen Füße im Meer. Dann spritzte sie sich Salzwasser ins Gesicht und nahm den Strand genauer in Augenschein. Sie konnte keinen Bach erkennen, der Trinkwasser an die Küste brachte. Es waren auch keine Leute da, keine Hütten in den Dünenmulden. So kletterte sie wieder die Düne hinauf und folgte den Reifenspuren, bis sie nach links abzweigten. Der Sand fühlte sich kühl an unter ihren Fußsohlen.

Ein Zaun. Ein Eukalyptuswäldchen. Die Wagenspuren endeten auf einem Kiesweg. Gartenfächerschwänze und Honigfresser flogen vorbei und hüpften auf den Ästen der Teebäume im Dämmerlicht auf und ab. India stolperte weiter. Und dann sah sie es. Ein Haus!

Die Hintertür mit dem Fliegengitter war geschlossen. India ging um das Haus herum nach vorn. Kein Auto auf der Kiesauffahrt. Kein Lebenszeichen. Auf der Veranda standen ein morscher, gepolsterter Sessel und ein Holztisch voller Teller, Bierflaschen und Zigarettenstummel.

Sie humpelte zur Tür und klopfte an, obwohl wahrscheinlich niemand zu Hause war. Dann griff sie nach der Türklinke. Es war nicht abgeschlossen. India hinkte zur Küche und drehte den verrosteten Wasserhahn auf. Gott sei Dank! Sie beugte den Kopf und trank das kühle, klare Wasser direkt aus der Leitung.

Anschließend schaltete sie das Licht an und öffnete die Küchenschränke. Sie fand Konserven, eingelegte Bohnen, Tee- und Kaffeepackungen, Frühstücksflocken. Sie öffnete eine Schachtel Cornflakes und schaufelte sich den Inhalt in den Mund, während sie das Haus inspizierte. Alles machte den Eindruck, als habe jemand nur das Nötigste eingepackt und das Haus eilig verlassen. Ihre Beine drohten unter ihr nachzugeben, als India das letzte Zimmer betrat, in dem eine Matratze auf dem Boden lag.

Sie dachte nicht einen Augenblick daran, dass sie das Haus unerlaubterweise betreten hatte. Das letzte Geräusch, das in ihre Ohren drang, war das einsame Krächzen einer Krähe.

ALS INDIA am nächsten Tag erwachte, stand die Sonne bereits hoch am Himmel. Lange Zeit lag sie einfach nur da und dachte über alles nach, was sie bislang hatte in Erfahrung bringen können.

Jimmy war bestimmt Jacks Neffe und sein brutaler Handlanger. Die Zhuganovs mussten ihr von Anfang an gefolgt sein. Sie hatten ihr Büro durchsucht, um herauszufinden, was sie über das Containerschiff wusste, aber da sie zum damaligen Zeitpunkt noch kein Glück gehabt hatte, hatten sie sie nicht länger überwacht. Erst die Geschichte mit Danny hatte sie wieder in den Fokus der Zhuganovs gebracht. Jimmy hatte den Matrosen ermordet, weil er nicht wollte, dass der Junge von dem Schiff sprach, auf dem er angeheuert und das die *Sundancer* gerammt hatte.

Jack hatte in seinem Haus ein Foto von dem für den Zusammenstoß verantwortlichen Containerschiff hängen. Er und seine Sippe wurden in Westaustralien immer mächtiger, sie bereiteten sich sogar auf den Sieg bei der kommenden Wahl vor. Kein Wunder also, dass sie nichts über das unglückselige Schiff verlauten lassen wollten, wenn es sich wirklich in ihrem Besitz befand. Dem Ruf der Familie würde es enorm schaden, wenn herauskäme, dass der Kapitän nicht angehalten hatte und niemand den Schiffbrüchigen zu Hilfe gekommen war, geschweige denn den Hinterbliebenen eine Art Wiedergutmachung hatte zukommen lassen. Niemand würde mehr für die Zhuganovs stimmen, wenn all dies ans Tageslicht käme.

Doch warum hatten sie die Kollision nicht zugegeben, da sie doch so viel Geld besaßen? Vielleicht schützten sie ja noch etwas anderes, das erklären würde, weshalb sich die *Pride* so weit von den üblichen Handelsrouten entfernt und Neds Notruf auf Frequenz 16 ignoriert hatte.

India schlug die Decke zurück und humpelte zum Boiler. Sie schaltete ihn an und wartete, bis sich das Wasser erhitzte. Dann ging sie ins Bad, riss sich die Kleider vom Leib und stellte sich unter die Dusche. Reichlich heißes Wasser, Shampoo und Duschgel. Es war das reine Vergnügen, abgesehen von der Tatsache, dass ihre Rippen immer noch höllisch schmerzten.

Nachdem sie sich gewaschen hatte, ging sie ins Schlafzimmer zurück und öffnete den Kleiderschrank und ein paar Schubladen. Sie zog einen viel zu großen Pullover und ein Paar Shorts an, die ihr ebenfalls viel zu weit waren. Sie schnürte sie mit einer Kordel, die sie in der Waschküche gefunden hatte, fest um die Taille. Dann wusch sie ihre eigenen Kleider und hängte sie zum Trocknen auf.

Im Anschluss studierte sie die Landkarte, die neben der Hintertür hing. Die abgewetzte Markierung auf dem Papier, auf die schon oft jemand mit der Fingerspitze getippt haben musste, zeigte, wo sich das Haus befand. Und die nächste Siedlung war Cape Cray, ein paar verstreut liegende Häuser direkt neben der Markierung. Perth lag südlich von hier, zwar nicht gerade um die Ecke, aber es war auch nicht unmöglich hinzugelangen.

India war erschöpft und hätte weitere zwölf Stunden Schlaf bitter nötig gehabt. Sie nahm sich eine Schüssel mit Cornflakes und einer großzügigen Portion Milch mit auf die Veranda und sank in den alten Sessel. Sie hatte fast aufgegessen, als ein junger Mann um die zwanzig auf der Bildfläche erschien. Er kam barfuß zum Haus heraufgelaufen. Es war sinnlos, sich verstecken zu wollen, denn er hatte sie bereits entdeckt.

„Bist du eine Freundin von Stewie?“ Er wirkte eher überrascht als verärgert.

„Eigentlich nicht.“

Er blickte auf die fast leere Schüssel, die Kratzer und Blutergüsse an Indias Beinen und Armen und verzog das Gesicht zu einer angeekelten Grimasse. „Kein Respekt vor Frauen. Das kotzt mich an.“

Sie brauchte einen Moment, bevor sie begriff, dass er offensichtlich glaubte, sie sei von einem Mann, wahrscheinlich ihrem Ehemann, misshandelt worden und verstecke sich hier.

„Alles okay mit dir?“

„Ja“, erwiderte sie. „Danke.“

Er wies mit dem Kopf auf das Haus. „Willst du’s für eine Weile mieten?“

Das ist ja fabelhaft!, dachte sie. Jimmy würde sie hier niemals aufspüren. „Sehr gern. Aber was ist mit Stewie? Hätte er nichts dagegen?“

„Nö. Ist vor ein paar Wochen abgetaucht, und das nicht gerade unter den günstigsten Umständen. Der kommt so schnell nicht wieder. Falls überhaupt. Der hat immer Ärger am Hals. Es ist ziemlich ruhig hier ohne ihn.“ Er seufzte. „Ich bin sein Bruder. Alle nennen mich Chew.“

„Jenny.“

Sie gaben sich die Hand, und Chew meinte, sie könne das Haus für hundert Dollar die Woche haben. Außerdem schlug er ihr vor, Stewies Geländewagen zu benutzen, denn sein Bruder sei mit einem Pkw unterwegs. Für hundert Dollar die Woche natürlich. Bar auf die Hand.

„Abgemacht“, sagte India.

Chew brachte ihr den Wagen am späten Nachmittag, als die Sonne tief über dem Wasser stand. Barfuß fuhr India nach Cape Cray und parkte vor einer Raststätte. Sie stieg aus und blickte sich in der Ansiedlung um, die zwischen dem Meer und den Dünen lag. Ein paar Wellblechhütten in der

Nähe des Wassers, ein paar Holzhäuser, ein Laden für Angelköder. Irgendwo dröhnte ein dieselbetriebener Generator. Unten am Anlegesteg wurden ein paar Boote auf Anhänger gehoben. Es gab weder ein Pub noch ein Café. Die Leute besorgten sich ihr Fleisch und Bier in der Raststätte.

In deren Innerem brummten die Kühlschränke, und aus dem Radio drang Heavy-Metal-Musik. Ein Mann in einem schmierigen Overall winkte India zu, und sie fragte ihn, wo sich das Telefon befinde. Er deutete hinter sie.

„Scotto?“ Sie sprach sehr leise, damit niemand mithören konnte. „Ich bin’s. Kannst du mir einen Gefallen tun?“

ZWEI TAGE SPÄTER bestätigte India den Empfang von Scottos Paket in der Raststätte. Sie brachte es in das Haus in den Dünen, bevor sie es öffnete. Darin befanden sich eine Liste mit Telefonnummern, 1500 Dollar in bar, ihr Pass und ein Mobiltelefon mit Ladegerät. Aber die größte Überraschung war eine Firmenkreditkarte. Sobald sie das Handy in Gang gesetzt hatte, rief sie Scotto an und bedankte sich.

„Aber übernachte nicht im ‚Hyatt‘“, brummte er. „Das ist zu teuer.“

„Sind zweihundert die Woche okay?“

„Solange du uns später keine Flöhe in die Redaktion mitbringst.“ Er hüstelte, und sie wusste, dass es ein Zeichen für seine Besorgnis war. „Geht es dir auch wirklich gut?“

Sie würde ihm keinesfalls verraten, dass sie die letzten 48 Stunden damit verbracht hatte, Aspirintabletten zu schlucken und Schlaf nachzuholen, also versicherte sie ihm, dass es ihr gut gehe.

„Schön.“ Sein Ton wurde wieder geschäftsmäßig. „Ich habe den Kontakt, um den du gebeten hast. Greg Elsden, ein Exfreund von Sally, unserer Empfangsdame. Sie haben sich letztes Jahr beim Rucksackwandern kennen gelernt. Doch während Sally die Rückreise antrat, überlegte er es sich anders. Er lebt mittlerweile in Jakarta und unterrichtet Englisch. Er hat versprochen, die Docks zweimal in der Woche für uns zu checken. Heute fängt er an. Wir haben ihm ziemlich was geboten, und er bekommt einen hübschen Bonus, wenn es ihm gelingt, dass einer von uns sich die *Pride* ansehen kann. Dementsprechend ist er voll bei der Sache. Er hat deine Telefonnummer, aber ich sollte dir besser auch seine geben.“

Hastig speicherte sie die Nummer in ihrem Handy ab. „Das ist großartig, Scotto.“

„Und es wäre noch großartiger, wenn es uns tatsächlich gelingen würde, diesen Kahn zu kriegen.“

India rief auch kurz bei Mikey an und erzählte ihm die Kurzfassung dessen, was ihr in den letzten Tagen widerfahren war. Jimmys Plan, sie umzubringen, erwähnte sie jedoch mit keinem Wort, denn Mikey würde auf der Stelle verlangen, dass sie ihre Nachforschungen einstellte und nach Hause kam. Aber sie hatte nicht die Absicht, sich die perfekte Gelegenheit für weitere Recherchen entgehen zu lassen, da Jimmy sie jetzt wahrscheinlich für tot und nicht mehr Ausschau nach ihr hielt. Aber trotz ihrer Bemühungen, ihn zu überzeugen, spürte Mikey, dass etwas im Busch war, und sie brauchte fünf geschlagene Minuten, bis sie ihn beschwichtigt hatte und auflegen konnte.

Sie überlegte, was sie als Nächstes tun sollte. Es galt, aus dem Verborgenen heraus eine Verbindung zwischen den Zhuganovs und der *Pride* nachzuweisen, ohne dass Jimmy davon Wind bekam. Danny hatte erzählt, dass sie in Fremantle Ladung von einer Firma namens Harris an Bord genommen hatten, und der einzige Harris, den India mit Jack Zhuganov in Zusammenhang bringen konnte, war seine Viehversicherung Harris und Hewitt, die von einem entfernten Cousin geleitet wurde. Das war ziemlich spärlich, aber in Ermangelung weiterer Spuren sollte sie an diesem Punkt anfangen.

Die Reifen von Stewies Geländewagen waren nicht die besten, aber ansonsten war das Auto ziemlich gut in Schuss. India nahm den Highway in Richtung Süden. An der nächsten Tankstelle befüllte sie zwei 40-Liter-Ersatzkanister mit bleifreiem Benzin und bat einen anderen Kunden, ihr beim Festzurren der Kanister auf der Ladefläche behilflich zu sein. Dann ging sie in ein Sportgeschäft auf der anderen Straßenseite und kaufte ein Fernglas, ein paar Meter Seil und eine Taschenlampe. Im Laden nebenan erstand sie einen Rucksack, einen Notizblock und Kugelschreiber, eine Baseballkappe, Wasserflaschen, Schokoriegel und Kekse. Nachdem sie zurück im Wagen zwei neue Aspirin eingenommen hatte, zog sie die Karte auf ihren Schoß und warf einen kurzen Blick darauf.

Fünfzehn Minuten später fuhr sie durch das Tor der Firma Harris und Hewitt, Tierärzte und Viehversicherer. Da sämtliche Plätze auf dem Besucherparkplatz belegt waren, stellte sie ihren Wagen auf der Rückseite des Gebäudes zwischen zwei Pick-ups mit dem Logo H & H ab. Das Gelände war ziemlich weitläufig und beherbergte ein großes Warenlager, in dem man Tierfutter kaufen konnte, sowie einige kleinere Geschäfte, die sich unter anderem auf Serviceleistungen wie Tierbestattungen oder die Betreuung von Haustieren spezialisiert hatten.

Die Empfangsdame – Linda, wie das Schild an ihrem Revers verriet – begrüßte India mit einem heiteren Lächeln. „Wie kann ich behilflich sein?“

Sie stellte sich als Jenny Morris von der Zeitschrift *Unsere kleinen Lieblinge* vor und erklärte, an einem Artikel über Haustierversicherungen zu schreiben. „Mr Harris ist wohl nicht zufällig gerade im Haus, oder?"

„Nein, Dave trifft sich gerade mit einem Kunden in Dundilla, der eine Herde Alpakas verloren hat." Linda verzog das Gesicht. „Man sollte die Viecher einfach nicht bei uns züchten, es ist viel zu heiß."

India murmelte etwas Zustimmendes. „Nun, da Dave unterwegs ist …" Sie zögerte absichtlich. „Ich habe einen festen Abgabetermin, verstehen Sie? Könnten Sie mir nicht eventuell helfen?"

Linda blickte sie zweifelnd an, meinte aber: „Ich könnte es versuchen."

„Versichern Sie auch Pferde?"

„Ja, neben vielen anderen Tierarten. Letzte Woche hatten wir beispielsweise eine Anakonda …"

Draußen rumpelte ein Lastwagen vorbei und brachte das Büro zum Erzittern. Die beiden Frauen warfen einen Blick hinaus und sahen einen riesigen Lkw, dessen Fahrer gerade herunterschaltete. Direkt dahinter fuhr ein glänzend roter Fünftonner mit silbernen Hupen an der Schnauze. Gebannt beobachtete India, wie der Wagen um die Gebäudeecke bog. Es war derselbe Laster, den sie vor Jacks Schutthalde gesehen hatte.

„Linda, es tut mir leid." Sie lief zur Tür. „Mein Hund ist gerade von meinem Auto gesprungen …"

Die Rezeptionistin erwiderte etwas, das India aber nicht mehr verstand, weil sie bereits nach draußen stürmte. Sie bog um die Ecke und blieb abrupt stehen, als sie sah, dass der Laster im Rückwärtsgang vor ein Rolltor fuhr, das sich in ungefähr fünfzig Meter Entfernung am hinteren Teil der Tierklinik befand. Ein Mann sprang aus dem Führerhaus und verschwand durch eine Tür. Wenige Minuten später wurde das Rolltor scheppernd hochgezogen, und der Fahrer fing an, die Ladefläche mit Plastikmüllsäcken zu füllen. Sie waren mit grellgelben Klebestreifen markiert.

Als der Mann wieder hinter der Laderampe verschwand, stieg India in ihren Wagen, startete den Motor und fuhr um die Ecke. Dort parkte sie und beobachtete den Transporter im Rückspiegel. Als weitere fünf Säcke aufgeladen worden waren, fuhr der Laster weg.

Es war nicht schwer, ihm zu folgen, da er nicht in Eile zu sein schien. Der Mann fuhr zu einer weiteren Tierklinik und holte von dort ebenfalls mit gelben Klebestreifen markierte Säcke ab. Von da ging es weiter auf den Hinterhof eines pharmazeutischen Unternehmens. Der Fünftonner hielt danach noch ein paarmal, und als er schließlich ins Zentrum von Perth fuhr, war es schon später Nachmittag. Schließlich blinkte er nach links in Richtung eines Industriegebiets. India drosselte das Tempo und wartete darauf, dass er abbog. In diesem Augenblick klingelte ihr Handy.

„Hallo?“, meldete sie sich, den Blick unverwandt auf den Transporter gerichtet.

Scotto war dran. „Hör mal, Ellie dreht halb durch vor Sorge, weil sie dich nicht erreichen kann. Würdest du dich bitte mal bei ihr melden?“

„Mein Gott, ja, das hätte ich schon längst tun sollen! Danke, Scotto.“

Sie beendete das Gespräch und rief sofort Ellie auf deren Handy an.

„India! Wo zum Teufel steckst du?“

„Ich arbeite. Du weißt ja, wie das ist. Bitte entschuldige, dass ich mich nicht gerührt habe.“

„Du bist bestimmt schon unterwegs, nicht wahr? Ich habe zu William und Katy gesagt, dass du schon noch kommen wirst. Du bist doch heute Abend dabei, oder?“

Angestrengt wühlte India in ihrer Erinnerung. O ja, verdammt! Katy hatte sie für heute Abend zum Grillen eingeladen.

„Hallo? India?“

„Gib mir eine Sekunde, hier ist gerade so viel los auf der Straße.“

Sollte sie hingehen? Warum eigentlich nicht? Schließlich trafen sie sich nicht bei Ellie. Und wieso sollte Jimmy das Haus von Katy und William observieren? India bezweifelte, dass er die beiden überhaupt kannte. Sie warf einen Blick in den Rückspiegel und vergewisserte sich, dass ihr niemand auf den Fersen war. Sie wollte die Zhuganovs nicht vor die Haustür ihrer Freunde führen.

„India? India?“, quakte es aus dem Handy.

„Ich bin unterwegs, Ellie.“

Drei Minuten später bog der rote Laster auf einen Hof. Als India vorbeirollte, sah sie, wie der Fahrer aus dem Wagen kletterte und sich streckte. Am Ende der Straße wendete sie. Auf dem Weg zurück bemerkte sie drei Männer in Overalls, die den Transporter entluden. Ihr Blick fiel auf ein großes Schild über der Hofeinfahrt: KEMBLE ENVIRONMENTAL SERVICES. Es war eine Entsorgungsfirma.

WÄHREND der gesamten Fahrt zu Katy und William, die im Süden der Stadt wohnten, blickte India immer wieder in den Rückspiegel. Sie hielt sogar an einer besonders einsamen Straße gute zehn Minuten lang an, um sicherzugehen, dass ihr niemand folgte. Zwei Wagen kamen an ihr vorbei und fuhren weiter, ein Öllaster und ein Pick-up, von dessen Ladefläche Stroh quoll. Sonst war niemand unterwegs. Erleichtert trat sie aufs Gas und war plötzlich voller Vorfreude, ihre Freunde wiederzusehen. Ihr kam es eher wie Wochen und nicht wie Tage vor, dass sie zuletzt in vertrauter Gesellschaft gewesen war. Als sie ankam, ging die Sonne bereits unter und färbte den Himmel pinkfarben. Die Luft kühlte rasch ab.

Als India ausstieg, umringten sie sechs Mischlingshunde, die aufgeregt mit dem Schwanz wedelten. Und Katys entzückte Schreie waren sicher bis nach Darwin zu hören.

„Ich kann nicht glauben, dass du wirklich hier bist!"

„Kann ich auch nicht", gestand India und bemühte sich, ihre eigene Verblüffung zu unterdrücken. Penselwood Farm war keine Farm im klassischen Sinn, sondern ein Zoo. Es gab üppige grüne Weiden mit Ochsen, Eseln, Wasserbüffeln und Kamelen. Einige Antilopen mit schwarzen Streifen auf den Gesichtern standen unter einer Gruppe von Eukalyptusbäumen. Überall sah man frei lebende Vögel: Krähen, Galahs, Tauben, Papageien und schwarze Kakadus.

„Und das hier ist Buddler mit seiner Familie." Während eines kleinen Rundgangs deutete Katy auf mehrere Wombathöhlen im Boden.

India fühlte sich wie in einem fremden Land. Hier war die Erde rot und ähnelte nicht im Geringsten dem weißen sandigen Boden im Norden. Statt mit Küstensträuchern war die Farm von grünem Rasen umgeben, und Dutzende Pferde grasten auf den Hügeln dahinter. Zudem besaßen die Hughes ein Haus, das … India bemühte sich vergeblich, nicht grün vor Neid zu werden. Das alte Gebäude war wunderschön renoviert worden und stand auf Stelzen, damit man im Sommer jede kühle Brise nutzen konnte. Es besaß mehrere großzügige Veranden und ein langgestrecktes Wellblechdach, das frisch gestrichen war.

India hörte Williams Stimme, als sie sich mit Katy dem hinteren Teil des Hauses näherte. Rasch fuhr sie sich mit den Fingern durchs Haar. Ihr war klar, dass sie mindestens so schmuddelig und zerzaust aussah, wie sie sich fühlte. Ich bin vielleicht ein Gast!, dachte sie. Sie hatte zwar ihre Jeans und ihre Bluse gewaschen, aber nach ihrer Odyssee durch den Busch sahen ihre Klamotten dennoch aus, als wären sie eine Woche lang hinter einem galoppierendem Pferd hergezogen worden. India war froh, dass es Jimmy nicht gelungen war, ihr ins Gesicht zu treten. So würde wenigstens niemand die Schnittwunden und Blutergüsse sehen, weil sie von ihren Kleidern verborgen wurden.

„Tut mir leid, ich bin spät dran“, entschuldigte sie sich, während sie den Blick über den beheizten Pool, die Laube und die überbordende Vielfalt an einheimischer Vegetation schweifen ließ: orangefarbene und gelbe Akazien, Regenbogenpflanzen und rote Kängurupfoten. Die Zusammenstellung war chaotisch, aber sehr bunt und – wie das Haus – einfach bezaubernd.

„Du bist immer spät dran“, grollte Ellie.

India lächelte und wollte auf ihre Freundin zugehen, als William herbeigeeilt kam und sie fest in die Arme schloss. Sie musste ihre gesamte Beherrschung aufwenden, um nicht laut aufzuschreien, als ihre Rippen protestierten.

„Es ist ja so schön, dich zu sehen!“

„Geht mir ebenso, William.“ Rasch befreite sie sich aus seiner Umarmung, während sie ihm auf den Rücken klopfte wie einem überfreundlichen Labrador.

„Entschuldige.“ Er trat einen Schritt zurück und sah sie beschämt an. „Normalerweise bin ich nicht so …“

„Demonstrativ“, beendete Katy den Satz für ihn. „Aber wenn man bedenkt, dass du den Boden anbetest, auf dem India wandelt, seit sie mir das Leben gerettet hat, werde ich dir verzeihen.“

William brachte ein schwaches Lächeln zustande.

Dann umarmte India Ellie. Mit ihrem runden Bauch sah ihre Freundin fantastisch aus. India lächelte bei dem Gedanken an das Baby, Neds Baby, bis sie den Ausdruck in Ellies Augen sah. Ihre Freundin hatte gemerkt, dass etwas nicht stimmte. India war froh, dass sie aber selbst dann nichts sagte, als sie ihr mitteilte, sie werde vorerst nicht bei ihr wohnen. Ellie legte ihr lediglich die Hand an die Wange und bat sie, vorsichtig zu sein.

„Ihr habt ein ganz erstaunliches Haus“, meinte India zu William, als er ihr wenig später ein Glas Wein reichte. Erfreut stellte sie fest, dass sie sich allmählich entspannte. Es tat einfach gut, unter Freunden zu sein.

„Ich nenne es lieber mein finanzielles schwarzes Loch“, erwiderte er mit einem Grinsen.

India interessierte es sehr, wie genau er zu seinem Reichtum gekommen war, also entschloss sie sich zu einem direkten Vorstoß. „Du bist sehr erfolgreich. Macht es dir etwas aus, wenn ich dich frage, wie du angefangen hast?“

„Offiziell“, entgegnete er, und die Fältchen um seine Augen vertieften sich, „war ich neugierig, weshalb ökologisch wertvolle Reinigungsmittel nicht so gut funktionieren wie reguläre Produkte, aber doppelt so teuer sind. Also engagierte ich einen Wissenschaftler, Brian Derry, der unsere Werdet-aktiv-Produktpalette entwickelte, die vom Preis her mithalten kann und umweltfreundlich ist."

„Und inoffiziell?"

„Sahne ich ziemlich ab."

Halb schockiert stieß sie eine Mischung aus Lachen und Schnauben aus. „Willst du mir etwa sagen, dass du überhaupt kein Öko bist?"

„Verrate es bloß nicht Katy" – dramatisch verdrehte er die Augen –, „sonst lässt sie sich scheiden."

„Du bist so grün wie ein Moosteppich. Hör auf, es abzustreiten. Du hast Ecopac erfunden."

„Brian hat es erfunden, nicht ich. Ich habe lediglich das Geld für seine Forschung aufgebracht."

„Dann hast du wohl wirklich einen Hang zu schwarzen Löchern", meinte sie lachend. „Ist Forschungsfinanzierung nicht ein klassischer Weg, sich wirtschaftlich zu ruinieren? Wie bist du anfänglich an das Geld dafür gekommen?"

Williams Hand verharrte auf halbem Wege in der Luft, als er sein Bier an die Lippen führen wollte, und sein Körper erstarrte.

„Es tut mir leid." Sie verfluchte ihre unermüdliche Wissbegierde. „Das ist die Journalistin in mir. Unheilbar neugierig. Ignoriere mich einfach."

Er trank einen großen Schluck, dann hob er den Kopf und beobachtete einige Kakadus, die mit großem Geschrei an ihnen vorbeiflogen. „Nun, da du mich fragst", meinte er mit gleichmütiger Stimme, „ich habe mir ein Darlehen besorgt."

Na hoppla, dachte sie. Das muss aber gigantisch hoch gewesen sein. Einige Millionen mindestens. „Ich nehme an, dass du es zurückgezahlt hast. Ich meine … Ach herrje, es tut mir leid. Das liegt am Wein. Ich bin normalerweise nicht so aufdringlich."

Er starrte noch immer auf die Stelle, an der die Kakadus vorbeigeflogen waren. Er war in Gedanken weit weg, und es sah fast so aus, als habe er Angst. „Nein", erwiderte er ruhig, „ich habe noch immer Schulden."

„Essen ist fertig!"

Diese magischen Worte brachen den Bann. Mit angespannten Schultern wandte sich William abrupt ab, und India beschloss, ihn gehen zu lassen und ihre Prioritäten neu zu ordnen. Wie zum Beispiel sich auf das Essen zu stürzen und sich den Teller vollzuhäufen.

Als Katy sie alle ins Haus bat, steuerte India geradewegs auf den Kamin zu, in dem große Jarrah-Holzscheite brannten. Die Lichter waren gedimmt, das Wohnzimmer war warm und gemütlich mit den weichen Sofas, den dicken bunten Teppichen auf dem alten Holzfußboden und den Fotos mit Wildtieren an der Wand. India kaute an einem zarten Stück Schweinefleisch, als ihr Blick an einer Anzahl Fotografien hängen blieb, die auf dem Klavier standen: schlanke Pferdekörper bei einer Parade; Pferde mit vorgestrecktem Hals, die eine Ziellinie überquerten; schwitzende, dampfende Pferde auf dem Absattelplatz nach einem Rennsieg.

„Gehören euch auch Rennpferde?", erkundigte sich India bei Katy.

„William hofft, nächstes Jahr den Melbourne Cup zu gewinnen."

Als Katy und Ellie später die leeren Teller in die Küche trugen, blickte India zu William hinüber, der auf dem Sofa an seinem Wein nippte. Er sah so zufrieden aus, wie es ein glücklich verheirateter Mann mit einem vollen Magen nur sein konnte. Ob er wohl Jack Zhuganov kannte? Könnte William ihr einen entscheidenden Hinweis geben, der zu einer neuen Spur führte? Der Melbourne Cup war zwar eine andere Liga im Vergleich zu den Rennen, an denen Jack teilnahm, aber man konnte nie wissen.

„Ich habe erst letzte Woche mit jemandem über Pferde gesprochen", startete sie einen Versuch. Höflich wandte sich William ihr zu. „Eines davon hörte sich ziemlich toll an, ein Hengst namens Grafton Statesman."

Wenn sie ihn in den Fuß geschossen hätte, wäre seine Reaktion kaum anders ausgefallen. Er sprang vom Sofa auf und kam mit verzweifelter Miene durch das Zimmer auf sie zugeschossen. „Um Himmels willen, India", flehte er, „nicht hier!"

„Du liebe Güte!", erwiderte sie verdutzt. „Du kennst ihn, nicht wahr? Du kennst Jack Zhuganov."

„Schsch!" Rasch machte er eine abwehrende Handbewegung. „Ich will nicht, dass Katy uns hört." Er kauerte sich neben sie. Seine Augen wanderten unruhig von der Küchentür zu India und zurück. „Woher zum Teufel weißt du von dem Pferd? Was geht hier ab?"

„Ich glaube, dass Zhuganov der Eigner des Containerschiffs ist, das die *Sundancer* gerammt hat."

Schlagartig wich ihm das Blut aus dem Gesicht. „Bist du dir sicher? Absolut sicher?"

Das war sie zwar nicht, aber trotzdem antwortete sie mit fester Stimme: „Klar."

„Was willst du jetzt machen? Du kannst ihm nicht einfach nachjagen …

Manche haben es in der Vergangenheit versucht und auf das Bitterste bereut. Kannst du die Sache nicht fallen lassen?“

„Ich werde vorsichtig sein, versprochen.“

„India, ich weiß, dass du Rechenschaft für den Untergang der *Sundancer* verlangst, aber …“ Er schluckte. „Jack ist skrupellos. Er wird dich wie eine Ameise unter seiner Sohle zertreten.“

„William“, erwiderte sie sanft, „woher kennst du Zhuganov?“

Er wandte sich ab, damit sie seine Miene nicht sehen konnte. „Geschäftlich“, meinte er mit dumpfer Stimme. „Nur geschäftlich.“

Katy und Ellie kamen mit Kaffee und Kuchen herein, und William ging auf seine Frau zu, legte ihr den Arm um die Taille, zog sie an sich und küsste sie auf den Nacken. Katy lachte und protestierte halbherzig, sie hätten doch Gäste, schmolz aber gleichzeitig dahin und küsste ihn ebenfalls.

India lächelte, als sie die beiden beobachtete. Trotzdem hatte sie ein ungutes Gefühl im Bauch. Sie musste daran denken, wie sie William gefragt hatte, wo er die Millionen aufgetrieben habe, um die Forschung an den Werdet-aktiv-Produkten und Ecopac zu finanzieren.

Ich habe mir ein Darlehen besorgt.

Ich nehme an, dass du es zurückgezahlt hast.

Nein, ich habe immer noch Schulden.

6

Zurück in ihrem Haus in den Dünen, saß India am nächsten Morgen beim Kaffee in der Küche, als ihr Mobiltelefon klingelte.

„Spreche ich mit India Kane?“, fragte eine überraschend hohe männliche Stimme mit australischem Akzent.

„Wer ist am Apparat?“

„Oh, hier ist Greg Elsden. Scotto hat mir Ihre Nummer gegeben. Ich bin in Jakarta. Ihr Schiff ist auch hier.“

Sie hätte fast die Tasse fallen lassen. „Mein *was*?“

„Die *Pride of Tangkuban*. Sie wird gerade repariert und soll noch eine Woche hierbleiben.“

„Wie sieht sie aus?“

„Ähm … Ein Containerschiff. Ziemlich groß. Wirkt recht heruntergekommen. Hat viele Roststellen.“

„Ich nehme den nächsten Flieger und rufe Sie an, wenn ich angekommen bin." India beendete das Gespräch. Ihre Gedanken überschlugen sich. Sollte sie die AMSA informieren? Aber was, wenn Kuteli davon Wind bekam? Sie ging jede Wette ein, dass er Kontakt zu den Feds hatte. Auch fiel ihr das Foto bei Jack Zhuganov ein, das ihn beim Essen mit Suharto gezeigt hatte. Schaudernd wurde ihr klar, dass sie keiner Behörde von ihrer Entdeckung erzählen konnte, ohne dass die Zhuganovs mitbekamen, dass sie lebte. Sie musste allein nach Jakarta reisen.

Sie rief Scotto an und holte sich grünes Licht für ihr Vorhaben. Schließlich kam er für ihre Ausgaben auf, und sie wusste, dass er niemals auch nur ein Sterbenswörtchen verraten würde. Ebenso wenig Mikey. Er mochte zwar toben, wenn sie auf Mission war, aber man müsste ihm schon die Fingernägel einzeln ausreißen, bevor er sie verraten würde. Oder Schlimmeres mit ihm anstellen.

„Ich weiß, dass du es hasst, wenn ich das sage", meinte er, nachdem sie ihn kurz auf den neuesten Stand gebracht hatte, „aber sei bitte vorsichtig. Das Außenministerium empfiehlt, nicht dorthin zu reisen, und da du ständig Ärger anziehst …" Seine Stimme verlor sich. Ihr war klar, dass er sich auf die Lippe biss, um ihr keine Standpauke zu halten. „Entschuldige. Du weißt, dass ich nicht anders kann. Zufälligerweise mag ich dich ziemlich gern. Meistens jedenfalls."

„Ich finde dich auch ganz okay. Meistens jedenfalls."

„Genug, um vor den Altar zu treten?"

„Tut mir leid, Mikey, aber ich muss jetzt auflegen. Gib Polly einen Kuss von mir."

Sie schob sämtliche Gedanken an eine Hochzeit beiseite und kümmerte sich darum, ein System zu basteln, das ihr anzeigen würde, wenn jemand während ihrer Abwesenheit das Haus betreten hätte. Dann packte sie ihren Rucksack mit dem Nötigsten, schnappte sich ihren Pass und fuhr zum Flughafen.

In dem Reiseführer, den India sich gekauft hatte, stand, dass Jakarta eine überbevölkerte und dreckige Stadt sei, die von den meisten Touristen gemieden werde. Sie verstand, weshalb. Die Hitze war kaum auszuhalten, Gleiches galt für die Luftverschmutzung und den Lärm. Die Leute schrien und pfiffen, Hunde bellten, und aus jeder wackligen Bude am Straßenrand dröhnte Popmusik. Durch die geöffneten Fenster ihres Taxis roch India frittierten Knoblauch, dann war die Luft wieder erfüllt von Dieselabgasen und dem Gestank menschlicher Exkremente. Doch sie war bester Dinge. Sie liebte es, an neue Orte zu reisen, insbesondere wenn sie ihr so fremdartig vorkamen, und ihre Nerven kribbelten vor Neugier und Erwartungsfreude.

Sie bezahlte den Taxifahrer, als sie an den Docks angekommen waren. Eigentlich hatte sie gehofft, dass Greg als Dolmetscher mitkommen würde, aber nach ihrem Treffen mit ihm hatte sie ihre Meinung geändert. Sie war zu ihm in die Wohnung gefahren, wo er ohne Begrüßung das Geld verlangt hatte. Er hatte die Scheine sorgfältig nachgezählt und sich ihr dann als Reisebegleiter zu einem Preis aufdrängen wollen, mit dem sie Pollys gesamte Schulausbildung hätte finanzieren können. Habgier war gar kein Ausdruck dafür.

Vor den Docks standen zwei Lkws der Armee. Soldaten mit Gewehren über der Schulter bewachten den Zugang. Einer von ihnen kontrollierte Indias Pass und spuckte einen kräftigen Klumpen Betelnusssaft aus, bevor er ihr das Dokument zurückgab. „Hafenbüro dort drüben." Er wies auf ein niedriges Gebäude, dessen Fassade durch die Luftverschmutzung braun geworden war. „Die machen Buchungen für Ihr Schiff."

Die Fenster des Hafenbüros waren mit Angeboten für Mitreisemöglichkeiten auf Handelsschiffen beklebt. Drei Rucksacktouristen standen davor und diskutierten, ob sie auf einem Tanker nach Sumatra mitfahren oder gleich nach Singapur reisen sollten. India ging an dem Gebäude vorbei. Die Luft war zum Schneiden dick, und die Feuchtigkeit bewirkte, dass ihr die Kleider unangenehm am Leib klebten. Sie kam an einem Schiff vorbei, das gerade beladen wurde, und hörte, wie sich die Hafenarbeiter etwas zuriefen, als sie Kräne herumschwenkten und die Container im Frachtraum absetzten. Niemand schien von ihr Notiz zu nehmen; offensichtlich war man an den Anblick von Fremden gewöhnt, die auf eine billige Mitreisemöglichkeit hofften.

India war schon zwei Stunden suchend herumgelaufen, als sie ein Containerschiff erblickte, dessen Rostflecken wie die Spuren blutiger Krallen aussahen. Im hinteren Teil befand sich ein weiß gestrichener Block aus vier Decks. Das oberste mit den schmutzigen Fenstern war die Brücke. India konnte keine Flagge sehen. Es schien niemand an Bord zu sein.

Mit klopfendem Herzen näherte sie sich dem Schiff, betrachtete genau den Bug, aber die Backbordseite war sauber. Eindeutig *zu* sauber. Hier könnte eine Reparatur durchgeführt worden sein.

Als sie sich dem Heck näherte, entdeckte sie an der Abschlussplatte eine Delle, die wie der Abdruck eines Stiefels aussah. Ihr Magen verkrampfte sich, und einige Sekunden lang dröhnten wieder die Sirenen in ihrem Ohr. Sie hörte das Heulen des Nebelhorns und Cuans Stimme, die blechern aus der Lautsprecheranlage klang und die an Bord Verbliebenen aufforderte, die Rettungsinseln zu besteigen …

Schweiß lief ihr über den Nacken und die Schultern, als sie den Namen des Schiffes über der Delle betrachtete. Obwohl kaum noch Farbe vorhanden war, hoben sich die gegossenen Buchstaben stolz von der Metallwand ab, sodass man sie im Sonnenlicht bestens lesen konnte.

PRIDE OF TANGKUBAN.

India hatte das Schiff gefunden, das die *Sundancer* gerammt hatte.

„HALLO MISSIS", begrüßte sie ein unglaublich hagerer Inder, als sie das Hafenbüro betrat. Er rauchte eine lange, dünne Zigarette und zeigte beim Lächeln Zähne, die gelb vom Nikotin waren. „Wollen Sie nach Singapur? Oder vielleicht Pedang?"

Sie hatte keinen blassen Schimmer, wo sich Pedang befand, daher nickte sie nur vage.

„Sie möchten das Schiff sehen? Mit dem Kapitän sprechen?"

„Ja, bitte." India wagte sich vor. „Ich möchte ein Schiff sehen, das *Pride of Tangkuban* heißt."

Der Mann legte die dünne Tabakrolle auf einen überquellenden Aschenbecher, wandte sich einem großen Aktenordner auf seinem Schreibtisch zu und blätterte ihn durch. „Ich kenne das Schiff nicht." Er runzelte die Stirn. „Nimmt sie Passagiere an Bord?"

„So wurde es mir erzählt."

Er griff nach dem Telefonhörer und wählte. Kurz darauf sprach er etwas in schnellem Hindi, wartete ein Weilchen, hörte zu und legte auf. „Das Schiff nimmt keine Passagiere an Bord. Möchten Sie es mit einem anderen versuchen?"

„Nein. Ich möchte die *Pride* sehen. Und wenn möglich, jemanden von der Crew treffen." Sie griff in ihren Geldgürtel, zog eine amerikanische Dollarnote hervor und legte sie auf den Schreibtisch. „Wenn ich mit dem Ersten Offizier sprechen kann oder sogar dem Kapitän, wird das natürlich noch mehr wert sein."

Sie sah, wie sein Blick den Geldschein streifte und seine Augen größer wurden. Im nächsten Moment sprang er auf die Beine und schüttelte ihr überschwänglich die Hand. „Ich heiße Batuan, und ich bin sehr froh, Ihnen in dieser Sache helfen zu können."

India blickte auf den Geldschein, der blitzschnell in seiner Tasche verschwand. Du liebe Güte, warum hatten die Amerikaner ihre Banknoten bloß so ähnlich gestaltet? Kein Wunder, dass er ihr so beflissen seine Hilfe anbot. Statt eines Zehners hatte sie ihm hundert Dollar gegeben.

Drei Telefonate später legte er auf und strahlte sie an. „Ich habe sehr erfreuliche Nachrichten …"

Er unterbrach sich, als das Telefon klingelte, und hob ab. Sein Strahlen verschwand. Es folgte ein rascher Dialog, dann hörte er wieder nur zu. Er drehte sich weg und ratterte wieder etwas auf Hindi herunter. Als er auflegte, kehrte das strahlende Lächeln auf sein Gesicht zurück.

„Also", verkündete er munter, „Sie sollen sich mit einem Vertreter des Schiffes treffen. Er wird in Kürze hier sein."

DER REPRÄSENTANT der *Pride* war ein junger Indonesier, der Shorts und ein T-Shirt trug, auf dem zwei Kampfhähne in Aktion zu sehen waren. Er stellte sich als Halim vor, und sie legten in der brütenden Hitze die Strecke über die Betonwege der Docks zurück.

„Sehr heiß", bemerkte Halim mit einem Lächeln.

„Allerdings", stimmte India ihm zu.

Er fragte, wo sie untergekommen sei, und als sie ihm antwortete, dass sie noch nichts gebucht habe, schlug er ihr eine günstige Familienpension in der Stadt vor. „Das ‚Puri Mango'. Sehr klein, aber nett und sauber." Dann erzählte er, dass er selbst nicht auf der *Pride* arbeite, aber sein Cousin dort der Bootsmann sei. „Ich werde für Sie übersetzen. Sein Englisch ist nicht so gut."

Klasse, freute sich India. Der Bootsmann war der Dritte in der Hierarchie nach Kapitän und Erstem Offizier und müsste über jede Menge Informationen verfügen. Mit hundert Dollar kam man hier ziemlich weit.

Halims Cousin war zehn Jahre älter. Er hatte wachsame schwarze Augen, und seine Muskeln waren hart und sehnig wie ein geknotetes Seil. In seiner hinteren Hosentasche steckte ein Schraubenschlüssel. Als er Halim die Hand schüttelte, sah India für den Bruchteil einer Sekunde, wie Bargeld den Besitzer wechselte, und sie fragte sich, ob er wirklich ein Cousin war.

Rost knirschte unter ihren Füßen, als sie den Männern über das schmale Stahldeck zu dem weiß gestrichenen Block am Ende des Schiffes folgte. Der Bootsmann zog eine Metalltür auf, die vor Altersschwäche quietschte, dann stiegen sie eine Treppe hinauf, während der abgestandene Gestank nach Essen und Schweiß sie einhüllte. Man zeigte India die Kombüse, wo uraltes Fett an den Oberflächen klebte. Danach ging es zu den Mannschaftsquartieren. In jeder Kabine klebten zahlreiche Ausschnitte aus Pornomagazinen an den Wänden, und es stank nach schmutzigen Toiletten und Desinfektionsmittel. Alle Luken und Bullaugen standen weit offen.

„Haben Sie eine Klimaanlage an Bord?“, fragte India den Bootsmann.

„Ja, aber sie funktioniert schon lange nicht mehr“, übersetzte Halim. „Der Generator ist kaputt.“

India dachte an die eiskalten Strömungen des Südpolarmeers. „Und die Heizung?“

Der Bootsmann lachte und ließ zwei Goldzähne aufblitzen, bevor er antwortete.

„Er sagt Nein, aber er hofft, dass sie bei der nächsten Reise funktioniert. Deswegen liegt das Schiff auch im Hafen. Wegen der Reparaturen.“

Sie gingen auf die Brücke. Es war ein langgestreckter, dunkler Raum, der sich über die gesamte Breite des Schiffes zog und mit einem Steuerruder, einem Radar und einem Funkgerät ausgerüstet war. Auf der Backbordseite war im Hintergrund neben einem Tisch mit Seekarten ein Sextant zu erkennen. Ein Großteil der Ausrüstung war dreckig und sah so verwahrlost aus wie der Rest des Schiffes.

India deutete auf das Radargerät und zog fragend die Augenbrauen hoch. Der Bootsmann griff nach einem Fernglas und wedelte damit herum.

„Sie machen wohl Scherze!“ Sie war nicht in der Lage, den Ausdruck blanken Entsetzens auf ihrem Gesicht zu unterdrücken.

Der Bootsmann grinste und schüttelte den Kopf.

India zeigte auf den Autopiloten, und das Grinsen des Bootsmanns vertiefte sich. „Auch kaputt“, erklärte er auf Englisch. „Ich Autopilot.“

„Funktioniert das Funkgerät?“, fragte sie ungläubig.

Gewandt übernahm Halim wieder seine Übersetzerrolle. „Selbstverständlich. Der Eigner gibt dem Kapitän über Funk seine Anweisungen durch.“

„Und wer ist der Eigner?“

„Das weiß er nicht.“

„Was ist mit dem Klarierungsagenten, könnte er den Eigner kennen?“

„Er sagt, der Klarierungsagent ist nur dafür zuständig, dass alles klappt, wenn das Schiff im Hafen ist. Er sorgt für Vorräte und alles, was die Crew braucht. Derjenige, der den Eigner vertritt, wäre besser. Der müsste Bescheid wissen.“

Bevor sie die nächste Frage stellen konnte, hatte der Bootsmann sie schon beantwortet, und Halim übersetzte: „Nein, er kennt den Vertreter nicht.“

„Na gut." India beobachtete, wie sich eine Seemöwe auf einem der Deckkräne niederließ. „Wie lautet die Registriernummer?"

„Das weiß er nicht."

„Will er damit sagen, dass das Schiff nicht registriert ist?"

Stille, während der Bootsmann an seinen ölverschmierten Fingernägeln herumfummelte und Halim eingehend seine Füße betrachtete. India interpretierte es als Ja. Kein Wunder, dass der Bootsmann beschämt war. Nicht registriert bedeutete unklassifiziert und nicht den Vorschriften entsprechend. Keine Sicherheitsprüfungen. Keine Checks, wie seetauglich das Schiff war.

„Würden Sie Ihren Cousin bitte fragen, wann und wo er im Januar unterwegs war?"

Der Bootsmann betrachtete Halim aus zu Schlitzen zusammengekniffenen Augen, dann warf er einen prüfenden Blick auf India.

„Chennai", übersetzte Halim, „Madras."

„Ich glaube ihm nicht. Ich habe dieses Schiff gesehen. Es hat uns im Südpolarmeer gerammt und uns dem Untergang überlassen."

Nachdem die Übersetzung dieser Worte zu ihm durchgedrungen war, zuckte der Bootsmann zusammen und starrte unverwandt zu Boden. Seine ganze Haltung verriet Schuldgefühle.

„Verstehe." India atmete tief durch und kämpfte gegen ihren aufwallenden Ärger an. „Was hatte das Schiff geladen?"

Der Bootsmann zögerte, woraufhin sie einen Zwanzigdollarschein zückte und sich seine Miene aufhellte. „Welche Ladung?", fragte sie direkt an ihn gewandt.

Er blickte erst Halim an, dann wieder zu Boden und schüttelte den Kopf. Sie reichte ihm den Geldschein trotzdem. Als Dank schenkte er ihr ein Lächeln, das seine Augen strahlen ließ. Er äußerte etwas, was Halim jedoch nicht übersetzte.

„Was hat er gesagt?"

„Morgen ist der Geburtstag seiner Tochter."

„Richten Sie ihr einen herzlichen Glückwunsch von mir aus."

Wieder lächelte der Bootsmann, während India fieberhaft die nächsten Fragen formulierte. „Ist die *Pride* Teil einer Flotte? Hat ihr Eigner noch weitere Schiffe?"

„Oh, sehr viele. Da wäre die *Pearl of Kupang*, die momentan auf See ist, dann ihr Schwesterschiff, die *Glory of Surakata*. Und die *Prince of San Diego,* die *King of New York* und die *Monarch of Miami*."

„Die letzten drei sind amerikanische Städtenamen", bemerkte India.

„Weil es sich um amerikanische Schiffe handelt, die von Amerika aus in See stechen."

Ein eiskalter Schauder überlief sie. Wenn diese Schiffe Jack Zhuganov gehörten, waren seine Geschäfte nicht allein auf Jakarta oder den südlichen Ozean beschränkt, sondern erstreckten sich bis auf die andere Seite des Globus.

„Kann er mir etwas über die Ladung der letzten Fahrt sagen?"

Lange Diskussion zwischen den beiden.

„Er glaubt, dass es ein paar Maschinenteile gewesen sein könnten. Vielleicht auch Chemikalien."

„Kann er sich an einen Firmennamen erinnern? Alles, was ihm einfällt, hilft."

Der Bootsmann sah Halim kurz an, dann schüttelte er energisch den Kopf.

India beschloss, die Taktik zu ändern. „Ich würde gern den Kapitän treffen. Wo kann ich ihn finden?"

Wieder schüttelte der Bootsmann entschieden den Kopf.

„Der Kapitän ist nicht da", sagte Halim. „Das ist nicht machbar."

Demonstrativ blickte er auf seine Armbanduhr und setzte sich in Richtung Niedergang in Bewegung. India dankte dem Bootsmann und wollte ebenfalls zur Treppe gehen, als er ihr eine ölverschmierte Hand auf den Arm legte.

„Danke", sagte er auf Englisch und klopfte sich auf die Brusttasche, in der die Zwanzigdollarnote verschwunden war. Als sich Halims Schritte auf der Metalltreppe entfernten, fügte der Bootsmann leise hinzu: „*Rinpies*. Ich bedauern sehr."

Trotz der Hitze fühlte India, wie ihr neue Kälteschauer über die Haut liefen und sich ihr sämtliche Haare aufstellten. „Meinen Sie Greenpeace?", hakte sie nach, und ihr Puls fing an zu rasen.

„Schsch!" Der Bootsmann legte sich rasch einen Finger auf die Lippen.

„Wissen Sie, was passiert ist?", flüsterte sie.

Er deutete auf das Fernglas und sah unglücklich drein. „Nicht gut. Nicht sehen … Wie sagen …?" Er legte sich beide Hände über die Augen.

Wie mit verbundenen Augen, dachte sie. „Nebel?"

„Nebel", wiederholte er nickend. „Kein Radar. Ich Autopilot."

„Aber wir haben euch doch angefunkt. Habt ihr uns nicht gehört?"

„Ich Funk hören." Er war kurz davor, in Tränen auszubrechen. „Ihr mich sehen, ich euch nicht sehen."

Er hatte also Neds Funkspruch gehört und gewusst, dass ein anderes Schiff in der Nähe war. Dann hatte er – eigentlich zu Recht – geschlussfolgert, dass keine Gefahr bestand, weil er angefunkt worden war und sein Schiff demzufolge bei den anderen auf dem Radarschirm war. Er hatte angenommen, dass die *Sundancer* ausweichen würde. Aber Ned war zusammengebrochen, bevor er den Kurs hatte ändern können.

India legte eine Hand auf den Arm des Mannes. „Es war ein Unfall."

Er schluckte schwer. „Kapitän nicht wollen Stopp. Ich Menschen in Wasser sehen. Viele Menschen."

India weigerte sich, die Bilder zuzulassen, die er in ihrer Erinnerung wachrief: die einen, die bewusstlos im eiskalten Ozean trieben, und die anderen im Schlauchboot und in den Rettungsinseln, die verzweifelt versuchten, ihre Kameraden zu retten.

„Der Kapitän ist der Boss", sagte sie. „Sie sind der Bootsmann."

Er nickte und sah sie unglücklich an.

Beide zuckten zusammen, als sie glaubten, ein leises Geräusch von der Stahltreppe her gehört zu haben. Keinen Schritt, lediglich ein Klicken, als sei jemand mit seiner Uhr an die Reling gekommen. In einiger Entfernung. Nichts, worüber man sich Sorgen machen müsste.

„Sagen Sie mir, was ist eure Ladung? Welche Kunden?" Sie gab ihm einen weiteren Zwanzigdollarschein, den er rasch einsteckte. Seine Miene war ernst.

„Stralien?"

„Ja, aus Australien."

„Kemmel. Wie sagen … so wie Rinpies."

Nervöse Erregung erfasste sie. „Meinen Sie Kemble? Kemble Environmental Services?"

Er nickte heftig.

„Was habt ihr da draußen gemacht? Im Südpolarmeer?"

Ein verständnisloser Ausdruck trat auf sein Gesicht.

„Was machen vor Greenpeace-Unfall?"

Seine Miene hellte sich auf. „Ladung", antwortete er und holte Luft, um fortzufahren …

Ein peitschenartiger Knall und etwas sirrte an Indias Ohr vorbei. Im selben Moment zerplatzte der Kopf des Bootsmanns zu einer blutigen Masse. Eine Sekunde stand sie da und war vor Schreck wie gelähmt, aber als sein Körper vor ihr zusammenbrach, begann sie zu schreien und ließ sich rasch zur Seite fallen.

Sie drückte die Schulter nach unten, um den Aufprall auf das Deck zu mildern. Erneut entfuhr ihr ein Schrei, als ein heftiger Schmerz durch ihre Rippen schoss. Sie hörte wieder einen Schuss, war sich aber sicher, dass sie nicht getroffen worden war. Sie robbte zum Bootsmann hinüber und schob sich hinter seinen Körper. Ein neuer Knall, und dann spürte sie ein stechendes Gefühl am Oberarm, als hätte sie jemand mit einem Messer verletzt.

Hektisch blickte sie sich um. Es gab nur einen Fluchtweg, nämlich die Treppe hinab. Ein Mann kam auf sie zu, in der Hand eine Pistole. Er trug einen dicken schwarzen Schnurrbart, und am Scheitel war eine Strähne seines Haars grau. Batuan kam hinter ihm hergelaufen und jammerte entsetzt, sein Gesicht war aschfahl. „Kapitän Rajiv!“, schrie er. „Nein, Kapitän!“

Doch der andere hörte nicht auf Batuans Flehen. Er blickte India direkt in die Augen. An seinen Händen war Blut, sein Hemd war schweißgetränkt, und der Gestank seines Körpers brachte sie fast zum Würgen. Alles lief plötzlich wie in Zeitlupe ab, als er mit der auf ihren Kopf gerichteten Pistole auf sie zukam. Seine ganze Haltung und Mimik verrieten, dass er gewonnen hatte.

„Ich weiß Bescheid über Ihre Ladung“, stieß India hervor. „Ich habe der Polizei alles erzählt.“

Rajiv fuhr herum und schrie Batuan an.

Das war alles, was sie brauchte. Mit einer Bewegung schnappte India sich den Schraubenschlüssel aus der Hosentasche des Bootsmannes und stürzte auf den Kapitän zu. Sie hörte, wie er etwas brüllte, aber es war zu spät: Das Werkzeug traf ihn am Kopf. India wartete nicht ab, ob er hinfiel, sondern rannte auf den Niedergang zu, der Freiheit entgegen.

Doch Batuan versperrte ihr den Weg. Den Schraubenschlüssel in der Hand, rannte sie lauthals schreiend wie eine Todesfee auf ihn zu.

Er sprang rasch zur Seite und verschwand. Sie wusste nicht, wohin, weil sie sich unvermittelt auf der Treppe befand und stolpernd und strauchelnd die Stufen hinunterpolterte, ohne aber hinzufallen. Sie ließ den Schraubenschlüssel klappernd zu Boden fallen. Vier Etagen, trieb sie sich heftig keuchend an, während ein gleißender Schmerz ihren Brustkorb durchzuckte. Nur vier.

Am Fuß der Treppe wäre sie beinahe über Halim gestolpert. Es war zwecklos anzuhalten. Sein Kopf war mit einem Stück Draht fast komplett vom Körper abgetrennt worden.

Sie stürmte nach draußen und rannte über das schmale Deck, dann gelangte sie auf das Dock – auf glatten Beton, über den sie endlos rennen konnte, ohne zu stolpern. Sie sah die verblüfften Gesichter der Hafenarbeiter, die ihre Flucht beobachteten, kümmerte sich aber nicht darum. Sie musste schnell von hier wegkommen.

Da hörte sie einen Mann hinter sich brüllen. Eindringlich und verärgert. Sie warf einen gehetzten Blick über die Schulter. Rajiv hatte die Verfolgung aufgenommen. Aber er war nicht allein. Zu ihrem großen Entsetzen sah sie, dass die Hafenarbeiter ihn unterstützten und ihr nun ebenfalls nachsetzten.

Verzweifelt blickte sie sich nach einem Versteck um und entdeckte direkt vor sich eine Reihe Armeelaster. Jeder hatte eine Plane über der Ladefläche. Am anderen Ende standen ein paar Soldaten herum und lehnten sich gegen das vorderste Fahrzeug, die Gewehre locker über der Schulter. Rasch hastete India aus ihrer Sichtweite und sprintete auf den letzten Lkw zu. Sie konnte nirgendwo anders hin. Es gab keinen Schutz.

Mit zitternden Fingern löste sie vier Knebelverschlüsse und schob das Verdeck zurück. Dann stellte sie einen Fuß auf die Anhängerkupplung, hievte sich auf die Ladefläche und zog die Plane wieder herunter. Im Innern war es dunkel, heiß und stickig, und es roch nach Benzin. Keuchend rang India nach Luft und lehnte sich vor, um die höllischen Schmerzen in ihren Rippen zu lindern. Doch sie vergaß ihre Qualen, als sie hörte, wie ihre Verfolger herbeigerannt kamen.

Mit hämmerndem Herzen hielt sie den Atem an. Sie vernahm Stimmen, die sich etwas zuriefen und sich dann ein wenig entfernten. Aber nicht weit. Sie sprachen mit den Soldaten. Was, wenn sie die Laster durchsuchten?

Erschrocken stellte sie fest, dass sich wieder Schritte näherten. Sie vernahm ein Klicken, und der Lkw erbebte leicht, als die Fahrertür zugeschlagen wurde. Jemand hatte sich ins Führerhaus gesetzt. Gleich darauf vernahm India das Brummen eines Lkws vor ihnen, und noch weitere Motoren wurden angelassen. Auch ihr Fahrer startete, dann knirschte es, als der Schalthebel in den ersten Gang gezwungen wurde. Der Laster rollte los, als direkt hinter ihnen ein Mann etwas schrie. Schritte folgten, während der Mann immer weiterbrüllte.

In Indias Kopf kreisten die Gedanken. Die Stimme hörte sich nach Rajiv an. Hatte er etwa gesehen, dass die Verschlüsse des Verdecks offen standen? Hatte er erraten, dass sie sich hier drinnen befand?

Der Lkw wurde etwas langsamer, hielt aber nicht an.

India bereitete sich darauf vor, aus ihrem Versteck hervorzuschießen, sollte der Soldat Rajiv die Kontrolle des Lasters gestatten. Der Kapitän schrie noch immer. Der Soldat drückte auf die Hupe und brüllte etwas zurück. Er klang sehr laut und wütend. Schläge krachten gegen Metall, als hämmere Rajiv gegen die Karosserie. Der Fahrer hupte noch einmal und drückte, begleitet von wütendem Gebrüll, heftig aufs Gaspedal. India wurde nach hinten geschleudert und stieß sich den Ellbogen an. Über das Röhren des Dieselmotors hinweg hörte sie den Kapitän noch immer herumschreien, aber der Fahrer hielt nicht an.

India quetschte sich in eine Ecke und spähte durch einen kleinen Riss im Verdeck. Rajiv und sein Mob schrumpften in der Ferne rasch auf die Größe von Ameisen, rannten ihnen aber hinterher. Nach circa fünf Minuten lugte sie wieder nach draußen und sah, dass sie am Hafenbüro vorbeifuhren und sich den Toren der Docks näherten. Doch dann wurde der Lkw zu ihrer Verzweiflung wieder langsamer und hielt schließlich an. Der Motor wurde ausgeschaltet, der Soldat stieg aus, warf die Tür zu und ging fort. Weitere Türen wurden zugeschlagen. Der ganze Konvoi hatte angehalten.

Mit rasendem Puls fragte India sich, was sie als Nächstes tun sollte. Sie konnte keinesfalls hierbleiben und warten, bis Rajiv aufgeholt hatte. Sie warf einen raschen Blick nach draußen. Ein paar Hafenarbeiter schlenderten in ihre Richtung, sonst war da niemand. Sie wartete, bis die Männer vorbeigegangen waren, dann kletterte sie von der Ladefläche. Ihre Nerven waren zum Zerreißen gespannt, aber niemand rief etwas oder rannte auf sie zu. Sie schlich an der Seite des Lasters entlang und spähte vorsichtig um die Ecke. Sie sah Soldaten, die sich miteinander unterhielten und sich Zigaretten anzündeten. Ihre Bewegungen waren entspannt.

India atmete tief durch und ging auf die Passkontrolle zu. Sie zwang sich, nicht zu rennen, sondern ruhig zu bleiben. Ihren blutenden rechten Arm bedeckte sie mit der Hand. Es tat nicht weh, wahrscheinlich wirkte das Adrenalin in ihrem Körper wie eine Betäubung. Einer der Soldaten hob den Kopf und sie erkannte ihn wieder: Er hatte sich vorhin ihren Pass angeschaut. Sie nickte ihm zu, er nickte zurück, und schon hatte sie die Kontrolle passiert.

Der Fahrer der dreirädrigen Motorrikscha, der sie mitnahm, verlangte das Doppelte des üblichen Fahrpreises, aber sie stritt sich deswegen nicht mit ihm. Mit blutnassen Fingern saß sie auf der Rückbank und hielt ihren Oberarm umfasst, während der Mann sich hupend einen Weg in Richtung Stadtmitte bahnte. India trug sämtliche Wertsachen in ihrem Hüftgürtel bei sich: Geld, Pass und Flugticket. Ihr Rucksack war jedoch auf der *Pride* geblieben, also legte sie einen Zwischenstopp ein und kaufte sich eine neue Bluse, die sie über ihre blutige alte anziehen konnte. Dann wies sie den

Fahrer an, bei einem Einkaufszentrum zu halten, wo sie rasch in eine Apotheke ging und sich anschließend ein paar weitere neue Kleidungsstücke und eine Handvoll nützlicher Dinge besorgte. Zurück in der Rikscha, bat sie den Fahrer, sie zum Puri Mango zu fahren.

Wie Halim gesagt hatte, war die Pension sauber. Sie wies ein winziges Speisezimmer und ein an eine Bar angeschlossenes Internetcafé mit einem einzelnen Computer auf. Hier würde Rajiv nicht nach ihr suchen; vielmehr würde er erwarten, dass sie zum Ableger einer westlichen Hotelkette ging. Sie nahm sich ein Doppelzimmer unter dem Namen Mr und Mrs Drew und hinterließ an der Rezeption eine Kaution in bar. Sobald sie in ihrem schlichten, kleinen Zimmer war, biss sie die Zähne zusammen und schälte sich die Blusen vom Leib. Fast erwartete sie, ein riesiges, patronenförmiges Loch in ihrem Arm zu sehen. Stattdessen blickte sie auf einen drei Zentimeter langen Riss. Die Kugel hatte sie nur gestreift. Sie reinigte die Wunde mit Mineralwasser aus einer auf dem Nachttisch stehenden Flasche und versorgte sie mit einem sterilen Pflaster und einem Verband.

India ließ sich auf das Bett sinken und fühlte sich plötzlich sehr schwach, was sie als Reaktion ihres Körpers auf den Stress deutete. Schließlich hatte sie nicht viel Blut verloren. Sie war sich unschlüssig, ob sie die indonesischen Behörden anrufen sollte oder nicht, und entschied sich letztlich dagegen. Zum einen wollte sie von niemandem an der Rezeption belauscht werden, zum anderen traute sie den Polizisten hier durchaus zu, dass sie sie tagelang in eine Verhörzelle sperrten, während die *Pride* ungeschoren davonfuhr. Sie brauchte jetzt jemanden, der in Australien politischen Einfluss besaß, und dachte an Cuan, den Expeditionsleiter auf der *Sundancer*. Die australische Regierung würde auf Informationen von Greenpeace reagieren und die indonesischen Behörden zur Zusammenarbeit bewegen.

Nachdem sie sich bei einem Anbieter von Internetdiensten registriert hatte, schickte India eine E-Mail an Cuan. Danach ging sie in das Gemeinschaftsbad der Pension und wusch sich den Gestank von Schweiß und Angst vom Körper. In frische, saubere Klamotten gekleidet, überprüfte sie anschließend ihren E-Mail-Eingang. Cuan hatte schon geantwortet.

Alles startklar. Wir bleiben in Verbindung.

Den Rest des Nachmittags döste India vor sich hin, da ihre Schmerzen einen wirklich tiefen Schlaf verhinderten. Als es dämmerte, zwang sie sich aufzustehen. Obwohl ihre nervliche Anspannung ihr den Appetit verdorben hatte, gelang es ihr, eine Portion gebratenen Reis mit Gemüse und Hühnchen zu essen. Dazu trank sie indonesischen Kaffee, der kräftig und bitter war.

Als sie in ihr Zimmer zurückkehrte, hatte dort jemand eine Gaslampe hingestellt, die einen warmen Schimmer auf ihr Bett warf. Das Moskitonetz war aus seinem Knoten von der Decke gelöst worden, und eine einzelne Frangipani-Blüte schmückte ihr Kopfkissen. Obwohl India ziemlich sicher war, dass Rajiv sie hier nicht aufstöbern würde, legte sie sich trotzdem angekleidet zum Schlafen nieder.

MIT EINEM RUCK erwachte India. Die Augen vor Schreck aufgerissen, wusste sie im ersten Moment nicht, wo sie sich befand. Dann sah sie, dass Licht durch die Fensterläden fiel. Es dämmerte gerade, aber die Luft war bereits feucht und stickig, und ihr Mund fühlte sich an, als wäre er mit Sand vollgestopft.

Sie sank auf ihrem Bett zurück und fühlte sich nach wie vor erschöpft und ausgelaugt, ihre Gliedmaßen schienen ihr kaum gehorchen zu wollen. Zehn Minuten vergingen, bis sie ein paar Schmerztabletten nehmen konnte. Schließlich kletterte sie aus dem Bett und schlurfte ins Internetcafé. Cuan hatte eine neue Nachricht gesendet.

> Alles geregelt. Wir haben so etwas wie einen Polizeikommissar auf unserer Seite. Wo kann er Dich aufsammeln? Er kann jederzeit starten!

India studierte den Plan der Innenstadt, der an der Wand der Rezeption hing und praktischerweise dort markiert war, wo sich Einkaufszentren und andere Einrichtungen befanden. Für den Fall, dass sie einen sicheren Unterschlupf brauchte, in den sie sich zurückflüchten konnte, wählte sie bewusst einen Ort in gewisser Entfernung zu ihrer Pension.

> Vor der Pension „Karya“ in vierzig Minuten. An der Ecke Jalan Jaksa und Jalan Cikini.

Im Bad stellte sie fest, dass ihre Wunde gut verschorft war, und sie hielt sie trocken, während sie sich wusch. Dann kämmte sie ihre verfilzten Haare und fühlte sich auf einmal frischer und weniger müde. Die Schmerztabletten taten ein Übriges.

Sobald sie aus dem Hotel trat, entdeckte sie zwei Uniformierte auf Motorrädern. Sie starteten ihre Maschinen und fuhren in einer Kurve auf die Straße, um ihr zu folgen. Einige Autos bremsten ab und wichen aus wie ein vorsichtiger Fischschwarm vor zwei Haien. Die Männer trugen grüne Uniformen und runde weiße Helme. Militärpolizisten. Indias Magen zog sich zusammen. Sie wusste zwar, dass sie in ein Wespennest gestochen hatte, aber jetzt wurde es immer beängstigender. Konnte es sein, dass die Polizisten sie beschützten? Oder warteten die beiden ab, bis niemand mehr in der Nähe war, um sie und jeden Beweis, dass Indonesien ein verdächtiges Containerschiff beherbergte, verschwinden zu lassen? Sie fragte sich, wie lange die Polizisten schon wussten, wo sie untergekommen war, und vermutete, dass es schon die ganze Nacht gewesen war. Offenbar hatte man alle Hebel in Bewegung gesetzt, nachdem Greenpeace der Regierung eine Rakete in den Hintern geschoben hatte, und jedes Hotel und jede Pension angerufen, um nach einer großen westlichen Frau mit wildem Haar zu fragen. Nicht zum ersten Mal wünschte India sich, dass ihr Aussehen nicht so unverkennbar wäre.

Als sie an der Pension Karya ankam, die um halb sieben Uhr morgens noch geschlossen war, beschrieben die Motorradpolizisten einen weiten Kreis und überprüften die Gegend. Der müde Fahrer einer Fahrradrikscha rollte langsam vorbei, und in einer Gruppe Bananenbäume zankte sich ein Schwarm grauer Reisfinken. Plötzlich hörte India aus der Ferne das Heulen vieler Sirenen. Ein Fahrradfahrer blickte sich über die Schulter um und geriet aus dem Gleichgewicht, sodass er fast gestürzt wäre. India wusste warum. Eine Fahrzeugkolonne, die aus schwarzen Limousinen mit getönten Scheiben bestand, kam näher.

Einen Augenblick lang erwog India davonzulaufen, aber sie würde es keine zehn Meter schaffen, bis die Motorradpolizisten sie eingeholt hätten. Also war es besser, zu bleiben und es durchzustehen.

Der Konvoi glänzender schwarzer Autos hielt abrupt an. Dutzende bewaffnete Soldaten stiegen aus. India fühlte ihr Herz rasen, aber sie rührte sich nicht von der Stelle. Wer auch immer das Sagen hatte, würde sich schon zu ihr bequemen müssen.

Schließlich stieg ein Mann aus einer Limousine in der Mitte des Konvois, an deren Kühlerhaube eine Miniaturausgabe der rot-weißen Flagge Indonesiens flatterte. Er trug eine olivgrüne Uniform mit zahlreichen Goldtressen und Ehrenabzeichen sowie eine verspiegelte Sonnenbrille. Seine Schuhe waren so stark poliert, dass India sie als Spiegel hätte verwenden können, um sich die Wimpern zu tuschen. Flankiert von zwei Uniformierten, kam er auf sie zu. Er hasste es, mindestens dreißig Zentimeter kleiner zu sein als sie. Es war deutlich an seiner Art, die Lippen zu schürzen, abzulesen, als er zu ihr aufsah.

„Sind Sie Ms Kane?“, fragte der Mann zu seiner Rechten. Er lispelte leicht und hatte einen Leberfleck auf der Wange.

Unverwandt auf die verspiegelten Gläser des Medaillenträgers blickend, bejahte sie und wartete darauf, dass er sich vorstellte oder vorgestellt wurde.

„Gehen wir“, sagte Lispel jedoch nur.

Also keine Vorstellung, kein Smalltalk, keine Erklärungen. Aber immerhin waren die Vertreter der indonesischen Regierung hier, und das hatte sie doch letztlich gewollt, oder?

Als Lispel ihr bedeutete, in die Limousine einzusteigen, brach sie innerlich in Panik aus. *Was, wenn sie mich erschießen und anschließend meine Leiche in einen ihrer stinkenden Kanäle werfen? Ich kann nicht.*

Verzweifelt überlegte sie, wie ihr nächster Schritt aussehen könnte, als sie hörte, wie jemand ihren Namen brüllte. Sie blickte ans Ende der Fahrzeugkolonne und sah ein buntes Durcheinander. Kameraleute und Reporter versuchten, sich an der Militärpolizei vorbeizudrängeln. Indias Erleichterung war gigantisch. Wenn die Presse hier war, würde alles klappen, das musste es einfach.

Sie nickte Lispel zu, die knappe Andeutung, dass sie bereit war. Als sich Medaille umdrehte und zu seinem Wagen ging, nahmen Lispel und der andere Uniformierte India in ihre Mitte und eskortierten sie zur Autotür. Sie stieg in die Limousine, in der die Klimaanlage eiskalte Luft verströmte, und setzte sich neben Medaille auf die Rückbank. Lispel ließ sich ihnen gegenüber auf die Sitzbank gleiten. India konnte sich nicht erklären, weshalb die Armee ins Spiel gebracht worden war. Entsprach das Militär in diesem Fall der australischen Bundespolizei?

Jemand setzte die Sirene in Gang, und sie fuhren los. Während der gesamten Fahrt sprach keiner ein Wort. Sie erreichten die Docks und fuhren mit heulenden Sirenen an den Soldaten der Passkontrolle vorbei.

„Wo ist das Schiff?“, fragte Lispel. „Bitte zeigen Sie es uns.“

Marinesoldaten in Schlauchbooten patrouillierten zusammen mit einigen Booten der Wasserschutzpolizei im Hafen. India entdeckte keinen einzigen Hafenarbeiter, das gesamte Gebiet war geräumt worden. Als sie am Liegeplatz der *Pride* ankamen, war sie nicht im Geringsten überrascht, dass das Schiff verschwunden war.

Die Wagenkolonne hielt an, und sie stiegen aus. In der nächsten Sekunde stürmten Journalisten auf sie zu. India sah in der Meute ein Mikrofon von CNN und eine Kamera von Channel 7.

„Das Schiff hat hier gelegen, sagen Sie?“, versicherte sich Lispel. „Die *Pride of Tangkuban*?“

„Ja, sie war gestern um ein Uhr mittags hier.“

„Es gibt keine Aufzeichnung darüber, dass das Schiff in diesem Hafen gelegen hat. Meinen Sie vielleicht die *Tangub*? Die Namen sind sich sehr ähnlich, und –“

„Nein“, unterbrach India ihn mit fester Stimme. „Sie hieß *Tangkuban*.“

Lispel sprach mit ihr durch, was passiert war. Als sie von dem Mord an dem Bootsmann berichtete, verzogen sich seine Lippen spöttisch.

„Und seinen Namen kennen Sie nicht.“

„Nein, aber es dürfte nicht schwer sein herauszufinden, wer der Bootsmann –“

„Natürlich. Wenn das Schiff *hier* wäre“ – Lispel klang, als redete er von einem UFO –, „dann wäre alles viel einfacher.“ Er deutete auf die Polizeiboote und die Marinesoldaten. „Sie suchen, seit uns mitgeteilt wurde, dass Sie glaubten, das Schiff identifiziert zu haben, das Ihr Greenpeace-Boot zum Sinken brachte. Sie haben nichts gefunden.“

„Ich *glaube* nicht, das Schiff gefunden zu haben“, entgegnete India wütend, „ich *habe* es gefunden.“

Medaille murmelte etwas in Lispels Richtung gewandt und fixierte India mit seinem Blick.

„Sie sagten, dass ein Mann vom Hafenbüro mit an Bord des Schiffes war?“

„Ja, ein gewisser Batuan.“

„Dort arbeitet niemand, der so heißt.“ Lispel winkte einen vor Furcht zitternden Indonesier heran. „Das hier ist der Manager.“

Der völlig verängstigte Mann bestätigte, dass niemand namens Batuan jemals in diesem Büro gearbeitet habe und er auch niemanden mit diesem Namen kenne oder jemals gekannt habe. Bei der ersten Gelegenheit trat er den Rückzug an und verschwand.

„Wir bringen Sie jetzt zum Flughafen“, verkündete Lispel.

Dort angekommen, klopfte er an die Trennscheibe zur Fahrerkabine und schnippte mit den Fingern. Daraufhin händigte ihm der Fahrer eine Plastiktüte aus, die Lispel wiederum an India weitergab. Ihre Sachen aus der Pension. Verbände, die blutverschmierten Blusen und der ganze Rest. Die Wagenkolonne hielt an, Lispel öffnete die Tür, und gefolgt von der gesamten Entourage, stieg India aus.

In der Abflughalle überreichte Lispel ihr ein einfaches Flugticket, Businessklasse nach Perth, und erklärte, dass es ihm ein Vergnügen gewesen sei, ihre Bekanntschaft gemacht zu haben. Sie möge sich keine Sorgen machen, die Rechnung der Pension sei beglichen. Medaille sprach kein Wort.

Lispel wandte sich an die Presse. „Wir werden jede Anstrengung unternehmen, die *Pride of Tangkuban* zu finden. Nur weil wir heute kein Glück hatten, heißt das nicht, dass wir aufhören zu suchen.“ Er schwafelte noch ein paar Minuten lang über internationale Kooperation, während India neben ihm stand und mit den Zähnen knirschte. Ihr war klar, dass man sie mit dieser Inszenierung dumm dastehen lassen wollte. Ein fruchtloses Unterfangen, so sollte der Welt vermittelt werden, diese Journalistin verschwendet unsere Zeit. Lispel ließ durchblicken, es gebe nicht den Hauch eines Beweises, der Ms Kanes Geschichte untermauere, aber niemand könne behaupten, man habe es nicht versucht.

Fast war India froh, an Bord des Flugzeugs gehen zu dürfen. Kaum war sie angeschnallt, wurden die Türen geschlossen, und der Kapitän entschuldigte sich in einer Durchsage für die Verspätung. Aber nun, da ihr VIP an Bord sei, könnten sie endlich abheben.

Als die Maschine sich in Bewegung setzte, warf Indias Sitznachbar ihr einen neugierigen Blick zu. „Hallo, ich heiße Howard, und ich habe mich gerade gefragt –“

„Tut mir leid“, unterbrach India ihn und ergriff demonstrativ das Bordmagazin, „ich will nicht unhöflich sein, aber mir ist überhaupt nicht nach einer Unterhaltung.“

ALS INDIA in Perth gelandet war und ihre armselige Plastiktüte mit der blutigen Kleidung in der Hand hielt, waren ihre Nerven zum Zerreißen gespannt. Bei dem Gedanken an die Medienmeute in Jakarta konnte sie die Reportagen schon förmlich hören. *India Kane hat heute um 16.15 Uhr ein Flugzeug nach Perth bestiegen.*

Wartete Jimmy bereits auf sie? Sie blickte über die Schulter zurück, und wenn sie versehentlich angerempelt wurde, zuckte sie so heftig zusammen, als hätte man ihr einen Schlag mit dem Elektroschocker versetzt.

Eine Schar Journalisten begrüßte sie in der Ankunftshalle, zusammen mit einer kleinen Gruppe Ökos, die ihr zujubelten, während sie mit den Augen die Umgebung absuchte. Kein Jimmy, kein Kuteli, kein Mann mit Pferdeschwanz, so weit sie sehen konnte. Aber sie zweifelte nicht daran, dass sie irgendwo auf sie lauerten.

Sie stand den Journalisten gute zehn Minuten Rede und Antwort. Dabei betonte sie, dass sie das richtige Schiff gefunden habe, es mittlerweile aber verschwunden sei und sie nicht mehr glaube, dass man es je wiederfinden würde. „Die *Pride* ist das Schiff, das die *Sundancer* gerammt hat“, erklärte sie, „aber was sie da draußen im Südpolarmeer zu suchen hatte, bleibt ein Geheimnis.“

Die Journalisten waren zufrieden und verschwanden, als Nächstes kamen die Ökos. India beantwortete eine Reihe weiterer Fragen, während ihre Augen unruhig umherblickten. Immer noch nichts, aber das hieß nicht, dass sie nicht da waren.

Eine der Ökos, eine junge Frau mit Dreadlocks und einem Piercing in der Augenbraue, drückte India ein kleines, in Seidenpapier gewickeltes Päckchen in die Hand. „Für dich. Ein Geschenk.“ Dann bahnte sie sich mit eingezogenem Kopf einen Weg durch die Menge, als sei ihr die Geste peinlich.

Verblüfft rief India ihr einen Dank nach, aber sie reagierte nicht. India ließ das Päckchen in ihre Plastiktüte gleiten. Da die Gruppe sich nicht auflösen zu wollen schien, ergriff sie die Initiative, ging auf die Tür zu und trat nach draußen.

Sollte sie es wagen, zu Stewies Geländewagen zu gehen? Würde man sie dabei beobachten? Natürlich. Sie hielt nach einem Taxi Ausschau, als direkt vor ihr ein grauer Wagen mit quietschenden Reifen zum Stehen kam und die Beifahrertür aufgestoßen wurde. India wich zurück, als sie einen Mann entdeckte, der sich über den Sitz lehnte und heftig mit dem Arm fuchtelte. Einem großen, muskulösen Arm mit der Tätowierung einer Taube, die eine Fahne im Schnabel hielt.

„Herrgott noch mal, Mädchen, steig endlich ein!“ Es war Hank Gregory, der Hafenmeister.

India warf ihre Plastiktüte in den Fußraum und stieg ein. Kaum hatte sie die Tür zugeschlagen, schoss der Chief los. Schnell fuhr er zur Ausfahrt, schob ein bezahltes Ticket in den Automaten und donnerte die Straße hinab, die Augen abwechselnd in den Rückspiegel und auf den Verkehr gerichtet.

India räusperte sich. „Das ist aber eine nette Überraschung.“

Er gab ein Grunzen von sich und machte an der nächsten Kreuzung bei Rot einen Schlenker nach links, wobei er fast einen anderen Wagen gerammt hätte, der sie deswegen anhupte. India schnallte sich verspätet an, während Hank eine Reihe rasanter, extrem besorgniserregender Fahrmanöver durchführte, bevor er auf das Gelände eines Autohändlers mit vollgeparktem Vorplatz zuraste und dort zum Halten kam.

Er sprang aus dem Auto und rief: „Schnell! In den Weißen da!“

India tat wie ihr befohlen, und schon fuhren sie an der Verkaufshalle vorbei zur hinteren Ausfahrt. Der Chief steuerte den Wagen in nördliche Richtung und blickte immer wieder prüfend in den Rückspiegel.

Nachdem sie einige Male abgebogen und zehn Kilometer durch verschiedene Vororte gefahren waren, hielt er vor einem unscheinbaren roten Ziegelhaus an. Er schwitzte, und sein Atem ging schwer. „Tut mir leid."

„Aber ich liebe es, vom Flughafen abgeholt zu werden", entgegnete India.

„Tut mir wirklich leid", wiederholte er und streckte seine Hand aus.

India ergriff sie fest. Er zitterte.

„Ich bin nicht besonders mutig", erklärte er mit abgehackter Stimme. „Ich mag zwar groß sein, aber mit mir ist nicht viel anzufangen, wenn's drauf ankommt." Er befreite seine Hand aus ihrem Griff und wischte sich den Schweiß von der Stirn. „Vor einer Weile haben mir zwei Typen aufgelauert, als ich aus dem Pub kam. Einer von ihnen hatte ein Messer. Sie haben mich zu Tode erschreckt. Die haben Danny umgebracht, nicht wahr?"

„Ja."

Beide starrten sie durch die Windschutzscheibe auf eine Frau, die ihre Wäsche aufhängte.

„Sie verlangten, dass ich ihnen auf der Stelle Bescheid geben soll, wenn du versuchst, Kontakt mit mir aufzunehmen", fuhr Hank fort. „Sonst würden sie … Nun, lass es mich so ausdrücken: Dann würde ich für eine Weile nicht mehr laufen können. Vielleicht nie mehr."

„Das tut mir leid, Chief."

„Ich habe natürlich nichts zur Polizei gesagt, sondern gehofft, dass ich dich nie mehr wiedersehen würde. Was Quatsch ist, weil ich das im Grunde auch wieder nicht wollte." Er lächelte schwach. „Und dann bist du in Farbe auf meinem Fernsehbildschirm aufgetaucht, und ich wusste, wenn ich dich sehe, dann tun es die anderen auch. Also dachte ich, dass ich dich besser zuerst erwischen sollte."

Sie blickte ihn an und sagte schlicht: „Danke."

ES WAR nach Mitternacht, als Hank sie zurück zum Flughafen brachte und an Stewies Truck absetzte. Der Parkplatz lag verlassen und ruhig da.

Wie besprochen, folgte ihr der Hafenmeister zunächst auf den Brand Highway, um ein Auge darauf zu haben, ob ihr jemand folgte. Was niemand tat. Als sie sich trennen mussten – India in Richtung Haus in den Dünen, der Chief in sein Vorstadthaus in Fremantle –, hupten sie einander kurz zu und blendeten auf. Es machte India traurig, ihn wegfahren zu sehen. Er hatte sich als guter Freund entpuppt. Es war seine Idee gewesen zu warten, bis es am Flughafen ruhiger zuging, bevor sie ihr Auto abholte, denn auf diese Weise würde man eher erkennen können, ob man hinter ihr her war. Als er ihr ein Abendessen bei sich vorgeschlagen hatte, um die Zeit totzuschlagen, hatte sie sehr gern angenommen.

Sobald sie in seinem Haus waren – polierte Holzböden und kostbare Teppiche, dazu Golfpokale auf dem Kaminsims –, fragte sie, ob sie sein Telefon benutzen dürfe. Er reichte ihr ein schnurloses Gerät, mit dem sie nach draußen ging. Mikey würde mittlerweile verrückt vor Sorge sein.

Sie wählte die Nummer seines Handys, erreichte aber nur die Mailbox. Sie hinterließ ihm eine Nachricht, in der sie ihm versicherte, dass es ihr gut gehe, setzte dann aber noch hinzu, dass sie erschöpft sei und dringend einen anständigen Drink brauche, denn sie wusste, dass ihn dies eher beruhigen würde als ein simples „Es geht mir gut".

„Ich komme, so schnell ich kann, nach Hause", endete sie. „Vorher muss ich noch ein paar Dinge erledigen." Sie wollte etwas Liebevolles hinzufügen, aber ihre Stimme würde sie verraten; er wüsste sofort, dass bei Weitem nicht alles in Ordnung war. Dann wäre er in der nächsten Sekunde auf dem Weg hierher und brächte sich in Gefahr, also legte sie auf.

Während sie an einem köstlichen Chardonnay nippte, den der Chief aus seinem Kühlschrank hervorgezaubert hatte, sank India auf einen Hocker am Küchentresen und beobachtete ihn. Es fühlte sich seltsam an, von einem anderen Mann bekocht zu werden. Da sie es nicht einmal fertigbrachte, ein Ei zu kochen, übernahm zu Hause Mikey diese Pflicht, und sie fühlte einen plötzlichen Schmerz, als sie an ihn dachte.

„Geht's dir gut?", fragte Hank mit zusammengekniffenen Augen.

„Klar, sobald das Essen auf meinem Teller liegt."

„Geht gleich los."

India musterte ihn abermals. Seinen gut gebauten Körper, die strahlenden blauen Augen, das wild gelockte Haar. Sie räusperte sich. „Gibt es eigentlich eine Mrs Chief?"

Er hielt kurz inne. „Noch nicht. Habe keine getroffen, die ich gern gefragt hätte."

INDIA parkte ein gutes Stück vom Haus entfernt im Busch und legte den Rest der Strecke barfuß zurück. Es war bewölkt und so dunkel wie in einer Besenkammer. Sie schaltete ihre Taschenlampe ein und schirmte den Lichtkegel, so gut es ging, ab, bevor sie die Reifenspuren im Sand inspizierte und Ausschau nach neuen hielt. Es gab keine.

Langsam und vorsichtig schlich sie über den Kiesweg zum Haus und überprüfte die kleinen Schnipsel, die sie aus braunen Papiertüten gerissen und zwischen Rahmen und Tür vorn und hinten am Haus gesteckt hatte. Beim Öffnen der Türen wären sie heruntergefallen. Allesamt waren sie aber noch so, wie sie sie hinterlassen hatte.

Sie betrat das Haus, und die Dielenböden knarrten, aber niemand stürzte sich auf sie. Bei eingeschaltetem Licht bereitete sie sich einen Kakao zu. Sie trug ihn nach draußen und trank ihn, während sie auf das Halbrund aus Gebüsch und Sand blickte, das vom aus dem Haus fallenden Licht erhellt wurde.

Als sie sich schließlich auf die Matratze legte, schlief sie sofort ein.

Am nächsten Morgen wurde sie von der Sonne geweckt, die ihr schräg auf die Augen schien. Sie stand auf, trug ihren Kaffee auf die Veranda und ließ sich in Stewies bequemen Sessel fallen. Sie fühlte sich benommen und würde noch ein paar weitere Nächte Schlaf benötigen, bevor sie sich von ihrem Aufenthalt in Indonesien erholt hatte.

Um acht Uhr war sie gewaschen und besaß ein wenig mehr Energie. Ich bleibe 24 Stunden hier, bevor es weitergeht, entschied sie. Ich sollte Klamotten waschen und mich wieder sortieren.

Sie griff nach der Plastiktüte, die ihr Lispel gegeben hatte, und schlurfte in die Waschküche, wo sie die Tüte auf der Waschmaschine ausleerte. Jeans, Blusen, Slips, Shampoo und Seife fielen ihr entgegen. Gerade noch rechtzeitig konnte sie etwas auffangen, was sonst zu Boden gefallen wäre.

Ein kleines Päckchen. Das Geschenk von der jungen Frau am Flughafen. Das war ihr völlig entfallen. India riss die Verpackung auf und entdeckte ein kleines Armband aus poliertem schwarzem Holz, das mit weißen und gelben Sprenkeln sowie braunen, schattenartigen Tupfen verziert war, bei denen es sich um Kängurus oder Hunde oder Stachelschweine handeln konnte.

Es war in zwei Hälften zerbrochen.

India schnappte ihr Handy und wählte. „Mikey?“ Sie versuchte, ihren Ton zu mäßigen und die Panik daraus zu verbannen, aber er nahm sie trotzdem wahr.

„Was ist los?“

„Wo ist Polly?“

„Direkt vor mir. Sie macht sich gerade für die Schule fertig.“

India ließ sich gegen die Wand sinken und schloss die Augen. *Danke, lieber Gott!* „Mikey, hat sie noch das Armband?"

Eine kleine Pause. „Woher zur Hölle weißt du davon?"

„Hat sie es verloren?"

„Nein. Ein dicker Junge kam nach der Schule auf sie zu und verlangte, dass sie es ihm gab. Da sie ein kluges Mädchen ist, hat sie nicht protestiert, sondern ihm das Armband einfach ausgehändigt."

Die Frau, die ihr gefolgt war, hatte manchmal einen dicken Jungen bei sich gehabt.

„Was ist hier los?", wollte Mikey wissen.

Es kam nicht infrage, dass sie diese Geschichte vor ihm verbarg. Nicht wenn es um Pollys Sicherheit ging. Sie erzählte ihm alles.

Schockiertes Schweigen. „Die *drohen* uns?" Dann ein wütender Schrei, dem ein Geräusch folgte, das sich wie ein Faustschlag gegen die Wand anhörte.

„Ich werde sie zur Strecke bringen", versicherte sie ihm.

„Nein, India. Du kommst mit dem nächsten Flugzeug nach Hause –"

„Bring Polly irgendwohin in Sicherheit. Ich rufe euch bald wieder an."

Sie legte auf, bevor sie es sich anders überlegte, und ging direkt zum Wagen. Ihre Müdigkeit war einer grimmigen Entschlossenheit gewichen, und ihr Ärger war so weißglühend und grell wie die Sonnenstrahlen auf der Karosserie.

7

Langsam fuhr India an Kemble Environmental Services vorbei und suchte nach dem perfekten Beobachtungsposten. Sie musste das Gelände observieren, Details und Alltagsroutinen auskundschaften und vielleicht einen Beweis für eine Verbindung zur *Pride* finden.

Gegenüber dem Lagerhaus befand sich ein Friedhof. Dort gab es eine kleine Anhöhe mit vielen Bäumen und dichtem Gestrüpp, die perfekt für ihre Zwecke zu sein schien. Sie stellte den Wagen auf dem Parkplatz des Friedhofs ab, wo er eines von insgesamt sieben Autos war. Niemand würde sich etwas dabei denken. Sie war nur eine trauernde Angehörige. India ließ den Blick umherschweifen, um sicherzugehen, dass sie allein war, und schlenderte dann auf das Dickicht zu. Sie bahnte sich einen Weg durch die dichten Silberbaumgewächse, deren spitze, fächerförmige Blätter an ihren Kleidern rissen. Als sie sich schließlich bequem gegen den Stamm eines Eukalyptusbaums lehnte, klopfte sie sich im Geiste auf die Schulter. Sie hatte einen äußerst günstigen Beobachtungspunkt gefunden, der sich fast direkt gegenüber dem Lagerhaus befand und von dem aus sie näher kommende Fahrzeuge schon auf einen halben Kilometer Entfernung sehen konnte.

Sie blickte durch ihr Fernglas und stellte fest, dass das zweistöckige Gebäude relativ neu aussah. Davor befand sich ein Parkplatz, auf dem Lkws standen. Außerdem gab es eine Ladezone, wo ein paar Männer auf Gabelstaplern diverse Kisten von den Lastern abluden und in das Innere des Gebäudes transportierten. Jack Zhuganovs roter Fünftonner war ebenfalls zu sehen, daneben ein paar japanische Pkws. Das waren keine Luxuslimousinen, sondern normale Autos für normale Leute.

India machte sich Notizen zu den Lkws und den Pkws. Sie hätte sich erst einmal im Internet schlaumachen und herausfinden sollen, womit genau sich Kemble Environmental Services beschäftigte, aber sie war so wütend gewesen, dass sie nicht vernünftig hatte denken können.

Nach einer Weile stellte sie fest, dass alle Laster, die Lieferungen brachten, neutral gehalten waren. Alle möglichen Marken in verschiedenen Farben, und sie wiesen keinerlei Werbung oder Schriftzüge auf. Eine ganze Flotte anonym aussehender Lkws von überall aus Australien.

India richtete ihr Fernglas auf einen grauen japanischen Geländewagen, der gerade auf den Hof fuhr. Ein Mann stieg aus und stellte die Alarmanlage des Wagens scharf. Dann betrat er das Gebäude. Lässiger Gang, flotter Anzug. Es war Jimmy.

India fühlte sich, als habe man ihr den Atem aus der Lunge gepumpt. Sie starrte auf die Tür wie ein hypnotisiertes Kaninchen. Aber bald hatte sie den ersten Schock überwunden und notierte sich das Kennzeichen des Wagens. Dann rief sie Mikey auf dem Handy an.

Als er dranging, sagte sie: „Hallo, ich bin's", aber er antwortete nicht. „Mikey?"

„Was?", fuhr er sie an.

„Kannst du ein paar Autokennzeichen für mich überprüfen?"

Er murmelte etwas vor sich hin, was sich nach „Lieber Gott, bitte gib mir Kraft" anhörte.

„Es tut mir leid. Aber könntest du bitte?"

Eine kleine Pause entstand, dann erklärte er sich bereit und wiederholte die Nummern. Seine Stimme klang unnatürlich reserviert. Es war seine Polizistenstimme.

„Wo bist du?“, fragte sie.

„Wo, glaubst du wohl?“

Doch in ihrem Kopf herrschte nur noch Leere.

„Kann ich deine Telefonnummer haben?“ Wieder seine harte Stimme. „Die andere funktioniert nicht mehr.“

Sie gab ihm die Nummer und hätte am liebsten gefragt, wie es ihm und Polly ging, hätte sich vielleicht sogar entschuldigt, dass sie sein und Pollys Leben durcheinanderbrachte, während sie Jimmy hinterherjagte, aber er hatte schon aufgelegt.

Durch ihr Fernglas beobachtete sie weiter die Ankunft und Abfahrt der Lkws, doch erst als eine Spinnwebe vor ihren Augen vorbeiwehte, fiel bei ihr der Groschen. Natürlich wusste sie, wo Mikey und Polly waren. Im sichersten Hafen, der ihnen bekannt war: einem Holzhaus am Rande einer Stadt tief im Outback, wo sich jemand, den sie sehr gut kannten, eine Tarantel als Haustier hielt. An diesem Ort waren sie, Mikey und Polly sich zum ersten Mal begegnet. Erleichtert seufzte India auf und fragte sich, weshalb sie nicht gleich darauf gekommen war. Niemand würde die beiden je in diesem Haus finden.

Weitere Lkws trafen ein und fuhren ab, und nach der Mittagspause kam Jimmy wieder heraus und fuhr davon.

Um drei Uhr nachmittags rief Mikey an. Seine Stimme klang immer noch kühl. „Alle Laster gehören Jack Zhuganov. Der Geländewagen einem Jimmy Zhuganov.“

„Mikey, das ist fabelhaft, danke –“

„Wenn du beendet hast, was immer du da gerade machst“, unterbrach er sie mit eiskalter Stimme, „können wir uns vielleicht mal unterhalten. Und sehen, was wir noch füreinander empfinden.“ Ohne ein weiteres Wort legte er auf.

India fühlte sich, als habe man ihr eins mit dem Sandsack übergebraten. Sie versuchte den ganzen Nachmittag hindurch, Mikey zurückzurufen, doch er hatte auf seine Mailbox umgestellt. Er würde sie nun bestimmt nicht mehr heiraten wollen – und konnte sie ihm das verdenken?

Tränen traten ihr in die Augen. Tränen der Wut, der Liebe und der Trauer. Sie konnte jetzt nicht aufhören. Ihre Seele hatte sich mit einer Gruppe von Menschen verbunden: mit Ned und den anderen fünf von der Greenpeace-Crew. Dem Bootsmann und Halim. Und Danny mit seinem treuen Hundeblick.

Sie durfte sie nicht enttäuschen. Nicht einmal Mikey zuliebe.

BEVOR SIE in ihr Haus in den Dünen zurückkehrte, machte sie einen Abstecher in die Stadt und sah im Internet nach. Die Webseite von Kemble Environmental Services informierte sie darüber, dass es sich um eine Recycling- und Entsorgungsfirma handelte, deren Prozesse und Dienstvorschriften den gesetzlichen Anforderungen entsprachen.

> Soweit möglich, bemühen wir uns, das Material für die Weiterverarbeitung oder für die Produktion anderer Güter zu verwenden. Wenn Endbeseitigung die einzige Option ist, prüfen wir sämtliche Wege, um Ihre Abfallprodukte zum günstigsten Preis zu entsorgen.

Die Firma verwertete Metallreste, recycelte Glas, Plastik und Papier und hielt sich vorbildlich an eine ganze Reihe von Vorschriften zum Umweltschutz. India warf noch einen Blick auf die Geschäftsfelder, die Gesellschafter und die Vorstandsmitglieder, und dann fand sie endlich, wonach sie suchte. Sie stieß ein lautes „Ja!" aus und versetzte der Luft einen Faustschlag.

Kemble Environmental Services hatte einmal Frank Zhuganov gehört, und als er gestorben war, hatte sein Bruder Jack die Firma übernommen, zusammen mit Franks Sohn Jimmy.

AM NÄCHSTEN MORGEN wachte India vom Geräusch der Regentropfen an ihrem Fenster auf. Ein heftiger Südwind wehte. Durch fünf undichte Stellen im Dach regnete es herein.

India hatte es nicht eilig aufzubrechen. Es war Sonnabend, und das gesamte Industriegebiet würde verlassen sein, aber als sie dort ankam, stellte sie fest, dass sie sich geirrt hatte. Bei Kemble arbeitete man auf Hochtouren. Lkws fuhren an und ab wie Ameisen auf dem Weg zu einem frisch geöffneten Glas Honig. Sie schienen nichts vom Lagerhaus abzuholen, sondern nur anzuliefern. India hoffte, bei all diesen Aktivitäten etwas Ungewöhnliches zu entdecken. Sie parkte vor dem Friedhofseingang und hielt sich den Feldstecher vor die Augen.

Das Wetter verschlechterte sich. Der Wind wehte in kräftigen Böen, und die Bäume ächzten und knarrten. Gegen fünf Uhr nachmittags war India vor Kälte vollkommen steif und langweilte sich. Als ein dünner Mann in einem Overall in Jack Zhuganovs roten Fünftonner stieg, beschloss sie, ihm zu folgen. Sie raffte sich schnell das Haar zusammen und stopfte es unter ihre Baseballkappe, dann zog sie eine alte Steppjacke von Stewie über und schlug den Kragen hoch. Es war nicht das, was man eine gute Verkleidung nannte, aber besser als nichts.

Sie befanden sich kaum fünfzehn Kilometer vom Stadtzentrum entfernt, als der Laster zu Indias Überraschung plötzlich den Highway verließ und Kurs auf ländliches Gebiet nahm. Vor ihr tat sich eine grüne Hügellandschaft auf, hier und da sah man Weiden mit Schafherden. Hastig warf India einen Blick auf die Karte und stellte fest, dass sie sich Bickley's Brook näherten. Schließlich fing es an zu dämmern, und da India in ziemlich großem Abstand zu dem Fünftonner fuhr, hätte sie fast verpasst, wie er auf eine Privatstraße abbog. Sie fragte sich kurz, ob es wohl sicher war, ihm zu folgen. Sie würde meilenweit zu sehen sein, konnte aber nicht ohne eingeschaltete Scheinwerfer fahren.

Sie beschloss abzuwarten, ob er zurückkam, und – falls nicht – bei Tageslicht wiederzukommen. Sie bog von der Straße ab und holperte auf ein ungenutztes Feld, wo sie hinter ein paar Bäumen parkte. Dicke Regentropfen klatschten an die Windschutzscheibe und brachten die Bäume zum Zittern. In der Ferne sah sie mehrere kleine Lichter, die in einigem Abstand voneinander auf einem Hügel leuchteten. Wohnhäuser. Sie stellte sich vor, wie die Menschen darin das Abendessen zubereiteten, plauderten oder fernsahen.

Sie warf einen Blick auf die beleuchtete Zeitanzeige am Armaturenbrett. Zehn nach sieben. Sie hörte Radio, wickelte einen Schokoriegel aus und aß ihn mehr aus Langeweile als aus Hunger. Um Viertel nach acht fragte sie sich, wer um alles in der Welt freiwillig den Beruf des Privatdetektivs ergriff. Wartend herumzusitzen war einfach unglaublich öde.

Zehn Minuten später tauchten zu ihrer Linken Scheinwerfer auf. Sie wartete, bis die Hecklichter außer Sichtweite waren, und folgte ihnen. Als der Laster auf den Highway abbog, war ihr klar, dass er zurück zur Firma fuhr, und sie wählte eine andere Route. Mit der Straßenkarte auf ihrem Schoß und mit eingeschalteter Innenbeleuchtung schlug sie eine westliche Richtung ein, sodass sie bereits mit ausgeschaltetem Licht am Friedhof wartete, als der Fünftonner eintraf.

Trotz des schlechten Wetters und der späten Stunde war auf dem Gelände immer noch einiges los. Der Vorplatz und das Lagerhaus waren hell erleuchtet. India zählte fünf Männer in Ölzeug, die damit beschäftigt waren, vier Lkws zu entladen. Auf Jack Zhuganovs rotem Laster befanden sich acht Kisten, die mit einem Gabelstapler ins Lager befördert wurden. Zwei davon waren mit einem großen roten X auf jeder Seite gekennzeichnet.

India wartete, bis die letzte Kiste abgeladen worden war. Als die Männer in ihre eigenen Autos stiegen und nach Hause fuhren, tat sie das Gleiche.

Nach einer Dusche holte sie sich eine große Packung Nüsse und eine

Flasche Rotwein und machte es sich vor dem großen Fenster bequem, das auf die Veranda führte, während der Regen in die bunte Sammlung von Schüsseln tropfte, die sie überall im Haus verteilt hatte. Der Sturm aus südlicher Richtung blies immer noch sehr kräftig, und sie hörte das dumpfe Dröhnen der Wellen, die gegen die Dünen schlugen.

Mikey und Polly liebten Stürme. Wenn sie jetzt hier wären, würden sie auf den Dünenkämmen stehen und die tosende See beobachten.

ALS ERSTES fuhr India am Montag die Route ab, die der Fünftonner genommen hatte. Sie warf rasch einen Blick auf die Zeitanzeige, als sie auf die Privatstraße bog. Zehn nach neun. Ein großer moderner Gebäudekomplex rückte in ihr Blickfeld. Weißes Logo und königsblaue Schrift. BLUE PARK. Der Name passte zu dem Gebäude, denn es bestand aus blau gefärbten Ziegeln. Dazu verliehen ihm viel Glas und Stahlpfeiler eine elegante und effizient anmutende Ausstrahlung. Es gab einen kleinen Park mit einem hübschen Flüsschen, an dessen Ufern Tische und Bänke aufgestellt waren. Viele Bäume und Sträucher. Kein schlechter Arbeitsplatz – außerhalb der Stadt gelegen, wo man schon die Geräusche des Busches hörte.

Ein Sicherheitsmann nahm Indias Personalien auf und wies ihr den Weg zum Empfang. Gehorsam folgte sie seiner Anweisung und parkte ihren Wagen an der angegebenen Stelle. Der Empfangsbereich war klein, aber elegant, und so sah auch die junge Frau hinter dem Tresen aus. India entschuldigte sich, sie habe ihren Presseausweis vergessen, und reichte der Rezeptionistin dafür die Kreditkarte des *Sydney Morning Herald*, um sich auszuweisen.

„Sie haben also keinen Termin?“

„Leider nicht.“

„Hier sind gerade alle sehr beschäftigt, aber ich werde sehen, ob sich jemand mit Ihnen treffen kann.“

Während die Empfangsdame telefonierte, blätterte India in der Hochglanzbroschüre der Firma. *Blue Park stellt Kunststoffe von höchster Qualität her … über vierzig Jahre Erfahrung … nach strengen Vorgaben gefertigte Produkte* … Eine Aktiengesellschaft, die Kunststoffe produzierte. Angestrengt suchte India nach einem guten Grund für ihren Besuch, aber es wollte ihr zu diesem Thema beim besten Willen nichts einfallen.

„Leo ist auf dem Weg zu Ihnen“, teilte ihr die Rezeptionistin mit. „Er leitet die Abteilung Entsorgung.“

„Danke.“

Kurz darauf kam ein gestresst aussehender Mann Anfang dreißig auf India zu. „Beth sagte mir, dass Sie an einer Reportage über uns schreiben?" Das schien ihn zu verblüffen, was wiederum India nicht überraschte. Kunststoffe waren nicht gerade das sensationellste Thema für einen Zeitungsartikel. Aber dann kam ihr eine grandiose Idee.

„Woran ich interessiert bin, ist ein Vergleich zwischen den Kunststoffen von heute mit denen der Zukunft. Haben Sie von William Hughes' Erfindung gehört? Ecopac?"

Seine Miene erhellte sich. „Ah, verstehe. Kommen Sie doch bitte mit."

Er führte sie in sein Büro, bedeutete ihr, auf einem Stuhl Platz zu nehmen, und bezog Stellung hinter seinem Schreibtisch.

Sie zückte ihren Notizblock. „Macht es Ihnen etwas aus, wenn wir zunächst ein paar grundsätzliche Dinge über Ihre Firma besprechen? Was Sie produzieren, wohin es geliefert und wozu es gebraucht wird?"

Wie eine aufgezogene Spieluhr legte er los. India erfuhr, dass Blue Park sowohl große Industriekunden belieferte, als auch Zubehör und Zurüstteile herstellte. Das Unternehmen produzierte Gewächshäuser und Sparrenabdeckungen, Bedachungen sowie Regenrinnen aus Polykarbonat, Kunststoffverschalungen und Plexiglas.

„Sie haben eine Menge Kunststoff auf dem Markt, Leo. Glauben Sie, dass William Hughes eine Bedrohung für Ihr Geschäft darstellt?"

„Nein, eigentlich nicht. Er produziert Kartons für Milch oder Orangensaft, soweit ich informiert bin. Das ist nicht unser Bereich."

Sie stellte ihm ein paar Fragen zu den Kunden und hatte rasch ermittelt, dass Blue Park seine Produkte selbst auslieferte.

„Haben Sie auch Kunden, die die Ware abholen?"

Er blinzelte und lehnte sich in seinem Stuhl zurück. „Ich verstehe nicht, was diese Fragen mit William Hughes und Ecopac zu tun haben."

Er war pfiffiger, als sie gedacht hatte. Rasch wog sie ihre Optionen ab. Sie konnte es auf die nette Tour versuchen, die nirgendwohin führte, oder einen Frontalangriff ausführen, was zur Folge haben könnte, dass man sie rausschmiss. Aber wenn sie auf der richtigen Spur und Leo der ehrliche, direkte Typ war, für den sie ihn hielt, dann funktionierte es vielleicht.

Sie klappte ihren Block zu, lehnte sich vor und senkte die Stimme. „Ich sollte das eigentlich nicht tun, aber … ich mag Sie, und deswegen werde ich die Karten auf den Tisch legen. Ich vertraue Ihnen, dass Sie das, was ich Ihnen gleich erzähle, für sich behalten, denn wenn es rauskommt –"

„Wenn was rauskommt?", fragte er alarmiert.

Theatralisch holte sie Luft. „Wir sind da an einer ganz großen Sache dran. Es geht um einen Enthüllungsbericht über Kemble Environmental Services."

Leo starrte sie an. „Kemble? Sie recherchieren über Kemble?"

„Ja." Sie behielt ihre ernste Miene bei. „Und obwohl wir wissen, dass Sie persönlich nicht beteiligt sind, lassen Sie mich Ihnen sagen, dass sich die Dinge gerade rasant entwickeln. Die Polizei kann es nicht erwarten, den Laden zu stürmen und jeden festzunehmen."

„Sie machen wohl Scherze." Er runzelte die Stirn. „Die stecken in Schwierigkeiten? Kemble?"

„Hören Sie, Leo, wir haben gesehen, wie hier am Samstag um halb acht abends ein neutraler Lkw acht Kisten abgeholt hat. Zwei waren mit einem roten Kreuz markiert."

„Das ist unmöglich. Wir arbeiten samstags nicht."

„Glauben Sie mir, es ist passiert."

„Nein, nein. Sie müssen sich irren."

„Leo, wir haben die Sache gefilmt."

„Du liebe Güte", flüsterte er.

„Hören Sie, wenn Sie mir sagen, was sich in den Kisten befand, könnte Ihnen das eine Menge nützen, wenn ... der Fall vor Gericht kommt."

Er schluckte schwer. „Nun, ich habe da so eine Vermutung ... Also gut." Er wandte sich seinem Computer zu. „Acht Kisten, sagen Sie." Mit angespannter Miene hämmerte er auf die Tastatur ein. „Ich habe sie gefunden", meinte er nach einer Weile. „Von Kemble am Montag abgeholt. Unterzeichnet und versiegelt." Er lehnte sich zurück und sah erleichtert aus.

„Was befand sich darin?"

„Müll."

Eine Vorahnung bewirkte, dass sich ihre Nackenmuskeln verkrampften. „Was für Müll?"

„Zeug, das man nicht in den Ausguss kippen oder einfach so wegwerfen darf."

„Wollen Sie damit sagen, dass es giftig ist?"

„Nicht unbedingt giftig, aber man muss es verantwortungsbewusst entsorgen. Es gibt Dutzende Vorschriften, und seien Sie versichert, dass wir unseren Verpflichtungen hundertprozentig nachkommen. Wir wissen ganz genau, wo sich unser Müll zu jeder Zeit befindet, und obwohl uns das über eine halbe Million Dollar pro Jahr kostet, sind wir in jeder Hinsicht mehr als penibel."

„Und wo befinden sich diese acht Kisten jetzt?"

Eine kurze Stille trat ein, dann griff er nach dem Hörer und wählte. „Hallo Nicky, ich bin's. Hör mal, es geht um die acht Posten, die ihr am Montag abgeholt habt. Kannst du mir bitte sagen, wo sie sich gerade befinden? Klar, ich warte." Leo legte die Hand über die Muschel. „Wir haben die absolute Kontrolle. Ich bin mir sicher, dass sich das Ganze als großes Missverständnis entpuppen wird." Er wandte sich wieder dem Hörer zu. „Oh, sicher, verstehe. Nein, ist schon okay." Er stieß ein leicht hysterisches Lachen aus. „Entschuldige die Störung." Blass geworden, legte er auf.

„Also", drängte India, „was hat Nicky gesagt?"

Sein Adamsapfel hüpfte auf und ab. Als er sprach, war seine Stimme fast nur ein Flüstern. „Sie hat keine Aufzeichnungen gefunden."

India ließ eine lange Pause entstehen. „Wohin sind die Kisten verschwunden? Sie sind der zuständige Manager, Sie müssten es wissen."

Ein wilder Ausdruck trat in seine Augen. „Sie können das Zeug nicht einfach irgendwo abladen. Nicht P24. Das muss geschlossen entsorgt werden. Das können die nicht machen!"

„Haben Sie schon jemals Müll von Kemble zurückverfolgen müssen?"

„Aber warum denn? Ihr Transport- und Entsorgungssystem ist voll und ganz zertifiziert." Er schluckte schwer und fügte hinzu: „Ich führe nur Kontrollen durch, wenn die externen Prüfer kommen. Dann gleichen wir die Listen von Kemble mit meinen ab."

„Und die sind immer akkurat gewesen?"

„Absolut!"

„Hm. Wenn Ihre Aufzeichnungen mit denen von Kemble übereinstimmen, dann vermute ich, dass jemand mit falschen Karten spielt. Jemand von Ihrer Firma und jemand von Kemble."

Beide fuhren erschrocken auf, als die Tür geöffnet wurde und eine Frau den Raum betrat. „Entschuldige, Leo", sagte sie in einem Tonfall, der verriet, dass sie sich nicht im Geringsten bei ihm entschuldigte. „Hattest du nicht gesagt, dass es nur ein paar Minuten dauert?"

Er bedachte India mit einem flehenden Blick.

Rasch ließ sie Notizblock und Stift in Stewies Rucksack gleiten. „Ich war bereits dabei, mich zu verabschieden. Und danke für deinen Rat, Leo. Du bist ein echter Freund." Sie klopfte sich auf den flachen Bauch. „Mein Ungeborenes findet das auch."

Sie verließ das Büro und sah, wie die Frau ihr verblüfft nachstarrte, während Leos Schultern erleichtert nach vorn sackten. Sie lief den blauen Korridor zum Empfang zurück und ging lächelnd auf Beth zu.

„Ich würde Leo gern eine Dankeskarte schicken. Hätten Sie wohl seine Adresse für mich?“

Als India kurz darauf das Gebäude verließ, hatte sie nicht nur Leos Adresse in ihrem Besitz, sondern auch die Nummern seines Privatanschlusses und seines Handys.

WÄHREND SIE zurück in die Stadt fuhr, spürte sie die bekannte Aufregung, als sich die Puzzleteile plötzlich zu einem Ganzen fügten. Jacks Bruder Frank hatte seine Millionen in der Abfallwirtschaft gemacht, und entweder er oder Jimmy hatte das Geschäft auf illegale Aktivitäten ausgeweitet. Jacks Lkws holten Müll von Firmen ab, die nicht den offiziellen, sehr teuren Weg der legalen Entsorgung beschreiten wollten. India hätte ihren letzten Dollar darauf verwettet, dass Jack und Jimmy eine ganze Menge von dem Zeug für die Hälfte der Kosten nach Chennai verschifften. Sie dachte an den Kampf von Greenpeace gegen die illegale Entsorgung von Giftmüll in Asien und erschauerte.

Sie hielt an, um zu tanken, bevor sie wieder zu ihrem Beobachtungsposten auf dem Friedhof fuhr. Sie sah ein paar Laster Kisten im Lagerhaus von Kemble abladen. Eine Stunde später tauchte Jimmy auf. Er blieb exakt zwei Stunden und zwölf Minuten, dann verließ er das Gelände.

Ein wenig später bog ein blauer Lkw in die Ladezone ein. Auf beiden Seiten prangte das große weiße Logo OG, das aus Delfinen gebildet wurde, die Schnauze an Schwanz schwammen. Es kam India bekannt vor, aber sie vermochte es im Moment nicht einzuordnen. So notierte sie sich rasch das Kennzeichen. Dann rief sie Mikeys Nummer an und hinterließ eine Nachricht, in der sie ihn darum bat, das Kennzeichen des Lasters für sie zu überprüfen. Sie fügte hinzu, sie wisse, dass sie ihm etwas schuldig sei, und es tue ihr wirklich leid, dass sie eine so unendliche Nervensäge sei … Sie brach den Anruf ab, als sie merkte, dass sich ihr die Kehle zusammenschnürte.

Nach knapp zwanzig Minuten rief Mikey zurück. „Hab deinen Lkw-Besitzer.“ Sein Ton war mehr als frostig.

India schluckte. „Das ging aber schnell.“

„Bobynin Zhuganov.“

Interessant, dachte sie. Bobynin war der erste russisch klingende Vorname, der ihr in diesem Zusammenhang unterkam.

Mikey hatte noch nicht aufgelegt, daher sagte sie: „Vielen Dank."

Eine kurze Pause, dann erwiderte er: „Ich nehme an, dass er ein Verwandter von Jack ist. Dem Typ, dem all die anderen Laster gehören."

„Korrekt. Und du solltest wissen, dass es einen Detective Inspector Zhuganov und einen Officer Bryce Zhuganov gibt."

„Ach du lieber Himmel, India!" Seine Stimme verlor ihre Kälte. „Erzähl mir nicht, dass du einer Art australischer Mafia auf den Fersen bist. Willst du mir nicht verraten, was da vor sich geht?"

Und ob sie das wollte! Sie hatte gerade angefangen, als der blaue Lkw rückwärts an die Ladezone heranfuhr.

„Mikey, warte eine Sekunde."

Sie hob ihr Fernglas an die Augen. Zwei Kisten wurden aufgeladen. Beide waren mit roten Kreuzen an den Seiten versehen. Sie gehörten zu dem Abfall von Blue Park, und es interessierte India sehr, wohin sie gebracht wurden. In der nächsten Sekunde wurde das Rolltor wieder herabgelassen, und der blaue Laster setzte sich in Bewegung.

„Ich muss dringend aufhören, Mikey. Ich rufe dich heute Abend wieder an."

Sie war dem Lkw zwanzig Minuten gefolgt, als sie in den Rückspiegel sah. Ihr Magen schlug einen Salto. Direkt hinter ihr fuhr ein Polizeiauto. Schweiß trat ihr aus allen Poren, und sie blinkte rasch, um auf die Überholspur zu ziehen, den Laster zu überholen und zu verschwinden. Bitte, lieber Gott, flehte sie, lass es nicht Bryce sein. Aber wieso sollte er hier in Perth im Einsatz sein? Sie blickte wieder in den Rückspiegel: Das Polizeiauto setzte den Blinker und verließ den Highway.

Zittrig vor Erleichterung drosselte India das Tempo und ließ sich wieder hinter den Lkw zurückfallen. Schließlich bog er ab und fuhr auf ein weiteres Industriegebiet zu. Nach fünfhundert Metern rollte er durch das Tor einer Fabrik, die India kannte. Aber natürlich!, schoss es ihr durch den Kopf. OG, das Logo mit den Delfinen, war von Ocean Green, dem Hersteller der umweltfreundlichsten und teuersten Kühlschränke der Welt.

Mit laufendem Motor blieb sie vor dem Tor stehen und beobachtete, wie der Laster rückwärts an eine Laderampe am anderen Ende des Vorplatzes heranfuhr. Innerhalb von Sekunden waren die Kisten von Blue Park abgeladen.

India steuerte nach rechts und quetschte ihren Wagen zwischen zwei Pkws. Dann griff sie nach ihrem Handy. „Leo? India Kane am Apparat."

„Ähm … hallo." Er schluckte vernehmlich.

„Eine kurze Frage. Die Kisten, die mit einem roten Kreuz gekennzeichnet sind – was könnte ein Kühlschrankhersteller mit diesem Müll anfangen?"

Stille.

„Leo?"

„Die nehmen P24 für ihre Kühlschränke?"

„Noch ist nichts bewiesen, aber –"

„O mein Gott! Das können die nicht machen!"

„Leo, Sie müssen jetzt Ruhe bewahren. Erklären Sie mir, was P24 ist und wie man es in Kühlschränken einsetzen kann."

Er räusperte sich ein paarmal. „Nun gut. Wissen Sie, wie ein Kühlschrank funktioniert?"

„Eigentlich nicht."

„In dem Gerät befindet sich ein Gas, das sich ausdehnt, dazu braucht es Energie, und dann kühlt es alles in seiner Umgebung ab. Früher setzte man FCKW als sehr effizientes Kältemittel ein, doch seit man weiß, dass diese Gase mit der Ozonschicht reagieren, hat man sie aus der Produktion verbannt. Ich vermute, dass man P24 schon einsetzen könnte, um ein neues, effizienteres Gas zu produzieren, aber das ist illegal." Er verstummte kurz. „Was, wenn es entweicht? Das würde man nicht mal merken! Das Gas ist geruchlos und verflüchtigt sich schnell … Und es kann töten!"

Eiskalte Angst überfiel sie. „Sagen Sie das noch mal!"

„P24 greift die Lunge an", erklärte er und fuhr fort, von Atemmasken und Schutzkleidung zu reden, aber India hörte ihm nicht mehr zu. Sie erinnerte sich an den Befund der Pathologin. *Seine Lunge war zusammengezogen und von entzündeten Zellen befallen.* Und was hatte Ellies Vater ihr erzählt? *Fünf sind letztes Jahr gestorben.*

Nicht Alberts Fluch hatte die Bewohner von Jimbuku Bay getötet. Es lag an den „ökologisch unbedenklichen" Kühlgeräten von Ocean Green. Ihnen entströmte Gift!

NACHDEM INDIA das Telefonat mit Leo beendet hatte, machte sie fieberhaft Pläne. Zunächst würde sie Mikey anrufen, dann die Feds. Mit dieser Verbindung würde es gelingen, dass ein Team von Polizisten innerhalb von Minuten hier erschien. Dann würde es mit den beiden Kisten P24 echte Beweise geben, die man für eine offizielle Ermittlung benötigte. Was für eine Story! Zitternd vor Erregung griff India nach ihrem Handy, beschloss dann aber, zunächst das Weite zu suchen. Sie würde ihre Telefonate auch von unterwegs erledigen können.

Ihre Finger schlossen sich um den Zündschlüssel, als ihr ein Fahrzeug auffiel, das hinter ihr hielt. Einen Moment lang dachte sie, dass es ihren Parkplatz wolle, aber als sie sich umdrehte, um den Fahrer zu bitten, sie herauszulassen, gefror ihr das Blut in den Adern. Es war ein Polizeiauto.

Zwei uniformierte Beamte verließen den Wagen. Den einen kannte sie nicht, den anderen dafür umso mehr. Es war Bryce Zhuganov.

Mit zitternden Fingern drückte India auf den Knopf der Zentralverriegelung und wollte rasch den Wagen anlassen, als ihr klar wurde, dass sie nirgendwohin fahren konnte. Sie hatten sie zugestellt. Bryce trat an ihr Fenster und gab ihr zu verstehen, dass sie es öffnen solle. India ließ es um wenige Zentimeter herunter.

„Guten Tag, Ms Kane."

„Hallo", krächzte sie angsterfüllt.

Bryce entging ihre Furcht nicht und sein Grinsen wurde breiter. „Würden Sie bitte aus dem Wagen steigen?"

„Warum?"

„Steigen Sie bitte aus dem Wagen."

„Nicht bevor Sie mir den Grund genannt haben."

Mit Schrecken beobachtete sie, wie er seinen Revolver aus dem Holster zog. Sie bemühte sich, rasch das Fenster zu schließen, aber er hatte den Lauf schon hindurchgeschoben und ihn so gedreht, dass er auf ihren Schoß zielte.

„Reicht das?"

Verzweifelt sah sie zu dem anderen Polizisten hinüber. Er war ein paar Schritte zurückgetreten und hatte beide Hände auf seine Waffe gelegt. Seine Haltung verriet, dass er jederzeit handlungsbereit war.

India brach der Schweiß aus. Sie streckte die Hand nach ihrem Mobiltelefon aus.

„Tun Sie das nicht. Oder ich müsste Sie erschießen, weil Sie nach Ihrer Waffe gegriffen haben."

Sie ließ die Hand sinken.

„Raus aus dem Wagen, *jetzt*!"

Nach Hilfe Ausschau haltend, blickte sie hektisch auf die Straße. Zwei Autos fuhren langsam vorbei, und zwei Personen standen am anderen Ende der Straße und starrten herüber, aber sie waren viel zu weit entfernt.

„Sie haben noch fünf Sekunden. Fünf, vier …"

„Okay, okay." Ihre Stimme zitterte. „Ich steige aus."

Kaum hatte sie den Wagen entriegelt, riss Bryce die Tür auf und zerrte sie heraus. Er drehte sie um, presste sie mit dem Gesicht nach unten auf die Kühlerhaube und tastete sie ab. „Los, in meinen Wagen!“, befahl er.

„Wohin bringen Sie mich?“

Er antwortete nicht, sondern schob sie vor sich her, während er ihr die Pistole in den Nacken hielt, und zwang sie, hinten in den Streifenwagen einzusteigen. Eine mit extrastarken Metalldrähten verstärkte Plexiglasscheibe trennte sie von den Vordersitzen. Die Türen ihres Innenraums hatten keine Griffe, und die Scheiben waren getönt. Es war also sinnlos, Fußgänger wild gestikulierend um Hilfe bitten zu wollen.

Sie sah, wie der andere Polizist in Stewies Truck stieg. Was hatte er vor? Den Wagen verschwinden zu lassen, damit es keine Spur mehr für Mikey oder die Feds gab? O Gott, das hier sah richtig schlecht für sie aus!

Über eine halbe Stunde lang fuhren sie durch die Stadt. India fragte sich, wie Bryce sie gefunden hatte. Ob Leo sie verraten hatte? Oder hatte sie jemand mit dem Fernglas auf dem Friedhof gesehen? Möglicherweise war sie aber auch jemandem in Cape Cray aufgefallen, der sie wiederum gegenüber einer weiteren Person erwähnt hatte, die mit den Zhuganovs verwandt war. Ginnys Worte fielen ihr ein. *Sie sind mit fast jedem hier verwandt. Man kann sich kaum bewegen, ohne ihnen zu begegnen.*

Sie verließen die Stadt und fuhren immer weiter Richtung Norden, dann sah India ein grün-weißes Kilometerschild. SHOALHAVEN 84. BULIMBA 145. India konnte es nicht glauben: sie fuhren zu Jacks Anwesen!

Sie zwang sich zur Ruhe und dachte an Ellie. Wenn sie nicht entkam, würde ihre Freundin nach der Geburt in ihr knallbuntes Haus zurückkehren, und sie und ihr Baby starben vielleicht. *P24 greift die Lunge an.* Und hatte Australiens Gesundheitsminister nicht versprochen, jedes Krankenhaus und jede Klinik werde mit den neuesten Kühlanlagen von Ocean Green ausgestattet?

Sie fragte sich, wie es der Firma gelang, unbemerkt giftige Substanzen zu verwenden, aber dann erinnerte sie sich an ihre Recherchen im Internet. Da hatte sie einen Zhuganov gefunden, der als leitender Regierungsbeamter Sicherheitsüberprüfungen bei Industriebetrieben durchführte. Es gab also immer jemanden aus der Familie, der an der richtigen Stelle saß und die Macht hatte, einem Verwandten zu helfen.

Wie befürchtet bog Bryce an dem Schild ab, das nach Goondari wies. Als er an das erste Gatter kam und ausstieg, stemmte sich India gegen den Sitz und trat mit beiden Füßen gegen die Heckscheibe. Aber diese war zu dick, wahrscheinlich sogar verstärkt, denn nichts passierte.

India blickte nach vorn und sah, dass Bryce zum Wagen zurückkehrte. Eilig rutschte sie in ihre alte Position zurück. Sie wollte nicht, dass er mitbekam, wie sehr sie entschlossen war zu fliehen. Lieber ließ sie ihn in dem Glauben, sie könne sich vor Angst kaum rühren, damit es ihr gelang, ihn in einem unerwarteten Moment zu überrumpeln.

Er fuhr durch das Gatter, hielt aber nicht mehr an, um es zu schließen. Sollte das bedeuten, dass er glaubte, schon bald wieder wegzufahren?

Sie kamen an ein zweites Gatter. Als er dieses Mal den Wagen verließ, um es zu öffnen, stürzte sich India auf die Seitenscheiben, aber auch dieses Glas hielt stand. Vor Frust und Furcht hätte sie am liebsten laut aufgeschrien, als Bryce wieder in den Wagen stieg und weiterfuhr, aber sie blieb ruhig. Die einzige Methode, ihre Kräfte zu schonen, war, die Angst zu unterdrücken.

Dann kam das gigantische weiße Haus in Sicht. Ein grauer japanischer Geländewagen parkte davor, und India spürte, wie ein Wimmern in ihrer Kehle aufstieg. Jimmy war da.

Bryce parkte neben dem Japaner und sprang aus dem Auto. Kaum hatte er die Tür zugeschlagen, kamen die fünf Hunde laut bellend über die Freitreppe auf ihn zugeschossen. Bryce rief ihnen etwas zu, und sie fingen an, mit dem Schwanz zu wedeln. Er beugte sich vor und tätschelte erst einen der Schäferhunde, dann den Spaniel.

Als er sich aufrichtete, winkte er jemandem zur Begrüßung zu, und Jimmy trat in Indias Blickfeld. Jeans, Jeanshemd, schwere Lederstiefel und in der Hand etwas, das wie ein Baseballschläger aussah. Er ging auf Bryce zu und klopfte ihm auf die Schulter. Dann unterhielten sie sich, blickten dabei aber nicht zum Auto hinüber.

India fing wieder an, die eine Seitenscheibe mit Fußtritten zu bearbeiten. *Rums-rums-rums*. Da! In einer Ecke war ein Riss zu erkennen. Nun brauchte sie nur noch einmal kräftig zuzutreten …

Ihre Stiefel waren kurz davor, das Glas zu zertrümmern, als eine Gestalt auftauchte und die Tür unvermittelt öffnete. Indias Füße traten ins Leere. Sie verlor das Gleichgewicht und sank nach hinten. Aber sogleich rollte sie sich zur Seite ab und katapultierte sich ins Freie, ohne sich um Bryce' Revolver zu sorgen. Lieber wollte sie von ihm bei einem Fluchtversuch erschossen werden, als dass Jimmy ihr die Kehle aufschlitzte.

Doch dieser hatte schon auf sie gewartet. Als sie aus dem Auto herausschoss, traf sie etwas mit voller Wucht an den Schultern. Sie fiel zu Boden. Ein weiterer Schlag, und der Schmerz jagte durch ihren Körper. Es fühlte sich an, als wären ihre Schulterblätter zertrümmert worden. Sie keuchte und japste.

„Du weißt einfach nicht, wann Schluss ist.“

Jimmy würde sie umbringen. Sie hatte nichts mehr zu verlieren. Also blieb sie liegen und versuchte, wieder zu Atem zu kommen, während sie überlegte, wie sie ihn verletzen könnte.

„Steh auf!“

Sie stöhnte, tat so, als probiere sie vergeblich, auf die Füße zu kommen, und ließ sich wieder zu Boden fallen, als sei allein der Versuch zu schmerzhaft. Während dieses kurzen Manövers hatte sie Bryce entdeckt, der mit gezücktem Revolver hinter Jimmy stand, während dieser mit dem Schläger gegen einen seiner Stiefel tippte.

„Steh auf!“, wiederholte er.

Sie streckte eine Hand aus, als brauchte sie Hilfe, und stöhnte noch einmal auf. Lauerte heimlich, dass er näher kam. Aber sie hatte ihn unterschätzt. Er holte weit mit dem Schläger aus und verpasste ihr wieder einen Schlag gegen die Schultern, und dieses Mal schrie sie laut auf.

„Ich bin doch nicht blöd“, knurrte Jimmy.

Sie zitterte, der Schmerz in ihren Schultern war heiß und glühend. Sie konnte ihr Stöhnen nicht mehr kontrollieren.

„Jetzt steh auf, oder ich verpass dir noch mal was!“

India stützte sich auf die Handflächen und kam erst auf die Knie, dann auf die Füße, bis sie schließlich schwankend aufrecht stand. Sie hörte ein Pferd wiehern, und der Geruch von Heu und Pferdeäpfeln stieg ihr in die Nase.

„Geh zu den Ställen rüber!“

Fast gelähmt vor Schmerzen, torkelte sie auf unsicheren Beinen vor ihm her auf die Boxen zu. Jimmy drückte ihr den Baseballschläger zwischen die Schulterblätter. Er trieb sie an zwei Boxen vorbei, und als sie an eine dritte kamen, hörte India Hufgeklapper. Ein großer schwarzer Pferdekopf schoss hervor und schnappte mit gelben Zähnen nach ihnen. Durch den Nebel ihrer Schmerzen erkannte sie Jacks ganzen Stolz: Grafton Statesman. Alias BB. Der Blöde Beißer.

Sie fragte sich, ob sie ihn irgendwie freilassen und einen Tumult veranstalten könnte, als sie im nächsten Augenblick von etwas am Schädel getroffen wurde. Sie brach zusammen. In ihrem Kopf summte es wie in einem Bienenstock, dann wurde alles ruhig und dunkel.

8

Als India wieder zu sich kam, lag sie auf der Seite. Ihr Kopf schmerzte so stark, dass sie sich fragte, ob Jimmy ihr wohl den Schädelknochen zerschmettert hatte. Ihre Schultern und ihr Rücken pochten gnadenlos, und sie war sich nicht sicher, ob sie bei diesen Schmerzen überhaupt froh sein sollte, noch am Leben zu sein.

Nach einer Weile drang der stechende Geruch von Ammoniak in ihr Bewusstsein, und sie öffnete die Augen. Sie lag auf schmutzigem Stroh in einem Stall. Ihr Mund war mit einem Stofffetzen geknebelt, und ein weiterer Stoffstreifen war über ihre untere Gesichtshälfte gebunden, um den Knebel an Ort und Stelle zu halten. Ihre Füße waren mit einem Seil zusammengebunden und ihre Hände auf dem Rücken gefesselt.

Das sieht nicht gut für mich aus, dachte sie. Aber dann kam ihr Polly in den Sinn. Die Kleine hatte ihr den Spitznamen „Damala" gegeben, nach dem Seeadler, weil sie India für besonders mutig hielt. Sie wäre entsetzt gewesen, wenn sie jetzt hätte sehen können, wie India auf dem verdreckten Boden lag und darauf wartete, zu sterben.

Ein winziger Funke Energie keimte in ihr auf. Sie hatte eine Familie, zu der sie zurückkehren wollte.

Sie wappnete sich innerlich gegen den Schmerz und war im Begriff, sich auf den Bauch zu rollen, als heftiges Hufschlagen ihr Einhalt gebot. Langsam wandte sie den Kopf und entdeckte eine riesige schwarze Gestalt, um deren Hals ein Strick gebunden war, der wiederum an einem Ring in der Wand festgemacht war.

O nein! Es war BB, Jacks psychopathischer Hengst. Wenigstens war er festgebunden. Solange sie sich außerhalb der Reichweite seiner Hufe befand, dürfte ihr nichts passieren.

Von Schmerzen gepeinigt, kam sie auf die Knie hoch und schob ihre zusammengebundenen Hände an den Hüften vorbei nach unten. Dann setzte sie sich und ließ sich zurücksinken, sodass sie ihre Hände unter Beinen und Füßen vorbei nach vorn ziehen konnte, bis sie sich vor ihrem Körper befanden. Keuchend blickte sie sich nach etwas um, mit dem sie die Fesseln durchtrennen könnte, aber im Grunde war ihr klar, dass sie nichts Scharfkantiges finden würde. Nicht wenn der Stall einen kostbaren Hengst beherbergte. So konzentrierte sie sich darauf, die Fesseln an ihren Füßen zu lösen. Sie waren zwar straff gebunden, aber sie zerrte so lange daran, bis sie sich ihrer entledigen konnte. Langsam rutschte sie über den strohbedeckten Stallboden, weg von dem zunehmend unruhiger werdenden Hengst. Um auf die Füße zu kommen, benutzte sie die Wand. Ihr wurde übel und sie fühlte sich benommen, aber sie zwang sich, nicht ohnmächtig zu werden.

Sie fragte sich, wo Jimmy steckte, wollte aber keinen weiteren Gedanken an ihn verschwenden. Stattdessen zog sie an dem Knoten des Stoffstreifens, der ihren Knebel festhielt. Er war so straff gezogen, dass sie nicht sicher war, ob sie ihn würde lösen können. Sie versuchte, sich zu konzentrieren, hielt aber inne, als sie draußen eine Männerstimme hörte. Jimmy.

„Na, wie geht's denn so?"

„Ich bin stinksauer, wenn du's genau wissen willst", antwortete ein anderer Mann. „Ich hätte eigentlich ein paar Treffen in Melbourne und Sydney gehabt, aber nein, es ist mir ja nicht gestattet, mein eigenes Leben zu führen. Ich muss kommen, wenn er ruft."

Der Mann hörte sich wie William an. Aber was hatte der hier verloren?

„Schon mal darüber nachgedacht, dass es dafür einen Grund gibt?", fragte Jimmy.

„Es gibt immer einen Grund. Aber ich habe es satt. Ich will aussteigen."

Es *war* William. India schrie seinen Namen, aber es drang nur ein schwaches Gurgeln aus ihrer Kehle. Sie warf sich gegen die Tür und hämmerte mit den zusammengebundenen Händen dagegen.

„Was ist das denn?", wunderte sich William.

„BB. Er hat schon den ganzen Tag fürchterlich genervt. Also habe ich die Stalltür zugemacht."

India verursachte so viel Lärm, dass sie nicht verstehen konnte, was die Männer besprachen, aber sie hörte sich bestimmt nicht wie ein Pferd an. William *musste* einfach nachschauen kommen. Sie fing an, gegen die Tür zu treten.

Hinter sich vernahm sie BBs wütendes Schnauben, blieb aber wie angewurzelt stehen, als der Riegel aufschnappte. In der nächsten Sekunde schwang die obere Hälfte der Stalltür auf.

William starrte sie erschrocken an. „India? Was zur Hölle …?" Er griff nach dem zweiten Riegel und fingerte daran herum, als Jimmy neben ihm erschien und ihm eine Hand auf den Arm legte.

„Denk nicht mal darüber nach, Bobby", sagte er.

„Aber sie ist gefesselt!"

„Und das ist das Wenigste, was ich mit ihr anstellen werde, das kannst du mir glauben."

„Das kannst du nicht tun! Wir waren uns einig. Du hast sie erschreckt … und sie ist nach Hause gefahren!“

„Ich habe gelogen.“

India kämpfte mit dem Stoffknoten an ihrem Hinterkopf.

„Lass sie gehen.“

„*Nein!*“

Die tiefe Stimme sauste auf die beiden herunter wie ein Zementblock, der von weit oben herabgestoßen wurde. India sah eine breite Brust und die vorgewölbten Schultern eines Boxers. Jack war hier. Ihr wurde eiskalt.

Eine kleine Pause entstand, dann hörte sie Williams wütende Stimme. „Ihr Freund ist Polizist. Würdet ihr bitte mal nachdenken? Wenn sie verschwindet, haben wir sämtliche Bullen Australiens vor der Tür!“

„Halt's Maul!“, entgegnete Jack.

William verstummte.

„Es ist alles bereinigt, ich schwör's“, versicherte Jimmy. „Im Augenblick werden gerade die Büros geräumt. Lkws, Unterlagen. Wir können nichts daran ändern, dass das Schiff dort liegt, wo es gerade ist, aber das ist seine letzte Ladung. Hammond sagt, dass es innerhalb der nächsten vierundzwanzig Stunden verschwunden sein wird. Sie werden nichts finden. *Nichts*, solange dieses störende Miststück aus dem Weg ist.“

„Nein!“, rief William wieder. Seine Stimme klang fest.

Jack ging auf ihn zu, legte ihm einen Arm um die Schultern und redete ruhig auf ihn ein. „Bobby, willst du wissen, wo wir sie aufgespürt haben?“

„Das ist mir egal. Ich habe euch gesagt, dass sie nicht verletzt werden darf. Ich will, dass ihr sie gehen lasst.“

Während India die Männer fixierte, konzentrierte sie sich gleichzeitig darauf, ihren Knebel loszuwerden. Es ging um Leben oder Tod. Sie musste mit William sprechen.

„Direkt vor dem Gelände von Ocean Green.“ Jacks Stimme klang sanft, als würde er William die Mitteilung machen, ein geliebter Verwandter sei gestorben. „Sie hat eine bestimmte Lieferung dorthin verfolgt. Du weißt schon welche.“

William geriet so stark ins Taumeln, dass India glaubte, er werde gleich zusammenbrechen. „Sie … sie weiß über P24 Bescheid?“

„Warum sollte sie sonst dort gewesen sein?“, fuhr Jimmy ihn scharf an. „Glaubst du, sie hat nach einer Broschüre gefragt, weil sie sich einen neuen Kühlschrank kaufen will?“

„Ich habe euch gesagt, dass es ein Fehler ist, das Zeug einzusetzen!“, rief

William weinerlich. Sein Gesicht war aschfahl. „Auf diese Weise Kosten senken … Aber ihr wolltet ja nicht auf mich hören."

„Sobald es an die Öffentlichkeit dringt, bist du erledigt", spottete Jimmy. „Niemand wird dann noch deinen kostbaren Ökokram kaufen wollen."

William sah aus, als sei ihm übel.

Endlich gab der Knoten unter Indias Fingern nach, und sie spie den Knebel aus. „William", krächzte sie und rieb sich verzweifelt mit dem Handrücken über die Lippen, „sie wollen mich umbringen. Bitte, hilf mir!"

„Ich will nicht, dass ihr etwas zustößt", forderte er, aber seine Stimme hatte den protestierenden Unterton verloren.

„Das hast du schon tausendmal gesagt", raunzte Jimmy ihn an. „Jetzt hau endlich ab und lass mich das hier zu Ende bringen!"

„Lass nicht zu, dass sie mich umbringen!", schrie India. „Bitte, William! Ich habe Katy gerettet. Was ist mit deinem Versprechen?"

Ihre Worte schienen zu ihm durchzudringen. Er griff entschlossen nach dem Riegel der Stalltür, aber Jack hielt ihn auf, indem er ihm eine Hand auf den Arm legte.

„Bobby, was passiert, wenn Katy alles herausfindet? Glaubst du wirklich, dass sie dich dann noch haben will?"

Verzweifelt blickte William India an. Und dann sah sie, wie sich Angst in seinen Blick schlich.

„Meine Freunde von der Polizei wissen Bescheid." Sie sprach schnell. „Und wenn Katy erfährt, dass du nicht eingegriffen hast und –"

„Die wissen gar nichts", fiel ihr Jimmy ins Wort. „Sie redet nur, um ihren Hintern zu retten." Mit einer abrupten Bewegung knallte er die obere Hälfte der Stalltür zu und verriegelte sie.

„Ich will das alles nicht", hörte sie William draußen jammern.

„Dann solltest du jetzt besser gehen, kleiner Bruder, wenn deine zarte Seele das hier nicht ertragen kann."

India taumelte. William war Jimmys Bruder?

Sie fuhr zusammen, als ihr weitere Zusammenhänge klar wurden. Jimmy und Jack hatten William mit „Bobby" angesprochen. War er etwa Bobynin Zhuganov, der Besitzer des blauen Lasters und somit auch von Ocean Green? William war also Jacks Neffe! India erinnerte sich an den Überfall vor Ellies Haustür, als Jimmy sie getreten und Kuteli protestiert hatte. *Es sollte nur eine Warnung sein … Bobby hat gesagt, dass wir es nicht tun sollen.* William hatte versucht, sie zu beschützen. Aber was war mit seinem Namen? Natürlich! Wie hatte der Mann im Internetcafé doch gesagt? *Diese*

Sippe ändert ständig ihre Namen, weil sie nicht wollen, dass man sie für Ausländer hält.

Zitternd richtete India ihre Aufmerksamkeit auf die Stalltür, während allmählich alles vor ihren Augen verschwamm. Ihr fiel auf, dass sie keine Stimmen mehr von draußen hörte. War William gegangen?

Sie hämmerte gegen die Tür und schrie um Hilfe, aber dann hielt sie inne. BB geriet völlig außer sich. Er wieherte wütend und trat mit den Hinterbeinen gegen die Futterkrippe.

Hoffentlich hält der Strick, dachte India. Hektisch zerrte sie mit den Zähnen an ihren Handfesseln. Aber Moment mal – könnte sie BB nicht zu ihrem Vorteil nutzen? Wie könnte ihr ein halb verrücktes Pferd dienlich sein? In Gedanken spielte sie in Windeseile verschiedene Szenarien durch. Sie trat einen Schritt auf den Hengst zu, woraufhin dieser sich so hoch aufbäumte, wie sein Halsstrick es zuließ. Es war vollkommen zwecklos, sich ihm nähern zu wollen, stellte India fest, während es ihr endlich gelang, bei den Fesseln an ihren Handgelenken ein Strickende durch eine Schlaufe zu ziehen. Die Fesseln lösten sich. Indias Herz hämmerte in einer seltsamen Mischung aus Angst und Hoffnung.

Da hörte sie, wie der Riegel zurückgeschoben wurde. „William!“, schrie sie. War er doch noch zurückgekommen?

Ein trockenes Lachen. „Tut mir leid“, höhnte Jimmy. „Ich bin es nur.“

India überlegte nicht lang. Mit ein paar Sätzen sprang sie zur Futterkrippe und zog sich hinein. BBs Hinterläufe schlugen aus; ihr war klar, dass ein Tritt von ihm sie ins Jenseits befördern würde, wenn sie etwas falsch machte.

Der Hengst riss den Kopf hoch, als der obere Teil der Stalltür geöffnet wurde, schob sich vor India und blieb stehen. Es polterte, als Jimmy auch den Riegel der unteren Tür zur Seite schob.

India flüsterte dem Hengst etwas ins Ohr, wie Tante Sarah es ihr beigebracht hatte, und legte ihm eine Hand auf den Widerrist. Weder zuckte er zurück, noch schien er sie überhaupt zu bemerken. Seine Aufmerksamkeit galt ganz der Stalltür.

India hievte sich auf die Kante der Krippe, während immer noch eine Hand auf dem Hals des Pferdes lag. BB stieß ein Schnauben aus, aber er trat nicht um sich. Dann bewegte er sich. In Indias Richtung.

„Fein, mein Junge“, wisperte sie. „Sei schön brav.“

Doch als sie ein Bein über seinen Rücken schwang, befürchtete sie trotzdem, dass er buckeln würde, sobald er ihr Gewicht spürte. Aber er tat nichts dergleichen. Also stieß sie sich mit dem anderen Fuß von der Krippe ab und glitt auf seinen Rücken. Sie fühlte BBs Anspannung, seine zitternden Muskeln. So flüsterte sie ihm weiter leise zu, als sie sich über seinen Hals zu dem Strick vortastete, um an die Stelle zu kommen, wo dieser an dem Ring festgebunden war.

Licht durchflutete den Stall, als beide Türen weit aufschwangen, aber India sah sich nicht um. Sie konzentrierte sich auf das Seil und erkannte, dass es zu einem Laufknoten gebunden war. Sie beugte sich weit über BBs verschwitzten Hals nach vorn, bis sie das lose Ende des Strickes fand.

„Was zum …?“

India packte das Strickende und zog fest daran. Der Knoten löste sich, und der Strick glitt durch den Ring. Mit beiden Händen griff India danach, hielt sich gleichzeitig an der Mähne des Hengstes fest und drückte ihm kräftig die Stiefel in die Rippen.

„Los, mein Junge, lauf!“, brüllte sie.

Es war, als hätte das Rennpferd ein Startsignal gesehen. India spürte, wie der Hengst sich unter ihr anspannte, dann machte er einen großen Satz und lief auf die Stalltür zu. India schmiegte sich eng an seinen Hals, als sie Jimmy entdeckte, der einen Revolver in der Hand hielt. Verzweifelt drückte sie dem Pferd noch einmal die Stiefel in die Flanken. Sie wollte auf jeden Fall vermeiden, dass BB scheute oder zurückwich. Er sollte Jimmy niedertrampeln.

Aber der Hengst dachte gar nicht daran zu zögern. Er lief auf die Tür zu, als gäbe es Jimmy nicht. India schloss die Augen und hörte Jimmys Schrei, als der Hengst wie ein außer Kontrolle geratener Laster gegen ihn prallte. Das Tier drohte dabei das Gleichgewicht zu verlieren, und seine Hufe suchten wild ausschlagend nach Halt. Jimmy schrie und schrie, doch plötzlich verstummte er. Als BB endlich sein Gleichgewicht wiederfand, warf India, die die ganze Zeit über ihre Arme fest um den Hals des Tieres geschlungen hatte, einen Blick nach unten. Jimmys Arme waren unnatürlich verdreht, und seine Brust und sein Kopf waren eine blutige Masse.

Doch schon hatten sie den Stall verlassen. Sie galoppierten an dem Herrenhaus vorbei, als India Schüsse hörte. Mit einem raschen Blick über die Schulter sah sie Jacks gedrungene Gestalt, der ein Gewehr in den Händen hielt und auf sie schoss. Aber sie waren bereits zu weit entfernt. Weder der Hengst noch India wurden getroffen. BB preschte über die breite Zufahrt davon, weg von dem Anwesen und der Schutthalde.

India hatte soeben das unglaublichste und schrecklichste Erlebnis ihres

Lebens gehabt. Und nun saß sie ohne Sattel auf dem Rücken eines Rennpferdes, krampfte die Hände in seine Mähne und galoppierte mit bestimmt vierzig Stundenkilometern dahin. Sie betete, dass BB nicht stolperte.

Sie zog an dem Strick um seinen Hals, bis er gespannt war. „He, mein Junge", startete sie einen Versuch. „Ruhig werden, ganz ruhig."

Doch BB galoppierte in vollem Tempo weiter. Sein Kopf und sein Hals tanzten in gleichmäßigem Rhythmus auf und ab, Sand und Staub wirbelten unter seinen Hufen auf.

Als India einen Blick nach vorn warf, wäre ihr fast das Herz stehen geblieben. Sie jagten direkt auf eine Weidesperre zu. Das Bodengitter könnte bewirken, dass die Beine des Hengstes zerbrachen wie Zündhölzer, und India selbst würde vom Pferd stürzen und sich das Genick brechen.

Sie ließ die Mähne los, lehnte sich zurück und zog heftig an dem Halsstrick. Die Beine fest in seine Seiten gedrückt, stemmte sie ihr gesamtes Gewicht in den Pferderücken. Allerdings achtete sie darauf, ihre Fersen von seinen Rippen fernzuhalten. Sie gab BB alle Zeichen, deren sie fähig war, um ihm anzuzeigen, dass er langsamer werden solle, aber er ignorierte sie.

Die Weidesperre war nur noch wenige Meter von ihnen entfernt, als der Hengst sie endlich selbst entdeckte. Aber jetzt war es zu spät. BB war wie ein Schnellzug, dessen Bremsleitungen durchtrennt worden waren. In der letzten Sekunde riss er den Kopf und die Vorderbeine hoch. Er war aus dem Rhythmus geraten und machte unkoordinierte Bewegungen. Nein, bitte versuch bloß nicht zu springen!, schoss es India durch den Kopf. Aber BB hatte schon zu dem größten Sprung angesetzt, den ein Pferd je gewagt hatte, und ihr blieb keine andere Wahl, als mitzumachen.

Plötzlich schwebte sie über seinem Rücken schwerelos in der Luft. Sie war nur noch durch ihre in die Mähne gekrallten Hände mit dem Pferd verbunden. Der kraftvolle Druck seiner Hinterläufe hatte sie emporgeschleudert. Sie stieß einen Schrei aus. Wartete, dass die Weidesperre ihm die Beine und ihr jeden einzelnen Knochen ihres Körpers brechen würde …

Mit unglaublicher Wucht kam BB auf dem Boden auf. India krachte auf seinen Rücken zurück und merkte, wie er unter ihr nachgab. Krampfhaft hielt sie sich an seiner Mähne fest, während er strauchelte, und versuchte herauszufinden, in welche Richtung sie sich fallen lassen musste, um nicht unter ihm begraben zu werden. Aber da vollführte BB eine Seitwärtsbewegung, und es gelang ihm, sich schwankend wieder aufzurichten. Nach einem letzten Ruck verfiel er unvermittelt in einen unregelmäßigen Trab. Er schnaubte kräftig, seine Rippen hoben und senkten sich, aber er lahmte nicht.

India beugte sich vor und umarmte seinen Hals. „Mein Held!“ Tränen der Erleichterung und Dankbarkeit strömten ihr über die Wangen. „Du bist über das Gitter gesprungen. Ich kann es nicht glauben, mein Held!“

Er schnaubte wieder, und India hätte gern geglaubt, dass er es aufgrund ihrer Worte tat, aber sie wusste, dass es eine Reaktion auf den Stress war. Er reinigte seine Atemwege und verschaffte seinem sensiblen Körper ein wenig Entspannung.

„Schnaub, soviel du willst. Ich halte dich trotzdem für fabelhaft.“

Sie ließ ihn eine Weile in seinem eigenen Tempo traben, und nach ungefähr einem halben Kilometer verfiel er in Schritt. Während sie dem sanften Klopfen seiner Hufe auf dem staubigen Weg lauschte, überlegte sie. Sollte sie zur Küste reiten, wo sie ein Auto anhalten und Hilfe holen könnte? Aber es war nicht ratsam, mit BB bei Dunkelheit eine Straße entlangzureiten. Nicht nur, dass sie nichts sehen könnte, aufgrund seines schwarzen Fells würde auch er selbst von niemandem bemerkt werden. Sie könnten angefahren werden. Oder sollte sie BB anbinden, bevor es dunkel wurde, und sich bis Tagesanbruch verstecken?

Plötzlich glaubte sie, Motorengeräusch zu hören. Sie fuhr herum und sah zwei Staubwolken auf dem Sandweg. Zwei Geländewagen kamen auf sie zugerast.

India musste kaum mehr ihre Fersen in BBs Flanken drücken, da verfiel er schon in einen kurzen Galopp. Mit etwas Druck auf seinen Hals gelang es ihr, ihn von der Sandpiste ins Grasland mit den niedrigen Sträuchern zu führen. Sie beschloss, auf den Wald zuzusteuern, der sich auf den nahen Hügeln zu ihrer Linken befand. Zwar würde sie dort langsamer werden, aber selbst der beste Geländewagen der Welt wäre nicht in der Lage, ihr in diesen Wald zu folgen.

India schmiegte sich eng an den Hals des Hengstes und hörte nur noch das dumpfe Schlagen der Hufe und BBs heftiges Atmen, doch dann wurde das Geräusch eines röhrenden Motors lauter. Ein kurzer Blick über die Schulter verriet ihr, dass einer der Wagen näher kam.

„Komm schon, mein Junge!“ So fest sie konnte, trat sie ihm die Stiefel in die Flanken.

Sie war sich nicht sicher gewesen, wie viel sie erwarten durfte, aber womit sie nicht gerechnet hatte, war dieser unvermittelte Geschwindigkeitsschub. Als würde sie bei einem Ferrari aufs Gas treten. India hielt den Kopf gesenkt und klammerte sich fest, während ihr schwarze Strähnen der Mähne in die Augen stachen. Sie riskierte keinen Blick mehr nach hinten, denn sie wollte

BB nicht aus dem Gleichgewicht bringen und sich selbst ebenso wenig. Nun musste sie es darauf ankommen lassen, ohne Rücksicht auf Verluste.

Der Motor war nun noch deutlicher über BBs donnernde Hufe hinweg zu hören – der Wagen kam unaufhörlich näher. Aber sie hatten die Waldgrenze auch schon fast erreicht. Kräftig zog India an dem Strick und merkte überrascht, dass der Hengst tatsächlich langsamer wurde. Sie zog noch fester, aber er hatte sein Tempo lediglich so weit verringert, wie er selbst es für richtig hielt, und ihr blieb nur zu hoffen, dass er etwas ahnte, von dem sie nichts wusste. Dann waren sie auch schon in den Wald eingetaucht.

India beugte sich dicht über BBs Hals und hörte das Krachen und Splittern des Geästs über sich. Ein niedrig hängender Ast peitschte über ihren Kopf hinweg und verfehlte sie nur knapp. BB fiel in einen kurzen Galopp und machte plötzlich einen scharfen Schlenker nach rechts, der sie fast von seinem Rücken katapultiert hätte. Aber gleich darauf erblickte sie den Felsbrocken, den er umrundet hatte, und verzieh ihm. So rasch wie möglich bahnte er sich einen Weg durch den Wald. Das Gelände stieg steil an, aber BB verringerte sein Tempo nicht, als er trabend weitere Felsbrocken und Sträucher umrundete.

Eine halbe Stunde später brachen sie aus dem Wald hervor. Sie befanden sich am Rand eines steilen Hangs. Die Sonne versank bereits hinter einem Hügelkamm. India machte den Schatten eines Tals unter ihnen aus, in dem sich ein trockenes Flussbett mit silbrig schimmerndem Sand erstreckte. Sie musterte den fast senkrecht abfallenden Hang aus losem Schiefergestein. Niemand mit einem Funken Verstand würde hier hinunterreiten. Aber aus der Entfernung hörte sie das Geknatter von Motorrädern und die Schreie von Männern. Sie kamen durch den Wald in ihre Richtung. Sie konnte auf keinen Fall umkehren.

India nahm ihren Mut zusammen und drückte sanft gegen BBs Flanken. Er stieß ein lautes Schnauben aus und trat über die Kante. Sie rutschten und stolperten über loses Geröll. India lehnte sich so weit zurück, dass ihre Schultern fast den Steiß des Pferdes berührten. Sie keuchte vor Angst und klammerte sich an dem Hengst fest.

Endlich erreichten sie die Talsohle. BB war schweißüberströmt. India brachte ihn zum Stehen und glitt von seinem Rücken. Ihre Beine zitterten, als sie den Boden berührten. Sie hielt sich am Halsstrick des Hengstes fest und lehnte sich an seinen Körper. Allmählich kehrten ihre Kräfte zurück.

„Du bist so ein wunderschönes Tier“, murmelte sie, „von einem Blödian keine Spur. Wie haben sie dich nur so nennen können?“

Er schnupperte an ihrer Hand, bevor sie ihm sanft über den Kopf streichelte und das Fell hinter seinen Ohren glatt strich. Und dann, ohne darauf zu warten, dass sie ihn bat, schritt er in dem Flussbett weiter.

Der Mond stand mittlerweile hoch am Himmel und tauchte die Umgebung in ein fahles graues Licht. Der Abend war ruhig und still, abgesehen vom dumpfen Schlagen der Pferdehufe und den Geräuschen aufgeschreckter Kängurus. India legte BB eine Hand auf die Schulter und versprach, dass sie sich um ihn kümmern werde, wenn sie dort angekommen seien, wo auch immer er sie hinführe. Den Strick hatte sie um seinen Bauch geschlungen, sodass es ihm freigestellt war zu gehen, wohin er wollte. Sie folgte ihm einfach. Er führte sie durch das Buschland, stoppte ab und zu und hielt die Nüstern in die Luft, bevor er wieder sanft an Indias Hand schnupperte und weiterging.

Es war kurz nach zehn Uhr abends, als sie an einen Zaun gelangten. Ein Pferd wieherte in der Nähe, dann trottete eine kleine graue Stute heran. India sah Schafe, die sich unter einem Baum aneinanderschmiegten, und am anderen Ende der Weide ein Haus, das im Dunkeln lag.

Begleitet von der grauen Stute, führte sie BB am Zaun entlang, bis sie an ein Gatter kamen. Dort ließ sie den Hengst auf die Weide. Er berührte die Nüstern der Stute, die schnaubte und die Ohren aufstellte, was India als Ausdruck des Entzückens interpretierte. Im Gegenzug stieß BB einen lang anhaltenden Seufzer aus, der sich nach tiefster Zufriedenheit anhörte. Pferderomantik, ohne die mich BB nicht hierhergeführt hätte, dachte India.

Sie klopfte ein letztes Mal dankbar auf seinen Hals, bevor sie den Hengst auf der Weide zurückließ und sich vorsichtig dem Haus näherte. Vor der Veranda stand die größte Hundehütte, die sie je gesehen hatte, glücklicherweise ohne Hund. Nur zwei Fahrzeuge. Ein weißer Geländewagen und ein Traktor. Das Auto war nicht verschlossen, und so warf India einen Blick hinein. Keine Schlüssel.

„Seltsamer Tausch, den du da vorhast", sagte eine Stimme hinter ihr.

Sie fuhr herum.

„Jacks Pferd ist zehnmal so viel wert wie meine Karre."

Langsam hob India die Hände. Ihr Blick wanderte von der Schrotflinte, die auf ihre Brust gerichtet war, zu der winzigen alten Frau dahinter. Streichholzdünne Beine ragten unter einem T-Shirt hervor, das ihr fünf Nummern zu groß war. Langes graues Haar fiel ihr auf die Schultern wie Algenstränge. Neben ihr stand ein riesiger Hund, eine dunkel gescheckte Dänische Dogge, die bestimmt um die hundert Kilo wog.

„Ich will Ihnen nichts Böses“, sagte India.

„Was hast du dann hier mit Jacks Hengst verloren?“

„Ich … habe ihn mir ausgeliehen.“

Eine längere Pause entstand, dann lachte die Frau leise in sich hinein. „Jacks Hengst *ausgeliehen*! Davon haben die mir gar nichts erzählt. Nur dass ich sie sofort anrufen soll, wenn ich dir begegne.“

India verharrte. „Und, werden Sie sie anrufen?“

„Frag nicht so dämlich.“ Ein metallisches Knacken folgte, als die Frau den Lauf des Gewehrs abknickte und es sich über den Ellbogen hängte. Sie musterte India interessiert. „Ich würde Jack nicht mal helfen, wenn er in Flammen stehen würde.“ Sie schauderte. „Lass uns reingehen, es ist saukalt hier draußen.“

Argwöhnisch musterte India den Hund.

„Keine Angst vor Ricky. Er mag vielleicht groß sein, aber er ist zu dämlich, um jemanden zu beißen. Alles, was er tut, ist fressen und schlafen.“

Überraschend schnell ging die alte Frau auf das Haus zu, und India folgte ihr. Vielleicht könnte sie die Frau überreden, ihr den Geländewagen zu leihen. Und wenn das nicht klappte, würde sie sich einfach die Schlüssel nehmen und das Ding eben klauen.

„Also“, sagte die Frau, nachdem sie India in ihre Küche geführt hatte, „lass uns ein Bier trinken, während du mir alles erzählst.“

„Nur etwas Wasser, danke.“

Die Frau ging zum Kühlschrank und holte sich ein Bier, dann füllte sie ein Glas mit Wasser aus dem Hahn und gab es India. „Ich heiße übrigens Maggie.“

„India.“

„Und du hast Ärger mit denen.“

„Scheint so. Ein wenig.“

„Du bist nicht die Erste, die hierhergerannt kommt.“ Maggie blickte zur Seite. Sie schien sich plötzlich unbehaglich zu fühlen. „Es gab schon mal jemanden, vor drei Jahren. Ich habe immer noch Albträume davon.“

Aber India hörte nur mit halbem Ohr zu. Sie blickte umher, während sie den Raum nach den Schlüsseln absuchte. Neben dem Telefon entdeckte sie eine schwere Plastikschale. Darin befanden sich Zeitungsausschnitte, alte Umschläge, Briefe. Als India lässig darauf zuging, hoffte sie, dass Maggie auch ihre Schlüssel dort hineinwarf.

„Ich habe den Typen gesehen, der auf mein Haus zugerannt kam. Ein riesiger Aborigine. Rannte, als wäre der Teufel hinter ihm her. Aber er hatte keine Chance. Sie hatten Motorräder und Geländewagen. Jimmy hat ihn von hinten erschossen."

India verbannte den Gedanken an den Autoschlüssel und fuhr herum.

„Ich konnte es nicht der Polizei melden", fuhr Maggie traurig fort, „sonst wäre ich in dem gleichen Grab gelandet. Typisch für sie, dass sie den armen Kerl auf meinem Land vergraben haben. Aber ich habe einen Baum an die Stelle gepflanzt."

Indias Erinnerungen spulten zurück, und sie hörte den Mann im Internetcafé über Albert Jimbuku erzählen. *Ich habe ihn zuletzt im Pub gesehen … Er trug eines seiner vermaledeiten Hawaiihemden … Er ging, als Jimmy auftauchte.*

„Maggie, was hatte der Mann an, der von Jimmy erschossen wurde? Es war nicht zufällig ein Hawaiihemd?"

Lange Stille. Maggies Miene verriet Entsetzen. „Du hast ihn gekannt?"

Aber India hatte nicht genug Zeit, ihr die Geschichte zu erzählen. Sie konzentrierte sich wieder auf die Plastikschüssel und stellte fest, dass sie Recht gehabt hatte. Drei Schlüsselbunde, einer davon ein Wagenschlüssel. Sie wollte gerade die Hand danach ausstrecken.

„Nein", sagte Maggie bestimmt. „Sie werden sämtliche Straßen und Wege überwachen. Du solltest dich besser hier verstecken. Sie werden in Kürze sowieso hier sein. Das haben sie jedenfalls gesagt."

India ging zu einem der Fenster und spähte hinaus. Keine Autos, keine Scheinwerfer.

„Ich habe das perfekte Versteck", erklärte Maggie.

Indias Muskeln schmerzten, und obwohl sie sich nichts sehnlicher wünschte, als in einem Auto zu sitzen und zu *fahren*, hastete sie zur Tür. „Ich werde mein Glück besser zu Fuß versuchen."

„In diesem Zustand? Du würdest gerade mal drei Sekunden überleben." Maggie zwinkerte ihr zu. „Ich habe einen viel besseren Plan."

In der hintersten Ecke der Hundehütte schmiegte India sich unter Rickys Decke und wartete ab. Sie hatte sich nicht so nah am Haus verstecken wollen, aber Maggie hatte darauf bestanden.

„Ist der sicherste Ort auf der ganzen Welt. Glaubst du, dass sie direkt vor meiner Haustür nach dir suchen? Und wer würde schon seinen Kopf in die Hütte stecken wollen, solange Ricky drin ist?"

India streckte den Arm aus und tätschelte die Dogge. Der Hund war nicht begeistert gewesen, als er nach draußen gezerrt und in seiner Hütte angekettet worden war, und bislang hatte er India ignoriert. Sie versuchte, an seiner massigen Gestalt vorbeizuspähen und einen Blick durch die Öffnung zu werfen, aber er füllte den Raum aus, und sie konnte überhaupt nichts erkennen. Was ja der Sinn der Sache war.

Maggie hatte gute zehn Minuten gebraucht, um India zu überzeugen, dass sie nicht abhauen solle. Nicht dass sie der alten Frau misstraute, aber für den Fall, dass Bryce und Jack auftauchten, war sie sich nicht sicher, ob Maggie ihnen etwas entgegenzusetzen hätte.

Diese hatte vor Lachen gebrüllt. „Ich kenne Jack, seit er noch in kurzen Hosen rumlief. Das kleine Monster. Hab ihm sogar schon den Hintern versohlt, weil er meine Tochter tyrannisierte. Hätte nichts dagegen, ihm auch heute noch eine Tracht Prügel zu verpassen, wenn er nicht so groß wäre."

India rollte sich auf die Seite und legte den Kopf auf die Arme, während sie sich bemühte, den pochenden Schmerz in ihren Schultern zu ignorieren. Sie dachte an Albert. Die Arroganz der Zhuganovs war ungeheuerlich. Einen Mann, den sie getötet hatten, auf dem Land einer Zeugin des Mordes zu verscharren zeigte, dass sie keine Angst hatten und große Macht besaßen. Aber wenn sie das hier lebend überstand, würde sie die Polizei dazu bringen, das Grab unter Maggies Baum auszuheben und es zu untersuchen.

INDIA erwachte, als Ricky den Kopf hob. Kaum zwei Minuten später drang das Röhren von Motoren zu ihr. Reifen knirschten über Kies, Türen öffneten sich und wurden zugeschlagen. Das metallische Klicken von Revolvern, die entsichert wurden. Ein Schauer überlief India.

Jemand hämmerte an die Haustür. „Maggie, mach auf! Polizei!"

Ein leises Quietschen, als die Tür geöffnet wurde.

„Maggie, Jacks Hengst steht auf deiner Weide."

„Tut er das? Wenn damit nicht endlich meine Träume in Erfüllung gehen! Ich habe mir immer schon ein nettes Fohlen von ihm gewünscht."

„Willst du etwa sagen, dass du die Frau nicht gesehen hast?"

„Die, wegen der ihr angerufen habt? Nein. Ich habe niemanden gesehen. Weshalb seid ihr hinter ihr her?"

„Sie hat Jimmy umgebracht."

„Sie hat Jimmy umgebracht?", wiederholte Maggie und hörte sich eher ungläubig als schockiert an.

„Ja, hat ihn mit dem Hengst umgenietet. Jack dreht gerade durch. Er will, dass wir sie ihm auf einem Tablett servieren."

India spürte, wie sie am ganzen Körper eine Gänsehaut bekam.

„Steve, du gehst hintenrum“, befahl ein Mann mit ruhiger Stimme. „Phil, du suchst die Umgebung ab. Nimm dir jeden Hühnerstall vor, jeden Schuppen. Ich überprüfe alles vor Ort.“

Das leise Knirschen von Schuhsohlen auf Schotter. Dann Stille, aber Ricky fing an zu knurren.

„Na, Großer“, sagte der Mann von gerade eben in sanftem Ton, „versteckst du da drinnen jemanden?“

Zu Rickys Knurren gesellte sich leichtes Zähnefletschen.

„Ich würde es an deiner Stelle gut sein lassen, Dennis!“, rief Maggie.

„Schon okay, Mag. Wir wissen doch alle, dass dein Hund zwar groß ist, aber nichts als heiße Luft dahintersteckt. Ich will nur kurz nachsehen –“

Zu Indias Entsetzen schoss Ricky nach draußen. Die Hütte ächzte, und dann ertönte ein metallisches Schnappen, als die Dogge abrupt von der Kette zurückgerissen wurde.

„Verdammt!“, entfuhr es dem Mann. „Er hätte mich fast erwischt.“

„Um Himmels willen, Dennis!“ Maggies Stimme kam näher. „Weißt du nicht, dass man sich nicht mit einem Hund auf seinem eigenen Terrain anlegen soll?“

Ricky bellte lautstark, zerrte an seiner Kette und brachte die gesamte Hütte zum Schwanken. India betete, dass sie nicht auseinanderbrach.

„Lass den armen Kerl zufrieden“, drängte Maggie. „Komm lieber rein und trink was mit mir. Wie geht's Judy und den Kindern?“

„Okay, danke. Du lieber Himmel, dieser verdammte Köter …“

Erst als Dennis gegangen war, merkte India, dass sie schweißüberströmt war. Sie zitterte am ganzen Körper. Ihr war bewusst, dass sie kurz vor dem Zusammenbruch stand. Ricky hatte aufgehört zu knurren und hielt die Schnauze witternd in die Luft. India zählte die Minuten. Fünf. Zehn. Fünfzehn. Dann wieder jede Menge Schritte auf dem Kies. Männer, die sich etwas zumurmelten.

„Hört zu, Jungs.“ India erkannte Dennis' Stimme. „Phil, du übernimmst die Küstenstraße. Tony, du nimmst die Abkürzung nach Narooma durchs Buschland …“ Er unterbrach sich, als sein Handy klingelte. „Ja? … Um Himmels willen, Boss … O mein Gott … Jaja. Wir werden sie dir bringen. Lebend. Das schwöre ich.“ Kurze Stille. „Das war Jack.“ Seine Stimme klang rau. „Er hat gerade Bobby gefunden. Der hat sich in einem der Ställe erhängt. Ist mausetot.“

India wurde von einem Schwindelgefühl erfasst. Sie hörte die Männer wie aus weiter Entfernung.

„Kutelis Team kontrolliert den Highway“, fuhr Dennis fort. „Jack hat schon einen Hubschrauber raufgejagt. Er gibt uns alle Unterstützung, die wir brauchen. Los geht's!“

Autotüren wurden zugeschlagen, Motoren heulten auf, dann waren die Männer verschwunden. Ricky schnupperte noch einmal in die Luft und schüttelte sich kräftig. Schließlich kam er in die Hütte zurück und drehte sich zweimal um sich selbst. Dann ließ er sich zur Seite fallen und legte seinen Kopf in Indias Schoß.

„RUH DICH eine Weile aus“, schlug Maggie vor. „Hier bist du sicher.“

Sie saßen am Küchentisch, aßen aufgewärmten Lammbraten und tranken dazu ein paar Flaschen Bier. Indias Haar war noch nass von der Dusche, und da sich ihre Kleider allesamt in der Wäsche befanden, trug sie ein Paar von Maggies Shorts und einen viel zu großen Fleecepulli.

„Und wenn dir danach ist“, fuhr Maggie heiter fort, „sorgst du dafür, dass Jack hinter Gittern verschwindet, wo er hingehört. Du musst es tun. Er wird sonst nicht lockerlassen, insbesondere da du Jimmy getötet hast. Er wird den Rest seiner Tage damit zubringen, dich zu jagen. Und alle, die dir etwas bedeuten. Du musst ihn zuerst erwischen.“

India wusste, dass Maggie Recht hatte, aber sie fühlte sich so hilflos, so klein gegen die allmächtigen Zhuganovs, wie eine Ameise, die versuchte gegen ein Dutzend Kakerlaken anzukämpfen.

Doch nach vier Stunden Schlaf steckte sie wieder in ihren guten alten Jeans und fuhr mit Maggies Geländewagen nach Perth. Sie mochte zwar klein wie eine Ameise sein, aber sie hatte auch einen gemeinen Biss wie eine Ameise.

„SAG DAS noch mal!“ Hank Gregory starrte sie vollkommen perplex an.

„Das Schiff ist hier“, wiederholte sie. „Jimmy hat jemand namens Hammond erwähnt, der sagte, dass es in vierundzwanzig Stunden verschwunden sein wird.“

„Hammond?“, wiederholte er.

„Kennst du ihn?“

Er wandte sich seinem Computer zu, rief über die Tastatur eine Seite auf und zeigte auf einen Namen: GEOFF HAMMOND, MINANG & COMPANY, SCHIFFSMAKLER. Der Hafenmeister grinste. „Du hast es geschafft. Du hast jemanden gefunden, der weiß, wem der verdammte Kahn gehört. Nun müssen wir ihn nur noch dazu bringen, das auch dem Richter zu erzählen. Dann haben wir die Schweinebande endlich.“

„Aber was, wenn er verschwindet, bevor wir ihn uns schnappen können? Wir müssen das Schiff finden, dann haben wir Beweise und lassen die Typen, die für den Untergang der *Sundancer* verantwortlich sind, hinter Gitter wandern."

Wieder gab er etwas in den Computer ein. „Sieh dir das mal an." Er drehte den Monitor in ihre Richtung. „Die *Pride* ist hier nicht gelistet. Aber vielleicht läuft sie unter einem falschen Namen. Kann sein, dass sie ihr einen ganz ähnlichen gegeben haben …"

India überflog die Liste. Nichts darauf erregte ihre Aufmerksamkeit; sie schüttelte den Kopf. Der Chief scrollte weiter, und auf der Hälfte der dritten Seite entdeckte sie etwas. „Was ist mit dieser *Prize* da?", fragte sie.

Er sah sich die Angaben genauer an. „Das ist nicht dein Schiff. Sie kommt aus Singapur. *Prize Oldendorff.* Ist bei Lloyd's eingetragen. Alles in Ordnung damit."

Auf der Liste entdeckte India insgesamt drei Schiffe, die passen konnten. Sie fragte Hank, ob sie sie sich ansehen könne, auch die *Prize*, und sei es nur, um ihre Neugier zu befriedigen.

Er zögerte.

„Bitte, Chief."

Er verdrehte die Augen. „Ich habe einem hübschen Gesicht noch nie etwas abschlagen können."

AM NORTH QUAY befanden sie sich mitten im Herzen der Hafenanlage. Hank wich mehreren Gabelstaplern aus, beschleunigte kräftig, wenn gerade niemand im Weg war und drückte regelmäßig auf die Hupe, während er gleichzeitig Leuten zuwinkte. India duckte sich, so tief es ging, in ihren Sitz. Sie trug einen gelben Schutzhelm, der ihr Gesicht verbarg. Wenn Jack auch noch den Hafenmeister verfolgte, würde sie sich das nie verzeihen.

Nach ungefähr fünf Minuten wurde der Wagen langsamer. „Hier ist eines der Schiffe", verkündete Hank.

India kam hoch und blickte auf ein glänzendes neues Schiff von der Größe des Empire State Building. Die *Source of Taupo* aus Auckland. Nichts daran kam India bekannt vor. „Nein."

Der Chief zeigte ihr die beiden anderen von der Liste, eines davon kam von den Fidschi-Inseln, das andere aus Kapstadt. Aber India musste bei beiden kopfschüttelnd verneinen.

„Und das hier ist die *Prize Oldendorff.* Könnte es hinhauen?"

Ihr stockte der Atem. Das Schiff, das gerade mit Containern beladen wurde, war circa hundert Meter lang, hatte vier Winden und Deckkräne sowie einen großen Frachtraum. Rostspuren zogen sich über den Rumpf. Die dem Hafen zugewandte Seite des Bugs war frisch gestrichen worden. Und zwar an der Stelle, an der der Schaden, den die Kollision mit der *Sundancer* verursacht hatte, repariert worden war. Es war das Schiff, das India in Jakarta hatte inspizieren dürfen.

„Das ist es!“, verkündete sie aufgeregt.

Sie stieg aus und ging mit schnellen Schritten zum Heck. Da war auch die Delle in der Form eines Stiefelabdrucks in der Abschlussplatte. India kehrte zum Wagen zurück.

Hank starrte gerade auf den Namen des Schiffes, *Prize Oldendorff*. Stolz hoben sich die Buchstaben vom Untergrund ab, aber wenn man genau hinsah, konnte man erkennen, dass das D durch ein Z ersetzt und auch der Rest geändert worden war.

„Das ist doch nicht möglich!“ Dem Hafenmeister blieb der Mund offen stehen. „Sie dürfte nicht hier sein. Ich meine, wir haben doch Sicherheitsvorkehrungen und Kontrollen … Wir sind doch nicht stockbesoffen!“

„Ich wette, dass jemand von deinem Büro die Unterlagen geändert hat“, meinte India. „Jemand, der mit den Zhuganovs verwandt ist, ihnen möglicherweise etwas schuldet oder zugänglich für Bestechung ist.“

Er erblasste. „Aber um das hier zu bewerkstelligen, braucht man mehr als eine Person.“

„Die Familie ist groß.“

Sie beobachtete den nächsten Lkw, der zum Beladen vorfuhr. Der Fahrer ging um den Laster herum und kuppelte den Container ab, der dann von einem Kran hochgezogen wurde und im Laderaum des Schiffes verschwand.

„Diese Container sind bis an den Rand mit illegalem Müll gefüllt“, klärte India den Chief auf. „Sie sammeln ihn in allen Ecken Australiens ein und transportieren ihn nach Chennai.“

„Was für Müll?“

„Industriemüll und chemische Substanzen. Zeug, bei dem du Schutzkleidung und Atemmaske tragen musst.“

„Und sie haben nicht mal ein Dreizehnerformular eingereicht, das zeigt, dass sie gefährliche Güter transportieren. Was sagst du dazu?“

„Wir müssen den Zoll informieren. Der soll die Ladung untersuchen.“

„Vergiss den Zoll. Ich rufe die Polizei an. Herrje, ich sollte auch die Feuerwehr alarmieren. Was, wenn das Zeug entweicht?“ Er ging auf den

Wagen zu. „Ich sollte besser eine Sicherheitszone um das Schiff einrichten.“

Er hatte schon die Hand auf den Türgriff gelegt, als er innehielt. „Mist!“ Er sah auf ein Auto, das sich ihnen näherte. „Am besten gehst du im Wagen auf Tauchstation. Viele halten an auf einen Plausch, wenn sie mich sehen. Ich will nicht, dass sie dich belästigen. Seeleute sind raue Gesellen. Sobald ich sie los bin, schlagen wir Alarm, einverstanden?“

Mehr als einverstanden, dachte sie, als sie ins Auto sprang. Sie hatten nicht nur den Schiffsmakler, der hoffentlich aussagen würde, dass den Zhuganovs die *Pride* gehörte, sie hatten sogar das Schiff selbst!

Sie zog den Helm vom Kopf und kauerte sich in den Fußraum des Beifahrersitzes. Sie hörte das Brummen eines Motors, der längsseits von ihnen ausgeschaltet wurde. Eine Autotür fiel krachend ins Schloss, dann redete ein Mann. Sie konnte Hanks Antwort nicht verstehen. Er sagte vielleicht drei oder vier Worte, aber sein Tonfall sandte ihr Angstschauer über den Rücken. Er hörte sich wütend an, aber auch ängstlich. Was geschah dort draußen? Vorsichtig reckte sie sich und schaute durch das Fenster.

Der Chief stand zwischen den beiden Autos, das Gesicht so weiß wie ausgeblichene Knochen. India spürte, wie ihr ebenfalls die Gesichtszüge erstarrten, als sie die Waffe sah, die in Hanks Bauch gedrückt wurde, und den Mann, der sie hielt.

Er trug einen dicken schwarzen Schnurrbart, und am Scheitel war eine Strähne seines Haars grau. Er hatte den Bootsmann erschossen. Und er hatte versucht, sie umzubringen. Es war Rajiv, der Kapitän der *Pride*.

9

Was zur Hölle tat er hier? Keine Zeit, darüber nachzugrübeln. Sie musste handeln, und zwar schnell. Ihr Herz raste. Sie wandte ihren Kopf und stellte fest, dass der Chief den Schlüssel im Zündschloss hatte stecken lassen. Sie holte tief Luft und zählte bis drei, dann richtete sie sich ganz auf und schob sich hinter das Lenkrad. Aus Furcht, dass ihr Entschluss ins Wanken geriet, wagte sie nicht, zu Rajiv oder Hank hinüberzusehen. Sie hatte Todesangst, dass man auf sie feuern würde. Dennoch löste sie schon im nächsten Moment die Handbremse und drehte den Zündschlüssel herum. Röhrend erwachte der Motor zum Leben. Mit voller Wucht schob India den Schaltknüppel vor und trat aufs Gas.

Peng! Die Scheibe auf der Beifahrerseite zerbarst in einem Scherbenregen, aber das hielt India nicht auf. Sie war nicht verletzt worden, hatte keine Kugel abbekommen, Gott sei Dank … Sie raste an Schiffen und Lastwagen vorbei. Keuchend und schwitzend umklammerte sie das Lenkrad so heftig, dass sie glaubte, es müsse zerbrechen. Wie sollte sie bloß Hank retten? Eine Kehrtwendung machen und Rajiv über den Haufen fahren? Die Idee war verlockend, zumal ihr auf die Schnelle nichts anderes einfiel.

Als sie einen Blick in den Rückspiegel warf, tat sich in ihr eine fürchterliche Leere auf. Der Chief lag ausgestreckt und bewegungslos am Boden, neben ihm standen zwei Männer. Hatten sie ihn erschossen?

India trat brutal auf die Bremse und riss das Lenkrad bis zum Anschlag nach links. Mit quietschenden Reifen beschrieb der Wagen schlingernd einen Halbkreis, dann trat sie wieder aufs Gas und raste zurück über den Kai auf die Männer zu, die sich über Hanks reglose Gestalt beugten. Eine Hand am Steuer, tastete India nach dem Gurt und ließ ihn einrasten. Sie hielt direkt auf die Männer zu und fluchte dabei leise vor sich hin.

In letzter Sekunde blickten die beiden auf. Einer der Männer sprang zur Seite, der andere hielt drei ausgestreckte Finger in die Luft. India wusste nicht, was die Geste zu bedeuten hatte, und es war ihr auch egal. Es gab also nur noch einen Mann, den sie umzufahren hatte – und während sie weiter auf ihn zuraste, sah sie, dass es Rajiv war.

Sie schoss an dem Lastwagen vorbei, der mittlerweile auf das Abladen seines Containers wartete, und war nur noch wenig von Rajiv entfernt, als dieser plötzlich zwei Schritte machte und sich mit gespreizten Beinen über Hanks Körper stellte. Wenn India den Kapitän umfuhr, würde sie auch den Chief überfahren müssen.

Hart riss sie das Steuer nach rechts. Die Reifen gaben ein grässliches Kreischen von sich, als sich das Gewicht des Wagens abrupt nach links verlagerte. India schleuderte an Rajiv und Hank vorbei; eine kurze, unheilvolle Stille setzte ein. Die Reifen auf der rechten Seite hatten die Bodenhaftung verloren und rutschten weg. Sie war durch eine Ölpfütze gefahren.

India nahm den Fuß vom Gas und steuerte gegen. Das Heck scherte bereits nach links aus, und sie wartete atemlos darauf, dass der Wagen auf ihr Manöver reagierte. Sie betete, dass sie nicht ins Hafenbecken geschleudert wurde. Endlich reagierte das Auto und wurde langsamer – als plötzlich ein Gabelstapler vor ihr auftauchte und sie nicht mehr anders konnte, als das Lenkrad nach rechts zu drehen.

Prompt verlor sie die Kontrolle über das Fahrzeug.

„O nein“, sagte sie, aber ihre Stimme klang weder laut noch schrill, sondern einfach nur resigniert. Sie wusste, dass sie den Kampf verloren hatte, und wappnete sich gegen den Aufprall, bevor der Wagen mit voller Wucht den Gabelstapler rammte.

INDIA erwachte von einer Vibration unter ihrer Wange. Kaltes, bebendes Metall, das sie an etwas erinnerte. Um sie herum herrschte Finsternis. Sie lag da und versuchte, sich zu entsinnen, aber dann gewannen die Schmerzen die Oberhand. Ihre Schultern und der Nacken fühlten sich an, als würden heiße Messer sämtliche Sehnen durchtrennen. Sie versuchte die Pein zu ignorieren und konzentrierte sich auf die Frage, wo sie sich wohl befinden mochte. Sie nahm den Geruch einer Chemikalie und von Erbrochenem wahr. Hatte sie sich übergeben? Es würde sie nicht wundern. Ihr war danach zumute, mehr jedoch wegen der Schmerzen, die ihren Körper durchfluteten, als wegen der rollenden Bewegung unter dem Metallboden.

Da traf sie die Erkenntnis. Sie befand sich auf einem Schiff – einem großen Schiff, dem Stampfen nach zu urteilen. Sie zweifelte keine Sekunde daran, dass es die *Pride* war.

Unter Qualen kam sie auf die Füße und fühlte sich, als habe sie einen Schlag mit einem Telegrafenmasten abbekommen, aber wenigstens war nichts gebrochen. Um den Seegang abzufedern, torkelte sie mit gebeugten Knien vorwärts, die Hände suchend vor sich ausgestreckt. Sie konnte nichts sehen, nicht den kleinsten Funken Licht erkennen. Nach einer Weile, die ihr wie eine Stunde erschien, glaubte sie, so etwas wie eine Wand unter den Fingerspitzen zu fühlen. Eine raue Metallwand, die jeden Meter mit einem kleinen Vorsprung versehen war. Vorsichtig folgte India ihr, und als sie die geriffelte Wand nicht mehr spürte, wurde ihr klar, dass diese nach links abgezweigt war. Sie folgte dem Verlauf der nächsten Wand etwa sechs Meter weit, dann verschwand auch diese Wand unter ihren Fingerspitzen und India bog wieder nach links ab.

Das waren keine Wände, erkannte sie, es war ein Container. Sie befand sich unter Deck im Frachtraum. Sie schluckte schwer und versuchte ihre aufkeimende Panik zu unterdrücken, aber diese wuchs und stieg immer mächtiger in ihr auf. „Verdammt, verdammt, verdammt!“, brüllte sie und fühlte sich sofort besser.

„India? Alles in Ordnung mit dir?“

Schockiert starrte sie in die Richtung, aus der die Männerstimme gekommen war. „Chief?“

„Meine Güte, ich hätte deinetwegen fast eine Herzattacke bekommen! Dabei wollte ich dir nur etwas Wasser holen. Bleib, wo du bist."

Ein winziges weißes Licht flackerte auf, wie von einem Glühwürmchen. India spürte, wie Hoffnung in ihr aufkeimte. Sie war nicht allein! Ohne Umschweife steuerte sie auf das Glühwürmchenlicht zu.

„Pass auf, wohin du trittst. Hier liegt eine Menge Zeug herum, Seile und Ähnliches."

Jetzt stellte sie fest, dass der Frachtraum die Größe eines Konzertsaals besaß und reihenweise aufgestapelte Container enthielt.

„Na, wie geht es meiner Lieblingsjournalistin?"

„Sie lebt. Glaube ich wenigstens."

Hank grinste, aber sie sah ein Blutrinnsal, das seinen Hemdkragen verfärbt hatte. Außerdem stand er leicht schief vor ihr, als hätte er sich an der Seite verletzt, vielleicht am Bein oder an der Hüfte.

„Bei dir alles in Ordnung?", fragte sie.

„Viel besser, seit ich dich sehe." Er kam auf sie zu und nahm sie sehr sanft in die Arme. „Du bist eine echte Kämpferin, weißt du das? Ich habe gesehen, wie du dich in meinem Wagen davongemacht hast, und dachte mir: Das ist das Letzte, was du je von ihr sehen wirst. Und in der nächsten Sekunde hältst du geradewegs auf diese Schweinehunde zu."

Sie spürte, wie sich seine Brust hob und senkte.

„Macht es dir etwas aus, wenn ich die Taschenlampe ausschalte? Wir müssen die Batterien schonen."

„Natürlich nicht. Wo hast du sie gefunden?"

„Sie hängt an meinem großen Schlüsselbund. Sie haben mich nicht sehr gründlich gefilzt, denn ich habe auch noch einen Schraubenzieher."

Mit einem leisen Klicken schaltete er die Taschenlampe aus. In der unendlichen Dunkelheit begann India zu schwanken, aber Hanks Arm lag fest um ihre Schultern, damit sie nicht hinfiel. „Alles okay?" Die Art, wie er sie gegen seinen kräftigen Körper drückte und wie seine Stimme besorgt, aber nicht überfürsorglich klang, erinnerte India so sehr an Mikey, dass sie einen erstickten Schluchzer ausstieß.

Der Hafenmeister zog sie ein wenig fester an sich. „Es ist alles gut, ich bin ja hier." Sie schloss die Augen, und nun war es nicht mehr Hank, der sie durch seine Anwesenheit beruhigte, sondern Mikey.

Mikey, der sich mit Polly im Outback versteckt hatte, damit sie Jimmy zur Strecke bringen konnte. Mikey, der Autokennzeichen für sie überprüfte, wenn sie ihn darum bat, obwohl er halb krank vor Sorge um sie war.

Sie hatte auf irgendein Wunderzeichen gehofft, das ihr offenbarte, ob sie ihn heiraten solle oder nicht. Doch erst in der stinkenden Dunkelheit dieses Schiffsrumpfes traf sie die Erkenntnis: Sie hatte Angst zu sterben, aber noch mehr fürchtete sie sich davor, ohne Mikey leben zu müssen. Warum war ihr das nicht schon früher aufgefallen? Sie zog Hank an sich und wünschte, er wäre Mikey.

„Bist du durstig?", fragte er sanft.

„Und wie!"

„Da drüben ist ein Wasserhahn. Nimm meine Hand. Es ist nicht weit."

Sie brauchten zwar eine Weile, um hinzukommen, aber es war die Mühe wert. Das kühle Trinkwasser rann in ihren Mund und über ihren Nacken bis unter ihre Bluse.

Der Chief nahm sie wieder bei der Hand und führte sie vom Hahn weg. „Ich habe schon einen Rundgang hinter mir", erzählte er, „und dabei ein Seil und einen Eimer gefunden."

„Sehr gut. Dann fesselst du sie, und ich ertränke sie anschließend."

Er lachte. „Abgemacht."

Die Bewegungen des Schiffes veränderten sich, als der Seegang rauer wurde. Der Bug hob sich stärker und schlug mit einem Knall auf dem Wasser auf.

„Wir sind jetzt auf offener See", erklärte Hank.

India zitterte bei dem Gedanken an das, was ihnen noch bevorstand. Rajiv hatte zweifellos vor, sie über Bord zu werfen, sobald sie weit genug von der Küste entfernt waren. Es gäbe für die Gerichtsmediziner keinen Hinweis auf sein verbrecherisches Handeln, wenn ihre Leichen irgendwo an Land gespült würden.

„Wie geht es dir, India?"

„Ich bin höllisch zerschlagen, aber einigermaßen einsatzfähig, falls du darauf hinauswillst."

„Sollen wir also einen Ausbruch wagen?"

„Aber natürlich!" Sie bemühte sich, ein Stöhnen zu unterdrücken. „Wie sieht der Plan aus?"

„Es ist ein bisschen riskant, aber ich habe vor, ein Feuer zu entfachen, und verlasse mich darauf, dass jemand nachsehen kommt."

India dachte an die Generatoren und den Autopiloten der *Pride*, die defekt waren. „Ich wette, dass der Feueralarm nicht funktioniert."

„Den Rauch werden sie trotzdem schnell mitkriegen. Seeleute sind geradezu paranoid, was Feuer an Bord betrifft."

„Hast du Streichhölzer?"

„Ja, eines dieser kleinen Briefchen, die ich irgendwo mitgenommen habe. Ich wusste bisher nicht, was ich so alles in meinen Taschen herumschleppe."

India folgte ihm ans andere Ende des Frachtraums, wo er bereits einen beachtlichen Stapel aus Lumpen, Seilen und öligem Zeitungspapier zusammengetragen hatte. Sie beobachtete, wie er den Eimer näher heranzog und den Stapel dann in Brand setzte. Innerhalb von zwei Minuten loderte das Feuer hell auf, und der Laderaum, die Container und die Luke wurden in ein unheimlich flackerndes orangefarbenes Licht getaucht.

„Hier entlang." Hank führte India zu einer Metalltür. „Versteck dich dort." Er deutete auf einen rostigen Container und zückte den Schraubenzieher. „Komm erst raus, wenn ich es sage, okay?"

Sie schluckte. „Sollte ich nicht bei dir sein? Falls sie gleich eine ganze Meute schicken?"

„Lass es uns nicht komplizierter machen, als es ohnehin schon ist. Ich will dich nicht versehentlich verletzen."

So versteckte sie sich hinter dem Container und betete, dass das Feuer nicht auf den gesamten Laderaum übergriff und sie nicht verbrannten. Es vergingen knapp fünf Minuten, dann hörte sie ein großes Getöse, und die Tür wurde geöffnet. Ein Ausruf drang an Indias Ohren, und zwei Männer verständigten sich in einer Sprache, die sie nicht verstand. Sie nahm Schritte wahr, die sich rasch von ihr entfernten.

„India, schnell!"

Sie sprang hinter dem Container hervor und sah, dass der Chief sie zu sich winkte. Ein schneller Seitenblick nach rechts zeigte ihr zwei Männer in Overalls. Einer rannte auf den Eimer zu, der andere zum Wasserhahn. Sie brüllten sich gegenseitig etwas zu.

India und Hank liefen durch die Tür. Der Hafenmeister warf sie hinter sich ins Schloss und schob schwungvoll den Riegel vor.

„Das war genial!", stieß India atemlos hervor.

„Hat besser geklappt, als ich dachte." Er grinste sie an. „Zwei sind abgehakt. Vielleicht sechs oder ein paar mehr stehen noch auf der Liste."

Sie befanden sich in einem langen, kaum erhellten Gang, in dem es übel roch und dessen Wände verrostet waren. India folgte Hank den Flur hinunter, bis er vor einer Eisenleiter stehen blieb. Stumpf glänzte der Schraubenzieher in seiner Hand.

„Ich steige zuerst hoch", bestimmte er. „Wenn etwas passiert, haust du sofort ab und versteckst dich."

Zu ihrer Erleichterung wurden sie oben von niemandem erwartet. Sie eilte dem Chief durch weitere schlecht beleuchtete und schier endlose Gänge nach. Als sie an einem Bullauge vorbeikamen, überraschte es India, dass Tageslicht hereinfiel. Sie hatte gedacht, es sei bereits Nacht. Sie warf einen kurzen Blick nach draußen und stellte fest, dass es regnete. Das graue Meer schäumte unter einem Himmel, der langsam dunkler wurde.

Sie gelangten an eine uralte, ächzende Metalltür, gegen die der Hafenmeister sich erst mit der Schulter stemmen musste, dann aber fielen sie fast durch die Öffnung. India prallte gegen Hanks Rücken, als er wie angewurzelt stehen blieb.

Ein stämmiger braunhäutiger Mann stand direkt vor ihnen. Er hielt einen Revolver in der Hand, der auf die Brust des Chiefs gerichtet war. Dann deutete er mit der Waffe auf den Schraubenzieher, den Hank gehorsam fallen ließ. Ein weiterer Wink mit dem Revolver bedeutete ihnen, dass sie dem Mann vorangehen sollten.

„Tag auch, Kumpel“, sagte der Chief mit erstaunlich ruhiger Stimme. „Wie geht's denn so?“

Der Mann erwiderte etwas, aber India verstand nichts.

„Lenk ihn ab“, murmelte ihr Hank zu.

Als der Hafenmeister auf ihn zuging, brüllte der Mann etwas Unverständliches, aber Hank zog lediglich die Schultern hoch und drehte seine Handflächen nach oben. „Verstehe dich nicht, Kumpel. Tut mir leid.“

Er trat noch näher an den Mann heran, der wieder anfing zu brüllen und seine Waffe entsicherte.

„He, du!“, schrie India plötzlich und sprang nach rechts.

Peng! Es gab einen harten Knall, als das Geschoss gegen Metall prallte. India ließ sich zu Boden fallen. Ein weiterer Schuss krachte. In ihren Ohren klingelte es, und ihre Knie schrien förmlich vor Schmerzen, aber sie rollte sich trotzdem herum und sah, dass der Chief seine Hände um den Hals des Mannes gelegt hatte und dessen Schädel gegen die Wand schlug. Der Körper des anderen erschlaffte. Stolpernd kam India auf die Beine und schnappte sich die Pistole. Mit zitternden Händen prüfte sie das Magazin. Vier Patronen.

Inzwischen zerrte Hank den Mann zu einer Reihe von Schränken bei den Mannschaftsunterkünften, schob ihn in den ersten und schloss die Tür ab. Der Chief keuchte schwer. Schweiß lief ihm über das Gesicht. „Ich habe einen Plan.“ Er umriss India kurz seine Idee, und sie nickte zustimmend. „Macht es dir was aus, mir den Revolver zu geben?“

Sie reichte ihm die Waffe, und er händigte ihr den Schraubenzieher aus. Toller Tausch, dachte sie – da senkte Hank überraschend den Kopf und küsste sie auf die Lippen. Es geschah so schnell, dass sie nicht reagieren konnte und ihn nur verblüfft anstarrte.

„Das wollte ich seit unserer ersten Begegnung machen“, meinte er mit einem Grinsen. „Als Glücksbringer, in Ordnung?“

„Dann viel Glück, Chief.“ Sie lächelte zurück.

Vor der Mannschaftsmesse war die Luft heiß und stank nach gebratenen Zwiebeln und Zigarettenrauch. India hörte einen Fernseher plärren, Pistolenschüsse, Explosionen: die Mannschaft sah sich ein Video an. Die Tür zur Messe stand offen, aber die Crew war von dem Film abgelenkt. Niemand bemerkte, wie India und Hank an der Tür vorbeihuschten.

Mit leisen Schritten liefen sie einen weiteren Korridor entlang und eine Metalltreppe hinauf. Vor der nur angelehnten Tür zur Brücke blieben sie stehen. India umklammerte den Schraubenzieher und wartete hinter dem Chief ab. Dieser warf ihr einen kurzen Blick zu und formte mit den Lippen die lautlose Frage: *Bereit?* Sie nickte und sah, wie er tief Luft holte und sich für das wappnete, was auf ihn zukam. Dann trat er gegen die Tür und stürmte auf die Brücke.

„Keine Bewegung oder ich schieße!“

„Was wollen Sie?“ Rajivs Stimme.

„Auf die Knie. Hände hinter den Kopf. Sagen Sie Ihrem Freund, dass er das Gleiche tun soll. Und machen Sie langsam.“

Ein rascher Wortwechsel auf Indonesisch.

Zitternd stand India vor der Tür und umklammerte den erbärmlichen Schraubenzieher.

„So ist es gut. Keine spontanen Bewegungen. Halten Sie Ihre Hände hoch, sodass ich Sie sehen kann … He!“

Peng! Erschrocken machte India einen Satz. Wer hatte auf wen geschossen? War mit Hank alles in Ordnung?

Zwei weitere Schüsse. Herrgott, was ging da vor sich?

Noch ein Schuss.

Hank hatte nur vier Patronen, sie musste handeln. India schlich zur Tür und spähte hinein. Ihr stockte der Atem. Der Hafenmeister und ein weiterer Mann lagen am Boden, aber Rajiv schien unverletzt zu sein. Er beugte sich mit seiner Waffe über den Chief, und ein sattes Klicken ertönte, als er durchlud.

India hatte keine Ahnung, ob sie genug Mut besaß, um einen Menschen niederzustechen, doch sie stürmte einfach auf Rajiv los, um zu verhindern, dass er Hank erschoss. Er fuhr herum, aber sie war schneller und rammte ihn mit der Schulter. Beide fielen sie auf den Chief. India geriet jedoch unter den Kapitän und schrie, während sie versuchte, den Schraubenzieher anzuheben. Doch Rajivs Gewicht machte das unmöglich. Sie strampelte mit den Füßen, damit sie genug Schwung bekam, um sich aufzurichten, aber sie hätte ebenso gut probieren können, einen nassen Sack zu bewegen. Etwas Warmes sickerte durch den Stoff ihrer Bluse, aber sie konnte keinen Gedanken daran verschwenden. Rajivs Atem stank nach Nikotin und Knoblauch. Sie wand sich in dem Versuch, ihre Beine zu befreien, während sie seinen Oberkörper mit letzter Kraft zur Seite schob. Dann stand sie keuchend wieder auf den Beinen.

Weder Rajiv noch der Chief bewegten sich. Dem Typen in der Ecke war der halbe Schädel weggepustet worden.

Aus der Ferne hörte sie einen Mann schreien. Sie lief zu allen Türen, die auf die Brücke führten, und verriegelte sie. Regen schlug gegen die Fenster. Eine Männerstimme drang aus dem Radio, die sich nach Frank Sinatra anhörte. Es war eine völlig surreale Situation.

Als sich India bückte, um Rajivs Revolver vom Boden aufzuheben, sah sie, wo ihr Schraubenzieher abgeblieben war. Der gelbe Plastikgriff ragte aus dem Bauch des Kapitäns heraus. Rajivs Brust hob und senkte sich leicht, daher wusste India, dass er noch lebte. Hastig überprüfte sie seinen Revolver – drei Patronen waren übrig – und schob diesen in den Bund ihrer Jeans. Die Waffe des Chiefs legte sie neben das Ruder.

„O Gott!", entfuhr es ihr. Hank war über und über mit Blut bedeckt.

Sie hockte sich neben ihn und suchte an einem seiner Handgelenke verzweifelt nach dem Puls. Sie beugte ihr Gesicht dicht über seines, um herauszufinden, ob sie seinen Atem spüren konnte.

„Bin ich schon im Himmel?", fragte er in diesem Moment.

Sie fühlte noch immer seinen Puls, während sie ihn anstarrte. „Da bin ich mir nicht so sicher."

„Dann hilf mir bitte auf." Er war blass, schwitzte und atmete schwer.

„Das ist keine gute Idee."

„Tu einfach, was ich sage!"

Er legte ihr einen Arm um die Schultern, und sie half ihm zunächst auf die Knie und dann zu einem gepolsterten Stuhl, der neben dem Ruder im Zentrum der Brücke stand.

„Gut so!", rief er keuchend aus.

„Wo bist du getroffen worden? Kann ich –“

„Gib mir das Funkgerät.“ Er drehte das Handgelenk und sah auf die Uhr. Dann rief er eine Frequenz auf und sprach in den Handapparat. „Mayday, Mayday, Mayday! Hier spricht Hank Gregory, der Hafenmeister von Fremantle. Ich werde mit India Kane an Bord der *Pride of Tangkuban* gefangen gehalten. Das Schiff fährt unter dem Namen *Prize Oldendorff*.“ Er ratterte ihre Koordinaten herunter, und seine Stimme klang dabei bemerkenswert klar und deutlich. „Unser Leben ist in Gefahr. Bitte schicken Sie Hilfe!“

Er lauschte eine Weile, als aber nichts passierte, wiederholte er den Notruf mehrere Male. Obwohl das Funkgerät weiterhin stumm blieb, schien der Chief deswegen nicht sehr besorgt zu sein. Er blickte wieder auf die Uhr. „Wir haben's geschafft.“ Trotz des Schweißes auf seinem Gesicht sah er zufrieden aus. „Alle Schiffe unterbrechen ihren Funkverkehr zur vollen und zur halben Stunde für drei Minuten. Diese Unterbrechung ist für Notrufe gedacht. Irgendjemand wird uns schon gehört haben.“

India runzelte die Stirn. „Was ist mit der Crew? Werden die den Notruf nicht auch mitbekommen haben?“

„Doch, ja.“

„Aber wenn sie noch mal eine Durchsage machen und behaupten, es sei nur ein schlechter Scherz gewesen? Was –“

Sie unterbrach sich, weil plötzlich die Lichter ausgingen. Von einer Sekunde zur nächsten war die Brücke in völlige Dunkelheit getaucht.

„Sie haben die Leitungen gekappt!“, rief Hank aus.

Von der Backbordtür der Brücke ertönte ein kräftiger Schlag; es hörte sich an wie eine Abrissbirne. Indias Puls begann zu hämmern. Die Tür würde der Attacke nicht ewig standhalten.

Der Hafenmeister zeigte auf die Waffe in ihrem Hosenbund. „Würdest du bitte rausgehen und sie einfach erschießen? Dann haben wir die Kontrolle. Ich will nicht, dass sie die Maschinen stoppen.“

Wieder ein metallisch klingender Schlag, dann noch einer, diesmal in der Nähe des Türschlosses. Indias Hände waren glitschig vor Schweiß, als sie die Waffe aus ihrem Hosenbund zog und durchlud.

„Bist du dir sicher?“ Ihre Stimme zitterte.

„Wenn du es nicht tust, werden sie uns umbringen. Los, India!“

Nicht denken, einfach machen.

Sie fuhr herum, zog die Riegel zurück und riss die Tür auf. Der Mann vor ihr hielt abrupt inne. Overall, braune Haut, glattes schwarzes Haar und einen Vorschlaghammer in der Hand. India hielt die Waffe mit beiden Händen umklammert und zielte auf die Brust des Mannes. Da sah sie das weiße Aufblitzen seiner Zähne, als er den Mund öffnete und etwas brüllte. Sie zögerte. Dem Mann entging es nicht. Er holte mit dem Vorschlaghammer aus und stand im Begriff, zuzuschlagen …

India drückte ab.Er hielt mitten in der Bewegung inne, sein Körper erstarrte. Polternd fiel der Hammer zu Boden, und der Mann taumelte gegen die Reling. India ließ den Revolver sinken und wollte die Tür wieder schließen, als sie aus den Augenwinkeln einen weiteren Mann entdeckte, der auf sie zustürmte.

Dieses Mal zögerte sie keine Sekunde, richtete die Waffe auf ihn und schoss. Wie ein Stein fiel der Angreifer zu Boden. India ließ die Tür krachend ins Schloss fallen, verriegelte sie wieder und trat von ihr weg. Sie zitterte am ganzen Körper, und ihre Zähne schlugen klappernd aufeinander.

„India, komm her."

Während sie zu Hank hinüberging, fühlten ihre Beine sich an, als liefe sie auf Stelzen. Ihre Finger waren taub, und ihre Haut war kalt.

Der Chief streckte den Arm aus, nahm ihr die Waffe ab und lud durch. Dann legte er India einen Arm um die Taille und zog sie an sich. „Du hast das sehr gut gemacht."

Eine lange Zeit stand sie einfach nur da. Hanks Arm spendete ihr Wärme gegen die innere Kälte. Nach einer Weile lehnte er seinen Kopf an ihre Brust, und sie streichelte ihm gedankenverloren über das Haar.

„Was nun, Chief?"

Er antwortete nicht. Alarmiert blickte sie auf ihn hinab und stellte fest, dass seine Augen geschlossen waren und sein Kopf zur Seite hing.

„Chief?" Sie tätschelte seine Wange, aber er reagierte nicht. *„Chief?"*

ANGESTRENGT blickte India nach draußen und versuchte, etwas hinter den Wassermassen, die gegen die Fenster schlugen, zu erkennen. Als sie nichts sehen konnte, war sie fast froh, denn sie befürchtete, dass sie andernfalls in Panik geraten wäre. Sie befanden sich mitten in einem Sturm, aber das Schiff, das sich wie ein verrückt gewordenes Rennpferd aufbäumte, schien in Ordnung zu sein.

Wenn sie jetzt die Brücke verließ, würde man sie umbringen. Ihre einzige Chance bestand darin, zu bleiben, wo sie war, und das Schiff sicher in einen Hafen zu steuern. Das würde sie doch fertigbringen. Die Maschinen liefen immer noch, offensichtlich war der Autopilot angesprungen. Zum

Glück war er repariert worden, und obwohl India keine Ahnung hatte, wie sie ihn ausschalten und das Schiff manövrieren sollte, würde ihr schon eine Lösung einfallen. Vor allem brauchte sie eine Seekarte und etwas Licht.

Sie ließ ihre Hand in Hanks Hosentasche gleiten und fühlte seinen Schlüsselbund. Sie holte ihn hervor, machte die kleine daran befestigte Taschenlampe an und leuchtete damit umher, während sie die Brücke unter die Lupe nahm. Unter dem Tisch mit den Seekarten entdeckte sie eine Halterung mit einer großen Taschenlampe. Ihr wurde ein wenig leichter ums Herz.

Sie griff nach der Taschenlampe, schaltete sie ein und richtete den Strahl weißen Lichts auf den Chief. Sein Hemd war blutgetränkt. Rasch suchte India die Brücke nach einer Erste-Hilfe-Ausrüstung ab. Dabei fiel ihr Blick auf einen Stapel Verladedokumente und Rechnungen, doch sie schob sie beiseite. In einem Schrank fand sie endlich einen roten Kasten mit einem weißen Kreuz auf dem Deckel.

Sie klemmte sich die Taschenlampe zwischen die Zähne und benutzte die Schere aus dem Verbandskasten, um Hank das Hemd vom Leib zu schneiden. Die Kugel war links in seinen Brustkorb eingedrungen. India erkannte weiße Knochensplitter am Rand der Wunde. Doch zuerst musste sie die Blutung stoppen. Sie bedeckte die Wunde mit sterilen Kompressen und klebte diese gut fest. Das war nicht viel, aber besser als nichts.

Sie betete, dass Hank durchhielt, und wandte sich der Seekarte zu. Sie war sich nicht sicher gewesen, was sie zu erwarten hatte, aber bestimmt nicht diese Leere, über die ein paar Striche verliefen. Wo befand sich ein Hinweis auf Land? Auf der nächsten Karte erkannte sie den Umriss von Westaustralien. Sie betrachtete abermals die erste Karte – und erkannte wieder nichts.

Natürlich ist auf der Karte nichts zu sehen, schalt sie sich. Du bist auf hoher See. Benutze den Kompass. Und deinen Schädel!

Eine Windbö erfasste das Schiff. India hastete zum Ruder und umklammerte es. Die *Pride* rollte nach Steuerbord, dann kippte sie nach vorn, stieg hoch und stabilisierte sich.

Ich habe nicht die geringste Ahnung, was ich hier tue, schoss es India durch den Kopf. Ich könnte ebenso gut im Begriff stehen, einen Jumbo zur Landung zu bringen. Okay, ganz ruhig bleiben. Sie atmete ein paarmal tief durch und richtete den Kompass nach Osten aus.

„Nein, du machst das ganz falsch."

„Chief?“ Er war wieder zu sich gekommen, doch am liebsten hätte sie ihm die Seekarten ins Gesicht geworfen. „Dann mach du's doch!“

„Behalt jetzt die Nerven.“

„Tut mir leid.“ Sie spürte, wie ihr Tränen des Ärgers und der Angst über die Wangen liefen. Sie reichte ihm die Karte und richtete den Lichtstrahl darauf.

„Wenn du nicht in die Antarktis fahren willst, stell den Autopiloten ab.“ Er erklärte ihr, wie es funktionierte, dann befahl er ihr, das Ruder zu drehen. „Wir müssen es riskieren und uns zwischen zwei Wellen eine winzige Flaute suchen. Ich hoffe, dass uns der Kahn nicht auseinanderbricht.“

Indias Kiefergelenke schmerzten, weil sie noch nie so lange die Zähne zusammengebissen hatte. Doch sie tat, was Hank von ihr verlangte.

Langsam beschrieb die *Pride* eine Kurve, und während sie das tat, kippte sie nach vorn, und die Wellen schlugen über den Decks zusammen. Dann trafen die Wogen plötzlich von der Seite auf das Schiff. India lenkte scharf steuerbord und schickte sich an, vom Kurs abzuweichen.

„Halten!“, wies der Chief sie an.

India behielt den Kurs bei. Eine weitere Welle rollte heran, aber die *Pride* fing sie mit dem Vorderdeck ab und ließ sie brechen. Obwohl das Schiff weiter in Richtung Steuerbord rollte und steil hochstieg, fuhr es immer noch mit kräftigem Antrieb.

Hank richtete sich auf, um zu sehen, wie sie vorankamen. „Backbord!“

Sie durchquerten diagonal ein Wellental, und die nächste Welle trug sie nach oben. Der Chief wiederholte seinen Befehl, dieses Mal mit deutlich lauterer Stimme. India tat wie geheißen. „Stärker backbord, verdammt noch mal!“ Sie drehte das Ruder wie verrückt, bis Hank brüllte: „Genug!“ Das Schiff fuhr nun direkt auf die nächsten Wellen zu.

Der Hafenmeister stellte Berechnungen an, zeichnete Pfeile auf der Karte ein und maß Winkel aus. Ohne elektronische Unterstützung, so erklärte er India, sei er darauf angewiesen, ihre Position durch eine Methode zu bestimmen, die früher Koppelnavigation genannt worden sei: mithilfe des Kompasses, der Seekarte, der Fahrgeschwindigkeit und der Windbedingungen. Er atmete laut und keuchend, während er ihr auseinandersetzte, was sie zu tun hätte, falls er das Bewusstsein erneut verlieren sollte – wohin der Kompass zeigen musste, damit sie auf Kurs blieben, wie man das Schiff stoppte und vor Anker ging und wann das nötig war.

India hatte nicht die geringste Absicht, eine gigantische Schuhschachtel aus Metall allein durch den Sturm zu manövrieren. Es musste sich doch irgendwo noch ein weiteres Funkgerät befinden, oder? Dann könnte man ihr über Funk sagen, was sie zu tun hatte.

Sie blickte zu Rajiv hinüber, und ihre Haut fing an zu kribbeln, als sie sah, dass er sich bewegt hatte. Am besten trieb sie ein Seil auf und fesselte ihn. Die Taschenlampe in der Hand, durchsuchte sie noch einmal die Brücke. Als sie keinen Erfolg hatte, betrat sie die Kabine des Kapitäns, ein Durcheinander aus stinkenden Klamotten und dreckigem Bettzeug. Zu ihrer Erleichterung fand sie eine große Rolle Klebeband und ein tragbares Funkgerät. Sie lief zurück ans Ruder. „Chief, sieh mal!"

Auf seinem Gesicht erschien ein schiefes Grinsen. „Gut gemacht! Bring uns zwanzig Kilometer vor die Küste, dann haben wir bald die Truppen an Bord, keine Sorge."

India überprüfte den Kompass und korrigierte den Kurs. Dann trat sie mit der Rolle Klebeband auf Rajiv zu. Sie hätte ihm gern die Hände auf den Rücken gefesselt, bezweifelte aber, dass sie in der Lage war, ihn zu bewegen. Zum Ausgleich band sie ihm daher nicht nur die Hände, sondern auch die Füße zusammen.

Im Anschluss kehrte sie wieder an Hanks Seite zurück und zog eine Verbandsrolle aus dem Erste-Hilfe-Kasten. Dabei bemerkte sie, dass der Chief zwischenzeitlich ihren Kurs auf der Karte markiert hatte.

„Ich werde dir jetzt einen Druckverband über deiner Wunde anlegen, in Ordnung?"

Er lehnte sich vor. Als sie fertig war, war der Verband vollständig aufgebraucht, und Hank sah aus wie eine Mumie. „Schwester India", murmelte er lächelnd und blickte ihr in die Augen, „heirate mich."

Sanft berührte sie seine Wange. „Ich bin schon in festen Händen."

„So ein Glückspilz." Er schloss die Augen.

Nachdem sie selbst ein paar Schmerztabletten aus dem Erste-Hilfe-Kasten geschluckt hatte, kehrte India ans Ruder zurück. Vor ihr rollte eine sehr große Welle auf den Bug zu. Die *Pride* hob sich ihr entgegen, stieg höher und höher, zögerte. Dann tauchte sie ein und kam auf der anderen Seite wieder heraus, bevor sie mit einem so mächtigen Krachen in das folgende Wellental stürzte, dass das ganze Schiff erbebte.

Hoffentlich hält die *Pride* das durch, dachte India.

SIE VERBRACHTE die Nacht am Steuer, überprüfte immer wieder den Kurs und versuchte wachsam zu bleiben, doch Erschöpfung und Schmerzen zehrten an ihren Kräften.

Von Zeit zu Zeit kam Hank zu sich und vergewisserte sich benommen, dass sie es schaffte, bevor er wieder in seinen halb bewusstlosen Zustand sank.

Sie dachte viel an Mikey, während sich das Schiff durch die wilde Dunkelheit des Meeres kämpfte. Wie sehr sie ihn liebte. Und wie dämlich sie sich angestellt hatte. Ob er sie wohl noch heiraten wollte? Darauf hoffte sie sehr. Und wenn nicht? Ach, damit würde sie sich zu gegebener Zeit auseinandersetzen.

Gegen zwei Uhr morgens brach eine größere Welle über die *Pride* herein und das Schiff kippte heftig Richtung Steuerbord. India schreckte ruckartig auf und hielt krampfhaft das Ruder fest. Sie wäre fast im Stehen eingeschlafen. Hastig kontrollierte sie den Kompass und korrigierte die Richtung, bis sie wieder auf Kurs waren.

Konzentrier dich gefälligst, du dumme Kuh. Bleib wach!

Sie suchte nach etwas, was sie beschäftigt hielte, und blieb mit dem Blick an den Karten hängen. Eingehend betrachtete sie Hanks Kursberechnungen, konnte aber nichts damit anfangen. Doch als sie die Route der *Pride* sah, fingen in ihrem Kopf die Alarmglocken an zu schrillen. Was hatte der Chief noch gesagt?

Wenn du nicht in die Antarktis fahren willst …

Sie stöhnte laut auf, als sich ihre schlimmsten Befürchtungen bestätigten. Die Zhuganovs transportierten den Müll nicht nach Chennai oder Südostasien, nein, sie versenkten ihn. Deswegen war das Schiff so weit südlich unterwegs gewesen, wo es außer einer Million Goldschopfpinguine keine Zeugen gab. India bekam eine Gänsehaut, als sie an die Flotte dachte, die von den USA aus operierte. Das hier war ein Verbrechen von internationalen Ausmaßen. Kein Wunder, dass man sie tot sehen wollte.

Die Wetterbedingungen wechselten von schlecht zu katastrophal. Statt schwächer zu werden, tobte der Sturm immer schlimmer. Das Meer türmte sich zu zehn Meter hohen Wasserbergen auf, und der Wind heulte.

India hielt das Ruder fest, als die *Pride* auf einer gigantischen Woge immer höher stieg. Der Bug ragte steil nach oben und erreichte den Scheitelkamm der Welle. Durch die plötzliche Schwerelosigkeit machte Indias Magen einen Satz, und sie hielt den Atem an, als das Schiff in die Tiefe rauschte. Als es unten ankam, gab es einen lauten Knall und das Fenster auf der Backbordseite wurde aus dem Rahmen gesprengt. Metallstücke, Schrauben und Muttern flogen überall umher. Der Wind pfiff durch die

Fensteröffnung, Wasser schoss herein. Hank war zu Boden geschleudert worden, aber India hatte keine Zeit, sich um ihn zu kümmern.

Blinzelnd duckte sie sich, um den Trümmerteilen zu entgehen. Gleichzeitig kämpfte sie darum, die *Pride* stabil zu halten. Wie lange dauert so ein Sturm?, fragte sie sich, während sie sich nass und zitternd am Ruder zusammenkauerte. Einen Tag? Zwei Tage? So lange würde sie nicht durchhalten. Nass bis auf die Haut betete sie darum, dass die Mannschaft ihren Aufgaben nachkam, damit das Schiff funktionstüchtig und die Steuerung intakt blieb.

Ein paar Minuten später gingen zu Indias Erstaunen die Lichter wieder an. Rote und grüne Lämpchen leuchteten an den Instrumenten auf, und die Glühbirnen über ihrem Kopf spendeten nach anfänglichem Flackern gleichmäßige Helligkeit. „Nein, nein!“, jammerte India. *Macht sie wieder aus!* Wenn noch weitere Fenster kaputtgegangen waren und noch mehr Wasser hereingeströmt war, könnte es sich einen Weg in den Maschinenraum bahnen, die Leitungen würden nass werden, und das gesamte Schiff stünde unter Strom. Sämtliche Stromkreise würden Kurzschlüsse erleiden, und das Schiff wäre manövrierunfähig. Funkgerät, Radar, nichts würde mehr funktionieren. Aber noch beängstigender wäre die Tatsache, dass jeder, der im Wasser stand, sofort einen Stromschlag bekäme.

Verzweifelt blickte India sich um und fragte sich, wohin sie klettern könnte, um nicht gegrillt zu werden. Bei dieser Gelegenheit sah sie, dass Hanks Verband jetzt von dunkelrotem Blut durchtränkt war. Sie wollte zu ihm gehen, wagte aber immer noch nicht, das Ruder loszulassen.

Während sie so dastand und es umklammert hielt, spürte sie, wie ihre schlimmste Panik abebbte. Sie war nicht durch einen Stromschlag gestorben. Noch nicht, jedenfalls. Sie blickte auf ihre Armbanduhr und stellte fest, dass sie sich mitten im halbstündigen Notrufintervall befand. Sie zerrte das Funkgerät aus seiner Halterung und schickte einen weiteren Notruf los.

Sie war so auf das Funkgerät konzentriert, dass sie erst nach ein paar Minuten bemerkte, dass sich etwas verändert hatte. Das Schiff fuhr nicht mehr auf die Wellen zu, sondern schlingerte von einer Seite zur anderen. Die Wogen kamen nun aus allen Richtungen auf sie zu. Die *Pride* erbebte und rollte, und India wurde klar, dass es irgendwann keinen Unterschied mehr machen würde, wie sehr sie sich auch abmühte. Schon die nächste Welle könnte zum Kentern führen, und dann würde das Wasser durch die kaputten Fenster strömen und das Schiff volllaufen. Sie hatten weder Schwimmwesten noch Rettungsanzüge. Wenn die *Pride* sank, würden sie mit ihr untergehen.

10

Schwitzend rackerte India sich ab, um das Schiff auf Kurs zu halten. In den letzten Minuten hatte es keine extrem hohen Wellen mehr gegeben, und sie waren auch nicht gesunken.

Plötzlich vernahm sie das Brummen eines Motors, und jeder Muskel ihres Körpers verkrampfte sich, weil sie nicht wusste, was das war. Sie fragte sich, ob das Schiff gleich in die Luft ginge, als das Geräusch lauter wurde und dann abrupt verschwand.

Was zur Hölle war das gewesen? Es hatte geklungen wie ein …?

Bevor sie weiter darüber nachdenken konnte, kehrte es zurück. Ein Sirren, das durch den tosenden Sturm drang, vorbeisauste und wieder verschwand.

Heilige Muttergottes, bitte lass es sein, was ich vermute!

Hastig beugte sich India aus dem kaputten Fenster, aber sie sah nichts außer Schwärze und einem gelegentlichen weißen Aufblitzen, wenn eine Welle über den Bug schlug.

Da knisterte das Funkgerät. „*Pride*, können Sie mich hören?“ Die Stimme eines Mannes. Und in der Sekunde darauf das unmissverständliche Dröhnen eines Flugzeugs.

India riss das Funkgerät an sich. „Ja, o ja, ich bin hier!“

Kurze Stille mit statischem Rauschen. „Ich nehme an, Sie sind India Kane?“

„Jaja, ich bin India.“

„Wir sind vom Zolldienst der Handelsmarineaufsicht in Broome. Der Seenotruf hat uns um ein Uhr erreicht. Wir hatten leichte Schwierigkeiten, Sie zu orten. Wir hörten, dass Sie Ärger mit der Crew haben.“

„Die wollen uns umbringen.“

Lange Stille mit statischem Rauschen. „Ist Hank Gregory in der Nähe? Können wir ihn sprechen?“

„Er ist hier, aber er ist verwundet. Bewusstlos.“

„Verstehe.“

Der Pilot erklärte ihr, sein Flugzeug sei normalerweise mit der Aufklärung illegaler Einwanderung beauftragt und deshalb nicht für einen Rettungseinsatz geeignet. „Wir begleiten Sie bis zum Morgengrauen, dann kommen die Polizeihelikopter. Die werden Ihnen helfen.“

„Polizei?“ Sie dachte an Officer Bryce Zhuganov, Sergeant Kuteli und

Detective Inspector Zhuganov. Sie war sich keineswegs sicher, ob sie wollte, dass die Polizei ihr half, und sagte das dem Piloten auch.

„Bedaure, ich hätte mich genauer ausdrücken sollen. Die Hubschrauber sind von der Australian Tactical Response Group. Sie werden sich um alles kümmern, keine Sorge."

Das hörte sich schon besser an. Die Zhuganovs würden gegen diese Spezialeinheit keine Chance haben.

Während er die *Pride* umkreiste, versicherte der Pilot India, dass sie sich sehr gut schlage. Trotz der Tatsache, dass das Flugzeug nicht mehr tun konnte, als zu beobachten, wie sich das Schiff durch den Sturm kämpfte, war seine Anwesenheit enorm beruhigend.

Gegen vier Uhr morgens fühlte sich India mutig genug, um den Autopiloten neu zu starten und Kurs auf die Küste von Westaustralien nehmen zu lassen. Das Schiff war schneller geworden, und aus dem dumpfen Geheul des Sturms war ein hohes Jaulen geworden. Die Wellen waren nicht mehr turmhoch, sondern besaßen nur noch die Größe von Doppelhaushälften.

Sie lief zur Kapitänskabine, wo sie alles mitnahm, was sie tragen konnte. Sie hüllte Hank in zwei Decken und legte ihm ein Kissen unter den Kopf. Anschließend zog sie ihre durchnässten Sachen aus und schlüpfte in Rajivs Kleider: zwei Trainingshosen, dicke Wollsocken, zwei T-Shirts und einen Fleecepulli. Sie stanken nach seinem sauren, bitteren Schweiß, aber das kümmerte sie nicht. Sie waren warm und vor allem trocken.

Ein paar Stunden kämpfte India gegen die Müdigkeit an. Dann ließ der Regen nach. Im Osten erkannte sie einen schmalen grauen Streifen am Horizont, und ihr wurde klar, dass sie den Sturm hinter sich gelassen hatten. Als es heller wurde, machte sie auch das Flugzeug aus – eine rot-weiß gestreifte zweimotorige Maschine mit der Aufschrift ZOLL an der Seite.

Das Funkgerät begann wieder zu knistern, und der Pilot wünschte ihr einen guten Morgen. „Die Helis sind hier, India. Zeit für uns, Auf Wiedersehen zu sagen."

Sie bedankte sich bei ihm und sah, wie zwei Hubschrauber links und rechts von ihr in Position gingen. Das Flugzeug beschrieb eine steile Kurve zu ihrer Rechten und verschwand.

„Legen wir schon an?" Hanks Stimme war leise, und seine Haut sah blass und wächsern aus.

Zwei Minuten später fiel ein dickes Tau aus der geöffneten Luke eines der Helikopter, und Soldaten seilten sich daran ab, wie Öltropfen, die an einem Messstab herabliefen.

Danach ging alles sehr schnell. Als die Soldaten die Brücke erreicht hatten, ging der zweite Hubschrauber tiefer, bis er schließlich über dem Deck schwebte. Ein Korb wurde herabgelassen, der Chief darin festgeschnallt und hinaufgezogen. Rajiv folgte. Anschließend war India an der Reihe.

Der Korb schwankte heftig im Wind, während sie sich an beiden Seiten festhielt und hinabblickte. Ein paar Mitglieder der Crew kauerten sich am Ende des Decks zusammen, die Hände auf dem Rücken mit Handschellen gefesselt. Vier Soldaten bewachten die Gruppe mit Sturmgewehren im Anschlag.

Kaum waren alle an Bord, gewann der Hubschrauber schnell an Höhe. India beobachtete die Sanitäter bei der Arbeit. Einer kümmerte sich um Rajiv, der andere um den Chief, dessen Gesicht bereits unter einer Sauerstoffmaske lag. Der Sanitäter nahm den blutdurchtränkten improvisierten Verband ab, den India Hank angelegt hatte, und ersetzte ihn durch einen fachmännisch angelegten Druckverband. Dann schob er ein paar Nadeln in die Armvenen des Hafenmeisters und befestigte verschiedene Beutel neben mehreren kleinen Monitoren. Seine Bewegungen waren sicher und routiniert, aber sein Gesicht war angespannt und sorgenvoll.

„Wird er es schaffen?“, fragte India ihn über das Röhren der Rotoren hinweg.

Der Sanitäter sah sie nicht an. India blickte zu seinem Kollegen hinüber, der Rajiv behandelte, und rief: „Kann er nicht hier helfen? Vier Hände sind besser als zwei. Ich meine, dieser Kerl dort hat versucht, uns umzubringen!“

„Sie tun ihr Bestes“, meldete sich einer der Soldaten ruhig zu Wort.

India ließ sich in ihren Sitz zurückfallen und konzentrierte sich darauf, Hanks Hand festzuhalten, um ihm dadurch Wärme, Leben und Genesung einzuflößen. Bitte, lieber Gott, lass ihn nicht sterben, betete sie. Er sagt von sich, er sei ein Feigling, aber das stimmt nicht. Er ist tapfer wie ein Löwe.

Als der Helikopter auf dem Landeplatz des Krankenhauses aufsetzte, eilten zahllose Menschen in weißen Kitteln und Polizeiuniformen herbei, um sie in Empfang zu nehmen. Der Chief wurde als Erster hinausgehoben und auf eine Trage gelegt. India begleitete ihn ins Krankenhaus. Sie liefen gerade den Korridor entlang, als er überraschenderweise zu sich kam.

„Hallo, mein Held“, stieß India hervor.

Sie sah, wie sich seine Lippen unter der Maske bewegten. Hörte seine gedämpfte und keuchende Stimme. „Hallo … meine Lieblings…“

„Spar dir die Energie, Chief. Die flicken dich zusammen, und du wirst nächste Woche schon wieder Golf spielen, mach dir keine Sorgen."

Sie kamen durch eine Kunststofftür, eine Schwester rief: „Schussverletzung!", und plötzlich waren sie von Menschen in grünen Kitteln und von grellem Licht umgeben.

Jemand zog India zur Seite, aber sie wehrte sich, weil sie sah, dass Hank sie anblickte. „Wag es nicht, mir wegzusterben!", rief sie und er verzog das Gesicht zu einer Grimasse, die ein Lächeln sein sollte, wie India erkannte. „Würd ich nie … wagen", murmelte er.

Kalkweiß, fast schon bläulich waren seine Züge, als er ihr zulächelte, während Hände an ihr zerrten. Plötzlich bewegte er sich nicht mehr, sodass sie unsicher war, ob er noch atmete. Doch dann vernahm sie seine Stimme, schwach und röchelnd. „Küss mich."

India riss sich los, beugte sich über ihn und nahm ihm die Sauerstoffmaske ab. Unendlich zart saugte sie an seinen Lippen, wärmte sie und versuchte durch den Kuss, ihm wieder Leben einzuhauchen. Sie blendete die Anwesenheit der Leute aus, die laut riefen und an seinem geschundenen Körper zogen. Es gab nur noch sie und Hank. Sanft nahm sie sein Gesicht zwischen ihre Hände, streichelte mit den Daumen über seine buschigen Brauen und küsste seine Stirn, seine Bartstoppeln und seine Mundwinkel.

„Himmlisch", hauchte er. Und dann starb er.

Benommen saß India auf der gepolsterten Bank vor dem Operationssaal und konnte nicht weinen. Vielleicht war sie zu müde oder zu erschöpft. Vielleicht lag es auch daran, dass es Rajiv nach Auskunft des Krankenhauspersonals gut ging. Aber das wollte sie nicht. Sie wollte, dass er tot war und der Chief lebte.

Der Korridor schwankte vor ihren Augen, hin und her, vor und zurück, aber sie kämpfte nicht dagegen an. Sie schloss die Augen und versank in Erinnerungen daran, wie sie und Hank gemeinsam gegen den Monstersturm angekämpft hatten.

Eine Hand auf ihrer Schulter. „India Kane?"

Sie nickte, öffnete die Augen aber nicht.

„Kennen Sie eine Ellie Sharpe?"

Nun schlug sie die Augen doch auf, erblickte weiße Wände und neben sich einen Soldaten.

„Sie hat überall Nachrichten hinterlassen", fuhr er fort. „Offensichtlich bekommt sie gerade ihr Baby und möchte, dass Sie bei ihr sind."

„Ellie?“, wiederholte India verständnislos, als höre sie den Namen zum ersten Mal.

„Ja, sie ist hier. In einem anderen Flügel. Soll ich Sie zu ihr bringen?“

Ihr Verstand schien immer noch nicht zu funktionieren, aber trotzdem erwiderte sie: „Natürlich.“

Ellies Haar klebte in schweißnassen Strähnen an ihrem Kopf, und sie sah erschöpft aus. Doch sie strahlte und presste das Baby an ihre Brust. „Wir haben es ohne dich hingekriegt“, verkündete sie stolz und warf der Krankenschwester neben sich, die ebenso stolz zu sein schien, einen Blick zu.

„Gut gemacht.“ In India regte sich so wenig wie auf einem Ozean bei Windstille.

„Es ist ein Mädchen“, fügte Ellie hinzu.

Völlig zerknittert, gerötetes Gesicht und aus Leibeskräften brüllend. India glaubte nicht, je zuvor etwas so Hässliches gesehen zu haben.

„Willst du sie mal halten?“ Ellie hielt ihr das schreiende Bündel hin.

Ohne nachzudenken, trat India einen Schritt zurück.

„Ach, komm schon!“, schalt Ellie sie. „Du bist schließlich ihre Patentante, wusstest du das schon?“

Zögernd nahm India das brüllende Baby auf den Arm, fühlte, wie das kleine Köpfchen nach hinten kippte, und hob rasch die Hand, um es zu stützen. Sie fühlte sich schrecklich unbeholfen, als sie den Säugling an die Brust drückte. Die Kleine war ganz warm, wie frisch gebackenes Brot. India strich ihr den lockigen Flaum aus der Stirn und presste ihre Lippen auf die Stelle, an der vorher ein Löckchen gelegen hatte. Prompt hörte das Baby auf zu brüllen und starrte aus milchig blauen Augen zu ihr auf.

„Wie soll sie heißen?“, fragte India, während sie der Kleinen immer noch in die Augen blickte. Ihre Stimme klang rau vor unterdrückten Tränen.

„Nun“, erwiderte Ellie bemerkenswert munter, „jedenfalls können wir sie nicht Albert nennen, so wie Ned es gern gehabt hätte, um Albert Jimbuku und seinen Fluch zu besänftigen. Was für ein Glück! Deswegen habe ich sie Rose genannt, wie in India Rose Kane. Aber ihr zweiter Vorname steht noch nicht fest, falls du einen Vorschlag machen möchtest.“

„Leone“, entgegnete India, ohne zu zögern, „die Löwin.“

„Rose Leone Sharpe, gut, so wird sie heißen“, erwiderte Ellie befriedigt.

India schloss die Augen und küsste die Stirn des Babys ein weiteres Mal. Seine Haut war weicher als die samtigen Nüstern von BB, weicher als alles, was sie bislang gekannt hatte.

„Wir haben sie erwischt, meine Süße", murmelte sie sanft und wiegte die Kleine in ihren Armen. „Ich und der Chief. Wir haben die Männer erwischt, die deinen Papa umgebracht haben."

Mit dem Gesicht nach unten lag die kleine Rose auf der Brust ihrer Mutter, während Ellie von India wissen wollte, weshalb sie zwei Trainingshosen übereinander trug und dazu einen Pulli, der mit seinem Gestank den gesamten Krankenhausflügel verpestete. Sehnsüchtig betrachtete India das Baby und wünschte sich, ebenfalls irgendwo liegen und fest schlafen zu dürfen, als jemand das Zimmer betrat.

„Ich habe mich schon gefragt, wann du endlich kommst", meinte Ellie.

„Tut mir leid", erwiderte der Mann atemlos, „ich habe versucht, früher hier zu sein …"

„Na, wenigstens hast du dich bemüht", erwiderte sie spöttisch, „wohingegen India nur zufällig vorbeigekommen ist. Doch das ist ja nichts Besonderes, wie du und ich zur Genüge wissen. Aber Rose und ich sind auch ohne euch gut zurechtgekommen."

Langsam drehte India den Kopf, nahm den Anblick des Mannes in sich auf, der am Fußende von Ellies Bett stand. Ein kräftiger, breitschultriger Mann mit einem Unterkiefer so groß wie die Schaufel eines Muldenkippers. Und einer wachsamen Miene.

Eine Welle der Liebe überrollte sie und warf sie fast um.

Mikey blickte sie an, als sei sie eine Aussätzige, und sie blickte auf den Abgrund, der sich zwischen ihnen aufgetan hatte, und fragte sich, ob er es wagte, die Kluft zu überspringen, oder ob er ihr den Rücken zukehren würde.

Bedächtig ging sie auf ihn zu und berührte sein Gesicht. Er bewegte sich nicht. Ihr tat die Kehle weh, als sie ihm in die Augen blickte und mit deutlicher Stimme sagte: „Ich will."

Er breitete die Arme aus.

Epilog

Mikey und India nippten an ihren allabendlichen Cocktails, als die Zeitungsartikel von Scotto eintrafen. Es war der dritte Tag ihrer Flitterwochen. Scotto hatte ihnen einen Kurier geschickt und der Sendung ein Kärtchen beigefügt, auf dem zu lesen stand, dass es Polly ebenso wie Ellie und der kleinen Rose gut gehe. In seinem Haus sei es noch nie so turbulent zugegangen, hatte er reumütig noch hinzugefügt, aber er wünsche es sich nicht anders. India und Mikey lasen die zwei Artikel, während sie auf ihrem Balkon saßen, von dem aus man auf die vor der Nordostküste Australiens liegende Insel Hayman und das Korallenmeer blickte.

Der erste Artikel stammte von der dritten Seite der *West Australian*, und die Überschrift lautete: PRIVATZOO ERÖFFNET NOTFALLPRAXIS FÜR TIERE. Detailliert wurde über die Penselwood Farm berichtet, wo eine hochmoderne Veterinärpraxis für alle in einem Buschfeuer verletzten Tiere erbaut wurde – von Rindern und Schafen über Wombats bis zu Emus. William und sein Selbstmord wurden nicht erwähnt. Es gab aber ein Foto von Katy, die ein verletztes Wallabyjunges auf dem Arm hielt. India stellte fest, dass ihre Freundin sehr viel Gewicht verloren hatte, doch ihre geplagte Miene und die Schatten unter den Augen waren verschwunden. Sie lächelte.

India wandte sich der Titelgeschichte des *Sydney Morning Herald* zu.

FAMILIE WEGEN ILLEGALER GIFTMÜLLENTSORGUNG ANGEKLAGT
von Scotto Kennedy

Sechs Monate nach seiner Verhaftung wegen illegaler Giftmüllverklappung im Südpolarmeer sieht der Besitzer einer Recycling- und Entsorgungsfirma einer Gefängnisstrafe von zwanzig Jahren entgegen. Hinzu kommt eine Geldstrafe von 60 Millionen Dollar.

Jack Zhuganov, der Eigentümer von Kemble Environmental Services, sitzt zurzeit bereits in Haft, weil keine Kaution gestellt werden durfte. Ihm wird vorgeworfen, in elf Fällen Giftmüll illegal entsorgt und eine erhebliche Gefahr für die Umwelt in Kauf genommen zu haben. Fünfzehn Mitglieder seiner Familie, die an der landesweiten Operation beteiligt waren, wurden ebenfalls festgenommen.

Zusammen mit der Australischen Behörde für Maritime Sicherheit (AMSA) hat Greenpeace wegen eines gesunkenen Schiffes der Umweltorganisation, der *Sundancer*, vor Gericht Klage eingereicht. Mit weiteren Klagen im Zuge des Verfahrens wird gerechnet.

Auch in Los Angeles kam es zu Verhaftungen. Weitere Ermittlungen werden in der Ukraine, der Türkei, Kasachstan und Bulgarien durchgeführt.

„Kasachstan?“, staunte India „Bin ich froh, dass ich nicht bis dorthin reisen musste, um die Bande hinter Gitter zu bringen!“

„Ich auch.“ Mikey nahm ihr die Zeitungsausschnitte aus der Hand und legte sie in ihr Hotelzimmer. Dann kam er mit zwei Paar Schwimmflossen und zwei Schnorcheln zurück. „Lass uns nachsehen, ob dieser Lippfisch noch da ist.“

Auf die Sekunde genau zwei Stunden später geschah es. India dankte Gott, dass sie alle ihre Freunde in Sicherheit wusste, als sie die Nachricht hörte.

Sie lag im weißen Sand des Strandes und hatte ihren Schnorchel und die Schwimmflossen neben Mikeys Ausrüstung gelegt. Sie waren mit Unterwasserfackeln geschnorchelt und ließen sich nun von der warmen tropischen Luft trocknen, während sie versuchten, am Abendhimmel Sternschnuppen auszumachen.

India nahm später an, dass die riesige Welle wahrscheinlich genau in dem Moment über Jimbuku Bay hinweggerollt war, als sie Mikey geküsst hatte. Sie grübelte tagelang darüber nach, ohne zu wissen, weshalb sie so darauf erpicht war, den genauen Augenblick rekonstruieren zu wollen, aber so war es nun einmal.

Durch ein Meeresbeben im Indischen Ozean verursacht, verschlang der Tsunami die Siedlung um 23 Uhr Ostküstenzeit. Er schien aus dem Nichts zu kommen, und niemand hatte ihn vorhergesehen. Wie ein Hochseedampfer von dreißig Meter Höhe, der mit einer Geschwindigkeit von mindestens zweihundert Stundenkilometern unaufhaltsam den Ozean durchpflügte, brach die Wand aus Wasser über die smartiefarbenen Häuser herein. Der gesamte Ort wurde auf einen Schlag ausgelöscht. Niemand starb, weil niemand mehr dort wohnte, aber Shoalhaven wurde überflutet. Eine Bewohnerin fand einen Lachs von der Größe eines Labradors, der sich auf ihrem Hof wand.

Experten aus der ganzen Welt fingen eine heftige Debatte an, studierten die Meeresböden, analysierten Wetterprofile und kamen zu dem Schluss, dass es sich um ein unerklärliches Naturereignis gehandelt habe. Doch die Einheimischen wussten es besser. Sie erinnerten sich an Albert Jimbuku. Und ihnen war klar, dass Jambuwal endlich seine Rache genommen hatte.

CAROLINE CARVER

„Ich weiß genau, wie sich Todesangst anfühlt."

„Thriller schreiben ist genau mein Ding", findet Caroline Carver. „Nicht nur weil ich Abenteuer liebe, sondern weil ich selbst schon ein paarmal Todesangst hatte und sehr gut weiß, wie sich das anfühlt. Ich habe mich in der Wüste verirrt, Flüsse bei Hochwasser durchquert und bin in tropische Wirbelstürme geraten. Und jedes Mal dachte ich, das war's – aber ich bin immer noch hier!"

Drei Langstreckenrallyes, die Caroline Carver unter anderem von London nach Vietnam und quer durch Südamerika führten, bescherten ihr reichlich Grenzerfahrungen. Da war es sicher hilfreich, dass sie während ihrer Kindheit auf einer englischen Farm schießen, reiten und Hasen häuten lernte. Einen Vergleich mit der von ihr geschaffenen Heldin India Kane lehnt die Autorin dennoch ab. „Ich bin nicht halb so mutig", betont sie. „Und India Kane reagiert in Situationen, die ich mir für sie ausdenke, nie so, wie ich es täte. Daher wird es mir niemals langweilig mit ihr. Beim Schreiben freue ich mich, wenn ich zu den Seiten komme, die von ihr handeln."

Zehn Jahre lang lebte die Britin in Australien, dem Geburtsland ihres Vaters. Das Land liegt ihr also am Herzen, und so entschloss sie sich, ein heißes Eisen in einem Ökothriller anzupacken. „Ein Zeitungsartikel über das Ausmaß der Giftmüllentsorgung in Australien inspirierte mich zu *Der Fluch des Aborigine*. Das meiste hole ich aus einem Thema heraus, wenn ich betroffen bin. Das ist wohl meine Art, mich damit auseinanderzusetzen, was auf der Welt so vor sich geht. Im wirklichen Leben ist nicht alles gerecht, aber im Roman kann ich die Karten neu mischen."

Dora Heldt
Urlaub mit Papa

„Ich trink auf dein Wohl, Marie!"
Die Stimme meines Vaters war lauter
als die von Frank Zander,
dessen Gassenhauer aus dem Radio kam.
Ich sah ihn durch das geöffnete Fenster.
Er stand auf einer Leiter und
spachtelte ein Loch in der Wand zu.
Als er uns hereinkommen hörte,
drehte er sich um. Die Leiter wankte,
ich hielt die Luft an.

Nachts ging das Telefon

HILDE SEIPP

„Es sind doch nur zwei Wochen.“ Die Stimme meiner Mutter klang freundlich und sehr entschlossen. Ich hatte schon zu Beginn des Telefonats ein ungutes Gefühl gehabt. „Und er ist dein Vater. Andere Kinder würden sich freuen.“

„Mama, was heißt hier andere Kinder? Ich bin fünfundvierzig!“

Meine Mutter überging meine Antwort. „Ich habe ihm gesagt, dass ihr seine Hilfe gut gebrauchen könnt, weil Handwerker auf den Inseln doch so teuer sind. Und sie machen ja, was sie wollen, gerade wenn niemand danebensteht. Er kann doch ein Auge auf die Arbeiten haben. Und hier und da mal Hand anlegen. Er hilft doch so gerne.“

Ich musste jetzt etwas sagen. „Mama, warte mal. Ich fahre doch nach Norderney, um Marleen zu helfen, ihre Pension und die Kneipe zu renovieren, ich kann mich da nicht auch noch um Papa –“

„Ach, du brauchst dich doch gar nicht groß um ihn zu kümmern, er macht das alles schon allein. Und zu Mittag essen müsst ihr doch auch, da könnt ihr ja für ihn mitkochen.“

Ich überlegte, seit wann mein Vater alles allein machte. Vor sechs Wochen hatte ich meine Eltern das letzte Mal besucht, da war es noch anders gewesen. Ganz anders. Ich bemühte mich, die aufsteigende Panik aus meiner Stimme zu verdrängen. „Mama, ich halte das für keine gute Idee –“

„Christine, das ist ein Notfall. Ich muss zwei Wochen in der Klinik bleiben, da kann Heinz unmöglich allein zu Hause herumsitzen.“

„Ich denke, er kann alles allein.“

„Doch nicht kochen und waschen und so. Jetzt hör mal auf. Er ist dein Vater. Und du kannst ihn ja wohl mal zwei Wochen mitnehmen. Stell dich nicht so an. Und nach Norderney wollte er sowieso immer mal.“

„Aber ich kann mich da überhaupt nicht mit ihm beschäftigen. Und –“

„Ach, das geht alles schon. Außerdem wohnt doch Kalli auf Norderney, du weißt doch, Papas alter Freund. Den kann er auch mal besuchen.“

„Dann kann er doch auch bei denen wohnen."

„Christine, ich bitte dich. Hanna ist auf dem Festland. Ihre Jüngste, Kathrina, bekommt doch das zweite Baby. Deine Schwester und du, ihr kriegt das ja nicht auf die Reihe." Nur Mütter schaffen solche Themenwechsel.

„Mama, ich bin –"

„Eben, sag ich doch. Also abgemacht. Papa kommt nächsten Samstag nach Hamburg, du holst ihn am Bahnhof ab, und ihr fahrt gemeinsam nach Norderney. Und ich gehe beruhigt ins Krankenhaus und lasse mein Knie operieren."

Meine letzte Chance: „Lass uns da mal in Ruhe drüber sprechen, das geht so nicht, ich –"

„Mach dir keine Gedanken, mein Schatz. Ich schreibe dir noch alles Wichtige auf und schicke es dir. Also dann, schönen Abend noch und Grüße von Papa. Er freut sich. Tschüss."

Ich starrte auf das Display des Telefons. Verbindung beendet. Anscheinend war es beschlossene Sache. Ich würde mit meinem Vater Ferien machen. Das erste Mal nach dreißig Jahren. Die letzte Reise endete damit, dass er mich aus pädagogischen Gründen auf dem Rasthof in Kassel stehen ließ. Ich hatte eine schwere Pubertät, das gebe ich zu, aber Kassel fand ich trotzdem zu hart. Auch wenn er mich nach einer halben Stunde wieder abholte und drei Wochen lang ein schlechtes Gewissen hatte. Und nun, nach dreißig Jahren, fingen wir wieder damit an. Wenigstens führte die Fahrt dieses Mal nicht über Kassel.

O mein Papa

Lys Assia

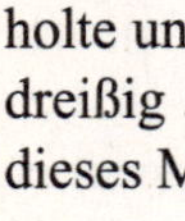

Mein Bruder beschrieb unseren Vater mal mit den Worten: „Er hat Augen wie Terence Hill und Schiss wie Rantanplan." Letztgenannter ist der feige Hund von Lucky Luke, diese magere Töle, die bei jedem unbekannten Geräusch vor lauter Angst seinem Herrchen auf den Schoß springt. Mein Vater springt natürlich niemandem auf den Schoß, dazu ist er zu gut erzogen, und er ist auch keineswegs so dumm wie dieses Tier, aber er hat wirklich sehr blaue Augen. Die Beschreibung ist gar nicht so schlecht.

Während ich die Treppen zu Dorotheas Wohnung hinaufstieg, dachte ich darüber nach, wie ich ihr die Umstände für unsere Reisebegleitung schonend beibringen könnte. Dorothea und ich kennen uns seit fünfzehn Jahren, sie kennt meine ganze Familie, der Satz „Heinz kommt mit nach Norderney" würde schon alles sagen. Ich musste diesem Satz den Schrecken nehmen, schließlich hatten wir uns auf diese zwei Wochen gefreut, ich wollte auch nicht, dass jemand meinen Vater anstrengend fand, was er aber leider war. Ich formulierte die Sätze im Kopf. *Dorothea, ich habe mir überlegt, dass Heinz uns bei der Renovierung von Marleens Pension helfen könnte, ich möchte ihn gern mitnehmen.* Das würde sie mir nicht glauben.

Die Wohnungstür wurde geöffnet, Dorothea stand vor mir, einen Einkaufskorb in der Hand. „Hallo Christine, ich wollte gerade zum –"

„Heinz kommt mit."

Das war nicht gut formuliert. Dorothea runzelte die Stirn. „Zum Einkaufen?"

„Nach Norderney."

„Welcher Heinz? … Dein …?"

„Ja, der."

„Mit uns? Zu Marleen? Am Samstag?"

„Ja."

Ich wartete auf einen Zusammenbruch oder einen Schreikrampf, aber nichts passierte. Ungerührt stellte Dorothea ihren Einkaufskorb ab und ging zurück in ihre Wohnung. Ich folgte ihr in die Küche und sah zu, wie sie begann, Tee zu kochen. Pfeifend. Ich erkannte „O mein Papa" und bemühte mich um ihr Verständnis. „Meine Mutter hat mich vorhin angerufen. Sie bekommt doch ein neues Kniegelenk, und jetzt ist ganz plötzlich ein OP-Termin frei geworden. Meine Tante ist im Urlaub, meine Schwester segelt in Dänemark, mein Bruder ist auf Geschäftsreise, also bin ich die Einzige, die sie erreichen konnte. Du kennst ja meinen Vater, der kann nicht zwei Wochen allein zu Hause bleiben. Er weiß noch nicht mal, wie man Kaffee kocht. Außerdem ist er farbenblind, und dementsprechend zieht er sich auch an, wenn keiner guckt."

Ich überlegte, was ich noch sagen könnte, ohne ihm die Würde zu nehmen. Es war schwierig, Dorothea sollte nicht schlecht über ihn denken.

„Ich finde deinen Vater witzig."

Ich schluckte. Dieses Wort hätte ich nicht gewählt. Dorothea goss kochendes Wasser in die Teekanne und drehte sich zu mir um. „Heinz ist doch noch richtig fit. Und wenn er Lust hat, uns zu helfen, ist das doch nett. Wenn ihm das nicht zu anstrengend wird."

Dorothea stellte die Teekanne auf den Tisch und nahm Tassen aus dem

Schrank. „Mach doch nicht so ein besorgtes Gesicht. Wir können ja drauf achten, dass er sich nicht zu viel zumutet."

„Dorothea, du verstehst mich nicht. Ich habe eher Sorge, dass er mir zu viel zumutet. Er kann ein bisschen anstrengend sein. Er muss beschäftigt werden, er mischt sich in alles ein, er weiß alles besser, er …"

Ich biss mir auf die Zunge, das wollte ich alles gar nicht erzählen. Ich habe meinen Vater gern. Am liebsten mit drei Stunden Fahrzeit zwischen uns. Oder im Beisein meiner Mutter. Oder mal auf eine Tasse Kaffee. Aber zwei Wochen in einer Ferienwohnung mit ihm, das konnte zu ungeahnten Turbulenzen führen. Ich rührte Zucker in meinen Tee und sah Dorothea an. „Na ja, vielleicht wird es tatsächlich ganz entspannt und Marleen freut sich über seine Hilfe."

Ich glaubte mir selbst kein Wort. Dorothea nickte. „Siehst du. Ich freue mich jedenfalls auf die beiden Wochen, auch mit Heinz. Da werden wir doch einiges erleben, oder?"

Ich versuchte zu nicken. Darauf konnten wir wetten.

Meine Freundin Marleen hatte eine alte Pension mit Kneipe auf Norderney übernommen. Eine Tante von ihr hatte sie jahrzehntelang geführt und vor einem Jahr, mit fast siebzig, beschlossen, dass sie jetzt endlich mal leben müsse. Treibende Kraft bei diesen Plänen war Hubert, ein 74-jähriger Witwer aus Essen, der seit zwanzig Jahren als Stammgast zu ihr kam, 18 Jahre mit der Gattin, dann ohne. Tante Theda hatte ihrer Nichte Marleen erzählt, dass Hubert auf einmal ein ganz neuer Mensch sei, „so was von abenteuerlustig, das glaubst du nicht", und seiner lang bekannten Pensionswirtin eine feurige Liebeserklärung gemacht habe. Er wolle mit Theda um die Welt reisen, habe er verkündet, erst mal nach Sylt, dann Mallorca und danach vielleicht Amerika. Theda war geschmeichelt, aber noch verhalten. Im selben Gespräch erzählte Marleen ihrer Tante, dass sie sich von ihrem Freund, mit dem sie eine Kneipe führte, getrennt habe. Das Mitleid ihrer Tante hielt sich in Grenzen, sie quittierte die Neuigkeit mit dem Satz: „Na, das ist doch wunderbar, dann kommst du für ein paar Monate nach Norderney und schmeißt die Pension, ich kann das mit Hubert ausprobieren und du musst den Blödmann zu Hause nicht mehr sehen. Und Kneipe ist Kneipe, hier kannst du auch arbeiten."

Sie hatten alles richtig gemacht, Theda und Hubert waren voneinander begeistert, Marleen war es von Norderney, und die Pensionsgäste waren es von Marleen. Hubert schlug vor, Theda solle für sich eine kleine Ferienwohnung einrichten und das übrige Gebäude mitsamt der Kneipe Marleen überschreiben. Marleen ließ sich von ihrem Exfreund auszahlen und steckte das Geld in die Renovierung der Kneipe. Sie war fast fertig, in drei Wochen sollte die neue Bar eröffnet werden.

Dorothea und ich hatten für diese Zeit Urlaub genommen, Marleen hatte uns eine Ferienwohnung gemietet, morgens wollten wir beim Renovieren oder in der Pension helfen, nachmittags am Strand liegen. Bis jetzt.

Ich wählte die Telefonnummer von Marleen.

„Haus Theda, mein Name ist de Vries, guten Tag."

„Hallo Marleen, hier ist Christine."

„Sag jetzt bitte nicht, dass ihr nicht kommen könnt. Die Pension ist voll, die Handwerker sind schneckenlangsam, und eine meiner Aushilfen hat sich eine Muschel in den Fuß getreten. Also sag jetzt, was du sagen wolltest, aber denk bitte daran, ich stehe am Rande des Nervenzusammenbruchs."

Hätte sie dabei nicht gelacht, hätte ich es ihr geglaubt. Dabei war das doch eine wunderbare Überleitung. Ich bemühte mich um eine neutrale Tonlage. „Na, dann habe ich doch die ultimative Lösung: Ich bringe Heinz mit. Er braucht nur ein Bett. Und einmal am Tag warmes Essen. Und eine Aufgabe. Und ab und zu ein Weizenbier. Wie findest du das?"

„Du bringst deinen Vater mit? Im Ernst? Wie bist du denn da drauf gekommen?"

„Ich?! Diese grandiose Idee stammt von meiner Mutter. Sie hat nächste Woche in Hamburg ihre Operation für das künstliche Kniegelenk. Das war ursprünglich erst für Oktober geplant, aber sie hat jetzt diesen Termin bekommen und will es schnell hinter sich bringen. Also muss ich mich um meinen Vater kümmern."

„Du, das ist gar nicht so schlecht. Ich kenne deinen Vater ja nicht besonders gut, aber er ist doch sehr hilfsbereit und macht den Eindruck, als sei er überall einsatzfähig. Jedenfalls habe ich genug für ihn zu tun. Ich sage der Vermieterin der Ferienwohnung Bescheid, dass ihr zu dritt kommt. Mareike soll ein zusätzliches Bett ins Wohnzimmer stellen, ihr habt ja nur zwei Schlafräume. Ich bin froh, dass ihr kommt, du kannst mir morgens in der Pension helfen, und Dorothea kann die Handwerker becircen."

Wir legten auf, und ich sah mich auf einer Pritsche im Wohnzimmer liegen, während mein Vater auf dem Bildschirmtext die HSV-Ergebnisse suchte.

EINE WOCHE SPÄTER stand ich am Hamburger Hauptbahnhof und sah auf den Bahnsteig 12 a, an dem in vierzig Minuten der Intercity aus Westerland einfahren sollte. Ich hatte mich links neben der Rolltreppe, die zum Bahnsteig hinabführte, postiert, genauso, wie ich es meinem Vater in unserem Telefonat erklärt hatte.

„Jaja, ich finde dich schon, ich bin ja nicht senil“, hatte er erklärt. „Was ich einfach nicht begreife, ist, dass ich für dieselbe Strecke, also Westerland–Hamburg, dauernd verschiedene Preise bezahlen soll. Mit der Regionalbahn wäre ich viel billiger gefahren.“

„Papa! Du wolltest nicht in Elmshorn umsteigen, außerdem hast du dich beschwert, dass die Nord-Ostsee-Bahn immer Verspätung hat.“

„Hat sie auch. Bei viel Verspätung kriegt man einen Gutschein. Ich frage dich, was soll ich mit einem Gutschein? Ist doch Quatsch.“

„Jetzt kommst du ja mit dem Intercity. Also, gute Fahrt und bis morgen dann.“

„Sei pünktlich, ich hasse es, lange zu warten.“

Sicherheitshalber war ich eine Stunde früher losgefahren, eigentlich brauchte ich für die Strecke nur zehn Minuten. Noch 35 Minuten.

Mein Vater verreist nicht gern. Das war untertrieben. Er hasst es, Sylt zu verlassen. Nicht nur die Insel, sondern auch sein Bett, seinen Platz am Esstisch, seine morgendliche Runde zum Hafen, um Zeitungen zu kaufen, seine Nachbarn, seinen Garten, sein Sofa.

Noch 25 Minuten. Mein Hals fühlte sich ausgetrocknet an. Wenn ich nervös bin, bekomme ich immer stechenden Durst. Hinter mir war ein Stand mit Würstchen und Getränken. Ich kaufte mir eine Dose Cola, nicht weil ich sie gern trinke, sondern weil mein Vater sie uns früher verboten hatte.

Noch zehn Minuten. Jetzt spürte ich meine Blase. Es war schwachsinnig gewesen, Cola zu trinken, mein konditionierter Körper wollte sie sofort wieder loswerden. Die Toilette war am Ende des Bahnsteigs. Ich müsste hinlaufen, vermutlich wären alle Kabinen besetzt, ich hätte Wartezeit, dann wieder zurück, es könnte knapp werden. Ich hielt an.

Noch drei Minuten. Während ich von einem Fuß auf den anderen trat, hörte ich die Durchsage: „Achtung auf Gleis 12 a. Der Intercity 373 ‚Theodor Storm‘ von Westerland mit Weiterfahrt nach Bremen, planmäßige Abfahrt 13.42 Uhr, hat voraussichtlich zehn Minuten Verspätung.“

Ich hatte es geahnt. Meine Blase verstärkte ihren Druck. Ich stellte mir vor, wie mein Vater nach einem kurzen suchenden Blick umgehend in den nächsten Zug zurück Richtung Norden steigen würde. Ich hielt weiter an.

Dann fuhr der Zug ein. Er hielt quietschend und zischend, die Türen klappten auf, die ersten Reisenden stiegen aus. In der Mitte des Bahnsteigs entdeckte ich ihn. Er trug seine rote Windjacke, Jeans und eine blaue

Schirmmütze. Ich sah, wie er seinen riesigen Koffer aus dem Zug wuchtete und ihn neben der Bahnsteigkante abstellte. Ich begann zu winken, es war überflüssig. Mein Vater verschwendete keinen Blick an seine Umwelt. Er nahm seinen Rucksack vor die Brust und setzte sich auf seinen Koffer, das Gesicht von mir abgewandt. Ich bahnte mir einen Weg durch die mir entgegenkommenden Menschen und blieb kurzatmig vor ihm stehen. Er sah zu mir hoch. *Augen wie Terence Hill*, dachte ich.

„Wie soll man sich in dem Gewühle hier finden?" Seine Stimme klang beleidigt. *Und benimmt sich wie Rantanplan.*

Er stand auf und klopfte seine Hose ab. „Hast du das mitgekriegt? Der Zug hatte schon wieder Verspätung. Weißt du, ab wann man diese Gutscheine bekommt?"

„Nicht nach nur zehn Minuten. Gib mir bitte deinen Rucksack, ich kann doch auch was tragen."

Er wandte sich in Richtung der Rolltreppe. „Ja, nimm du mal den Koffer. Ich darf mit meiner Hüfte nichts heben."

Beim Anheben des Koffers blieb mir fast die Luft weg. Ich stellte ihn wieder ab und versuchte ihn zu ziehen. „Papa, warte doch mal, was ist denn mit den Rollen?"

Mein Vater blieb stehen und sah mich ungeduldig an. „Die sind kaputt, aber für die paar Male, die wir verreisen, geht das auch so. Nun komm!"

Ich wuchtete den Koffer hinter ihm her und versuchte, meine Atmung zu kontrollieren. „Und sonst … trägt … Mama ihn?"

„Unsinn."

Ohne weitere Erklärungen ging er mit langen Schritten zur Rolltreppe. Das Sprechen strengte mich an. „Sag mal, was … ist denn da alles drin?"

Seine Antwort konnte ich kaum verstehen, weil er vor mir lief und sich nicht umdrehte. „Meine Bohrmaschine, mein Akkuschrauber und so ein bisschen anderer Kram, ich kann nicht mit fremden Werkzeugen arbeiten."

Oben angekommen, musste ich den Koffer abstellen, ich konnte nicht mehr. Ich erwischte meinen Vater gerade noch am Ärmel. „Bleib mal kurz stehen … Ich muss ganz dringend … zum Klo. Stell dich hier neben … den Koffer … Ich beeile mich."

„Das hättest du ja auch früher erledigen können. Das passiert, wenn man immer auf den letzten Drücker kommt."

„Jaja …" Mir war alles egal, ich rannte los.

Ich musste zwar erst Geld wechseln, dann noch die drei Damen, die vor mir in der Schlange standen, vorlassen, trotzdem hatte die ganze Aktion keinesfalls länger als 15 Minuten gedauert. Als ich zurückkam, stand der Koffer einsam an der Stelle, allerdings standen zwei schwarzblau uniformierte Polizisten daneben. Einer von ihnen sprach hektisch in ein Funkgerät, ich verstand nur „Herrenlos … Hunde bringen … absperren" und bekam Schweißausbrüche. Und dann sah ich meinen Vater. Er stand fünf Meter weiter, aß einen Hotdog und beobachtete interessiert das Geschehen. Genauso wie eine Anzahl weiterer Zuschauer, die nach und nach stehen blieben. Der Polizist, auf den ich zustürmte, hob abwehrend den Arm, ich grüßte beschwichtigend.

„Mit dem Koffer ist nichts. Das ist unserer, ich war nur auf der Toilette."

Ich warf meinem Vater einen wütenden Blick zu, doch er drehte sich weg. Der andere Uniformierte ließ das Funkgerät sinken und sah mich drohend an. „Was heißt das? Sie lassen ein Gepäckstück unbeaufsichtigt stehen und gehen zur Toilette? Haben Sie noch nie etwas von den Sicherheitsvorkehrungen gehört? Oder von Kofferbomben?"

Sein Kollege ging einen Schritt auf mich zu. Er wirkte nicht besser gelaunt. „Ich glaube, ich spinne! Sie verursachen hier fast eine Sperrung des Hauptbahnhofs und kommen zurück, als wenn gar nichts passiert wäre? Ich fasse es ja wohl nicht!"

Die schadenfroh-neugierigen Gesichtsausdrücke der umstehenden Zuschauer gaben mir den Rest. „Papaaa!" Meine Stimme klang schrill. Die Polizisten sahen sich bedeutungsvoll an. Ich versuchte, Haltung zu wahren, zeigte mit dem Finger in Richtung meines Vaters, der mich ungerührt ansah und sich dabei die dänische Mayonnaise von den Fingern leckte. „Das da ist mein Vater. Es ist sein Koffer. Er sollte aufpassen. Und jetzt isst er Hotdogs. Was kann ich denn dafür?"

Mein Vater und ich blieben ungefähr zehn Minuten im Büro der Bahnpolizei. Wir mussten den Koffer öffnen, alles noch mal erklären und fünfzig Euro für die Bahnhofsmission spenden, bevor wir ziemlich ungnädig entlassen wurden.

Ich kochte innerlich. Mein Vater hatte seine „Ich höre schwer, bin gehbehindert und weltfremder Insulaner"-Nummer abgezogen, er hätte gar nichts mitbekommen, es sei ihm ja so unangenehm. Und seine Tochter wäre plötzlich weg gewesen, das wäre nicht zum ersten Mal passiert. Ich zog den Koffer hinter mir her, als hätte er Rollen, was einen Heidenlärm machte. Mein Vater warf mir einen vorsichtigen Blick zu. „Das ist aber …"

„Papa! Wenn du jetzt noch ein Wort sagst, lasse ich dich wirklich mitsamt deinem blöden Koffer hier stehen."

Mein Vater schwieg tatsächlich die nächsten Minuten, wenn man von dem Satz „Das ist sehr weitläufig hier mit den Parkplätzen“ absah, den ich ignorierte, weil ich in der Zeit den Koffer in den Kofferraum wuchtete und danach die Klappe lauter als nötig zuknallte. Papa zuckte zusammen, was mir guttat.

Wir stiegen ein. Während ich den Motor anließ, sagte ich, ohne meinen Vater anzusehen: „Wir fahren jetzt zu Dorothea.“

Er traute sich anscheinend nicht, zu antworten.

Das Außenthermometer zeigte 25 Grad, der Himmel war knallblau, es war Ferienwetter, wie es sein sollte. Und Vater und Tochter schwiegen sich böse an. Ich warf einen vorsichtigen Seitenblick auf meinen Vater. Niemand konnte so zerknirscht aussehen wie er. Da saß er nun, drehte seine Schirmmütze in den Händen, der Reißverschluss seiner roten Windjacke war bis oben hin zugezogen, von seiner Stirn perlten die Schweißtropfen. Schon tat er mir wieder leid. Es ging mir jedes Mal so. Er benahm sich unmöglich, ich war sauer auf ihn und hatte anschließend ein schlechtes Gewissen. Und ich machte wie immer den Anfang. „Es ist warm, oder? Warum hast du denn deine Jacke nicht ausgezogen?“

Er sah mich treuherzig an. „Wir hatten zu wenig Zeit. Aber ich kann es aushalten.“

Einige Meter weiter war ein freier Parkplatz auf dem Seitenstreifen. Ich fuhr in die Parklücke und stellte den Motor aus. „Ich habe angehalten, damit du deine Jacke ausziehen kannst“, sagte ich.

Er strahlte mich an. „Das ist sehr nett.“

Während er sich abschnallte, umständlich ausstieg, seine Jacke auszog, sie ordentlich auf die Rückbank legte, wieder einstieg und sich anschnallte, kam ich zu dem Entschluss, die Kofferszene nicht mehr zu erwähnen.

DOROTHEA schloss gerade ihr Auto ab, als wir auf den Parkplatz vor ihrem Haus fuhren. Sie kam uns lächelnd entgegen. „Da seid ihr ja endlich. Hatte der Zug so viel Verspätung?“

Sie umarmte erst meinen Vater, dann mich. Über ihre Schulter warf ich ihm einen warnenden Blick zu. Er nickte beruhigend zurück.

„Natürlich hatte der Zug Verspätung, aber nicht genug für so einen Gutschein, aber den kann ich sowieso nicht gebrauchen, und dann ist uns –“

Ich unterbrach ihn. „So, wir trinken jetzt erst einen Kaffee, und dann packen wir das Auto. Wir fahren mit Dorotheas Wagen, Papa, ihr Kofferraum ist größer. Und dann sollten wir auch bald los, sonst verpassen wir die Fähre.“

Dorothea sah zwischen uns hin und her. „Der Kaffee ist fertig. Sag mal, Heinz, musst du nicht was Warmes essen oder reicht dir ein Stück Kuchen?"

„Ich hatte am Bahnhof schon so ein Würstchen mit Brötchen, damit ging das Theater ja –"

„Komm, Papa." Ich schob ihn vor mir her. „Wir trinken jetzt erst mal Kaffee."

Eine halbe Stunde später wischte sich Dorothea zum wiederholten Mal die Lachtränen ab, was nicht viel nützte, sobald sie mich ansah, prustete sie wieder los. Sie konnte kaum zusammenhängend reden. „Ach Heinz, ich sehe dauernd Christine vor mir, umringt von schwarzen Polizisten, die sie mit Maschinengewehren in Schach halten. Und du isst in aller Ruhe einen Hotdog. Hahaha, ich könnte mich wegschmeißen."

Sie krümmte sich regelrecht. Heinz-Judas lachte ebenfalls. Ich fand die Geschichte beim zehnten Mal nicht mehr witzig. Also stand ich auf. „Sie hatten keine Maschinengewehre, und wir sollten langsam los, wenn wir die Fähre kriegen wollen. Wir können das Thema an dieser Stelle also beenden."

Dorothea kicherte albern. Und mein Vater sagte zu ihr: „Sie ist zwar nett, aber manchmal eine Spaßbremse."

Reif für die Insel

PETER CORNELIUS

Eine gute halbe Stunde später überquerten wir die Elbbrücken. Mein Vater auf dem Beifahrersitz sah unverwandt auf die Straßenkarte, die auf seinem Schoß lag, weil er Dorotheas Navigationsgerät und meinem Orientierungssinn misstraute. Ich selbst sah aus dem Fenster auf die Elbe und freute mich auf die Nordsee. Dorothea summte leise einen Popsong aus dem Radio mit. Heinz beugte sich vor, um das Autoradio besser sehen zu können. „Was ist denn das für ein Sender?" Es lief ein altes Stück von Fleetwood Mac. „Diese Hottentottenmusik macht mich ganz verrückt. Wo ist denn der NDR 1?" Ohne zu fragen, tippte er mit dem Finger auf die Sendertaste. Ich befürchtete das Schlimmste. Und es passierte: „Steig in das Boot heute Nacht, Anna Lena" in voller Lautstärke.

„Das passt ja wie die Faust aufs Auge." Mein Vater stupste Dorothea an und sang verzückt mit. Dorothea sah mich entsetzt im Rückspiegel an. „Was ist das denn?"

„Boot heute Nacht, lalalala. Das ist Costa Cordalis. Ein schönes Lied.

Und so passend. Obwohl wir nicht erst heute Nacht einsteigen und diese Fähre wohl nicht gerade ein Traumboot ist. Na, Christine, das ist doch wenigstens Musik, oder?"

Er wippte mit den Knien, ich lehnte meinen Kopf an die Scheibe und schloss die Augen.

Eine Stunde später und fast betäubt von Textzeilen wie „Ich fange nie mehr was an einem Sonntag an" oder „Du musst mit den Wimpern klimpern", fuhr Dorothea mit angestrengter Schulterhaltung auf eine Raststätte. Sie parkte vor einer Tanksäule und stellte den Motor ab. Stille. Das Radio war aus, wir hörten nur noch Heinz, der mit geschlossenen Augen voller Hingabe die Zeile zu Ende sang. Dorothea und ich sahen erst uns, dann ihn stumm an. Mein Vater öffnete die Augen und lächelte. „Das ist Renate Kern. Dolle Frau. Nicht richtig hübsch, aber durchaus patent. Hat schöne Schlager gesungen. Damals." Er schnallte sich ab und öffnete seine Tür. „So, Mädels, lasst den Herrn mal tanken, ihr könnt noch einen Moment sitzen bleiben, danach trinken wir eine schöne Tasse Kaffee. Aber nicht wegfahren." Er stieg aus und schlug die Tür hinter sich zu.

Dorothea drehte sich zu mir um. „Du hättest mir das sagen müssen. Ich hätte das Radio ausgebaut. Er kann ja jeden Text mitsingen. Seit wann ist dein Vater so ein Schlagerkönig?"

„Och, immer schon." Ich verschwieg ihr, dass auch ich alle Texte konnte. Ob Monica Morell oder Bernd Clüver, nichts war mir fremd. Meine wichtigen Jahre von zehn bis sechzehn hatte ich damit zugebracht, jeden Sonntag die deutsche Schlagerparade mit einem Grundig-Tonbandgerät aufzunehmen. Meine Eltern feierten gern, beim kleinsten Anlass wurde das Sideboard im Esszimmer zum Büfett umfunktioniert und die Teppiche wurden aufgerollt. Man trank Erdbeerbowle und Bier, aß Nudelsalat mit Erbsen, und dann tanzte man. Die Tonbandspulen liefen sechzig Minuten, es mussten mindestens fünf verschiedene Bänder vorhanden sein. Dafür war ich zuständig. Ich habe fast jeden deutschen Schlager in diesen Jahren irgendwann einmal aufgenommen. Von Renate und Werner Leismann über Christian Anders und Dorthe Kollo bis hin zu Exoten wie Andrea Andergast.

„Christine, was summst du da eigentlich?"
Dorotheas Stimme riss mich aus meinen Gedanken. Es war „Du entschuldige, i kenn di" von Peter Cornelius, ich versuchte, die Melodie abzuschütteln. „Nichts, wo bleibt denn der Schlagerkönig?"

In mir sang Peter weiter und wurde erst von Heinz abgewürgt, der „Immer wieder sonntags" pfiff, während er sich wieder auf den Beifahrersitz setzte.

„So, die Damen, Wagen betankt, Rechnung bezahlt. Jetzt muss ich eine Pause haben."

Er dirigierte Dorothea auf den Parkplatz vor dem Rasthof. Nach dem Aussteigen musterte er mich. „Was ist los? Du bist so blass."

In meinem Kopf tobten die Dämonen, lang vergessene Namen und Texte fielen mir ein, Schlagerparaden, Schallplatten, Grundig-Geräte, ich hatte gedacht, es läge hinter mir. „Papa, danach hören wir bitte andere Musik. Oder keine. Aber nicht mehr diese blöden Schlager."

„Was bist du denn so gereizt? Früher hast du das gerngehabt. Du konntest sogar alles mitsingen."

Ich floh vor Dorotheas fassungslosem Gesicht und ging auf die Toilette.

Gut dreissig Minuten bevor die Frisia-Fähre von der Norddeicher Mole ablegte, fuhren wir auf den Hafen zu. Bevor ich den schweren Koffer meines Vaters kannte, hatten wir vor, das Auto in der dafür vorgesehenen Garage unterzustellen und zu Fuß zur Fähre zu gehen. Auf Norderney hätten wir uns dann ein Taxi genommen und wären zu Marleen gefahren. Die Vorstellung, dass ich diesen Koffer zur Fähre schleppen müsste, dazu noch zwei Reisetaschen und diverse Stoffbeutel, um dann auf der Insel das ganze Zeug wieder mühsam in ein Taxi zu laden, schreckte mich so ab, dass ich vorhin beschlossen hatte, das Auto mitzunehmen. Dorothea sah das genauso. Mein Vater, der den Prospekt der Frisia-Reederei durchgelesen hatte, fand das unsinnig. „Das ist doch albern. Hier steht, dass man gar nicht überall fahren darf, und dann ist die Fahrkarte so teuer und die Insel so klein, wozu brauchen wir da ein Auto?"

Mittlerweile war auch Dorothea zu müde, um in eine Diskussion einzusteigen. Wir fuhren auf die Wartespur an der Mole und gingen zum Fahrkartenschalter. „Ein Auto, drei Erwachsene. Heute hin und in zwei Wochen zurück." Ich lächelte den Fahrkartenverkäufer an und versuchte, meinem Vater, der dicht hinter mir stand, den Blick auf die Kasse zu versperren. Es nützte nichts. Die Antwort kam durch ein Mikrofon. „114 Euro bitte."

„Wie viel? Und was kostet das ohne Auto?" Mein Vater hatte sich vor mich geschoben.

„15 Euro pro Person."

„Und nur weil wir im Auto sitzen, mit dem wir auf der Insel sowieso nicht überall fahren dürfen, macht ihr solche Preise? Das ist ja Wucher."

„Heinz, komm mal bitte." Dorothea packte meinen Vater am Ellbogen und zog ihn zum Eingang. „Wir beide warten draußen in der Sonne."

Ich ging mit den Norderney-Karten zu unserem Auto und meinem Vater zurück. Die meisten Fahrzeuge, die vor der Verladung standen, waren Kleinbusse, Lieferwagen oder Autos mit Auricher Kennzeichen, also Einheimische. Heinz stieg erst ein, nachdem er die Autoreihen abgelaufen hatte. „Kein Wunder, bei den Preisen ist man doch behämmert, wenn man den Wagen mitnimmt. Die denken alle, wir halten uns für was Besseres. Peinlich."

„Papa, jetzt hör auf, ich kann es nicht mehr hören, dein blöder Koffer hat mich schon genug Nerven gekostet, den schleppe ich jetzt nicht mehr weiter durch die Gegend."

Mein Vater sah mich ungerührt an. „Du bist aber auch nervös. Es ist wirklich an der Zeit, dass du mal Ferien machst. Warte mal ab, nach diesen zwei Wochen bist du ein ganz neuer Mensch."

Es gab einen großen Vorteil: Mit dem Auto ersparten wir uns die Schlange der Reisenden an der Gangway. So betraten wir als Erste den Salon, in dem es eine Restauration gab. Wir saßen schon an einem Fenstertisch, während die Passagiere die Gangway stürmten.

„Haben Sie einen Wunsch?", fragte ein Kellner, der plötzlich vor unserem Tisch stand.

„Ja, kennen Sie die Daten von diesem Schiff?", fragte Heinz.

Der Kellner war Vietnamese. Er sah uns freundlich an. „Nur Wünsche mit Essen und Trinken."

„Gut. Dann wünsche ich mir zwei Würstchen und eine Coca-Cola. Und wenn ihr beide euch mal endlich zusammenreißen und entscheiden würdet, könnte der junge Mann auch noch andere Gäste bedienen."

Ich war bereits wieder ernst. „Seit wann trinkst du denn Cola?"

„Immer schon. Deine Mutter findet nur, die macht dick, deswegen kauft sie die nie."

„Ich durfte als Kind nie Cola trinken."

„Unsinn, die gab es doch damals noch gar nicht."

Dorothea kam aus dem Lachkrampf nicht raus. „Heinz, Cola gibt es länger als Christine."

Der Kellner wartete freundlich. „Ich möchte ein Wasser. Und ich mochte Cola gerne."

Mein Vater runzelte die Stirn und sah Dorothea an. „Manchmal verstehe ich sie einfach nicht. Trinkst du wenigstens eine Cola mit mir?"

Mittlerweile hatte die Fähre abgelegt und Kurs auf Norderney genommen.

Erstaunlicherweise hatten fast alle Passagiere Plätze gefunden, ganz vereinzelt suchten Nachzügler noch eine Sitzgelegenheit.

Mein Blick fiel auf zwei Frauen, die sich laut unterhielten. Ich war nicht nur durch die schrille Lautstärke auf sie aufmerksam geworden, sondern durch ihr unglaubliches Outfit. Sie waren zwischen Anfang und Mitte sechzig. Die kleinere der beiden hatte eine Hochsteckfrisur, die ich das letzte Mal bei Tante Anke auf einer der legendären Partys meiner Eltern gesehen hatte. Original Siebzigerjahre, Unmengen von strassbesetzten Haarnadeln, vor den Ohren Korkenzieher. Sie trug rote Lacklederstiefel und einen zugeknöpften knöchellangen Daunenmantel. Es war immer noch 25 Grad warm. Die andere war einen Kopf größer, ihre Haare waren nur wenig toupiert, gingen bis zum Kinn und waren karottenrot. Leuchtend rot. Die Klamotten, die sie trug, wären selbst in den Siebzigerjahren auffällig gewesen: rosa Wollrock, roter Wollpullover, orangefarbener Poncho, gelber Schal und bunt gemusterte Strümpfe. Alles war gestrickt. Dorothea bemerkte meinen fassungslosen Blick und suchte den Grund. Als sie ihn gefunden hatte, verschluckte sie sich. Ich versuchte, ernst zu bleiben. „Na, Dorothea, was sagt dein geschultes Kostümbildnerauge zu so einem Styling?"

Bevor sie antworten konnte, hatte auch mein Vater die beiden erspäht. „Habt ihr die beiden Damen gesehen?"

Dorothea räusperte sich. „Bunt ist lustig, oder?"

Mein Vater sah versonnen auf die Farbexplosion. „Ich finde, das sieht schön aus. Deine Mutter zieht sich ja auch meistens schön an, aber manchmal doch ein bisschen trist."

Ich nahm mir vor, Dorothea umgehend von der Farbschwäche meines Vaters zu unterrichten, es könnte sonst größere Missverständnisse geben.

Nachdem er seine Würstchen verspeist hatte, stand mein Vater auf. „Ich gehe zur Toilette. Bis gleich."

Er sah sich suchend um, ich zeigte ihm die Richtung. Er lächelte kurz, dann ging er los. Ich atmete tief durch und fragte Dorothea: „Weißt du jetzt, warum ich dagegen war?"

Dorothea lachte. „Ach was, ich finde Heinz lustig. Er meint es ja nur gut, ihm passieren einfach ab und zu komische Geschichten."

„So kann man das auch sehen."

Dorothea deutete auf Norderney und auf den Himmel. „Schau es dir an, Sommer, Insel, Meer. Ich freue mich so, dass wir Marleen zugesagt haben."

Marleen hatte mich im Frühjahr gefragt, ob ich ihr während der Renovierung helfen könnte. Über handwerkliche Fähigkeiten verfüge ich eher nicht, dafür habe ich jahrelang in der Pension meiner Großmutter geholfen. Frühstück für zwanzig Personen war meine leichteste Übung. Marleen hätte Zeit, sich um die Handwerker zu kümmern.

Die Kneipe sollte am kommenden Wochenende wieder eröffnet werden. Marleen wollte etwas ganz Besonderes daraus machen, schöne Farben, schönes Licht. Dabei war ihr eingefallen, dass Dorothea Kostüm- und Bühnenbildnerin war. Bei einem ihrer Besuche zeigte Marleen Dorothea die Pläne, und diese war so begeistert, dass sie ihr anbot, mit mir zusammen auf die Insel zu kommen. Sie hatte ein sicheres Gespür für Farben, ganz im Gegensatz zu meinem Vater.

Dorotheas Frage holte mich in die Gegenwart zurück. „Wie geht es Marleen eigentlich privat? Hat sie die Trennung ganz gut weggesteckt?"

„Ich glaube schon. Sie hatte aber auch so viel um die Ohren, dass sie gar nicht ständig über diesen Blödmann nachdenken konnte."

„Dann sind wir drei ja zum ersten Mal gleichzeitig Singles. Da müsste sich in diesem Sommer doch mal was machen lassen. Christine, das wäre doch was, so eine richtig nette Sommerliebe."

„Mit Heinz an der Hacke?"

Dorothea lachte. „Den müssen wir dann mal abschütteln wie früher, da sind wir auch heimlich rauchen, trinken und knutschen gegangen."

Ich dachte kurz darüber nach, dass sich die nächsten zwei Wochen vermutlich auch nicht viel anders gestalten würden, als mir auffiel, dass er schon viel zu lange weg war. Mein Herzschlag setzte kurz aus.

„Sag mal, wo bleibt er eigentlich?" Ich wollte gerade aufstehen und suchen gehen, als ich ihn entdeckte. Er steuerte mit einem Lächeln und blitzenden Terence-Hill-Augen auf uns zu, im Schlepptau die beiden Grazien. Der Daunenmantel hielt sich dicht hinter ihm, das bunte Wollknäuel folgte. „Dorothea, jetzt reiß dich zusammen, sonst wirst du ohnmächtig."

Sie drehte sich um, als das Trio unseren Tisch schon erreicht hatte. Heinz blieb stehen und wies mit großer Geste auf uns. „Meine Damen, da wären wir. Darf ich vorstellen? Meine Tochter Christine, ihre Freundin Dorothea, und das, Kinder, sind Frau Klüppersberg und Frau Weingarten-Zapek, die ich zu einem Getränk einladen möchte. Also, rutscht mal durch."

Uns fiel nichts ein. Wortlos rutschten wir durch. Mein Vater setzte sich neben die bunte Frau Klüppersberg, was ihr einen giftigen Blick von Frau Weingarten-Zapek einbrachte. Dorothea fand ihre Fassung zuerst wieder.

„Heinz, ich glaube, wir können nichts mehr bestellen, wir haben auch schon bezahlt, das Schiff legt gleich an."

Mein Vater sah aus dem Fenster, der Hafen war vor uns. „Tatsächlich. Na ja, dann machen wir das später. Aufgehoben ist nicht aufgeschoben."

Er lächelte irgendwie verwegen, fand ich. Klüppersberg und Weingarten-Zapek kicherten künstlich. Dorotheas Blick war konzentriert. Sie war kurz vor dem Platzen. Um sich zu retten, fing sie an zu reden. „Sind Sie das erste Mal auf Norderney?"

„Ja, das erste Mal", antwortete Daunenmantel Weingarten-Zapek. „Wissen Sie, meine Freundin und ich reisen sehr viel und sehr gern, aber bisher haben wir südliche Ziele bevorzugt. Wir sind ja Sonnenkinder." Sie lachte etwas zu schrill. „Aber diesen Sommer haben wir uns vorgenommen, die Nordsee zu erobern. Und wenn man gleich am ersten Tag auf so lustige Weise einen so charmanten Menschen wie Ihren Herrn Vater kennen lernt, ist das doch ein gutes Zeichen."

„Ja, das war wirklich lustig", erklärte Heinz. „Ich habe die Toilettentür aufgemacht, als das Schiff gerade so geschaukelt hat. Da bin ich ins Straucheln gekommen und mit Frau Weingarten-Zapek zusammengeprallt. Sie ist dann umgefallen, ich obendrauf, und Frau Klüppersberg hat mir aufgeholfen."

Dorothea wimmerte leise.

„Ja, genau." Frau Klüppersberg nickte strahlend. „Mechthild hat sich nicht wehgetan, sie hat ja den dicken Daunenmantel an, der federt ordentlich ab."

Dorothea bekam einen Hustenanfall. Ich merkte, dass mein Mund offen stand, und schloss ihn schnell wieder.

Mechthild Weingarten-Zapek sah ihre Freundin giftig an. Da schien sich ein kleiner Konkurrenzkampf abzuzeichnen. Mein Vater merkte das natürlich nicht. Er wandte sich an beide. „Wo wohnen Sie denn auf der Insel?"

Sie antworteten gleichzeitig: „Im Haus Theda. In der Kaiserstraße."

Dorothea sprang plötzlich auf. „Entschuldigung, ich muss mal kurz auf die Toilette."

Frau Weingarten-Zapek stand auf und ließ Dorothea vorbei.

Mein Vater dachte kurz nach. Dann erhellte sich sein Gesicht. „Haus Theda. Nein, das gibt es doch nicht. So ein Zufall! Das ist ja Marleens Pension. Wissen Sie, wir sind auf dem Weg dahin, wir müssen ihr alle ein bisschen unter die Arme greifen und ihre Kneipe renovieren. Wir gehören also quasi zu Ihren Gastgebern."

Jetzt musste auch ich aufs Klo. Im Vorraum der Toilette stand Dorothea vor dem Waschbecken und ließ sich kaltes Wasser über die Handgelenke laufen. Als sie mich im Spiegel sah, fing sie an zu lachen. Mit meiner Beherrschung war es nun auch vorbei. Wir konnten nicht mehr reden, ließen uns mit dem Rücken an der Wand hinabgleiten und wischten uns die Lachtränen ab. Dann hörten wir die Durchsage. „Meine Damen und Herren, wir bitten Sie jetzt, sich zu Ihren Kraftfahrzeugen zu begeben, wir werden in Kürze auf Norderney anlegen."

Dorothea atmete tief durch. „So, komm, ich hoffe, wir müssen Heinz nicht noch gewaltsam von diesem Gespann befreien."

Wir bahnten uns mühsam einen Weg durch die Passagiere, die vor dem Ausgang warteten. Weder Heinz noch seine Groupies waren in der Menge zu sehen. Ich hatte ein ungutes Gefühl, gab Dorothea ein Zeichen und ging in Richtung Autodeck. Mein Gefühl war richtig. Heinz lehnte am Wagen, die beiden Damen und ihre drei Koffer standen daneben. Als er uns sah, winkte er fröhlich. „Da seid ihr ja. Hört mal, ihr wisst ja, wie unmöglich alles ist, wenn man ohne Auto kommt. Ich habe den Damen schon gesagt, dass man entweder mit dem Bus oder mit dem Taxi in den Ort fahren muss. Das ist ja unzumutbar mit dem ganzen Gepäck. Wir haben doch sowieso dieselbe Adresse. Wir nehmen die Damen mit."

Ich war sprachlos. Dorothea betrachtete die Koffer. „Sag mal, Heinz, wie sollen wir die Koffer der Damen denn noch ins Auto kriegen?"

„Schließ den Wagen mal auf, das geht schon."

Mein hüftkranker Vater öffnete den Kofferraum und die hinteren Türen und jonglierte in einer rasenden Geschwindigkeit mit diversen Gepäckstücken. Nach kurzer Zeit war der Kofferraum wieder zu und die halbe Rückbank bis oben hin beladen. „So." Er rieb sich die Hände. „Zum Einsteigen bereit. Frau Weingarten-Zapek vielleicht nach hinten und Frau Klüppersberg auf die Beifahrerseite?"

Während die Damen kichernd einstiegen, streckte mein Vater die Hand nach dem Schlüssel aus. Erst dann bemerkte er unsere Mienen. „Was habt ihr denn? Der Weg ist doch gar nicht so weit, und ihr habt kein Gepäck. So ein kleiner Fußmarsch tut euch nach der ganzen Fahrerei sicher gut."

„Sag mal, Papa, du weißt doch gar nicht, wo du hinmusst."

„Doch, weiß ich. Erst mal haben unsere Gäste eine Anfahrtsskizze, und außerdem kann Dorothea ihr Navigationsgerät einstellen. Und tu nicht immer so, als wäre ich ein seniler alter Sack, den man nicht allein lassen kann."

Ich verkniff mir eine Antwort, schließlich war er mein Vater.

DOROTHEA und ich liefen gegen die Sonne in Richtung Kaiserstraße. Kurz nach dem Hafenplatz überholte uns Dorotheas Auto. Mein Vater hupte fröhlich und fuhr an uns vorbei.

„Ich bin sehr gespannt, wie Heinz es schaffen wird, die beiden Walküren abzuschütteln“, meinte Dorothea. „Sie kommen mir sehr entschlossen vor.“ Sie lachte. „Christine, ich sage dir, mit denen werden wir viel Spaß haben.“

„Ist dir eigentlich klar, dass ich denen jeden Morgen in der Pension begegnen werde?“

„Stimmt, du bist ja zwei Wochen lang die Frühstücksfee. Hoffentlich machst du alles richtig. Aber du kannst gar nichts falsch machen, sie werden dich benutzen, um deinen Vater zu erlegen. Jede für sich natürlich.“

„Quatsch! Du siehst zu viele schlechte Filme.“

Dorothea blieb vor einer Bank stehen, von der aus man das Meer sehen konnte. „Ich habe das Glitzern in ihren Augen gesehen, meine Liebe. Mach dir da mal nichts vor. Ich glaube, das wird der bunteste Urlaub, den wir beide jemals zusammen gemacht haben.“

Ich hatte Marleen schon zweimal auf der Insel besucht, deshalb kannte ich den Weg. Als ich im Januar das letzte Mal hier war, hatte sie gerade angefangen, die Pension zu renovieren. Ich erkannte das Haus kaum wieder. Es war schneeweiß gestrichen, das rote Ziegeldach war neu und die Fensterrahmen in den Gauben waren blau. Nur das Schild HAUS THEDA war noch das alte geblieben. Dorothea blieb stehen. „Das ist ja zauberhaft. Ich hatte mir so eine alte, verwohnte Kate vorgestellt. Und es ist richtig groß. Wie viele Zimmer sind es denn?“

Ich musste nachdenken. „Ich glaube, zwölf. Und sie sind gerade alle ausgebucht. Deswegen konnten wir nicht hier übernachten. Unsere Ferienwohnung ist übrigens direkt nebenan, das kleine rote Haus dort drüben. Das gehört Mareike, einer Freundin von Marleen. Sie selbst wohnt in der oberen Wohnung und unten vermietet sie. Im Moment hat sie Urlaub und ist deshalb gar nicht da. Wir haben das Haus also für uns.“

Dorotheas Auto stand schräg auf zwei der drei hauseigenen Parkplätze. Ich warf einen Blick auf die Rückbank. Anscheinend hatte es eine Spontanheilung der Hüfte gegeben, das Gepäck war verschwunden. Mein Vater war Kavalier, er ließ Damen nicht schwer tragen, nur Töchter.

Marleen stand an der kleinen Rezeption und füllte Formulare aus. Sie hob den Kopf, als wir eintraten, und lächelte. „Da seid ihr ja. Heinz ist ja so nett gewesen, zwei meiner Pensionsgäste mitzubringen. Das war ja ein Zufall, dass die beiden bei euch am Tisch saßen.“

Mein Vater erstaunte mich immer wieder mit seinen frei erfundenen Geschichten. „Und wo steckt mein Vater jetzt?“, fragte ich. „Ich würde nämlich ganz gern unsere Klamotten in die Wohnung bringen, schnell auspacken und dann in Ruhe mit dir essen und alles bereden. Und du solltest dich dabei auch langsam an Heinz gewöhnen.“

„Wieso, was ist denn mit Heinz? Er ist übrigens schon drüben in der Wohnung, ich habe ihm alles gezeigt.“

Dorothea drückte Marleens Hand. „Es ist sehr lustig mit ihm. Du musst ihn nur machen lassen. Christine ist als Tochter vielleicht etwas empfindlich.“

Wir mussten fünfmal klingeln, bevor die Schritte meines Vaters im Flur zu hören waren. Wir hörten einen Schlüssel, der sich zweimal im Schloss drehte, dann ging die Tür langsam auf. Dorothea hakte sich bei meinem Vater unter. „So, Boss, dann mach mal mit uns eine Wohnungsbegehung.“

Er verneigte sich. „Mit Vergnügen. Es ist übrigens schön hier.“

Die Wohnung bestand aus einem langen Flur, von dem zwei Schlaf- und ein Wohnzimmer abgingen. Das Badezimmer befand sich neben dem ersten Schlafzimmer, die Küche gegenüber. Vom Wohnzimmer aus führte eine Tür auf die Terrasse, von dort aus drei Stufen in den Garten. Ich trat auf die Terrasse und drehte mich zu meinem Vater um. „Wo willst du schlafen?“

„Ich habe mich im ersten Schlafzimmer eingerichtet. Da bin ich am dichtesten an der Tür, falls eingebrochen wird.“

„Und wenn die Diebe durch die Terrassentür kommen?“

„Dann gehen die zur Haustür wieder raus.“

„Aha. Und das erste Schlafzimmer ist nicht zufällig das größte?“

Mein Vater sah mich freundlich an. „Nein, aber das Bett hat die beste Matratze. Ich habe auch das Gästebett im Wohnzimmer ausprobiert, wirklich gute Liegequalität. Da kann man gut drauf schlafen.“

Dorothea holte ihre Taschen aus dem Auto und stellte sie in das andere Schlafzimmer. Mein Vater ging ein paar Schritte auf mich zu. „Sag mal, Christine“, sagte er leise, „könntest du mir nachher mal helfen, mit dem Koffer und so?“

„Ich helfe dir schon den ganzen Tag mit dem Koffer.“

„Nein, ich meine, mit dem Auspacken. Deine Mutter hat mir die Sachen, die ich zusammen anziehen soll, immer aufeinandergelegt.“ Sein Gesichtsausdruck war verlegen. „Ich habe dann das Werkzeug noch dazugepackt, und dabei ist mir die Ordnung so ein bisschen durcheinandergekommen, und jetzt weiß ich nicht mehr genau, was zusammenpasst.“

Er rührte mich in seinem Bemühen, sich ohne meine Mutter zwei Wochen lang vernünftig anzuziehen. „Ja gut, ich mache das nach dem Essen. Marleen hat für zwanzig Uhr einen Tisch bestellt und es ist schon Viertel vor.“ Ich schob ihn auf den Flur und rief nach Dorothea, um loszugehen.

Kurz vor zwanzig Uhr betraten wir die „Milchbar“, in der Marleen einen Tisch reserviert hatte. Sie war bereits da, saß an einem Platz, von dem aus man einen traumhaften Blick aufs Meer hatte. Sie erhob sich, als sie uns kommen sah. „Schön, da seid ihr ja. Geht das mit den Schlafplätzen?“

Dorothea ließ sich auf einen Stuhl fallen. „Es ist eine tolle Wohnung. Ich finde sie wirklich klasse. Christine schläft freiwillig im Gästebett, Heinz und ich haben eigene Zimmer.“

Heinz setzte sich erst neben Dorothea, stand dann aber wieder auf und nahm gegenüber Platz. „Ich möchte das Meer sehen.“ Er lächelte in die Runde. „Das sieht fast so aus wie zu Hause.“

Er blickte sehnsüchtig aufs Wasser. Mit fiel ein, wie ungern er verreiste. Und dieses Mal auch noch ohne meine Mutter. Vielleicht war ich einfach zu ungeduldig mit ihm. Er sah ein bisschen verloren aus.

Marleen unterbrach die Stimme meines schlechten Gewissens. „Was wollt ihr trinken? Hier ist Selbstbedienung. Soll ich erst mal eine Runde Sekt zur Begrüßung holen?“

„Davon kriege ich sofort Sodbrennen“, versetzte mein Vater. „Gibt es hier Weizenbier?“

„Sicher, also für Heinz Weizenbier und für uns Sekt.“

Nach kurzer Zeit kehrte sie mit den Getränken zurück und hob ihr Glas. „Herzlich willkommen. Ich trinke auf schöne Ferien mit ganz kleinen Urlaubsjobs.“

NACH DEM ESSEN holte Marleen Bauzeichnungen und diverse Fotos aus ihrer Handtasche. „Wir können uns morgen früh alles ansehen. Aber so soll das mal aussehen.“

Das Wort Kneipe passte überhaupt nicht mehr. Sie wirkte auf den Zeichnungen eher wie eine Lounge. Marleen wollte neben die Bar Ledersofas und Sessel stellen, in die Mitte sollte ein rundum verglaster Kamin kommen, im anschließenden Raum würden Chromtische und Rattanstühle stehen, dort wollte sie kleine Gerichte servieren. Dorothea und ich waren beeindruckt. Heinz weniger. „Und dann essen die Erbsensuppe und schmieren ihre fettigen Finger an der Couch ab“, sagte er.

„Heinz, es wird hier garantiert keine Erbsensuppe geben.“

Dorothea betrachtete konzentriert die Zeichnungen, und sofort kamen ihr Ideen. Sie schlug Marleen verschiedene Farbkombinationen vor, suchte einen Stift in ihrer Tasche, kritzelte Farbbezeichnungen und Notizen auf die Seitenränder. Mein Vater sah verständnislos zu. „Malt das doch einfach weiß, dann kann man wieder drüberstreichen. Oder nehmt Latex, das kann man sogar feucht abwischen."

„Papa!"

„Heinz ..."

„Ich meine ja bloß. Und was soll ich machen? Streichen mag ich nicht. Man kriegt die Farbe hinterher so schlecht von den Fingern."

Dorothea hob den Kopf. „Also, am liebsten würde ich das sowieso gern selber machen. Ich glaube, so ein paar Meermotive dazwischen wären auch schön. Die male ich gleich mit rein. Marleen, ich hoffe, du vertraust mir."

Marleen nickte. „Deswegen habe ich dich ja gefragt." Sie sah wieder auf den Plan. „Also, das Problem ist vor allem, wer wo wann mithelfen kann. Ich habe die Pension voll und kann deshalb nicht vor zehn Uhr weg. Meine Aushilfe, die morgens Frühstücksdienst macht, hat sich den Fuß verletzt. Das kannst du übernehmen, Christine, nicht wahr?"

Ich nickte wortlos.

„Morgens kommen ab acht Uhr die Handwerker in die Kneipe. Ich weiß nicht, Dorothea, wann du morgens anfangen willst, aber eigentlich muss immer jemand da sein."

Mein Vater setzte sich gerade hin. „Handwerker zu beaufsichtigen ist ja wohl Männersache. Ich werde pünktlich um acht Uhr auf der Matte stehen. Das ist überhaupt kein Problem."

Marleen lächelte ihn an. „Das hatte ich gehofft, Heinz. Du musst auch gar nicht den ganzen Vormittag danebenstehen. Es sollte nur jemand da sein, um sie reinzulassen. Und falls es irgendwelche Probleme gibt."

„Du, mit Handwerkern kenne ich mich aus. Man muss als Autorität auftreten, sonst tanzen die einem auf der Nase rum. Du bist bestimmt zu nett, das ist ganz gut, dass ich jetzt da bin." Er sah sehr zufrieden aus.

Auf dem Rückweg erzählte mein Vater stolz von seinen Erfahrungen mit Handwerkern. Ich schwieg. Viele der Geschichten kannte ich bereits durch meine Mutter, es wäre unhöflich gewesen, die Versionen dieser Autorität zu korrigieren. Vor dem Haus Theda verabschiedeten wir uns von Marleen.

„Bis morgen", sagte sie, „zum Frühstück kommt ihr ja in die Pension, danach gehe ich mit Heinz und Dorothea in die Kneipe und zeige Christine alles Weitere. Schlaft gut."

„Gute Nacht, Theda“, antwortete mein Vater, „Quatsch, ich meine natürlich Marleen. Nacht, Marleen.“

„Apropos Theda.“ Mir war eingefallen, dass wir gar nicht über Marleens Tante und ihren neuen Liebsten gesprochen hatten. „Wollten Hubert und Theda nicht kommen?“

„Doch, wollten sie. Aber sie sind gerade in Konstanz am Bodensee, und Theda findet die Blumen da so toll. Sie kommen nächstes Wochenende. Die beiden Turteltauben sind nur noch unterwegs.“

„Tja, Reisen bildet, sage ich immer.“ Heinz sah Marleen wichtig an. „Also, dann gute Nacht allerseits.“

Um Mitternacht saß ich endlich allein auf den Stufen, die von der Terrasse zum Garten führten, und rauchte eine Zigarette. Es war sehr still, die Luft klar, ich sah in den Sternenhimmel.

Ich hatte den Koffer meines Vaters ausgepackt, während er auf dem Bettrand saß und mir zusah. „Du kannst die Sachen, die zusammen gut aussehen, vielleicht aufeinanderlegen. Dann muss ich nicht dauernd fragen. Aber wir verlassen ja immer gemeinsam das Haus, oder?“

Hörte ich da Angst in seiner Stimme? „Sag mal, Papa, findest du es jetzt ganz schlimm, dass du mit hier bist?“

Er dachte einen Moment nach. „Na ja, ich muss mir erst mal in Ruhe diese Insel angucken. Aber wie auch immer, ohne uns wäre Marleen doch aufgeschmissen. Und manchmal muss man eben Opfer bringen.“

Ich hatte die Zigarette gerade zu Ende geraucht, als ich Schritte hinter mir hörte.

„Rutsch mal.“ Mein Vater trug einen blau-weiß gestreiften Schlafanzug und hockte sich neben mich. „Guck mal, die Sterne. Wenn eine Sternschnuppe fällt, darf man sich was wünschen.“

Wir saßen nebeneinander und starrten in den Himmel. Plötzlich fiel eine Sternschnuppe, gleich danach eine zweite. Keiner von uns sagte etwas. Ich wollte die friedliche Stimmung nicht stören. Ich hatte mir gewünscht, dass wir eine schöne Zeit vor uns hätten. Und dass meine Mutter ihre Knieoperation gut überstehen würde. Es waren ja zwei Sternschnuppen gewesen.

Mein Vater gähnte und dehnte seinen Rücken. „So, das hätten wir auch, ich gehe jetzt zu Bett. Ich verrate dir aber nicht, was ich mir gewünscht habe, nachher geht das nicht in Erfüllung.“ Er lachte leise, dann stand er auf. „Gute Nacht, Kind, schlaf gut. Wenn was ist, ich bin nebenan.“

Ich blieb noch einen Moment sitzen. Es fiel keine Sternschnuppe mehr. Für den Anfang waren zwei gar nicht schlecht, dachte ich, wer weiß, was alles in diesem Urlaub passieren würde.

Jetzt geht die Party richtig los

SÉVERINE

Ich lief barfuß über eine Düne, die Sonne im Gesicht und das Meer vor Augen. Unten am Strand wartete jemand auf mich, ich war aufgeregt und hatte Herzklopfen. Das Dünengras kitzelte meine linke Wade.

Ich öffnete die Augen. Mein Vater saß am Ende des Gästebetts und strich mit einem Kugelschreiber an meiner Wade auf und ab. Ich winkelte mein Bein an und suchte meine Stimme.

Er hatte seine schon. „Guten Morgen. Na? Gut geschlafen? Die Träume der ersten Nacht erfüllen sich, ich hoffe, es lohnt sich."

„Papa, bitte." Ich rollte mich auf die Seite und zog die Decke hoch.

„Wann wollen wir denn frühstücken gehen? Ich habe so einen Hunger."

Ich quälte mich hoch und setzte mich auf den Bettrand. Mein Blick fiel auf mein Bein. Lauter blaue Striche. „Papa! Du hast mein ganzes Bein angemalt."

Verblüfft sah er auf den Kugelschreiber in seiner Hand. „Dann ist der kaputt, ich hatte die Mine reingedrückt. Geht mit Bimsstein aber ab. Stehst du jetzt auf?"

Ich schaffte noch keine Gegenwehr, ging stumm und verschlafen an ihm vorbei ins Badezimmer. Auf der Konsole lag meine Uhr. Sechs Uhr. Der Tag fing eine Stunde früher an, als er sollte.

Super, dachte ich und begutachtete meine müden Augen im Spiegel, Mama, ich tu das alles nur für dich. Und für dein blödes Knie.

Eine halbe Stunde später ging ich neben meinem Vater hinüber zum Haus Theda. Seinen fröhlichen Ruf: „Die Sonne scheint. Auf, auf in den Tag", hatte Dorothea mit einem gezielten Kissenwurf und einem „Ihr seid wohl nicht ganz bei Trost!" beantwortet. Mein Vater hatte das Kissen dann ordentlich auf einen Stuhl gelegt, das Zimmer auf Zehenspitzen verlassen und mich, mit dem Zeigefinger auf den Lippen, warnend angesehen. „Psst. Dorothea ist noch müde, sie soll sich mal ausschlafen, sie hat ja schließlich Ferien."

Ich war froh, die Zahnbürste noch im Mund zu haben, es war zu früh für einen Vatermord.

Als wir durch die Hintertür die Pension betraten, kam uns Marleen mit einem Tablett entgegen. Sie zuckte zusammen. „Was wollt ihr denn schon so früh hier? Es ist erst halb sieben."

„Der frühe Vogel fängt den Wurm", entgegnete mein Vater.

„Geht mal in den Frühstücksraum, der Tisch hinten am Fenster ist für euch", meinte Marleen. „Ich komme gleich."

Im Frühstücksraum begutachtete mein Vater das Büfett. Er lächelte. „Guck mal, was es alles gibt. Fünf Sorten Wurst und Obst und sogar Lachs. Da kann sich jeder genau das nehmen, was er gerne möchte. Schön."

Marleen kam mit einer Kaffeekanne dazu, als ich gerade gähnte. „Hier, trink erst mal Kaffee und werde richtig wach. Vor acht Uhr kommt keiner der anderen Gäste."

Mein Vater setzte sich mit voll beladenem Teller wieder an unseren Tisch. Er strahlte. „Das sieht sehr gut aus, Marleen. Nimm dir auch was, Christine, du weißt ja, morgens wie ein Kaiser, mittags wie ein König, abends wie ein Bettelmann. Jetzt ist morgens."

Marleen guckte verwirrt. Ich nahm ihr die Kaffeekanne ab. „So soll man essen. Dann wird man nicht dick."

Die nächste halbe Stunde verlief friedlich. Ich kenne wenig Menschen, die mit einer solchen Hingabe und gleichzeitiger Systematik essen können wie mein Vater. Auf einem Teller hatte er das, was er essen wollte, akkurat angerichtet. Während ich ein trockenes Rosinenbrötchen kaute, sah ich ihm fasziniert zu. Er war völlig konzentriert, sah nicht hoch, sprach nicht, nahm nichts anderes wahr als die Verarbeitung seiner Frühstücksutensilien. Irgendwie fühlte ich mich beruhigt. Das hier kannte ich. Mein Leben lang. Und nichts hatte sich verändert.

Nach dieser friedlichen halben Stunde wischte er sich mit der Serviette das Eigelb vom Mund, schob seinen Teller zur Seite und lächelte mich zufrieden an. „Gutes Frühstück haben die hier, nicht wahr?"

Noch bevor ich etwas sagen konnte, hörte ich Lärm auf dem Flur und sah meinen Vater aufstehen. „Guten Morgen, die Damen, ich hoffe, Sie hatten eine angenehme Nacht."

„Ah, der Retter der Meere oder eigentlich der Fähre, na egal. Guten Morgen!" Frau Weingarten-Zapek hatte den Daunenmantel auf ihrem Zimmer gelassen und trug einen wollweißen Hosenanzug, Winterqualität, dazu hatte sie sich ungefähr zwanzig weiße Haarspängchen in die kunstvoll hochgesteckten Locken gerammt. „Was für ein schöner Tag und er beginnt so nett. Sind bei Ihnen denn noch zwei Plätzchen frei?“

Sie hatte bereits die Lehne des Stuhls, der neben meinem Vater stand, umklammert. Frau Klüppersberg, in fünf verschiedene Grüntöne eingestrickt, blieb vor dem Tischende stehen und reichte meinem Vater huldvoll die Hand. Er bemerkte es aber nicht, weil Marleen in diesem Moment dazukam. „Guten Morgen. Ich hoffe, Sie haben gut geschlafen. Ich habe für Sie diesen Tisch hier eingedeckt. Trinken Sie Kaffee oder Tee?“

Frau Klüppersberg zog ihre Hand irritiert zurück. „Ich trinke Tee. Aber hier sind doch noch zwei Plätze frei.“

„Nein.“ Meine Stimme klang lauter, als ich wollte. Ich senkte sie wieder. „Meine Freundin Dorothea kommt noch. Tut mir leid, da müssen Sie wohl doch an den Nebentisch.“

Mein Vater nickte ihr entschuldigend zu. „Das stimmt. Aber Sie sitzen ja gleich neben uns.“ Er setzte sich wieder. „Marleen, die Damen trinken Tee.“

Marleen bewies Haltung. „Natürlich. Kommt sofort.“ Sie sah mich nur kurz an, dann verschwand sie in die Küche.

Mein Vater wandte sich den beiden Damen zu. „Man hat ein sehr gutes Frühstück hier. Sie können sich nehmen, was Sie wollen, das ist ganz prima.“ Beide lächelten meinen Vater verzückt an und standen auf, um sich zu bedienen. Mein Vater sah ihnen nach. „Die sind nett“, sagte er leise.

Ich schwieg. Frau Klüppersberg war zuerst zurück. Ich war beeindruckt, in welcher Geschwindigkeit sie es geschafft hatte, ihren Teller so vollzuladen. Sie hatte einen Stapel Brot, Käse und Aufschnitt aufgetürmt, den sie oben mit dem Daumen festhielt. Der Blick meines Vaters fiel auf die oberste Scheibe Wurst, auf der sich der Daumen noch abzeichnete. Er zog die Augenbrauen hoch. Frau Weingarten-Zapek hatte gleich zwei Teller in der Hand. Vier Scheiben Brot, zwei Brötchen, der zweite voll Aufschnitt und Heringssalat. Mein Vater schluckte. Die Damen stellten die Teller ab und gingen wieder zum Büfett, um sich noch Eier und Saft zu holen.

„Ob die das alles aufessen?“, fragte mein Vater leise.

In diesem Augenblick kam Marleen mit zwei Teekannen zurück, stellte sie auf den Nachbartisch und setzte sich kurz zu uns. „In zehn Minuten kommt Gesa, das ist meine Aushilfe“, sagte sie. „Christine, du könntest ihr vielleicht ein bisschen beim Abräumen helfen, dann kann ich hier weg und gleich mit Heinz in die Kneipe gehen. Ist das in Ordnung?“

Wir nickten und Marleen ging zurück in die Küche. Inzwischen waren fast alle Tische besetzt. Unsere Tischnachbarinnen waren wieder da. Frau

Weingarten-Zapek warf mit Schwung Kandis in ihre Teetasse, was einen Fleck zur Folge hatte. Mein Vater sah erst den Fleck, dann mich an.

„Ach, Heinz, ich darf doch Heinz zu Ihnen sagen?“ Frau Klüppersberg beugte sich zu ihm und lächelte. Zwischen ihren Schneidezähnen waren Mohnkrümel. „Dürfen wir heute Morgen Ihre Fremdenführerbegabung nutzen, um die Insel kennen zu lernen?“

Ich fragte mich, was er ihnen gestern während der Fahrt alles erzählt hatte. „O ja, das wäre nett.“ Frau Weingarten-Zapek nahm ihr Messer in die Hand und umfasste den Eierbecher. „Wir machen die Insel zu dritt unsicher.“ Sie kicherte, während sie das Messer brutal in die Mitte des Eis stieß. Mein Vater zuckte jäh zusammen. Frau Klüppersberg belegte unterdessen eine Brotscheibe nach der anderen, schnitt sie in der Mitte durch, klappte sie zu und wickelte sie in Servietten ein. Zwischendurch biss sie in ihr Mohnbrötchen mit Heringssalat. Schließlich bemerkte sie Heinz’ fassungslosen Blick. „Das haben wir ja alles bezahlt. Da braucht man sich nachher nicht für teures Geld belegte Brötchen zu kaufen.“

Das war selbst meinem höflichen Vater zu viel. Er schob seine leere Kaffeetasse beiseite und stand auf. „Es wird Zeit für mich, meine Damen. Leider müssen Sie auf meine Dienste verzichten, ich bin ja hier, um Frau de Vries unter die Arme zu greifen. Versprochen ist versprochen, da müssen die Annehmlichkeiten zurückstehen. Ich wünsche Ihnen einen schönen Tag und viel Vergnügen.“ Er nickte kurz, dann zog er mich am Arm und ging vor. Ich war beeindruckt, wie charmant er eine Abfuhr verpacken konnte.

Als wir in die Küche kamen, erzählte mein Vater Marleen von der Proviantbeschaffung. „Alles übereinandergeklatscht. Und wie kann man überhaupt so verfressen sein?“

Marleen räumte die Geschirrspülmaschine ein und verkniff sich das Lachen. „Lass sie, Heinz, es ist doch egal, ob sie alles sofort essen oder mitnehmen.“

„Aber ich finde es so unelegant. Wir sind doch nicht auf dem Campingplatz.“

„Papa, du fandest die beiden doch so nett. Ist der Zauber schon verflogen?“

Er sah mich missbilligend an. „Quatsch, Zauber. Man kann doch mal freundlich sein. Ich muss ja nicht gleich mit ihnen spazieren gehen. So. Und, was ist jetzt? Gehen wir gleich rüber?“

In diesem Moment kam eine junge Frau herein. Lange blonde Haare, fröhliches Lächeln, Jeans und T-Shirt.

„Hallo Marleen. Ach, guten Morgen." Sie streckte uns ihre Hand entgegen. „Ich bin Gesa, und Sie sind bestimmt Christine. Und Sie sind der Vater?"

Mein Vater schüttelte ihr die Hand. „Ich bin Heinz, ich glaube, das Personal sollte sich duzen."

Gesa lachte. „Gern. Also, auf gute Zusammenarbeit, Heinz."

Gesas Eltern wohnten zwei Häuser neben der Pension. Sie verbrachte die Semesterferien zu Hause und verdiente sich so ein bisschen Geld dazu. Ich würde mich um das Frühstück kümmern, sie sich um die Zimmer.

Als Dorothea zum Frühstück kam, hatte ich drei Tische abgeräumt, vier Kannen Kaffee gekocht, den Aufschnitt nachgelegt und mir schon drei Namen von Gästen gemerkt. Dorothea trug eine abgeschnittene Jeans und ein buntes T-Shirt und rannte auf dem Flur mit Gesa zusammen, die einen Wäschekorb in den Keller bringen wollte. Beide fanden sich gleich sympathisch, und Gesa beschloss, eine kurze Kaffeepause im Garten einzulegen. Während Dorothea im Strandkorb saß und frühstückte, ließen wir uns von Gesa die Liebesgeschichte von Hubert und Theda erzählen.

„Und wie alt sind die beiden?", wollte Dorothea wissen.

Gesa dachte nach. „Theda ist, glaube ich, fast 70 und Hubert 74 oder 75."

„Christine, wir haben mit vierzig schon gedacht, das war es für uns mit der Liebe. Da haben wir ja noch richtig Zeit."

„Und seit wann sind sie jetzt ein Paar?", fragte ich.

„Warte mal. Letztes Jahr im Juni kam Marleen auf die Insel, und seit August sind die beiden ständig zusammen auf Reisen. Also ein knappes Jahr."

Dorothea seufzte. „Schöne Geschichte. Und sie beruhigt mein ungeduldiges Herz. Irgendwann, Christine, werden auch wir von einem Hubert gefunden. Prost Kaffee!" Feierlich hoben wir unsere Kaffeebecher.

„Ich trink auf dein Wohl, Marie!" Die Stimme meines Vaters war lauter als die von Frank Zander, dessen Gassenhauer aus dem Radio kam. Ich sah ihn durch das geöffnete Fenster. Er stand auf einer Leiter und spachtelte ein Loch in der Wand zu. Als er uns hereinkommen hörte, drehte er sich um. Die Leiter wankte, ich hielt die Luft an.

„Meister, stürz mir nicht ab." Ein Schrank im Blaumann mit Vollbart stand plötzlich neben ihm und hielt die Leiter fest. Mein Vater lächelte ihm zu und stützte sich mit einer Hand auf die gerade verspachtelte Stelle.

„Als ob ich von einer Leiter fallen könnte! Ich habe einen hervorragenden Gleichgewichtssinn, da mach dir mal keine Sorgen." Der Schrank sah ihn skeptisch an.

„Hallo Christine, hallo Dorothea. Das ist Onno, der Elektriker. Onno, das sind meine Tochter und Dorothea, die vom Fernsehen, die malt nachher die Kneipe an.“

Er strich sich mit der Hand über die Stirn, über die sich die Spachtelmasse verteilte. Seine Augen wirkten durch die hellgraue Farbe sehr blau. Dorothea sah ihn fasziniert an. „Heinz, du hast da was im Gesicht.“

„So ist das eben.“ Mein Vater stieg vorsichtig von der Leiter. „Arbeit hinterlässt Spuren. Ich habe hier erst mal die Löcher verspachtelt, damit du eine glatte Fläche zum Malen hast.“

Außer uns und Onno waren noch zwei andere Handwerker im Raum. Mein Vater wischte seine Hände an der Jeans ab und zog Dorothea und mich mit. „Mädels, ich stelle euch mal die Mannschaft vor, damit ihr wisst, mit wem wir es hier zu tun haben. Also, Onno kennt ihr nun schon, das ist der Chef von den Elektrikern. Der ist nett, redet nicht besonders viel, aber dafür wird er ja auch nicht bezahlt. Er mag auch gerne Schlager hören. Und er kennt meinen Freund Kalli.“

„Wir spielen zusammen Karten, Kalli und ich.“ Onno gab uns die Hand und verbeugte sich leicht. Mein Vater sah ihn stolz an.

„Und das ist Horst, Onnos Geselle.“

„Tach.“ Horst gab uns ebenfalls die Hand und machte einen Diener.

„Der da bei Marleen steht und im Farbkatalog blättert, den kennen wir nicht. Der ist vom Festland, sagt Onno, ist wohl der Maler.“ Er senkte die Stimme. „Der sieht aus wie ein Hippie. Ich weiß ja nicht …“

Der „Hippie“ war bei näherer Betrachtung Anfang vierzig, hatte breite Schultern, schmale Hüften und schulterlange blonde Haare, die er mit einem Haarband zusammengebunden hatte. Dorotheas Augen hefteten sich auf seinen Rücken, dann auf seinen Hintern. „Hm …“

Wir sahen sie alle drei an. Ihr Gesichtsausdruck war eindeutig.

„Dorothea!“ Ich versuchte rügend zu klingen.

Mein Vater nickte bestätigend. „Siehst du, Dorothea, du guckst auch auf seine Hosentaschen. Ich hoffe, er hat keine Drogen dabei.“

„Der ist jedenfalls nicht von der Insel.“ Onno kratzte sich am Kopf und starrte auf den Rücken, der inzwischen gemerkt hatte, dass er von vier Augenpaaren angestarrt wurde. Er sagte etwas zu Marleen und drehte sich um.

„Da seid ihr ja.“ Marleen kam uns entgegen. „Hat alles geklappt?“

Ich lächelte. Dorothea fixierte den inselfremden Hippie, mein Vater und Onno standen dicht hinter uns und wirkten entschlossen.

„Ist irgendetwas passiert?“, fragte Marleen.

Mein Vater schob sich vor. „Marleen, wir müssen wissen, mit wem wir es zu tun haben."

Mittlerweile war der Mann zu uns getreten. Ich konnte Dorotheas Gedanken ahnen: Von vorn sah er noch besser aus als von hinten. Sie hatte diesen besonderen Ausdruck im Gesicht.

„Ach so." Marleen war erleichtert. „Also, das ist Nils Jensen, mein Innenarchitekt. Nils, das ist meine Freundin Christine, ihr Vater Heinz, Dorothea, die Bühnenbildnerin, die mit dir arbeiten soll, und Onno Paulsen."

Nils lächelte umwerfend, gab uns allen die Hand, sah Dorothea sehr lange an und sagte dann zu Onno: „Wir kennen uns doch auch, ich habe früher in den Ferien immer in deiner Firma gearbeitet. Mein Vater ist Carsten Jensen."

Onno schüttelte ihm die Hand. „Du warst kleiner und deine Haare waren kurz. Kann ich ja nicht wissen. Tach."

Mein Vater war nicht so schnell bereit, seine skeptische Haltung aufzugeben. „Und Ihr Vater weiß, dass Sie hier sind?"

„Papa!"

„Heinz!"

Nils sah zuerst Dorothea und mich an, dann meinen Vater. „Natürlich. Ich wohne ja bei ihm."

„Aha. Vielleicht können wir ihn mal kennen lernen."

Jetzt sah auch Onno seinen neuen Freund verwirrt an. Nils blieb ganz entspannt. „Mein Vater wird bestimmt hier vorbeikommen, er will ja wissen, was ich aus seiner alten Stammkneipe mache."

„Sie machen ja nicht so viel, Sie zeichnen das ja bloß."

Marleen schluckte und ich fand, dass das für die erste Vorstellung reichte. „So, Papa, es ist jetzt gleich zwölf Uhr. Musst du hier noch was machen oder wollen wir mal in den Ort gehen, uns umsehen und eine Zeitung kaufen?"

„Da musst du meine Chefin fragen." Er lächelte Marleen an. „Wenn sie mir freigibt, kann ich mit dir losziehen."

Marleen nickte erleichtert. „Geht nur. Onno kennt sich hier aus und Nils kann mit Dorothea alles besprechen. Ihr könnt euch Zeit lassen. Viel Spaß."

Als mein Vater mir die Tür aufhielt, flüsterte er: „Ich hoffe, dieser Nils ist sauber. Der hat Dorothea so komisch angeguckt. Wir müssen da ein Auge drauf haben."

ZWEI STUNDEN SPÄTER saßen wir im Surfcafé, vor uns zwei Eisbecher und das Meer. Ich hatte meinen Vater in einem Höllentempo durch den Ort getrieben. Wir hatten eine Zeitung gekauft, auf dem Weg zum Kiosk hatte er gesehen, dass es sowohl eine Friedrich- als auch eine Strandstraße gab, genau wie in Westerland. In der Buchhandlung verwickelte er die Inhaberin in eine Diskussion, in der er ihr vorwarf, dass die Straßennamen geklaut seien. „Das ist ja hier irgendwie Sylt für Arme."

An dieser Stelle verließ ich demonstrativ den Laden und setzte mich draußen auf eine Bank.

Als wir weitergingen, zog ich aus Angst vor Ladenverboten das Tempo an. Wir liefen an zahlreichen Geschäften vorbei, ich zeigte ihm die Post, die Bank, den Bäcker und ließ ihn nirgends rein. Mein Vater wurde stiller, dann fing er an zu humpeln und blieb plötzlich stehen. „Mir tut meine Hüfte weh. Ich soll nicht so schnell laufen."

„Wollen wir ein Eis essen?"

Er nahm seine Schirmmütze ab und wischte sich den Schweiß von der Stirn. „O ja. Pistazie. Mit Sahne."

„Schaffst du es noch, ein Stück am Strand entlangzulaufen? Dann gehen wir ins Surfcafé und gucken aufs Wasser."

„Natürlich. Strand geht immer. Wir müssen ja nicht so rennen."

Wir gingen schweigend am Wasser entlang. Mein Vater hakte mich unter, sah selig aufs Meer. „Das mit dem Strand können sie, es sieht aus wie zu Hause."

Ich war beruhigt. Im Surfcafé bekamen wir einen Tisch in der Sonne, es gab Pistazieneis mit Sahne, dazu Kaffee, mein Vater fand die Bedienung freundlich und hatte zufrieden bemerkt, dass das Eis zwei Euro billiger war als in seinem Lieblingscafé in Kampen. „So schlecht ist es hier gar nicht." Er löffelte mit Hingabe. „Und gutes Eis haben sie."

Er faltete seine *Bild*-Zeitung auseinander und fing an zu lesen. Ich sah aufs Meer und überlegte, ob Dorothea was mit dem hübschen Hippie anfangen würde. Die Anzeichen waren zu erkennen gewesen.

„Sag mal, Kind …"

„Ja?"

„Das ist doch ganz schön, dass wir zusammen Ferien machen, oder?"

Ich sah meinen Vater an. Er hatte grünes Eis an der Nase und etwas Sahne am Kinn. Er legte den Kopf schief und lächelte. „Hattest du eigentlich eine schöne Kindheit?"

„Hast du die Zeitung schon durch?"

„Steht nicht viel drin. Und man kann sich doch auch mal unterhalten. Die Leute sprechen viel zu wenig miteinander."

„Und jetzt willst du mit mir über meine Kindheit sprechen?"

„Ich wollte nur wissen, ob du deine Kindheit schön fandest. Meine war ja nicht schön, so nach dem Krieg, die schlechte Zeit, wir hatten ja nichts. Aber ihr seid doch gut aufgewachsen, wir hatten doch alles, schönes Zuhause, ein Auto, Ferien, jeden Sonntag Kuchen."

Ich erinnerte mich an meinen jungen Vater, der mir das Schwimmen beibrachte, der mir einen Brief schrieb, als ich gerade lesen konnte, der mein Fahrrad reparierte. Doch, ich hatte wirklich eine schöne Kindheit gehabt. Von Gefühlen übermannt ergriff ich die Hand meines Vaters und drückte sie. „Ja, Papa, ich hatte eine schöne Kindheit. Dafür sollte ich mich mal bedanken, ich weiß, dass –"

„Ach was." Mein Vater verscheuchte eine Wespe von seinem Eis. „Das ist schon in Ordnung."

Er griff eben wieder zu seiner Zeitung, als Marleen anrief. „Christine, wo seid ihr?"

„Wir sitzen im Surfcafé und essen Eis."

„Kalli Jürgens hat hier angerufen. Er wollte wissen, ob Heinz schon da ist. Falls ihr Lust habt, könnt ihr bei ihm vorbeigehen, er ist zu Hause. Kiefernweg siebzehn." Sie beschrieb mir den Weg. „Lasst euch Zeit, wir können uns heute Abend zum Essen treffen, ich mache Schollen. Viel Spaß mit den Jungs." Sie kicherte und legte auf.

Mein Vater und Kalli hatten sich in den Fünfzigerjahren in Hamburg kennen gelernt. Sie waren beide aus fränkischen Provinzen in den Norden aufgebrochen, um dort das große Abenteuer zu erleben. Das mit den Abenteuern klappte nicht so ganz, es sei denn, man wertet einen Job in einer Werft und ein Doppelzimmer im Christlichen Verein Junger Männer als solches. Kalli und mein Vater setzten noch einen drauf, sie mieteten sich zusammen eine Wohnung.

„Wir waren sozusagen eine der ersten Kommunen." Mein Vater sagte diesen Satz stets mit einem verwegenen Gesichtsausdruck und fuhr sich dabei unauffällig durch sein gekämmtes restliches Haar. „Ja, das waren schon wilde Zeiten."

Ein halbes Jahr später ging mein Vater zur Bundeswehr, Kalli zum Zoll. Ihre Verbindung blieb bestehen, „wilde Zeiten" schweißen zusammen.

Kalli und Hanna wohnten in einem roten Haus mit großem Grundstück. Auf mein Klingeln hin öffnete Kalli die Haustür.

„Heinz!"

Er streckte ihm die Hand entgegen.

Mein Vater ergriff sie. „Kalli."

Kalli legte meinem Vater die andere Hand auf die Schulter. „Mensch, Heinz."

„Kalli. Wie lange ist das jetzt her?" Unermüdlich schüttelten sie sich die Hände.

Sie waren echte Männer. Harte Männer. Aber ich war das Kind und wurde von Kalli umarmt. „Christine, meine Güte, du bist ja richtig erwachsen. Wie die Zeit rennt. Dann kommt mal rein, ich koche uns Kaffee."

Wir folgten ihm ins Wohnzimmer, Kalli räumte auf dem Sofa einen Stapel Zeitungen zusammen und befreite den Sessel von einem Fahrradhelm und Schuhputzzeug. „Setzt euch. Ich bin gleich wieder da."

„Man merkt, dass er ohne Hanna aufgeschmissen ist", flüsterte mein Vater, „ich glaube nicht, dass es hier sonst so unordentlich ist."

Kalli brachte den Kaffee, danach bot er uns Bier an. Er hob sein Glas und wandte sich mir zu. „Ich finde das ja schön, dass du mit deinem Vater Ferien machst. Katharina kommt nie auf so eine Idee. Sie war mit Hanna mal auf so einem Wellness-Wochenende, das war irgendwo im Osten. So mit Sauna und Eincremen und so. Aber ich bin ja nur der Vater, mich hat sie gar nicht gefragt. Ich durfte das nur bezahlen."

Eine Stunde und zwei Fotoalben später verabschiedete ich mich. Kalli und mein Vater wollten noch eine kleine Runde mit dem Fahrrad fahren. Kalli wollte ihm etwas von der Insel zeigen und dann unsere Ferienwohnung sehen.

Marleen und Dorothea saßen im Garten und beugten sich über ein paar Zeichnungen, die auf dem Tisch ausgebreitet lagen. Dorothea hob den Kopf, als ich vor ihnen stand. „Hast du ihn abgehängt?"

Ich ließ mich in den Strandkorb fallen. „Er hat eine neue Aufgabe. Er muss Kalli vor Verwahrlosung und Unterernährung retten. Und? Was gibt es hier Neues? Dorothea?"

„Was meinst du?", fragte sie unschuldig.

„Komm, ich habe gesehen, wie du ihm auf den Hintern gestarrt hast. Heinz hält ihn übrigens für gefährlich. Er wittert Drogen und kriminelle Energien, also pass bloß auf."

Marleen runzelte die Stirn. „Redet ihr von Nils? Wieso hast du ihm auf den Hintern gestarrt? Und was hat Nils mit Drogen zu tun?"

Dorothea schob ihre Sonnenbrille auf den Kopf. „Ich finde ihn ganz süß. Sei nicht so entsetzt, Marleen, ich bin Single und es ist Sommer, da kann man doch mal gucken. Aber was soll das mit den Drogen?"

„Mein Vater ist bei langen Haaren immer gleich misstrauisch. Und dann noch zum Zopf gebunden. Diese Leute kennt man doch."

Dorothea schob ihre Entwürfe zusammen. „Jedenfalls fahre ich morgen mit Nils nach Emden, Farben kaufen. Und ich hoffe, dass Heinz sich daran erinnert, dass ich nicht seine Tochter bin. Nicht dass er mir die Tour vermasselt."

Ich äußerte mich nicht dazu. Wozu sollte ich sie beunruhigen?

NACHDEM ICH den Tisch fürs Abendessen gedeckt hatte, rief ich meinen Vater und seinen Freund zum Essen. Sie setzten sich mit erwartungsfrohen Gesichtern an den Esstisch. „Fahrradfahren macht hungrig." Mein Vater zog die Schüssel mit Kartoffelsalat zu sich und häufte seinen Teller voll.

„Heinz, auf den Teller soll noch eine Scholle."

„Ah ja." Er behielt den Löffel in der Hand, zog Kallis Teller ran und schob die Hälfte seines Salats darauf. „So. Jetzt passt es."

„Danke schön." Kalli lächelte und sah Marleen schüchtern an. „Ich bin jetzt einfach so mitgekommen. Heinz hat gesagt, das sei in Ordnung. Ich hoffe, es ist euch recht."

„Natürlich." Marleen legte ihm einen Fisch auf den Teller. „Ich koche sowieso immer zu viel. Guten Appetit."

Mein Vater hielt Marleen seinen Teller hin. „Siehst du, Kalli, sag ich doch. Und jetzt isst du einfach immer hier mit. Es ist ja nur für eine Woche, bis Hanna wiederkommt. Und vielleicht glaube ich dir irgendwann auch, dass Norderney mit Sylt mithalten kann."

„Wieso nicht?" Dorothea nahm Marleen die Fischplatte ab.

„Ach, Kalli wollte ein bisschen angeben, hat mir stolz erzählt, dass sie hier 320000 Übernachtungen haben. Wir haben auf Sylt über das Doppelte."

„Sylt ist doch viel größer."

„Das hat doch damit nichts zu tun." Mein Vater kaute mit Hingabe. „Und dann will Kalli mir morgen den Leuchtturm zeigen."

Kalli sah mich stolz an. „Das höchste Gebäude der Insel. 54,6 Meter. Da hat man einen tollen Blick übers Wasser."

„Pah! Der Leuchtturm in Kampen ist 62 Meter hoch. Das ist ein Leuchtturm. Der Punkt geht wieder an mich."

Ich beobachtete ihn, wie er mit einem zufriedenen Gesicht seine Scholle zerlegte und sich noch einmal Kartoffelsalat nahm. Es schien ihm richtig gut zu gehen. Und ich bekam die Hoffnung auf einen entspannten Urlaub. Manchmal ließ ich mich von Stimmungen einlullen.

„CHRISTINE! Christiiiiiine!“

Ich fiel fast aus dem Bett. Mein Vater stand im Schlafanzug vor mir. Es war sieben Uhr. „Was ist denn passiert?“

„Dorothea ist weg. Keine Spur von ihr. Einfach weg.“

Ich schloss wieder die Augen. „Sie ist schon in aller Frühe nach Emden gefahren, Farben kaufen.“

„Wieso das denn? Kennt sie sich in Emden überhaupt aus?“

„Nils ist ja mit.“

Er schnappte nach Luft. „Ihr lasst sie mit einem langhaarigen Bombenleger in eine fremde Stadt fahren?“ Er ließ sich auf die Bettkante sinken und vergrub theatralisch sein Gesicht in den Händen.

Seufzend setzte ich mich auf. „Papa, jetzt mach hier bitte keinen Aufstand. Nils ist Innenarchitekt und mit Sicherheit kein Bombenleger, und Dorothea ist zweiundvierzig und nicht deine Tochter.“

„Ich weiß, wie alt sie ist, na und? Ich bin dreiundsiebzig und irre mich auch manchmal bei Menschen.“

„Das ist ja mal was ganz Neues, ich denke, du irrst dich nie.“

„Rede nicht in diesem Ton mit mir, ich bin immer noch dein Vater.“ Abrupt erhob er sich und ging hinaus. Ich zählte bis zwölf, dann stand ich auf und folgte ihm. Er saß auf seinem Bett und starrte gegen den Schrank.

„Also, was ist los?“

„Deine Mutter liegt im Krankenhaus und ihr setzt euch Gefahren aus, von denen ich wieder nicht weiß.“

Dieser Satz entbehrte zwar jeglicher Logik, machte mir aber sofort ein schlechtes Gewissen. Ich setzte mich neben ihn. „Ach Papa. So ein künstliches Kniegelenk ist heute eine Routineoperation. Ich habe gestern Vormittag mit Mama telefoniert, sie war ganz ruhig und unaufgeregt. Und wir rufen sie nachher wieder an. Gut?“

„Deine Mutter ist immer unaufgeregt. Das ist ja das Problem. Wenn ich mir keine Sorgen machen würde, würde niemand den Ernst der Lage begreifen. Aber ich kann nicht für alles die Verantwortung übernehmen. Und wenn Dorotheas Leiche heute Abend aus der Nordsee gefischt wird, sagt nicht, niemand hätte euch gewarnt.“

Ich stand auf. „Papa, jetzt ist es gut. Geh ins Bad, zieh dich an und dann frühstücken wir. Danach hilfst du Onno und triffst anschließend Kalli. Und außerdem scheint die Sonne.“

Ich ging Zähne putzen. Heute war ein Rantanplantag. Ohne Terence-Hill-Augen. Da mussten wir durch.

Nachdem sie uns den Kaffee gebracht hatte, setzte sich Marleen zu uns an den Tisch. „Na, Heinz? Hast du noch Lust zu helfen?“

„Ich habe in meinem ganzen Leben nie meine Verpflichtungen vernachlässigt.“

„Onno hat gerade angerufen, sein Geselle Horst hat Grippe. Er hat gefragt, ob du ihm ein bisschen zur Hand gehen kannst.“

„Ich muss erst frühstücken.“

Marleen sah mich fragend an. Ich machte ihr ein Zeichen und stand auf, sie folgte mir in die Küche. „Meine Mutter geht heute ins Krankenhaus und wird morgen früh operiert. Er macht sich Sorgen und hat deshalb ziemlich schlechte Laune. Das wird bis morgen Mittag so bleiben, es sei denn, er wird abgelenkt.“

„Du, ich habe genug für ihn zu tun. Onno braucht wirklich Hilfe und dann bekommen wir heute neue Gäste. Eine Familie mit zwei kleinen Kindern und einen allein reisenden Herrn. Heinz könnte die Familie nachher vom Hafen abholen.“

„Sag ihm das. Der Mann braucht Aufgaben.“

Eine Stunde später räumte ich die erste Geschirrspülmaschine aus. Mein Vater war mit leidendem Gesichtsausdruck in die Kneipe getrottet.

Im Frühstücksraum saßen noch zwei Paare und natürlich Frau Weingarten-Zapek nebst Freundin Klüppersberg. Als sie mich entdeckten, winkten sie mir aufgeregt zu. „Guten Morgen, liebe Christine, ob Sie uns bitte noch etwas Tee bringen könnten? Ach und wo bleibt denn Ihr Herr Vater?“

Ich bemühte mich zu lächeln und hob die Schultern. „Ich weiß gar nicht, wo er im Moment steckt. Er wird schon noch kommen.“

Ich war gespannt, wie viel Geduld sie entwickeln würden. Genug zu essen hatten sie jedenfalls. Und er hatte seine Ruhe.

Als ich mich umdrehte, sah ich Gesa an der Tür zum Frühstücksraum stehen. „Christine, der neue Gast ist schon da. Kannst du mal zur Rezeption kommen? Marleen ist gerade in die Kneipe gegangen.“

„Ich komme sofort.“

Ich lief nach vorn zum Empfang. Es war noch nicht einmal neun Uhr, wieso hatte der Gast eine so frühe Fähre genommen? Ich stieß mir die Hüfte an der Tür und fluchte. Dann sah ich den Gast im Profil und verkniff mir den Rest des Fluchs. Ich ärgerte mich über mein rosa-schwarz geringeltes altes T-Shirt und dass ich mich nicht vernünftig geschminkt hatte und wurde ein bisschen rot. Ein Wahnsinnstyp. An dieser Sache mit Liebe auf den ersten Blick war doch was dran. Ich ging mit wackligen Beinen um ihn herum, bis ich hinter der Rezeption stand, von wo aus ich ihn anstarrte. Leider hatte ich keine Stimme mehr. Und kein Gehirn.

Er sah mich mit rehbraunen Augen an und sagte mit samtweicher tiefer Stimme: „Guten Morgen, mein Name ist Johann Thiess, ich hatte ein Zimmer gebucht."

„Ja. Sehr früh, jetzt." Ich krächzte und räusperte mich, suchte vergeblich nach den Grundformen des deutschen Satzbaus. „Ähm … hallo … ich meine, herzlich willkommen. Also, der Schlüssel."

Ich ging hinter dem Tresen in die Hocke und tat so, als würde ich die Schlüssel suchen.

Johann Thiess beugte sich vor und verfolgte interessiert meine Turnübung. Ich erhob mich langsam und um Würde bemüht und schloss kurz die Augen. Er war toll. Und ich hatte es vergeigt. Wahrscheinlich fragte er sich, warum eine solch nette Pension so durchgeknalltes Personal beschäftigte, das auch noch geringelte T-Shirts mit roten Shorts trug.

Und plötzlich geschah das Wunder: Er reichte mir seine Hand. Bevor ich glückselig meine Hand hineinlegen konnte, sagte er: „Kann ich den Schlüssel haben? Ich bin die Nacht durchgefahren und jetzt sehr müde."

Marleen rettete mich. Plötzlich stand sie neben mir. „Guten Morgen. Herr Thiess, richtig?" Sie gab ihm die Hand. „Sie haben Zimmer neun im ersten Stock, mit Blick aufs Meer. Christine, tut mir leid, ich hatte den Plan mitgenommen. So, hier ist Ihr Schlüssel, ich wünsche Ihnen einen schönen Aufenthalt."

Mit einem Lächeln nahm er seinen Koffer und ging zur Treppe. Marleen stieß mich an. „Was ist denn mit dir los? Stehst du unter Schock?"

„Keine Ahnung. Vielleicht Liebe auf den ersten Blick?"

Marleen legte mir die Hand auf die Stirn. „Nimmst du was ein? Hör zu, es ist vielleicht ein bisschen anstrengend, das frühe Aufstehen, Heinz, das Knie deiner Mutter, aber das ist doch kein Grund, plötzlich durchzudrehen. Weißt du was? Du nimmst jetzt mein Fahrrad, fährst zur Weißen Düne und springst einmal ins Wasser. Ich mache hier den Rest. Also bis später."

Als ich gedankenverloren vor dem Fahrradschuppen stand, kam gerade mein Vater aus der Kneipe. Er entdeckte mich und schlenderte auf mich zu. Forschend sah er mich an. „Na? Was machst du hier?"

„Ich wollte mit Marleens Fahrrad zum Strand."

„Baden?"

„Ja."

„Kann ich mit?"

„Wer hilft Onno?“

„Kalli.“

„Hast du ein Fahrrad?“

„Kalli hat mir sein Rad geliehen.“

„Na gut.“

„Dann los.“

Zehn Minuten später radelten wir an den Kurkliniken vorbei in Richtung Ostbadestrand. Nach einer guten halben Stunde hatten wir den Strandaufgang an der Weißen Düne erreicht. Wir stellten Marleens und Kallis Fahrräder nebeneinander ab und schlossen sie zusammen. Als wir von der Düne aus schon den Strand sehen konnten, fiel es uns ein. Mein Vater sah mich an. „Hast du meine Badehose eingepackt?“

„Nein. Etwa du meinen Badeanzug?“

Er schüttelte den Kopf und seufzte. „Norderney eben. Die sind hier alle angezogen. Gott, wie verklemmt. Und nun?“

Ich ging zu den Fahrrädern zurück. „Am besten fahren wir zwei Kilometer weiter zum FKK-Strand.“

Der FKK-Strand war fast noch schöner und vor allen Dingen weniger besucht als der andere. Mein Vater brauchte höchstens drei Minuten, um sich seiner Sachen zu entledigen, dann rannte er wie ein kleines Kind dem Wasser entgegen und sprang mit einem Kopfsprung in eine anrollende Welle. Von Hüftschaden keine Spur. Er ließ sich von den Wellen treiben und strahlte mich an. „Herrlich!“ Er musste brüllen, um die Brandung zu übertönen. „Wie zu Hause.“ Er hatte Augen wie Terence Hill.

Wir wickelten uns in unsere Handtücher und liefen gegen die Sonne am Strand entlang. Ab und zu bückte sich mein Vater, um einen Stein oder eine Muschel aufzuheben, die er dann wieder ins Wasser warf. Er blieb stehen und zeigte mir eine rosa Muschel. „Sieh mal, eine ganz intakte Herzmuschel. Das ist übrigens eines meiner Lieblingswörter: Herzmuschel. Das klingt furchtbar nett, oder?“ Er spülte sie vorsichtig ab. „Die nehme ich mal mit. Vielleicht für Mama. Drehen wir um?“

Es war schon fast 14 Uhr, als wir langsam auf die Pension zuradelten. Mein Vater hatte noch ein Eis essen, seine Zeitung kaufen und einfach so umherradeln wollen. Wir stellten die Fahrräder vor der Hintertür ab und nahmen die Handtücher von den Gepäckträgern. Mein Vater streckte mir seins entgegen. „Hier, ich weiß ja nicht, wo das hinsoll.“

Ich nahm es ihm ab. „Vielleicht in die Waschmaschine?“

„Du kannst meins ja mitnehmen, wenn du sowieso gehst. Ich muss erst mal in die Kneipe und gucken, was die Jungs machen.“ Er ließ mich stehen und verschwand.

„Hallo, wie war es am Strand?“ Gesa stand plötzlich neben mir, ich hatte sie gar nicht gehört.

„Schön. Wir waren am FKK-Strand.“

„Nudisten-Heinz?“ Gesa pfiff anerkennend. „Macht er das aus Überzeugung?“

„Nein, er findet nasse Badehosen eklig, und er hat auch gar nicht daran gedacht, eine einzupacken. Ich übrigens auch nicht. Auf Sylt baden die meisten nackt.“

„Wenn das Frau Weingarten-Zapek und Frau Klüppersberg wüssten. Die haben übrigens bis halb elf auf ihn gewartet. Dann habe ich erklärt, ich müsste jetzt den Frühstücksraum saugen. Sonst würden sie da immer noch sitzen.“

„Die sind ja wirklich zäh. Na ja, er hat selbst Schuld. Ist Dorothea schon wieder da?“

Gesa hob die Schultern. „Keine Ahnung, ich habe sie noch nicht gesehen. Ich habe jetzt jedenfalls Feierabend und fahre auch zum Strand. Eine Geschirrspülmaschine läuft noch, falls du Lust hast, kannst du sie nachher ausräumen, sonst ist alles fertig.“

„Das ist das Beste, was ich je gehört habe. Danke, Gesa.“

Sie lachte, schulterte ihre Tasche und schwang sich auf ihr Mountainbike.

Dann kamst du

VICKY LEANDROS

Im ersten Stock wurde ein Fenster geschlossen. Ich sah hinauf und überlegte, ob es Johann Thiess' Zimmer gewesen war. Hatte er am Fenster gesessen und auf eine Herzmuschel gewartet? Ich riss mich zusammen und beschloss, erst mal zu duschen und mir dann eine Mütze zu kaufen.

Als ich mich nach dem Duschen eincremte, merkte ich, dass die erste Sonne schon für einen Sonnenbrand gereicht hatte. Und dass die Stelle zwischen den Schulterblättern, an der es am meisten spannte, für mich unerreichbar war. Erleichtert hörte ich den Schlüssel in der Haustür. „Papa, kommst du mal? Ich habe auf dem Rücken einen Sonnenbrand.“

Dorothea kam ins Badezimmer. „Und du glaubst, Heinz hat da eine Lösung? Eincremen, meine Liebe, in deinem Alter ist jeder Sonnenbrand ruinös."

Ich hielt ihr die Körperlotion hin. „Du bist nur drei Jahre jünger und hast dafür viel empfindlichere Haut. Gib nicht so an, hier, den ganzen Rücken bitte. Und nicht so grob, es brennt wirklich."

Dorothea cremte großzügig. Ich sah mir das Ergebnis im Spiegel an. Rot und fettig. Ich hatte nur ein einziges Kleid dabei, ein rotes mit sehr tiefem Rückenausschnitt. Das konnte fürs Erste im Schrank hängen bleiben.

Ich setzte mich neben Dorothea, die mit beseeltem Gesichtsausdruck auf dem Badewannenrand hockte. „Ach Christine, das war echt ein toller Tag. Emden ist ganz reizend. Wir waren in der Kunsthalle, am Hafen, haben gegessen und ein bisschen geknutscht."

„Ich denke, ihr wolltet … Ihr habt was?"

„Christine, dieser Typ ist phänomenal. Er wohnt übrigens in Oldenburg. Wie lange fährt man von Hamburg nach Oldenburg?"

„Zwei Stunden, glaube ich. Sag mal, ich denke, du wolltest nur einen kleinen Sommerflirt? Und? Richtig gut?"

„Was heißt gut? Nils ist sensationell! Ich glaube, das wird der beste Sommer meines Lebens."

Ich stand auf und ging zum Schrank in Dorotheas Schlafzimmer, in den ich meine Sachen gehängt hatte. Dorothea tänzelte hinter mir her und ließ sich aufs Bett fallen. Während sie mir von Nils vorschwärmte, selbstständiger Innenarchitekt, Surfer, seit einem Jahr Single, wühlte ich mit zunehmender Verzweiflung in meinen Klamotten. Als ich gequält stöhnte, unterbrach Dorothea ihre Hymne. „Was suchst du da eigentlich?"

„Was Schönes zum Anziehen. Ich habe bloß alte Klamotten eingepackt. Weil mein Vater mich so durcheinandergebracht hat."

Dorothea sah mich mit großen Augen an und wartete auf eine Erklärung.

„Heute Morgen ist ein Gast angekommen. Johann Thiess. Ich war an der Rezeption. Und ich hatte dieses geringelte T-Shirt an."

Dorothea verstand immer weniger. „Ja und?"

„Dorothea, Johann Thiess ist der beste Typ, dem ich je begegnet bin."

„Oh."

„Es lief aber nicht so richtig gut. Ich habe nicht damit gerechnet, dass hier plötzlich so ein Mann vor mir steht. Gott, ich habe mich benommen wie mit vierzehn." Ich ließ mich auf die Bettkante sinken. Dorothea klopfte mir tröstend auf den Rücken. Ich zuckte zusammen, es brannte.

„Das kann ja auch an Heinz liegen, Väter geben einem immer das Gefühl, dass man sehr viel jünger ist."

„Heinz hat gar nichts davon mitgekriegt."

„Das ist bestimmt auch besser so." Dorothea lachte. „Wie hat dein Vater eigentlich früher reagiert, wenn du jemanden mit nach Hause gebracht hast?"

Ich dachte nach. „Ganz normal. Bei Holger hat er gesagt, dass er was Brutales in den Augen hätte, Jörg war ihm zu weich, und als ich Bernd heiraten wollte, hat mein Vater mir zu einem Ehevertrag geraten. Bei der Scheidung hat er triumphiert und mich zum Essen eingeladen."

Dorothea stand auf und ging zum Schrank. „Er meint es nur gut. Also, ich habe drei scharfe Kleider mit, die passen dir auch. Wäre doch gelacht, wenn wir nicht beide den besten Sommer unseres Lebens hätten." Sie zeigte mir ein schwarzes Kleid, ärmellos, vorn ausgeschnitten, hinten genug Stoff. „Das ziehst du jetzt an. Heinz sollte deine Eroberungsfeldzüge aber besser nicht mitbekommen. Ich habe da ein komisches Gefühl."

Wir sahen uns lange an. Ich nickte. Das komische Gefühl hatte ich auch.

Eine Stunde später saß ich im Strandkorb im Garten und las die Tageszeitung. Dorothea wollte noch mal ins Bett, das Aufstehen um fünf Uhr morgens war nichts für sie. Marleen war einkaufen gefahren, Kalli holte die vierköpfige Familie vom Hafen ab und mein Vater duschte. Ich überflog einen Artikel auf der Regionalseite: „Invasion der Tagesgäste oder Wo geht es hier bitte zum Strand?" Ich war mir fast sicher, dass es eine Parodie war, so konnte kein erwachsener Mensch schreiben. Ich musste über die Umständlichkeit und das Talent, jeden Witz zur Strecke zu bringen, lachen. Der Artikel war mit dem Kürzel *GvM* signiert, schräger Mensch, dachte ich, als ich Schritte hinter dem Strandkorb hörte.

„Hallo?" Die Stimme ließ mich zusammenzucken. Bevor ich antworten konnte, stand Johann Thiess vor mir. „Entschuldigung, ich wollte Sie nicht erschrecken. Das ist ja nett hier." Er deutete auf den Stuhl. „Darf ich?" Er lächelte. Ich schluckte. „Natürlich … Kaffee?"

„Sehr gerne. Aber nur, wenn es keine Umstände macht."

Ich sprang auf und rannte fast ins Haus. Keine Umstände. Es rettete mein Leben. Während ich die Kaffeemaschine betätigte, machte ich Atemübungen. Etwas ruhiger balancierte ich schließlich zwei Tassen in den Garten. Johann Thiess hatte sich die Zeitung geholt und las den Invasions-Artikel. Er lächelte mir entgegen und faltete die Zeitung wieder zusammen. „Haben Sie den Artikel über die Tagesgäste gelesen? Der ist ja so schlecht, dass er schon wieder komisch ist."

Ein Zeichen, dachte ich und verscheuchte sofort den Gedanken. Sei nur charmant und sexy.

Johann Thiess goss Milch in seinen Kaffee und rührte um. „Leben Sie eigentlich auf der Insel?"

Sein Blick war intensiv, mir wurde warm.

„Nein, ich wohne in Hamburg. Marleens Kneipe wird gerade renoviert und ich helfe hier ein bisschen mit."

„Und wie lange noch?"

„Wir sind erst zwei Tage hier. Also noch fast zwei Wochen."

„Schön." Der Blick traf mich mitten ins Herz.

„Und wo kommen Sie her?"

Er hielt kurz inne. „Ich, ähm … aus Bremen."

„Aha. Schöne Stadt." Ich redete schon wieder Unsinn. Er ging zum Glück nicht drauf ein.

„Ich weiß übrigens gar nicht, wie Sie heißen."

„Christine. Christine Schmidt."

„Christine." Ich hatte selten meinen Namen so schön gehört. Ich bekam Gänsehaut. „Schöner Name."

„Mir gefällt Johann auch."

Wir sahen uns lange schweigend an. Johann lächelte. „Hast du Lust, heute Abend mit mir essen zu gehen?"

„Christiiiiiine!"

Mein Vater hätte mir auch einfach einen Eimer mit kaltem Wasser über den Kopf gießen können. Hektisch sprang ich auf. Ich hielt eine Vorstellung der beiden Herren zu diesem Zeitpunkt für absolut verfrüht. „Tut mir leid, ich muss kurz nach ihm sehen. Mein Vater. Bleibst du hier?"

Johann sah auf die Uhr. „Ich muss noch was erledigen. Wir sehen uns bestimmt später. Danke für den Kaffee."

„Christiiiiiine!"

„Ja doch!!"

Johann zuckte zusammen, ich hatte ohne Übergang zurückgebrüllt. Er stand auf, hob die Hand, ließ sie wieder sinken. „Du musst da wohl hin. Also dann, bis später."

Er ging langsam aufs Haus zu. Ich zwang mich, nicht hinter ihm her zu rennen. Dann holte ich tief Luft und ging in die Richtung, aus der mein Vater mir gerade den bestimmt wunderbarsten Abend meines Lebens versaut hatte. Er lehnte, mit einem Bademantel bekleidet, aus dem Küchenfenster unserer Ferienwohnung und sah mir freundlich entgegen. Ich war stinksauer. „Warum schreist du wie ein Irrer hier durch die Gegend? Was ist denn los?“

„Deine Schwester ist am Telefon. Mama geht es gut. Willst du mit Ines sprechen?“

Ich strengte mich an, aus meinen Augen keine Giftpfeile auf ihn abzufeuern. Mein Vater reichte mir das Telefon herunter. „Hier bitte, sprich mit deiner Schwester.“ Er schloss das Fenster.

Ich atmete tief durch, dann nahm ich das Telefon ans Ohr.

Ines begrüßte mich und berichtete dann: „Also, die Klinik gefällt Mama, sie hat ein Einzelzimmer und wird morgen früh um acht Uhr operiert. Ihre Werte sind alle gut, sie ist ganz entspannt. Ich rufe dich morgen an, wenn alles überstanden ist. Ihr braucht euch keine Sorgen zu machen.“

Nach dem Gespräch legte ich das Telefon auf die Fensterbank und ging zurück in den Garten. Ich setzte mich in den Strandkorb, in dem kurz vorher das Leben noch ganz rosa war, und starrte auf den leeren Stuhl. Hätte mein Vater nicht zehn Minuten später brüllen können? Dann wäre ich jetzt verabredet. So war ich es nicht. Tolles Timing. Nach einer Weile hob ich den Kopf, sah kurz um die Ecke und zündete mir eine Zigarette an.

Komm nur, Papa, dachte ich, und wage es nicht, mir das zu verbieten!

Kurz darauf fuhr Kalli vor. Ich ging ihm entgegen. Wenn mein Leben schon so lieblos war, konnte ich wenigstens hier und da arbeiten.

Kalli ließ die vierköpfige Familie aussteigen und öffnete den Kofferraum. „Hallo Christine“, er reichte mir zwei Reisetaschen, „hier kommen Marleens neue Gäste, sieh mal, das sind doch tatsächlich Zwillinge, lustig, nicht?“

Ich betrachtete die beiden rothaarigen Mädchen, deren sommersprossige Gesichter mich ernst anblickten. Sie sahen sich sehr ähnlich.

„Wir sind nicht lustig.“

Ihre Mutter schob beide zur Seite. „Natürlich nicht. Herr Jürgens findet es nur lustig, dass ihr Zwillinge seid.“

„Hallo, herzlich willkommen!“ Marleen lehnte ihr mit Einkaufstüten beladenes Fahrrad vorsichtig an die Hauswand und kam auf uns zu. „Ich bin Marleen de Vries. Hatten Sie eine gute Fahrt?“

„Danke, ja.“ Die Mutter der Zwillinge gab Marleen die Hand. „Ich bin Anna Berg, das ist mein Mann Dirk und das sind Emily und Lena. Vielen Dank fürs Abholen, wenn der Urlaub so wird wie die Fahrt, können wir uns nicht beschweren.“

Marleen ging in die Hocke und fragte die Mädchen: „Wie alt seid ihr denn?“

Die Antwort kam im Chor. „Sieben."

„Sieben." Kalli wiederholte die Zahl. „Stimmt, da seid ihr nicht mehr lustig. Da seid ihr ja schon groß."

Emily überlegte kurz, dann stieß sie ihre Schwester an. Beide nickten Kalli ernst zu. Anscheinend hatte er Boden gutgemacht.

„DAS IST ÜBRIGENS ein echt tolles Kleid", meinte Marleen, als wir kurz darauf die Einkäufe im Kühlschrank verstauten. „Viel zu schade für meine Küche."

„Das hat mir Dorothea geliehen. Ich habe überhaupt nichts Schönes eingepackt, ich glaube, ich gehe morgen mal einkaufen."

„Wieso? Was hast du denn vor?"

„Nichts, aber ich kann ja nicht nur in kurzen Hosen rumlaufen. Vielleicht ergibt sich mal irgendwas Aufregendes."

Ich merkte, dass ich rot wurde. Marleen merkte es auch. Sie stellte sich direkt vor mich. „Sag mal, meintest du das heute Morgen etwa ernst?"

Ich versuchte harmlos zu klingen. „Was denn?"

„Das mit Herrn Thiess? Das glaube ich ja wohl nicht."

Ich faltete die Plastiktüten umständlich zusammen. „Er hätte mich vorhin fast zum Essen eingeladen. Wir haben im Garten einen Kaffee getrunken. Ich finde den wirklich ziemlich spannend."

„Und was heißt ‚fast zum Essen eingeladen'?"

Ich schob die Tüten in die Besteckschublade. „Mein Vater funkte dazwischen. Wieso guckst du eigentlich so komisch?"

Marleen sah mich nachdenklich an. „Die Tüten kommen in den Schrank da drüben. Hat dieser Thiess irgendetwas erzählt?"

„Er heißt Johann und kommt aus Bremen. Er hat so schöne Augen ..." Ich lehnte mich an den Kühlschrank und dachte an diesen Blick, der bis ins Herz ging.

Marleens Blick war ganz anders. „Aus Bremen?"

Ihr Tonfall holte mich aus meiner Verzückung. „Ja, aus Bremen. Was ist denn? Ist was mit ihm?"

„Ich will dir ja nicht die Stimmung verderben", antwortete sie vorsichtig, „aber ich finde ihn ein bisschen seltsam. Er hat sich bei seinem Namen zweimal verschrieben und seine Adresse ist völlig unleserlich."

Ich dachte kurz an unsere erste Begegnung. „Meine Güte, Marleen, ich habe ihn auch ziemlich blöd empfangen."

„Trotzdem, ich weiß nicht. Findest du es nicht auch komisch, dass er die

Nacht durchgefahren ist? Von Bremen aus braucht man doch höchstens zwei Stunden."

„Vielleicht kam er von woanders. Du guckst zu viele schlechte Filme. Was glaubst du, was er ist? Ein entsprungener Irrer?"

„Sei doch nicht gleich so aggressiv. Ich habe nur kurz überlegt, ob er von der Konkurrenz ist. Es gibt doch diesen Hotelier aus Aurich, der am Strand eine neue Bar aufmachen will. Vielleicht will er spionieren."

„Dann frag ihn, Marleen, frag ihn einfach. Du bist schon wie mein Vater. Da kommt er übrigens, sei so gut und sage nichts. Ich habe keine Lust, das Thema Thiess mit Heinz zu vertiefen."

Ich fand das Leben ungerecht. Erst hatte ich mich blamiert, dann die zweite Chance bekommen, die mein Vater grandios vereitelt hatte, und jetzt war meine Freundin auch noch gegen mich.

Ich griff beleidigt nach dem Topf, der auf dem Herd stand, und fing an, Kartoffeln zu pellen.

MEIN VATER musterte mich neugierig, als wir uns zum Essen setzten. „Und, Christine, wie war dein Tag?"

„Papa! Du warst doch fast immer dabei."

„Quatsch." Er häufte sich Brathering auf die Gabel und beugte sich zu Marleen. „Wir waren kurz zusammen am Strand und danach war Christine verschollen. Ich bin gleich in die Kneipe gegangen, um zu helfen, aber meine Tochter war weg. Einfach weg."

„Du bist eine alte Petze, Heinz." Dorothea zog die Schüssel mit den Bratkartoffeln näher.

„Ich mache mir nur Sorgen. Ich bin schließlich ihr Vater."

Dorothea stieß ihn an. „Jetzt ist es gut, Heinz. Sag mal, was ganz anderes: Nils wollte zwei junge Männer vorbeischicken, die mir beim Streichen helfen. Waren die vorhin da?"

Mein Vater konzentrierte sich auf eine winzige Gräte. Kalli verschluckte sich und bekam einen Hustenanfall. Ich klopfte Kalli auf den Rücken.

Dorothea sprach etwas lauter. „Heinz? Ob die beiden Maler da waren, wollte ich wissen."

„Also, die taugen nichts."

Marleen wurde ungeduldig. „Könnt ihr das bitte mal erklären? Waren sie jetzt da oder nicht?"

Mein Vater deutete auf seinen vollen Mund und kaute demonstrativ.

„Kalli?"

„Ja, die waren da. Die machten aber keinen guten Eindruck. Die waren noch sehr jung und hatten sich nicht richtig gewaschen. Die rochen."

Wir starrten von Heinz zu Kalli und wieder zurück. „Papa! Was hast du mit ihnen gemacht?"

Er schluckte entrüstet. „Ich habe gar nichts mit ihnen gemacht. Was denkst du denn? Ich habe sie eingehend befragt und sie mir gut angesehen. Wir haben beschlossen, dass sie nicht zu uns passen."

„Wie, passen?" Dorothea war irritiert. „Und wer ist wir?"

„Kalli und ich", erklärte er väterlich. „Jedenfalls habe ich ihnen gesagt, wir würden auf ihre Dienste verzichten. Mit denen hätten wir nur Ärger gehabt, das sag ich euch."

„Sag mal, Heinz, was denkst du dir eigentlich? Nils hat mir die Jungs extra geschickt, damit sie mir beim Streichen helfen. Ich kann doch nicht alles allein machen. Wo soll ich denn jetzt zwei neue Leute herkriegen?"

Dorothea hatte sich in Rage geredet. Kalli war zusammengezuckt, saß mit gesenktem Kopf neben meinem Vater, der ungerührt weiteraß.

„Du musst nicht sauer sein, Dorothea, ganz im Gegenteil. Ich habe dich vor viel Ärger bewahrt. Außerdem kann mein Freund Kalli auch streichen, stimmt's?"

Kalli nickte schüchtern. „Also, ich helfe dir gerne."

„Danke, Kalli, aber streichst du für zwei?"

„Heinz kann doch …"

Mein Vater schüttelte lächelnd den Kopf. „Nein, Kalli, ich habe doch diese Farbschwäche und dann kann ich mit meiner Hüfte ja auch gar nicht lange auf der Leiter stehen. Das sind für mich ganz schädliche Bewegungen. Und einer muss ja auch den Überblick behalten."

Marleen und Dorothea sahen ihn sprachlos an.

„Du hast keine Vergiftung." Dorotheas Stimme weckte mich am nächsten Morgen. Ich ließ meine Augen geschlossen. Sie meinte nicht mich, ihre Stimme klang durch die geschlossene Tür zu gedämpft. Ich erkannte die Stimme meines Vaters, der etwas antwortete, was ich nicht verstand.

„Heinz, mach mich bitte nicht wahnsinnig. Wir fangen in einer halben Stunde an, die Kneipe zu streichen … Sieh zu, dass du in die Gänge kommst!" Meine Tür wurde aufgerissen. „Bist du wach? Heinz spielt totes Pferd. Er faselt etwas von Vergiftung und beginnt gerade zu sterben. Willst du ihn noch einmal sehen?" Dorothea ließ sich auf meine Bettkante fallen.

„Nö, ich will ihn so in Erinnerung behalten, wie er war."

Dorothea seufzte. „Er hat nur keinen Bock, beim Streichen zu helfen. Die Fenster und Böden müssen auch noch abgeklebt werden."

Mein Vater schlurfte in seinem Schlafanzug über den Flur. Er hustete künstlich und kam ins Zimmer, beide Hände auf den Magen gepresst, mit leidendem Gesichtsausdruck. „Hallo." Sein Flüstern war kaum zu verstehen. Er stöhnte und schlurfte ins Bad.

Ich setzte mich auf und rieb mir die Augen.

„Hoffentlich ist er nicht ernsthaft krank."

„Quatsch." Dorothea stand wieder auf und ging zur Terrassentür. „Jetzt gehe bloß nicht hinterher und halte ihm die Stirn. Was macht er denn da?"

„Wie? Muss er …?" Ich sprang aus dem Bett.

„Nein, nicht Heinz. Dieser Gast von Marleen. Er fotografiert die Pension. Da gibt es auf der Insel doch wirklich spannendere Motive."

Ich hatte mich neben sie gestellt und sah Johann Thiess gerade noch in Richtung Strandpromenade schlendern. Er verstaute seinen Fotoapparat in der Jackentasche. Dorothea beobachtete mich. „Irgendwie ein guter Typ."

„Marleen findet ihn komisch. Er hätte sich auf dem Meldezettel zweimal verschrieben."

„Ach, Marleen … Sie arbeitet zu viel und vergnügt sich zu wenig. Nein, der ist schon gut, lass dich nicht beirren. Es gibt perversere Hobbys als Pensionen zu fotografieren. Warum auch immer er das tut. Frag ihn, wenn du mit ihm essen gehst."

„Das wäre fast passiert." Ich gab ihr eine Zusammenfassung des gestrigen Kaffeetrinkens im Strandkorb.

Dorothea war begeistert. „Siehst du, mein schwarzes Kleid. Wirkt immer. Also, Christine, dann streng dich an. Ich halte dir Heinz und Marleen vom Hals und du gibst Gas. Komm, wir wollen beide einen tollen Sommer."

ALS ICH eine halbe Stunde später in die Pension kam, waren Heinz und Dorothea bereits in der Kneipe. Marleen stand in der Küche und reichte mir einen Becher Kaffee. „Guten Morgen. Habt ihr drüben Krach gehabt?"

„Nein." Ich rührte den Kaffee um. „Heinz ist davon überzeugt, man hätte ihn vergiftet. Er dachte wohl, Kranke und Kinder werden geschont. Hat aber nicht richtig geklappt. Außerdem wird meine Mutter heute operiert, da macht er sich Sorgen."

„Das kann er doch sagen."

„Marleen, mein Vater ist ein Kerl. Der lässt sich eher vergiften, als dass er seine Gefühle zeigt." Ich trank den Kaffee aus und stellte die Tasse in die Spüle. „Brauchst du mich hier noch oder soll ich gleich streichen gehen?"

„Ich habe vier Abreisen, mach du mal den Frühstücksdienst. Drüben kleben sie doch erst noch ab, das ist sowieso eine blöde Arbeit."

„Gut." Ich dachte an die braunen Augen und fühlte meinen Herzschlag. Hoffentlich konnte er morgens schon essen. „Dann schau ich mal, was zu tun ist."

„Juhu!" Frau Weingarten-Zapek trug eine Daunenweste, in der sie wie ein Michelinmännchen aussah. „Da ist ja die Tochter." Sie strahlte mich an, während sie ihren Teller zum Tisch balancierte. Frau Klüppersberg, diesmal blau gestreift, nickte, kaute und schluckte. „He, wie man hier so sagt, wie geht es?"

„Danke, gut." Ich lächelte gut erzogen und nahm erleichtert eine halb leere Käseplatte vom Büfett. „Ich muss schnell nachfüllen."

Die nächste Dreiviertelstunde kochte ich Kaffee, Tee und Kakao, bei jedem Gang in den Frühstücksraum fixierte ich den Einzeltisch am Fenster. Keine Spur von Johann Thiess. Bis Gesa in die Küche kam, um mir zu sagen, dass sie jetzt den Frühstücksraum übernehmen könne und ich freie Fahrt zu den Farbeimern hätte, war Johann Thiess noch nicht aufgetaucht. Dabei hatte ich so darauf gehofft.

Innerlich fluchend verließ ich die Küche und sah auf dem Hof Kalli in Gefahr. Er stand mit verzweifelter Miene zwischen Frau Weingarten-Zapek und Frau Klüppersberg, die beide lautstark auf ihn einredeten. Ich verlangsamte noch nicht einmal das Tempo, er war schließlich ein erwachsener Mann. Sein Ruf klang kläglich. „Christine, hallo! Warte. Bitte! Ich komme mit."

Kalli ließ die beiden stehen und lief hinter mir her. „Hilfe! Was war das denn?", flüsterte er und hakte sich Schutz suchend bei mir unter.

„Das, Kalli, waren die größten Fans meines Vaters. Das Michelin-Männchen heißt Mechthild Weingarten-Zapek und der Traum in Blau Frau Klüppersberg, den Vornamen weiß ich leider nicht."

„Hannelore. Sie heißt Hannelore Klüppersberg, aber ich soll sie Hanne nennen. Seit wann kennt Heinz sie denn? Weiß deine Mutter davon?"

„Sie haben Heinz auf der Fähre kennen gelernt, das ist alles noch ganz frisch. Da müssen wir meine Mutter noch nicht beunruhigen."

Kalli schüttelte sorgenvoll den Kopf. „Der Heinz hat aber auch immer einen Schlag bei Frauen. Das war früher schon so. Wenn es gefährlich wurde, hat er sich aber immer verkrümelt. Und ich musste die Damen dann nach Hause bringen, das war nicht schön. Und da habe ich auch keine Lust mehr zu, dafür bin ich jetzt wirklich zu alt.“

„Dann sag ihm das.“ Ich drückte die Tür zur Kneipe auf und sah meinen Vater mit unglücklichem Gesicht auf einer umgedrehten Kiste sitzen. „Da ist der Draufgänger. Mach ihm das gleich klar.“

Vor der Kiste blickten wir auf ihn runter. Heinz guckte hoch. Kalli ging in die Knie. „Na?“

„Na?“ Heinz schüttelte seine Hand, an der noch Reste vom Klebeband hingen. „Ich hasse diesen Kleber an den Fingern.“ Er schüttelte stärker. „Das ist ekelhaft.“

„Heinz, ich hab gerade auf dem Hof zwei Damen kennen gelernt. Sie –“

„Kalli, also wirklich. Du bist vierundsiebzig und außerdem verheiratet. Und überhaupt, ich habe jetzt für die Erörterung deines Liebeslebens gar keine Zeit.“

Kalli wurde rot. „Aber Heinz …“

Mein Vater pulte weiter das Klebeband von seinen Fingern ab. „Es klebt so widerlich. Ich habe keine Lust mehr.“ Er warf die Klebebandrolle quer durch den Raum. „Ich gehe jetzt eine Zeitung kaufen. So! Wagt es nicht, mich aufzuhalten.“ Er ging und knallte die Tür hinter sich zu.

„Mensch, was hat er denn?“, wollte Onno wissen.

„Keine Ahnung.“ Kalli wirkte verzweifelt. „Ich habe doch gar nichts gesagt. Ich wusste ja nicht, dass er so schlechte Laune hat. Was soll ich denn jetzt tun?“

„Streichen, Kalli, Papa beruhigt sich schon wieder. Meine Mutter wird heute am Knie operiert, wahrscheinlich hat er deshalb so eine Stimmung.“

Onno kletterte von der Leiter. „Daran stirbt man doch nicht. Und außerdem zahlt das doch alles die Kasse, oder? Na, ich mach mal ein bisschen Musik.“ Er schaltete ein Kofferradio ein und suchte einen Sender. Sobald Karel Gott „Babička“ sang, kletterte Onno pfeifend wieder zu seinem Deckenlicht.

Ich nahm den Deckel vom Farbeimer ab und versenkte entschlossen die Malerrolle in dem dunkelroten Brei.

Ich hatte schon fast die Hälfte der Wand geschafft, als die Tür aufflog und mein Vater mit Grabesstimme verkündete: „Jetzt hat auch noch der HSV verloren, eins zu drei. Das sind vielleicht blöde Ferien.“

Kalli sah ihn voller Mitgefühl an. „Das tut mir leid. Aber es kommen auch bessere Zeiten. Wie hat denn Dortmund gespielt? Und Werder?“

„Keine Ahnung." Mein Vater setzte sich wieder auf seine umgedrehte Kiste. „Um eure Vereine müsst ihr euch schon selbst kümmern."

Ich strich konzentriert weiter, er hatte garantiert die Ergebnisse im Kopf. Die frische Luft hatte nichts genützt.

„Christine, hat jemand angerufen?"

„Nein."

„Aber es ist gleich Mittag."

„Ja, ich weiß. Es hat trotzdem keiner angerufen."

Ich warf einen Blick zum Fenster und sah Dorotheas Auto auf den Parkplatz fahren. „Unsere Chefin kommt, mit dem Innenarchitekten, also steh lieber auf. Sonst denkt sie, du sitzt seit heute Morgen auf der Kiste."

„So ein Quatsch. Und dieser Hippie hat mir sowieso nichts zu sagen." Mein Vater erhob sich trotzdem schnell und spähte genau in dem Moment aus dem Fenster, als Nils Dorothea küsste.

Heinz hielt die Luft an. „Was ist das denn? Kalli, Onno, dieser Nils knutscht mit Dorothea. Eine Unverfrorenheit. Christine, tu doch was!"

„Papa, bitte werde nicht peinlich."

„Heinz, das sind doch junge Leute." Onno stieg zwei Sprossen von seiner Leiter herunter, um nach draußen zu sehen. Kalli stellte sich auf die Zehenspitzen. „Die zwei passen doch ganz gut zusammen, er so blond und sie so dunkel."

Mein Vater trat einen Schritt zurück und herrschte beide an. „Jetzt starrt da doch nicht so hin! Ihr seid richtig neugierige Waschweiber, furchtbar. Und hier ist noch jede Menge Arbeit." Er griff sich Onnos Akkuschrauber und ließ ihn kurz aufheulen. „Also, wo sollen denn noch irgendwelche Leisten dran?"

Dorothea hielt Nils die Tür auf, der mit Kartons und Tüten im Arm keine Hand mehr frei hatte. „Mahlzeit. Oh, hier wird ja schon richtig gearbeitet." Er stellte die Kartons vorsichtig ab.

Mein Vater hielt Onnos Akkuschrauber wie einen Revolver, schaltete ihn an und ließ ihn in der Luft lärmen. „Wo sollen denn jetzt die Leisten, die da liegen, hin?"

„Papa, mach doch mal das Ding aus." Ich beobachtete skeptisch, wie mein Vater schlecht gelaunt mit Onnos Werkzeug herumfuchtelte.

„Lass mich", entgegnete er sauer. Dann trat er einen Schritt zurück und stieß dabei gegen die Leiter. Onno verlor das Gleichgewicht, stützte sich im letzten Moment auf die Schulter meines Vaters, die Leiter hielt, der Schrauber fiel und war augenblicklich stumm. Und dreiteilig.

Nach einem Moment der Stille sagte Kalli leise: „Der ist wohl hin."

Wir sahen meinen Vater an. Er schob vorsichtig mit dem Fuß die Teile zusammen. „Das kommt davon, wenn man sich mit der Leiter immer in den Weg stellt, Onno. Aber gut, dass ich meinen Akkuschrauber mitgenommen habe. Er liegt aufgeladen in der Pension. Christine, hol ihn doch mal."

Ich machte den Mund auf, er fügte „Bitte" an.

„Und frag gleich, ob jemand angerufen hat."

Dorothea sammelte die Werkzeugteile auf. „Wer soll denn anrufen?"

„Ines. Wegen meiner Mutter."

„Ach so, heute wird sie ja operiert. Sie ruft dich oder deinen Vater doch auf dem Handy an."

„Sicher."

„Das ist aus." Mein Vater winkte ungeduldig ab. „Ich habe die Handys ausgemacht, ich will nicht verstrahlt werden."

Ich war perplex. „Du hast mein Handy ausgeschaltet? Und wartest auf Anrufe? Sag mal …"

„Man kriegt Blumenkohlohren, habe ich in der Zeitung gelesen. Ich riskiere das nicht. Ich setze mich nicht mit eingeschalteten Handys in einen Raum, ich bin doch nicht verrückt."

Ich suchte wütend nach einer Antwort, als die Tür wieder aufgestoßen wurde. Es passierte das, was gerade noch gefehlt hatte. „Hallöchen, wir wollten mal gucken, was die fleißigen Handwerker machen."

Frau Weingarten-Zapek und Frau Klüppersberg hatten sich wenigstens keine Blaumänner angezogen. Kalli guckte entsetzt, mein Vater sah ihn sofort strafend an. Onno reagierte zuerst. „Tach. Wir haben geschlossen. Es wird noch renoviert."

Die Damen kicherten und stupsten sich gegenseitig an. „Süß. Wir dachten, vielleicht können wir einen der Herren für eine kleine Pause entführen."

Dorotheas drohender Blick traf meinen Vater. Er schüttelte missbilligend den Kopf. „Jetzt langt es. Hier ist doch kein Kontakthof. Kalli, wir arbeiten weiter, es gibt keine Pause, Job ist Job, das gilt für alle. Meine Damen, wir sehen uns bestimmt, die Insel ist ja nicht so groß. Christine, meinen Akkuschrauber, bitte."

Den beleidigten Abgang der Damen und einen Lachkrampf ersparte ich mir, ich schnappte mein Handy von der Fensterbank und war vor ihnen draußen. Ich schaltete mein Handy an und tippte die Pin ein, während ich langsam zur Ferienwohnung ging. Sekunden später klingelte es bereits, ich nahm das Gespräch an und stieß fast mit Johann Thiess zusammen.

„Hallo, hier ist Ihre Mobilbox von T-Mobile. Sie haben vier neue Nachrichten, zur Abfrage drücken Sie bitte die Eins."

Wir standen uns gegenüber, jeder mit einem Handy am Ohr, beide erschrocken. Ich hörte ihn leise sagen: „Du, ich muss Schluss machen, ich melde mich später noch mal, ja?" Seine Stimme klang weich, warm und zärtlich. Vermutlich hatte er nicht mit seiner Autowerkstatt telefoniert.

Ich drückte die Eins. „Heute, 10.30 Uhr. Ein Anruf von 0171… Es wurde keine Nachricht hinterlassen. Möchten Sie jetzt mit dem Anrufer verbunden werden, drücken Sie die Sieben."

Ich wollte nicht. Johann blieb stehen und sah mich nachdenklich an.

„Heute, 10.45 Uhr. Ein Anruf von 0171… Es wurde keine Nachricht hinterlassen …"

Das Handy meines Gegenübers klingelte. „Ja? … Hallo Mausi."

Er hatte so sanfte Augen. *Mausi …?*

„Nein, im Moment ist es gerade ungünstig … Nein, noch nichts Genaues … Hör zu, ich ruf dich später an. Tschüss, tschüss." Er hatte anscheinend von Natur aus diese sexy Telefonstimme. Ich guckte unbeteiligt.

Meine Mobilbox rief mich wieder an. „Heute, 11.30 Uhr. Piep: ‚Hallo, hier ist Ines, wieso habt ihr denn eure Handys ausgestellt? Also, Mama hat alles gut überstanden, sie ist schon wieder auf ihrem Zimmer. Ich habe mit dem Arzt gesprochen, der war zufrieden mit allem. Und es wäre sehr hilfreich, wenn ihr mal ein Telefon angestellt lasst. Bis dann.'" Ich legte auf.

„Und?" Johanns braune Augen guckten mir wieder bis ins Herz. „Ärger?"

„Meine Mausi, äh, Mutter ist heute …"

Wieder mein Telefon, wieder Frau Mailbox: „Heute, 11.40 Uhr. Piep: ‚Ich bin es noch mal. Du brauchst die nächste Stunde nicht zurückzurufen, ich mache das Handy jetzt auch aus, weil ich zu Mama aufs Zimmer gehe. Sie ist ja noch ziemlich müde, wir melden uns heute Nachmittag, dann kann Papa auch mit ihr reden. Also, bis später.'"

Ich steckte das Handy in die Hosentasche. Johann sah mich immer noch abwartend an. „Nein, kein Ärger, alles ist im Lack. Was hast du jetzt vor?"

Er hob die Schultern. „Ich wollte mir ein Fahrrad leihen und zum Strand fahren. Hättest du vielleicht Lust mitzukommen?"

Zwei kaum bekleidete Menschen, warmer Sand, weiche Haut, salziges Meer, ich verscheuchte die Bilder aus meinem Kopf und suchte nach einer Antwort, die trotz Mausi verbindlich, aber dennoch distanziert klang.

Mein Vater fand sie. „Christiiiine!" Er streckte den Kopf zum Kneipenfenster heraus. „Wo bleibst du denn so lange? Wir kommen nicht weiter."

„Ich komme ja schon." Ich lächelte Johann an. „Tja, tut mir leid, du siehst, ich muss was tun. Vielleicht ein anderes Mal."

Er verdrehte die Augen, lächelte aber dabei. „Das ist wohl eine größere Aktion, sich mit dir zu verabreden, oder? Pass auf, wir machen das spontan. Du gibst mir deine Handynummer, und ich rufe dich immer wieder an. Bis wir es hinkriegen. Was hältst du davon?"

Mein Herz klopfte.

„Christiiiine!"

„Ja, Papa, Moment!" Ich atmete tief durch, dann gab ich Johann meine Nummer und war bereit, Mausi zu ignorieren, wenn wir wenigstens irgendwann ein Bier trinken würden.

Als ich mit dem Akkuschrauber aus dem Haus trat, sah ich ihn nur noch von hinten. Er radelte in Richtung Strand. Und er telefonierte.

Meine Laune wurde nicht besser, als mein Vater mir den Schrauber mit den Worten „Wen hast du denn da schon wieder angequatscht?" entriss.

„Ich habe niemanden angequatscht", erwiderte ich beleidigt.

„Hast du wohl, ich habe es doch gesehen. Das ist doch der komische Gast, der gestern angekommen ist."

Kalli nickte mir beruhigend zu. „Wieso ist der komisch?"

„Ich bitte dich!" Mein Vater schnaubte. „Allein reisende Männer, das kennt man doch. Der will hier bestimmt eine Frau aufreißen. Und zu Hause sitzen vier Kinder und heulen."

Dorothea hatte mitgehört. „Und woher weißt du, dass er vier Kinder hat?"

„Vielleicht hat er auch nur drei oder zwei, das ist doch egal. Marleen ist auch nicht von ihm begeistert, das habe ich gehört, als sie mit Gesa geredet hat. Und er hat tückische Augen."

Jetzt reichte es mir. „Du erzählst manchmal richtigen Schwachsinn. Tückische Augen, was soll das denn wieder sein?"

„‚Blaue Augen scheu, aber immer treu, braune Augen fein, aber stets gemein.' Ganz alte Redensart, da ist was dran. Und übrigens, Fräulein, achte auf deinen Ton."

Dorothea lachte leise, Nils grinste, Kalli guckte auf seine Schuhe, Onno sang „Rote Rosen, rote Lippen, roter Wein", und niemand half mir. Ich war stinksauer und traute mich trotzdem nicht, den Vatermord vor Zeugen zu begehen.

SOBALD ICH MICH einigermaßen beruhigt hatte, fiel's mir wieder ein: Meine Mutter! Ich hatte meinem Vater noch gar nichts gesagt. Er machte sich immer noch Sorgen. Er hätte mich ja auch freundlich fragen können, mit wem ich telefoniert hatte, statt an mir rumzumäkeln. Selbst schuld.

„Papa, du brauchst dir keine Sorgen zu machen, es ist alles gut", erzählte ich ihm. „Ines hat angerufen, die OP ist gut verlaufen, Mama war um elf Uhr zwar noch müde, aber schon wieder auf ihrem Zimmer, und so gegen fünfzehn Uhr kannst du sie selbst anrufen."

„Wieso hat Ines denn nicht angerufen, wenn alles gut ist?"

„Hat sie doch, das habe ich dir gerade gesagt. Sie hat auf meine Mailbox gesprochen, weil du ja alle Handys ausgeschaltet hast."

Kalli räusperte sich. „Na, das klingt ja gut."

Mein Vater nickte erleichtert. „Ich gehe mal in die Pension und frage Marleen, ob sie uns was zu essen macht. Bis gleich."

„Papa, noch nicht anrufen, hörst du?"

„Nein, nein." Er ging mit schnellen, federnden Schritten über den Hof.

Nach einer halben Stunde kam er wieder, gefolgt von Marleen, die ein Tablett mit belegten Brötchen trug. Er strahlte uns alle an und rief: „Schöne Grüße von meiner Frau. Los, Kalli, schieb mal ein paar Tische zusammen, wir essen jetzt etwas. Gesa kommt auch, sie bringt Kaffee mit. Christine, Onno, Dorothea, Pause! Ach, Nils, du natürlich auch. Nicht nur malochen, wir wollen doch auch ein bisschen Spaß haben."

Ich schob Stühle an die improvisierte Tafel, mein Vater setzte sich neben mich und streichelte mein Knie. „Eine Tasse Kaffee ist jetzt schön, oder?"

„Du hast sie doch sofort angerufen."

„Natürlich."

„Sie war doch bestimmt noch total verschlafen."

„Ich kenne deine Mutter seit achtundvierzig Jahren. Sie ist jeden Morgen total verschlafen. Das macht mir nichts aus." Er hielt seine Kaffeetasse hoch und sah in die Runde. „Prost, ihr Lieben, auf meine Frau, ihren Arzt, das neue Knie und dass wir weiterhin so gut zusammenarbeiten." Er lächelte zufrieden. „Und heute Abend gebe ich ein Bier aus. Ihr seid alle eingeladen."

Dorothea zwinkerte mir zu, ich zwinkerte zurück. Die Ferien waren erst mal gerettet.

Mein Vater schilderte in bunten Bildern den Operationsverlauf und lieferte gleich noch andere Familienkrankheitsgeschichten hinterher. Erst der Auftritt eines kleinen rothaarigen Mannes ließ ihn innehalten. Er trug karierte Bermudas, ein gelbes Polohemd und einen passenden Pullover um die Schultern.

„Man hat mein Klopfen nicht gehört.“ Er hatte eine Fistelstimme.

Onno schluckte den letzten Bissen runter und sagte: „Tach, wir haben geschlossen. Es wird noch renoviert.“

Der Bermudasträger ignorierte ihn. „Mein Name ist Gisbert von Meyer, ich komme vom Norderneyer *Inselkurier*. Einen schönen guten Tag.“

Mir taten Typen wie er immer leid. Er war zu klein, zu dünn, zu blass, zu rothaarig. Dann fiel mir ein, was mir an dem Namen bekannt vorkam. Ich sagte es auch gleich, lauter, als ich eigentlich vorhatte: „Gisbert von Meyer? Sind Sie derjenige, der diesen Artikel geschrieben hat, ‚Invasion der Tagesgäste‘? Er war mit GvM unterschrieben.“

Er strahlte mich an, dass man die kleinen Mäusezähnchen sah. „Derselbe bin ich. Ja, ich gehöre zur schreibenden Zunft, das ist meine Leidenschaft. Und deshalb bin ich heute hier. Sind Sie Marleen de Vries?“

Ich schüttelte den Kopf und deutete auf Marleen, die schon vor ihm stand und ihre Hand ausstreckte. „Ich bin Marleen de Vries. Was kann ich für Sie tun?“

GvM ergriff ihre Hand und schüttelte sie, ohne den Blick von mir zu wenden. „Was Sie für mich tun können? Falsche Frage, ich tue was für Sie. Ich bin Journalist und arbeite für ein paar Monate bei der Norderneyer Inselzeitung. Ich suche Themen, die mich leidenschaftlich und neugierig machen“, Dorothea machte gurgelnde Geräusche, ich vermied es, sie anzusehen, „und jetzt habe ich gehört, dass hier auf unserer wunderbaren Insel aus einer alten Kneipe eine wunderbare Bar oder Lounge entsteht. Darüber möchte ich schreiben.“

Mein Vater stellte sich neben Marleen. „Haben Sie einen Presseausweis?“

GvM guckte verwirrt. „Wie bitte?“

„Aus-weis. Ich möchte Ihren Pres-se-aus-weis sehen. Sie können ja auch ein Spion der Konkurrenz sein.“

„Aber die Dame dort hat doch schon etwas von mir gelesen.“ Seine Fistelstimme wurde bei Aufregung brüchig.

Mein Vater sah in meine Richtung und winkte ungeduldig ab. „Ach, das ist nur meine Tochter. Sie liest einfach zu viel. Schon als Kind. Und dann erzählt sie wilde Geschichten. Nein, nein, den Ausweis bitte.“

Nils mischte sich ein. „Heinz, entschuldige, ich kenne Herrn von Meyer. Er wohnt drei Häuser neben uns, er ist wirklich bei der Zeitung.“

Mein Vater sah erst skeptisch Nils, dann GvM interessiert an. „Bekommen Sie eigentlich irgendwelche Vergünstigungen? Mein Sohn war auch mal Journalist, der kriegte bei VW und Toyota Rabatt. Im Kino auch."

Der kleine Inseljournalist sah verlegen aus. „Ich kümmere mich da nie so drum, ich brauche ja gar kein Auto und ins Kino gehe ich nicht so gern. Aber ich fahre manchmal nach Hamburg."

Onno beugte sich vor. „Auf die Reeperbahn? Kriegt ihr da alles billiger?"

Man sah die Sommersprossen auch, wenn Gisbert von Meyer errötete. Er wehrte heftig ab. „Um Himmels willen, nein, ich gehe manchmal zum HSV. Die Karten bekomme ich etwas preiswerter." Er war verlegen, mein Vater sprachlos.

Doch er hatte sich gleich wieder gefasst. „Sie gehen zum HSV? Ins Stadion? Zum Fußball? Und kriegen da Karten? Egal für welches Spiel?"

GvM entschuldigte sich. „Ich weiß, Fußball ist nicht jedermanns Sache, aber ich mag diesen Sport sehr. Es ist mein einziges Laster, aber der Mensch kann ja nicht nur arbeiten."

Mein Vater zog ihn mit an den Tisch. „Das sag ich auch immer. Also, ich heiße Heinz, Gisbert war dein Name, oder? Also, dann setz dich mal mit dazu, du trinkst bestimmt einen Kaffee mit uns, kleines Brötchen dazu?"

Marleen verfolgte das Geschehen. „Herr Meyer, was wollten Sie eigentlich von mir?"

„Ich –"

Heinz unterbrach ihn. „Er schreibt eine schöne Geschichte über uns, nicht wahr, Gisbert? Das ist Werbung für dich, Marleen. So, und jetzt sag mal, für welche Spiele hast du denn Karten?"

Anscheinend gefiel es Gisbert von Meyer ausgesprochen gut in unserer Runde, zumindest unternahm er keinerlei Anstalten, zurück in seine Redaktion oder nach Hause zu gehen. Selbstverständlich blieb mein Vater neben Gisbert sitzen. Während Kalli und ich strichen, Dorothea und Nils Farben mischten und Onno mit Heinz' Akkuschrauber Leisten befestigte, schwelgten ein kleiner Journalist und ein großer Wichtigtuer in alten Hamburger Fußballerinnerungen. Wir waren gezwungen zuzuhören. Mein Vater schwärmte von Rudi Gutendorf und Horst Hrubesch, Gisbert von Meyer von Kerlen wie Dietmar Jakobs und natürlich Uwe Seeler.

Onno tippte mir auf die Schulter und flüsterte: „Die Fistelstimme von der Journaille geht mir auf den Geist. Der macht mich ganz aggressiv. Darf ich das Radio lauter machen?"

„Gisbert, möchtest du ein Bierchen?“, fragte Heinz schließlich.

Herr von Meyer winkte ab. „Nein, nein, vielleicht eine Apfelsaftschorle.“ Er sah auf die Uhr. „Oder kann ich dich vielleicht zu einem Getränk auf der Promenade einladen? Hier ist es ja doch sehr laut, wenn man sich unterhalten will.“

„Da hast du Recht.“ Heinz guckte in die Runde und verkündete: „Ich gehe dann mal mit Herrn von Meyer etwas trinken. Hier weiß ja jeder, was er zu tun hat, da wird es wohl mal eine Zeit lang ohne mich gehen. Wir treffen uns um neunzehn Uhr in der Milchbar, seid pünktlich. Frohes Schaffen.“

Am frühen Abend, nach dem Duschen, saß ich auf dem Badewannenrand und reinigte meine Farbfinger mit Terpentin, während Dorothea sich schminkte. Vom Flur her kam ein Geräusch, ich erkannte mein Handy, das dreimal lang piepte und vor sich hin vibrierte. SMS.

Ich sprang auf, Dorothea lächelte. „Vielleicht ist es ja nur Ines“, sagte ich.

Sie war es nicht. Bin ab 21 Uhr im Surfcafé am Nordstrand. Würde gern mit dir Rotwein trinken und aufs Meer sehen. Hoffentlich bis später, Gruss, Johann.

„So dümmlich, wie du grinst, war die nicht von Ines.“ Dorothea ging an mir vorbei in ihr Zimmer.

„Nein, Johann Thiess will sich um neun mit mir treffen. Im Surfcafé. Wie kriege ich das denn mit Heinz auf die Reihe?“

Dorotheas Stimme klang hohl, sie sprach in den Kleiderschrank. „Ich könnte ihn betrunken machen. Oder, noch besser, ich gebe Frau Weingarten-Zapek und Frau Klüppersberg einen heißen Tipp. Dass er heute Abend willig und gefügig ist.“

Ich war skeptisch. Dann fiel mir noch etwas ein. „Was soll ich denn anziehen?“

Dorothea reichte mir einen kurzen geblümten Rock. „Den hier. Und dazu ein weißes T-Shirt.“

Ich zog beides an, Dorothea nickte beifällig, ich schminkte mich sorgfältig und nahm doppelt so viel Parfum als sonst. Dorothea spuckte mir dreimal über die Schulter. „Toi, toi, toi.“

Ich fand es etwas übertrieben, schließlich war ich lediglich mit einem von Marleens Pensionsgästen zum Rotwein verabredet. Es fühlte sich trotzdem gut an.

Ich hatte Seitenstiche, als ich vor dem Surfcafé eintraf, nachdem ich mich unter einem Vorwand aus der Runde in der Milchbar davongestohlen hatte. Ich blieb kurz stehen, um Luft zu holen, und ließ meine Blicke über die Terrasse des Lokals wandern. Plötzlich entdeckte ich ihn. Normalerweise hasste ich die Farbe Rosa. Johann Thiess trug Jeans und ein rosa Hemd, er saß am dritten Tisch von links und sah einfach göttlich aus. Ich ging wacklig auf seinen Tisch zu. „Hallo, tut mir leid, ich habe es nicht früher geschafft."

Johann stand langsam auf, griff nach meinem Ellbogen, beugte sich vor und küsste mich auf die Wange. „Schön, dass du jetzt da bist."

Ich ließ mich auf den gegenüberliegenden Stuhl fallen und konnte kaum fassen, dass es tatsächlich geklappt hatte. Christine Schmidt saß auf Norderney am Strand, eine halbe Stunde vor Sonnenuntergang, mit dem besten Mann, den sie in den letzten zwanzig Jahren gesehen hatte. Und dieser Mann sah sie mit rehbraunen Augen an und sagte mit einer Stimme, die vor Erotik nur so vibrierte: „Rotwein?"

Ich nickte, reden konnte ich nicht. Ich riss mich zusammen. „Und? Was hast du heute so gemacht?"

„Ich bin mit dem Fahrrad durch die Gegend gefahren, habe mir die Insel ein bisschen angeguckt. Und auf dem Rückweg war ich baden. Am FKK-Strand. Ich habe noch nie so einen breiten Strand gesehen, war toll."

„Hm. Ja, der ist ziemlich breit." *Herr, gib mir Hirn!*

Johann gab der Bedienung ein Zeichen; als sie kam, bestellte er zwei Gläser Rotwein.

„Bist du das erste Mal auf Norderney?", fragte ich.

Johann nickte und wartete, bis die zurückgekehrte Bedienung uns die Gläser hingestellt hatte. „Ja. Es gefällt mir gut hier, es ist eine schöne Insel."

„Und wie bist du auf Norderney gekommen?"

Er hob die Schultern und sah an mir vorbei. „Ich weiß gar nicht so genau, ich glaube, ein Arbeitskollege hat mir den Tipp gegeben. Bist du schon oft hier gewesen?"

„In den letzten Jahren öfter, sonst bin ich mehr auf Sylt. Meine Eltern leben dort. Du sagtest Arbeitskollege, was machst du denn?"

„Das ist ganz langweilig, ich bin Banker. Und du?"

„Ich arbeite in einem Verlag."

Johann zog eine Schachtel Zigaretten aus der Hemdtasche. Es war meine Marke. „Das klingt spannender als eine Bank. Rauchst du?"

„Nur wenn mein Vater nicht dabei ist. Danke." Ich nahm eine.

Er gab mir Feuer und lachte. „Ach ja, dein Vater ist auch hier. Ich finde ihn ganz sympathisch, vorhin hat er diese beiden etwas anstrengenden Damen sehr charmant abblitzen lassen, das hat mich beeindruckt."

„Wo hat er die denn getroffen?"

„Er kam vom Telefonieren und sie passten ihn ab. Er schob sie mit Grandezza zur Seite und rief: ‚Meine Damen, wichtige Dinge warten auf ihre Erledigung, ich werde Sie beide aber nicht vergessen.' Sie gaben ihm den Weg frei und lächelten."

Ich war beeindruckt. Sie hatten ihm noch nicht einmal den ‚Kontakthof' übel genommen.

Johann stand auf und setzte sich auf den Stuhl neben mich. „Von hier aus sieht man den Sonnenuntergang besser." Sein Bein berührte meins. „Schön, oder?"

Ich nickte, vor lauter Gefühl schnürte sich mir fast der Hals zu.

„Wie kommt eine Sylterin, die in Hamburg lebt, denn nach Norderney?"

„Wie ich nach Norderney komme? Durch Marleen. Wir kennen uns schon lange, wenn sie Hilfe braucht und ich Zeit habe, komme ich her."

Johann legte den Arm auf meine Stuhllehne, seine Hand berührte meine Schulter, ich war nicht sicher, ob es ein Versehen war. Ich hoffte nicht.

„Ich bin froh, dass ich dich getroffen habe. Der Tipp mit Norderney hat sich schon gelohnt. Meinst du, wir könnten uns öfter sehen?" Jetzt strich er mit dem Daumen über meine Schulter. Ich bekam Gänsehaut.

„Ich würde dich gern öfter sehen, wir haben aber noch ziemlich viel zu tun. Die Eröffnung der Bar ist schon am Wochenende. Und außerdem, na ja, mein Vater vergisst manchmal, wie alt ich bin, und will noch erzieherisch auf mich einwirken, also keine Zigaretten, kein Alkohol, keine Jungs –"

Johann unterbrach mich, bevor mein Redeschwall ausuferte. „Christine, kann ich dich was fragen?"

Alles, dachte ich, und die Antwort ist immer Ja.

„Ist Marleen de Vries eigentlich in der Pension angestellt?"

Auf die Frage war ich jetzt nicht gefasst. „Wieso?"

„Ich wollte nur wissen, was sie da macht. Wer ist denn ihre Chefin?"

Ich starrte ihn an und überlegte, ob mir etwas entgangen war. Was wollte er plötzlich von Marleen? Meine Antwort kam zögernd. „Sie ist die Chefin. Es ist ihre Pension."

Er wirkte für einen Moment erschrocken. Dann lächelte er mich an. „Ach so. Und wie alt ist sie?"

Der Sonnenuntergang fing ohne mich an. „Sie ist einundfünfzig. Sonst noch Fragen?"

Jetzt guckte er wirklich erschrocken. „Versteh mich nicht falsch." Er griff nach meiner Hand. „Weißt du, ob sie liiert ist?"

Ich zog meine Hand weg. „Frag sie das am besten selbst. Wenn du sie nett bittest, erzählt sie dir bestimmt alles im Detail."

Johann holte sich meine Hand zurück. „Du irrst dich, Christine, ich interessiere mich nicht für Marleen de Vries. Ein Freund von mir wollte das wissen. Er hat hier mal übernachtet und sich wohl ein bisschen in sie verguckt. Das hat nichts mit mir zu tun. Sonst würde ich jetzt nicht mit dir hier sitzen und aufgeregt sein."

Er lächelte, ich schmolz dahin und guckte, wie weit die Sonne schon war. Und Johann strich mit einem Finger über meinen Nacken. Minutenlang konzentrierte ich mich auf seine Berührungen und verliebte mich dabei hemmungslos. Er rückte näher an mich ran und fragte: „Lebst du eigentlich allein?"

Ich nickte. „Ja, seit drei Jahren. Und du?"

„Ich auch. Das heißt, ich suche eigentlich gerade eine Wohnung in Bremen. Im Moment wohne ich noch …"

Sein Handy verhinderte die ganze Offenbarung. Ich zuckte zusammen, Johann zuckte zusammen, ging aber dran. „Ja, hallo?" Sein Gesicht wirkte angestrengt. Während er zuhörte, setzte er sich gerade hin und nahm den Arm von meiner Stuhllehne. „Du, ich habe dir doch gesagt, ich ruf dich an, wenn ich mehr weiß. Ich kann noch nichts sagen, lass mir doch ein bisschen Zeit. Ich mache so was ja nicht jeden Tag."

Es war eine weibliche Stimme, die am anderen Ende sprach.

Johann merkte anscheinend, dass ich mithörte, und stand auf. „Jedenfalls passt es im Moment nicht. Ich melde mich morgen … Jetzt sei nicht gleich wieder beleidigt. Also bis bald."

Er setzte sich wieder, während ich der Bedienung zuwinkte. „Ich möchte zahlen."

„Christine, bleib doch noch. Ich befürchte, das war missverständlich. Jedes Mal wenn wir uns treffen, ruft meine Tante an."

Klar, Tante Mausi, dachte ich und zwang meine irritierten Gefühlswellen zum Stillstand. „Sicher, Johann. Ich verstehe schon, außerdem kannst du ja auch telefonieren, mit wem du willst. Ich muss aber los, morgen geht die Arbeit weiter, und du weißt ja, mein Vater."

Die Bedienung stand vor uns. „Zusammen?"

„Ja.“ Johann zog seine Brieftasche aus der Jeans und hielt ihr einen Schein hin. Ich ließ ihn zahlen, mich hatte diese Verabredung genug Anstrengung gekostet.

Wir hatten denselben Weg, es wäre albern gewesen, hintereinanderher zu gehen. Wir liefen schweigend, ich spürte seine Blicke, hatte aber keine Lust, Fragen zu stellen, deren Antworten ich vermutlich gar nicht hören wollte. Kurz vor der Pension blieb er abrupt stehen und hielt mich am Arm fest. „Warte. Wir müssen ja nicht deinem Vater über den Weg laufen, oder?“

„Schiss?“

Er sah mich verdutzt an. „Vor deinem Vater? Nein. Ich dachte, du hättest mit ihm sonst Diskussionen, von wegen keine Zigaretten und – keine Jungs.“ Er lachte.

Ich nicht. Ich war traurig. Er merkte es mir an und legte mir den Arm um die Schulter. „Pass auf. Ich muss erst mal ein paar Dinge regeln, über die ich im Moment nicht reden möchte. Unabhängig von dem Ganzen habe ich mich ein bisschen in dich verliebt und möchte dich gerne näher kennen lernen. Das eine hat mit dem anderen nichts zu tun. Kannst du das verstehen?“

Ich verstand es natürlich nicht, aber er hatte diese rehbraunen Augen, diesen schönen Mund und er roch so gut. Also lehnte ich mich an ihn. „Schon in Ordnung. Vielleicht können wir morgen Abend mal zusammen zum Baden fahren.“

Er küsste mich erst sanft, dann länger auf den Mund. Wenn man dicht genug dran war, erkannte man in diesen braunen Augen goldene Pünktchen.

Auf dem Weg zur Ferienwohnung beruhigte ich mich mit dem Gedanken, dass der nette Nils vielleicht auch ein dunkles Geheimnis hatte. Na und? Wir hatten schließlich Sommer.

Erleichtert stellte ich fest, dass ich als Erste in der Ferienwohnung war. Das Treffen mit Johann hatte nicht besonders lange gedauert, es war noch vor elf. Beim Zähneputzen versuchte ich, die bösen Gedanken zu vertreiben und mich auf die goldenen Pünktchen und den Kuss zu konzentrieren. Ich war müde genug, es zu schaffen und ins Bett zu gehen.

Als ich am nächsten Morgen um sieben vorsichtig die Schlafzimmertür meines Vaters öffnete, lag er auf dem Rücken, das Kissen auf seinem Gesicht, und schnarchte leise. Ich ließ ihn schlafen, er musste nicht jeden Tag um acht Uhr in der Kneipe auftauchen. Er konnte schließlich auch mal Ferien haben.

Dorotheas Bett war unberührt, entweder hatte sie die Nacht mit Nils am Strand oder in dessen altem Kinderzimmer verbracht.

In der Pension stand Marleen in der Küche und füllte Brötchen in die kleinen Körbe. Sie drehte sich zu mir um. „Guten Morgen. Du warst ja gestern Abend so schnell weg. Geht es dir besser? Heinz hat so geheimnisvolle Andeutungen gemacht."

Ich schenkte mir einen Kaffee ein und setzte mich auf einen Hocker. „Dorothea hat ihm erzählt, ich hätte schwere Frauenleiden. Das war erfunden, ich hatte noch eine kleine Verabredung und wollte nicht, dass er das mitkriegt."

„Mit wem?" Marleen sah mich neugierig an. „Erzähl."

„Mit deinem Gast. Johann Thiess."

„Oh … Und?"

Ich streckte meine Beine aus und lehnte mich an die Wand. „Marleen, ich finde ihn weltklasse! Wir haben uns im Surfcafé getroffen, es war sehr schön. Und ich glaube, das geht auch irgendwie weiter."

Ihr skeptischer Blick erinnerte mich an seine Fragen nach Marleen, an den ominösen Anruf von Mausi-oder-wem-auch-immer, an seine geheimnisvollen Andeutungen zum Schluss. Ich versuchte, Marleen und mich selbst zu beruhigen. „Er hat hier was Berufliches zu regeln, er ist übrigens Banker. Vielleicht ist er einer Korruption auf der Spur, er darf nicht darüber reden, hat er mir erzählt. Und er hat gesagt, dass er ein bisschen in mich verliebt ist. Und gut küssen kann er auch. Jedenfalls war es toll …"

Ich trank meinen Kaffee aus, stellte die Tasse in die Spüle und griff nach einer Platte mit Aufschnitt. „Ich fang mal an, irgendetwas Besonderes?"

Marleen schüttelte den Kopf, ich war erleichtert, dass sie nichts zu meinem Rendezvous sagte. Ich wollte nichts Kritisches hören.

Die Bergs waren die ersten Gäste, die zum Frühstücken kamen. Lena nickte mir fröhlich zu. „Hallo Christine, machst du uns wieder einen Kakao?"

„Natürlich", versprach ich und ging zurück in die Küche. Marleen kochte dort gerade Tee und drehte sich zu mir um.

„Warst du eigentlich vor deinem Vater zu Hause?"

„Schon längst, ihr habt ja ziemlich lange gesessen. War es nett?"

Marleen lachte. „Nett? Herr von Meyer kam noch richtig in Fahrt. Heinz und er teilen nicht nur ihre Leidenschaft für den HSV, sondern auch für den deutschen Schlager. Ich dachte, der Junge explodiert irgendwann, er saß da mit hochrotem Kopf und sang sein Lieblingslied von Andrea Berg."

Durchs Küchenfenster sahen wir Kalli, der umständlich sein Fahrrad abschloss, während Onno auf ihn wartete. Als Kalli sich wieder aufrichtete, fand er sich einer flauschig gelb-schwarz geringelten Hannelore Klüppersberg gegenüber. Wir konnten nicht verstehen, was sie zu ihm sagte, Kalli wurde aber rot, und Onno trat vorsichtshalber einen Schritt zurück. Das wiederum nützte ihm gar nichts, denn Freundin Mechthild kam von hinten.

„Guten Morgen. Da stehen sie am Fenster, die alten Tratschweiber, und glotzen." Dorothea betrat die Küche und stellte sich hinter uns. „Guck mal, Biene Maja. Und Frau Weingarten-Zapek trägt Frottee, wie süß! Wo kaufen die bloß ihre Klamotten?" Dorothea winkte ihnen fröhlich zu und drehte sich zu uns um. „Im Frühstücksraum sind übrigens Gäste ohne Getränke. Christine, dein Lieblingsgast ist auch dabei. Wie war es denn überhaupt?"

„Schön." Ich griff nach den beiden Kannen, die Marleen mir hinschob. „Nur nicht so lange wie bei dir."

„Ich kriege überhaupt nichts mehr mit." Marleen reichte Dorothea einen Kaffee und sah sie neugierig an. „Klärt mich mal jemand auf?"

Während Dorothea mit beseeltem Lächeln begann, ihre nächtlichen Abenteuer zu schildern, ging ich mit meinen Kannen zu meinem Lieblingsgast, mit dem ich so gern ähnliche Abenteuer erleben würde. Johann Thiess saß wieder an dem kleinen Tisch am Fenster. Mit verdoppeltem Pulsschlag blieb ich vor ihm stehen.

„Guten Morgen, Christine, ich würde gern mit dir frühstücken. Wie geht es dir?"

„Gut." Ich hatte einen Frosch im Hals. „Trinkst du Kaffee oder Tee?"

„Kaffee, bitte. Ist alles in Ordnung?"

Ich brauchte mich nicht umzudrehen, Biene Maja und der Frotteelappen betraten lautstark den Raum. Ich sah Johann an. „Du siehst ja, ich muss was tun. Hier hast du Kaffee, bis später."

Er legte seine Hand kurz auf meine. „Hoffentlich."

Frau Weingarten-Zapek und Frau Klüppersberg waren erstaunt, als ich ihnen mit strahlendem Lächeln ihren Tee versprach.

Die Damen waren bereits bei der Fabrikation ihres Tagesproviants, als mein Vater auftauchte. Sofort sprang Frau Klüppersberg auf und stieß dabei ihr Saftglas um. Während Freundin Mechthild noch tupfte, hatte Hannelore Klüppersberg meinen Vater bereits mit eisernem Griff am Oberarm gepackt. „Mein lieber Heinz!" Es hörte sich fast wie Triumphgeheul an. „Wir haben bei uns noch ein Plätzchen frei, jetzt leisten Sie uns endlich mal Gesellschaft. Wir wollen ein paar hübsche Inselgeschichten hören."

An den übrigen Tischen verstummten die Gespräche. Die anderen Gäste beobachteten meinen verdutzten Vater, der im Klammergriff einer überdimensionalen Strickbiene feststeckte. „Ja, ähm, ich wollte nur …"

„Papa, setz dich doch, ich bringe dir gleich einen Kaffee", schaltete ich mich ein. Ich musste hier Ordnung reinbringen, so viel Durcheinander vertrug mein Vater morgens nicht.

Auf dem Weg zur Tür musste ich an Johann vorbei, der am Büfett stand. Er ließ mich durch, dabei spürte ich seine Hand auf meinem Rücken. Frau Weingarten-Zapek, die anscheinend einen Teller für meinen Vater zurechtmachte, beobachtete erst die Hand, dann mich und hob die Augenbrauen.

Nach und nach wurden die Gäste im Frühstücksraum weniger, die ersten hatten schon mit ihren Badetaschen die Pension verlassen, es war wieder ein Traumtag. Erstaunlicherweise hielt mein Vater es immer noch mit dem Damenduo aus. Von dem Tisch abgesehen, saß nur noch Johann da, trank den vierten Kaffee und las die *Süddeutsche Zeitung*.

Ich fing langsam an, das Büfett abzuräumen. Schließlich faltete Johann seine Zeitung zusammen und stand auf. Er ging an mir vorbei und legte kurz die Hand auf meine Schulter. „Bis bald." An der Tür drehte er sich noch einmal um, wandte sich an den letzten besetzten Tisch und sagte: „Einen schönen Tag wünsche ich Ihnen."

Das „Danke, junger Mann" kam von den Damen im Chor, mein Vater hatte es anscheinend nicht gehört, er gab keine Antwort.

Als ich in den Flur treten wollte, um einen letzten Blick auf Johann zu werfen, wurde ich fast von Kalli überrannt. Mit einem Affenzahn kam er um die Ecke, riss mich an sich und walzte mit mir in den Frühstücksraum. Seine Stimme überschlug sich. „Wo ist dein Vater? Ach, da bist du ja. Heinz, Christine, es ist geschafft, jawohl, sie hat es grandios gemacht, es ist doch wunderbar. Es sieht bestimmt toll aus."

Er drehte mich noch einmal und blieb dann atemlos stehen. Mein Vater sah mich an.

„Ich glaube nicht, dass er sich über Dorotheas Farbmischungen so freut. Oder?"

„Ich bin Opa." Kalli verschluckte sich und hustete. Ich klopfte ihm auf den Rücken, bis er sich beruhigte und wieder krächzen konnte. „Ein Mädchen, Katharina hat ein Mädchen bekommen! Ich habe eine Enkelin! Gerade haben sie angerufen. Hanna lässt alle grüßen, ich soll eine Runde ausgeben. In der Haifischbar. Heute Abend. Ist das nicht herrlich?"

Frau Weingarten-Zapek klatschte entzückt in die Hände. „Ja, herzlichen

Glückwunsch. Und danke für die Einladung, wir nehmen gern an, nicht wahr, Hannelore? So ein junger Opa, erstaunlich, das denkt man gar nicht."

Sie lächelte strahlend in die Runde. Mein Vater stand auf und klopfte Kalli anerkennend auf den Rücken. „Gut gemacht, alter Junge."

Kalli guckte stolz. Ich drückte ihn ebenfalls. Frau Klüppersberg blieb zwar neben ihrer Freundin sitzen, rief aber fröhlich: „Natürlich sind wir dabei. Da machen wir uns aber mal einen lustigen Abend."

Kalli nickte ihnen zu, langsam dämmerte ihm etwas. „Ich meinte diese Frauen gar nicht mit der Einladung und Hanna bestimmt auch nicht. Kommen die jetzt etwa mit?", fragte er mich leise.

Ich sah ihn mitfühlend an. „Da kommst du jetzt nicht mehr raus. Tu es für deine Enkelin. Die alten Naturvölker haben immer Opfer für neugeborene Kinder gebracht. Dann lassen wir eben das Kalb weg."

Mein Vater klopfte ihm wieder auf den Rücken. „Tja, Kalli, ich sage immer, mitgefangen ist mitgehangen. Da sind wir doch schon mit ganz anderen Kalibern fertig geworden." Er drehte sich zu den Damen um. „Dann sehen wir uns also heute Abend in der Haifischbar. Gestiefelt und gespornt. Bis dahin einen hübschen Tag. Wiedersehen."

Sie winkten ihm neckisch hinterher, als mein Vater mich mit in den Flur zog. Draußen stellte er sich vor mich und sagte mit seinem Vatergesicht: „Sag mal, dieser junge Mann gerade eben, kennst du den schon näher?"

Kalli war uns gefolgt. „Das ist doch ein Gast. Den haben wir schon gesehen. Du mochtest seine Augen nicht."

Mein Vater machte eine ungeduldige Handbewegung. „Danke, Kalli, das weiß ich selbst, das war erst gestern. Frau Klüppersberg hat da so eine Vertraulichkeit bemerkt. Christine, was meint sie damit?"

„Das kannst du die Hannelore ja heute Abend beim Tangotanzen fragen. Das wird sie dir bestimmt gern und ausführlich erklären."

„Also, ich glaube, der ist nicht ganz koscher, dieser Gast. Irgendwie hat er komische Augen. Also sieh dich vor. Ich will deine Leiche nicht aus der Nordsee fischen."

Ich blieb freundlich. „Danke, Papa. Ich weiß deine Besorgnis zu schätzen. Ich darf dich trotzdem daran erinnern, dass ich fünfundvierzig bin."

„Das weiß ich. Herr von Meyer ist übrigens siebenundvierzig, er sieht nur jünger aus. Das würde vom Alter her auch gut passen."

Ich blieb immer noch freundlich. „Ehrlich gesagt finde ich, dass Herr von Meyer etwas ganz Eigenartiges an sich hat. So etwas Nervöses, Unberechenbares. Vielleicht wirft er ja meine Leiche in die Nordsee."

Heinz lächelte gütig. „Das ist Unsinn, Gisbert ist ein ganz reizender junger Mann. Du musst ihn erst näher kennen lernen. Ich werde ihn anrufen, damit er heute Abend mitkommt, er tanzt auch gern. So, und jetzt gehen wir arbeiten, komm, Opa, das gilt für alle."

NACH DEM MITTAGESSEN, das aus Würstchen und Brötchen bestand, die uns Gesa in die Kneipe brachte, bekam ich eine SMS: HABE EIN PROBLEM, KANNST DU GLEICH INS RATHAUS-CAFÉ, FRIEDRICHSTRASSE, KOMMEN? JOHANN.

Dorothea stand neben mir und sah mein Gesicht. Auf ihren fragenden Blick hin gab ich ihr das Handy. Sie las den Text und krauste die Stirn.

„Ich habe zu wenig grüne Farbe. Christine, fährst du eben los und holst zwei Flaschen?"

„Mach ich. Sonst noch was?"

„Ja." Mein Vater ließ sein Schleifpapier sinken. „Bring eine Inselzeitung mit."

Auf dem Weg zum Fahrradschuppen schrieb ich die Antwort: BIN UNTERWEGS.

Ich entdeckte Johann sofort, als ich in das Café kam. Er beendete gerade ein Telefongespräch und deutete mir an, Platz zu nehmen. „Gut, dass du da bist, ich hatte vielleicht einen Scheißvormittag."

Er steckte das Handy in seine Jackentasche, beugte sich über den Tisch und küsste mich auf den Mund. Wie selbstverständlich. Ich lächelte selig. Er guckte ernst. „Ich wollte vorhin eine Flasche Wein kaufen in der Hoffnung, dass wir uns heute Abend noch am Strand treffen. An der Kasse habe ich gemerkt, dass ich meine Brieftasche nicht dabeihatte. Also habe ich den Wein wieder ins Regal gestellt, bin in die Pension zurück, um mein Geld zu holen. Ich habe das ganze Zimmer auf den Kopf gestellt, nichts. Das letzte Mal habe ich die Brieftasche gestern Abend im Surfcafé gehabt, beim Zahlen. Und jetzt ist sie weg."

„Die wird sich schon wiederfinden. Hast du im Surfcafé angerufen?"

„Natürlich war ich schon da. Und anschließend bin ich die ganzen Wege abgelaufen. Hin und zurück. Und im Fundbüro war ich auch. Da hat keiner was abgegeben. Die Brieftasche ist weg."

„Und jetzt?"

„Jetzt habe ich erst mal meine Kredit- und EC-Karten sperren lassen. Ich habe noch zehn Euro in der Tasche, aber das war es dann."

„Soll ich dir was leihen?"

„Könntest du das machen? Dann kann ich morgen gleich nach Hause fahren, da kennen die mich wenigstens in der Bank. Und meinen Reisepass brauche ich vielleicht auch. Du bekommst dein Geld auch sofort wieder. Das wäre klasse. Danke." Jetzt lächelte er doch.

„Das ist kein Problem." Ich angelte meine Börse aus der Handtasche und öffnete sie. „Wie viel brauchst du denn?"

„Fünfhundert oder achthundert?"

„So viel?"

„Na ja, mir war so schlecht auf dem Schiff, da habe ich mir vorgenommen zurückzufliegen. Ich hoffe nur, dass ich noch für heute einen Flug bekomme. Und dann muss ich für die beiden Nächte die Pension bezahlen, sonst denkt Frau de Vries, ich wäre ein Betrüger. Ich muss die Garage in Norddeich bezahlen und noch tanken, das läppert sich. Ich werde nervös, wenn ich so wenig Geld und keine Karten dabeihabe."

Das ging mir genauso. Er sah sehr unglücklich aus, ich wollte ihn retten. „Dann gehe ich mal eben zum Geldautomaten, so viel habe ich nicht dabei. Bin gleich wieder da."

Ich hatte dreihundert Euro dabei und hob fünfhundert ab. Er würde sie mir ja wiedergeben, sobald er zurück war.

Wir tranken noch einen Kaffee zusammen, Johann bestand darauf, mich einzuladen, er bezahlte mit den zehn Euro, die er noch in seiner Hosentasche gefunden hatte. Ich radelte mit einem zärtlichen Gefühl zurück und hoffte, dass Johann seine Geldgeschäfte schnell erledigte.

Erst auf dem Hof der Pension fiel mir ein, dass ich vergessen hatte, die Inselzeitung zu kaufen. Ich wollte gerade wieder losfahren, als Marleen mit genau dem Blatt in der Hand auf die Kneipe zustürmte. „Halt, Marleen! Warte mal." Sie blieb stehen, ich schob das Fahrrad zu ihr. „Sag mal, kann ich die Zeitung haben? Dann muss ich nicht ..." Ich stand jetzt vor ihr und bemerkte, dass sie stinksauer war. „Was ist denn mit dir los?"

Marleen wedelte mit der Zeitung durch die Luft. „Was mit mir los ist? Komm mit in die Kneipe. Entweder bringe ich den großen Inselkenner oder dieses rothaarige Frettchen um, je nachdem, wen ich zuerst erwische."

Ich stellte das Fahrrad ab und beeilte mich hinterherzukommen. Ich wollte auf keinen Fall den Anfang verpassen. Mit Schwung stieß sie die Kneipentür auf und stürmte in den Raum, wo sie die Zeitung auseinanderfaltete und auf einem Tisch glatt strich. Dann sah sie sich um. „Leute, ich möchte euch etwas vorlesen. Hört ihr mal einen Moment zu?"

Onno, Kalli, Dorothea und Nils stellten sich zu uns, ich beobachtete meinen Vater, der sich mit erwartungsfrohem Lächeln auf einen Stuhl setzte. Marleen warf ihm einen schwer zu deutenden Blick zu, dann las sie vor:

„Prominenter Sylter Gästeführer hilft Norderney auf die Sprünge.

Norderney. Einheimische und Urlauber haben sich in den letzten Tagen sicherlich schon gefragt, was die unermüdlichen Arbeiter im ehemaligen Lokal ‚Meerblick‘ eigentlich so treiben. Unsere Redaktion ist jetzt dem gut gehüteten Geheimnis auf die Spur gekommen. Unser Mitarbeiter GvM hatte gestern die große Freude, die Bekanntschaft von Heinz Schmidt zu machen, seines Zeichens einer der bekanntesten, wenn nicht sogar der bekannteste Syltkenner. ‚Natürlich kenne ich Sylt wie meine Westentasche‘, erklärt uns der verschmitzt lächelnde Heinz, ‚und wer eine Insel kennt, versteht alle. So ist mir gleich klar geworden, was Norderney alles fehlt.‘ Der braungebrannte Mittsiebziger zeigte unserem Redakteur GvM die Pläne. ‚Ich leite hier die Umbauarbeiten, die aus einer abgetakelten Kneipe eine Bar werden lassen, die selbst Sylter Ansprüchen genügen würde.‘

Die Pläne zeigen elegante Sitzgruppen, die den schmierigen Tresen ersetzen sollen, da, wo abgeschrammte Esstische standen, werden die Gäste an Chrom und Glas sitzen, statt Blümchentapete entstehen Meergemälde, Wellen und Dünen in leidenschaftlichen Regenbogenfarben. ‚Ja‘, sagt der Sylter, dessen stahlblaue Augen blitzen, ‚für die Wandmalerei haben wir die berühmte Hamburger Künstlerin Dorothea B. gewonnen, mit tuschenden Hausfrauen kann so was nicht funktionieren.‘

Bleibt die Frage nach dem Namen. Heinz Schmidt überlegt nicht lange: ‚Nein, ‚Meerblick‘ geht natürlich nicht. Ich tendiere zu dem schönen Namen ‚Herzmuschel‘, darüber werden wir aber noch im engen Kreis diskutieren.‘ Sprach’s und zwinkerte seiner schönen Tochter Christine zu, die ihren charmanten Vater nach Leibeskräften unterstützt. Die Redaktion wünscht gutes Gelingen und freut sich auf ein neues Highlight unserer schönen Insel. GvM“

Marleen knallte die Zeitung auf den Tisch und fixierte den prominenten Inselkenner, der zufrieden auf seinem Stuhl saß. „Schmieriger Tresen? Blümchentapeten? Wer leitet hier den Umbau? Und zu allem Überfluss ‚Herzmuschel‘. Sag mal, warst du gestern total betrunken?“

Mein Vater lächelte sie an. „Wie soll das denn hier heißen?“

Marleen schnappte nach Luft und brüllte fast. „Wie das heißen soll? ‚De Vries‘ natürlich. Weil es nämlich mein Lokal ist, das hast du leider vergessen zu erwähnen.“

Mein Vater überlegte. „Ja, de Vries klingt elegant. Das ist gut. Wieso schreist du eigentlich so? Das Radio ist doch aus.“

Ich starrte immer noch fassungslos auf den Artikel. „Sag mal, was hast du diesem Meyer gezahlt, damit der so einen Schwachsinn schreibt?"

Jetzt war er entrüstet. „Was heißt hier Schwachsinn? Das ist eine großartige Werbung und zudem umsonst. Ich gebe die halbe Nacht Interviews, um Marleen umsonst in die Zeitung zu bringen, und ihr mäkelt nur rum. Macht es doch beim nächsten Mal selber."

„Heinz!" Marleen war nicht zu beruhigen, sie hatte schon rote Flecken am Hals. „Das ist doch keine Werbung für mich, da steht doch nur Blödsinn drin. Das Meerblick war überhaupt nicht abgetakelt, der Name der Bar stimmt nicht, meiner taucht gar nicht auf und …" Sie ließ sich auf den Stuhl sinken, den Onno ihr hinschob. Dann sah sie meinen Vater lange und konzentriert an. „Sei froh, dass ich mit deiner Tochter befreundet bin."

Mein Vater zog es vor, die nächsten zwei Stunden schweigend zu schleifen. Von schlechtem Gewissen war keine Rede, er wirkte zufrieden und pfiff „Ein Freund, ein guter Freund" vor sich hin. Ab und zu schlenderte er an dem Tisch vorbei, auf dem immer noch die Zeitung lag, und betrachtete sein Foto. Ich trat einen Schritt zurück, musterte meine grundierte Wand und beschloss, dass das so gut war. „Dorothea, ich bin fertig."

Die berühmte Hamburger Künstlerin hob den Kopf.

„Sehr schön. Mit der anderen Seite kannst du dann morgen anfangen. Es ist ja schon halb fünf."

Ich streckte mich zufrieden. „Dann mache ich Feierabend und gehe duschen."

ALS ICH gerade die Tür zur Ferienwohnung aufschloss, hörte ich einen Pfiff. Ich drehte mich um und entdeckte Johann, der zwei Reisetaschen abstellte. „Schön, dann kann ich mich ja doch noch von dir verabschieden."

Ich ging ein paar Schritte auf ihn zu und blieb dann stehen. „Dann hast du also einen Flug bekommen?"

„Ja." Er lächelte. „Ich warte auf das Taxi, ich fliege in einer Dreiviertelstunde. Noch mal danke, ich hoffe, ich bin morgen Abend wieder hier, dann möchte ich dich zum Essen einladen. Spätestens übermorgen. Einverstanden?"

Ich nickte. „Einverstanden. Sag mal, warum schleppst du denn dein ganzes Gepäck mit? Das hättest du doch auch hierlassen können."

Er sah mich verwirrt an. „Das Gepäck … Ja, stimmt, das habe ich irgendwie automatisch mitgenommen. Blöd, na ja, ist auch egal."

Die Hupe des Taxis unterbrach uns. Johann beugte sich vor und küsste mich flüchtig auf die Wange. „Also bis bald. Tschüss, mach's gut."

„Guten Flug."

Ich starrte dem Taxi hinterher und fragte mich, warum ich ein komisches Gefühl hatte.

Die kleine Kneipe

PETER ALEXANDER

Die „Haifischbar" war von innen genauso, wie ihr Name versprach: Von der Decke hingen Fischernetze, in den Ecken Galionsfiguren. Der Raum war vollgestopft mit maritimen Gegenständen, hinter dem Tresen stand ein Wirt, der vermutlich im Nebenberuf Pirat war, und die blonde Bedienung hätte ich als Kind für eine Sirene gehalten.

Mein Vater war begeistert. „Was für ein schönes Lokal, guck doch mal. Also, Kalli hat ja wirklich Geschmack beim Ausgehen." Er steuerte strahlend auf die Bedienung zu. „Da sind wir. Mein Freund Kalli hat einen Tisch bestellt. Einen großen."

Howard Carpendale sang „Ob-la-di, ob-la-da …", und wir wurden zu dem Tisch unter der Galionsfigur mit dem größten Busen geführt. Mein Vater sah anerkennend hoch. „Und so ein schöner Tisch. Und flotte Musik."

Während wir auf die Getränke und die anderen warteten, musterte mein Vater interessiert die Einrichtung. „Das soll sich Dorothea nachher mal genau ansehen. Da können wir uns einige Ideen abgucken."

„Papa, ich glaube, du solltest dich aus den Plänen für Marleens Bar lieber raushalten."

„Wieso?" Er war erstaunt. „Kind, ich gehöre zur Zielgruppe. Ich bin Gast auf Norderney. Und ich mag Fischernetze." Sobald Marleen eingetroffen war, beugte sich mein Vater über den Tisch zu ihr. „Wie findest du diese Netze an den Decken?", fragte er.

Sie hob den Kopf und sah ihn misstrauisch an. „Wieso? Hast du schon welche bestellt?"

Er lehnte sich entrüstet zurück. „Als wenn ich mich in deine Pläne einmischen würde. Natürlich nicht. Ich wollte nur wissen, wie du sie findest. Interessehalber."

Sie guckte an die Decke. „Genau so was möchte ich nicht."

„Schade." Mein Vater verteilte Bierdeckel. „Das hätte dem Ganzen etwas

Pfiff gegeben …“ Er fing meinen drohenden Blick auf. „Schon gut. Ah, da kommt der frischgebackene Opa mit seinem Gehilfen.“ Er erhob sich und winkte. „Hier, Kalli, Onno, wir sind hier!“

Onno hatte sich schick gemacht, er trug ein dunkelblaues Jackett, darunter ein rotes Hemd mit blauer Krawatte. Auch Kalli hatte sich mit einem braunen Anzug und einem weißen Hemd in Schale geschmissen.

„Na, *amigos*, ihr habt euch ja auch piekfein gemacht“, begrüßte mein Vater sie. „Sehr elegant.“

Daliah Lavi sang soeben mit rauchiger Stimme „O-ho-ho-ho, wann kommst du“, als Frau Weingarten-Zapek und Frau Klüppersberg die Haifischbar enterten. Ich konnte mir nicht verkneifen, „O-ho-ho-ho, da sind sie“ zu singen, was mir einen rügenden Blick meines Vaters einbrachte.

Hannelore Klüppersberg hatte auch für diesen Anlass vorgestrickt. Sie trug ein blau-weiß geringeltes Matrosenkleid, das am Knie geschlitzt war und einen voluminösen Kragen hatte. Ihre Freundin Mechthild Weingarten-Zapek war in Satin eingenäht, stahlblau mit kleinen Paillettenschmetterlingen, die um den Ausschnitt flatterten.

Onno starrte sie an wie eine Erscheinung, und Kalli beugte sich zu mir und sagte leise: „Du weißt ja, es war ein Versehen, sie einzuladen, ich hoffe, du erzählst es Hanna nicht. Das wäre mir unangenehm.“ Trotzdem ging er formvollendet auf die Damen zu, begrüßte sie mit einer Verbeugung und geleitete sie an unseren Tisch. Er wies auf zwei Stühle, auf denen sie umständlich Platz nahmen.

„Das ist ja urig hier.“ Frau Klüppersberg zeigte auf das Fischernetz unter der Decke, dann entdeckte sie die barbusige Dame über sich, legte ihre Hand vor den Mund und juchzte leise. „Huch, Mechthild, guck mal.“

„Ich glaube, die Damen kennen alle am Tisch?“, fragte Kalli. „Oder soll ich Sie vorstellen?“

Frau Weingarten-Zapek legte den Kopf schief. „Wir wohnen zwar quasi alle zusammen, aber Ihre Namen kennen wir noch nicht. Ich schlage vor, dass wir uns mit Vornamen anreden, das macht es doch gemütlicher. Ich heiße Mechthild, und meine Freundin hört auf den schönen Namen Hannelore.“

„Das ist gut.“ Mein Vater hob sein Bierglas. „Ich kann mir diese albernen Doppelnamen sowieso nicht merken. Also, ich bin Heinz und das ist meine Tochter Christine.“

Mechthild Weingarten-Zapek sah ihn hingerissen an. „Heinz, stellen Sie uns auch Ihre Freunde vor?“

„Klar, neben mir sitzen Onno, Kalli und Marleen, gleich kommen noch Dorothea und Nils."

Als alle da waren, bestand Kalli darauf, die von ihm bestellte Weinflasche selbst zu öffnen. Hannelore klatschte in die Hände, als er ihr Glas füllte. „Wunderbar, wie Sie das machen, Kalli. Dann heben wir doch gleich das Glas auf Sie. Prösterchen!"

„Ich denke, das ist für Kallis Enkelin", ließ sich Onno vernehmen.

„Ja." Kalli sah stolz in die Runde. „Wir trinken auf meine neue Enkelin, auf Anna-Lena. Zum Wohl."

Hannelore Klüppersberg hob ihr Weinglas noch einmal an. „Und auf ihren reizenden Großvater."

„Reizend? Na ja." Onno guckte skeptisch, trank aber trotzdem.

Kurz darauf ging die Eingangstür auf, und Gisbert von Meyer stürmte herein. Ich stöhnte, mein Vater sprang auf und strahlte. „Da ist er ja. Komm, setz dich zu uns." Er wandte sich an die Damen. „Darf ich vorstellen? Frau Weingarten-Zapek, Frau Klüppersberg, die Damen wohnen in der Pension, Herr von Meyer, Journalist."

GvM gab beiden die Hand und machte eine zackige Verbeugung. „Angenehm. Darf ich fragen, aus welcher schönen Gegend Sie kommen?"

„Aus Münster-Hiltrup." Hannelore klimperte mit den Augenlidern. „Wir sind Geschäftsfrauen aus Münster-Hiltrup."

„Geschäftsfrauen?" Das war meinem Vater neu. Mir auch.

„Aber ja." Mechthild Weingarten-Zapek spürte das Interesse. „Wir führen ein Handarbeitsgeschäft."

Darum. Ich musste sofort zur Toilette. Im Waschraum nutzte ich die Zeit, um mein Handy zu kontrollieren. Es war eine SMS eingegangen: BIN WIEDER IN HEIMISCHEN GEFILDEN, HOFFE, DASS SICH ALLES SCHNELL KLÄRT, DAMIT WIR UNS BALD WIEDERSEHEN. JOHANN.

Zufrieden wusch ich mir die Hände. Als ich zurück an den Tisch kam, war der Geräuschpegel gestiegen. Hannelore Klüppersberg und Mechthild beschrieben ihre Eindrücke von Norderney, und Gisbert machte sich eifrig Notizen auf einem Bierdeckel. Hier schien der morgige Artikel unseres Starkolumnisten zu entstehen. Ich sah schon die Überschriften vor mir: „Gestrickt ins Watt" oder „Maschen auf der Pirsch".

Gisbert deutete mein unterdrücktes Lachen falsch, er lächelte mich sehnsüchtig an. „Christine, warst du eigentlich auch schon auf dem Leuchtturm?", fragte er. „Hannelore und Mechthild waren ganz hingerissen vom Panorama. Das haben sie gerade erzählt. Es lohnt sich wirklich."

Ich bemühte mich, nicht zu unwirsch zu klingen. „Nein, ich war noch nicht dort."

„Na wunderbar, dann hole ich dich morgen Nachmittag ab. Man kann den Turm von 16 bis 17 Uhr besichtigen. Das ist sehr romantisch."

Jetzt musste ich seinen Blick doch erwidern. „Vielen Dank, das ist sehr nett von dir, aber ich habe furchtbare Höhenangst. Du kannst ja stattdessen Heinz mitnehmen."

„Seit wann hast du – ?"

Ich trat meinem Vater auf den Fuß. „Entschuldigung, ich dachte, das wäre das Tischbein. Du warst doch auch noch nicht auf dem Leuchtturm, dann kannst du das Angebot doch annehmen."

„Na klar." Er nickte Gisbert zu. „Dann gehen wir morgen zusammen da rauf."

Gisberts Lächeln war dünn, er zog einen Schmollmund.

„Sagen Sie mal, Gisbert", Mechthild Weingarten-Zapek schien die Schlappe, die der Inseljournalist soeben eingesteckt hatte, gar nicht mitbekommen zu haben, „das muss doch ein wahnsinnig aufregender Beruf sein, den Sie hier haben. Ich kenne mich ja nicht aus. Müssen Sie über alle Themen schreiben, die es gibt?"

GvM war sofort wieder der Alte. „Ich muss nicht, Gnädigste, ich kann. Meine Interessen sind weit gespannt, so geht mir alles leicht von der Hand, wenn ich das mal so sagen darf. Ob Tourismus, Sport, Politik, ich schreibe über alles." Mit einem Augenaufschlag verfolgte er die Wirkung seiner Worte und fügte hinzu: „Ich schreibe auch über Kriminologie."

„Über was?", hakte mein Vater nach.

„Na, Verbrechen, Mord und Totschlag, Betrug und Verrat, Nepper, Schlepper, Bauernfänger. Auch darüber muss berichtet werden."

„So ein richtig kriminelles Pflaster ist das hier aber nicht", meinte Kalli. „Mit Glück gibt es mal einen Handtaschenraub oder einen Ladendiebstahl. Sonst passiert nicht viel."

Jetzt kam Gisbert von Meyers großer Auftritt.

Er fuchtelte aufgeregt mit den Händen. „Das denkt ihr aber auch nur. Wisst ihr, wo ich heute war? … In Emden. Auf einer Pressekonferenz der Polizei!"

Kalli war noch nicht überzeugt. „Na und? Da haben wir doch nichts mit zu tun."

„Doch." Gisberts Antwort kam wie ein Schuss. „Ich sage nur: Heiratsschwindler auf der Flucht. Er wird auf den Inseln vermutet." Triumphierend blickte er in die Runde, wurde auf diesem rhetorischen Höhepunkt aber durch die Ankunft Gesas unterbrochen.

„Guten Abend, tut mir leid, dass ich jetzt erst komme. Habe ich was verpasst? Ihr guckt so komisch."

Onno legte ihr die Hand auf die Schulter. „Hast du unterwegs einen Heiratsschwindler getroffen?"

„Nö", Gesa zog den Reißverschluss ihrer Jacke auf, „heute wollte mich noch niemand heiraten ..."

Gisbert schlug mit der flachen Hand auf den Tisch. „Ihr nehmt das nicht ernst. Die Pressekonferenz dauerte über zwei Stunden, das würde die Polizei nicht machen, wenn der Kerl keine Bedrohung wäre."

Kalli lehnte sich entspannt zurück. „Also, ich fühle mich von Heiratsschwindlern nicht bedroht. Was sollen die auch mit mir?"

Gisbert sprang auf, deutete auf mich und rief: „Du lachst, Christine, dabei könntest du sein nächstes Opfer sein."

Ich war zu keiner Antwort fähig. Gesa blieb ungerührt. „Das glaube ich nicht, die suchen sich doch immer alte, abgetakelte und einsame Frauen aus. Christine ist zu jung und hat viel zu wenig Kohle." Als sie die Blicke von Frau Weingarten-Zapek und von Frau Klüppersberg bemerkte, lächelte sie verlegen. „Oh, Entschuldigung, so habe ich das nicht gemeint."

Die Mienen der Damen schienen gefroren. Gisbert, der Retter, klärte uns auf: „Die Vorgehensweise dieses Subjekts ist immer gleich. Er mietet sich in ein Hotel ein und bandelt mit einer Angestellten an. Ihr verspricht er die große Liebe, sie erzählt, ohne sein perfides Spiel zu durchschauen, von den anderen Gästen. Während sie arbeitet, nimmt er Kontakt zu seinen Opfern auf, und zwar immer zu allein reisenden älteren Damen. Wer infrage kommt, weiß er von der Angestellten. Und denen erzählt er, man habe ihm sein Geld gestohlen, also helfen sie ihm aus. Genialer Plan. Die Polizei weiß von vier Geschädigten, eine in Leer, eine in Aurich und zwei in Emden. Dort verliert sich seine Spur. Man vermutet ihn auf den Inseln. Entweder hier oder auf Juist oder Borkum."

„Und wie sieht er aus?", fragte ich.

Gisbert von Meyer wurde durch mein Interesse befeuert. Er kramte einen Notizblock aus seiner Herrenhandtasche und blätterte darin. „Ja, es gibt eine genaue Beschreibung. Er ist Mitte vierzig, ungefähr eins achtzig groß, braune Augen, volles Haar. Und er gibt sich äußerst charmant."

So sehen Millionen von Männern aus, beruhigte ich mich selbst und vermied den Augenkontakt mit Marleen.

Sie hakte nach. „Und wie ist er aufgeflogen?"

GvM blätterte weiter. „Vor einer Woche war er in einem Hotel in Emden, wo er eine Kosmetikerin becirct hat, die in dem Hotel arbeitet. Sie ist misstrauisch geworden, als sie ihn zweimal mit älteren Damen beim Kaffeetrinken in der Stadt gesehen hat. Ihr gegenüber hat er behauptet, das erste Mal in Emden zu sein und niemanden zu kennen. Und obwohl sie so verliebt war, hat sie ihn zur Rede gestellt, er hat alles abgestritten und musste plötzlich weg, angeblich wegen geschäftlicher Termine. Er kam natürlich nicht wieder. Die Kosmetikerin hat dann mit den Damen gesprochen, und die haben ihn angezeigt."

Auf einmal war mir sehr warm, die Luft war stickig. Onno hatte aufmerksam zugehört. „Was kann man denn damit so verdienen?"

Auch hier hatte Gisbert mitgeschrieben. „Die vier Damen, die Anzeige erstattet haben, sind zusammen um fünftausend Euro betrogen worden. Die Polizei glaubt aber, dass sie nicht die Einzigen sind, es ist den meisten ja auch peinlich. Und außerdem zahlt er nie seine Hotelrechnungen, das kommt noch dazu."

Ich atmete erleichtert aus. Johann hatte bezahlt. Wenn auch von meinem Geld.

Marleen stand plötzlich auf. „Dann sind wir ja informiert. Ich muss los, ich will noch meine Buchführung machen. Danke für alles, Kalli, bis morgen dann, gute Nacht."

Bevor sie verschwand, legte sie kurz die Hand auf meine Schulter.

Mein Vater sah ihr nach, bis die Tür hinter ihr zufiel. Dann drehte er sich wieder zu uns. Seine Stimme klang aufgeregt. „Ich wollte ja nichts sagen, solange Marleen dabei ist, sie stellt sich immer so mit ihren Gästen an. Aber ich hatte bei diesem Mann gleich so ein komisches Gefühl, Kalli, wie heißt der noch, der mit den tückischen Augen?"

Kalli hatte keine Ahnung, dafür antworteten Weingarten-Zapek und Klüppersberg im Chor: „Thiess."

Mir wurde immer wärmer. Mein Vater schlug auf den Tisch. „Genau, Thiess. Der hatte was Merkwürdiges an sich. Und er hat sich gleich an Christine rangemacht. Das ist doch eindeutig."

„Was?!" Gisbert sprang schon wieder auf und starrte mich an.

„Ach Quatsch, er hat sich doch nicht an mich rangemacht. Wir haben uns nur einmal im Hof unterhalten." Meine Stimme war so dünn, dass ich mir selbst nicht geglaubt hätte.

Hannelore Klüppersberg war jetzt auch aufgeregt. „Aber er hat uns zum

Kaffee eingeladen. Auf der Marienhöhe. Wir trafen ihn auf der Promenade und er lud uns sofort ein."

„Ich habe es dir nie erzählt, Hannelore, ich wollte dich nicht beunruhigen, aber ich hatte das Gefühl, dass er uns beobachtet", fügte Mechthild hinzu.

Mein Vater sah aus wie Derrick. „Na bitte! Das sind doch eindeutige Indizien."

Gesa stützte ihr Kinn auf die Faust. „Haben Sie ihm denn Geld geliehen?"

Gespannt warteten alle auf die Antwort. Hannelore schüttelte den Kopf. „Er hat gar nicht gefragt."

Gesa nahm Erdnüsse aus einer Schale und steckte sie in den Mund. „Tolle Indizien."

„Gesa", sagte mein Vater belehrend, „er nimmt doch erst mal Kontakt auf. So ein Verbrecher fällt nicht gleich mit der Tür ins Haus. Der kocht seine Opfer erst mal weich."

„Du kennst dich ja aus." Onno legte den Kopf schief. „Woher weißt du das? Oder bist du das selbst? Wo warst du letzte Woche?"

Mechthild kicherte. „Ach Heinz, Ihnen würde ich sofort Geld leihen."

Gisbert von Meyer trommelte mit den Fingern auf den Tisch. „Heinz, wenn du Beweise hast, sollten wir das verfolgen. Hast du ihn beobachten können? Erinnere dich bitte, alles kann wichtig sein."

Mein Vater fühlte sich sofort wahnsinnig wichtig, er kniff seine Augen zusammen und ging in sich. Gesa war die Rettung. „Ihr seid auf dem Holzweg. Herr Thiess ist niemals ein Heiratsschwindler. Außerdem ist er heute Morgen abgereist. Und er hat alles bezahlt. In bar übrigens."

„Das heißt gar nichts. Vielleicht hat er gemerkt, dass ich schon misstrauisch geworden bin." Mein Vater gab nicht auf.

Gesa sah ihn geduldig an. „Ihr müsst euch einen anderen Verdächtigen suchen. Er ist nur zurückgefahren, weil er einen dringenden Termin hatte, er kommt morgen oder übermorgen wieder. Am besten, ihr fragt ihn dann gleich, ob er kriminell ist."

„Dringender Termin …" Gisbert machte sich Notizen. „Das hat er in Emden auch behauptet. Und vielleicht kommt er wieder, um dann zuzuschlagen. Bislang hat er anscheinend noch keines seiner Opfer angepumpt."

Ich guckte so angestrengt harmlos, dass ich Kopfschmerzen bekam. Gisbert beobachtete mich. „Christine, du bist ganz blass. Ich hoffe, ich habe dich nicht in Angst und Schrecken versetzt. Du brauchst dir keine Sorgen zu machen, ich werde mein Möglichstes tun, um diesen Gauner zur Strecke zu bringen."

„Sicher." Ich versuchte ein Lächeln und kniff Gesa dabei in den Oberschenkel. „Ich habe nur ein bisschen Kopfschmerzen, wahrscheinlich vom Streichen, ich mache mich auf den Weg. Du wolltest auch los, Gesa, oder?"

„Jaja", sie rieb sich ihr Bein und stand auf, „wir können zusammen gehen. Bis morgen und viel Erfolg bei der Verbrechensbekämpfung."

„Ich begleite euch!", rief Gisbert und wollte aufspringen.

„Bleib sitzen!" Mein Vater reichte mir meine Handtasche. „Die sind doch zu zweit und der Verbrecher ist abgereist."

Draußen atmete ich tief durch. Gesa lachte leise. „Der arme Herr Thiess. Dabei ist der ganz nett. Und sieht so gut aus."

Genau das war auch mein Problem. Ich bemühte mich um Neutralität. „Ich glaube, das ist eine Grundvoraussetzung für Heiratsschwindler."

Gesa blieb stehen und kramte nach ihren Zigaretten. „Thiess sucht keine alte reiche Alleinreisende. Er hat mich über Marleen ausgefragt, ich glaube, er interessiert sich für sie."

„Was wollte er denn wissen?"

„Wie alt sie ist und ob ich ihren Freund kenne."

„Und?"

„Was heißt und? Du weißt doch, wie alt sie ist. Fünfzig. Und ihren Freund kenne ich nicht, hat sie überhaupt einen? Kennst du den?"

Mir tat mein Herz weh. „Nein. Weißt du, was Herr Thiess hier macht?"

Gesa hob die Schultern. „Nicht genau. Ich habe ihn gefragt, warum er überall fotografiert, er hat gesagt, das wäre sein Job. Vielleicht ist er Fotograf und die Pension taucht nächstes Jahr in einem Kalender auf."

Sein Job? Er war doch Banker! Ich mochte nichts mehr fragen, wir gingen schweigend weiter, bis wir vor Gesas Haus standen.

„Also dann, gute Nacht, Christine, bis morgen im Strandkorb. Ach übrigens: wenn er Heiratsschwindler wäre, würde er doch niemandem sagen, wo er sich gerade aufhält, oder?"

„Vermutlich nicht. Wieso?"

Gesa schloss die Haustür auf. „Weil er in der Pension mindestens vier Anrufe von einer Frau bekommen hat. Sie sagte, er hätte sein Handy aus, und hat mich gebeten, ihm zu sagen, dass er sie zurückrufen solle. Ganz nette Stimme."

„Aha."

Gesa drehte sich in der offenen Tür um. „Ich glaube, es war seine Frau.

Sie sagte, er solle Mausi anrufen, so heißt doch keiner mit Nachnamen. Ich verstehe dann nur nicht, was er von Marleen will. Na egal, aber ein Heiratsschwindler ist Thiess garantiert nicht. Also, gute Nacht."

„Gute Nacht, Gesa." Langsam ging ich zur Ferienwohnung. Ich ließ das Licht ausgeschaltet und tappte im Dunkeln auf die Terrasse. Dort setzte ich mich auf die Stufen und sah in den Sternenhimmel hinauf. Und fragte mich, in was für ein Durcheinander ich da geraten war.

DAS KLINGELN des Telefons weckte mich am nächsten Morgen. Ich zog mir das Kissen über den Kopf, aber das Klingeln drang trotzdem durch. Einmal, zweimal, dann Dorotheas Rufe aus dem Badezimmer. „Heinz, bist du taub? Telefon!"

Das Telefon wurde abgenommen. „Guten Morgen. Na mein Schatz, was macht das Knie?"

Ich warf das Kissen auf den Boden und spitzte die Ohren.

„Das ist ja schön … Und du hast keine Schmerzen? … Das sieht nur nicht gut aus? Na ja, du trägst ja sowieso keine kurzen Röcke mehr." Er kicherte. „Dann bin ich ja beruhigt. Hier? … Du, hier ist alles in Ordnung … Nein, wir verstehen uns alle prima. Ich finde, Marleen ist ein bisschen überfordert, aber das ist eigentlich auch kein Job für eine Frau, da kannst du sagen, was du willst. Ich weiß gar nicht, was sie ohne uns gemacht hätte. Ich glaube, sie ist wirklich froh, dass Kalli und ich Ordnung reinbringen."

Ich setzte mich auf den Bettrand und zog mir Socken an. Mein Vater bekam unterdessen wohl Anweisungen von meiner Mutter, seinen kurzen Antworten nach zu schließen. Ich stand auf, um ins Bad zu gehen, blieb jedoch gerade noch rechtzeitig an der Tür stehen.

„Ach, das habe ich dir noch gar nicht erzählt, stell dir vor, wir konnten gerade noch verhindern, dass Christine einem Heiratsschwindler zum Opfer fällt … Woher ich das weiß? Mein neuer Bekannter, Gisbert, der von der Zeitung, hat das aus erster Hand. Dieser Ganove macht sich übers Hotelpersonal an alte Damen ran und nimmt sie aus wie die Weihnachtsgänse. Das hat er hier auch versucht … Nein, bis zu den alten Damen ist er gar nicht gekommen, er hat nur Christine angebaggert, da wurde ich schon misstrauisch. Wie bitte? … Natürlich hat er das gemerkt, er hat bezahlt und ist geflohen … Doch, er hat bezahlt, aber wer weiß denn, mit welchem Geld? … Mach dir mal keine Sorgen, ich bin auf der Hut, der traut sich nicht mehr hierher. Norderney ist für ihn verbrannte Erde … Natürlich bin ich mir sicher, wir haben gestern Abend noch einen Freund von Gisbert angerufen, der in Bremen wohnt. Ihn haben wir zu der Adresse geschickt, wo dieser Thiess wohnt. Und jetzt halt dich fest: In dem Haus gibt es gar keinen Johann Thiess!"

Ich holte tief Luft.

„Woher wir die Adresse wussten? Na, er hat doch einen Meldezettel ausgefüllt …"

Ich konnte meinen Vater von der Tür aus sehen, er stand mit dem Rücken zu mir. Jetzt zog er den Kopf ein. „Wieso regst du dich so auf? So ein Meldezettel ist keine Stasiakte, den kann man doch kopieren. Warum denn nicht? … Du bist genauso leichtgläubig wie deine Tochter. Wenn er unschuldig wäre, hätte er nicht fliehen müssen … Wir werden heute Mittag einen kleinen Bericht für die Polizei schreiben, vielleicht kann Dorothea den Verbrecher auch zeichnen … Ich halte dich auf dem Laufenden, bis später, tschüss." Er legte auf und sah mich in der Tür stehen. „Aha, du bist auch schon wach. Schöne Grüße von deiner Mutter. Es geht ihr gut."

Dorothea war aus dem Bad gekommen und baute sich vor meinem Vater auf. „Wen soll ich zeichnen?", hakte sie nach.

„Na, diesen Thiess. Die Polizei braucht ein Phantombild."

„Ihr habt doch einen Vogel!" Ich ging an meinem Vater und Dorothea vorbei ins Bad. „Herr Thiess kommt heute oder morgen wieder, er hatte nur etwas zu erledigen, außerdem hat er sein Zimmer bezahlt, euer Heiratsschwindler ist aber ein Zechpreller."

Mein Vater hob den Zeigefinger. „Er hat gemerkt, dass ich ihm auf die Spur gekommen bin. Und seine Adresse war falsch."

Ich flüchtete ins Badezimmer.

Eine halbe Stunde später stand ich in der Küche der Pension und trank mit Marleen einen Kaffee im Stehen. Plötzlich stürmte mein Vater herein. „Marleen! Du musst uns sagen, wenn du hier so mir nichts, dir nichts, die Abläufe änderst. Die Jungs mit dem Fußboden sind jetzt da."

„Was? Ach du Schande, das habe ich verschwitzt, tut mir leid. Der Fußboden wird ja heute versiegelt, alles andere hat Pause."

„Na toll!" Mein Vater stemmte seine Arme in die Hüften. „Das ist ja super organisiert. Wenn man nicht alles selbst macht. Ich berate mich mit den anderen." Er griff sich eine Thermoskanne Kaffee, vier Becher und verschwand.

Mitten auf dem Hof war kurz danach ein Campingtisch aufgebaut, um den mein Vater, Onno und Kalli saßen sowie ein mir unbekannter, aber Nils ähnlich sehender Mann – es musste wohl Nils' Vater Carsten Jensen sein.

„Tja, Marleen", mein Vater hielt Kalli seinen leeren Becher hin, „da hast du nun arbeitswillige Fachleute, die untätig herumsitzen müssen, nur weil so eine Jungtruppe vom Festland den Boden bohnert."

Kalli schenkte Kaffee ein. „Die bohnern nicht, Heinz, die schleifen und versiegeln."

„Das können sie doch auch nachts machen. Wir hängen jetzt hier dumm rum und verplempern Zeit."

„Ich habe mich entschuldigt." Marleen hob theatralisch die Arme. „Ich habe vergessen, es euch zu sagen. Meine Güte, dann habt ihr jetzt eben einen freien Tag."

Carsten Jensen sah zu mir hoch. „Sie sind also die Tochter?"

Mein Vater und ich nickten. Nils' Vater stand kurz auf, machte eine kleine Verbeugung und setzte sich wieder. „Carsten."

„Christine", antwortete mein Vater.

Onno trank seinen Kaffee aus und erhob sich. „Im Gegensatz zu euch bin ich noch kein Rentner. Ich fahre in die Firma zurück, da ist genug zu tun."

„Geh nur." Kalli winkte lässig. „Wir finden schon eine Beschäftigung. Und wenn nicht, spielen wir Skat. Habt ihr ein Kartenspiel mit?"

„Hier." Onno zog ein Skatspiel aus seiner Arbeitstasche. „Das habe ich immer dabei, kann ich euch leihen."

Ich verabschiedete mich ebenfalls, schließlich machte sich der Frühstücksraum nicht selbst sauber.

Neben Familie Berg saß nur noch das unvermeidliche Damenduo beim Frühstück. Mechthild Weingarten-Zapek wirkte angeschlagen, der Moselwein forderte wohl seinen Tribut. Beide Damen hatten ihre Frisuren nicht so ganz im Griff, Mechthild trug sogar eine Schirmmütze.

Die Berg-Zwillinge strahlten mich an. Emily winkte mich zu ihrem Tisch. „Die grüne Frau hat die Mütze von deinem Papa auf. Darf sie das?", flüsterte sie.

Ich drehte mich erstaunt zu Frau Weingarten-Zapek um. Emily hatte Recht, deswegen war mir der applizierte Elch bekannt vorgekommen. Lena beugte sich vor. „Hat dein Papa noch mehr Mützen mit Tieren drauf?"

„Ja, hat er. Ich glaube, heute hat er eine auf mit einem Bären."

„Ob er uns auch eine schenkt?", fragte Emily sehnsüchtig.

„Emily!" Anna Bergs Ton klang vorwurfsvoll. „Entschuldigen Sie, Christine, die Mädchen haben sonst bessere Manieren."

Lena zeigte mit dem Finger auf Mechthild. „Aber die Frau hat doch auch eine Mütze von ihm bekommen. Oder hat sie die gestohlen?"

„Lena!"

Mechthild Weingarten-Zapek hatte die letzten Sätze gehört, strich über den Schirm der Mütze und lächelte. „Diese Mütze, meine Kleinen, habe ich gestern Nacht beim Würfeln gewonnen. Die musste ich nicht stehlen."

Ich verdrängte sofort den Gedanken an Strip-Poker und lächelte zurück. „Frau Weingarten-Zapek, das hätten wir auch nie im Leben angenommen. Haben Sie noch einen Wunsch?"

Während ich ihren gewünschten Tee holte, nahm ich mir vor, bei nächster Gelegenheit die restliche Garderobe von Heinz zu kontrollieren. Ich hoffte, dass er nur die Mütze verwürfelt hatte.

Nachdem ich alle Tische abgeräumt hatte, ging ich wieder zu der Skatrunde hinaus. „Mechthild hat deine Mütze auf", sagte ich zu meinem Vater.

„Das war meine beste. Die hat so einen schönen Schirm. Aber Mechthild hatte einen Sechserpasch."

In diesem Moment tauchten auch Emily und Lena in der Tür zur Pension auf, kamen zu uns herüber und stellten sich neben meinen Vater. „Mama hat gesagt, wir dürfen uns auch eine Mütze kaufen", meinte Lena. „Du sollst das mit uns machen. Bitte."

Mein Vater machte ein ernstes Gesicht. „Ich soll mit? Na, dann wollen wir mal den allerbesten Mützenladen auf der Insel suchen. Ich brauche ja auch eine neue, weil ich meine Lieblingsmütze verspielt habe. Da könnt ihr mir beim Aussuchen helfen. Aber ihr müsst erst mal fragen."

Die Mädchen waren begeistert. Emily hängte sich an seinen Arm. „Und dann können wir auch noch zu den Möwen am Strand gehen."

Er ist wieder da

MARION MAERZ

Eine Viertelstunde später räumte ich mit Gesa gerade die Spülmaschine aus, als Marleen mit vier Kaffeebechern in der Hand zu uns kam.

„Es ist nicht zu fassen." Sie stellte die Tassen auf den Tisch. „Glaubt mal nicht, dass unsere Rentnermannschaft ihren Kram selbst wegräumt."

Ich spähte aus dem Fenster. „Sind sie schon weg? Mein Vater hat sich noch nicht einmal verabschiedet."

Gesa grinste. „Du, er hat einen guten Tausch gemacht, ein altes Kind gegen zwei neue."

„Sind jetzt alle drei mit den Kindern los? Carsten auch?"

„Nein", Marleen schüttelte den Kopf, „Carsten ist mit Nils und Dorothea Kaffee trinken gegangen. Er will Dorothea mal unter die Lupe nehmen. Heinz und Carsten sind sich noch nicht sicher, ob man dieser Verbindung zustimmen sollte."

In diesem Moment war ein lautes Knattern zu hören, wir erkannten das Moped am Geräusch. Gisbert von Meyer kam auf die Pension zu. Gleich darauf stand er, den Helm unter dem Arm, bereits in der Tür. „Guten Tag, die Damen, ich hoffe, ich störe nicht."

Ich versuchte mein diplomatischstes Lächeln. „Natürlich nicht, hier ist sowieso nie etwas zu tun. Wie geht es?"

Er strahlte und glättete sein dünnes rotes Haar. „Danke, ausgezeichnet. Ich wollte dich zu einer kleinen Spritztour über die Insel einladen, Christine, ich habe extra einen zweiten Helm mitgebracht."

Mein Blick ging zu seinem Moped. Tatsächlich, am Lenker schaukelte ein knallrotes Monstrum. Marleen hustete, ich konnte ihre Gedanken fast hören. Gisbert machte eine einladende Handbewegung. „Darf ich also bitten?"

„Nein danke, es tut mir sehr leid, aber wir müssen uns noch um einige Dinge kümmern, also vorbereiten und so, ich kann wirklich nicht weg."

Enttäuscht drehte er sich zu Marleen. „Aber in der Kneipe wird doch heute der Fußboden gemacht. Und hier ist alles schon fertig." Gisbert zeigte auf die aufgeräumte Küche.

Marleen bemerkte meinen verzweifelten Blick. „Servietten", sagte sie wichtig, „wir müssen noch Servietten falten. Für die Eröffnung."

„Ach", antwortete Gisbert. Er straffte seinen Rücken. „Aufgeschoben ist ja nicht aufgehoben. Dann eben ein anderes Mal."

Sein Gang über den Hof erinnerte an den jungen John Wayne.

Kopfschüttelnd sahen wir ihm nach. „Wollen wir wirklich Servietten falten?", fragte ich Marleen.

„Quatsch, ich wollte dich bloß retten. Ich gehe gleich rüber zu den Handwerkern, du kannst ja auch zum Strand fahren."

Die Aussicht auf ein paar Stunden mit Buch im Sand war großartig.

„Bestens. Ich nehme dein Fahrrad. Wir sehen uns heute Abend beim Essen. Bis später."

Mit der Sonne im Gesicht und Wind im Rücken fuhr ich kurz darauf die Promenade entlang zum Strand. Nach zweimal Baden und vierzig Seiten Krimi hatte ich genug vom Strandleben. Ich schüttelte den Sand aus den Handtüchern, packte meine Sachen zusammen und beschloss, in den Ort zu fahren, um mir ein Kleid zu kaufen. Bevor ich mein Fahrrad aufgeschlossen hatte, hörte ich einen Pfiff. Die Zeiten, in denen ich noch auf so etwas reagiert hatte, waren vorbei. Dann hörte ich allerdings etwas, das ich nicht mehr ignorieren konnte. „Christine! Bist du taub?“

Mein Herz fing an zu rasen. Ich drehte mich schnell um und sah ihm entgegen. Johann trug Jeans, Hemd und Blazer, er kam auf mich zu, ich sah nur diese rehbraunen Augen und dieses Lächeln, nie im Leben war dieser Mann ein Verbrecher. Als er vor mir stand, schloss ich die Augen … und wurde geküsst. „Da bin ich wieder. Schneller ging es nicht.“

„Wir dachten … also ich habe es nie geglaubt, aber jetzt ist das auch egal, ich …“ Ich stotterte vor Aufregung.

Er sah mich verwirrt an. „Hast du zu viel Sonne abbekommen? Ist alles in Ordnung?“

Ich schüttelte die Gedanken ab. „Ja, es ist alles in Ordnung. Woher wusstest du, dass ich hier bin?“

„Ich bin erst in die Pension gefahren. Und da habe ich Marleen nach dir gefragt.“

„Was hast du jetzt vor?“

„Ich weiß es nicht. Ich wollte dich erst mal treffen. Wir könnten ja in den Ort fahren und Kaffee trinken oder was essen. Oder shoppen. Ach übrigens“, er griff in die Innentasche seines Blazers und zog einen Umschlag hervor, „hier ist dein Geld. Und noch mal danke fürs Leihen.“

Ich nahm den Umschlag entgegen und verstaute ihn im Seitenfach meiner Tasche.

„Und?“ Johann beobachtete mich. „Was machen wir?“

Ich hätte alles mit ihm machen können, trotzdem graute mir vor der Vorstellung, mit ihm Hand in Hand durch den Ort zu gehen und plötzlich von meinem Vater, Kalli und zwei bemützten kleinen Mädchen umzingelt zu werden. Es war mir zu riskant. „Das ist heute etwas schwierig. Mein Vater passt zusammen mit seinem Freund Kalli auf die Berg-Zwillinge auf. Ich glaube, ich sollte sie dabei ein bisschen unterstützen. Ich wollte gerade losfahren und sie suchen.“

„Da kann ich doch mitkommen.“

Ich suchte fieberhaft nach Ausreden. „Das ist keine so gute Idee. Ich … Johann, verstehe das bitte nicht falsch, aber mein Vater ist zu Männern, die etwas mit mir zu tun haben … also, da ist er immer komisch.“

Er glaubte mir kein Wort, das sah ich deutlich. Stattdessen wirkte er verletzt. „Du, wir müssen auch nichts zusammen unternehmen. Da habe ich wohl etwas falsch verstanden.“

Ich ließ mein Fahrrad fallen und legte ihm den Arm um die Taille. „Nein, hast du nicht. Mein Vater hat sich nur in eine Idee verrannt, deshalb möchte ich ihn nicht mit dir zusammen treffen. Können wir uns nicht heute Abend sehen? Spät?“ Ich hatte keine Lust, ihm das Schauermärchen vom umzingelten Heiratsschwindler zu erzählen, wollte aber auch nicht, dass er meinen Vater für einen Spinner hielt.

„Na gut. Dann frage ich mal nicht weiter, sondern laufe mir meinen Frust am Strand ab. Du kannst dich ja melden, wenn du dich von deinem Clan befreit hast.“

Ich war erleichtert, dass er nicht wissen wollte, in welche Idee sich mein Vater verrannt hatte. „Ich rufe dich auf jeden Fall an. Bis heute Abend, ja?“

Er lächelte schief und küsste mich kurz. „Hoffentlich.“

Während ich auf der Promenade dem Ort entgegenfuhr, ließ ich die Freude, dass er wieder da war, zu. Dann dachte ich darüber nach, dass er mir gar nichts weiter erzählt hatte. Auf der anderen Seite hatte ich ihn aber auch nichts gefragt. Ich hielt es für ein gutes Zeichen, er hatte einfach nur Geld und seine Papiere geholt. Mein Vater und Gisbert sollten sich doch einen anderen Heiratsschwindler suchen.

Ich schloss das Fahrrad an den Ständer vor der Post, als ich schon wieder einen Pfiff hörte. Dorothea und Nils kamen auf mich zu.

„Du siehst aus, als wärst du unter die Strandräuber geraten“, meinte Dorothea. „Und du hast Sand am Kinn.“

Ich tastete mit den Fingern über mein Gesicht, tatsächlich, alles sandig. Und trotzdem hatte er mich geküsst. „Ich war am Strand.“

„Wieso grinst du so blöd?“ Dorothea musterte mich neugierig. „Sag bloß, dass Jo–“

„Pst.“ Instinktiv drehte ich mich um und suchte das Gesicht meines Vaters unter den Passanten. Langsam bekam ich Verfolgungswahn. „Ja, er ist zurück, aber das müssen Heinz und GvM ja noch nicht wissen.“

Nils blickte uns abwechselnd an. „Redet ihr von dem Heiratsschwindler? Der Typ aus der Pension, der nicht in Bremen wohnt?“

„Ach Nils“, Dorothea winkte ab, „Heinz und Gisbert von Meyer machen sich doch nur wichtig. Der Typ heißt Johann Thiess und ist garantiert kein Heiratsschwindler.“

„Ihr kennt ihn näher? Warum habt ihr das dann nicht aufgeklärt?“

„Es gab ein paar Unklarheiten“, erwiderte Dorothea. „Den Rest erkläre ich dir auf der Fähre.“

„Wieso fahrt ihr mit der Fähre?“

Nils legte Dorothea den Arm um die Schultern. „Wir hauen ab. Nachdem Heinz mich seziert hat und mein Vater Dorothea mit Fragen nach ihrer Kochkunst gelöchert hat, haben wir beschlossen, es langt. Wir fliehen nach Juist und kommen morgen wieder."

„Und die Kneipe?"

Dorothea erwiderte: „Ich bin mit dem Malen so gut wie fertig."

Nils nickte. „Wir haben ja ganz schön was geschafft. So, jetzt müssen wir los, die Fähre geht in zwanzig Minuten."

Ich blickte den beiden sehnsüchtig hinterher und hätte alles Mögliche dafür gegeben, mit Johann an ihrer Stelle zu sein. Zwei Tage einsame Insel mit dem Mann meiner Träume.

„Christine! Hallo, Christiiiine."

Die Betonung lag auf „einsame" Insel. Ich drehte mich in die Richtung, aus der die Stimme meines Vaters kam. Mir stockte der Atem.

„Und? Wie findest du das?" „Das" war eine kurze Hose aus einem Stoff, der aussah wie ein Tarnzelt. Dazu trug er ein gelbes Hemd, das mit schreiend bunten Bonbons gemustert war. Die neue Schirmmütze war hellblau und hatte den Aufdruck ENDLICH 18.

Ich rang nach Luft. „Wo hast du das denn gefunden?"

Mein Vater wedelte mit der Hand durch die Luft. „Du, mal hier, mal da. Wir haben sämtliche Geschäfte unsicher gemacht. Kalli und die Kinder sitzen dort drüben in der Eisdiele. Ich habe dich vom Fenster aus gesehen, willst du auch ein Eis?"

Er war schon auf dem Weg zurück, ich ging langsam hinter ihm her. Wenn ich konzentriert auf die Bonbons guckte, wurde mir schwindlig.

Emilys Mütze war gelb mit der Aufschrift SUPERMAUS, auf Lenas rosa Mütze stand TRAUMFRAU.

„Da habt ihr euch aber schöne Schirmmützen ausgesucht."

Die beiden Mädchen strahlten. „Heinz hat mit ausgesucht."

Mein Vater nickte ihnen stolz zu. „Wir haben uns auch Mühe gegeben und nicht gleich eine im erstbesten Laden gekauft."

Der Kellner brachte mir einen Kaffee, während Emily aufgeregt verkündete: „Wir gehen gleich mit Heinz und Kalli ins Kino. Da kommt ein Film mit Pinguinen."

Kalli beugte sich vor. „Möchtest du mit? Dann kaufe ich dir noch eine Karte."

„Nein, vielen Dank. Ich gehe einkaufen, ich brauche noch ein Kleid für die Eröffnung."

IM VIERTEN LADEN wurde ich fündig. Das Kleid war knielang, dunkelgrün mit schmalen Trägern. Ich fand mich schön, die Verkäuferin nickte mir im Spiegel bestätigend zu.

Als ich mit meiner vornehmen Tüte fünf Minuten später aus dem Laden trat, saßen die Damen Hannelore und Mechthild auf einer Bank. Ich war in die Falle gelaufen. Mechthild musterte das Kleid in meiner Tüte.

„Ich kann Ihnen ein sehr hübsches Tuch dazu leihen, ach was, ich werde es Ihnen schenken. Für Ihren charmanten Frühstücksdienst."

„Das ist doch gar nicht –"

Hannelore unterbrach mich. „Sie müssen es annehmen. Wir verkaufen diese Tücher bei uns im Geschäft, sie sind der große Renner."

In diesem Moment hörte ich ein Hecheln hinter mir und drehte mich um. Gisbert von Meyer stand mit knallrotem Kopf so plötzlich vor mir, dass ich zusammenzuckte. „Wo … ist … Heinz?" Er pfiff vor lauter Atemnot und ließ sich auf die Bank fallen.

Mechthild sah ihn alarmiert an. „Ist etwas passiert?"

Gisbert von Meyer schaute sich geheimnisvoll um. „Und ob! Wir müssen uns sofort zusammensetzen. Parole Haifischbar, versteht ihr?"

Hannelore verschluckte sich fast. „Der Heiratsschwindler! Sie haben ihn wiedergesehen?"

Jetzt bekam ich wenig Luft. „Wo denn?"

„Er hat sich vermutlich in der ‚Georgshöhe' eingemietet. Ich habe ihn an der Rezeption erkannt", erklärte Gisbert triumphierend. Was hatte ein halbes Hemd wie GvM in so einem Spitzenhotel zu tun? Während ich mir die entsetzten Gesichter der Damen anguckte, lief mein Gehirn auf Hochtouren. Johann war am Strand und nicht in der Georgshöhe, er wohnte in der Pension, und außerdem hatte Gisbert ihn noch nie gesehen.

Gisbert warf sich in die Brust. „Ja, da bist du froh, dass ich nicht so schnell aufgegeben habe, oder? Von wegen abgereist. Den machen wir dingfest, versprochen. Wo ist Heinz denn jetzt? Er weiß noch gar nichts von der neuen Situation."

Ich zeigte vage in Richtung des Kurtheaters. „Das letzte Mal habe ich ihn am ‚Haus der Insel' gesehen, zusammen mit Kalli und in Begleitung von zwei jungen Damen."

„Junge Damen?" Mechthild und Hannelore vereinten sich wieder zu einem Chor.

Gisbert wandte sich ihnen zu. „Im Kurtheater ist heute Tanztee. Wollen wir da hingehen? Dann können wir Heinz gleich verständigen."

„Gisbert …“ Ich bemühte meinen gönnerhaftesten Ton. „Ich an deiner Stelle würde mich nicht trauen dazwischenzufunken. Die beiden Damen waren sehr hübsch und sehr jung und Heinz und Kalli wirkten so, als hätten sie einen Heidenspaß.“

MARLEEN hörte das Klappen der Tür und kam mir entgegen. „Ich habe Tee gekocht. Willst du auch eine Tasse?“ Ihr Blick traf meine Einkaufstüten. „Ich dachte, du wolltest zum Strand. Das habe ich auch Herrn Thiess erklärt. Hast du ihn überhaupt getroffen? Er ist wieder da.“

„Ich weiß.“ Mit den Tüten über der Schulter folgte ich Marleen zum Strandkorb. Sie schenkte Tee ein und schob mir eine Tasse hin.

Erwartungsvoll sah sie mich an. „Und? Erzähl. Hat er dich gefunden?“

Ich setzte mich neben sie. „Ja, hat er. Ich wollte nur gerade los und nach Heinz und den Zwillingen sehen.“

„Ja und?“

„Nichts und. Du warst doch in der Haifischbar dabei, als Gisbert von Meyer mit meinem Vater diese Theorie erfunden hat, dass Johann der Heiratsschwindler ist. Von wegen tückische Augen.“

„Na ja, und dann war das mit der Adresse auch noch komisch.“

„Marleen, das kann tausend Gründe haben. Wer weiß, wie dämlich dieser Freund von Gisbert ist und ob er überhaupt am richtigen Haus geguckt hat.“

„Und was ist mit Mausi?“

„Dafür gibt es garantiert auch eine Erklärung. Ich treffe mich später mit ihm, und dann werde ich ihn danach fragen. Bevor ich mit ihm gesprochen habe, würde ich aber ganz gern ein Zusammentreffen zwischen Heinz und Johann vermeiden.“

„Du hast dich ganz schön verknallt, oder?“ Marleen grinste mich an.

„Ich glaube ja. Das heißt aber nicht, dass ich mein Hirn ausschalte. Sei beruhigt. Ach übrigens, ich habe Gisbert mit Weingarten-Zapek und Klüppersberg im Ort getroffen. Da gibt es auch schon wieder neue Theorien. Unser wacher Journalist hat den Heiratsschwindler nämlich an der Rezeption der Georgshöhe observiert.“

„GvM kennt Johann Thiess doch gar nicht.“

„Eben, aber da wird sofort jemand nach einer vagen Beschreibung festgenagelt. Johann war um die Zeit am Strand, was soll er in der Georgshöhe?“

„Außerdem wohnt er wieder hier“, sagte Marleen nachdenklich. „Wie auch immer, ich versuche, Heinz zu beruhigen.“

Ich trank meinen Tee aus und stand auf. „Ich gehe jetzt duschen und mich eincremen."

Ich sammelte meine Tüten ein, als Marleen noch etwas einfiel: „Die Jungs kriegen übrigens morgen Verstärkung. Hubert hat vorhin angerufen, er kommt schon früher."

„Wieso, was ist denn mit deiner Tante Theda?"

„Thedas beste Freundin Agnes aus Leer wird siebzig und feiert zwei Tage lang. Hubert hat sich geweigert, daran teilzunehmen. Er bringt Theda hin und fährt anschließend auf die Insel."

„Und was macht er hier dann ganz allein?"

Marleen sah mich resigniert an. „Rate mal."

„Er will helfen. Damit bis Samstag alles fertig wird."

„Genau. Jetzt sind sie zu fünft. Heinz, Kalli, Onno, Carsten und Hubert. Onno ist übrigens das Baby mit seinen vierundsechzig, der Rest unserer Handwerker ist … zusammen 295 Jahre alt. Das ist doch spitze."

BEIM ABENDESSEN maulte mein Vater zwar, dass Kartoffelsalat und Würstchen allenfalls am Heiligen Abend gingen, aß aber trotzdem drei Stück und lehnte sich danach zufrieden zurück. „Es wird einem aber schnell schlecht davon." Er machte seinen Gürtel ein Loch weiter.

Es war kurz vor neun. Ich zuckte zusammen, weil mein Handy in der dünnen Rocktasche des neuen Kleides vibrierte. Ich stand auf, ging zur Toilette und rief sofort die SMS auf: ICH WARTE IM SURFCAFÉ, EGAL BIS WANN. FREUE MICH.

Mir wurde warm. KOMME INNERHALB DER NÄCHSTEN STUNDE. FREUE MICH AUCH.

Rund eine halbe Stunde später begann Marleen die Teller einzusammeln. „Christine, hilfst du mir?" – „Natürlich."

Während wir den Tisch abräumten, tranken Heinz und Kalli ihre Gläser aus und machten sich langsam bereit zum Aufbruch. Wir hörten sie leise reden, dann ein „Tschüss, danke, bis morgen".

Marleen nahm mir den Teller aus der Hand und sah mich aufmunternd an. „Worauf wartest du noch? Los, viel Spaß!"

Ich atmete tief durch. „Danke, und …"

„Beeil dich. Und übrigens … Macht keinen Lärm auf dem Flur, wenn ihr in sein Zimmer geht."

„Marleen. Was du immer gleich denkst …"

Ich hörte sie pfeifen, während ich das Fahrrad aus dem Schuppen zog.

Stunden später, bereits im Morgengrauen, stand ich wieder vor der Tür der Ferienwohnung und drehte den Schlüssel mit angehaltenem Atem im Schloss. Dann schob ich die Tür vorsichtig auf. Ein leises Schnarchen drang aus dem Zimmer meines Vaters, der bei offener Tür schlief; ich betete, dass es so blieb. Barfuß und auf Zehenspitzen schlich ich ins Wohnzimmer, ließ mich im Dunkeln auf das Gästebett sinken, zog mich aus und kroch unter die Decke. Sofort kam die Erleichterung und dann dieses unbändige Glücksgefühl: was für eine Nacht! Ich versuchte, die Uhrzeit auf dem Wecker zu erkennen: 5.20 Uhr. In einer Stunde musste ich aufstehen und war hellwach. Ich hatte Johanns Geruch in der Nase, seine Stimme im Ohr und seine Hände auf der Haut. Und meinen Vater zwei Türen weiter.

Johanns grünes Hemd hatte mir entgegengeleuchtet, als ich auf das Surfcafé zufuhr, mit jedem Meter hatte sich mein Pulsschlag erhöht. Er sah so schön aus. Umständlich hatte ich mein Fahrrad angekettet, ich brauchte jede Sekunde Zeit, um mich in den Griff zu kriegen, schließlich wollte ich nicht wie eine verknallte Sechzehnjährige auf ihn zustürmen.

Johann hatte eine Flasche Weißwein im Kühler vor sich stehen, daneben eine Flasche Wasser und vier Gläser, zwei waren unbenutzt. „Oder möchtest du etwas anderes?“

Ich schüttelte den Kopf, er nahm die Flasche und schenkte ein. „Und?“ Er wartete mit erhobenem Glas auf eine Reaktion von mir.

Ich starrte ihn an. Mein Hals war trocken.

„Christine? Alles in Ordnung?“

Was sollte ich ihm sagen? Sollte ich mit der Tür ins Haus fallen und ihn auf Mausi ansprechen? Auf sein Interesse an Marleen? Auf die falsche Adresse in Bremen? Er würde mich für eine hysterische Ziege halten. Ich musste souverän wirken, die erste Frage sollte bedacht sein. Ich holte tief Luft. „Mein Vater hält dich für einen Heiratsschwindler.“

Zack! Mein Hirn war wohl noch woanders. Ich krümmte mich innerlich.

Johann starrte mich erst verblüfft, dann ungläubig an. Seine Augen glänzten. Er legte die Hand vor den Mund und fing an zu lachen. Schließlich wischte er sich mit den Händen die Tränen weg, sah mich kurz an und fing wieder an zu lachen. „Ach Christine“, er konnte kaum sprechen, „großartig.“

„Das war kein Witz. Mein Vater meint das ernst. Und nicht nur er.“

„Schon … klar.“ Johann rang nach Luft. „Es geht gleich wieder. Schenk mir doch bitte mal Wasser ein.“ Er hielt mir sein Glas entgegen. „Ein Heiratsschwindler also. Irgendwie bin ich auch erleichtert, weil ich schon dachte, ich leide unter Verfolgungswahn.“

Ich verstand ihn nicht. Anscheinend war es mir anzusehen.

„Seitdem ich wieder hier bin, habe ich das Gefühl, ich werde verfolgt. Als ich vom Strand kam, fuhr der Freund deines Vaters, der Blonde, weißt du …"

„Kalli?"

„Ich glaube, ja, der auch in der Kneipe hilft, also, der fuhr erst mit dem Fahrrad hinter, dann auch noch neben mir. Minutenlang. Danach hatte ich einen rothaarigen Mopedfahrer an den Hacken. Der ließ sich auch nicht abschütteln. Als ich essen ging, setzte er sich auf die Terrassenbrüstung des Restaurants und starrte mich an. Mit einem Fernglas."

Gisbert von Meyer. Agent Seiner Majestät.

„Wieso bist du nicht einfach hingegangen und hast ihn angesprochen?"

Johann hob die Schultern. „Ach wozu. Ich dachte, das ist vielleicht nur ein armer Irrer."

So falsch lag der Observierte damit nicht. Trotzdem war es Zeit, ihn aufzuklären. Ich wollte nicht, dass er gleich alle für verrückt hielt. Also erzählte ich ihm ausführlich von Gisberts Bericht über die Pressekonferenz und den Theorien meines Vaters. Als ich an die Stelle mit Gisberts Freund in Bremen kam, schüttelte Johann ungläubig den Kopf.

„Du hättest mich einfach fragen können. Das kann ich dir erklären: Ich habe im letzten Jahr in Schweden gearbeitet und bin Mitte Mai erst zurückgekommen. Meine Sachen waren in Köln bei meiner Tante gelagert, bei ihr habe ich auch zwischendurch gewohnt, weil ich die Wohnung in Bremen erst zum 1. Juni gemietet hatte. Die meisten meiner Klamotten sind auch schon in Bremen, nur das Klingelschild fehlt noch."

„Bist du auch von Köln nach Norderney gefahren? Also, als du hier ankamst?"

„Ja, wieso?"

Das war die Erklärung für die durchgefahrene Nacht. Na bitte. „Ach, nur so."

Ich hatte kurz überlegt, Johann direkt nach Mausi zu fragen, traute mich dann doch nicht. „Wieso machst du eigentlich allein Urlaub auf Norderney?"

Johann zögerte kurz, bevor er antwortete. „Das war … zum Ausspannen. Ich bin ja gerade erst aus Schweden zurück, habe dann den Umzug organisiert, das neue Büro eingerichtet und, und, und. Irgendwie war ich müde und wollte Ruhe haben. Auf Norderney war noch was frei."

„Und du hast hier niemanden kennen gelernt?"

„Doch. Dich."

„Ich meine vorher."

Er lächelte mich so hinreißend an, dass mir schwindlig wurde. „Nein. Und ehrlich gesagt, habe ich auch keinen Bedarf nach neuen Leuten. Ich möchte meine Ruhe haben und dich vielleicht ab und zu von deiner Crew weglotsen. Das würde mich schon sehr zufrieden machen."

Irgendwann verließen wir das Surfcafé und liefen am Strand entlang in Richtung der Weißen Düne. Es war eine warme Nacht, der Mond glitzerte auf dem Wasser, man hörte nur das Geräusch der Wellen, sonst nichts. Es waren diese Momente, von denen man sich wünschte, sie würden nie aufhören. Später saßen wir in einem Strandkorb, schauten aufs Meer und erzählten uns von unserer Kindheit, unseren Träumen und Wünschen. Und küssten uns in allen Gedankenpausen …

Nachdem es am Strand zu kühl geworden war, waren wir zurück in die Pension gelaufen. Ohne viel darüber zu reden, hatte ich Johann auf sein Zimmer begleitet. Ich verbot meinen Gedanken, dahin abzuschweifen, trotzdem schob sich das Bild vor meine Augen, sein Gesicht, das mich morgens angesehen hatte, braune Augen unter verstrubbelten Haaren, der Mund, der so gut küssen konnte, sein Lächeln …

DIE LETZTEN GÄSTE hatten gerade den Frühstücksraum verlassen, als Johann hereinkam. Er sah sich kurz um, dann lächelte er mich an. „Na? Bahn frei für mich?"

„Es ist nur zu deinem Besten. Die Herrentruppe ist jetzt drüben in der Kneipe zum Arbeiten. Ich werde nachher mit meinem Vater reden, damit dieses Durcheinander aufhört."

Johann küsste mich auf den Nacken, bevor er sich setzte. „Du, ich finde so eine heimliche Romanze eigentlich ganz reizvoll. Von mir aus musst du dich nicht outen."

Das Misstrauen hatte ich von meinem Vater. „Wieso? Soll er nichts von uns wissen?"

Johann sah mich irritiert an. „Christine, du hast mich gebeten, auf meinem Zimmer zu bleiben, bis die Luft rein ist. Von mir aus kannst du auch allen erzählen, wo du die letzte Nacht verbracht hast."

„Entschuldigung. Ich bin irgendwie durcheinander, ich hole dir mal Kaffee."

Dann saßen wir uns gegenüber, ich sah ihm beim Frühstücken zu und fühlte mich sehr leicht und warm.

„Guten Morgen, Herr Thiess. Christine, ich soll dir das hier geben." Gesa stand plötzlich am Tisch, ich zuckte zusammen und starrte auf die Packung, die sie mir hinhielt. Augentropfen.

„Wo kommen die denn her?"

„Ich war schnell in der Praxis meiner Mutter. Heinz hat gesagt, es wäre ein Notfall. Was ist denn mit deinen Augen? Die sind doch nur ein bisschen dick."

Ich nahm Gesa die Tropfen aus der Hand. „Es ist auch nichts, Heinz macht nur immer so einen Aufstand. Aber trotzdem danke."

Gesa sah Johann interessiert an. „Aber sie hat doch dicke Augen, oder?"

Er legte den Kopf schief und betrachtete mich. „Vielleicht müde Augen. Was machst du jetzt? Kommst du mit zum Strand?"

Gesas Augen wurden groß. Ich sah an ihr vorbei. „Gern, ich muss aber rüber. Morgen kommen die Möbel und wir sind noch nicht fertig."

„Schade." Er stand auf und streckte sich. „Dann leihe ich mir mal ein Fahrrad und mach mich allein auf den Weg. Frohes Schaffen."

Er ging zur Tür und warf mir hinter Gesas Rücken eine Kusshand zu.

„Sag mal, Christine, habe ich da was verpasst?", fragte Gesa. „Ich dachte, du hältst ihn für einen Heiratsschwindler?"

„Heinz und Gisbert tun das. Ich nicht."

„Aber dann musst du ihnen doch sagen, dass sie sich irren. Ich war gerade drüben, die sitzen alle am Tisch und Heinz teilt sie zum Beschatten ein."

Ich stapelte das Geschirr auf ein Tablett. „Ich rede nachher in Ruhe mit meinem Vater. Gisbert von Meyer kann sich von mir aus auf eine Düne setzen und Johann mit dem Fernglas beim Sonnen beobachten. Dann geht er uns hier wenigstens nicht auf die Nerven."

Die alten Männer lösten gerade ihre Tischrunde auf, als ich die Tür der Kneipe öffnete und mit dem Sturmhaken befestigte. „Wieso habt ihr die Tür denn zu? Der Farbgeruch soll doch raus."

Gisbert von Meyer steckte einen Notizblock in seinen kleinen Rucksack und sah mich wichtig an. „Wir hatten hier eine Besprechung, die nicht für alle Ohren bestimmt war."

„Los, Männer, an die Arbeit!", rief mein Vater, noch ehe ich etwas antworten konnte.

In den nächsten Stunden lackierte ich die Fußleisten, und kurz vor Mittag fuhren Heinz und Kalli los, um Hubert von der Fähre abzuholen.

Als ich den letzten Meter Fußleiste lackiert hatte, sah ich auf die Uhr. Mein Vater und Kalli waren jetzt schon über eine Stunde weg.

„Ihr könnt ruhig schon anfangen", sagte Marleen, als wir uns zum Mittagessen um den Küchentisch versammelten. „Kalli hat gerade angerufen, Hubert hat Heinz und Kalli zum Essen eingeladen, als Dank für den Abholservice."

Onno, Carsten und ich gingen nach dem Essen zurück in die Kneipe. Weder mein Vater noch Kalli waren bislang wiederaufgetaucht. Marleen hatte sich in ihr Büro zurückgezogen, um die Ankunft der Möbel für den nächsten Tag zu organisieren, Onno stellte das Radio an und Carsten schob sich zu den Klängen von Gitte Haenning, die einen Cowboy als Mann wollte, die Leiter zurecht. Ich nahm mir vor, in den nächsten zwei Jahren keinen einzigen deutschen Schlager mehr zu hören, und bekam Sehnsucht nach Johann. Mit dem Rücken zu den beiden Männern tippte ich eine SMS: WO BIST DU GERADE? SEHNSÜCHTIGE KÜSSE, C.

Während ich auf die Antwort wartete, begann ich die Fenster zu putzen. Nach dem dritten Fenster hörte ich im Hof ein Auto. Die Tür ging auf und ein hochgewachsener Mann folgte meinem Vater und Kalli in den Raum.

„Da sind wir wieder." Mein Vater blieb am Tresen stehen. „Onno, steig mal von der Leiter, Carsten, Christine, darf ich euch den Fünften im Bunde vorstellen? Das ist Hubert, feiner Kerl, er ist übrigens Hobbyornithologe. Er hat handwerkliches Geschick und trinkt auch Weizenbier. Hubert, das ist Carsten, der Vater vom Innenarchitekten hier. Und das da ist meine Tochter Christine, sie sieht sonst besser aus, hat aber heute was mit den Augen."

Hubert deutete eine Verbeugung an, während er meine Hand schüttelte. „Sehr angenehm, Christine. Sie haben auch heute schöne Augen."

Das „Na, na!" meines Vaters ließ mein erfreutes Lächeln etwas dünner ausfallen. Ich fand Hubert äußerst charmant, er würde eine echte Konkurrenz für den berühmten Inselführer werden. Was wohl zwei Geschäftsfrauen aus Münster-Hiltrup über ihn denken würden? Hubert begrüßte Carsten und Onno und sah sich dann um. „Es ist ja schon alles fertig." Er klang ein bisschen enttäuscht. „Was kann ich denn noch machen?"

„Urlaub." Marleen war gekommen, in der Hand einen Korb mit Thermoskannen und Tassen, den sie auf einen Tisch stellte. „Hallo Hubert, schön, dass du da bist." Sie umarmte den Liebsten ihrer Tante und trat dann einen Schritt zurück. „Du siehst ja immer jünger aus, Theda, und das dauernde Verreisen scheinen dir gutzutun."

Hubert strich sich geschmeichelt über die Haare und lächelte verlegen.

„Man tut, was man kann. Aber sag mal, hier gibt es ja gar nichts mehr zu tun. Ich habe Theda versprochen, dass ich dir helfe."

„Wir sind auch noch nicht fertig. Es muss noch alles geputzt werden, die Steckdosen fehlen noch …"

„Alles mit Strom mache ich." Onno kämpfte um seinen Arbeitsplatz. „Dass das klar ist."

Beschwichtigend hob Hubert die Hände. „Von Elektrik verstehe ich nichts. Wieso hängen diese Planen an den Wänden?"

Mein Vater hob eine Plane ein paar Zentimeter an. „Die schützen Dorotheas Wandgemälde." Er nickte stolz. „Das sind nämlich Kunstwerke, die müssen geschützt werden."

Hubert wurde von Marleen zum Tisch geschoben. „Jetzt trinken wir Kaffee, und dabei erzähle ich dir, was noch alles zu tun ist."

„Für Hubert ist nicht viel zu tun." Mein Vater griff nach der Kanne. „Du wirst einen ehemaligen Fabrikanten ja wohl nicht putzen lassen." Er legte mir ein Stück Kirschkuchen auf den Teller. Es war das einzige Stück und mein Lieblingskuchen, dafür hatte ich meinen Vater gern. „Christine kann putzen. Sie kommt mit ihren kleinen Frauenhänden ja auch besser in die Ecken."

Und das für ein läppisches Stück Kirschkuchen. Ich schaute mich in dem großen, staubigen Raum um. „Und das soll ich alles allein bis morgen früh schaffen? Wo ist denn Gesa eigentlich?"

Ich beschloss, draußen eine Zigarette zu rauchen und meine Mutter anzurufen.

Liebeskummer lohnt sich nicht

Siw Malmkvist

Meine Mutter nahm nach zwei Freizeichen ab. „Wie geht es deinem Knie?", fragte ich nach der Begrüßung.

Meine Mutter seufzte. „Frag lieber nicht. Es tut weh. Ich dachte, es ginge alles viel einfacher. Aber was soll's, ich mache alles, was die Ärzte und Krankengymnasten sagen, und bin froh, wenn ich wieder nach Hause kann. Genug gejammert. Erzähl mal, was gibt es Neues?"

Ich berichtete ihr von Huberts Ankunft und erzählte ihr, was bis zur Eröffnung noch alles zu tun war.

Bevor ich nach dem Gespräch in die Kneipe zurückging, warf ich noch einen schnellen Blick auf mein Handy. Nichts. Johann hatte meine SMS nicht beantwortet. Vielleicht hatte er am Strand keinen Empfang. Er hätte aber auch von sich aus Sehnsucht zeigen können. Das gehörte sich nach der ersten Nacht.

„Christine, warte mal."

Ich drehte mich um und sah Gesa, die von ihrem Fahrrad absprang und es einfach fallen ließ. „Rauchst du noch eine Zigarette mit mir?"

„Ich muss eigentlich weitermachen."

„Ach komm, ich helfe gleich mit. Das schaffen wir doch locker. Komm, zehn Minuten im Strandkorb."

Ich spähte vorsichtig durchs Fenster. Onno stand auf der Leiter, Kalli reichte ihm Schrauben, mein Vater und Carsten saßen nebeneinander am Tresen und malten etwas auf ein Blatt Papier. Vermutlich entstanden hier Pläne für die Möbelpacker, die mit Nils' Entwürfen nichts mehr zu tun hatten. „Ich komme mit."

Gesa holte zwei Gläser und eine Flasche Wasser aus der Küche und setzte sich neben mich. Sie wirkte nervös, sah mich immer wieder von der Seite an, sagte aber nichts.

Irgendwann verlor ich die Geduld. „Sag mal, Gesa, ist irgendwas?"

Sie schluckte und zündete sich eine Zigarette an. „Ich gehe zweimal in der Woche in die Georgshöhe zum Sport. Ich mache erst Fitness, dann gehe ich in die Sauna. Macht Spaß."

„Ja. Toll."

Sie sah mich an. „Ich habe Gisbert von Meyer da gerade eben getroffen. Er sitzt mit Schirmmütze und Sonnenbrille auf der Terrasse und observiert Johann Thiess."

Ich legte meine Hand auf ihr Bein. „Und weiter? Du weißt doch, dass Gisbert ein Idiot ist." Plötzlich begriff ich, was sie gesagt hatte. „Johann? In der Georgshöhe?"

Gesas Stimme klang gepresst. „Ja. Er war auch da."

Ich tätschelte ihr Bein. „Er ist zum Strand gefahren. Wahrscheinlich hat er Durst oder Hunger bekommen und hat oben angehalten."

Wieso hatte er sich dann nicht auf meine SMS gemeldet? In dem Hotel hatte man Empfang.

„Ach Christine, ich habe ja auch gedacht, dass Heinz und Gisbert spinnen, aber Johann Thiess saß im Restaurant mit einer alten Dame, die ziemlich reich und verknallt aussah. Sie hat ihn auch dauernd angefasst."

Mein Hirn wurde bleiern. „Wie? Angefasst?!"

„Seine Hand gedrückt, ihm über die Wange gestrichen, das ganze Programm eben. Ach Christine, es tut mir so leid."

„Und er? Was hat er gemacht?"

„Er hat gelächelt. Und er hat sie geküsst, als er ging."

„Bist du sicher?"

Gesa nickte traurig. „Ja. Und Gisbert von Meyer hat das alles mit seinem Handy fotografiert."

„Es wird eine ganz normale Erklärung dafür geben." Bleib ruhig, dachte ich.

„Sicher." Gesa drückte ihre Zigarette frustriert aus. „Ganz bestimmt. Ach Christine, ich finde ihn so sympathisch, ich kann mir überhaupt nicht vorstellen, dass Heinz und Gisbert Recht haben, aber das war schon ziemlich eindeutig." Sie sah so verzweifelt aus, wie ich mich gerade fühlte.

„Komm, Gesa, wir gehen putzen." Mein Vater hatte mich zur Disziplin erzogen.

Ich schrubbte meine ganzen Gedanken in die Holzbohlen. Weder mein Vater noch der Rest der Crew hatte auch nur den Kopf gehoben, als Gesa und ich mit unseren Eimern und Wischmopps in die Kneipe traten.

Ich erkannte gleich, womit mein Vater so konzentriert beschäftigt war. Er hatte keinerlei räumliche Vorstellungskraft, also zeichnete er von jeher Möbel auf Millimeterpapier, schnitt sie aus und schob sie auf maßstabgetreuen Plänen hin und her. Während er mit zusammengekniffenen Augen die Sitzgruppen über den Kneipenplan schob, wrang ich meinen Lappen aus und scheuerte die Ecken. Gesa sah mich von Zeit zu Zeit an, vielleicht war ihr eingefallen, dass man früher die Überbringer schlechter Nachrichten geköpft hatte. Zu allem Überfluss blieb mein Handy stumm.

„Ich habe sie!" Gisbert schoss wie ein gehetztes Kaninchen in die Kneipe. „Die Beweisfotos. Ja. Ja. Ja!"

Mein Vater ging auf den Meisterschnüffler zu. „Lass sehen."

Gisbert holte mit großer Geste sein Handy aus der Hemdtasche und hielt es wie einen Pokal in die Höhe. „Hier ist der Verbrecher, in flagranti erwischt, in Ausübung seiner kriminellen Tätigkeit."

Gesa erhob sich langsam aus der Hocke und warf mir einen ängstlichen Blick zu. Gisbert sah mich ebenfalls an, allerdings triumphierend. „Hier, Christine, hier ist der Beweis. Du mit deiner Gutgläubigkeit."

Eigentlich wollte ich das alles überhaupt nicht wissen. Ich stellte mich trotzdem neben ihn und wartete. GvM drückte auf die Tasten des Geräts, dann hielt er mir das Display vors Gesicht. Ich starrte regungslos drauf.

Johann, der eine Dame, die bestimmt über siebzig war, anlächelte. Auf dem zweiten Bild griff sie ihm ins Haar. Die nächste Einstellung zeigte ihn, als er sich vorbeugte, um sie zu küssen.

„Ja, okay. Gute Bildqualität. Tolle Kamera." Ich schob Gisberts Arm zur Seite und fragte mich, warum man unter Schock so einen Unsinn redete.

Während die anderen sich wie die Geier auf das Handy stürzten, setzte er nach. „Und? Das ist er doch, dieser Thiess, oder? Den du so reizend fandest? Und habe ich den jetzt verwechselt?"

„Nein, das ist er. Du, entschuldige, aber wir haben hier noch zu tun."

Ich zwang mich zur Königinnenhaltung und ging zurück zu meinem Wischeimer. Mein Vater folgte mir. „Sag mal, Kind … Du hast uns nicht geglaubt, oder?"

„Was?"

„Dass dieser Kerl nicht ganz koscher ist."

„Jetzt habe ich es ja gesehen. Du kannst dir also dein Ich-habe-es-dir-jagleich-gesagt sparen." Ich knallte den nassen Lappen gegen die Fußleiste.

„Das wollte ich gar nicht sagen." Er sah mich traurig an. „Ach Tine." Er streckte seinen Rücken durch. „Aber wenn der glaubt, dass er bei mir damit durchkommt, dann hat er sich geschnitten. Warm anziehen kann der sich, ganz warm. Gisbert? Wir müssen reden. Kalli, Carsten, ich hole uns ein Bier. Gisbert, hilf mir tragen."

Während der nächsten zehn Minuten überlegte ich fieberhaft, welche harmlosen Erklärungen es geben könnte, es fiel mir aber keine einzige ein. Trotzdem musste ich mit Johann reden; sobald ich unauffällig verschwinden konnte, würde ich mich auf die Suche nach ihm machen.

„Papa, ich muss in die Wohnung gehen und Augentropfen nehmen. Hinterher soll ich einen Moment liegen."

„Ja, gut." Er nickte mir besorgt zu. „Lass dir Zeit. Wir kümmern uns um alles." Ich durchquerte schnell den Raum, ich wollte bloß raus.

Kurz vor der Wohnungstür klingelte mein Handy. „Ich bin es, Johann. Ich muss dauernd an dich denken. Was machst du gerade?"

Ein dumpfes Gefühl schoss durch meinen Magen. Meine Stimme klang eisig. „Ich muss dich sofort sehen. Hörst du? Sofort. In zehn Minuten an der Bank vor der Milchbar."

Obwohl ich fast rannte, liefen mir kalte Schauer über den Rücken. Ich ließ mich schwer atmend auf die Bank fallen. Bevor ich mich richtig beruhigen konnte, stand Johann schon vor mir. Lächelnd, als ob die Welt in Ordnung wäre. „Na? Du hast deine Sehnsucht wohl genauso wenig im Griff wie ich?“ Als er mich küssen wollte, drehte ich meinen Kopf zur Seite, sein Kuss streifte meine Wange. Er setzte sich und legte den Arm auf die Banklehne. Ich rutschte vor.

„Was ist denn los?“ Seine Stimme klang verblüfft. *Schauspieler.*

Ich setzte mich so hin, dass ich ihm ins Gesicht sehen konnte. Manche Lügen erkennt man an den Augen. „Wo warst du den ganzen Tag?“

„Am Strand. Wieso?“

„Nicht in der Georgshöhe?“

Johann setzte sich gerade hin, er schien auf einmal ungehalten. „Sag mal, was soll das denn? Gestern haben wir darüber geredet, was für ein Quatsch diese Heiratsschwindlergeschichte ist, du hast selbst über diesen Gisbert von Meyer gelacht und jetzt hast du so einen misstrauischen Ton. Habe ich was verpasst?“

„Warst du im Hotel, ja oder nein?“

„Ja, meine Güte, ich habe dort was getrunken. Ist das ein Verbrechen?“

„Du bist gesehen worden.“

Seine Augen flackerten. Er überlegte einen Moment, bevor er antwortete. „Ich verstehe nicht, dass du nach der letzten Nacht so wenig Vertrauen zu mir hast. Wieso bist du so?“

„Wieso ich so bin?“ Ich hörte selbst, dass ich schrill klang, es war mir egal. „Mit wem warst du denn jetzt was trinken?“

Johann sah mich nachdenklich an. „Ach Christine. Ich kann solche Verhöre wirklich nicht leiden. Heute Morgen fühlte sich das zwischen uns noch ganz anders an.“

„Man hat dich gesehen und du warst nicht allein. Mir hast du erzählt, dass du hier niemanden kennst. Und dass du zum Strand fährst.“

„Vielleicht hat euer Meisterdetektiv auch eine Situation missverstanden. Die ganz große Leuchte beim Observieren ist er ja auch nicht.“

„Dann erzähl mir, was du hier machst. Warum du mit alten Frauen Kaffee trinkst, warum du dich für Marleen interessierst, warum du die Pension und alles fotografiert hast. Ich will –“

Johanns Handy klingelte. Er machte keine Anstalten dranzugehen. Nach drei lauten Tönen sagte ich: „Nun gehe schon ran.“

Er ließ mich nicht aus den Augen, während er sich meldete. Die Stimme am anderen Ende war so deutlich, dass ich sie verstehen konnte. „Sag mal, wo steckst du? Seit einer Viertelstunde sind wir verabredet. Komm endlich rauf, Zimmer 126.“

Johann verdrehte die Augen. „Mausi, im Moment ist es schlecht, geh schon an die Bar, ich komme, sobald ich kann."

Ich stand schon, bevor er das Handy weggesteckt hatte. Johann griff nach meiner Hand. „Meine Tante." Er lächelte schief, ich wurde unglaublich wütend. Die Stimme hatte ziemlich jung geklungen.

Betont langsam entzog ich mich ihm. „Weißt du was, Johann? Verarschen kann ich mich allein. Es ist mir völlig egal, was du hier für Spielchen spielst. Aber nicht mit mir. Reise am besten ab, bevor mein Vater und Gisbert dich treffen."

„Christine, das ist albern. Ich kann dir alles erklären. Aber nicht jetzt."

Natürlich nicht, schließlich wartete Mausi auf ihn. „Du kannst mich mal." Ich drehte mich auf dem Absatz um und ließ ihn stehen.

DIE FENSTER und Türen der Kneipe standen sperrangelweit offen. Dorothea kam mit zwei Müllsäcken heraus, und ich fing an zu heulen. Sie ließ die Säcke sofort fallen und lief auf mich zu. „Was ist los?"

Ich konnte kaum antworten. „Mein … Vater … hatte … Recht … Heirats…" Ich erstickte fast.

„Komm, Christine, wir gehen in die Wohnung." Sie zog mich am Arm hinter sich her, ich leistete keinen Widerstand.

Später saßen wir in der kleinen Küche unserer Ferienwohnung. Dorothea hatte Tee gekocht, ich hatte zwei Pakete Tempo verbraucht und war langsam wieder in der Lage, zusammenhängende Sätze zu formulieren. Sie hörte mir mit großen Augen zu. Ich beschrieb den gestrigen Abend und die folgende Nacht chronologisch und mit Herzklopfen. Als ich zu Gisbert und seinen Handyfotos kam, setzte sie sich gerade hin. „Und? Was war drauf?"

„Na, was wohl? Johann und so eine alte Dame, ziemlich beringt, teuer angezogen und sehr innig mit ihm."

„Und wer war das?"

„Was weiß ich? Das nächste Opfer wahrscheinlich …"

Dorothea guckte skeptisch. „Hast du ihn nicht gefragt, wer die Frau ist?"

„Doch, aber er hat es nicht beantwortet. Und dann rief diese Mausi an."

„Und?"

„Er sagte, es wäre seine Tante. Die Stimme klang aber ziemlich jung."

„Tante Mausi? Das denkt man sich doch nicht aus."

Ich rieb meine Augen. „Sag mal, auf wessen Seite stehst du eigentlich? Ich fand den Heiratsschwindlerquatsch auch albern, aber jetzt passiert so etwas. Ich verstehe das nicht."

Dorothea rührte nachdenklich in ihrer Tasse. „Ich weiß nicht, irgendwas stimmt hier nicht. Du lässt dich von unserer Altherrenrunde echt verrückt machen. Thiess ein Heiratsschwindler, ich glaube das nicht, nie im Leben. Rede noch mal mit ihm."

Vielleicht hatte Dorothea Recht, vielleicht hatte ich mich nur von GvM und Heinz anstecken lassen, aber trotzdem verhielt Johann sich nicht wie ein Frischverliebter. Zumindest nicht so, wie ich das erwartete.

In diesem Moment klopfte Marleen ans Fenster, Dorothea öffnete es.

„Ist Christine hier? Ich suche sie überall. Ach, da bist du ja. Sag mal, Christine, weißt du, dass Johann Thiess abreist? Er hat gerade bezahlt und gesagt, dass er in die Georgshöhe zieht, du könntest dich bei ihm melden, wenn du willst."

„Vergiss es." Meine Wut hielt sich die Waage mit der Enttäuschung. „Siehst du", sagte ich zu Dorothea.

Marleen ließ ihren Blick zwischen Dorothea und mir hin- und herwandern. „Kann mich mal jemand aufklären? Und was hat Johann Thiess mit Kalli und Hubert gehabt? Als er an der Rezeption stand, liefen Kalli und Hubert am Fenster vorbei, und er ging sofort in Deckung."

Mir fiel ein, was Johann erzählt hatte. „Kalli hat ihn observiert. Er hat sich mit Gisbert abgewechselt. Johann wollte ihn wohl nicht treffen."

Dorothea bekam einen Lachkoller. „Kalli observiert? Meine Güte, hier ist es wie im Wilden Westen. Also, ich werde sofort meine Dienste ebenfalls zur Verfügung stellen, vielleicht kann ich das eine oder andere zur Aufklärung beitragen, hier und da ein wenig beschatten oder gar vollstrecken, alles im Auftrag Seiner Majestät."

„Was ist denn hier los?" Mein Vater stand plötzlich neben Marleen und blickte durchs Fenster. „Welche Majestät?"

Dorothea verbeugte sich. „Euer Majestät, König Heinz, und natürlich Prinz Gisbert von Meyer. Ich will auch Verbrecher jagen."

„Sei nicht albern. Das ist Männersache, mischt ihr euch da mal nicht ein. Wir sind drüben fertig, ihr könnt jetzt putzen."

„Zu Befehl, mein Heinz. Komm, Christine, lass uns die Hütte auf Hochglanz bringen, das lenkt ab."

Mein Vater fing mich vor der Haustür ab und sah mich forschend an. „Du bist doch traurig, oder? Also, wenn ich was tun kann …" Er lächelte schüchtern. Ein Heinz drängte sich nie auf.

„Ich hab dich lieb, Papa." Ich küsste ihn auf die Wange und ging putzen.

Kriminal-Tango

RALF BENDIX

Ich betrachtete meine schrumpligen Hände, während ich im Strandkorb saß und auf die anderen wartete. Es war kurz vor acht, wir waren gerade fertig geworden, und im Gegensatz zu Marleen, Dorothea und Gesa verspürte ich überhaupt keine Lust, mich umzuziehen. Es war ein verrückter Tag gewesen. Am Morgen hatte ich das Leben noch großartig gefunden, mittags war Gisbert-der-Zerstörer gekommen und jetzt lag alles in Scherben. Johann war weg, ich unglücklich, die Mädels mitleidig und die Rentnerband plante Johanns Abschuss. Da konnte ich auch in Putzklamotten dabeisitzen. Mir war jetzt sowieso alles egal.

Als alle versammelt waren – mein Vater saß neben mir im Strandkorb, die anderen auf Bänken und Klappstühlen –, räusperte sich Gisbert von Meyer und stand auf. Er strich einen Zettel glatt und sah sich um. „So, wir sind vollzählig. Ich möchte euch zunächst meinen Artikel vorlesen, der morgen im *Inselkurier* erscheint. Aufgepasst: ‚Wie wir aus verlässlicher Quelle erfahren konnten, wurde eine große Gefahr von den Inselbewohnern und ihren Gästen, vor allen Dingen den weiblichen, abgewendet. Mit nie vorher gekanntem Einsatz gelang es einem tapferen Heer mutiger Männer, einen von Interpol gesuchten Heiratsschwindler dingfest zu machen. Durch tagelange Recherche und lebensgefährliche Observierungen gelang es den Rettern, einen mit allen Wassern gewaschenen Verbrecher in die Enge zu treiben. Schon am heutigen Tag wird dieses Subjekt Norderney verlassen. Die Polizei wird froh sein über die Tatkraft dieser beherzten Bürgerwehr, die sich so selbstlos gegründet hat. Weitere Informationen über den Verlauf der Festnahme und die Details der Spurensuche folgen morgen an gleicher Stelle. GvM.‘“ Er faltete das Blatt zusammen und setzte ein triumphierendes Lächeln auf. „Und?“

„Interpol?“ Marleen verkniff sich das Lachen.

Dorothea legte nach: „Lebensgefährliche Observierungen?“

Hubert verstand gar nichts. Er blickte von einem zum anderen und fragte schließlich: „Könnte mich bitte mal jemand einweihen? Ich dachte, er wird noch gesucht? Und wieso verständigt man nicht die Polizei?“

„Die Polizei! Die wollen Beweise.“ Gisbert wandte sich ihm zu. „Das hier ist investigativer Journalismus. So nimmt der Leser Anteil am Geschehen. Außerdem erhöht es die Auflage von übermorgen.“

„Ja, aber wo ist der Verbrecher denn jetzt?"

„In der Georgshöhe. Auf Beutefang." Gisbert wirkte ungeduldig. „Morgen erwischen wir ihn. Mithilfe von Mechthild und Hannelore. Die beiden sind heute Abend in der Georgshöhe an der Bar. Sie haben von mir ein Diktiergerät bekommen und stellen diesem Gigolo eine Falle. Morgen früh werde ich das Band und die Fotos der Polizei übergeben. Selbstverständlich werde ich bei der Festnahme dabei sein, um exklusiv darüber zu berichten."

Es reichte mir, ich stand auf. „Ich gehe ins Bett. Weidmannsheil. Und passt auf, dass ihr euch nicht blamiert. Ich habe keine Lust, meiner Mutter zu erzählen, dass ihr Mann wegen Erregung öffentlichen Ärgernisses oder Hausfriedensbruchs im Knast sitzt."

Mein Vater griff nach meiner Hand und hielt sie zwischen seinen. „Mach dir keine Sorgen, Kind, wir sind die Guten. Schlaf gut."

Ich nickte den anderen zu und schob mich an den diversen Knien vorbei. Marleen erhob sich und folgte mir ein Stück. Als wir außer Hörweite waren, sagte sie: „Ich weiß nicht, warum wir uns das alles antun, aber ich sage denen trotzdem gleich meine Meinung. Hubert glaubt sonst alles. Komm, Kopf hoch, ich halte das nach wie vor für ausgemachten Quatsch. Wir reden morgen in Ruhe, wenn alles fertig ist, in Ordnung?"

„Na klar." Ich bemühte mich, Marleen anzulächeln, und ging dann in die Wohnung. Mein Handy hatte nicht ein Mal geklingelt. Und der Name Mausi für eine erwachsene Frau war absolut lächerlich.

ALS ICH am nächsten Morgen in den Frühstücksraum kam, hatte Gesa schon die ganze Arbeit gemacht. Ich wollte mich entschuldigen, sie legte mir nur mit mitleidigem Gesicht die Hand auf den Arm und sagte: „Ich war heute so früh wach. Geh du mal frühstücken, in der Kneipe ist nachher noch genug zu tun."

Etwas verdutzt setzte ich mich an unseren Tisch. Mein Vater war schon weg, vor meinem Teller stand ein Schnapsglas mit vier Gänseblümchen. Vom Nebentisch sahen die Zwillinge neugierig zu mir rüber. „Hast du Geburtstag?", fragte Emily.

„Nein. Sind die Blumen von euch?"

Lena schüttelte den Kopf. „Die hat dein Papa da hingestellt. Hast du wirklich nicht Geburtstag?"

„Wirklich nicht. Und das war Heinz?"

„Ja." Emily nickte mit Nachdruck. „Dann ist das vielleicht nur so. Ich will auch so was."

„Ich sag es ihm."

Sobald ich gefrühstückt hatte, ging ich hinüber zur Kneipe.

Von einem Lieferwagen im Hof hievten ein paar Männer die in Folien verpackten Möbel herunter und trugen sie in die Kneipe. Drinnen herrschte ein ohrenbetäubender Lärm. Das Radio lief auf Hochtouren, Hubert, Kalli und Carsten riefen sich aus drei Ecken Kommentare zu, die Möbelpacker schoben die Einzelteile hin und her, und irgendwo klingelte ein Handy. Mit zugehaltenen Ohren durchquerte ich den Raum und drehte dem Radio den Saft ab. In der einsetzenden Stille war das Handy noch lauter.

„Telefon." Mein Vater, der mitten im Raum stand und eine Zeichnung in der Hand hielt, sah kurz auf.

„Oh, das ist meins." Carsten zog ein Handy aus seiner Brusttasche. „Ja, hallo? Nils! … Was? … Natürlich wissen wir, wo was hinkommt, wir sind ja nicht blöd … Du kannst dir Zeit lassen, wir kennen uns aus … ja, ja, der Zettel, ist schon klar … Tschüss." Er drückte auf eine Taste und steckte das Handy weg. „Der Herr Innenarchitekt hat Angst, dass wir etwas falsch machen. Dabei hättet ihr früher mal sein Kinderzimmer sehen sollen. Da hat er keinen Plan gehabt, das musste Vati machen. Ohne mich wäre das eine Rumpelkammer geworden."

„Ja, so sind sie, die Kinder." Kalli zog die Folie von einem Stuhl. „Das vergessen sie gern. Aber dann alles besser wissen."

Mein Vater stand plötzlich neben mir und stupste mich an. „Na? Alles klar?"

„Danke für die Blumen."

Er winkte lässig ab.

„Zeig mir mal den Plan", bat ich ihn, „dann kann ich mitmachen."

Mein Vater presste die Zeichnung an seine Brust. „Du, das reicht, wenn einer Anweisungen gibt, sonst kommen alle durcheinander. Hilf doch Kalli, der entfernt die ganze Folie."

Im Lauf der nächsten Stunde dirigierte mein Vater mit großen Gesten die Möbelträger in die richtigen Ecken, Hubert und Kalli rückten anschließend jedes Teil zurecht. Irgendwie sah es eigenartig aus, was mir im Moment aber egal war. Gesa kam mir in der Tür mit einem Tablett voller Getränke entgegen. „Ich habe dir Kaffee in den Strandkorb gestellt", sagte sie. „Ich rauche gleich eine Zigarette mit, meine Güte, ist das ein Krach hier drin."

Sie drückte sich an mir vorbei und ich ging langsam in den Garten. Die Sonne schien in den Strandkorb, ich hielt ihr mein Gesicht entgegen und schreckte hoch, als Gesa sich neben mich fallen ließ. „So, die Truppe macht Kaffeepause. Sag mal, wissen die eigentlich, wo die Möbel hinsollen?"

Ich zündete mir eine Zigarette an. „Nils hat doch einen Plan gezeichnet."

„Mhm …" Gesa spielte mit dem Feuerzeug. „Aber irgendwie sieht das nicht so aus. Sie stellen gerade alles in eine Ecke."

Eine Fahrradklingel brachte uns beide dazu, uns nach vorn zu beugen, um zu sehen, wer es war. Marleen stellte ihr Fahrrad an den Schuppen und kam auf uns zu. „Hallo, ich bin wieder da. Habt ihr einen Kaffee für mich?"

Gesa stand auf. „Ich hole dir eine Tasse."

Marleen setzte sich auf Gesas freien Platz und lehnte sich zurück. „Ich hasse diese Gespräche bei der Bank. Und? Wie weit seid ihr?"

„Der Möbelwagen ist fast leer. Wir liegen gut in der Zeit."

„Frau de Vries!" Die Stimme klang laut, ungeduldig und sauer. Und sie gehörte einem der Möbelpacker. Jetzt stand er vor dem Strandkorb, seine Halsader pochte. „Ich habe Sie gerade kommen sehen. Ich muss mit Ihnen sprechen, so können wir nicht arbeiten."

„Hallo, Herr Keller. Was ist denn passiert?"

„Wir sollen hier Möbel anliefern. Wir tragen sie selbstverständlich auch ins Lokal. Das gehört zu unserem Service. Aber ich weigere mich, zum dritten Mal alles umzustellen, nur weil die Herren sich nicht einigen können. Und jetzt wollen sie auf einmal alles in U-Form."

Ich hatte kein gutes Gefühl. Wir standen zusammen auf, um uns die Katastrophe anzusehen. Im selben Moment kam Anna Berg mit den Zwillingen in den Garten. „Hallo. Soll ich die Mädchen rüberbringen oder nehmt ihr sie mit?"

„Wo sollen sie denn hin?", fragte Marleen ahnungslos.

Jetzt war Anna Berg verwirrt. „Heinz hat gesagt, sie könnten ihm helfen. Mein Mann und ich sind heute zum Segeln eingeladen."

Ich atmete tief durch. „Natürlich können sie helfen, ich nehme sie gleich mit rüber. Viel Spaß beim Segeln."

Herr Keller schnappte nach Luft. „Noch mehr, die helfen. Frau de Vries, wenn jetzt auch noch …"

„Kommen Sie, wir sehen mal nach, was da los ist." Entschlossen griff Marleen nach seinem Arm und zog ihn in Richtung Kneipe. Ich folgte ihr langsam, Emily und Lena im Schlepptau.

Das Bild, das sich uns bot, ließ mich an „Versteckte Kamera" denken: An der linken Wand waren ungefähr zehn Tische aufgereiht, auf denen Stühle gestapelt waren. Rechts und links vom Tresen standen weitere Stühle, die Zwischenräume waren mit Folie ausgestopft. In der Mitte des Raumes stand mein Vater. Alle übrigen Tische und Stühle waren in U-Form angeordnet, an einer Seite ordentliche Reihen von Stühlen. Mein Vater sah aus wie ein Lehrer in einem leeren Klassenzimmer.

Marleen starrte meinen Vater und die Tischformation an. Heinz drehte sich zu ihr um und strahlte. „Da bist du ja wieder. Guck mal, die ganzen Tische und Stühle an den Wänden haben wir über. Die können die Jungs gleich wieder mitnehmen. Da sparen wir schon wieder Geld. Das ist doch super, oder?"

„Wo ist denn der Plan von Nils?" Marleens Stimme klang ein bisschen angestrengt.

„Ach, der Plan." Carsten wedelte mit einem Blatt, das er vom Tresen nahm. „Das ist doch kein richtiger Plan. Mein Junge hat eine ganz normale Kneipe gemalt. Das war langweilig. Wir wollen doch eigentlich was Besonderes, oder nicht?"

Marleen schwieg. Mein Vater wippte vergnügt auf den Fußspitzen. „Ich finde diese U-Form klasse. Die Leute können sich angucken und die Bedienung hat nicht so lange Wege. Es wundert mich, dass Nils nicht von selbst draufgekommen ist. Oh, hallo, da sind ja auch meine Lieblingsdamen." Er ging den Zwillingen entgegen, die ihn anstrahlten. „Ihr könnt gleich helfen, die Tischdecken aufzulegen."

Marleen schwieg immer noch. Hubert stellte sich zu ihr. „Ja, Marleen, da bist du sprachlos, was? Die Jungs und ich sind wirklich ein gutes Team."

„Sag mal, Hubert", Marleen drehte sich langsam zum Liebsten ihrer Lieblingstante, „was hältst du davon, wenn du mit deinem Freund Heinz und den Zwillingen zum Weststrand fährst und den Kindern mal die Möwen zeigst?"

„Wie? Möwen?!", fragte Hubert verwirrt. „Wir sind doch noch gar nicht fertig."

Ich ging neben den Zwillingen in die Hocke und flüsterte: „Er kennt alle Möwen. Und er weiß, wo sie nisten."

Aufgeregt zog Emily meinen Vater an der Hand. „Heinz, wir wollen mit dem Mann zu den Möwen."

Mein Vater blickte die beiden erstaunt an. „Ihr wolltet doch helfen."

„Nein, bitte erst zu den Möwen. Bitte!"

Mit diesem Tonfall und diesen Augen hätten sie jeden Mann erlegt. Mein Vater sah Hubert an und wies auf die beiden. „Hubert, wir haben doch hier alles erledigt. Den Kleinkram können die anderen noch machen. Die jungen Damen haben einen Herzenswunsch."

Als Lena ihre kleine Hand in Huberts schob, war die Sache erledigt.

„Gut." Marleens Stimme klang wieder normal. „Dann fahrt ihr zu den Möwen und wir machen hier … Ach, Nils, da bist du ja." Sie sah ihn nur kurz an. „Reg dich nicht auf, wir regeln das gleich. Sobald Heinz und Hubert weg sind."

Carsten wischte mit der Hand über einen Tisch. „Ich glaube, ich fahre auch mit. Oder braucht ihr mich noch? Nils?"

Nils war blass und völlig sprachlos. Stattdessen antwortete Marleen. „Nein, Carsten, fahr ruhig mit. Und Kalli, du auch. Onno, dich brauche ich aber noch."

Sobald die vier mit den Kindern den Raum verlassen hatten, sank Marleen neben Nils auf eine Bank. „Christine, wenn Heinz nicht dein Vater wäre und Hubert nicht der Freund von Theda, hätte ich gerade eben einen Doppelmord begangen. U-Form. Jetzt schnappen sie völlig über. Tolle Hilfe. Und wir können wieder von vorn anfangen."

Herr Keller mischte sich ein. „Der mit der Mütze war der Schlimmste."

„Und Sie sind eine Petze." Immerhin war der mit der Mütze mein Vater.

Nach einer halben Stunde hatten wir mit vereinten Kräften das gesamte Verpackungsmaterial in den Möbelwagen geschafft. Der immer noch beleidigte Herr Keller ließ sich von Marleen die Lieferung quittieren, kassierte sein Trinkgeld und fuhr mit seinen Kollegen zurück zum Hafen.

Wir hatten fast die Hälfte der Kneipe so eingerichtet, wie Nils' Plan es vorsah, als Onno auf einen Stuhl sank. „Ich kann nicht mehr. Ich habe Hunger. Es ist schon nach zwölf und es gab nicht mal Frühstück. Wenn es auch kein Mittagessen gibt, gehe ich nach Hause."

Marleen sah auf die Uhr. „Na gut, dann machen wir jetzt Pause. Ich habe Linsensuppe gekocht, die ist in zehn Minuten heiß. Gesa, kommst du mit rüber, Tisch decken?"

Onno folgte den beiden, er ließ sich auf kein Risiko ein. An der Tür drehte er sich um. „Ich fange an zu essen, egal wann ihr kommt."

Nils, Dorothea und ich schoben noch drei Tische an die richtige Stelle, dann streckte sich Nils und sah sich um. „Das wird doch. Ich habe auch Hunger, kommt ihr mit?"

„Gleich." Ich ließ mich auf einen der Sessel sinken, die vor dem offenen Kamin standen. „Ich brauche noch fünf Minuten Ruhe."

„Das ist eine gute Idee." Dorothea setzte sich auf das Sofa gegenüber. „Wir kommen nach."

„Na gut. Bis gleich."

Ich lehnte mich kurz zurück und schloss die Augen. Bevor ich sie wieder öffnete, hörte ich draußen ein Fahrrad und sofort die dazugehörige Stimme. „Wo seid ihr?"

„Kalli muss einen eingebauten Detektor haben, der ihm immer meldet, wo es wann etwas zu essen gibt. Unglaublich." Dorothea erhob sich und ging ihm entgegen.

Kalli stand schon in der Tür. „Hallo. Seid ihr allein?"

„Die anderen sind drüben in der Küche, es gibt gleich Suppe."

Kalli lächelte erfreut.

„Ich denke, du bist mit meinem Vater und Hubert bei den Möwen?" Ich quälte mich aus dem Sessel hoch. Mir tat vom Möbelschleppen alles weh.

Kalli kratzte sich verlegen am Arm. „Da kam was dazwischen ... Also, Carsten und mir ... Heinz und Hubert sind mit den Kindern weitergegangen, zu den Möwen."

„Was kam euch dazwischen? Und wo ist Carsten?"

„Ähm, ja, also Gisbert ... er hat uns zum Observieren eingeteilt, aber Heinz hat gesagt, dass das nichts für die Kinder ist, deshalb musste ich anfangen, und jetzt hat Carsten mich abgelöst, ich hatte so einen Hunger."

Dorothea lachte. „Und im Moment observiert Carsten? Dann hat der meine Sonnenbrille geklaut. Sie lag nämlich die ganze Zeit auf der Fensterbank und ist jetzt weg. Wo schleicht er denn gerade herum?"

Kalli hob die Schultern. „Keine Ahnung. Während meiner Schicht saß Thiess die ganze Zeit in einem Strandkorb und hat gelesen. Das war vielleicht langweilig."

„War er allein?" Ich musste das fragen.

„Ja, deshalb war es ja so langweilig. Vielleicht hat Carsten mehr Glück. Ich muss jetzt sofort was essen." Mit dem letzten Wort war er durch die Tür verschwunden. Dorothea und ich sahen ihn mit schnellen Schritten zur Pension gehen.

Dorothea holte tief Luft. „So langsam finde ich ihre Nachforschungen beängstigend. Das kriegt doch was Krankhaftes. Der arme Thiess. Egal wo er hingeht, ständig hat er einen alten Mann mit Sonnenbrille an der Hacke." Sie musste lachen. „Stell dir das mal vor. An seiner Stelle wäre ich schon lange ausgerastet."

Ich wollte gerade antworten, als mein Blick auf eine Frau fiel, die auf Zehenspitzen vor der Pension in ein Fenster spähte. Irgendwie kam sie mir bekannt vor. Ich stieß Dorothea an. „Was macht die denn da?"

Dorothea beugte sich vor. „Keine Ahnung. Die guckt. Warte mal, ist das nicht ...?"

Jetzt erkannte ich sie auch: Es war die Frau auf Gisberts Handyfotos. Die reiche alte Dame aus der Georgshöhe.

„Das ist sie." Dorothea war schon auf dem Weg. „Das angebliche Opfer. Ich gehe jetzt dahin und frage, was sie mit Johann Thiess zu tun hat."

Sie lief auf den Hof und rief: „Hallo, warten Sie!"

Die Dame zuckte zusammen und sah in unsere Richtung. Als sie Dorothea entdeckte, machte sie auf dem Absatz kehrt und verschwand um die Ecke.

NACH EINER KURZEN MITTAGSPAUSE gingen wir wieder in die Kneipe zurück. Nils und Onno hoben sofort den ersten Tisch vom Stapel, Gesa und ich den nächsten. Zur Eröffnung würden ungefähr hundertzwanzig Gäste kommen, es wurde jetzt jede Hand gebraucht.

Kurze Zeit später wurde die Tür aufgerissen und Hubert, mein Vater und die Zwillinge kamen. „Hallo, da sind wir wieder. Ach, übrigens, Marleen, vor der Pension steht ein Polizeiwagen. Ich habe den Beamten gefragt, wen er sucht, ich dachte schon … der will aber nur zu dir, irgendwas abgeben."

„Ja, gut." Marleen ging zur Tür. „Macht bitte weiter, ich werde langsam nervös."

„Marleen, warte." Onno ließ sein Werkzeug einfach fallen. „Ich komme mit. Gerd hat Dienst, ich sag ihm mal Moin."

Als beide draußen waren, fragte Dorothea: „Gerd?"

Nils griff zum nächsten Tisch. „Gerd ist Onnos Bruder. Und einer der Inselpolizisten."

Hubert starrte gedankenverloren durchs Fenster. Ich stupste ihn an. „Alles in Ordnung?"

„Wie?" Er zuckte zusammen. „Ich habe geträumt. Entschuldigung."

Entweder hatten die Möwen, die Kinder oder mein Vater ihn fertiggemacht. Vermutlich war es die Kombination gewesen. Zumindest wirkte der Arme so, als hätte er eine Erscheinung gehabt.

„Also", ich versuchte einen aufmunternden Ton, „wenn du Lust hast, kannst du Kalli helfen, Tische zu tragen."

„Wird gemacht." Er setzte sich sofort in Bewegung.

Mein Vater schlenderte inzwischen durch die Kneipe, an jeder Hand ein Kind, und zeigte ihnen alles. „Seht mal, da vor dem Kamin stehen lauter Sessel und Sofas, da kann man sich hinflegeln und ins Feuer gucken. Und hier ist der Tresen, da kommen diese Barhocker davor. Da warten die Herren auf die Damen, mit denen sie hier verabredet sind."

„Warum warten die Herren denn?“ Lena strich respektvoll über einen Barhocker.

„Weil die Damen immer zu spät kommen. Das ist ihre Natur.“

„Papa! Erzähl den Kindern nicht so einen Schwachsinn.“

„Wieso ist das Schwachsinn? Das ist Statistik.“ Mein Vater bückte sich zu den Kindern. „Ich habe euch Malblöcke und Stifte auf die Fensterbank gelegt. Malt doch ein paar schöne Bilder zur Eröffnung.“

Die Zwillinge zogen ab, und mein Vater kam zu mir. Ich schraubte gerade ein Tischbein fester. „Geht es dir wieder besser?“, fragte er.

„Ich hatte nur ein bisschen schlechte Laune. Mach dir keine Gedanken.“ Ich wechselte das Thema. „Was habt ihr eigentlich mit Hubert gemacht? Er war vorhin ganz verwirrt.“

Mein Vater betrachtete Hubert nachdenklich, der am anderen Ende des Raumes zusammen mit Kalli Tische schleppte. „Ich weiß auch nicht. Ich war kurz weg und habe ihn bei den Kindern gelassen, und als ich zurückkam, war er so komisch.“

„Wieso? Wo bist du denn hingegangen?“

Er lächelte zufrieden. „Ich habe Marleen ein wunderbares Einweihungsgeschenk gekauft. Sie wird Augen machen.“

Das klang gefährlich. „Was hast du denn gekauft?“

„Ein Fischernetz. Gebraucht.“

Mir fiel der Schraubenzieher aus der Hand. „Papa, das wollte sie doch –“

„Pst! Da kommt sie.“

Marleen sah aus, als hätte sie ein Gespenst gesehen. Sie ging auf mich zu, dicht gefolgt von Onno, der ihr vor Aufregung fast in die Hacken trat. Bevor sie etwas sagen konnte, fragte mein Vater: „Und? Was wollte die Polizei?“

Sie nahm ihn erst jetzt wahr. „Nichts Besonderes. Nur was fragen.“

„Und was ab… au!“ Onno zog mit schmerzverzerrtem Gesicht sein Bein zurück.

Marleen legte ihre Hand auf seinen Arm. „Habe ich dich getroffen? Das tut mir leid.“ Sie lächelte ihn entschuldigend an, ich war mir sicher, dass es Absicht gewesen war. Dann flüsterte sie mir zu: „Ich muss dir später was erzählen. Wenn wir allein sind.“

Als auch der letzte Gegenstand an der richtigen Stelle stand und alles so aussah, wie es Nils’ Plan vorsah, fiel mir ein, dass Marleen mir etwas erzählen wollte. Ich ging hinüber in die Pension, wo sie gerade mit dem Blumenlieferanten telefonierte.

Sie legte auf und atmete tief durch. „So. Jetzt haben wir alles. Gesa ist gerade zu den Catering-Leuten gefahren und gibt denen die endgültige Liste, und dann haben wir alles organisiert."

„Du wolltest mir noch was erzählen …"

Marleen vergewisserte sich, dass uns niemand hörte. „Stimmt. Ich wollte nur nicht, dass Heinz das mitbekommt, dann wäre gleich der Teufel los gewesen."

„Was war denn nun?"

„Gerd war doch vorhin hier, der Polizist."

„Onnos Bruder."

„Ja, er hat mir das hier gegeben." Sie griff hinter den Tresen und zog eine schwarze Brieftasche hervor, die sie mir gab. „Die haben Gäste am Strand gefunden und bei ihm abgegeben."

Ich klappte sie auf und entdeckte als Erstes eine Visitenkarte: „Ihr Zuhause auf Norderney, Haus Theda."

„Und?"

„Nun schau doch mal weiter."

Hinter der Karte steckte ein Personalausweis. Ich zog ihn raus und starrte auf ein Foto von Johann! Sogar auf ein ausgesprochen schönes. Nur dass darunter ein ganz anderer Name stand: Johannes Sander.

„Geboren in Köln, eins sechsundachtzig, Augen braun." Ich las es halblaut vor. „Das kann doch nicht wahr sein. Sander? Wieso nennt er sich Thiess?"

Marleen guckte mir über die Schulter. „Lies weiter, da ist noch die Adresse und die stimmt. Bremen."

„Aber der Name ist falsch. Was soll das denn? Hat er dir den Ausweis nicht gezeigt?"

„Ach, das war doch alles so hektisch. Ich sehe mir auch nicht von jedem Gast den Ausweis an, das braucht man nicht mehr. Und hier, seine Handynummer war auch dabei, ich habe ihm auf die Mailbox gesprochen, dass seine Papiere hier abgegeben wurden. Übrigens sind auch noch alle Karten drin, das waren ehrliche Finder. Jedenfalls habe ich ihm gesagt, er solle morgen vor der Eröffnung vorbeikommen und die Brieftasche abholen, den anderen Namen habe ich übrigens nicht erwähnt."

„Seine Handynummer habe ich auch."

„Ja, dann ruf ihn doch an. Oder schlag ihm ein Treffen vor, dann kannst du sie ihm geben."

Ich überlegte nur ganz kurz, bevor ich seine Nummer wählte. Mein Herz schlug vier Mal pro Freizeichen. *„Guten Tag. Hier ist die Mobilbox des T-Mobile-Anschlusses 0171…“* Ich legte auf. Dann vielleicht später. Aber der Entschluss war gefasst. Ich würde Johannes Sander anrufen. Was auch immer dabei herauskam.

Marleen hatte vorgeschlagen, dass sich alle um zwanzig Uhr in der Kneipe treffen sollten. „Ich gebe ein ‚Wir-haben-es-geschafft-Bier‘ aus. Und Hubert grillt Würstchen.“

Mittlerweile hatte ich ungefähr zehnmal auf die Wahlwiederholung gedrückt, ich konnte den Text schon mitsprechen. Johann/Johannes hatte nicht zurückgerufen, ich war also nach wie vor auf dem gleichen Stand.

Mein Vater, in seinem bunten Norderney-Hemd, Dorothea und ich gingen gemeinsam hinüber zur Kneipe, die jetzt tatsächlich den Namen Bar verdiente.

Als wir in der Eingangstür standen, sagte Dorothea das, was ich dachte: „Es ist die schönste Bar, die ich kenne.“

Im vorderen Bereich sah man die Lounge, die weißen Sessel, die um den Kamin standen, dazwischen Kerzenständer und kleine Tische, der hintere Teil war das Restaurant.

„Das sieht sehr schön aus.“ Mein Vater sah sich zufrieden um. „Ich finde, das hätte kein Innenarchitekt besser machen können.“

„Wir hatten einen Innenarchitekten.“

„Ach, na ja, unser Nils. Die guten Ideen kamen doch von uns. Hallo Kalli, da bist du ja, wir haben doch ganze Arbeit geleistet, oder?“

Die beiden gingen zuerst nach hinten zum großen Tisch, den Marleen und Gesa gerade deckten, und setzten sich nebeneinander.

Die nächste halbe Stunde war friedlich, alle aßen, kaum jemand sprach, und das Kofferradio, aus dem uns die letzten Tage die Schlager gequält hatten, stand mittlerweile wieder in Marleens Keller. Stattdessen kamen leise Pianoklänge aus der neuen Anlage.

„Sag mal, läuft morgen bei der Eröffnung auch dieses Geklimper oder kommt eine Kapelle?“, wollte mein Vater wissen.

Das Geklimper wurde in diesem Augenblick von einem vertrauten Knattern übertönt. „Ach nein, was will der denn schon wieder? Bettelt er nach Schlägen oder was?“

„Dorothea!“ Mein Vater schraubte den Deckel auf die Senftube. „Gisbert ist die Presse. Du kannst doch kein Lokal eröffnen, ohne Medienkontakte zu pflegen.“ Er drehte sich zur Tür, wo Gisbert von Meyer stand und seinen

Helm schwenkte. „Gisbert, mein Junge, komm rein in die gute Stube, nicht so schüchtern. Du kennst doch alle."

„Leider." Onno nahm sich das fünfte Würstchen.

„Einen schönen guten Abend." Gisbert von Meyer verbeugte sich linkisch, bevor er sich zu meinem Vater setzte.

Er nahm einen Block aus seiner Tasche und legte einen gespitzten Bleistift daneben. „Sollen wir gleich ein paar Interviews machen oder ist es euch morgen lieber, wenn hier die Prominenz tobt, im Partygeflirre?"

„Eigentlich haben wir Feierabend", meinte Onno. „Und wir wollten ein bisschen Ruhe."

„Dann eben nicht." Block und Stift wanderten wieder in Gisberts Tasche. „Ist mir auch recht. Ich habe den Artikel sowieso schon im Kopf. Wisst ihr, ich packe einfach die beiden großen Norderney-Themen dieser Tage zusammen: den Heiratsschwindler und die Eröffnung dieser Lokalität."

„Gisbert! Bitte." Marleen war jetzt schon genervt. „Es ist langsam gut. Wir können das nicht mehr hören."

„Ihr könnt nicht immer wegsehen. Wir haben Beweise, morgen übergebe ich das gesamte Material der Polizei. Die werden einen Kniefall machen."

„Mein Bruder ist die Polizei." Onno hatte ganz schmale Augen bekommen. „Der kniet nicht."

„Was weißt du schon? Du hast doch keine Ahnung von der Brisanz meiner Indizien. Die Adresse ist falsch, er hat gelogen und betrogen."

„Und was ist mit dem Namen?"

„Was für ein Name? Der Mann heißt Johann Thiess."

„Falsch." Onno triumphierte. „Ganz falsch. Mein Bruder und ich haben seine Papiere sichergestellt. Der heißt ganz anders."

Hubert ließ seine Gabel sinken. „Wie, anders? Wie heißt er richtig?"

„Habe ich vergessen. Irgendwas mit M oder P oder so, jedenfalls nicht Thiess. Aber die Papiere habe ich gesehen. Und Marleen auch."

Alle Augen richteten sich auf Marleen. Ungerührt fragte sie: „Seid ihr alle mit dem Essen fertig? Dann räume ich mal ab."

Mein Vater hielt sie am Arm fest. „Doch nicht jetzt. Wie heißt er? Sag mal. Und wieso hast du die Papiere gesehen? Wieso erzählst du das nicht?"

Marleen befreite sich aus seinem Griff und begann die Teller zu stapeln. „Ich habe den Namen vergessen, irgendwas Kompliziertes. Und im Übrigen wollten wir über dieses Thema bis nach der Eröffnung nicht mehr reden. Und die ist erst morgen."

Ich glaub, es geht schon wieder los

Roland Kaiser

Der Wecker klingelte um halb sechs. Ich schreckte hoch, mühte mich aus dem Bett, zog eine alte Jeans und ein T-Shirt über und schlich ins Bad. Nach kurzer Überlegung griff ich meine Zahnbürste und steckte sie in die Jeanstasche. Lieber bei Marleen Zähne putzen, als schlafende Väter zu wecken.

Als ich die Pension betrat, roch es bereits nach Kaffee. In der Küche standen gefüllte Thermoskannen, ich nahm einen Becher aus dem Schrank und goss ein.

„Guten Morgen, Christine. Hast du ihn geweckt?"

„Guten Morgen, nein, der Wecker hat nur einmal geklingelt, bevor ich ihn erwischt habe. Heinz hat nichts gehört."

Ich reichte Marleen den Becher, sie nahm ihn erleichtert. „Na, Gott sei Dank. Dann haben wir Frieden hier. Und, hast du Johann Thiess erreicht?"

„Nein, ich habe ungefähr zwanzigmal angerufen, es war immer nur seine blöde Mobilbox dran. Dann habe ich ihm draufgesprochen, dass er sich melden soll, aber nichts. Jetzt weiß ich auch nicht, was ich machen soll."

„Er wird sich schon melden." Marleen stand auf. „Es ist Viertel nach sechs, wir sollten rübergehen, die Blumen kommen gleich. Ich nehme den Kaffee mit."

„Ja, ich muss aber noch schnell Zähne putzen, ich komme gleich nach."

Als ich zehn Minuten später mit Pfefferminzatem den Hof überquerte, hörte ich einen leisen Pfiff. Mit dem Gedanken *Lass es keinen alten Mann sein* drehte ich mich langsam um.

Er saß auf einer der leeren gestapelten Kisten neben dem Schuppen und sah mich an. Ich fühlte mich wie nach einem Stromschlag, meine Knie wurden weich, ich ging unsicher auf ihn zu.

„Hallo Christine."

„Hallo Johann. Entschuldigung, Johannes. Ich hatte mich wohl verhört, als du mir neulich deinen Namen genannt hast."

Er stand auf und ging ein paar Schritte auf mich zu. Ich konnte sein Rasierwasser riechen. Seine Stimme war sehr sanft und sehr leise. „Können wir zum Strand fahren? Ich möchte dir gern alles erklären."

„Wie stellst du dir das vor?" Ich zeigte auf die Kneipe. „In vier Stunden kommen die Gäste. Ich habe dich gestern dauernd angerufen, du hast dich nicht einmal gemeldet, und jetzt schnippst du mit dem Finger und ich soll alles stehen und liegen lassen?“

Wieso regte er mich eigentlich so auf? Und wieso war er so gelassen und selbstbewusst? Er trat einen Schritt zurück und lächelte. „Na gut. Dann verschieben wir das. Du siehst übrigens schön aus in diesem alten T-Shirt. Und du riechst nach Pfefferminz. Also bis später.“

Er warf mir eine Kusshand zu und ging zur Einfahrt. Entweder war er unglaublich abgebrüht oder das Beste, was mir seit Langem begegnet war.

„Johaaaaannnes?“

Ein sanftbrauner Blick über die Schulter. „Ja?“

„Und deine Brieftasche?“

Er klopfte auf seinen Jeanshintern. „Hat mir Marleen schon gegeben. Habe ich eingesteckt. Danke.“

Als er um die Ecke verschwand, fuhr der Lieferwagen des Floristen auf den Hof. Ich winkte ihn auf den Parkplatz und merkte, dass meine Hände zitterten.

Um neun Uhr hatten wir mithilfe von Jutta und Gudrun, den beiden Floristinnen, die Kneipe mit kunstvollen Blumengestecken und einem Meer von Rosenblüten für die Eröffnung festtauglich dekoriert. Marleen trat einen Schritt zurück und musterte alles zufrieden. „Super. Danke, ihr beiden, ihr seid großartig. Ihr kommt dann um elf wieder, oder?“

Jutta nickte. „Natürlich. Das lassen wir uns doch nicht entgehen. Es ist übrigens toll geworden, Glückwunsch, Marleen.“

„Ja, da muss man nur die richtigen Leute mit den richtigen Ideen haben, dann wird aus so was eine Goldgrube.“

Die fröhliche Stimme meines Vaters ließ Marleen zusammenzucken. „Guten Morgen, Heinz. Habt ihr schon gefrühstückt?“

„Nein, Hubert kommt ja nicht in die Puschen, da habe ich mir gedacht, ich sehe hier mal schnell nach dem Rechten. Bleiben die Blumen so?“

„Was heißt ‚so‘?“, fragte Gudrun verwirrt.

Heinz zögerte. „Na ja … ich finde sie ein bisschen unordentlich. So lange und kurze Blumen durcheinander und …“

„Das bleibt so.“ Die Stimme von Marleen klang bestimmt.

UM HALB ELF trafen wir uns schließlich alle auf dem Hof. Mein Vater trug eine graue Hose und einen dunkelblauen Blazer mit goldenen Knöpfen. Das Bonbonhemd hatte ich morgens bereits in Marleens Waschmaschine gestopft. Heinz schmollte, zog aber fast widerstandslos ein weißes Hemd an. Kalli kam im blauen Anzug, Carsten im grauen. Als Onno im Cordblazer auftauchte, wurde er skeptisch beäugt.

„Hast du nichts Elegantes im Schrank?“ Kalli klaubte einen Faden von Onnos Schulter.

„Wieso? Der ist fast neu. Und die Hose ist aus Stoff. Ich gehe ja nicht zu einer Beerdigung. Und Anzüge machen alt.“

Marleen trug einen weißen Hosenanzug. Mein Vater pfiff leise, als er sie sah, Marleen lächelte ihn an. „Vielen Dank. Ihr seht auch flott aus. Ist Hubert schon los?“

„Ja, der ist zum Hafen gefahren.“

Gisbert von Meyer, auch im weißen Anzug, trug eine Zimmerpflanze im linken Arm, über der Schulter seinen Rucksack, vor der Brust die Kamera. „Marleen, herzlichen Glückwunsch zur Eröffnung, auch im Namen der Redaktion. Oh, wir sind ja im Partnerlook. Hallo Christine, das ist sehr hübsch, dein Kleid.“

„Gisbert.“ Mein Vater schlug ihm kräftig auf die Schulter, die Blätter der Pflanze zitterten. „Dann mach mal gleich ein paar Bilder, solange noch alles so ordentlich ist. Auch vom Büfett, nachher ist das abgefressen.“

Carsten sah zur Hofeinfahrt. „Wo bleibt denn Hubert? Ich denke, er holt nur Theda von der Fähre ab. Die hat doch schon lange angelegt.“

„Er holt noch etwas für mich ab.“ Mein Vater flüsterte verschwörerisch. „Unser Geschenk.“

Im selben Moment kamen die ersten Gäste um die Ecke. Beladen mit Blumen, gut angezogen und lächelnd gingen sie auf den Eingang zu, an dem sich Marleen postiert hatte. Ein junges Mädchen mit langer schwarzer Schürze und einem Tablett mit Gläsern bot allen Getränke an. Nach und nach füllte sich der Platz vor dem Lokal, die Ersten gingen jetzt hinein.

„Wollen wir nicht auch reingehen?“

Mein Vater sah sich um. „Dorothea fehlt noch. Und Hubert. Wo ist Nils?“

„Der holt seine Mutter ab.“ Carsten ließ seinen Blick über die Gäste wandern. „Ach, da kommen sie. Hier, hallo, hier sind wir!“

Er ging seiner Frau und seinem Sohn entgegen, während sich Gisbert von Meyer breitbeinig neben Marleen stellte und wild mit der Kamera vor dem Gesicht gestikulierte. Er sah aus wie ein Paparazzo.

„Wenn er jetzt noch die Bürgermeistergattin anbrüllt, dass er von ihr ein Lächeln will, und sie ‚Baby‘ nennt, dann haut Marleen ihm eine rein.“ Dorothea war unbemerkt hinter mich getreten und beobachtete Gisbert mit hochgezogenen Augenbrauen.

„Wollen wir nicht auch reingehen? Oder auf was warten wir?“

„Auf Hubert und Theda und mein Geschenk.“ Mein Vater musterte Dorothea. „Meinst du nicht, dass dieses Kleid etwas zu weit ausgeschnitten ist? Kalli hat gesagt, der Pastor kommt auch.“

„Ach Heinz“, sie legte ihm die Hand auf den Arm und lächelte zuckersüß, „ich kann gerne sagen, dass wir uns nicht kennen. Kein Problem.“

Gisbert stellte sich wieder in Position und gab alles. Die Objekte seiner Begierde hatten anscheinend mit großer Presse gerechnet. Frau Weingarten-Zapek sah aus wie eine Wolke aus Vanille, Chiffon über Chiffon. Und weil es ein so gelungenes Modell war, hatte Freundin Klüppersberg das gleiche in Pistazie an. Beide trugen Strohhüte, deren Chiffonbänder hinter ihnen her wehten, als sie mit Trippelschritten auf Marleen zustöckelten. Sie lächelten und winkten nach allen Seiten, Gisbert übertraf sich beim Knipsen, und wir hatten plötzlich Hollywood auf Norderney.

„Guck mal, Heinz.“ Selbst Onno war beeindruckt. „Sie sehen aus wie die Jacob Sisters. Nur ohne Pudel.“

Mein Vater wollte gerade antworten, als er etwas entdeckte, was ihn versteinern ließ. „Also, das glaube ich ja wohl nicht!“

Er starrte auf die ankommenden Gäste, schob mich beiseite und ging mit langen Schritten auf die Gruppe zu, die gerade bei Marleen stand. Wir folgten ihm, Dorothea kurz hinter mir, dann Kalli und Onno. Ich konnte nicht erkennen, was ihn so aufregte, sah aber Gisbert, der fassungslos seine Kamera sinken ließ und meinen Vater ungläubig anblickte. Und dann erkannte ich das Paar, das gerade mit einem Präsentkorb vor Marleen stand: Johann/Johannes im hellbraunen Anzug und an seinem Arm die Dame, die ich erst auf Gisberts Handy und dann vor der Pension gesehen hatte.

„Das ist doch der Heiratsschwindler mit seinem Opfer“, flüsterte Kalli und zupfte mich aufgeregt am Kleid. „Und was macht Heinz denn jetzt?“

„Papa!“ Ich versuchte ihn aufzuhalten, wir waren nur noch zehn Meter entfernt. „Warte! Nein!“ Ich sah ihn bereits in ein blutiges Handgemenge verwickelt.

Onno überholte mich. „Heinz, warte mal! Keine Alleingänge.“ Seine Stimme klang entschlossen. Es half.

Mein Vater stoppte und drehte sich zu uns um. „Dorothea, ruf die Polizei. Onno und Kalli, ihr kreist ihn ein.“

„Da ist Heinz.“ Die Zwillinge rannten strahlend auf uns zu.

„Bringt die Kinder in Sicherheit.“ Mein Vater klang jetzt wie Robert de Niro und sah aus wie Terence Hill. Langsam ging er weiter, flankiert von

Onno und Kalli, gefolgt von Dorothea und mir. Ich gab Emily und Lena ein Zeichen, sie sahen mich fragend an und blieben stehen.

Ob es an dem Gesichtsausdruck der drei Musketiere lag, wusste ich nicht. Als wir den Eingang erreicht hatten, war es jedenfalls totenstill. Marleen sah das Paar, das vor ihr stand, verwirrt an. Die Frau war bei näherem Hinsehen mindestens Mitte siebzig, sie hielt Marleens Hand immer noch in ihrer.

Mein Vater räusperte sich. „Marleen? Gibt es ein Problem?"

„Äh, nein, Heinz. Das sind Frau …"

Das vermeintliche Heiratsschwindleropfer drehte sich um. Sie stellte sich mit rauchiger Stimme vor: „Margarete Tenbrügge. Guten Tag."

Sie wandte sich wieder an Marleen. Johannes sah mich entspannt an und lächelte, was mein Vater wiederum bemerkte. Er ging einen Schritt auf ihn zu und packte ihn am Arm. „Würden Sie uns bitte –"

„Heinz, lass mal." Marleen schob meinen Vater zur Seite und wandte sich wieder an die alte Dame. „Sagen Sie das bitte noch mal."

Frau Tenbrügge lächelte charmant in die Runde. „Ich bin mit Ihnen einverstanden. Wissen Sie, als ich Sie das erste Mal gesehen habe, also auf den Fotos, erschienen Sie mir viel zu jung, aber mein Bruder ist ja schließlich erwachsen, und wenn Sie ihn glücklich machen, dann soll es eben so sein. Er hat es verdient."

Ich verstand nur Bahnhof. Die anderen offenbar auch.

„Wissen Sie, Marleen, ich darf doch Marleen sagen, ich habe Johannes vorgeschickt, weil ich ein Golfturnier und vorher keine Zeit hatte. Er sollte mal schauen, wie Sie so sind. Ich habe leider den Verdacht, dass er sich ein bisschen ungeschickt angestellt hat, er konnte als Kind schon nicht schauspielern. Na ja, jedenfalls haben wir uns jetzt endlich kennen gelernt."

Mein Vater sprach mir aus der Seele: „Ich verstehe kein Wort."

Plötzlich schob sich von hinten jemand in die Gruppe. „Geht es hier nicht weiter?" Hubert drängelte sich an Onno und Kalli vorbei und stellte sich neben Marleen. Dann beugte er sich zu Margarete Tenbrügge. „Na, meine Liebe? Du mit deiner Neugier und Ungeduld. Du hast ja keine Ahnung, in welchen Schlamassel du deinen Neffen gebracht hast."

Neffen? Langsam setzte sich in meinem Kopf ein Puzzle zusammen. Hubert legte den Arm auf die Schulter von Margarete. „Marleen, ihr Lieben, darf ich vorstellen, meine Schwester Margarete. Sie konnte es nicht ertragen, meine neue Liebe noch nicht persönlich kennen gelernt zu haben. Dabei hat sie nie Zeit gehabt, sie war ein halbes Jahr auf einer Kreuzfahrt."

Er stellte sich auf die Zehenspitzen und winkte über uns hinweg. Wir gingen ein Stück zur Seite und ließen Theda durch. Sie trug ein grünes Kostüm, das perfekt zu ihrer grauen Kurzhaarfrisur passte, und lächelte, wie immer mit Grübchen. Hubert streckte ihr die Hand entgegen. „Und das, Margarete, das ist Theda. Die Frau meiner späten Jahre, die Tante von Marleen und die ehemalige, hörst du, *ehemalige* Besitzerin dieser Pension."

Margarete und Johann sahen erst sich und dann Theda verblüfft an. Huberts Schwester schluckte, fand aber erstaunlich schnell ihre Fassung wieder. „Oh! Dann habe ich mich wohl vertan. Johannes! Ich denke, du hast gefragt, wem die Pension gehört. Da waren wir ja auf der ganz falschen Spur. Theda, ich freue mich, Sie kennen zu lernen. Nichts gegen Sie, Marleen, aber so gefällt mir das viel besser."

Sie hakte sich bei Theda unter und schob sie ins Lokal. „So, und jetzt gehen wir beide einen Sekt trinken. Meine Familie nennt mich übrigens Mausi."

Ich fühlte mich einer Ohnmacht nah.

Mein Vater musterte Johann unsicher. „Ja, ich weiß jetzt auch nicht ..."

Hubert stellte sich neben ihn. „Heinz, das ist mein Sohn. Johannes, wir sagen eigentlich Johann. Ich wusste nicht, dass er sich hier im Auftrag meiner Schwester als Privatermittler rumtreibt, sonst hätte ich natürlich viel früher eingegriffen."

Mein Vater hob die Schultern. „Man weiß ja, wie das ist. Die ersten Jahre hat man die Gören auf den Knien sitzen und erklärt ihnen die Welt, und dann plötzlich sitzt man beim Frühstück fremden Menschen gegenüber. Ich hatte es mit Christine auch nicht immer leicht. So, und jetzt brauche ich ein Bier." Er schob Kalli und Onno durch die Tür.

Als ich mich umdrehte, hatte ich Johanns Gesicht vor mir. Rehbraune Augen. „Das wollte ich dir alles schon heute früh erklären", sagte er. „Ich wusste nur nicht, wo ich anfangen sollte. Hast du jetzt noch Fragen?"

„Wieso Thiess?"

„Das ist der Mädchenname meiner Mutter. Ich wollte mich nicht unter meinem Namen einmieten, ich dachte, dann wäre klar, dass Hubert mein Vater ist. Und Mausi, also meine Tante Margarete, hatte sich in die Vorstellung reingesteigert, dass mein Vater einer jungen, mittellosen Sirene zum Opfer gefallen ist, die mein Erbe verjubelt. Das hat ihr keine Ruhe gelassen. Und wenn Mausi etwas von einem will, kann man sich nicht dagegen wehren."

Ich war unglaublich erleichtert. Und hatte ein schlechtes Gewissen, dass ich ihm so misstraut hatte. Zärtlich strich er mir eine Haarsträhne aus dem

Gesicht. „Wir können ja noch mal von vorn anfangen. Obwohl ich das ganz lustig fand, dass die ganze Zeit alte Männer mit Gucci-Sonnenbrillen hinter mir her waren. Ich fühlte mich richtig wichtig. Komm, wir trinken jetzt auf die Eröffnung und auf unsere Väter."

Die ganze Eröffnungsfeier lief ab wie ein Film. Ich ging von Tisch zu Tisch, nahm Blumen und Geschenke für Marleen in Empfang, suchte immer wieder Johanns Blick und fand ihn meistens auch.

Gisbert schlich sich von hinten an mich heran, ich ließ mein Glas fallen, als er mich plötzlich ansprach. „Trotzdem war die Beweislast erdrückend. Aber ich sag immer, besser einmal zu vorsichtig als plötzlich tot."

„Ja sicher, Gisbert, das ist sehr weise von dir. Hast du jetzt alle Gäste interviewt?"

„So gut wie." Er warf sich in die Brust. „Der Norderneyer an sich ist der Presse gegenüber ja sehr aufgeschlossen."

Marleen rief mich, ich musste ihn leider stehen lassen.

Der Norderneyer an sich feierte auch gern. Die letzten Gäste gingen erst gegen Abend. Nachdem Marleen die Serviermädchen mit Trinkgeld verabschiedet hatte, sah sie sich in ihrer Bar um. Dorothea und ich verstanden das als Aufforderung und fingen an, Gläser einzusammeln. Marleen kam zu uns. „Nein, das machen wir später. Jetzt stellen wir einen großen Tisch nach draußen und trinken Champagner. Los, Onno und Kalli sollen mit anfassen."

Als Marleen, Dorothea und ich mit Gläsern und Flaschen dazukamen, hatte sich schon eine Tischordnung ergeben. Mein Vater saß zwischen Margarete und Hubert, ihm gegenüber Johann, der einen Stuhl für mich freihielt, daneben Onno, Kalli und Carsten, gegenüber Gesa, Nils und dessen Mutter. Theda saß links von Margarete, ihr lautes Gespräch übertönte kaum die Geschichten, die mein Vater Hubert erzählte. „Sie wäre so manches Mal aufgeschmissen gewesen, deine Nichte, Theda. Ich weiß nicht, wie die Mädchen das allein geschafft hätten, das wäre nichts geworden, allein diese Handwerker …"

Ich verteilte die Gläser und setzte mich. Mein Vater sah mich an. „Na, Kind? Jetzt ist doch alles in Ordnung, siehst du. Ich habe dir immer schon gesagt, es wird nichts so heiß gegessen, wie es gekocht wird. Und du hattest so einen Liebeskummer." Er wandte sich an Hubert. „Das hat mir richtig das Herz gebrochen, man kann es ja nicht ertragen, wenn die Kinder so traurig sind."

Hubert nahm mitleidig meine Hand, ich entzog sie ihm.

„Ist ja gut, Papa, mir geht es sehr gut. Hubert, es gibt keinen Grund mehr, mich zu trösten."

Hubert seufzte. „Diese Verwicklungen. Ich hatte ja keine Ahnung, wer dieser Heiratsschwindler sein sollte, bis ich dann beim Möwengucken mit den Kindern plötzlich meinen Sohn und meine Schwester am Strand sehe. Ich dachte, mich trifft der Schlag."

„Und wir waren so vorsichtig." Margarete nahm ihr Glas und prostete uns zu. „Johann, du taugst wirklich nicht zum Detektiv. Das muss ich leider so sagen."

„Ich hatte da auch keinen Spaß dran." Er nickte seiner Tante zu. „Und wenn man dann noch sieht, wie es andere richtig machen, wird man ganz frustriert. Carsten, Kalli, eure Tarnung war weltklasse."

Mein Vater beugte sich vor. „Du hast dich aber auch selten dämlich benommen. Du hättest doch mit mir sprechen können."

Ich verschluckte mich. „Papa, das glaubst du doch selbst nicht. Du warst dir doch ganz sicher."

„Ach, das war doch nur Gisberts Hysterie, man weiß doch, wie diese Presseleute sind …"

Ich spürte Johanns Hand, die sich auf mein Knie legte, und schob mein Bein näher. Mein Vater bekam die Bewegung anscheinend mit. „Sag mal, Hubert, kann dein Sohn meine Tochter eigentlich ernähren?"

„Papa. Bitte."

Ich wurde rot.

Johann lachte nur. Mein Vater sah ihn missbilligend an. „Da gibt es gar nichts zu lachen. Das muss man doch mal fragen dürfen. Übrigens, ich weiß ja nicht, welche Pläne du hast, aber ich mache dich darauf aufmerksam, dass ich mit meiner Tochter hier noch eine Woche Urlaub verbringe. Für eine Frau ist eine stabile Beziehung zu ihrem Vater wichtig. Ihr könnt euch gern mal verabreden, aber die Prioritäten sollten dir klar sein."

„Natürlich." Johann hielt dem Blick meines Vaters stand. „Übrigens, Mausi, hast du deinem Bruder erzählt, dass du dir hier eine Wohnung kaufen willst?"

Sein Vater blickte überrascht auf. „Im Ernst?"

„Ja." Margarete nickte. „Ich bin ganz verliebt in diese Insel. Und ich finde, im Alter sollte die Familie zusammenrücken. Und da du jetzt öfter hier bist, ist das doch eine gute Idee. Ich habe schon eine besichtigt, schönes Objekt, aber es ist viel dran zu machen."

Kalli beugte sich vor. „Wo ist die denn?"

„Direkt um die Ecke. In dem gelben Haus da vorn. Ich wollte nachher noch mal hin. Sie ist schon leer, aber, wie gesagt, sie muss komplett renoviert werden.“

Mein Vater trank seinen Champagner aus und schüttelte sich. „Was ihr an dem Zeug nur findet, ich kriege davon Sodbrennen. Ich muss mich ungedingt bewegen. Sagen Sie mal, Margarete, wollen wir uns die Wohnung gleich angucken?“

Sie sah auf die Uhr. „Warum nicht? Der Besitzer ist jetzt da.“

„Gut.“ Mein Vater stand auf. „Onno, Kalli, Carsten, dann lasst uns nur gehen. Wir sehen uns an, was da alles gemacht werden muss.“

Margarete nahm ihre Handtasche und erhob sich. Die vier Männer ließen ihr den Vortritt. An der Tür drehte sich mein Vater um. „Falls es länger dauert und ihr noch weggeht, um zehn bist du zu Hause, Christine.“

„Papa!“

„Heinz …“

„Ja, okay, aber nicht so spät. Ich mache mir schnell Sorgen. Und dann schlafe ich schlecht. Also, viel Spaß.“

Er hatte Augen wie Terence Hill.

Norderney, den 30. Juni

Hallo Mama,

hier sind die Bilder der Eröffnung. Ich habe Dir auf die Rückseiten geschrieben, wer wer ist, damit Du die Gesichter zu den Geschichten kennst. Mein Lieblingsbild ist übrigens das, auf dem Papa Marleen das ausgeleierte Fischernetz schenkt. Du musst Dir nur ihren Gesichtsausdruck angucken. Das ist Contenance! Ich finde es ja toll, dass Du Mittwoch kommst, Hanna hat mir gesagt, dass sie Dich so abholt, dass Ihr die 14.15-Uhr-Fähre bekommt, ich hole Euch dann vom Hafen ab. Papa hat angekündigt, dass er nicht jeden Tag in Margaretes Wohnung arbeiten wird, er will Dir selbst die Insel zeigen, Kalli würde immer alles so umständlich erklären.

Mir geht es wunderbar, ich bin jeden Tag am Strand, Papa besteht nur darauf, dass wir abends gemeinsam essen, also er, Kalli, Onno, Carsten, Hubert, Theda, Marleen, Dorothea, Nils, Johann und ich. Er hat sich so daran gewöhnt. Also dann bis Mittwoch, beste Grüße von allen,

Christine

PS: Es kann sein, dass Papa noch eine Woche dranhängt, er sagt, sie wollen alles fertigbekommen. Margarete wäre ohne ihn aufgeschmissen. Du würdest das verstehen.

DORA HELDT

Foto: Thomas Dilge

„Bereits beim Betreten der Fähre nach Norderney komme ich in Ferienstimmung."

Dora Heldt, Jahrgang 1961, wurde auf Sylt geboren, absolvierte in Bonn eine Buchhändlerlehre, sammelte in Koblenz erste Berufserfahrungen und zog dann der Liebe wegen nach Cuxhaven. 1992 wechselte sie in den Außendienst und ist seither als Verlagsvertreterin im norddeutschen Buchhandel unterwegs. Sie lebt heute in Hamburg und beschäftigt sich abwechselnd damit, Bücher zu verkaufen und selbst welche zu schreiben. So hat sie mehr als genug zu tun, um keinen Gedanken an weitere Umzüge aufkommen zu lassen.

Über die Entstehung von *Urlaub mit Papa*, ihrem dritten Roman nach *Ausgeliebt* und *Unzertrennlich*, erzählt Dora Heldt: „Meine erste Idee war, ein Buch über alte Väter und mittelalte Töchter zu schreiben, in dem die Väter charmant, aber stur, und die Töchter erwachsen, aber kindisch sind. Durch unvorhergesehene Ereignisse sollten beide an den Rand des Nervenzusammenbruchs getrieben werden, allerdings durften keine schnellen Fluchtmöglichkeiten bestehen. Deshalb mussten sie auf eine Insel. Meine beiden Lieblingsinseln sind Sylt und Norderney, ganz einfach deshalb, weil die Strände und das Meer gleich aussehen. Nun ist es aber so, dass ich auf Sylt geboren bin und mein Vater dort lebt. Deshalb bekam ich es nicht hin, mich in eine Ausnahme-Feriensituation zu versetzen. Noch nicht einmal im Kopf. Mit Norderney war es dann sehr leicht. Ich war ein paarmal da, mein Vater kennt die Insel nicht, der Rest schrieb sich fast allein. Und Ferienstimmung habe ich bereits beim Betreten der Frisia-Fähre. Übrigens will mein Vater im nächsten Frühling mal hin. ‚Das hört sich doch irgendwie gut an', hat er gesagt." Und mit einem Augenzwinkern fügt Dora Heldt hinzu: „Ich hoffe, meine Mutter fährt mit."

ZEIT DER EISBLÜTEN
Kitty Sewell

Manchmal birgt die Suche
nach der Wahrheit
große Gefahren und führt in
eine völlig andere Welt ...

Prolog

Küste des Coronation Gulf, Nordpolarmeer, März 2006

Er nahm nicht, wie ihm die Älteren geraten hatten, den Motorschlitten. Wie die meisten Jungen liebte er das Röhren eines lauten Motors, aber seit Kurzem gefiel es ihm, dem Klang seiner eigenen Gedanken zu lauschen. Er mochte das Rumpeln und Krachen des Meereises, die vereinzelten Windböen, das Knirschen seiner Mukluk-Stiefel, wenn er durch den Schnee ging. Und er fühlte sich fähiger und mächtiger, wenn er sich aus eigener Kraft fortbewegte.

Er belud einen kleinen Schlitten mit ein paar Vorräten, die gerade für den Tag reichten, und spannte seine schwarze Hündin davor. Der Husky hatte einem älteren Nachbarn gehört, aber im Laufe der Zeit und mit einiger List hatte der Junge das Tier in Besitz genommen. Die Hündin war loyal, doch distanziert; eine große, haarige Teufelin, die wütend reagierte, wenn sie provoziert wurde.

Schließlich hängte er sich sein Gewehr über die Schulter und packte eine Leuchtpistole auf die Vorräte obendrauf. Er überprüfte seine Gerätschaften, dann brach er vom Dorf zum Meer auf.

Als Erstes musste er das Ufer mit den vom Meer schroff aufgetürmten Eisschollen überwinden. Glänzende Spitzen ragten hoch in den Himmel wie Berggipfel. Die Hündin und er zogen gemeinsam an dem Schlitten, der wiederholt im zerklüfteten Eis stecken blieb. Er war ein kräftiger Junge, groß und breit für sein Alter. Aber als er der Hündin ermunternde Worte zurief, verriet seine Stimme, wie jung er noch war. Ungestüm drängte er hinaus; er wollte ein Mann sein.

Sie ereichten das offene Eis. Der Junge musterte den Horizont. Die riesige Weite verbarg wenig, aber sie bot dennoch Überraschungen, und ein Mann musste stets wachsam sein. Nach einer Stunde wandte er sich westwärts und suchte nach Spuren. Er wusste, dass er nur eine geringe Chance hatte, einen Fuchs aufzuspüren. Man sah sie nur selten scheinbar ziellos umherstreifen. Die schlauen kleinen Kerle rannten heimlich hinter den

Eisbären her, um sich an den Überresten der geschlagenen Robben zu laben. Sobald Gefahr drohte, machten sie sich blitzschnell aus dem Staub.

Quer übers Eis liefen gelegentlich Spuren sowohl von Bären als auch von Füchsen. Die meisten waren Tage alt. Im Grunde bedauerte er das nicht. Der anmutige kleine Fuchs gefiel ihm lebendig besser als tot. Er redete sich ein, dass die Herausforderung dieser Expedition eher in der Einsamkeit und Unabhängigkeit lag. Aber er wusste, dass er, um sich zu stählen, Praxis benötigte. Männer mussten jagen, um zu überleben. Männer mussten töten.

Als die Sonne begann, in einem flachen Bogen am Horizont zu versinken, spürte der Junge, wie seine Augen vor Anstrengung schmerzten. Aber plötzlich sah er etwas. Sein Herzschlag beschleunigte sich, als er die frischen Spuren erblickte, die seinen Weg diagonal kreuzten. Ein Bär. Möglicherweise nur eine Stunde entfernt, vielleicht sogar weniger. Die Spuren im Schnee waren groß, und der Junge suchte angespannt den Horizont ab. Ein leichter Schauer lief ihm über den Rücken. Er fühlte sich verwundbar und wünschte, er hätte auf den guten Rat gehört, nicht zu Fuß aufs Meer hinauszugehen. Er blickte zum Ufer und versuchte, die Entfernung abzuschätzen. Das Dorf war gerade noch in Sichtweite. Im Trab würde er eine halbe Stunde brauchen, vielleicht mehr.

Die Hündin war aus ihrer Lethargie erwacht und lief energisch auf die Spuren zu. Dabei zog sie an dem Seil, das er an seinem Gürtel befestigt hatte. Der Junge riss scharf am Seil und schrie sie an, aber sie verlangsamte nur widerwillig ihren Lauf. Ein furchterregendes Grollen entstieg ihrer Kehle; sie hatte das Nackenhaar gesträubt. Er wusste, dass die Hündin die Witterung des Bären aufgenommen hatte und ihn getreu ihrem wölfischen Erbe nur zu gern angreifen würde.

Die Fährte verschwand am Horizont, über den sich die Dämmerung herabzusenken begann. Der Junge beschloss, zum Dorf zurückzukehren, und nach einem kurzen Tauziehen mit der Hündin machten sie sich auf den Heimweg. Aber der Wind trug den Geruch des Bären in ihre Richtung, und die Hündin wandte sich immer wieder knurrend um und blieb schnüffelnd stehen, während der Junge weiterhin versuchte, sie in Richtung Ufer voranzutreiben. Ihr Machtkampf setzte sich fort, bis sich die Hündin jäh herumwarf und dabei den Schlitten umkippte.

Dort, in der Ferne, tauchte der Bär auf. Er musste ihre Anwesenheit gehört oder gespürt und seine Route verlassen haben. Jetzt folgte er ihnen. Das Dreieck aus schwarzen Punkten – die Nase und die Augen des Bären – war schon bald deutlich im Dämmerlicht zu erkennen. Der Junge stand regungslos da. Schlagartig verließ ihn jegliche Stärke und seine Knie begannen zu zittern. Der Bär näherte sich ihnen mit einem merkwürdig schleppenden Gang. Seine Bewegungen waren zielgerichtet, aber nicht eindeutig aggressiv. Auch nicht vorsichtig oder behutsam. Nur entschlossen. Der Bär war ungewöhnlich groß, aber seine winterliche Auszehrung war unter dem cremegelben Fell gut zu erkennen.

Was den Jungen schließlich aufrüttelte und zum Handeln bewegte, war ein die Stille zwischen ihnen durchbrechender Laut: das ferne rasselnde, röchelnde Atmen des ausgehungerten Tieres. Der Junge richtete den Schlitten wieder auf und suchte nach der Signalpistole. Seine Hände zitterten, als er die Leuchtkugeln in die Pistole schob. Außer sich vor Angst schrie er die Hündin an, mit dem Zerren und Springen aufzuhören. Er würde sie gleich loslassen müssen, aber er hoffte noch immer, dass ihr Knurren und Schnappen den Bären vertreiben würde.

Der Junge schoss eine Leuchtkugel ab. Sie landete vor den Füßen des Bären. Dieser hielt einen Moment lang inne, schnüffelte misstrauisch an der Leuchtkugel, dann setzte er sich erneut in Bewegung, diesmal aggressiver. Der Junge schoss in dichter Folge weitere drei Leuchtkugeln ab, aber der Bär kam unaufhörlich näher. Jetzt machte der Junge das Gewehr schussbereit. Auf das Tier zu schießen war sein letztes Mittel. Ein verwundeter Bär würde außer sich vor Wut sein und sein Verhalten wäre noch unberechenbarer.

Der Bär war nun nur noch dreißig Schritte entfernt, und es war das Beste, die Hündin loszulassen. Mit wachsender Panik in der Brust befreite er sie von dem Seil, und sie stürzte auf den Bären zu. Dieser blieb irritiert stehen. Mit geöffnetem Maul beobachtete er, wie die zornige Hündin auf ihn zuraste, ihn dann umkreiste und mit einem Satz ihre kräftigen Kiefer um sein Hinterbein schlug. Der Bär wand und drehte sich, um an die Hündin heranzukommen, aber sie hing an ihm fest, als habe sich all ihre Kraft in diesen wütenden Kiefern konzentriert.

Heftig zitternd sah der Junge dem Kampf zu. Das riesige, erboste Tier war furchteinflößend. Voller Respekt registrierte er, dass seine hündische Gefährtin keine derartige Angst hatte. Klein, wie sie im Vergleich zu ihrem Gegner erschien, warf sie sich mit einem von ihren Vorfahren ererbten leidenschaftlichen Zorn in den Kampf. Während ihres wahnsinnigen Tanzes befreite sich der Bär von ihr und floh über das Eis. Seine Angreiferin folgte ihm.

Der Junge drehte sich um und rannte, das Gewehr in der Hand, zum Ufer. Den Schlitten ließ er zurück. Das Dorf lag weiter weg, als es den Anschein hatte, doch er lief darauf zu. Bald konnte er die Häuser deutlich erkennen und er verlangsamte seine Schritte ein wenig. Das Pochen seines Herzens dröhnte in seinen Ohren. Er atmete tief und rasselnd die eisige Luft ein.

Die Geräusche seines Körpers hinderten ihn daran, das fast lautlose Knirschen des Schnees hinter sich zu hören. Das Erste, was der Junge wahrnahm, war das bellende Warnsignal der Hündin. Er wirbelte herum und sah, dass der Bär direkt auf ihn zusprang. Die Hündin war verletzt und zog eine Blutspur hinter sich her, aber sie verfolgte den Bären noch immer.

Der Bär stürmte los, aber im letzten Augenblick stoppte er abrupt vor dem Jungen und erhob sich auf den Hinterbeinen zu seiner vollen Höhe. Er war nur noch fünf Schritte entfernt und sein Schatten verdunkelte den Schnee. Der Junge reagierte schnell und zielte mit dem Gewehr auf die zottige Brust. Aber in dem Moment, als er abdrückte, ließ sich der Bär wieder auf alle viere fallen, und die Kugel verschwand in der Luft.

Ein Schlag mit der riesigen Tatze ließ den Jungen über das Eis schlittern. Ein unerträglicher Schmerz über die ganze Brust hinweg raubte ihm den Atem. Er wusste, dass er sterben würde, wenn kein Wunder geschah. Mit einem Satz war der Bär über ihm, und obwohl er keinen Schmerz spürte, hörte er, wie sein Bein abgerissen wurde.

Die Hündin war tödlich verletzt, aber ihre Loyalität gegenüber ihrem Herrn und ihr Hass auf Bären verliehen ihr die Kraft, zu erneuten Angriffen anzusetzen. Verärgert schlug der Bär nach seiner Peinigerin. Wieder biss sie ihm in die Hinterbeine. Wütend drehte sich der Bär im Kreis.

Der Junge bemerkte, dass das Gewehr in seiner Nähe lag, und er versuchte, dorthin zu kriechen, aber er konnte sich nicht bewegen. Während er nach Luft rang, begann sich etwas in ihm zu verändern. Eine stille Gelassenheit erfüllte seine Brust. Sein Körper entspannte sich, und mit dem Mut des nahenden Todes drehte er den Kopf, um sich dem Unvermeidlichen zu stellen.

Mit leichtem Erstaunen sah er einen gekrümmten alten Mann hinter dem wahnsinnigen Wirbel aus weißem und schwarzem Fell auftauchen und auf sich zukommen. Der Junge kannte ihn aus einer Zeit, die lange, lange zurücklag.

„Komm, mein Junge“, sagte er. „Nimm meine Hand.“ Er streckte seine knotige Hand nach dem Jungen aus. Aber sosehr sie sich auch mühten, einander zu erreichen – ihre Finger berührten sich nicht.

Cardiff, 2006

1 Dr. Dafydd Woodruff blickte auf das Gesicht seiner Frau hinab, ein wenig gleichgültig. Seiner Meinung nach war es zu früh, um sich zu lieben. Isabel litt unter Schlaflosigkeit und hatte es sich angewöhnt, ihn während des Morgengrauens wach zu stupsen.

Aber wenn sie schließlich sein Interesse geweckt hatte, wie an diesem Morgen, schien sie oft weit weg zu sein und tat fast so, als schliefe sie. Er wusste es besser. Ihre Augen waren zu fest geschlossen, und auf der Stirn zeigte sich eine verräterische Furche der Konzentration. Für Isabel war dies Arbeit. Ihn überkam ein ungutes Pflichtgefühl. Er verlangsamte seine Bewegungen.

„Mach weiter." Sie öffnete wachsam die Augen und fixierte ihn wie drohend. „Glaub ja nicht, dass ich mit dir fertig bin."

„Ich habe gerade erst angefangen", erwiderte er beruhigend und fuhr fort. Aber die zwiespältigen Gefühle, die er gegenüber der ganzen Geschichte empfand, hatten direkten Einfluss auf seine Männlichkeit.

„Das war's schon?", fragte sie mit gekünstelter Fröhlichkeit. „Mein letzter fruchtbarer Tag."

„Oh, sei nicht so, Schatz. Es ist fünf Uhr morgens." Er ließ sich auf den Rücken fallen und blickte durch das Dachfenster in die aufsteigende Dämmerung. „Lass uns schlafen. Dein letzter fruchtbarer Tag hat noch nicht mal begonnen."

„Wenn du meinst." Sie wandte ihm den Rücken zu, und schon bald änderte sich ihr Atem und wurde tief und ruhig.

Dafydd versuchte, seine Gedanken abzuschalten und das ärgerliche Gefühl zu verdrängen, er habe versagt. Zitternd zog er die Decken um seinen auskühlenden Körper.

Er war endlich eingeschlummert, da hörte er, wie der Postbote mit der Briefkastenklappe schepperte. Über die Umrisse von Isabels schlafendem Körper hinweg blickte er auf den Wecker. Es war kurz nach sieben.

Isabel hatte das Laken über den Kopf gezogen, um sich gegen das Licht abzuschirmen. Er tauchte unter die Decken, um es ihr gleichzutun. In der Dunkelheit betrachtete er ihre nackten Körper, die derselben Spezies angehörten, doch so unterschiedlich und laut medizinischer Untersuchung inkompatibel waren. Zumindest wollte bei ihnen beiden, was auch immer sie versucht hatten, die Vereinigung von Sperma und Ei nicht stattfinden. Rhys

Jones, ein Reproduktionspezialist mit beeindruckendem Renommee, hatte widerstrebend sein Scheitern eingestanden. Dann hatte er beruhigend gemeint, dass es noch immer zu einer Schwangerschaft auf natürlichem Wege kommen könne. Aber Dafydd wusste, dass der Mann auf ein Wunder setzte. Sie waren beide schon über vierzig. Außerdem hatte er von dem Ganzen allmählich genug. Es zerstörte das bisschen Lust, das noch zwischen ihnen übrig geblieben war. Er hatte versucht, ihr zu sagen, dass er mit dem Probieren aufhören wolle, aber Isabel ließ sich von ihrem Vorhaben, mit aller Gewalt weiterzumachen, nicht abbringen.

Er verließ das Bett, zog seinen Bademantel über und ging nach unten. In der Küche setzte er den Wasserkessel auf und zog die Vorhänge zurück. Das Wetter war trüb. Ein typischer nieseliger Morgen in Cardiff. Während der Kaffee durchlief, sortierte er die Post in drei Stapel auf dem Flurtisch: ihren, seinen und Werbemüll. Ihrer war bei Weitem der größte und entsprach dem Arbeitspensum, das sie erwartete. Er nahm seine Handvoll Umschläge mit in die Küche.

Das einzige Schreiben, das ein leichtes Interesse bei ihm weckte, war ein babyblauer Umschlag aus dünnem Luftpostpapier, der in einer seltsam kindlichen Handschrift an ihn adressiert war. Er warf einen prüfenden Blick auf die ungewohnte Briefmarke. Sie kam aus Kanada. Der Stempel lautete: MOOSE CREEK, NORTHWEST TERRITORIES.

„Moose Creek?!“, rief er unwillkürlich.

Vielleicht war jemandem etwas in die Hände gefallen, was er hatte liegen lassen, oder irgendwer meldete sich mal wieder, um ihn an alte Zeiten zu erinnern. Nach all diesen Jahren? Er schlitzte die Kante des zartblauen Umschlags mit dem Zeigefinger auf.

> Sehr geehrter Herr Dr. Woodruff,
>
> ich hoffe, Sie verübeln mir nicht, dass ich Ihnen schreibe. Ich glaube, ich bin Ihre Tochter. Mein Name ist Miranda und ich habe einen Zwillingsbruder, Mark. Ich wollte Sie schon so lange finden und habe meiner Mom ständig damit in den Ohren gelegen. Dann hat ein netter englischer Arzt, der sich unser Krankenhaus ansah, meiner Mom geholfen, Sie in einem medizinischen Verzeichnis zu finden.
>
> Falls Sie meine Mom (Sheila Hailey) vergessen haben sollten: Sie ist die schöne Dame, die Sie geliebt haben, als Sie in Moose Creek wohnten (es ist ein Drecknest, darum kann ich es Ihnen nicht verdenken, dass Sie fortgegangen sind). Da ich nun alt genug bin (fast dreizehn), hat sie mir alles erzählt. Wie Sie nach England zurückkehren mussten und wie Sie beide

nicht heiraten konnten und so. Es ist solch eine traurige Geschichte. Bitte schreiben Sie mir oder rufen Sie mich an, sobald Sie diesen Brief bekommen.

In Liebe
Miranda

Darunter stand eine Postfachnummer in Moose Creek und eine Telefonnummer.

Dafydd blieb eine Weile regungslos vor der Spüle stehen. Zwei-, dreimal las er den Brief, ohne den Inhalt zu begreifen. Dann spürte er seine Füße. Die Kälte der Bodenfliesen hatte sie taub werden lassen, als stünde er auf blankem Eis.

Er blickte hinab … und sah erfrorene Zehen und schönen, endlosen Schnee. Am Rand dieser blendenden Weiße flimmerten die Umrisse eines kleinen Fuchses, ein Schattenwesen seines Gewissens. Ein alter Mann, ein Eskimo-Schamane, hatte ihn ermahnt, seine Gegenwart stets zu beachten. Dafydds Herz begann zu rasen. Dies gehörte zu einer seltsamen Episode seiner Vergangenheit, und plötzlich empfand er eine unerklärliche Angst.

„Hey!“ Isabels von oben tönende Stimme ließ ihn hochschrecken. „Der Kaffee riecht gut.“

„Ich komme!“, rief er zurück. Er steckte den Brief in die Tasche seines Bademantels und kehrte zu seiner morgendlichen Routine zurück.

Isabel lächelte versöhnlich, als er ihr eine Tasse Kaffee reichte, aber seine Gedanken waren bei dem Brief. Sie rasten und überflogen eine Unzahl nur noch halb erinnerter Details. *Sheila Hailey* … Das war verrückt … unmöglich.

„Hör mal, Schatz. Ich weiß, ich war …“, begann Isabel und hielt inne. „Was ist?“

„Ich habe einen Brief bekommen. Es scheint, dass man mich mit einem anderen verwechselt hat.“ Er ließ sich neben sie aufs Bett fallen. „Halt dich fest. Es ist ziemlich seltsam.“ Langsam zog er den Umschlag aus seiner Tasche und reichte ihn ihr. „Schau mal, was du damit anfangen kannst.“

Isabel zog das dünne Papier aus dem Umschlag und entfaltete es. Er beobachtete ihr Gesicht, während sie den Brief rasch las. Sie schwieg und starrte das Papier an. Dann warf sie ihm den Brief in den Schoß. „Was ist das? Du hast eine schwangere Geliebte in Kanada zurückgelassen?“

„Nein, natürlich nicht.“

„Was dann?“

„Sheila Hailey war die Oberschwester in dem Krankenhaus, in dem ich gearbeitet habe. Aber ich kann dir versichern, dass ich nie etwas mit ihr hatte. Ich kann gar keine Nachkommen in Moose Creek haben. Das ist völlig unmöglich."

Dafydd schloss die Augen und ließ sein Jahr in Kanada Revue passieren. Konnte er jemanden geschwängert und nie davon erfahren haben? Es war nicht unmöglich, aber höchst unwahrscheinlich. Außerdem ging es hier um eine ganz bestimmte Frau, Sheila Hailey, und dieser Frau war er nie zu nahe gekommen.

„Könnte es sein, dass du dich betrunken hast, dann Sex mit dieser Frau hattest und das Ganze danach einfach vergessen hast?", fragte Isabel.

Er verstand, dass sie bestürzt war, aber ihm gefiel die Schärfe in ihrer Stimme nicht. „Isabel, du kennst mich doch und müsstest wissen, dass das nicht zu mir passt. Ich garantiere dir, dass es sich um einen Irrtum handelt. Oder irgendjemand dort ist übergeschnappt."

Mit demonstrativer Verärgerung begann sie, in der Schublade ihres Nachttisches herumzuwühlen. Bei ihrer geräuschvollen Suche fand sie ein Päckchen Tabak und etwas Zigarettenpapier. Dafydd beobachtete, wie ihre langen, schlanken Finger mit dem dünnen Papier kämpften, während sie sich eine wellige, ungleichmäßige Zigarette drehte.

„Bist du sicher, dass du das tun willst?", fragte er sie. „Du hast damit aufgehört. Es sind schon drei Wochen."

„Wen schert's denn?", gab sie zurück und zündete sich den Glimmstängel an, um dann genussvoll daran zu ziehen. „Dafydd, könnte das irgendein Streich sein? Vielleicht handelt es sich um einen üblen Scherz eines deiner Freunde."

Geistesabwesend streichelte er ihren Oberschenkel. „Wer von unseren Bekannten würde auf so etwas kommen? Das glaube ich nicht."

„Was ist mit dieser Krankenschwester? Könnte es eine Art Erpressung sein?"

Dafydd schüttelte den Kopf. „Nee … Kann ich mir nicht vorstellen. Wir sprechen über etwas, das vierzehn Jahre zurückliegt."

„Im Ernst. Warum sollte eine Frau versuchen, einem so weit entfernt lebenden Mann eine Vaterschaft anzuhängen?" Energisch stieß Isabel eine Rauchwolke aus. „Ein einfacher DNA-Test würde sie der Lüge überführen. Und die armen Kinder – Zwillinge –, welche Mutter würde ein Kind grundlos einen Brief schreiben lassen … an einen Vater, der gar keiner ist?"

„Ich vermute, es handelt sich einfach um ein junges Mädchen mit ausgeprägter Fantasie." Er sah auf die Uhr. Er konnte es sich nicht leisten, noch länger im Bett zu liegen. Nachdem er ihr beruhigend den Arm getätschelt hatte, richtete er sich auf. „Wer auch immer sie sein mag, sie tut mir leid."

Er stand auf und ging duschen. Er ließ das heiße Wasser in einem Strahl auf seinen Kopf plätschern. *Sheila Hailey*. Er sah sie deutlich vor sich. Er drehte das Gesicht in den auf ihn einprasselnden Wasserstrahl der Dusche, um sich von ihrem Bild zu reinigen.

DAFYDD saß zwischen zwei Operationen auf einem Hocker und wartete darauf, dass Jim Wiseman, der Anästhesist, den nächsten Patienten für die OP vorbereitete. Er atmete ein paarmal tief durch und streckte und beugte seine in Latexhandschuhen steckenden Finger, um seine zusammengepressten Hände zu lockern. Der Tag schien nie angenehm zu verlaufen, wenn Isabel und er nicht wirklich liebevoll auseinandergingen, und in den letzten Wochen hatte die Spannung zwischen ihnen vor allem ihr morgendliches Miteinander beeinträchtigt. Und jetzt dieser verdammte Brief. Aber er war sich absolut sicher: Es war absurd, ihm eine Vaterschaft zu unterstellen. Warum also machte er sich solche Gedanken darüber?

„Alles fertig!", rief Jim ihm zu, nachdem er den Patienten anästhetisiert hatte. Sie arbeiteten schweigend.

„Verfluchte Sheila", flüsterte Dafydd plötzlich vor sich hin.

Die Schwester blickte zu ihm auf. „Verzeihung, haben Sie etwas gesagt?"

„Nein, nichts."

Sie reichte ihm ein Instrument, und er starrte es einen Augenblick lang an, ohne genau zu wissen, welchen Zweck es erfüllte. Das war es. Schlagartig wurde ihm klar, dass seine bohrende Besorgnis nicht so sehr dem Brief des Mädchens und ihrem unsinnigen Anspruch galt als vielmehr Sheila Hailey selbst. Wenn diese Frau ihre Tochter hierzu angestiftet hatte, würde es sicher noch Ärger geben. Aber warum jetzt, nachdem vierzehn Jahre vergangen waren und er auf der anderen Seite der Erdkugel lebte? Vielleicht kannten Bitterkeit und Hass keine räumlichen und zeitlichen Grenzen. Ein kurzes Schaudern lief ihm über Nacken und Schultern.

„Ist alles okay mit Ihnen?", fragte die Schwester und sah ihn an. Jim reckte den Kopf um die Vorhänge. Sowohl Jim als auch die Schwester wirkten besorgt.

Dafydd beugte sich über seine Arbeit und zwang sich erneut zur Konzentration. Am Ende war es eine gelungene Operation, die nur eine blasse Narbe hinterlassen würde. Dafydd streifte Handschuhe und Kittel ab und ging zum Pausenzimmer. Er klappte seinen Laptop auf und schrieb gerade seine Kommentare für die Krankenakte der Patientin, als Jim hereingeschlendert kam. „Ist alles in Ordnung?“, fragte er beiläufig und goss sich eine Tasse der teerschwarzen Flüssigkeit aus der Kaffeemaschine ein.

War sein Konzentrationsmangel so auffällig gewesen? Jim war einer der wenigen Kollegen, die ihn gut kannten. Er wusste von den vergeblichen Fruchtbarkeitsbehandlungen und all dem damit verbundenen Kummer.

„Ja, alles bestens“, log Dafydd und wandte sich wieder dem Bildschirm zu.

„Und Isabel?“

„Oh, na ja, es hat sich bisher noch nichts getan. Wenigstens hat sie eine Menge Aufträge, dadurch reist sie viel rum.“

Dafydd klappte den Laptop zu und begann seine Sachen einzusammeln. Eigentlich hatte er keine Lust, nach Hause zu gehen. Die Anschuldigung konnte nicht einfach zu den Akten gelegt werden. Isabel würde den ganzen Abend darüber sprechen wollen. Ausgerechnet Moose Creek … Er hatte immer versucht, die Erinnerung daran, warum er überhaupt dorthin gereist war, zu verdrängen – das Ereignis, das ihn dazu getrieben hatte, seine in all den Jahren zuvor erfolgreich aufgebaute Karriere als Chirurg abzubrechen und an jenen gottverlassenen Außenposten zu reisen. Aber die Wucht der Katastrophe war ihm nie ganz aus den Knochen gewichen. Die Erinnerung war stets da und lag in den verborgenen Winkeln seines Bewusstseins auf der Lauer. Das war einer von vielen Gründen, warum er nie über sein Jahr in der kanadischen Wildnis sprach.

Naiverweise hatte er damals gehofft, Moose Creek werde ihn von seiner Schande erlösen. Sein einziges Ziel war es gewesen, so weit wie möglich fortzukommen; an den entlegensten Ort der Welt, der sich finden ließ.

Moose Creek, 1992

2 Dafydds Finger vergruben sich in den Armlehnen, seine Knöchel waren weiß. Das winzige Flugzeug schien senkrecht zu Boden zu fallen, dann holperte es wild die Landepiste entlang und kam kurz vor deren Ende zum Stehen. Dafydd atmete langsam aus. Er sammelte seine Habseligkeiten und lächelte der Stewardess zu, die ihn und drei weitere Passagiere energisch zu der herbeigerollten Treppe geleitete. Als Dafydd aus dem Flugzeug stieg, schlug ihm die Hitze wie eine Wand entgegen.

Vor der in Fertigbauweise errichteten Halle des Flughafens warteten zwei Taxis. Dafydds Mitreisende schnappten sich schnell das sauberere von beiden. Das übrig gebliebene war ein heruntergekommener alter Valiant. Die vordere Stoßstange wies eine scheußliche Beule auf. Dafydd hob die Augenbrauen, und die Frau hinter dem Steuer nickte. Er griff seine beiden Koffer und schleppte sie zum Auto.

„Verdammt!“, meinte die Frau, als sie Dafydd helfen wollte, die Koffer ins Auto zu laden. „So wie die aussehen, werden Sie sicher eine Ewigkeit bei uns bleiben.“

„Ja, zehn Monate“, sagte Dafydd. Er erwiderte ihr Grinsen, das ihr Doppelkinn beben ließ, und schob sich auf den Beifahrersitz, der mit Hundehaaren übersät war. „Würden Sie mich bitte zum ‚Klondike Hotel‘ fahren?“

„Klar.“ Sie brachte den Motor auf Touren und fuhr mit Karacho aus dem kiesbestreuten Parkplatz. „Was machen Sie denn beruflich, Mister?“, setzte sie nach und musterte seinen makellosen Anzug.

„Ich bin Arzt“, informierte er sie.

„Wunderbar!“ Sie nahm eine ihrer molligen Hände vom Steuer und drückte Dafydds Hand. „Ich bin Martha Kusugaq. „Die Ärzte, die wir hier haben, sind mies, das sag ich Ihnen. Was führt einen netten Herrn wie Sie in diese einsame Gegend?“

Es gab absolut keinen Grund, aus der Fassung zu geraten, sagte er sich. Niemand wusste irgendetwas über seine Geschichte. Der Krankenhausdirektor Dr. Hogg hatte noch nicht einmal seine Referenzen überprüft. „Warum fragen Sie?“, gab er neckend zurück, um sein Unbehagen zu überdecken. „Wollen Sie damit sagen, dass dies kein geeigneter Ort für einen netten Burschen wie mich ist?“

Martha kicherte. „Oh, der Ort hier ist ganz in Ordnung, für solche wie mich sowieso. Wir nennen’s hier den Ar… den Hintern der Welt. Die Leute kommen hierher, weil sie sonst nirgends hinkönnen. Arbeitsmäßig, mein ich.“

Verstohlen betrachtete er sie. Sie war zwischen vierzig und fünfzig. Es gab keinen Zweifel, dass sie eine gebürtige Kanadierin war. Ihr Kopf und ihr Nacken waren kräftig und saßen auf breiten, gut bepackten Schultern. Ihr struppiges schwarzes Haar hing ihr zu einem Zopf geflochten über den Rücken, und ihre Augen funkelten schalkhaft.

Die Stadt kam in Sichtweite. Sie wirkte völlig flach. Kein Gebäude war mehr als zwei Stockwerke hoch. Über den Häusern waberte die Hitze. Das war’s? Dafydd hatte eine verblichene Ansichtspostkarte von der Stadt gesehen, die Dr. Hogg ihm zusammen mit der Arbeitsplatzbeschreibung zugesandt hatte. Das Foto hatte ziemlich exotisch gewirkt, ein uriger, mit Schnee und Eis bedeckter nordischer Außenposten. Die Realität war eine Ansammlung aus hässlichen, staubigen, heruntergekommenen Häusern, die mitten in einen trostlosen Wald gesetzt worden waren. Er musste sich in Erinnerung rufen, dass es Spätsommer war. Jene weiße, unheimliche und geheimnisvolle Landschaft entstammte dem tiefsten Winter, wenn die Temperaturen auf fünfzig Grad unter null fielen. Dem würde er noch früh genug ausgesetzt sein.

Marthas Wagen kam mit quietschenden Reifen neben einem seltsam großspurig wirkenden Gebäude zum Stehen. Es hatte eine vorgesetzte Fassade wie die Kulisse in einem Western. Die kunstvoll geschnitzten Fensterrahmen und die eleganten Balkone waren eine Täuschung aus billigem Plastik, das nun aufplatzte und dessen Farbe verblichen war. Von vergoldeten Ketten hing ein Schild mit der Aufschrift KLONDIKE HOTEL.

„Da sind wir", erklärte Martha mit einer Spur von Lokalstolz. Sie sah ihm direkt in die Augen. „Nun hören Sie mal zu, Doc. Wenn Sie irgendwann ein Taxi brauchen, bei Tag oder bei Nacht, dann rufen Sie mich an, ja?"

„Danke, Martha. Aber es ist eine winzige Stadt, wann werde ich hier schon ein Taxi brauchen?"

„Warten Sie's ab", spottete Martha. „Sie werden schon bald so sein wie alle anderen. Niemand geht hier zu Fuß. Es ist entweder zu heiß und zu staubig oder zu kalt und zu rutschig, oder Sie sind zu betrunken. Meistens wahrscheinlich Letzteres." Ihre Stimme wurde ein wenig weicher, als sie den Zwanzigdollarschein annahm, ohne Wechselgeld herausgeben zu müssen. „Passen Sie auf sich auf, junger Mann. Diese Stadt ist nicht ohne."

Nachdem er eingecheckt hatte, bekam er im Hotelrestaurant ein erstaunlich gutes Essen serviert. Die Spezialität des Hauses: Elchpastete mit Lingonbeersoße und Reis. Abgesehen von einem älteren Paar in einer Ecke war er allein. Im Gegensatz dazu war der „Biersalon" brechend voll. Durch den Bogengang, durch den ein Schwall von Rauch und Lärm ins Restaurant herüberzog, hatte Dafydd einen guten Blick auf die Bar, wo Serviererinnen in Miniröcken hin und her eilten.

Durch den Bogen kam ein Paar herein. Sie entdeckten Dafydd und gingen auf ihn zu. „Dafydd Woodruff?", fragte der Mann.

„Das bin ich."

In dem schummrig-rötlichen Licht sah der Mann gut aus und wirkte kräftig, wenngleich er eher dünn war. Sein Haar war blond und leicht gelockt und reichte ein ganzes Stück über seine Schultern. Er trug enge Jeans, die von einem geprägten Ledergürtel mit einer großen, verschlungenen Silberschnalle gehalten wurden. Die Frau war eine beeindruckende Rothaarige in einem kurzen, engen Lederrock. Über ihrer Brust spannte sich eine knappe weiße Hemdbluse. Trotz ihrer provozierenden Kleidung sah sie streng aus. Sie waren in seinem Alter, etwa Anfang dreißig.

Ein wenig irritiert versuchte Dafydd, die beiden einzuordnen, während er die ausgestreckte Hand schüttelte. Aber die langen Haare und die zwanglose Kleidung des Mannes boten ihm keinen Hinweis.

„Ian Brannagan", stellte sich der Mann schließlich vor.

„Natürlich!", rief Dafydd und versuchte, seine Überraschung zu verbergen. Sein künftiger Kollege hatte etwas eindeutig Unärztliches. „Ich dachte, dass ich alle erst morgen treffen würde."

„Morgen werden Sie viel um die Ohren haben." Ian Brannagan klopfte ihm leicht auf die Schulter, setzte sich und zog für die Frau einen weiteren Stuhl heran. Ihr Gesichtsausdruck war unergründlich, aber Ian Brannagan hatte trotz seiner scharfkantigen Züge eine freundliche und offene Ausstrahlung.

Dafydd wandte sich der Frau zu und wartete darauf, ihr vorgestellt zu werden.

„Ich bin Sheila Hailey", sagte sie und drückte seine Hand ohne weitere Erklärung mit festem Griff.

„Sie sind ein Geschenk des Himmels, mein Freund", versicherte Ian Brannagan. „Wir sind am Verzweifeln, seit unser letzter Kollege, Monsieur Docteur Odent, uns vor zwei Wochen verlassen hat." Ian Brannagan steckte sich eine Zigarette an und musterte Dafydd auf unvoreingenommene Art. Die Frau neben ihm richtete den Blick ebenfalls auf Dafydd, wenn auch weniger freundlich.

„Wie lange sind Sie schon hier, Ian?", fragte Dafydd.

„Oh, erst ein Jahr oder so." Ian zog die Brauen zusammen. „Immerhin zwei Winter. Mein Gott, wie die Zeit vergeht."

„Aber es gefällt Ihnen hier?"

„So lala", antwortete Brannagan gleichmütig und nahm einen tiefen Zug an seiner Zigarette.

Eine attraktive dunkelhaarige Kellnerin erschien aus Richtung der Bar und kam an ihren Tisch. Sie wandte sich mit erkennbarer Vertrautheit an Ian und fragte: „Darf ich dir und deinem Freund etwas zu trinken bringen?"

„Gern. Bring uns ein paar Flaschen Extra Old Stock und Eistee für die Dame."

„Ich weiß, was die ‚Dame' trinkt", gab das Mädchen frech zurück. Dann zögerte sie. „Sind Sie der neue Arzt?" Sie stützte ihre Hand in die Hüfte und begutachtete Dafydd mit scharfem Kennerblick.

„Das ist Brenda", mischte sich Brannagan ein. „Bei ihr müssen Sie sich vorsehen. Sie lässt sich von niemandem was gefallen. Nicht wahr, mein Sonnenschein?"

Sheila Hailey gab ein trockenes Glucksen von sich, während die beiden Männer zusahen, wie sich Brenda umdrehte und ging. Unter einem engen roten Rock lugten stramme Beine hervor, die in prächtigen Cowboystiefeln steckten. Brannagan murmelte irgendetwas Anerkennendes. Dann rief er: „Herrgott, Sie trinken doch Bier, oder? Mal wieder typisch für mich, nicht zu fragen."

Dafydd lachte. Er begriff, dass er sich nicht damit abmühen musste, einen guten Eindruck zu machen. Jedenfalls nicht bei Brannagan.

„Sind Sie gebunden?", fragte Sheila Hailey plötzlich.

„Wie bitte?"

„Sind Sie Single?"

„Äh, nun – ja."

Brendas Stiefel klackten über den Holzfußboden zurück, und sie öffnete die Flaschenverschlüsse geschickt mit einer Hand. Kokett machte sie auf den Absätzen kehrt und marschierte klackend zurück zur Bar.

„Gib dem Mann doch erst mal etwas Zeit, sich einzugewöhnen, ja?", sagte Brannagan zu Sheila und versetzte ihr einen sanften Stoß mit dem Ellbogen.

„Oje, ich habe keinerlei Absichten", versicherte sie und lächelte zum ersten Mal. „Ich versuche nur herauszufinden, wie lange er bleibt."

Dafydd wollte nicht humorlos erscheinen. „Wieso interessiert Sie das?", fragte er leichthin. Obwohl die Frau mit ihren großen Augen, dem durchdringenden Blick und den dichten roten Locken eine ausgesprochene Schönheit war, hatte sie etwas bewusst Gehässiges an sich.

„Nur mit der Ruhe", meinte sie mit einem leicht herablassenden Lächeln. „Sie werden hier sehr gefragt sein. Das heißt, wenn Sie was taugen."

Ian und Sheila lachten, doch Dafydd errötete peinlicherweise.

„Kein Grund zur Sorge", sagte Ian und tätschelte seinen Arm. „Sie meint, als Chirurg, nicht als Mann."

Dafydd versuchte, seinen Ärger zu verbergen, und wandte sich an Sheila. „Haben Sie etwas mit dem Krankenhaus zu tun, oder sind Sie … eine Freundin von Ian?"

„Ich bin Ihre Oberschwester“, erklärte Sheila in einer Weise, die zweifellos zum Ausdruck bringen sollte, dass sie seine Chefin war. Sie hob ihr Glas, kippte den Rest ihres Eistees herunter und stand auf. „Wir fangen um genau 7.45 Uhr an. Seien Sie pünktlich!“ Als wollte sie ihren Befehl abmildern, legte sie, während sie an Dafydds Stuhl vorbeiging, eine gertenschlanke Hand auf seine Schulter. „Bitte“, fügte sie hinzu, und ohne noch ein weiteres Wort an Ian zu richten, war sie verschwunden.

Ian lächelte resigniert und zuckte die Schultern. „Das ist unsere Sheila“, seufzte er.

Eine Gruppe massiger Frauen stürmte durch den Bogengang herein. Sie trugen Jeans, Schirmmützen und Karohemden und sahen aus wie weibliche Ausgaben des typischen Holzfällers. Lärmend setzten sie sich an einen Nachbartisch. Ian warf den Kopf zurück und lachte über Dafydds erschrockenen Gesichtsausdruck. „Absolut nette Mädchen“, flüsterte er ihm zu. „Sie können hier nicht allzu hohe Ansprüche stellen.“

„Und wie verbringt man hier seine Freizeit?“, raunte Dafydd. „Erzählen Sie mir etwas über Moose Creek.“

„Knapp über viertausend Seelen, etwa die Hälfte sind eingeborene Dene und Métis, ein paar Eskimo und alle nur erdenklichen weißen Eigenbrötler unter der Sonne.“

„Und was machen die so?“

„Es gibt ziemlich viele Holzfällerarbeiten. Das Neueste ist der Tourismus. Die Leute wollen auf die Jagd gehen oder mit dem Kanu über die Stromschnellen fahren.“ Er zögerte einen Moment. „Sie können so ziemlich alles hier kaufen. Illegale Substanzen; alles, was Sie wollen.“ Er hielt kurz inne, hielt zwei Finger in Richtung Bar hoch und nickte. Kurz darauf brachte eine andere Kellnerin zwei weitere Flaschen.

„Das ist Tillie“, stellte Brannagan sie mit einem Zwinkern vor.

Tillie war eine Frau um die dreißig. Sie war sehr klein, aber ungeheuer füllig. Dennoch wirkte sie eigenartig attraktiv, mit funkelnden blauen Augen, einer Stupsnase und vollen Lippen. Sie hatte dicht gelocktes blondes Haar. Ihre gesamte Erscheinung ließ an eine sehr sinnliche Shirley Temple denken. „Hallo Doktor“, sagte sie mit sanfter Stimme. „Willkommen in Moose Creek. Ich hoffe, Ihnen gefällt es hier.“

„Das wäre eine warme mütterliche Brust, auf die man sein müdes Haupt betten könnte“, seufzte Brannagan, nachdem Tillie gegangen war. „Aber sie ist an solchen Sachen nicht interessiert.“

Brannagans Ungeniertheit steckte Dafydd plötzlich an. Er stellte sich vor, sein Unglück an diesem Ort abzuschütteln, an dem ihn niemand kannte und an dem er sein konnte, was auch immer er sein wollte.

Brannagan lächelte ihn an, als wisse er ganz genau, was Dafydd dachte. „Also haben Sie irgendwas hinter sich gelassen. Gibt es niemanden, der zu Hause sehnsüchtig auf Ihre Heimkehr wartet?“

„Nein“, erwiderte Dafydd knapp.

Brannagan musterte ihn. „Warum das hier?“

Es ging wieder los. Wenn man ihm doch nur erlauben würde, die ganze Sache vollständig hinter sich zu lassen. „Ich war gelangweilt, rastlos, brauchte eine Veränderung“, antwortete Dafydd und versuchte, unbeschwert zu klingen. „Ich habe gerade meine Ausbildung beendet und wollte keine Chirurgentätigkeit annehmen, die mich für die nächsten dreißig Jahre eingekerkert hätte. Und was ist *Ihre* Entschuldigung?“

„O Gott, wie viel Zeit haben Sie?“, seufzte Brannagan. Er sah auf eine imaginäre Uhr an seinem Handgelenk. „Ich vermute, dass Sie morgen in Ihren Wohnwagen ziehen werden. Ich hab die dunkle Ahnung, dass er nicht ausgemistet wurde, seit Odent fortgegangen ist.“ Er kippte den Rest seines Bieres hinunter. „Übrigens, Sie brauchen da nicht einzuziehen, nur weil Hogg ihn den Wohnwagen für Vertretungen nennt. Er steckt die Miete ein, weil ihm das beschissene Ding gehört. Wenn er Ihnen nicht gefällt, sagen Sie's ihm … Okay, Kumpel?“

„In Ordnung.“ Dafydd erhob sich steif. Er hatte genug.

„Nein, Mann, ich übernehm das“, sagte Ian. „Sie sind der Neue.“

Dafydd tat jeder Knochen und Muskel weh. Sein Kopf drehte sich, und ihm schmerzte die Brust. Eine Kombination aus Jetlag, Luftveränderung, allgemeiner Überlastung und zu viel Bier. Plötzlich sehnte er sich danach, sich aufs Ohr zu legen. Er verabschiedete sich von Ian Brannagan und suchte nach der Treppe, die ihn in die Sicherheit seines Zimmers führte.

MITTEN IN DER NACHT wachte er auf. Die Wand, die ihn vom Nachbarzimmer trennte, war dünn wie Pappe, und nebenan vergnügte sich geräuschvoll ein Paar. Als drüben endlich Ruhe einkehrte, versuchte Dafydd, es sich wieder auf der höckerigen Matratze bequem zu machen. Unter seinem Hintern spürte er etwas Grobkörniges. Vielleicht war es Dreck von jemandem, der sich nicht die Mühe gemacht hatte, seine Stiefel auszuziehen. Hoggs Wohnwagen konnte wohl kaum schlimmer sein. Dafydd drehte sich auf die Seite und nahm eine Embryohaltung ein. Eine kurze Zeit schlief er unruhig, dann schreckte er erneut aus dem Schlaf auf.

Es war auf den Tag genau sieben Monate her. Selbst jetzt konnte er sich noch an die unzähligen Gläser Tequila erinnern, die er hatte herunterschütten müssen, ergänzt durch mehrere Glas Bier. Jerry und Phillipa, zwei seiner lebensfrohen Kollegen in Bristol, hatten jene Party ihm zu Ehren organisiert. Teilweise um seinen 32. Geburtstag zu feiern, aber vor allem weil er seine Ausbildung abgeschlossen hatte. Erst um fünf Uhr morgens war er ins Bett gekommen – froh, dass er sich den Tag als Teil seines Jahresurlaubs freigenommen hatte.

Um sieben Uhr morgens klingelte das Telefon. „Woodruff", hörte er Briggs, den leitenden Facharzt, sagen, „ich kann Sie auf keiner der Listen finden."

„Äh … nein, ich habe heute frei."

„Egal. Ich möchte, dass Sie mir einen Gefallen tun."

Kaum hatte Dafydd aufgelegt, da überkam ihn eine dunkle Vorahnung. Wenn er den Scheißkerl bloß zurückgerufen und sich geweigert hätte, seine Bitte zu erfüllen; er hätte Briggs erzählen sollen, dass er noch immer betrunken und arbeitsunfähig war. Stattdessen stolperte er unter die Dusche, schluckte Paracetamol, schüttete Instantkaffee in sich hinein, zog sich an und fuhr zum Krankenhaus. Na, und wenn schon; viele Leute taten das, betranken sich und fuhren am nächsten Tag zur Arbeit. Assistenzärzte waren für ihre Trinkgelage bekannt – eine Art von Flucht vor dem gnadenlosen Arbeitspensum und der erdrückenden Verantwortung.

Dafydd war sofort auf die Station gegangen, um nach dem kleinen Jungen, Derek Rose, und seiner Mutter zu sehen. Er war sich seiner rot geränderten Augen und seines verräterischen Atems bewusst. Aber er hätte sich nicht zu sorgen brauchen, dass er keinen guten Eindruck machte. Sharon Rose war eine arme, alleinerziehende Mutter um die zwanzig. Sie gehörte zu jenen Unglückseligen, die an die Allmacht der Ärzte glaubten. Dafydd wünschte, er hätte sie gleich eines Besseren belehrt und ihr mitgeteilt, dass er ihren Sohn aufgrund seines Zustands nicht operieren könne. Aber Briggs hatte ihn eingeschüchtert. Dafydd galt jetzt als fertig ausgebildeter pädiatrischer Chirurg auf der Schwelle zum Facharzt, und Briggs' Empfehlung würde außerordentlich wichtig für seine weitere Laufbahn sein.

Während er sich für die Operation die Hände desinfizierte, blieb sein ungutes Gefühl bestehen. Obwohl seine Instinkte ihm rieten, sich zurückzuziehen, machte er weiter und zog sich die Latexhandschuhe über.

Alles schien nach Plan zu verlaufen. Die Organentnahme war leicht, und er dachte schon, er habe sich grundlos gesorgt. Einen Moment lang hielt er die Niere des Jungen in der Hand. Dann betrachtete er sie genauer und war erstaunt. Außer einer kleineren Entzündung sah sie nicht besonders krank aus, obwohl die Röntgenaufnahme eine gewisse kanzeröse Vergrößerung zeigte. Fraglos befand sich der Tumor innen, aber dennoch …

Als er die Hand ausstreckte, um die Niere in die Schale zu legen, welche die Schwester ihm hinhielt, flüsterte ihm die Assistenzärztin plötzlich etwas ins Ohr. Ihre Stimme hatte eine scharfe Dringlichkeit, und sie ergriff viel zu fest seinen Arm und zeigte auf die Röntgenaufnahme. Er blickte auf das Bild. Seine Hand verharrte mitten in der Luft, und sein Herz verkrampfte sich schmerzhaft.

Es konnte passieren – und es passierte, nicht oft, aber es geschah. Trotz all seiner Konzentration hatte das Unglück durch ein Etikett seinen Lauf genommen. Er hatte das Etikett auf der Röntgenaufnahme nicht genau genug geprüft, und jetzt bemerkte er, dass sich der kleine weiße Aufkleber auf der Rückseite befand. Das Bild von den inneren Organen des Jungen war damit für ihn seitenverkehrt. Er hatte sich zu sehr auf die bevorstehende Operation konzentriert, auf Fleisch und Blut des Jungen, und vergessen, die Krankenakte gründlich zu lesen.

Der katastrophale Fehler ließ ihn taumeln. Er musste sich von der Assistenzärztin ablösen lassen. Magensaft stieg in seiner Kehle hoch, und er rannte zur Toilette. Zurück blieb ein geschocktes und von Panik erfülltes Team, dem er es überließ, sich mit den Folgen seines Handelns zu befassen und in rasender Eile nach einem Transplantationschirurgen zu suchen, der die Niere wieder einsetzen konnte.

Er wurde sofort vom Dienst suspendiert, und man leitete eine Untersuchung gegen ihn ein. Briggs rief ihn zu Hause an und sagte, er werde Dafydds Kompetenz bescheinigen, schließlich sei das alles unter „außergewöhnlichen Umständen“ geschehen.

„Ja. Wegen eines lächerlichen Golfspiels!“, rief Dafydd in die Dunkelheit des fremden Raumes, als er an die „außergewöhnlichen Umstände“ dachte, die Briggs bewogen hatten, ihn um den unheilvollen Gefallen zu bitten.

Seine Karriere schien ruiniert zu sein. Er war sich nicht sicher, ob er, unabhängig vom Ausgang der Untersuchung, künftig noch als Arzt arbeiten konnte. Zwei Monate später wurde er entlastet. Man gab Briggs die Schuld an dem Fehler, weil er als leitender Facharzt die Verantwortung trug. Die ganze Angelegenheit wurde als „Systemfehler“ heruntergespielt. Für Dafydd war es kein Sieg. Dem Jungen war inzwischen seine von Krebs befallene Niere entfernt worden, aber seine gesunde Niere war geschädigt.

Daran trug Dafydd die Schuld. Er hätte Derek mit Freuden eine seiner eigenen Nieren überlassen, wenn das machbar gewesen wäre. Das kleine Gesicht von Derek Rose tauchte immer wieder vor ihm auf. Es war jedoch kein rundes Kindergesicht, sondern eine Art spitz zulaufender Fuchskopf, der von glattem blondem Haar eingerahmt war.

Ein lautes Pochen war zu hören, als heißes Wasser durch die Leitungen des Klondike Hotels zu fließen begann. Offenbar nahte der Morgen. Dafydd stemmte sich aus dem Bett, trat ans Fenster und zog den dunklen Vorhang zur Seite. Zu seiner Überraschung herrschte draußen schon helles Tageslicht, obwohl es erst 3.45 Uhr war. Ein einsamer Hund streunte die Straße entlang. Dafydd blickte ihm nach, bis er auf der Straße gen Norden in der Ferne verschwunden war. Irgendwo dort, am Ufer des Nordpolarmeeres, lagen Inuvik und Tuktoyaktuk. Knapp tausend Kilometer südöstlich befand sich Yellowknife. Dazwischen gab es nichts als ein paar winzige Siedlungen. Von einer plötzlichen Niedergeschlagenheit ergriffen, zog Dafydd den Vorhang vor die taghelle Nacht und legte sich wieder ins Bett.

3

Cardiff, 2006

Lieber Dafydd,

ich bin froh, dass Du den Brief von Miranda beantwortet hast, obwohl ich nicht verstehe, warum Du sie so völlig desillusionieren willst. Nun, ich vermute, dass es ein gewisser Schock gewesen sein muss, nach all den Jahren daran erinnert zu werden, was Du zurückgelassen hast.

Du hattest fast dreizehn Jahre der Freiheit von Pflichten und Sorgen, aber ich fürchte, dass das Problem jetzt angesprochen werden muss. Zwillinge ohne Vater aufzuziehen war nicht leicht, weder finanziell noch sonst wie. Ich weiß, dass Du verheiratet bist, aber ich bin sicher, Deine Partnerin wird als Frau verstehen, dass Du Pflichten gegenüber Deinen Kindern hast.

Mit den besten Grüßen
Sheila Hailey

Ein Sturm war angekündigt worden, und der Wind fegte heftig um die Rückseite des Hauses. Dafydd saß am Küchentisch, goss sich ein Glas Wein ein und wartete, bis Isabel den Brief gelesen hatte.

Was er ihr nicht gezeigt hatte, war ein dem Brief beigelegter Schnappschuss: ein molliges dunkelhaariges Mädchen, das ihren Arm um einen dünnen, schlaksigen Jungen mit langem rotem Haar gelegt hatte. Obwohl Zwillinge, sahen sie völlig unterschiedlich aus, und keiner von beiden hatte auch nur eine entfernte Ähnlichkeit mit ihm.

„Du hast ihnen geschrieben. Warum um alles in der Welt hast du das getan? Ich dachte, wir hätten vereinbart …"

Ein lautes Klappern rettete ihn vor ihrer Verärgerung, wenigstens zunächst einmal. Dafydd eilte ins Speisezimmer und blickte durch das Fenster nach unten in den langen, schmalen Garten. Der Geräteschuppen schaukelte bei jedem Windstoß auf seinem Fundament hin und her.

„Der Schuppen fliegt gleich weg", sagte er zu Isabel, die ihm gefolgt war.

„Warum tust du solche Dinge hinter meinem Rücken? Wir hatten doch vereinbart, uns gemeinsam damit zu befassen."

„Ich habe darüber nachgedacht und beschlossen, es nicht länger vor mir herzuschieben. Darum habe ich einfach zurückgeschrieben und dem Mädchen erklärt, dass seiner Mutter irgendein Irrtum unterlaufen ist und dass ich unmöglich sein Vater sein kann. Und dass ich ihr Glück bei der Suche nach ihrem wirklichen Vater wünsche. Das ist alles." Er griff nach ihrer Hand und zog sie an sich. „Ich weiß, dass wir beide davon betroffen sind, aber lass mich die Sache erledigen. Ich habe Andy angerufen, und er riet mir, zu schreiben und ihnen mitzuteilen, dass sie die falsche Person ausgewählt haben. Ich bring das in Ordnung. Vertrau mir, ja?"

Isabel entwand sich seiner Umarmung. „Ich weiß, was du mir über Sheila und all das Zeug zwischen euch beiden erzählt hast, aber sie klingt sehr sicher. Offenkundig will sie Geld und denkt, dass du es ihr geben wirst."

Isabel schätzte Sheila vielleicht richtig ein, aber er konnte nicht begreifen, dass Sheila für ein bisschen Geld bereit war, ihre Kinder den seelischen Verletzungen auszusetzen, die durch diese Farce verursacht würden.

Er ließ Isabel am Fenster stehen und ging in die Küche, um die Weingläser zu holen. Er stellte sie in den Wintergarten, eine Spezialanfertigung, in der sie während der sechs Sommer ihrer Ehe oft geschlafen hatten. Jetzt wirkte er feucht, zugig und instabil. Die Konstruktion würde bald unsicher sein. Ihm kam der Gedanke, dass es für sie beide vielleicht keinen weiteren Sommer mehr geben würde.

„Komm her!", rief er Isabel zu. „Lass uns ein Teil der Elemente sein!"

Isabel folgte ihm und blickte ängstlich zum Glasdach hinauf. Sie wickelte eine alte Steppdecke um sich und drückte sich in eine Ecke des Sofas. Ihr Gesicht war blass, und ihr Haar hatte sie kürzlich zu einem Bubikopf schneiden lassen, der ihr nicht sonderlich gut stand. Als er sie betrachtete, spürte er, wie seine Frustration wuchs. Der Zeitpunkt dieser Briefe aus Kanada lag überaus unglücklich. Er hatte auf den richtigen Augenblick gewartet, ihr zu sagen, dass er nicht mehr probieren wollte, ein Kind zu zeugen. Aber wie konnte er sie jetzt damit überfallen?

„Weißt du was, Dafydd, du solltest sie bitten, sich einem DNA-Test zu unterziehen."

Er setzte sich neben sie und nahm ihre Hand. „Du hast Recht." Ihre Hand war kalt. Er küsste sie sanft. „Ich werde Sheila Hailey anrufen und sie auffordern, sofort einen Gentest vornehmen zu lassen."

„Mir tun die Kinder leid", seufzte Isabel und legte den Kopf auf seine Schulter. „Du wärst solch ein wunderbarer Vater." Er konnte den Kummer in ihrer Stimme hören. „Vielleicht hört es sich verrückt an, aber in gewisser Weise wäre es nicht nur negativ gewesen – eine Teilzeitelternschaft mit Besuch der Kinder während der Sommerferien. Ich glaube, ich hätte damit klarkommen können. Zumindest wären es deine Kinder gewesen."

Dafydd atmete tief durch und schloss die Augen. „Oh, das meinst du doch nicht wirklich, oder?"

„Sagt man nicht, dass kinderlose Paare, die Kinder adoptieren, plötzlich, wenn der Druck weg ist, feststellen, dass eine Schwanger–"

„Das ist ein Märchen", unterbrach er sie schroff. Vielleicht war jetzt der richtige Zeitpunkt gekommen, es ihr zu sagen? Ja, warum nicht. „Isabel, es gibt da etwas, worüber wir sprechen müssen."

Ein heftiger Windstoß rüttelte an den Scheiben, und beide sprangen gleichzeitig auf. Der Sturm riss an dem Gebäude und ließ die Holzbalken ächzen und quietschen. Der Schuppen am Ende des Gartens hüpfte scheppernd, als der Wind ihn plötzlich erfasste und wie einen Strandball über das Gras rollen ließ.

„Mein Gott!", stieß Dafydd hervor. „Lass uns die Fenster sichern und die Türen verriegeln."

„Ich werde dich festbinden", flüsterte Isabel ihm ins Ohr. Sie ergriff seine Hand und zog ihn zur Treppe. „Es gibt kein besseres Mittel gegen sinkende Geburtenraten als einen Hurrikan."

Der Wind wurde stärker, als er mühsam durch den tiefen Schnee stapfte und einem kleinen Fuchs folgte. Über ihm ragten hohe Bäume empor, Fichten und Tannen. Mit jedem Schritt sanken seine Füße tiefer ein, und der Wind blies ihm die eisigen Flocken in die Augen. Er konnte nicht sehen, wohin er ging, und merkte, dass er sich verlaufen hatte.

Plötzlich spürte er einen unerträglichen Schmerz an einem Bein. Er warf den Kopf zurück und schrie. Das Echo hallte zwischen den Bäumen wider. Er wand und drehte sich heftig, um sich zu befreien. Dann sah er, dass die Fänge einer Schlagfalle sein Bein umklammerten. Blut rann aus der Wunde und färbte den Schnee scharlachrot. Die Wölfe waren herbeigeeilt und bildeten unter den Bäumen einen Kreis um ihn. Ihre gelben Augen leuchteten, während sie ihn lautlos beobachteten. Er zog sein Bein an den Mund und begann, an seinem Fleisch zu nagen, um sich zu befreien. Gleichzeitig heulte er laut auf.

Isabel strich ihm über die Stirn. „Wach auf!", rief sie und tätschelte seine Wangen. „Ich glaube, du brütest gerade eine Krankheit aus. Du bist schweißgebadet. Ich mache dir eine Tasse Tee."

„Nein, bleib liegen. Es war bloß ein Traum."

Es war vier Uhr morgens. Der Wind peitschte noch immer über den Dachgiebel direkt über ihren Köpfen. Der Traum hatte den Geruch der Angst in seiner Nase zurückgelassen. Zitternd spähte er zum Wecker. Dann erinnerte er sich an ihren gemeinsam gefassten Plan. Er berechnete den Zeitunterschied.

Zögernd erhob er sich aus dem Bett. „Möchtest du mithören, oder soll ich nach unten gehen?"

Als Isabel ihn verständnislos ansah, zeigte er auf das Telefon. Sie schüttelte energisch den Kopf.

„Bin gleich wieder da", sagte er lächelnd.

Er trug das Telefon ins Wohnzimmer und entfaltete Mirandas Brief. Er fand die Telefonnummer und wählte die Ziffern.

„Hallo."

Er erkannte die Stimme sofort, sogar nach all den Jahren. „Hier ist Dafydd Woodruff", begann er förmlich.

„Keinen Moment zu früh, Dafydd", erwiderte Sheila Hailey mit einem amüsierten Unterton. „Also hast du meinen Brief erhalten?"

„Warum tust du das?"

„Ich tue das, wie du es ausdrückst, weil mich Miranda seit Jahren bedrängt und mich fragt, wer ihr Dad ist. Und irgendwann fand ich es nicht fair, sie weiter im Dunkeln tappen zu lassen. Mark ist es egal, aber er sollte es ebenfalls wissen."

Lang verdrängte Gefühle stiegen in ihm hoch. „Was für ein idiotisches Spiel versuchst du hier abzuziehen?"

„Du kannst herumtoben, soviel du willst, Dafydd", sagte Sheila kühl, „es ändert überhaupt nichts. Du bist der Vater meiner Zwillinge, und du solltest dich besser daran gewöhnen."

„Ich habe dich nie angerührt!", schrie Dafydd. Dann erinnerte er sich an das, was er getan hatte, und zuckte zusammen.

„Oh, Dafydd, tu nicht so. Du kannst es unmöglich vergessen haben." Sie klang ruhig und vernünftig. „Erst hast du mich unter Drogen gesetzt, um mich ins Bett zu kriegen, und als ich dann schwanger war und dich bat, es zumindest abzutreiben, hast du mir das nicht nur verweigert, sondern bist sogar noch handgreiflich geworden."

„Wie bitte? Die Abtreibung … natürlich, die habe ich verweigert … das hatte nichts mit mir zu tun. Wovon, zum Teufel, redest du – ich soll dich unter Drogen gesetzt haben, um dich ins Bett zu kriegen? Du beschuldigst mich der Vergewaltigung?"

„Was war es denn deiner Meinung nach sonst? Ich konnte es nur nicht beweisen, weil es bei dir passiert ist."

Ein klares Bild von Sheila tauchte vor ihm auf. Ihr leuchtend rotes Haar, die spöttischen blauen Augen. Er zwang sich, seine Empörung herunterzuschlucken, und bemühte sich, gefasst zu klingen. „Ich will nichts mit dir oder deinen Kindern zu tun haben. Wenn du vorhast, mich noch weiter zu belästigen, verlange ich einen DNA-Test."

„Kein Problem, mein Lieber", antwortete sie ruhig. „Ich werde die Blutabnahme bei mir und den Kindern morgen machen lassen, wenn's dir recht ist."

„Nein, warte, bis du von meinem Anwalt gehört hast. Andrew McCloud. Er wird veranlassen, dass ein amtlich geprüftes Labor den Test durchführt."

„Ich werde deinetwegen nirgendwohin gehen", sagte sie mit fester Stimme. „Die Blutproben können gleich hier im Krankenhaus entnommen werden."

„Na gut. Es ist egal, wo oder wie ihr das Blut abnehmen lasst. Schließlich steht meine DNA in Zweifel, nicht deine."

„Hör mal, Dafydd, ich wusste, dass du einen DNA-Test verlangen würdest. Dagegen habe ich nichts. Aber du bist der Vater meiner Kinder, und ich weiß, dass du es weißt. Möchtest du kurz mit Miranda reden? Sie sehnt sich danach, mit dir zu sprechen."

„Nein …" Er zögerte. Dann hörte er, wie Sheila den Namen des Mädchens rief. War es sinnvoll, mit dem Mädchen zu sprechen und zumindest ihr gegenüber die Dinge zurechtzurücken? Ein paar Sekunden verstrichen, und dann hatte er keine Wahl mehr.

„Hi Dad“, meldete sich eine aufgeweckte, selbstsichere Stimme. „Wie geht’s dir?“

„Hallo Miranda. Schau mal, ich fürchte, deine Mom hat einen großen Fehler begangen. Es tut mir leid, dass du das alles durchstehen musst …“

„Mach dir keine Sorgen, Dad.“ Sie sprach mit solch einer Wärme und Begeisterung, dass es ihm wehtat.

„Doch, ich mache mir sogar sehr große Sorgen. Du darfst nicht denken, dass deine Mutter Recht hat.“

„Hast du das Foto bekommen, das dir meine Mom geschickt hat? Ich glaube, dass ich dir ein wenig ähnlich sehe“, zirpte Miranda unbeeindruckt. „Es ist uns gelungen, von den *Moose Creek News* ein Foto von dir zu beschaffen, aus der Zeit, als du hier ankamst, um zu arbeiten …“

Der Hörer wurde dem Mädchen aus der Hand genommen. „Okay, du hast nun deinem Vater Guten Tag gesagt“, meinte Sheila sachlich.

„Tschüss, Dad!“, rief das Mädchen ins Telefon.

Dafydd legte auf und saß ein paar Minuten still da, um sich von dem Gespräch zu erholen. Sheilas Anschuldigung, er habe sie vergewaltigt, war absurd. Die Testergebnisse würden allen Belästigungen ein Ende setzen. Langsam erhob er sich. Er war froh, dass Isabel nicht hatte zuhören wollen. Es hätte sie zutiefst erschüttert. Sheila hatte so erstaunlich sicher und rational geklungen.

Dafydd stieg die Treppe empor wie ein alter Mann. Er fühlte sich ausgebrannt. Im Schlafzimmer lag Isabel zusammengerollt auf dem Bett. Als er die Hand ausstreckte, um ihr übers Haar zu streichen, hob sie den Kopf und blickte ihn mit kalten Augen an. In der Hand hielt sie den Nebenanschluss des Telefons und zeigte damit auf ihn. „Fass mich nicht an, okay?!“

„Was? Isabel, nun hör mal –“

„Nein, du hörst mal!“, fauchte sie. „Ich habe gehört, was sie gesagt hat, und es ist offensichtlich, oder? Warum willst du unbedingt abstreiten, dass du es mit ihr getrieben hast? Zumindest das solltest du zugeben. Halte mich nicht für –“

„Verflucht, ich hab’s nicht getan!“, protestierte er mit lauter werdender Stimme. „Ich hatte absolut keinen Geschlechtsverkehr mit dieser Frau.“

„Ich bin beeindruckt. Du hattest keinen Geschlechtsverkehr mit dieser Frau, aber *irgendwie* hast du sie geschwängert. Warum kannst du das nicht mal mit mir so machen?“

„Isabel, jetzt reicht es!“, brüllte er wütend. „Ich habe nie jemanden geschwängert, und, ehrlich gesagt, ich will es auch nicht. Hörst du mich? Ich habe genug davon, mit aller Gewalt eine Schwangerschaft herbeizuführen. Ich will keine Kinder; nicht ihre, nicht deine, nicht die von sonst wem ..."

Er hielt inne. Was tat er da? Sie starrten einander an. Entsetzt über seinen taktlosen Ausbruch beobachtete er voller Bedauern, wie sich der Schock in Isabels Gesicht abzuzeichnen begann. Sie hatte ihn endlich gehört, endlich verstanden.

Sie stand vom Bett auf, hob den Arm und warf das Telefon mit aller Kraft nach ihm. Es verfehlte seine Schulter und krachte an die Wand, wo es eine stumpfe Kerbe im Verputz hinterließ.

Moose Creek, 1992

4 Dafydd fummelte an dem Bund ungleicher Schlüssel herum. Aber er brauchte sie gar nicht, denn das Schloss war aufgebrochen worden. Man hatte die Tür mit einem groben Werkzeug aufgehebelt. Hogg hatte ihn vor dem Zustand des Wohnwagens gewarnt. „Nur ein paar kleine Sachen, die repariert werden müssen", hatte er vage gesagt.

Als Seniorpartner sowohl im Krankenhaus als auch in der Ambulanz wirkte Hogg, mit Sheila Hailey als Helferin, wie eine Einmannband. Der kleine, korpulente Mann Ende vierzig gehörte zu den ersten Ärzten, die nach Moose Creek gekommen waren. Er besaß den Wohnwagenpark und ein paar weitere Einnahmequellen.

Hogg hatte ihm rasch ein paar Zwanzigdollarscheine aus seiner Brieftasche gereicht. „Besorgen Sie sich eine Putzfrau. In dem Wohnwagen neben dem Tor wohnt eine gewisse Mrs Breummer. Sie wird das erledigen."

Die Tür schwang auf. Dafydd ließ seine Koffer auf der Veranda stehen. Martha, die anscheinend vor dem Klondike auf ihn gewartet haben musste, hatte sie hertransportiert. Dafydd betrat den Wohnwagen. Der Boden war mit zersplittertem Glas und Zigarettenstummeln übersät. Ein Fenster war zertrümmert, und jemand hatte einen verdreckten elektrischen Herd von seiner Standfläche weggerissen.

Am liebsten wäre er sofort wieder verschwunden. Aber Martha war schon mit ihrem Taxi weggefahren, und es wurde Abend. Ach, was soll's, dachte er, zumindest für eine Nacht wird's schon gehen. Er zerrte seine Koffer durch die Tür, krempelte die Ärmel hoch und begann mit der Arbeit.

„Heilige Muttergottes!" Martha trat durch die Tür und schlug die Hände über dem Kopf zusammen. „Mir ist gerade eingefallen, dass mein Neffe mir erzählt hat, er habe hier irgendwo eine Party gefeiert. Deshalb dachte ich, dass ich besser nachschaue, ob es nicht genau dieser Wohnwagen war." Sie blickte sich um und schüttelte den Kopf. „Ist das noch zu fassen?"

„Was um Himmels willen haben die denn hier bloß getrieben?", stieß Dafydd hervor.

„Es sind nur Jugendliche, die sich ein bisschen amüsieren. Ich habe schon Schlimmeres erlebt", meinte Martha und stemmte die Hände in die Hüften. „Ich mach Ihnen 'nen Vorschlag. Sie geben mir ein paar Dollar und ich helfe Ihnen."

Dafydd händigte ihr die Zwanziger aus, die noch in seiner Hemdstasche steckten. Gemeinsam machten sie sich daran, den Herd zurück an seinen Platz zu schleppen. Sie fegten die Trümmer zusammen und kippten Chlorreiniger über das Ganze.

Mrs Breummer kam dazu, gefolgt von einigen anderen Nachbarn, die durch Neugier und einen gewissen Gemeinschaftssinn von der Szene angelockt wurden. Verschiedene Reinigungsgeräte wurden herbeigebracht sowie eine Thermoskanne mit Kaffee. Ein junger Mann besorgte ein trübes Stück Plexiglas, und es wurde geschickt mit Packband vor dem eingeschlagenen Fenster befestigt.

„Wenn Se noch irgendwas brauchen, dann komm' Se einfach rüber, Doktor", meinte ein ausgemergelter Mann mit struppigem Bart und langen, buschigen Koteletten. Er trug eine verdreckte Mütze, unter der ein strähniger grauer Pferdeschwanz hervorhing. Er ging als Letzter. Auf der Veranda blieb er stehen und ergriff Dafydd leicht am Arm, während er ihm sein Gesicht näherte. Sein Atem roch überwältigend sauer. „Ich bin Ted O'Reilly … von nebenan. Der Kerl, der hier vor Ihnen gewohnt hat, der hat mir was für mein Bein gegeben. Das is' kaputt. Die ganze Zeit Schmerzen."

„Soll ich es mir mal anschauen?"

„Nee, nichts zu sehen. Es is' drinnen … da … im Knochen, verstehn Se?"

„Was hat er Ihnen denn verschrieben?"

„O nee, so war's nich'." Verlegen zog der Mann die Schultern hoch. „Er fand, dass es leichter is', wenn er das Zeug direkt vom Krankenhaus mitbringt … Weil ich ja gleich nebenan wohn."

„Wie hieß das Medikament denn? Wissen Sie das noch?"

„Valium oder so."

„Aber das ist ein Beruhigungsmittel. Ich glaube nicht, dass Valium Ihrem Bein guttut. Am besten kommen Sie in die chirurgische Sprechstunde."

Der Mann fuhr zurück. „In die Chirurgie? Ich lauf nicht mehr viel rum. Wegen der Schmerzen, verstehn Se?"

Dafydd wurde klar, dass er diese Bitte nicht das letzte Mal hören würde. Der Mann stank nach Alkohol und Schweiß. Er sah aus wie sechzig, aber er konnte durchaus auch erst vierzig sein. „Ich nehme Sie mal zur Sprechstunde mit. Und Sie können mit dem Taxi zurückfahren."

„Ich bring Sie nach Hause, O'Reilly", mischte sich Martha ein, die hinter der Tür stand.

Der Mann zuckte erneut zusammen. Er war von jemandem, der ihn kannte, ertappt worden. „Na schön", antwortete er und eilte die Verandatreppe hinunter. Kein Hinken war zu sehen.

„Jetzt hatten Sie ein gutes Beispiel dafür, von welchen Leuten Sie sich besser fernhalten", warnte Martha Dafydd. „Dumm nur, dass er gleich nebenan wohnt." Sie stieg in ihr Auto und fuhr mit schlingernden Rädern los, auf die niedrige rote Scheibe der Sonne zu.

„MORGENSTUND HAT GOLD IM MUND", grinste Hogg ihn gönnerhaft an, als er Dafydd den Krankenhausflur entlangführte. „Hier ist das Büro. Faxgerät, Fotokopierer, Krankenakten." Hogg beschrieb mit einem Wurstfinger eine Kreisbewegung durch den schmuddeligen Raum. Dann drängte er ihn weiter den Flur entlang, als wäre Dafydd ein Schuljunge, der in der neuen Schule herumgeführt werden wollte.

„Da ist die Apotheke", erklärte Hogg und wies im Vorbeigehen auf eine metallverstärkte Tür. „Wir halten sie verschlossen. Medikamente sind hier sehr beliebt, und zwar nicht nur zum Stillen von Schmerzen."

Hogg blieb vor einer weiteren Tür stehen, und seine Haltung veränderte sich kaum merklich. Seine Schultern krümmten sich ein wenig stärker, und mit einem einschmeichelnden Lächeln auf den Lippen klopfte er äußerst behutsam an die Tür. Dafydd las die Aufschrift des Plastikschilds an der Tür: SHEILA HAILEY – OBERSCHWESTER.

„Die Dame, zu der wir wollten, ist nicht in ihrem Büro, aber Sie werden ihr bald genug begegnen. Sie ist meine wichtigste Stütze hier, müssen Sie wissen."

„Ich habe sie bereits kennen gelernt", sagte Dafydd. „Sie bildete einen Teil meines Empfangskomitees."

„Ach so?" Hogg wirkte einen Moment lang verunsichert. „Gut, gut, natürlich. Sie ist sehr gründlich, nichts entgeht ihr." Hogg zog ihn weiter. „Sheila kennt sich sogar besser aus als ich. Wenden Sie sich mit allem, was Sie brauchen, wirklich mit allem, auch aus der Apotheke, an sie."

„Hogg, sprechen Sie über mich?" Sheila Hailey kam aus einer Station hinter ihnen auf sie zu. Sie schloss sich ihnen an, und Hogg legte den Arm besitzergreifend um ihre Schultern.

„Sheila, Sie haben Woodruff, unseren neuen Mitarbeiter, bereits kennen gelernt." Er drückte leicht ihre Schultern, sodass sich ihre vollen Brüste ein wenig hoben.

„Ja, hab ich", sagte Sheila, und ihre Blicke trafen sich für einen Moment. Ihre Augen waren von einem ungewöhnlich tiefen Blau, ihr Teint milchig weiß und mit Sommersprossen bedeckt. Bei hellem Tageslicht wirkte ihr Haar explosiv, eine Flut aus roten Locken. Überwältigend – aber er war bereits auf der Hut vor ihr, ohne einen Grund dafür nennen zu können.

Hogg betrachtete sie mit unverhohlener Bewunderung. Soweit Dafydd wusste, war er verheiratet. Eine nette Schwester namens Janie, der Dafydd am Vortag begegnet war, hatte ihm erzählt: „Anita, seine Frau, leidet an einer postviralen Müdigkeit, aber Hogg glaubt nicht, dass diese Krankheit existiert. Er hält das für Quatsch." Sie hatten herzlich darüber gelacht. Janie war die einzige wahrhaft sympathische Person, der er bisher in Moose Creek begegnet war. Sie war 26 Jahre alt, mit einem Pelzjäger verheiratet und hatte bereits zwei Kinder. Ein weiteres war unterwegs.

„Hogg hat Recht", bestätigte Sheila, entwand sich dessen besitzergreifender Umarmung und ging einen Schritt auf Dafydd zu, um ihm ihre schlanke, sommersprossige Hand auf den Unterarm zu legen. „Ich werde mich um Sie kümmern."

Cardiff, 2006

5 Eine dicke graue Wolke hing über Cardiff. Dafydd warf einen prüfenden Blick zum Himmel, beugte den Kopf vor dem Nieselregen und ging zum Ärzteparkplatz, wo sein uraltes Velocette-Venom-Motorrad inmitten einer Reihe glänzender Jaguars und BMWs geparkt war. Aus irgendeinem Grund erschien ihm seine Transportart heute unreif und peinlich. Er hatte sich den größten Teil seines Lebens auf Motorrädern nass regnen lassen, aber im Moment hätte er gern darauf verzichtet.

Er setzte seinen Helm auf, machte den Reißverschluss seiner Lederjacke zu, zog seine wasserdichte Hose an, gurtete seine Aktentasche auf dem Soziussitz fest und startete die Maschine. Die Velocette sprang mit sattem Ton an, und Dafydd brauste von dannen.

Es war Ende September und die Tage wurden kürzer. Statt sich auf den Heimweg zu seinem leeren Haus zu begeben, fuhr er ziellos zum Meer. Es hatte fast zu regnen aufgehört, als er an der Küste in Penarth parkte. Die Esplanade war verlassen. Er saß mit gespreizten Beinen auf dem Motorrad und sah zu, wie sich das Grau verdunkelte. Nach einer Weile stieg er von seinem Fahrzeug, durchsuchte seine Aktentasche und zog eine zu drei Vierteln leere Flasche Glenfiddich hervor, die ihm ein dankbarer Patient geschenkt hatte. Es gab keinen Grund, nach Hause zu fahren, da sich Isabel auf einer Geschäftsreise in Glasgow befand. Ihr neuer Auftraggeber Paul Deveraux, ein Bauunternehmer, drängte sie, hauptberuflich als Innenarchitektin für ihn zu arbeiten. Seit ein paar Wochen hielt er ihr ein besonderes Bonbon vor die Nase – ein großes neues Hotel in Glasgow –, und Dafydd hatte sie ermutigt zu reisen. Sie brauchten Abstand voneinander, zumindest bis die DNA-Bestätigung vorlag. Ihre Kälte ihm gegenüber hatte sie zu Fremden werden lassen.

Verstohlen nahm er einen Schluck Whisky. Vortreffliches Zeug. Er nahm noch einen. Dann steckte er die Flasche in die Innentasche seiner Jacke. Er blickte über den Bristol-Kanal, aber durch den Nebel war die Küste von Somerset kaum zu erkennen. Der Pier von Penarth reichte weit ins Wasser hinaus. Er hatte ihn nicht mehr betreten, seit er vor acht Jahren nach Cardiff gezogen war. Das schien sehr lange her zu sein.

Dafydd ging den Holzsteg entlang. Auf beiden Seiten des Bauwerks standen überdachte Bänke, kleine Häuschen, in denen Liebende Schutz vor dem Wind finden konnten. Heute fehlten die Liebespaare, denn der Abend war nicht romantisch. Doch die Sitze waren trocken. Er ließ sich dort nieder und nahm kleine Schlucke aus der Flasche, während er den Tankern zusah, die auf dem Wasser vorüberglitten.

Dafydd zog die Jacke um sich zusammen und dachte an seine Arbeit. Diese Geschichte mit der ungerechtfertigten Vaterschaftszuweisung hatte seine generelle Trägheit hervortreten lassen. Er schien sich mit dem abgefunden zu haben, was jeder andere Facharzt tat: gewissenhaft arbeiten, die Hypothek abbezahlen, den Rest auf die hohe Kante legen und auf die Pensionierung warten. Dann sollte das wirkliche Leben beginnen, in Form eines einzigen langen Golfspiels; doch die meisten von ihnen starben vorher an Herzinfarkt. Seine eigenen kleinen Rebellionen gegen den gewöhnlichen Trott – wie die Weigerung, ein Auto zu besitzen – vermittelten ihm in Wahrheit kein heroisches Gefühl. Vielleicht, so sagte er sich, würden sich die Dinge ändern, wenn die DNA-Geschichte erledigt war. Eine Art Neubeginn, sowohl in seinem Leben als auch in seiner Ehe.

Inzwischen war es dunkel, aber das störte ihn nicht. Er setzte die Flasche an den Mund und leerte den restlichen Whisky. Schließlich stand er auf, warf die Flasche in einen Abfalleimer und ging den Steg zurück.

Die Kneipe an der Esplanade war geöffnet, er musste pinkeln. Dann konnte er auch gleich ein Glas Bier trinken und sich dazu einen kleinen Imbiss bestellen. Im Haus gab es nichts, der Kühlschrank war leer.

Zwei Stunden später kehrte er zu seinem Motorrad zurück. Er fühlte sich richtig gut. Es war wunderbar, etwas Zeit zum Nachdenken zu haben. Er würde alles anders machen, wenn diese ganze alberne Angelegenheit vorbei war. Er würde wieder mit dem Laufen anfangen und all die Bücher lesen, die er sich dauernd kaufte, ohne sich die Zeit zum Lesen zu nehmen.

Dafydd schwankte ein wenig, als er wiederholt auf den Kickstarter trat. Er dachte kurz darüber nach, ob es ratsam war, nach allem, was er getrunken hatte, auf sein Motorrad zu steigen, aber zur Hölle, es musste mindestens neun Uhr sein, vielleicht sogar zehn; der Verkehr hatte sich bestimmt abgeschwächt. Er war sonst ein Musterknabe, sodass er keinen einzigen Strafpunkt auf dem Konto hatte.

Er fuhr den Hügel hinauf an den Klippen entlang, die sich vom Ufer erhoben, und folgte dem Einbahnstraßensystem, das zurück in die Stadt führte. An der Westbourne Road übersah er das VORFAHRT BEACHTEN-Schild, und als er weiterrollte, krachte ihm ein grüner Volvo mit fast fünfzig Stundenkilometern in die Seite.

IN WEITER FERNE bemerkte Dafydd ein Licht. Es verteilte sich wie winzige Quecksilbertropfen über seine Netzhaut. Er versuchte, die Augen zu schließen, aber dann stellte er fest, dass sie bereits geschlossen waren. Sein Kopf war so groß und so schwer wie eine Bleikugel, und er spürte pulsierende Schmerzwellen. Er ließ sich zurück in die Dunkelheit des Schlafes fallen.

Ein Schmerz schoss durch sein Handgelenk und er sah hin. Ein Fuchs hatte hineingebissen. Der Fuchs war noch immer da und musterte ihn mit grünen Augen. Dann drehte er sich um und rannte über einen öden schneebedeckten Boden davon. Dafydd wollte ihm folgen und mühte sich voranzukommen, aber seine Beine waren schwer und starr. Die Anstrengung ließ Übelkeit in ihm aufsteigen und zwang ihn, die Augen zu öffnen.

Er war in einem Raum und versuchte, sich aufzusetzen, aber sein Körper wollte ihm nicht gehorchen. In seinem Kopf hämmerte es gnadenlos.

Allmählich kehrte sein Bewusstsein zurück, und dann erwachte er vollständig. Er lag in einem Krankenhauszimmer, und sein Kopf war bandagiert. Er erschrak und setzte sich auf. Die plötzliche Bewegung ließ ihn würgen, und verzweifelt blickte er sich nach einem Gefäß um. Auf einem Gestell neben ihm stand ein Aluminiumtopf. Als er sich erbrach, hatte er den Eindruck, sein Kopf würde bersten.

Eine Schwester kam zu ihm und bettete ihn behutsam zurück auf das Kissen. „Mr Woodruff, Sie sind in der Notaufnahme. Keine Sorge, mit Ihnen ist alles in Ordnung. Sie hatten einen Motorradunfall. Es ist nur eine Gehirnerschütterung und ein paar Abschürfungen."

„Was ist passiert? Wurde sonst noch jemand verletzt?"

„Dem Fahrer des anderen Fahrzeugs geht es gut; offenbar hatten Sie Glück. Nichts außer ein paar Schnitten und Quetschungen. Ihr Motorrad … also das ist ein Totalschaden."

„O verdammt, nein!", stöhnte Dafydd. „Ich kann mich an nichts erinnern."

„Das ist normal. Sie haben … hm, Ihren Rausch ausgeschlafen. Sie waren bei vollem Bewusstsein, als der Krankenwagen Sie herbrachte. Offenbar haben Sie ein bisschen Rabatz gemacht." Sie hielt inne. „Aber schließlich haben Sie doch einem Bluttest zugestimmt."

„Was meinen Sie mit zugestimmt?"

„Gegenüber der Polizei."

„Der Polizei? Was habe ich …"

„Dr. Thakurdas kommt gleich zu Ihnen", sagte sie schnell. „Machen Sie sich keine Gedanken darüber, Mr Woodruff."

Moose Creek, 1992

6

Dafydd wollte gerade klopfen, doch dann zögerte er und blickte auf seine Uhr: 8.38. Ian Brannagan war kein Morgenmensch, das war in den letzten paar Wochen deutlich geworden. Er sah sich um. Die kleine Blockhütte hatte eine rundum laufende Veranda und einen verwahrlosten Garten, den die Reste eines weißen Lattenzauns umgaben. Sehr seltsam, hier draußen im Wald ganz allein zu wohnen, ohne jegliche Gesellschaft.

Doch diese Vermutung wurde widerlegt, als ein beigefarbener Hund wie aus dem Nichts auftauchte und ihm schwanzwedelnd entgegentrippelte. Dafydd hatte Hunde immer gemocht, aber nie einen besessen. „Du bist auch nicht gerade ein toller Wachhund", sagte er und bemerkte erst jetzt, dass es sich um einen riesengroßen Welpen handelte. Er kraulte das zutrauliche Tier hinter den Ohren.

Neben der Tür standen zwei Korbstühle. Dafydd setzte sich auf einen und wartete. Der Hund hockte sich neben ihn hin und lehnte sich schwer gegen seinen Oberschenkel. Die Sonne stach bereits, und die Stechmücken summten unbekümmert durch die Luft. Ein Flugzeug brauste über ihn hinweg. Er blickte ihm nach, wie es gen Süden flog, und plötzlich ergriff ihn eine Sehnsucht, an Bord zu sein. Aber es verschwand ohne ihn in Richtung Zivilisation und ließ nur einen Kondensstreifen zurück.

Die Blätter rollten sich bereits an den Rändern ein. Der Herbst kam früh im Norden.

„Zum Teufel, was ist denn das?!" Ian Brannagans Kopf ragte plötzlich aus einem der Fenster. „Es ist Sonntag, Mann. Was machst du hier?"

„Dachte, dass du vielleicht einen Spaziergang machen möchtest."

„Einen Spaziergang?"

„Ja, ein bisschen Bewegung, frische Luft und so."

„Du spinnst wohl." Ian zog den Kopf ins dunkle Hausinnere zurück, aber ein paar Minuten später trat er aus der Tür und schloss die beeindruckende Silberschnalle an seinem Gürtel. Sein Oberkörper war nackt. Er war weiß und mager, hatte jedoch gut ausgebildete Muskeln. Eine zackige, unebene Narbe verlief von der Brustwarze quer über den Rumpf und verschwand unter seinem Gürtel.

„Mein Gott, das war aber schlechte Arbeit!", rief Dafydd. „Was war's denn? Eine Herz-Lungen-Transplantation?"

„Nee, nur ein kleiner Unfall."

Einen Moment lang saßen sie schweigend da. Ian sah krank aus. Er war leichenblass.

„Alles klar mit dir?", fragte Dafydd.

„Ja, alles in Ordnung", seufzte Ian und rieb sich das Gesicht mit beiden Händen. „Nur ein mächtiger Kater. Nichts, was ein Spaziergang nicht kurieren könnte."

Unter den Bäumen war die Luft kühl und still. Alles sah braun aus. Nur auf den Lichtungen schoss die Vegetation in lebhaftem Grün aus dem Boden. Dafydd schlug nach den Mücken. Er hatte gelesen, dass Menschen ebenso wie Karibus während der Insekten-Hauptsaison von diesen Wolken aus Stechmücken an den Rand des Wahnsinns getrieben werden konnten.

Eine Zeit lang gingen sie schweigend dahin. Thorn, der Hund, trottete hinterher. Dafydd mochte seinen Kollegen trotz dessen gelegentlicher Unverschämtheit und seiner groben Manieren. Ian war untypisch für einen Arzt, ja sogar ein wenig verrückt. Er hatte Probleme. Vielleicht mit Alkohol, vielleicht mit etwas anderem. Er war Kettenraucher und machte oft einen sehr angespannten Eindruck. Eine Frau schien es in seinem Leben nicht zu geben.

Dafydd brach das Schweigen. „Ian, hast du eine Freundin … oder eine Bekannte?"

„Nein, eigentlich nicht."

„Keinerlei weibliche Gesellschaft?"

Ian grinste. „Du möchtest wissen, ob ich jemanden flachlege?"

„Okay, hast du welche zum Flachlegen?"

„Keine Sorge, dieser Ort ist das Paradies für lockeren Sex."

Ian schritt energisch weiter, und sie marschierten hintereinanderher. Raben krähten laut, als sie unter ihren Nestern vorbeigingen. Sie folgten keinem bestimmten Weg, es gab auch keinen, aber Ian schien die Richtung zu kennen.

„Wenn du auf Sex aus bist, mein Freund", sagte er plötzlich, ohne sich umzudrehen, „dann such dir besser nicht unsere freundliche Oberschwester aus."

„Oh, keine Sorge", versicherte Dafydd. „Aber warum die Warnung?"

„Hast du ihre scharfen kleinen Zähne gesehen? Die können einem die Männlichkeit ganz schön ramponieren."

Überrascht blieb Dafydd stehen. „Meinst du das wörtlich oder symbolisch?"

„Beides. Ich meine beides. Es wird nicht lange dauern, und dann wird sie dich mit ihren scharfen Titten anmachen."

„Es klingt, als sprächest du aus Erfahrung." Dafydd lachte. „Sie gehört dir?"

„Um Gottes willen, nein. So läuft das bei Sheila nicht. Wir haben nichts laufen, wenigstens nichts Verbindliches. Ich hab dich nur gewarnt, weil man leicht eingefangen wird und dann dafür bezahlen muss."

„Meinst du das wörtlich oder symbolisch?"

Ian warf lachend den Kopf zurück. Dabei zeigte er seine schönen Zähne und sah plötzlich jung und vital aus. Seine gute Laune war wiederhergestellt. „Beides, Mensch, beides. Du wirst schon sehen."

Die Bäume standen dicht nebeneinander. Sie gingen Seite an Seite, freundschaftlich.

„Deine Narbe, woher stammt die? Bestimmt nicht von einem Kampf?"

„Ich war dreizehn. Hab versucht, meinen Hund zu retten – aus einem brennenden Haus. Habe mich dabei fast an der Stange eines Metallgeländers aufgespießt."

„O Gott, das klingt scheußlich."

„Der Hund hat's wenigstens überlebt", meinte Ian tonlos, „meine Eltern nicht."

Er hatte noch keine Operationen durchgeführt. Von dringenden Notfällen abgesehen, wurden die meisten Patienten, die operiert werden mussten, nach Edmonton oder Saskatoon geflogen.

Stattdessen übernahm Dafydd die Rolle eines Allgemeinmediziners und empfing eine Prozession von Patienten in seinem winzigen Sprechzimmer, das wie eine Gefängniszelle aussah und auch solch eine Atmosphäre hatte. Zur großen Belustigung des Personals hatte er verkündet, dass er gern ein paar Hausbesuche machen würde. Man hatte sich über sein Vorhaben köstlich amüsiert. Warum sollte er sich die Mühe machen, fragten sie sich.

„Wir wollen hier keine neuen Moden einführen", hatte Hogg ihn gewarnt. „Die Leute sind auch so schon verwöhnt genug."

„Nur ein paar Besuche", hatte Dafydd insistiert. „Ich würde gern sehen, wie die Leute leben und was sie tun."

Hogg hatte erwidert: „Tun Sie, was Sie nicht lassen können, junger Mann. In ein oder zwei Tagen werden Sie nur allzu froh sein, es so machen zu können wie wir. Denken Sie an meine Worte."

Ein paar Wochen nachdem er seine Stelle angetreten hatte, machte sich Dafydd also mit dem alten Chrysler der Klinik zu seinem ersten „Hausbesuch" auf. Es war Mitte September, und die Sonne wärmte nicht mehr. Die Kiesstraße schlängelte sich gemächlich durch dicht stehende Fichten und Tannen. Rund dreizehn Kilometer jenseits der Stadt erreichte er die Kuppe eines Hügels und erkannte sofort die schimmernde Landschaft auf der Postkarte, die Hogg ihm geschickt hatte. Er hielt an und stieg aus.

Die Aussicht war atemberaubend. Unregelmäßig geformte Seen glitzerten in der ausgedehnten Weite des Mackenzietals. Der Fluss selbst strömte mächtig zum Nordpolarmeer hin. In der Ferne begann im Norden die unfruchtbare Tundra, während sich im Westen die schneebedeckten Gipfel des Mackenziegebirges gen Alaska hinzogen. Er drehte sich langsam um und hatte plötzlich den Eindruck, der Mittelpunkt *von allem* zu sein. Ein Fünkchen Hoffnung: Das Leben würde weitergehen, egal was auch geschah.

Er stieg wieder ins Auto und nahm den Zettel mit der Wegbeschreibung, den Sheila Hailey für ihn vorbereitet hatte, in die Hand. *Beschilderung Mile 12,5. Links abbiegen und nicht ganz 5 Kilometer den Weg entlangfahren, bei der Gabelung rechts. Nach etwas mehr als 3 Kilometern kommt die Hütte.*

„Sie brauchen das nicht zu tun“, hatte sie gesagt. „Wir schicken einfach einen Krankenwagen und holen ihn, dafür ist der Wagen ja da. Außerdem hat der alte Mann einen Enkel, der …“

„Ich will das aber tun“, beharrte Dafydd. „*Sleeping Bear* – Schlafender Bär – klingt interessant. Ich würde gern sehen, wie er wohnt.“

„Sie sind wirklich ein blauäugiger Wunderknabe, nicht wahr?“ Sie warf ihm einen prüfenden Blick zu. „Nehmen Sie den Schlips ab. Sie wirken einfach lächerlich. Schließlich suchen sie einen mottenzerfressenen, halb toten alten Eingeborenen auf, nicht irgendein Staatsoberhaupt.“

Nach fast einer halben Stunde Fahrzeit direkt in die unberührte Natur gelangte er schließlich in eine kleine, von hohen Tannen umstandene Lichtung. In der Mitte stand eine Hütte aus roh behauenen Baumstämmen mit Schindeldach. Mehrere Autos in unterschiedlichen Verfallsstadien waren auf dem Hof verstreut, und an einer Wäscheleine hingen ein paar zerfetzte Überreste von Kleidung.

Als Dafydd aus dem Auto stieg, erschien ein alter Mann. Er trug ein Bündel Stöcke, Anmachholz möglicherweise. Sein Haar war hüftlang und schütter. Lederbänder teilten es in zwei Schwänze, einen unter jedem Ohr. Seine Kleidung war ebenfalls ledern, obwohl ihr Ursprung nicht zu erraten war. Von den Strapazen eines harten Lebens war sie steif und schwarz geworden.

„Mr Sleeping Bear?“

„Nennen Sie mich einfach Bear.“ Der Mann reichte Dafydd eine schmutzige Hand.

„Ich bin Dr. Woodruff.“ Dafydd schüttelte die uralte Hand. „Ich wollte Ihnen die Fahrt in die Stadt ersparen. Sollen wir reingehen und Sie untersuchen?“

„Die Krankenschwester mit dem Karottenhaar hat mich angerufen und mir von Ihnen erzählt. Sie hätten nicht den ganzen Weg hier rauszukommen brauchen. Mir geht’s schon wieder viel besser.“

„Aber ich bin extra den ganzen Weg hergekommen, um Sie zu sehen“, protestierte Dafydd. „Ich möchte Sie zumindest einmal untersuchen. Das schadet Ihnen doch nicht.“

„Kommen Sie rein“, lud ihn Bear mit einer Bewegung seines freien Armes ein. „Ich koch Ihnen einen Kaffee.“

In der Hütte war es sehr dunkel, und Dafydd atmete hastig ein, als ihn mehrere Augenpaare finster anblickten. Mehrere Paare behaarter Lefzen wurden hochgezogen und entblößten gelbe Fänge. Alles in absoluter Stille.

„Ruhig, Jungs!“, befahl Bear mit beschwichtigender Stimme.

Die Huskys, ungefähr sechs oder sieben, gehorchten sofort und legten sich wieder auf den Boden. „Beachten Sie sie nicht“, lachte Bear, und Dafydd stieg vorsichtig über die Schwelle und betrat die Wohnung.

„Wieso haben sie nicht gebellt, als ich hier raufgefahren bin?“

„Ha!“, rief Bear sichtlich erfreut über die Frage. „Ich hab sie so trainiert. Und es ist ’ne Meisterleistung, das kann ich ruhig so sagen. Die meisten Leute behaupten, dass Sie es einem Husky nicht abgewöhnen können zu bellen, es sei denn, Sie haun ihm eins mit ’nem Knüppel über den Schädel.“ Bear rieb sich vergnügt die Hände. „Wenn einer versucht, hier reinzukommen, während ich weg bin, erwartet ihn ’ne höllische Überraschung. Keinerlei Vorwarnung.“

Bear wies auf einen ramponierten alten Lehnstuhl und Dafydd setzte sich. Der alte Mann begann, große Mengen Nescafé in zwei verbeulte Blechbecher zu löffeln, und goss kochendes Wasser aus einem Aluminiumkessel hinein. Er reichte Davydd einen davon. Der schwarze Kaffee war mit etwas Süßem, fraglos Alkoholischem versetzt.

„Ich hab da so ’ne Verdickung am Arsch.“

„Lassen Sie’s mich gleich nachher anschauen.“

Der Kaffee war bitter, aber belebend. Inzwischen hatten sich Dafydds Augen an die Dunkelheit gewöhnt. In der Einzimmerhütte stand ein schwerer Holztisch mit je einem Stuhl an zwei Seiten; außerdem ein kleiner Gaskocher. Über einer Keramikschüssel auf einem Holzgestell hing ein gesprungener Spiegel. Offenbar gab es kein fließendes Wasser. In einer Ecke des Raumes stand ein Doppelbett mit einem schmuckvoll geschnitzten Kopfteil.

Der alte Mann selbst sah aus wie ein typischer Indianerhäuptling: eine lange Hakennase und eine würdevolle Haltung, ein hageres, sonnengebräuntes Gesicht und Zöpfe. Aber Sleeping Bear hatte äußerlich wenig gemein mit den meisten anderen Indianern, denen Dafydd in dieser Gegend begegnet war. Die Ureinwohner waren stämmiger und kleiner. Sie hatten ein rundes Gesicht und eine Neigung zur Fettleibigkeit.

„Also leben Sie hier ganz allein?“

Der Mann hatte die achtzig längst überschritten, und seine robuste Erscheinung konnte seine Gebrechlichkeit nicht verdecken. „Ja, sicher“, antwortete Bear stolz. „Und mischen Sie sich ja nicht ein, um das zu ändern.

Ich geh auf gar keinen Fall in irgendeine Anstalt, das sag ich Ihnen. Ich hab einen Enkel, der ab und zu nach mir guckt. Er achtet darauf, dass ich alles habe, was ich brauche."

„Gut, dann lassen Sie uns mal sehen, was für eine Verdickung Sie am Hintern haben, damit Sie auch weiter für sich selbst sorgen können."

Bear konnte seine Hose nicht herunterziehen, und es bedurfte einiger Überredungskünste, ihn zu bewegen, sich über den Tisch zu beugen. Dafydd schnitt mit einem Fadenziehmesser das hart gewordene Leder von Bears Hose an der Stelle weg, wo es an der eiternden Wunde seines Gesäßes festgeklebt war.

„Was macht er denn, Ihr Enkel?", fragte Dafydd und versuchte, sein Entsetzen über den heruntergekommenen Zustand des alten Mannes zu verbergen.

„Dies und das", meinte Bear ausweichend. „He, ruinieren Sie mir meine beste Hose?"

„Gütiger Himmel, Mann!", rief Dafydd, als er die infizierte Stelle freigelegt hatte. „Wie können Sie damit leben?"

Eine halbe Stunde später, als die Wunde gereinigt und verbunden war und Dafydd ihm intravenös eine hohe Dosis von einem Antibiotikum gespritzt hatte, wirkte Bear blass und schwach. Dafydd half ihm ins Bett und deckte ihn zu.

„Ich geh in kein dämliches Krankenhaus, wenn es das ist, was Sie damit sagen wollen. Mein Enkel wird sich um mich kümmern. Er schaut vorbei."

„Sie brauchen weitere Injektionen, und wir sollten ein paar Untersuchungen machen", versuchte Dafydd ihn umzustimmen. „Sie müssen zu uns kommen, und wenn es nur für ein paar Tage ist."

„Nein, Sie kriegen mich nicht von hier weg." Er schien schlafen zu wollen, und Dafydd ging hinaus, um die ausgeblichenen Lumpen an der Wäscheleine zu inspizieren. Dort hing ein zweibeiniges Kleidungsstück, das möglicherweise einmal ein Paar lange Unterhosen gewesen war. Er nahm es von der Leine. Als er in die Hütte zurückkehrte, sprangen die Hunde sofort auf und entblößten drohend die Zähne.

„Aus!", befahl der alte Mann vom Bett, und die Hunde legten sich wieder hin, ohne ihre misstrauischen Augen von dem Eindringling abzuwenden.

„Hier ist ein Paar sonst was." Dafydd reichte ihm das Kleidungsstück und schüttelte ein paar Kissen hinter seinem Rücken auf. „Ich bringe Ihnen was anderes zum Anziehen mit, wenn ich wiederkomme, um nach Ihnen zu sehen."

Sie saßen schweigend da, während Bear laut den restlichen Kaffee aus seinem Becher schlürfte. „Warum sind Sie hier?“, fragte er plötzlich.

„Um Sie zu untersuchen und dafür zu sorgen, dass es Ihnen besser geht.“

„Nein … Ich meine hier, hier an diesem Ort, an den niemand kommen will, außer denen, die einen Grund dafür haben, so wie ich.“

„Ich … bin vor etwas davongelaufen“, antwortete Dafydd, sofort bestürzt über sein Geständnis.

„Das hab ich mir gedacht. Vor was genau?“

„Ein kleiner Junge … Er heißt Derek Rose. Ich hab seine Operation versaut, und ich muss für den Rest meines Lebens damit klarkommen. Darum bin ich hier – um es hinter mir zu lassen.“

„Jeder macht mal Fehler.“ Er tätschelte Dafydds Hand. „Sie werden sich selbst vergeben. Man muss den Dingen ihren Lauf lassen. Was man gibt, kommt zurück, wie es heißt.“ Er dachte ein Weilchen nach, dann lächelte er. „Genau das tun Sie jetzt, stimmt's? Ihre Buße, eine Wiedergutmachung, selbst wenn es in einem Kaff wie diesem ist.“

Dafydd nickte. Es gab viel zu tun, viel wiederherzustellen.

Bear reichte ihm seinen Becher und gab ihm ein Zeichen, das Gefäß aus einer unetikettierten Flasche vollzuschenken.

„Ist Sleeping Bear Ihr richtiger Name?“

„Blödsinn, nein“, gluckste Bear. „Mein richtiger Name ist … oder war … Arwyn Jenkins.“

„Jenkins? Ist einer Ihrer Vorfahren etwa Waliser gewesen?“

Bear lachte. „Mein lieber Junge, Sie unterschätzen mein Alter gewaltig.“ Er gluckste und kicherte weiter. „Als ich geboren wurde, hatte der weiße Mann noch nie einen Fuß in diesen Teil der Welt gesetzt. Ich war nämlich der erste Europäer, der nach Moose Creek kam.“

„Europäer?“, wiederholte Dafydd verblüfft.

„Richtig. Ich bin in Wales geboren und aufgewachsen.“

„Sie meinen doch nicht … Aber Ihr Gesicht … und –“

„Die meisten Leute wissen das nicht von mir, außer den alten Knaben, und es gibt keinen Grund, sie an meine Herkunft zu erinnern. Oder?“ Er blickte Dafydd durchdringend an.

„Sicher nicht, darauf können Sie sich verlassen. Ich bin selbst halber Waliser.“

Sleeping Bear enthüllte, dass er vor ein paar Problemen in Wales geflohen und 1934 in die Gegend gekommen war. Nach einigen harten Jahren hatte er eine kanadische Ureinwohnerin geheiratet, die ihm zwei Söhne schenkte. Dafydd hörte fasziniert zu und konnte nur mit Mühe ein Grinsen unterdrücken. Dieser bilderbuchartige, weise alte Indianer entpuppte sich als Waliser aus Pontypridd!

„Und wie sind Sie zu Ihrem Namen gekommen?"

„Ja wissen Sie, damals konnte ich die Winter zuerst nicht ertragen. Heute ist alles sehr komfortabel, mit Autos, die Sie überallhin bringen. Aber damals musste man alles zu Fuß erledigen und fror sich den Arsch ab. Also vergrub ich mich den ganzen Winter in meiner Hütte und ließ das Feuer brennen. Die Indianer haben mich ausgelacht, aber sie waren freundliche Leute und brachten mir was zu futtern und Feuerholz."

„Also haben Sie Winterschlaf gehalten?"

„Sie haben's erfasst!", rief Sleeping Bear begeistert. „Und der Name ist mir irgendwie geblieben." Noch halb im Liegen machte er sich daran, die zerlumpten langen Unterhosen über seine groben Stiefel zu ziehen, und kicherte leise über irgendwelche alten Erinnerungen.

„Und haben Sie sich schließlich an die Winter gewöhnt?"

„Sicher. Das musste ich. Im dritten Winter hatte ich mich mit meiner Frau zusammengetan, und ein Baby war unterwegs. Ich musste in den sauren Apfel beißen und rausgehen und Fallen stellen. Später, als die Stadt wuchs, verdiente ich mein Geld damit, Eisblöcke aus dem Fluss zu schneiden."

Man hörte ein gedämpftes Motorengeräusch, das die Hunde sofort in Alarmbereitschaft versetzte. „Na, das wird mein Enkel sein!", rief Bear.

Er sprang aus dem Bett und sauste in den Hof, alle Schmerzen und Gebrechen vergessend.

Ein kleiner, stämmiger Mann mittleren Alters mit langem schwarzem Haar stieg aus einem Kleintransporter. Er betrachtete Dafydd argwöhnisch, schüttelte ihm jedoch die Hand, als Bear sie einander vorstellte.

„Das hier ist der neue Medizinmann. Er hat zwar meine Hose ruiniert, mich aber ziemlich gut wieder zusammengeflickt."

Der Enkel sagte nichts, sondern stand da und starrte Dafydd mit runden, pechschwarzen Augen an.

„Tja, dann will ich mal", meinte Dafydd. „Ich komme mit weiteren Ampullen wieder und zeige Ihnen, wie Sie's sich selbst spritzen können. Dann können Sie hierbleiben." Er stieg ins Auto und fuhr los.

Als er den holprigen Weg zurückfuhr, strich sich Dafydd mit den Fingern durchs Haar. Es wurde allmählich lang. An seinen Schläfen ringelten sich korkenzieherartige dunkle Locken. Aus den Augenwinkeln konnte er sie deutlich erkennen. Die frischen grauen Strähnen erinnerten ihn daran, warum er in einem verbeulten alten Chrysler über eine staubige Piste holperte, statt sich auf seiner funkelnden Velocette durch den Verkehr von Bristol zu schlängeln. Wenigstens arbeitete er noch und versuchte, etwas wiedergutzumachen. Ein weiser alter Ureinwohner, dachte Dafydd lächelnd, war der Erste, der die Tiefe seines Unglücks begriffen hatte.

„ALSO haben wir unser Ding gemacht?“, fragte Sheila.

Er hatte bemerkt, dass sie die Angewohnheit hatte, sich an Türrahmen zu lehnen und dabei die Arme so zu verschränken, dass ihre Brüste hochgeschoben wurden.

„Was für ein Ding meinen Sie?“ Dafydd saß in der Ärztekantine und versuchte, aus den Patientenakten schlau zu werden. In die von Sleeping Bear war seit einigen Jahren nichts mehr eingetragen worden.

„Das Arztspielen.“

Dafydd hielt inne, um zu überlegen, wie er mit diesen immer häufiger werdenden Sticheleien umgehen sollte, die sich hinter vorgeblicher Witzelei verbargen. Sie schien eine Reaktion von ihm haben zu wollen. Das gab ihr einen Kick.

Er hob kurz den Blick und lächelte sie an. „Ja, das habe ich getan“, erwiderte er leichthin und fuhr fort, in den Unterlagen zu blättern. In den paar Wochen, die er Sheila nun kannte, war er immer noch nicht in der Lage, sie zu durchschauen. Sie war eine hervorragende Schwester und konnte unglaublich hart arbeiten, aber sie war von einer Kälte umgeben, die sich hinter Koketterie verbarg. Das größte Rätsel an ihr war, warum sich eine Frau mit ihrem Aussehen und ihren Fähigkeiten in einem Ort wie Moose Creek vergrub. Möglicherweise hatte sie, genau wie er, etwas angerichtet …

Sheila blieb an der Tür stehen. „Hören Sie, es würde Ihnen nicht schaden, etwas lockerer zu werden, statt solch ein sturer Bock zu sein. Wir arbeiten eng zusammen, und wir haben hier unsere eigenen Methoden. Es würde Ihnen helfen, sich anzupassen.“

„Sturer Bock“, sagte er gleichmütig und wandte sich wieder den Akten zu. „Haben Sie mich so genannt?“

„Nehmen Sie’s nicht persönlich“, lachte sie. „Wir sitzen hier alle in einem Boot. Keiner in diesem Krankenhaus ist besser als der andere.“

„Tatsächlich?“ Dafydd hob den Blick wieder. „Ich wäre nie auf die Idee gekommen, dass Sie sich mit anderen auf eine Stufe stellen, so wie Sie sich wichtigmachen.“

„Wie Sie wollen“, fauchte sie und wandte sich zum Gehen, doch plötzlich drehte sie sich um und kehrte zurück. „Hören Sie zu. Sie glauben, dass die Welt riesengroß ist, nicht wahr? Sie haben gedacht, Sie könnten herkommen und sich hier verstecken? Ich weiß, wovor Sie fliehen. Das habe ich in null Komma nichts herausgefunden. Also seien Sie mir gegenüber nicht so selbstgefällig. Lassen Sie Ihre Arroganz, Ihre Selbstgerechtigkeit.“

Er erhob sich und schaute sie an. „Arroganz? Selbstgerechtigkeit? Sheila, glauben Sie mir, ich bin durch das, was ich getan habe, schon genug gedemütigt. Mein Selbstvertrauen ist auf dem Nullpunkt, und genau darauf prügeln Sie dauernd ein.“

Sheila antwortete nicht. Sie schien zu merken, dass er Recht hatte, deshalb fuhr er mutig fort: „Ich versuche zu verstehen, wo Ihr Problem liegt. Sind es ganz allgemein die Männer oder Ärzte, oder Verlierer, oder jeder, der eine höhere Qualifikation besitzt als Sie?“

Sheila gab nicht klein bei, aber seine direkte Konfrontation hatte sie eindeutig aus der Fassung gebracht. „Dies ist mein Revier“, sagte sie schließlich. „Ich möchte bloß dafür sorgen, dass alles richtig läuft.“ Sie wirkte ein wenig durcheinander, als sie sich abwandte und ging.

Dies ist mein Revier. Es stimmte, sie war ein großer Fisch in einem kleinen Teich. Wo sonst konnte sie solch eine Macht ausüben? Das war sicherlich ein Grund, warum sie in Moose Creek hängen geblieben war. Dafydd sank auf seinen Stuhl und atmete aus. Er war hundemüde.

Cardiff, 2006

7 Die helle Morgensonne, die durch das Fenster hereinschien, passte irgendwie nicht zu seiner zugeschnürten Kehle. Er hatte den Eindruck, die Kontrolle verloren zu haben, weil er sich nicht an die Einzelheiten des Unfalls in der vorherigen Nacht erinnern konnte. Der Zusammenstoß, die Polizeibeamten, der Krankenwagen – an nichts davon konnte er sich erinnern.

Dafydd beobachtete, wie eine junge Krankenschwester die Vorhänge um sein Bett aufzog. Dann blieb sie mit interessierter Miene stehen, während ein großer, gut aussehender Mann mit glatter, dunkler Haut Dafydd sanft betastete und den Verband von seinem Kopf entfernte. Zafar Thakurdas lachte und witzelte, während er den oberflächlichen Schnitt an Dafydds Kopf begutachtete. „Das war wohl ’ne Nudelholzattacke, Dr. Woodruff, was? Sie kommen spät in der Nacht nach Hause, ziemlich angeschlagen, und die Frau wartet hinter der Tür mit einem Nudelholz. Und dann peng! – hat sie Sie erwischt.“

Die junge Krankenschwester kicherte und Zafar zwinkerte ihr zu.

Ein strenges Gesicht erschien in der Tür. Zafar richtete sich ehrerbietig auf. „Dr. Payne-Lawson“, erklärte er mit breitem Lächeln, „ich sehe mir gerade Dr. Woodruffs Schramme am Kopf an.“

Dafydd fluchte leise beim Anblick des Chefarzts, eines unbeliebten Mannes, mit dem er nie ausgekommen war. Zu den sich ständig mehrenden Ärgernissen in seinem Leben gehörten nun auch noch seine körperliche Ramponiertheit und die Demütigung, die sein Vorgesetzter an seinem eigenen Arbeitsplatz miterlebte.

Payne-Lawson kam herein und musterte ihn. Dafydd wusste, dass er schrecklich aussah. Er hatte ein blaues Auge, einen Stoppelbart und schmutzige Fingernägel.

„Wie ich höre, haben Sie zum Zeitpunkt des Unfalls unter Alkoholeinfluss gestanden. Die Polizeibeamten sagen, dass Ihnen die Fahrerlaubnis entzogen wird. Darüber werden wir uns später noch unterhalten müssen.“

Dafydd quälten stechende Kopfschmerzen. „Momentan bin ich hier Patient, George. Ich hatte einen Unfall. Ich habe bitte schön einen Riss an meinem Kopf und eine schwere Gehirnerschütterung.“

„Ich muss schon sagen, mir gefällt gar nicht, was ich hier sehe“, sagte Payne-Lawson frostig. „Ein paar Leute haben sich über Ihre Leistung in den vergangenen Wochen geäußert. Wenn Sie irgendwelche persönlichen Probleme haben, dann empfehle ich Ihnen, dass Sie sich etwas Urlaub nehmen. Ich habe gehört, dass Ihre Frau abgehauen ist.“

Dafydd war schockiert. Ärzte verleumdeten oder verrieten einander selten, auch wenn sie nicht miteinander auskamen. „Soviel ich weiß – aber vielleicht wissen Sie ja mehr als ich –, befindet sich meine Frau auf einer Geschäftsreise. Ist es unbedingt nötig, mein Privatleben hier in aller Öffentlichkeit zu diskutieren?“

„Ich sage nur, dass es einen Einfluss auf Ihre Leistung zu haben scheint.“

Zafar wandte sich nun an Payne-Lawson. „Bitte, bitte, könnten Sie vielleicht bis später warten? Dr. Woodruff hat eine Kopfverletzung.“

Payne-Lawson öffnete den Mund, um etwas zu entgegnen, aber seine Stimme wurde durch das plötzliche, durchdringende Schreien eines Kleinkindes im Nebenzimmer übertönt. Die schrillen Töne erstickten all die anderen unzähligen Geräusche in der Notaufnahme. Die Vibration hallte in Dafydds Kopf wider. *Schlafen … wenn es ihm nur erlaubt wäre zu schla-*

fen. Einfach schlafen und dann aus diesem bösen Traum aufwachen. Aufwachen in seinem wirklichen Leben, so wie es gewesen war: eingebettet in Normalität und Zufriedenheit.

Am Nachmittag, zwanzig Stunden nach dem Unfall, glaubte man, ihn nach Hause entlassen zu können. Margaret, eine freundliche und mütterliche Krankenschwester, die er schon länger kannte, brachte ihm seine Kleidung. „Ihre Frau hat gerade angerufen. Sie ist nahe der M-4-Abzweigung und dürfte nicht länger als eine Stunde brauchen. Die Gute, sie ist den ganzen Tag durchgefahren, die ganze Strecke von Glasgow."

Dafydd versuchte, sein Hemd zuzuknöpfen, aber sein linkes Handgelenk war geprellt, und Margaret beugte sich vor, um ihm zu helfen. „Es tut mir leid, dass Ihnen die Fahrerlaubnis entzogen wurde. Ich wollte nur erwähnen, dass mein Sohn Llewellyn einen schönen Ford Fiesta besitzt. Er ist sechsundzwanzig und leider arbeitslos. Er ist ein guter Fahrer. Er würde auch nicht viel verlangen …"

Dafydd zuckte zusammen. Er hatte sich bisher noch keinerlei Gedanken über die Konsequenzen des Unfalls gemacht. Für längere Zeit ohne Führerschein. „Es kann durchaus sein, dass ich Ihr Angebot annehme. Danke, Margaret. Ich melde mich dann bei Ihnen."

Er legte sich wieder auf das Bett und wartete auf Isabel.

Eine Stunde später erwachte er schlagartig, als sie in den Raum marschiert kam. In ihrem hautengen schwarzen Hosenanzug und ihren hochhackigen Stiefeln sah sie glänzend aus. Jetzt war deutlich zu sehen, wie viel Gewicht sie in den vergangenen Wochen verloren hatte. Obwohl sie schon über vierzig war, wirkte sie schlank, groß und selbstsicher. Dafydd spürte eine Regung, die ihn daran erinnerte, wie er sie einst geliebt und begehrt hatte.

„Mannomann", sagte er, „Glasgow bekommt dir aber gut."

„Oh, Dafydd!", rief sie, setzte sich rasch an sein Bett und blickte ihm ins Gesicht. „Was um Himmels willen ist denn passiert? Ich bin fast durchgedreht, als Jim mich anrief. O Schatz, dein Gesicht!" Sie nahm es in die Hände und küsste ihn auf beide Wangen. „Wie konnte dir jemand nur so etwas antun?"

„Isabel, lass mich die Dinge gleich klarstellen. Es war meine Schuld. Ich war betrunken und mein Führerschein wurde mir abgenommen."

Isabels Hände fielen von seinen Schultern. „Das soll ein Witz sein, oder?"

„Nein."

Einen Moment lang schwieg sie, dann sagte sie schroff: „Was hast du dir dabei gedacht?“

„Manchmal geht eben was schief“, antwortete er und musterte sie. „Möchtest du nicht wissen, ob sonst noch jemand verletzt worden ist?“

„Na, du wirst es mir sicher erzählen.“ Ihre Stimme hatte einen scharfen Ton angenommen, und es war leicht zu erraten, was sie dachte.

„Du hättest dir nicht die Mühe machen sollen herzukommen, stimmt's?“

Ihre wahren Gefühle zeichneten sich in ihrem Gesicht ab. „Wenn du es unbedingt wissen willst: Es kommt mir höllisch ungelegen.“

„Entschuldige bitte, dass Jim dich angerufen hat. Er hätte mich vorher fragen sollen. Ich hätte dir keine Ungelegenheiten gemacht.“

„Nun lass mal.“ Isabel berührte seinen Arm. „Ich wollte kommen und dich nach Hause bringen und mit Essen und anderen Sachen versorgen. Aber ich muss morgen zurückfahren. Diese Arbeit ist zu wichtig.“

„Natürlich ist sie das.“

Sie wandten den Blick voneinander ab. Dafydd fühlte sich leer und ausgebrannt. Er brauchte sie. Der Unfall war seine eigene Schuld, und eine gewisse Strafe dafür war zu erwarten, aber er wünschte sich, sie würde ihm verzeihen – dem Menschen, der er wirklich war, dem Mann, den sie kannte und angeblich liebte.

Aber er wusste, dass es nicht nur an dem Unfall lag, sondern an Sheila Hailey und ihren Behauptungen. Daran, dass es ihm immer wieder misslungen war, ein echter Mann zu sein, der sie endlich zu einer ganzen Frau, zu einer Mutter machte. Er hatte sie enttäuscht – in jeder Beziehung.

Moose Creek, 1992

8 Der Monat November war außergewöhnlich kalt. In einigen Nächten fiel die Temperatur auf minus fünfzig Grad. Eine weiße, reglose Decke hatte sich auf die Wälder gelegt.

Im Gegensatz dazu wirkten die Straßen von Moose Creek schmutzig. Die an allen Straßenecken aufgeschaufelten Berge aus Schnee und Eis waren mit dem Dreck der menschlichen Siedlung durchmischt worden.

Dafydd empfing seine Patienten in der Klinik, aber außerhalb seiner Arbeitszeit war er an seinen kalten Wohnwagen gefesselt. Der Ort war deprimierend. Als der Winter mit seiner ganzen Macht nahte, hielt Dafydd sich häufiger in Ians Hütte draußen in der Wildnis auf. Manchmal bot ihm Ian eine Mahlzeit aus der Dose an oder Dafydd kaufte Mitnehmpizzas. Wenn es nach Ian gegangen wäre, hätten sie im Hotel Klondike gewohnt, vor allem in der Bar. Die anziehende und sehr gesittete Tillie war zur stellvertretenden Geschäftsführerin befördert worden, und Dafydd war ganz offenbar ihr Lieblingsgast. Auch Ian als Dafydds Begleiter genoss ihre Gunst.

Ian hatte Dafydd ein Paar alte Langlaufskier und ein Paar Skistiefel gegeben. Während er durch die Wälder glitt, erlebte er eine Stille und eine weiße Unberührtheit, die all seine bisherigen Erfahrungen übertraf. Diese Schönheit sprach mehr als nur die Sinne an. Sie brachte ihn etwas Ewigem näher, war ein Zeichen der Unsterblichkeit, ein langer weißer Schlaf.

Dann rutschte Dafydd auf dem Eis des Bürgersteigs aus und verrenkte sich den Knöchel. Das setzte seinem neuen Hobby ein Ende. Die Tage waren kurz und wurden noch kürzer. Doch mit dem Monat schritt auch die Kälte voran, und das Skifahren hing nicht mehr davon ab, ob er seinen Fuß belasten konnte oder nicht. Bei Temperaturen unter minus dreißig Grad glitten die Skier nicht mehr, und die betäubende Wirkung der Kälte wurde zur Gefahr. Wenn ein Fuß, eine Wange oder ein Ohr empfindungslos wurden, konnte dies innerhalb von Minuten zu Erfrierungen führen.

Eines Nachts rief Sheila ihn an, damit er sich um einen Mann kümmerte, der bewusstlos ins Krankenhaus gebracht worden war. Als Dafydd dort eintraf, war es vier Uhr morgens und die Nacht hatte ihren kältesten Punkt erreicht. Der Mann war in einem schneegefüllten Graben gefunden worden.

Der Patient, ein Ureinwohner namens David Chaquit, wärmte sich wieder auf und kehrte ins Leben zurück, wenn auch noch immer im Vollrausch. Er hatte Glück gehabt. Seine Kleidung war dick genug gewesen, und offenbar hatte er noch nicht lange im Schnee gelegen. Sein Handgelenk war gebrochen, was sich problemlos behandeln ließ. Doch sein linkes Ohr hatte länger den Boden berührt. Es war geschwollen und weiß, transparent wie Glas.

Dafydd schiente das Gelenk. Dann zog er seine Latexhandschuhe aus, um zu seinem Wohnwagen zurückzukehren.

„Was ist mit dem Ohr?“, fragte Sheila ziemlich scharf.

„Das lasse ich bis morgen.“

„Ihre Empfindlichkeit gegenüber den schmutzigeren Teilen der Arbeit ist ja schön und gut. Trotzdem muss es jemand tun. Haben Sie daran gedacht?“

Dafydd spürte eine prickelnde Hitze in seinem Nacken aufsteigen. „Ich meine, dass Mr Chaquit vorher besser wieder nüchtern sein sollte. Ich möchte mit ihm darüber sprechen. Wie würde es Ihnen gefallen, wenn Sie eines Morgens aufwachten und Ihnen fehlte ein Ohr? Außerdem will ich sehen, wie viel davon gerettet werden kann. Jetzt ist es noch viel zu früh, das zu beurteilen." Seine Erklärung ärgerte ihn sofort. Er war ihr keine Rechenschaft schuldig. Abrupt wandte er sich ab und humpelte aus dem Operationssaal.

Draußen auf dem Parkplatz verharrte er, um die kalte Luft einzuatmen. Er blickte zum Nachthimmel empor, der von den scharfen weißen Nadelstichen der Sterne durchbohrt war. Er konnte das Nahen des Morgens an den Lichtern erkennen, die in den Häusern und Wohnwagen eingeschaltet wurden. Die Menschen erwachten und bereiteten sich auf den Tag vor. Kinder mussten in mehrere Kleidungsschichten eingehüllt werden, Ehemänner enteisten ihre Transporter in den Garagen, und Ehefrauen zogen sich Parkas über, um zur Schule und zum Supermarkt zu fahren.

Der Gedanke, jemanden in Moose Creek zu treffen, war ihm nie gekommen, aber was wäre, wenn er sich hier in jemanden verliebte? Er hatte noch nie jemanden geliebt, nicht richtig, dessen war er sich ziemlich sicher. Es hatte Katrina gegeben, seine erste Liebe. Er war viele Monate in sie vernarrt gewesen, aber das Gefühl verpuffte, als sie feststellten, dass sie keinerlei gemeinsame Interessen hatten.

Die einzige andere Frau, für die er ein intensives Gefühl empfunden hatte, war Leslie – eine Kollegin, die ihm ein Zimmer in ihrem Haus vermietet hatte, nachdem ihr Mann ausgezogen war. Sie wurden für ein Jahr zum Liebespaar und blieben anschließend gute Freunde. Sie war zwölf Jahre älter als er, aber attraktiv und anregend. Zudem war sie sehr praktisch veranlagt und außerordentlich hilfsbereit. Die Affäre war längst vorbei, als die Katastrophe mit Derek Rose passierte, aber sie erwies sich als seine einzige wirkliche Verbündete. Ja, er hatte sie sehr gemocht und tat das noch immer.

ZWEI WOCHEN vor Weihnachten veranstalteten Charles und Shirley Bowlby eine Party. Ihnen gehörte eine Versicherungs- und Reiseagentur und sie besaßen ein großes, komfortables Haus am Stadtrand.

Martha fuhr ihn hinaus. Unterwegs gab sie ihm ihre Anweisungen. „Ich werde um Punkt zwei Uhr auf Sie warten. Um die Zeit hören sie meist auf. Also, achten Sie darauf, dass Sie mit mir nach Hause fahren, ja? Lassen Sie sich bloß nicht darauf ein, mit irgend'ner Frau nach Hause zu gehn. Und halten Sie sich auf jeden Fall von dieser Hailey fern. Ihr Freund ist zurzeit nicht in der Stadt, aber Sie wollen doch nicht mit der Frau eines riesigen Holzfällers anbandeln, oder?"

„Alles klar, Martha. Aber mir wäre es lieber, Sie kämen um Mitternacht.“

Sie lachte. „Glauben Sie, dass Sie mein einziger Fahrgast sind, Mann? Ich habe vor, mir heute Nacht ordentlich ein paar Dollar zu verdienen.“ Sie setzte ihn am Ende einer langen Auffahrt ab. „Hier werd ich auf Sie warten.“

Dafydd wurde von einem der halbwüchsigen Söhne der Gastgeber eingelassen. Der Junge nahm ihm den Mantel ab und ließ ihn an der Tür eines großen Wohnzimmers stehen, das bereits voll von Menschen war. Hogg stolperte Dafydd mit ausgestreckten Armen entgegen. Er war kein Trinker, aber er hatte offenbar schon eine ganze Menge intus.

„Unser Goldjunge!“, brüllte er. „Wen kennen Sie noch nicht?“

„Oh, ich glaube, dass ich fast alle kenne. Keine Sorge, ich stelle mich schon selbst vor.“

„Dieser Junge wird bei uns bleiben“, sagte Hogg laut, ohne eine bestimmte Person anzusprechen. Er klopfte Dafydd auf die Schulter, bevor er zu einem Tisch mit Snacks ging. Anita, seine Frau, war nirgends zu sehen.

Sechzig oder siebzig Leute waren versammelt, Moose Creeks gesamte Handelskammer, die Stadtverwaltung, die Krankenhausleitung sowie die jeweiligen Ehepartner. Alle trugen das Beste, was Edmonton oder Yellowknife zu bieten hatte. Dennoch verströmte die Party unerwarteten Glanz, und nach ein paar Gin-Tonics spürte Dafydd so etwas wie Weihnachtsstimmung in sich aufkommen.

Er sah sich nach einem interessanten Gesprächspartner um und entdeckte Ian, der neben dem üppig geschmückten Weihnachtsbaum stand. Er drehte ihm den Rücken zu und unterhielt sich mit einer jungen Frau. Sie blickte kokett zu Ian auf und lachte über jede seiner Äußerungen. Ian sah gut aus. Sein dunkelblondes Haar war ziemlich lang und ringelte sich über seinem Hemdkragen. Er hatte seine Jeans gegen eine enge schwarze Lederhose getauscht, und selbst Dafydd wurde klar, was ein Mädchen an dem Mann attraktiv finden konnte.

Die junge Frau bemerkte, dass Dafydd zu ihnen hinübersah, und sagte etwas zu Ian. Der drehte sich um und ließ sie stehen, ohne noch ein weiteres Wort mit ihr zu wechseln. „Mann, siehst du edel aus“, meinte er.

„Hey, du aber auch, Kumpel“, erwiderte Dafydd. „Übrigens – willst du zulassen, dass das wunderbare Mädchen von jemand anders weggeschnappt wird?“

„Ich kann immer da weitermachen, wo ich aufgehört habe.“ Ian zündete sich eine Zigarette an, nahm einen tiefen Zug und musterte Dafydd mit zusammengekniffenen Augen. „Hey, es ist Weihnachten! Du läufst steif rum, als hättest du ein Stethoskop verschluckt. Warum amüsierst du dich nicht ein bisschen?“

Wirkte er tatsächlich so? Wie ein verkrampfter, humorloser Trottel, der das alte kanadische Vorurteil gegenüber Briten bestätigte? „Ich werde mir mehr Mühe geben.“

Ian lachte sein seltenes schallendes Lachen. „Es geht nicht darum, sich Mühe zu geben, du Blödmann, sondern um das genaue Gegenteil. Du musst es laufen lassen.“

Das Mädchen hatte sich von Ians ungehöriger Abfertigung erholt und kam zu ihnen herüber. Sie war eine wohlgeformte, dunkelhaarige Schönheit mit haselnussbraunen Augen. Unter ihrem dick aufgetragenen Make-up war sie ein ganzes Stück jünger, als es den Anschein hatte. Sie packte Ians Arm und zog ihn an sich heran. „He, stell mich deinem Freund vor.“

„Dies ist Allegra …“

Allegra wandte sich Dafydd zu und begann zu reden. Und sie hatte eine Menge zu erzählen. Sie war erst ein Jahr zuvor von der Highschool abgegangen, doch beschwingt von einem Glas billigem Champagner, gefiel sie sich in der Rolle der verführerischen, kultivierten *Femme fatale*.

Dafydd wurden immer neue Drinks gereicht. Er trennte sich so taktvoll wie möglich von Allegra und ging zu Elaine, einer jüngeren Lehrerin, deren Mann kürzlich beim Absturz eines Kleinflugzeugs ums Leben gekommen war. Elaine saß allein auf einem Stuhl am Fenster und blickte in die dunkle Nacht hinaus. Seit dem Tod ihres Mannes hatte sie stark zugenommen. Ihre Jugend und Schönheit schienen schlagartig verschwunden zu sein. Er kniete sich neben sie, um mit ihr auf einer Höhe zu sein. „Wie geht es den Mädchen?“

„Sie fragen noch immer, wann er zurückkommt. Sie fragen mich jeden Tag. Es macht mich wahnsinnig. Ich weiß nicht, was ich ihnen sagen soll.“

Dafydd versuchte zu lächeln, um ihre düstere Stimmung aufzuhellen. „Sie sind Lehrerin und reden dauernd mit Kindern. Ich bin ziemlich überzeugt davon, dass man die Dinge beim Namen nennen sollte, selbst Kindern gegenüber.“

„Wann wird es mir nicht mehr so wehtun?“, fragte sie flehentlich und schaute ihm direkt in die Augen. „Wenn die Mädchen nicht wären, würde ich noch diese Minute zu ihm gehen.“

Plötzlich wurde ihm schwindlig. Er balancierte in der Hocke, und seine

Knie ächzten. Beschwipst, wie er war, konnte er nicht auf die Trauer dieser Frau eingehen. „Ich möchte, dass Sie mich besuchen. Reden hilft", sagte er.

„Wir reden jetzt."

„Soll ich nachschenken?" Eine Karaffe wurde über sein Glas gehalten. Dafydd drehte sich um und sah, dass Sheila neben ihnen stand.

Er nickte. „Ja bitte." Er hatte sein Herz allen gegenüber geöffnet, und seine neu entdeckte Weihnachtsstimmung schloss beinahe auch sie ein, zumal sie klug genug war zu bemerken, dass er vor der trauernden Elaine gerettet werden wollte.

„Dafydd, da ist jemand, den Sie unbedingt kennen lernen müssen."

Er stand auf und Sheila ergriff seinen Ellbogen. „Entschuldigen Sie mich", sagte er zu Elaine, während er fortgeführt wurde. Sie gingen in das Familienzimmer am anderen Ende des Hauses, wo eine Party ganz anderer Art stattfand. Die Musik war laut und das Licht schummrig. Die jüngeren Gäste hatten offensichtlich ihren Spaß.

Sheila zog ihn in ein kleines Vestibül, wo überall Mäntel herumlagen. „Setz dich kurz hin", sagte sie und stieß ihn auf einen Stuhl. Sie zog einen kleinen Flakon aus ihrer Handtasche. Dafydd beobachtete überrascht, wie sie behutsam eine winzige Menge Pulver auf ihren Handrücken schüttete und es sich mit einem dünnen Silberröhrchen in die Nase zog. Dann reichte sie Dafydd den Flakon. Der schüttelte den Kopf.

„Du Moralapostel, guck nicht so geschockt!", meinte sie mit einem Lachen. „Es bleibt ganz unter uns, niemand wird dich erwischen. Schließlich ist Weihnachten und wir sind nicht bei der Arbeit."

Er schüttelte erneut den Kopf, konnte aber ein Lächeln nicht unterdrücken. Wer hätte das gedacht? Unsere gestrenge Oberschwester zieht sich im stillen Kämmerlein Kokain rein. Aber gut, wenn jemand die Dinge laufen lassen und sich entspannen musste, dann sie.

„Wo ist denn die Person, der du mich vorstellen möchtest?", fragte er.

„Sie steht direkt vor dir."

„Ich kenne dich bereits."

„O nein, das tust du nicht."

Sie wiederholte die Aktion mit ihrem anderen Nasenloch, blinzelte und rieb sich die Nase. Es stimmte, er kannte sie überhaupt nicht, und nun sah er eine andere Seite von ihr. Die ganz auf ihre Arbeit konzentrierte Oberschwester war verschwunden. Sie war sanft wie ein Lamm. Ihre großen blauen Augen blickten engelhaft, und ihre dichten roten Locken umrahmten ihr Gesicht wie ein Feuerkranz. Sie trug ein smaragdgrünes Minikleid, und ihre glatten, muskulösen Beine steckten in einer hauchdünnen Strumpfhose. Als er an ihr hinabsah, entdeckte er unter dem blassen Nylon eine Fülle von Sommersprossen auf ihren Oberschenkeln. Plötzlich fühlte er sich unbehaglich und stand auf.

Als sie merkte, dass er hinausgehen wollte, machte sie einen Schritt auf ihn zu und drückte ihn gegen den Garderobenständer. „Können wir nicht Freunde sein?“, fragte sie und strich ihm eine Locke aus der Stirn.

„Sicher“, antwortete er. „Heißt das, dass du aufhörst, dich bei jeder Gelegenheit über mich zu mokieren?“

Sie zog mit den Fingerspitzen die Konturen seiner Lippen nach. „Ach, komm, kannst du nicht begreifen, dass ich versuche, dir zu helfen? Du bist viel zu gewissenhaft und vorsichtig für einen Ort wie diesen. Obwohl ich natürlich weiß, warum das so ist.“ Sie lachte sanft und zog ihn an der Krawatte zu sich. „Mein Süßer, ich durchschaue dein kleines Spiel.“

Nun stand er der anderen Sheila gegenüber, die er fürchtete und hasste. Er riss ihre Hand von seiner Krawatte und wollte gehen. Aber sie sprang um ihn herum und versperrte ihm den Weg. Die prachtvolle Verführerin vor ihm schien entschlossen zu bekommen, was sie wollte – aus welchem Grund auch immer.

Dafydd drehte sich zu ihr hin und sah ihr intensiv in die Augen, um herauszufinden, was hinter jenem geheimnisvollen Blau lag. Herausgefordert durch die wortlose Konfrontation, erwiderte sie seinen Blick. Aber sie verstand ihn völlig falsch. „Also gut, zeig's mir“, sagte sie, und ihr Atem wurde schneller, ihre Lippen öffneten sich. „Zeig mir, dass du kraftvoll sein kannst. Nimm mich. Mein Freund ist weg. Komm heute Nacht mit mir nach Hause. Nur dieses eine Mal.“

Entgegen seinem Gefühl für Anstand und fast mit Bedauern sah er die Chance gekommen, ihr eins auszuwischen. „Es würde nicht funktionieren“, erwiderte er lächelnd. „Du erregst mich sexuell einfach nicht.“

Sheila starrte ihn ungläubig an. „Du bist eine beschissene Schwuchtel, das ist der Grund!“, fauchte sie und ging hinaus.

Er blieb zurück, ihr Parfum einatmend. Verdammt! Warum nur hatte er das gesagt? Er war genauso schlimm wie sie.

ZWEI STUNDEN SPÄTER war Dafydd sturzbetrunken. Er hatte sich nicht betrinken wollen, jedenfalls nicht in diesem Ausmaß. Nachdem er seinen Mantel gefunden hatte, torkelte er nach draußen, um nach Martha Ausschau zu halten. Der vereinbarte Zeitpunkt war noch nicht gekommen. Sie brachte erst einmal andere gestrandete Seelen zurück in Sicherheit. Dafydd wartete an der Straße und hoffte, sie oder sonst jemanden, der in die Stadt fuhr, abfangen zu können. Schon nach ein paar Minuten kroch die Kälte in seinen Körper und lähmte ihn. Er hüpfte auf der Stelle, rieb seine Handschuhe aneinander.

Ein Auto näherte sich von der langen Auffahrt und hielt an. „Steig ein!", befahl Sheilas Stimme durch einen Fensterspalt. „Du kannst hier nicht herumstehen. Du bist betrunken, und es ist gefährlich in dieser Kälte." Als er zögerte, fügte sie spöttisch hinzu: „Ich würde dich nicht mit der Kneifzange anfassen, ich fahre dich direkt nach Hause."

Unterwegs schwiegen sie. Sie wirkte eisig nüchtern. Er hatte bemerkt, dass sie keinen Alkohol trank, aber das Kokain musste eine Wirkung auf sie gehabt haben. Jedenfalls war sie eine Frau, die stets wusste, was sie tat.

Sie bog in den Wohnwagenpark ein und bremste vor seiner Veranda. „Sieh mal!" Sie zeigte in die Höhe und stellte den Motor ab.

Dünne weiße Schleier zogen über den Himmel und zuckten hin und wieder wie Peitschen. Er hatte das Nordlicht schon mehrere Male gesehen, doch es hatte ihn stets ein wenig enttäuscht. Es war nicht so, wie es in Büchern beschrieben wurde: eine Lichtshow mit unterschiedlichen, wild am Himmel umherzuckenden Farben.

Sheila musterte ihn. Er hielt ihrem Blick einen Moment lang stand. Dann lehnte er sich an die Kopfstütze und schaute hinaus in die Nacht. Die tanzenden Schleier wirkten hypnotisierend. Er wollte sich für seinen gehässigen Kommentar entschuldigen. Er war unnötig grob gewesen und hatte sie aus Rache für ihre dauernden Angriffe verletzen wollen. Aber obwohl sie schwierig war, konnte man sie nicht als schlecht bezeichnen. Sheila war eine außerordentlich fähige Schwester. Sie und er waren einfach völlig verschieden. Aber sie mussten noch ein paar Monate zusammenarbeiten …

Gerade als er darüber nachdachte, ihr ein Friedensangebot zu machen, merkte er, wie sie die Hand nach ihm ausstreckte. Er rührte sich nicht. Er war zu betrunken, um sich zu wehren. Er sehnte sich nach ein wenig körperlichem Kontakt, wenn auch nicht gerade mit ihr. In Windeseile hatte sie sich durch die Kleiderschichten gearbeitet und seinen Reißverschluss fachkundig geöffnet. Ihre Handfläche fühlte sich angenehm und warm an, und er spürte, wie er steif wurde. Mit geschlossenen Augen versuchte er, sich den Bewegungen ihrer Hand zu überlassen.

„Warum gehen wir nicht rein?", schlug sie vor.

Dafydd seufzte. „Sheila, tut mir leid, ich kann nicht …"

Abrupt zog Sheila ihre Hand weg. Sie ließ den Motor an. „Also gut, dann steig aus!“, befahl sie scharf.

Dafydd stolperte aus dem Auto und sie rauschte davon. In dem Bewusstsein, dass seine Hose noch offen war, stöberte er in den Taschen nach seinen Schlüsseln. Eine Ahnung ließ ihn aufblicken, und dort, am dunklen Fenster des benachbarten Wohnwagens, stand Ted O’Reilly mit einem lüsternen Grinsen. Er machte ein Daumen-hoch-Zeichen, das er mit ein paar obszönen Hüftbewegungen begleitete. Ächzend wandte sich Dafydd ab und versuchte, den verflixten Schlüssel ins Schloss zu stecken.

9

Cardiff, 2006

Lieber Dad,

ich hoffe, es macht Dir nichts aus, wenn ich Dich Dad nenne. Meine Mom hat mir erzählt, dass Du die Dinge nicht überstürzen willst, bevor die Bluttests abgeschlossen sind. Das ist in Ordnung. Ich verstehe das alles, aber ich hoffe, dass Du ein kleines bisschen glücklich darüber sein wirst, eine Tochter und einen Sohn zu haben. Ich versichere Dir, dass ich wirklich glücklich bin, einen Dad zu haben.

Wir haben den Test vor zwei Wochen gemacht, oder vielmehr musste sich meine Mom Blut abnehmen lassen, und Mark hat das auch getan. Ich habe Angst vor Nadeln, darum entschied Mom, dass es reichen würde, wenn nur Mark den Test macht. Schließlich sind wir Zwillinge, jeder weiß das.
Ich würde gern wissen, ob Du uns vielleicht besuchen wirst, wenn Du herausgefunden hast, dass wir Deine Kinder sind. Das hoffe ich natürlich.

In Liebe
Miranda

Dafydd las den Brief zweimal, dann ließ er ihn auf den Schoß fallen. Verflucht! Das arme Kind! Sie war wirklich fest davon überzeugt, dass er ihr Vater war. Verdammte Sheila. Die Erinnerungen an ihr widersprüchliches Verhalten und ihre pathologische Arroganz waren nach und nach wieder an die Oberfläche seines Bewusstseins gelangt. Jeden Tag entsann er sich an irgendwelche Auseinandersetzungen, die sie gehabt hatten, und wie heftig sie ihn schließlich gehasst hatte.

Er konnte es einfach nicht verstehen. Manchmal beschwor er alle möglichen Szenarien herauf, wie sie an sein Sperma gekommen sein konnte. Hatte sie seinem Getränk etwas zugesetzt? K.-o.-Tropfen vielleicht, die zudem einen völligen postkoitalen Gedächtnisverlust bewirkten? Er tat den Gedanken als absurd und physisch unmöglich ab. Und warum sollte sie solch einen Aufwand betreiben, um ausgerechnet von ihm schwanger zu werden, einem Mann, den sie verabscheute?

Er ließ den Brief auf dem Sofa liegen und streifte durch das Haus. Dabei bemerkte er, wie verwahrlost es inzwischen war. Isabel und er teilten sich die Hausarbeit, aber in den zwei Wochen ihrer Abwesenheit hatte er keinerlei Lust verspürt, auch nur seine eigenen Pflichten zu erledigen. Seit Tagen hatte er keine normale Mahlzeit mehr zu sich genommen.

Er ging nach oben, um zu duschen und seine Gedanken durch den Wasserstrahl reinigen zu lassen. Das Verhältnis zu Isabel würde sich wieder einrenken, sobald die DNA-Tests abgeschlossen waren. Und sein Fahrverbot – die Zeit ohne Führerschein würde schon zu überstehen sein.

Er stieg aus der Dusche und begann, seine Bartstoppeln wegzurasieren. Sein Leben musste weitergehen; er würde die Hindernisse überwinden. Aktiv werden. Er würde sich anziehen und wieder zur Arbeit gehen. Vier Tage reichten zur Genesung aus. Sein blaues Auge war nun giftig gelb geworden, aber was machte das schon? Sein Stolz würde eben hintanstehen müssen.

DIE WOCHE näherte sich ihrem Ende. Es war ihm gelungen, seine Arbeit fortzusetzen, ohne viel Aufsehen zu erregen. Nun lag das Wochenende vor ihm, und Isabel wollte am Nachmittag wieder zu Hause sein. Den gesamten Morgen hatte er in nervöser Erwartung verbracht. An den meisten Tagen hatten sie miteinander telefoniert, und sie wirkte etwas schuldbewusst.

Sein Piepser ertönte schrill, während er sich mit einer Frau über die anstehende Entfernung ihrer Gallenblase unterhielt.

„Ich bin wieder zu Hause“, stöhnte Isabel, als er schließlich ein Telefon erreichte. „Gott sei Dank. Was für eine Fahrt.“

„Das kann ich mir vorstellen. Hör mal, ich bin seit dem Morgengrauen hier. Es sind keine Lebensmittel mehr im Haus. Warum gehen wir nicht einfach irgendwo essen? Lass uns doch nach unten an die Bucht fahren. Wie wär’s mit Eduardo? Was hältst du davon?“

„Wunderbar“, antwortete sie. Sie klang erfreut.

„Wie wär’s mit halb acht? Ich lasse einen Tisch reservieren.“

Sie trafen sich auf dem Parkplatz. Isabel kam mit dem Taxi an, als Dafydd aus Jim Wisemans Wagen kletterte, von dem er sich hatte mitnehmen lassen.

Sie sah umwerfend aus in dem weichen schwarzen Kleid, das sich an ihren Körper schmiegte. Um die Schultern trug sie einen neuen Kaschmirschal. Ein plötzliches Verlangen regte sich in ihm, wie er es schon lange nicht mehr für sie empfunden hatte.

Das Restaurant war brechend voll wie immer in jüngster Zeit. Der angesagte Ort, um gesehen zu werden. Sie hatten es acht Monate vorher entdeckt, als es noch ums Überleben kämpfte. In unverminderter Loyalität eilte Eduardo mit ausgestreckten Armen auf sie zu. „Wie schön, ich habe Ihren Lieblingstisch reserviert … Isabella!“ Er gab ihr auf jede Wange einen geräuschvollen Kuss. Dann umklammerte er Dafydds Hand und schüttelte sie mit beiden Händen.

Sie saßen am Fenster mit Blick aufs Wasser. Am Jachthafen funkelte eine Reihe Lichter, und die Promenade unterhalb des Restaurants war voller Paare, die spazieren gingen, lachten und tranken. Dafydd sank zufrieden in seinen Stuhl und seufzte behaglich. Dies erschien so normal, so intakt. Eduardo kam mit einer Flasche gutem Wein herbeigeeilt.

„Auf Kosten des Hauses, meine Freunde.“ Sein warmer Blick wirkte traurig. „Sie kommen nicht mehr so oft. Ich mache immer Platz für Sie. Jederzeit, nur damit Sie's wissen.“

„Ich habe dich vermisst.“ Er nahm ihre Hand in die seine und bemerkte, dass sie ihren Ehering nicht trug. Ein schmaler Streifen weißer Haut hob sich an der Stelle ab, wo er während der vergangenen sechs Jahre gesessen hatte. Dafydd streichelte den Kreis mit dem Daumen und sah sie fragend an. „Gut fürs Geschäft, ihn in Glasgow nicht zu tragen?“

Sie runzelte die Stirn, und Dafydd wünschte, er hätte es nicht gesagt. Sie war während der vergangenen Wochen so schlecht gelaunt gewesen, dass er das Gefühl hatte, ihren Stimmungen behutsam ausweichen zu müssen.

Er goss ihr ein. Der Wein war teuflisch stark. Sie trommelte mit ihren langen Nägeln auf dem Brotteller herum, was ein lautes rhythmisches Klicken erzeugte. Die Leute am Nebentisch starrten böse zu ihr herüber.

Die Tische standen zu dicht beieinander, jedes Wort konnte mitgehört werden. Dafydd winkte Eduardo heran. Der lag schon auf der Lauer und eilte herbei. „Eduardo, warum gibt's keine Musik?“

„Es tut mir sehr leid“, erwiderte Eduardo verlegen. „Die Stereoanlage hat heute den Geist aufgegeben – ganz schrecklich.“ Er zückte einen Notizblock und nahm ihre Bestellungen auf.

Sobald er wieder gegangen war, lehnten sie sich zurück und betrachteten einander. Isabel schien unbehaglich zumute zu sein.

„Was ist los?“

„Dafydd, ich glaube, heute Morgen ist der Brief gekommen. Von *Celllink Diagnostics*, richtig?“

„Oh, wirklich?“ Zumindest eine seiner Sorgen konnte endlich begraben werden. „Du hättest ihn aufmachen sollen. Dann hätten wir einen richtigen Grund zum Feiern gehabt.“

Sie sah ihn einen Moment lang wortlos an, bevor sie sagte: „Ich hab ihn in der Handtasche.“

„Na, dann öffnen wir das verdammte Ding“, sagte er ärgerlicher, als er beabsichtigt hatte.

Sie zog den Umschlag aus ihrer Tasche und schlitzte ihn mit ihrem Brotmesser auf. Er beobachtete sie, während sie las. Diesen Augenblick würde er lange in Erinnerung behalten, bis ans Ende seiner Tage. Ihre Miene ließ ihn zusammenfahren, als hätte jemand einen Kübel mit eiskaltem Wasser über ihm ausgegossen. Er riss ihr das Stück Papier aus den Händen und las es ebenfalls. Dann fixierten sie einander.

„Du Lügner“, flüsterte sie. „Du verfluchter Lügner.“

Er war sprachlos. Es konnte nicht stimmen. Er starrte auf das Papier. Die Worte tanzten wild vor seinen Augen, aber er erkannte seinen Namen und den von Mark Hailey. *Eine Sicherheit von mindestens 99,99 Prozent.* Er wusste, was das bedeutete: Seine Vaterschaft stand außer Zweifel.

„Ich habe dir jede Möglichkeit gegeben, mir die Wahrheit zu erzählen“, sagte Isabel mit eisiger Ruhe. „Du wusstest, dass ich sie akzeptieren würde. Du hättest zugeben können, dass du betrunken warst oder verführt oder vergewaltigt wurdest – egal.“ Ihre Stimme hob sich, und die Gäste an den umliegenden Tischen waren verstummt. „Ich hätte alles akzeptiert, solange es ehrlich gewesen wäre. Aber nein, du hast immer wieder beteuert, dass du ihr noch nicht einmal nahegekommen bist. Du hast nicht davon abgelassen. Warum verletzt du mich so? Warum?“

Eduardo kam mit ihrer Fischsuppe auf ihren Tisch zu. Nervös stellte er die Teller dampfender Suppe vor sie hin. Dann entfernte er sich mit gesenktem Kopf.

„Und was ist mit den anderen Dingen, die sie behauptet hat?“, zischte Isabel. „Du hast noch Glück, dass sie dir keine Vergewaltigung nachweisen kann.“

„Ich habe sie auf keinen Fall –“

„Oh, halt die Klappe! Warum gebe ich mich überhaupt noch damit ab? Ich höre mir deinen Quatsch nun schon wochenlang an. Es reicht, ich kann es nicht mehr ertragen.“

Dafydd wusste nichts darauf zu sagen. Seine Gedanken waren so durcheinander, dass er nichts mehr verstand.

„Was wirst du unternehmen?“, fragte sie.

„Ich weiß es nicht. Hast du eine Idee?“ Dafydd sah zu ihr auf. Ihr Gesicht war hart, fast hässlich vor Wut geworden. Sie schien sich von ihm zurückzuziehen, und das machte ihm Angst. Er streckte die Hand über den Tisch nach ihrer aus, aber sie riss den Arm zurück.

„Wir werden das anfechten“, sagte er mit plötzlicher Zuversicht und schlug auf den vor ihm liegenden Brief. „Wir werden morgen mit Andy darüber sprechen.“

„Wir?“, fauchte sie ungläubig. „Damit stehst du ganz allein da, mein Freund.“ Sie sprang auf und riss den Schal von der Rückenlehne ihres Stuhles.

Er versuchte, ihr Handgelenk zu packen. „Was meinst du damit?“, wollte er wissen. „Wohin willst du?“

Sie schüttelte ihn ab, rauschte an dem fasziniert zusehenden Paar am Nebentisch vorbei und warf mit ihrer Handtasche beinahe das Glas der Frau um.

„Hey! Komm zurück, Isabel!“, rief Dafydd hinter ihr her. „Sei nicht albern! Es stimmt nicht! Ich schwör's!“

„Oh … verpiss dich!“, schrie sie ihm durch das halbe Restaurant zu.

Dafydd saß wie versteinert da. Er hätte ihr folgen sollen, aber er konnte die dafür erforderliche Energie nicht aufbringen. Ach, lass sie doch gehen, dachte er ärgerlich. Offenbar legte es jeder darauf an, ihm eins auszuwischen. Entweder litt er an Demenz, Amnesie oder irgendeiner anderen geistigen Störung, oder jemand hatte einen Weg gefunden, sein Sperma zu stehlen. Wer konnte so etwas fertigbringen? Oder einen DNA-Test fälschen? Er stützte sein Gesicht in die Hände, um sich vor den Menschen abzuschirmen, die ihn anglotzten.

Nach ein paar Minuten trat Eduardo an den Tisch und legte Dafydd mitfühlend die Hand auf die Schulter. „Wollen Sie in mein Büro kommen und sich dort hinsetzen? Ich habe einen Amaretto aus meiner Heimatstadt. Den besten auf der Welt.“

Dafydd ließ sich zu einem tiefen Lehnstuhl in einem warmen Raum führen und sich dort ein großes Glas mit dunkler Flüssigkeit in die Hand drücken.

„Ich habe Isabella ein Taxi besorgt. Machen Sie sich keine Sorgen. Ich streite mich ständig mit meiner Frau. Sie werden sich morgen wieder vertragen.“

Moose Creek, 1993

10 Dafydds linke Hand drückte auf Sheilas glatten weißen Bauch. Sein erster Impuls war gewesen, sich zu weigern, sie zu untersuchen, vor allem als sie einen Termin nach Feierabend ohne Anwesenheit einer Krankenschwester verlangte. Aber Sheila hatte ihn regelrecht angefleht, als sie sich an jenem Morgen im Korridor an ihn wandte. Ihre alarmierende Blässe und ihre rot geränderten Augen hatten eine erstaunliche Wirkung auf ihn: Seine Abneigung gegen sie verringerte sich sofort.

Und da war sie nun, auf seinem Untersuchungstisch, zum ersten Mal wirklich entblößt, und dies war möglicherweise die Gelegenheit für ihn, ein gewisses Maß an Frieden zwischen ihnen herzustellen.

„Sheila, wie konnte es geschehen, dass du nichts gemerkt hast?“, fragte er vorsichtig, während er sie weiter untersuchte.

„Wie ich dir schon mitgeteilt habe, hatte ich zwei absolut normale Perioden und keinerlei Symptome“, antwortete sie. „Ich meine, ich bin noch nie schwanger gewesen und hätte es deshalb vermutlich ohnehin nicht sofort gemerkt.“

„Du bist mindestens im dritten Monat, vielleicht auch schon weiter.“

„Scheiße!“ Sheila hielt sich eine Hand vors Gesicht. Dafydd trat zurück und zog den Vorhang um den Untersuchungstisch zu. Während er auf seinem Stuhl auf sie wartete, überschlugen sich seine Gedanken. Drei Monate … sie musste um die Weihnachtszeit empfangen haben. Sie war fruchtbar und wandte offenbar keine Verhütungsmethoden an … Er erschauderte bei dem Gedanken, was hätte geschehen können, wenn sie ihn herumgekriegt hätte.

Er blickte aus dem Fenster. Draußen war es dunkel. Dabei war es erst kurz nach sieben. Noch immer herrschte Winter. Er hatte erwartet, dass es jetzt im späten März nicht mehr schneien würde, aber da waren sie wieder: große, schwere Schneeflocken, die vom Himmel schwebten.

Sheila brauchte lange, um sich hinter dem Vorhang wieder anzuziehen, und als sie schließlich auftauchte, wirkte sie erschüttert.

„Setz dich hin und lass mich wissen, wie ich dir helfen kann“, sagte er sanft.

Sheila nahm ihm gegenüber Platz. „Wir können es jetzt gleich machen.“

Verwirrt fragte er: „Was denn?“

Sheila sah ihm fest in die Augen. „Einen Abbruch.“

Dafydd befürwortete das Recht auf Abtreibung, aber er weigerte sich, selbst einen solchen Eingriff vorzunehmen. Er hatte ihn nur zwei Mal in seiner Laufbahn, nämlich als Assistenzarzt, durchgeführt. Ohne es sich erklären zu können, war er beide Male anschließend sehr aufgewühlt gewesen und hatte unter Albträumen gelitten. „Ich mach das nicht, wie du weißt. Aber Hogg und Ian tun's. Warum sprichst du nicht mit einem der beiden?"

„Unmöglich", beschied sie ihm. „Ich will auf keinen Fall, dass einer von ihnen da reingezogen wird. Du bist der Durchreisende, und du kannst den Mund halten, soweit ich das mitbekommen habe."

„Sheila, es ist kein Problem, das anderswo durchführen zu lassen. Du kannst nach Yellowknife oder nach Edmonton fliegen."

Sheila schien ihm kaum zuzuhören. Nach einer Weile sagte sie: „Ich meine es ernst. Wir könnten es jetzt machen. Niemand ist im OP."

„Um Himmels willen, Sheila, das kommt gar nicht infrage!" Er gab dem Gespräch eine neue Richtung. „Wie steht denn dein Freund zu der Sache?"

„Ich hab ihm nichts davon erzählt. Er macht nämlich nichts ohne Verhütung. Du würdest ihn nie ohne seine Kondome erwischen."

Wollte sie ihm damit sagen, dass das Baby möglicherweise nicht von ihrem Freund war?

„Ein Kondom kann reißen", meinte er wenig überzeugend.

Sheila überlegte ein paar Sekunden. „Das hat es in diesem Fall wohl getan, nicht wahr?"

„Hast du über die Möglichkeit nachgedacht, das Baby zu bekommen? Ich meine, du bist – was, zweiunddreißig?"

„Nein, ich habe nicht darüber nachgedacht." Sie richtete ihre stechenden blauen Augen auf ihn, beugte sich vor und sagte: „Ich will unbedingt einen Abbruch, und ich will es heute noch hinter mich bringen. Jetzt, wo ich es weiß, will ich nicht, dass es die ganze Zeit über mir schwebt. Ich halt's nicht aus. Komm schon, Dafydd, bitte", flehte sie.

„Sheila, ich möchte dir helfen, glaub mir. Aber was ist so schlimm daran, wenn du noch ein paar Tage damit wartest?"

Plötzlich begann sie zu weinen. Das verblüffte Dafydd. Sie litt offenbar stärker, als er bemerkt hatte. Er eilte zu ihr und legte ihr die Hand auf die Schulter. „Es tut mir so leid", beteuerte er.

„Es tut dir leid? Ist das alles? Du jämmerlicher Idiot!" Sie schob seine Hand weg und sprang vom Stuhl auf. „Ich habe dich um einen einfachen Gefallen gebeten. Aber nein, du bist viel zu egoistisch und vornehm, um jemandem aus der Klemme zu helfen. Was tust du hier überhaupt? Du versteckst dich nur, weil du es nicht erträgst, deiner eigenen Unfähigkeit ins Gesicht zu blicken. Ich sollte dich gar nicht an mich heranlassen. Wenn du einem Kind die falsche Niere rausnimmst, dann würdest du womöglich auch keinen Fötus erkennen, selbst wenn du ihn vor der Nase hättest."

Sie stieß ein vernichtendes Gelächter aus und versetzte ihm einen Stoß vor die Brust. Er packte ihr Handgelenk mit zu festem Griff. Später wusste er nicht mehr, wie es hatte passieren können, aber sie stürzte sich wie eine Wildkatze auf ihn, und er ohrfeigte sie spontan.

Beide blieben wie angewurzelt stehen und starrten einander an, ihre Arme noch immer grotesk ineinander verschlungen.

„Das wirst du dein Leben lang bereuen", sagte sie kalt und stieß ihn weg.

„Sheila, ich bereue es jetzt schon." Seine Stimme bebte in einer Mischung aus Bestürzung und verpufftem Zorn. „Das hätte ich auf keinen Fall tun sollen, und ich entschuldige mich dafür."

„Gut, dann tu es. Ich akzeptiere die Abtreibung als Entschuldigung."

„Nein!" Dafydd drängte sie entschlossen zur Tür. „Aber ich werde mit Freuden alles tun, um dir den Eingriff zu ermöglichen. Du brauchst mir nur Bescheid zu sagen." Er hielt ihr die Tür auf.

Sheila knallte sie heftig hinter sich zu. Durch die Erschütterung fiel ein Bild von der Flurwand. Dafydd hörte den Aufprall, das Splittern von Glas und Sheilas sich hastig entfernende Schritte. Er öffnete die Tür, begutachtete den Schaden und las die Scherben mit zitternden Händen auf.

DIE KÄLTE ließ nicht nach. Die Stadt war hässlich und wurde von den betonharten Bergen aus schmutzigem Eis und Schnee fast erdrückt. Die Dunkelheit schien nicht zu weichen. Niemand bemerkte, dass die Tage länger wurden. Depressionen, häusliche Gewalt und Alkoholismus häuften sich zu dieser Jahreszeit. Diejenigen, die nicht in diesem Land der Extreme geboren worden waren, litten am meisten.

Dafydd, der um seine eigenen Schwächen wusste, ließ sich etwas einfallen. Sein Knöchel war geheilt und er stand wieder auf seinen Skiern. Je länger die Tage wurden, desto mehr Zeit verbrachte er draußen in der Wildnis. Der Zauber und die Stille der weißen Bäume milderten seine jahreszeitlich bedingte Bedrückung.

Samstags fuhr er meistens auf Skiern zu Ians Hütte hinaus. Thorn, der inzwischen zu einem schlanken Bernhardiner herangewachsen war, kam immer auf den Spuren der Motorschlitten angerannt, um ihn zu begrüßen.

Er witterte Dafydd schon aus eineinhalb Kilometer Entfernung. Ian war ebenfalls stets froh, ihn zu sehen.

Eines Samstagmorgens kam Thorn nicht, um ihn wie üblich zu begrüßen, und als Dafydd die Hütte erreichte, saß der Hund neben einem Auto. Sheilas Auto. Nach der Uhrzeit zu urteilen, bestand die Möglichkeit, dass sie über Nacht geblieben war. Dafydd fragte sich, wie oft es die beiden miteinander trieben. Und warum? Zuweilen war eine Feindseligkeit zwischen ihnen zu spüren. Dann wieder schien sie eine Art sorgsam beherrschter gegenseitiger Abhängigkeit zu verbinden. War es denkbar, dass Sheila mit Ian schlief, obwohl ihre Schwangerschaft ein so großes Problem für sie war? War er vielleicht der Vater? Nur eine Woche war es her, dass ihn Sheila um eine Abtreibung gebeten hatte. Der unerfreuliche Vorfall hatte Dafydds Verhältnis zu Moose Creek weiter getrübt.

Dafydd blieb an der Hauswand stehen und zögerte. Der Rückweg war weit, und er hatte sich auf das Glas heißen Punsch gefreut, das ihn normalerweise erwartete. Dafydd erstarrte, als er die Tür zur Veranda knarren hörte.

Dann ertönte Sheilas heisere Stimme: „Du wirst mich noch brauchen."

„Nein." Ians Stimme klang angespannt. „Hast du mir nicht zugehört? Ich bin pleite."

Sheila hob verärgert die Stimme. „Das hast du schon letztes Mal gesagt. Gut, dann gibt's eben nichts mehr. Auf so etwas kann ich verzichten. Es ist zu kompliziert."

„Das Risiko muss ich eingehen, Sheila. Diesmal gebe ich mir wirklich alle Mühe."

Dafydd stand reglos da, und als Sheila ins Auto stieg, bemerkte sie ihn nicht. Sie trug eine für das Wetter völlig unpassende Kleidung – eine provozierend hautenge schwarze Hose mit einer hüftlangen Lammfelljacke und zierlichen Lederstiefeln; kein Hut, kein Schal, keine Handschuhe. Sie ließ den Motor aufheulen, dann rollte sie rückwärts auf den Spuren zurück und verschwand in Richtung Straße.

Worüber hatten sie gesprochen? Für Ian gab's nichts mehr. Wovon? Sicherlich nicht von ihren sexuellen Gunstbezeigungen, das würde ihn nicht scheren.

Dafydd wartete noch ein paar Minuten und fuhr dann auf seinen Skiern bis zur Haustür.

„Worum ging's denn eben?", fragte er Ian, nachdem er zahlreiche übereinandergezogene Kleidungsstücke abgelegt und sich mit einem Glas in der Hand vor den Holzofen hatte plumpsen lassen. „Ich bin gerade gekommen und konnte nicht umhin mit anzuhören, was du und Sheila auf der Veranda gesagt habt.“

Ian fasste Dafydd scharf ins Auge. „Ich wohne genau deshalb hier draußen im Nirgendwo, um heimliche Zuhörer zu vermeiden.“

„Soll ich wieder abhauen?“, bot Dafydd unverzüglich an.

Ians Gesicht verzog sich zu einem Grinsen. „Nein, bleib hier. Ich habe sonst niemanden, der mit mir trinkt.“ Er tätschelte Thorns Rücken. „Der Hund verträgt keinen Alkohol. Er ist zu nichts zu gebrauchen.“

Ian schwieg lange nachdenklich und rauchte dabei eine Zigarette nach der anderen. Endlich sagte er: „*Dich* hat sie vermutlich nicht gefragt?“

„Sheila?“ Dafydd fühlte sich überrumpelt. Er zögerte. Es gehörte sich nicht, über die Behandlung einer Patientin zu sprechen, erst recht nicht, wenn es sich dabei um eine Kollegin handelte. Doch der Punsch ließ ihn unvorsichtig werden, und er war neugierig. „Ich verstehe nicht, warum sie sich so gesträubt hat, anderswohin zu fahren und es dort machen zu lassen.“

„Also hat sie dich gefragt.“

„Ich habe mich geweigert, es zu tun. Ich mach das nicht, wie du weißt.“

Ian zuckte die Schultern. „Nun, sie hat ihre Meinung geändert.“ Er zog intensiv an seiner Zigarette. „Sie will das Baby behalten.“

„Machst du Witze?“

„Ich glaube, dass sie auf ihren gegenwärtigen Freund Randy zählt. Er ist eine lohnende Investition. Sieht gut aus, hat viel Geld, war nie verheiratet, keine Altlasten. Ich persönlich glaube, dass sie mit Hogg besser fahren würde. Er liebt sie, seit er das erste Mal einen Blick auf ihre Marmorbrüste erhaschen konnte, und er würde Anita auf ein Wort von Sheila hin wie eine heiße Kartoffel fallen lassen.“

„Das habe ich mir auch schon gedacht. Also sind Hogg und sie …?“

„Was weiß ich denn darüber?“, lachte Ian. „Er würde nicht sehr oft an sie rankommen. Sie würde ihn knapphalten, so viel ist sicher. Er ist nützlich, aber nicht gerade sexy, oder?“

Dafydd hielt Ian sein Glas zum Nachfüllen hin. „Weißt du, manchmal begreife ich diesen Ort nicht. Gibt es hier keine Normen, keine Moral? Sheila scheint sich nichts dabei zu denken, wenn sie mit all diesen Kerlen herumjongliert. Mein Gott, sie ist wirklich schlimm. Verdorben.“

„Aha“, lachte Ian maliziös. „Du würdest ihr verderbtes Fleisch nur zu gern kosten. Mach dir nichts draus, wir haben das alle durchgemacht.“

„Keine Chance." Dafydd zögerte einen Augenblick. „Ich bin nicht stolz darauf, aber als sie mich um eine Abtreibung bat, hatten wir eine höllische Auseinandersetzung, und ich habe sie geohrfeigt. Ich weiß nicht, was in mich gefahren ist, aber sie hat mich angegriffen, und da hab ich einfach die Beherrschung verloren."

„Uh!" Ian blies auf seine Fingerspitzen, als hätte er sich verbrannt. „Du wirst dir noch wünschen, das nie getan zu haben."

Er lehnte sich zurück und zündete sich eine weitere Zigarette an. Er sah krank aus, wie so oft. Sein jugendliches Gesicht war faltig, ein seltsamer Kontrast. Sein durchdringendes Lachen deutete auf einen schelmischen Jungen hin, während er in grüblerischen Momenten zutiefst einsam wirkte. Dafydd wusste immer noch nicht, wer dieser Mann wirklich war. Er wusste nichts über Ians Vorleben, abgesehen von dem grauenvollen Flammentod seiner Eltern. Aber Ian war als Einziger in Moose Creek zu einer Art Freund geworden.

Sie saßen noch nicht lange da und genossen das lodernde Feuer, als die Dämmerung anbrach und es Zeit wurde für Dafydd, sich mit seinen Skiern auf den Heimweg zu begeben.

„Ach was, bleib doch noch", schlug Ian mit leichtem Lallen vor. „Ich fahre dich später nach Hause." Er hob die Whiskyflasche, die noch zu einem Drittel voll war, und schüttelte sie fröhlich.

„Aber klar doch", lachte Dafydd. „Das würde 'ne schöne Fahrt werden."

Die Menge und Stärke der heißen Punschgetränke verhinderten nicht, dass Dafydd in Panik geriet, als er auf dem Heimweg mit seinen Skiern direkt auf einen Bison zusteuerte. Das riesige Tier stand, von Bäumen verdeckt, unmittelbar hinter einer Biegung. Nicht weit von ihm entfernt stampften und scharrten ein Dutzend weitere, um an die gefrorenen Pflanzen im Boden heranzukommen. Der Bison sah finster und drohend aus, und sein dunkel aufragender Körper bewegte sich über den bläulichen Schnee langsam auf den Eindringling zu.

Dafydd hatte von einer widerspenstigen Bisonherde erzählen gehört, die im Tal lebte und vor Jahrzehnten aus dem Park eines exzentrischen Züchters in Alberta ausgebrochen war.

Ein lautes Schnauben aus den feuchten Nüstern durchbrach die Stille, und der gesenkte Kopf schien einen Angriff anzukündigen. Dafydds instinktive Reaktion bestand darin, die Skier abzuwerfen und loszurennen, doch kaum hatte er die Spur verlassen, da versank er auch schon bis zur Brust im Schnee. Wild um sich schlagend und zappelnd, kam er kein Stück vorwärts. Ein paar Sekunden verstrichen, und die Panik ebbte ab. Dafydd drehte sich nach seinem blutrünstigen Gegner um.

Der stand seelenruhig da und kaute an einem Zweig, während er Dafydds Kapriolen beobachtete. Die sanften braunen Augen waren voller Mitleid auf ihn gerichtet. Dafydd arbeitete sich wieder bis auf knapp zwei Meter an den massigen Schädel heran und holte sich Skier und Stöcke zurück.

Durch die zunehmende Finsternis fuhr er, von dem heftigen Adrenalinstoß vorangetrieben, nach Hause zurück.

Derek Rose war tot. Leslie, Dafydds Kollegin und frühere Geliebte in Bristol, rief ihn an einem späten Nachmittag im Krankenhaus an. „Hast du Zeit, mit mir zu sprechen?“, fragte sie.

„Ja, ich bin gerade dabei, meine Arbeit für heute zu beenden.“

Leslie teilte es ihm sofort mit. Sie hatte es gerade selbst von einem Kollegen erfahren. „Aber es ist nicht deine Schuld“, sagte sie energisch. „Der Krebs hatte auf seine Lunge übergegriffen. Er hat keine Chance gehabt.“

Dafydd war erschüttert und brachte kein Wort hervor.

„Hör zu“, bat Leslie. „Seine Mutter wird damit klarkommen. Sie wusste schon sehr lange, dass Derek schwer krank war. Sie wusste, dass es geschehen würde.“ Sie hielt inne. „Vielleicht hätte ich es dir nicht erzählen sollen.“

„Natürlich musstest du mir das sagen, Leslie. Ich werde etwas Zeit brauchen, um es zu verarbeiten. Kann ich dich später zurückrufen?“

Er legte den Hörer auf und sah aus dem Fenster. Die Sonne strahlte, und das Versprechen des nahenden Frühlings berührte alles, auch wenn das Land noch immer unter einer Decke aus Schnee lag. Aber Dafydd konnte erkennen, dass das Eis schmolz und aufbrach. Dieser Frühling gehörte den Lebenden; nirgendwo sonst auf der Welt traf das in stärkerem Maße zu, und er war hier, sicher und am Leben. War das gerecht?

Cardiff, 2006

11

„Lies das“, sagte Dafydd, und Leslie las den Bericht laut vor: „‚Den vorliegenden Ergebnissen zufolge besteht eine um das Zwölftausendfache höhere Wahrscheinlichkeit, dass Dafydd E. Woodruff der Vater von Mark Jeremy Hailey ist, als dass sie nicht verwandt sind. Die sich aus den DNA-Proben ergebende Wahrscheinlichkeit einer Vaterschaft liegt bei 99,99 Prozent.‘“

„Ziemlich unwiderlegbar", meinte sie kopfschüttelnd.

Sie saßen im Wintergarten. Draußen schien die Mittagssonne. Es war bestimmt das letzte schöne Wochenende vor einem langen, düsteren Winter.

Dafydd stand auf, um noch ein paar Bierdosen aus dem Kühlschrank zu holen.

„Trotzdem zweifelst du daran?", hakte Leslie nach.

„Ich wiederhole: Es stimmt nicht." Dafydd atmete tief durch. „Ich hatte keinen Sex mit ihr. Das weiß ich ganz genau. Es ist unmöglich." Er sah seine beste Freundin und einstige Geliebte an und bemerkte den Zweifel in ihrer Miene.

„Weißt du, Dafydd, ich sollte dir Folgendes erzählen. Vor ein paar Tagen hat mich Isabel von London aus angerufen."

„Isabel? Tatsächlich? Weshalb denn?"

„Sie hat mir erzählt, dass dich eine Frau beschuldigt, sie unter Drogen gesetzt und vergewaltigt zu haben."

Dafydd war schockiert. „Isabel hat dich angerufen, um dir das zu sagen?"

„Ja. Es war ausgesprochen peinlich. Sie fragte mich, ob du mir gegenüber je gewalttätig gewesen seist, als wir zusammen waren … in unserer sexuellen Beziehung." Leslie wirkte verlegen. Sie war sehr geradlinig. „Ich war, ehrlich gesagt, ziemlich bestürzt. Warum sollte sie mich so etwas fragen?"

Er dachte einen Moment lang nach. „Vielleicht, weil sie erwägt, mich zu verlassen, und eine richtig saftige Rechtfertigung dafür braucht."

War das wirklich der Grund? Er merkte, dass er seine Frau nicht mehr kannte. Sie hatte sich verändert. Sie war kühl geworden, hatte sich emotional und physisch von ihm entfernt. Dann dachte er an den wohlhabenden, gut aussehenden, cleveren 38-jährigen Paul Deveraux, ihren neuen Partner. Partner? Dafydd war nicht völlig blind gewesen. Wie sie aussah: schlank, selbstsicher … Ihr neues Parfum, hautenge Kleidung, ihr abgelegter Ehering … Sie hatte eine Affäre, das war es. Diese plötzliche sonnenklare Erkenntnis war erschütternd; nicht zuletzt weil Isabel es darauf angelegt hatte, Dafydd abzuwerten, um ihre Handlungen in ihren eigenen Augen zu rechtfertigen. Der Anruf bei Leslie, in dem sie eine Neigung zu sexueller Gewalt andeutete, war eine abscheuliche, hinterhältige Tat, die ihrer nicht würdig war. Sie konnte doch unmöglich der verrückten Behauptung glauben, dass er ein Vergewaltiger sei.

Leslie klatschte vor seinem Gesicht in die Hände. „Hallo, ich bin noch immer da!“

„Entschuldige, Leslie.“ Er überlegte, ob er ihr von seinem schrecklichen Verdacht erzählen sollte. Aber er hatte keinen konkreten Beweis für eine Affäre. Außerdem schuldete er Isabel noch immer Loyalität. Stattdessen fragte er: „Und wie lautete deine Antwort? Was hast du ihr gesagt?“

„Ich habe ihr geantwortet, du seist durch und durch ein Gentleman gewesen.“

Dafydd lachte. „Ein Gentleman?! Ich würde sagen, dass du dich nicht mehr daran erinnern kannst.“

Leslie kicherte und errötete leicht. „Na, schließlich ist es mindestens fünfzehn Jahre her. Was erwartest du denn?“

Dafydd nahm ihre Hand und blickte ihr in die Augen. „Leslie, du kennst mich. Glaubst du mir, wenn ich sage, dass ich nie mit dieser Frau in Kanada geschlafen habe? Ich möchte, dass wenigstens ein Mensch meinem Ehrenwort Glauben schenkt.“

„Um Himmels willen, sei nicht so melodramatisch“, wies Leslie ihn mit einem freudlosen Lachen zurück. „Wie könnte ich das, Dafydd? Ich bin Wissenschaftlerin. Ich weiß, dass der DNA-Test narrensicher ist.“

Dafydd spähte durch die Glasscheibe und sah den Geräteschuppen, der noch immer im Garten auf der Seite lag. Plötzlich wusste er, was er tun musste.

„Hör mal, Les. Ich habe mich gerade entschieden. Ich fliege hin. Ich hab bald Urlaub und kann mir zusätzlich einige Zeit unbezahlt freinehmen. Ich fliege nach Kanada, um das Ganze in Ordnung zu bringen, und wenn das die letzte Sache auf der Welt ist, die ich erledige.“

Leslie ließ ihre Bierdose gegen seine scheppern, aber ihr Gesicht war neutral. „Na, dann gute Reise.“ Mehr schien ihr dazu nicht einzufallen.

Das Wetter war von einem Tag auf den anderen umgeschlagen. Ein ungewöhnlicher Kälteeinbruch hatte Dafydd veranlasst, auf dem Dachboden nach dem alten Lammfellmantel seines Vaters zu suchen.

Er hielt an der Straße unter der Burg an, stieg von seinem Fahrrad und schob es den Hügel hinauf zur römischen Mauer, und als er das Gesicht im eisigen Regen hob, sah er, dass Isabel schon vor ihm eingetroffen war. Er hatte ihr Auto weder an der Straße noch auf dem Parkplatz bemerkt.

Sie hatte diesen Treffpunkt bestimmt. Eine sonderbare Wahl, obwohl sie den Ort gut kannten. Sie lehnte an der alten Mauer. Sie trug einen hellen

Mantel, der in der Taille eng zusammengeschnürt war. Ihre Haltung war streng, ihr kurzes, feuchtes Haar klebte ihr an den Schläfen.

Er stellte sein Rad ab, kletterte über die Felsen und hockte sich neben sie hinter die Mauer.

„Dies ist meine neue Bude als alleinstehende Frau“, meinte sie lächelnd.

„Es wird ein einsames Leben werden. Kalt und unwirtlich“, erwiderte er.

„Nicht so kalt und unwirtlich, wie deines werden könnte.“

„Meines ist nur eine Erkundungsreise. Ich werde zurückkommen“, betonte er. „Das weißt du.“ Er wartete einen Augenblick. „Was ist mit dir? Wirst du zurückkommen?“

„Ich weiß es nicht, Dafydd.“ Isabel betrachtete ihre Fingernägel. „Ich weiß nicht, ob wir die Dinge wieder in Ordnung bringen können, aber ich gebe zu, dass ich gern erfahren würde, zu welchen Erkenntnissen du drüben in Kanada kommen wirst.“ Sie starrte auf ihre Stiefel.

Dafydd senkte ebenfalls den Blick. Er sah auf das nasse Gras und fragte sich, ob sie noch an das Picknick dachte, das sie hier drei Sommer zuvor veranstaltet hatten. „Warum wolltest du, dass wir uns hier treffen?“, fragte er.

„Ich wollte herausfinden, ob eine Rückkehr etwas ungeschehen machen kann.“ Sie wandte ihr nasses, bleiches Gesicht ihm zu. „Ich habe mich danach gesehnt, etwas zurückzubekommen. Es war furchtbar, alles zu verlieren.“

„Alles?“ Dafydd runzelte die Stirn. „Es gibt noch immer mich, deinen Mann, und unser gemeinsames Zuhause.“

„Vertrauen ist etwas Wichtiges. Und festzustellen, dass jemand, den man so gut zu kennen glaubte, in Wirklichkeit ein völlig anderer ist, das ist verheerend.“

„Ja, da hast du Recht, das ist verheerend“, erwiderte Dafydd spitz.

Sie schien nicht zu verstehen, was er damit meinte, doch sie stieß einen plötzlichen Schluchzer aus. Dafydd wusste nicht genau, worauf sich ihr Kummer bezog: auf ihn, ihre Ehe, das Kind, das sie nie haben würden … Er legte die Arme um sie, und sie stieß ihn nicht weg.

„Du hättest bei mir bleiben sollen.“ Seine Stimme enthielt eine Spur Unmut, und er hoffte, dass Isabel ein wenig Bedauern zum Ausdruck bringen würde. „Du bist weggegangen, und wir hatten nie die Möglichkeit, miteinander zu sprechen.“

Aber Isabel empfand weder Bedauern noch das Bedürfnis, sich zu entschuldigen. Sie löste sich aus seinen Armen. „Es gab nichts mehr zu sagen, und ich war zornig." Vor Kälte war sie blau angelaufen. „Außerdem hat Paul mich in London gebraucht. Da ist das neue Projekt ... Er hat eine Menge Pläne für uns."

Darauf könnte ich wetten! Dieser Bastard, dachte Dafydd bitter. Er wusste, dass er sie direkt auf seinen Verdacht ansprechen sollte, aber ihm fehlte dafür die erforderliche Kraft. Es würde die Kluft zwischen ihnen nur vertiefen, und er flog am folgenden Tag ab. Isabel würde selbst entscheiden müssen, was sie wollte, ohne dass er um sie kämpfte.

„Ich möchte gehen. Ich friere", sagte sie.

Sie begannen den Hügel hinunterzusteigen. Dafydd schob sein Fahrrad, und nach einer Weile löste Isabel sich von seiner Seite und ging nach Westen.

Dafydd, in Gedanken verloren, bemerkte es zunächst nicht. Dann lief er hinter ihr her. „Ich begleite dich zu deinem Auto."

„Nein, lass uns hier auseinandergehen. Ich bin im Haus gewesen und habe ein paar Sachen geholt. Jetzt werde ich direkt nach London zurückfahren." Sie blieb stehen und küsste ihn auf die Wange. „Viel Glück, Dafydd."

„Liebst du mich?", rief er kläglich ihrem Rücken hinterher, aber vielleicht konnte sie ihn nicht hören.

Moose Creek, 1993

12

Dafydd machte nun wöchentliche Hausbesuche bei Sleeping Bear. Der alte Mann hatte den Winter wie durch ein Wunder aus eigener Kraft überlebt. Seine Zähigkeit war in der Tat bemerkenswert. Aber als der Frühling gerade alles zum Tauen brachte, fand Dafydd bei einem seiner Besuche Sleeping Bear eingewickelt auf dem Bett vor. Er litt unter hohem Fieber, und Dafydd war sicher, dass er sich eine Lungenentzündung zugezogen hatte. Bear war nach wie vor entschlossen, in seinem eigenen Bett zu bleiben, aber diesmal sprach Dafydd ein Machtwort. „Verflucht noch mal, du kommst mit, selbst wenn ich deine Füße an den Chrysler binden und dich hinschleifen muss."

„Mich zieht da nichts hin. Du willst mich doch bloß in die Badewanne stecken."

Während er sich aufregte, begann er stark zu zittern. Dafydd hob ihn hoch, und der Mann war trotz seiner beträchtlichen Größe leicht wie eine Pappfigur.

„Sieh mal, alter Mann, wenn du noch einen Tag lang allein bist, werden sich deine Hunde von deinem eigenen Fleisch ernähren."

Dafydd setzte Bear vorsichtig auf den Rücksitz des Autos und hüllte ihn in mehrere Wolldecken.

Vier Tage später war Bear wieder auf den Beinen und lief auf den Krankenhausfluren herum. Er schien den Komfort des Krankenhauses tatsächlich zu genießen.

Die Hunde wurden von seinem Enkel gefüttert, und Dafydd versorgte Bear heimlich mit dem Alkohol, der ihn für Gott weiß wie viele Jahrzehnte am Leben erhalten hatte und ohne den er den Kampf bestimmt aufgeben würde.

Die Tage vergingen, und Bear machte keinerlei Anstalten, seine Sachen für eine Rückkehr in die Hütte zu packen. Dafydd beschloss, ihn im Krankenhaus zu behalten, bis er zur Heimkehr bereit war. Am zehnten Tag entschied sich Dafydd jedoch, ihn zur Rede zu stellen. „Wirst du bequem oder was? Ich kann nicht glauben, dass du immer noch hier rumhängst wie ein Kranker."

Bear bedeutete ihm, näher zu rücken. „Ich sag dir, was ich tue", flüsterte er. „Ich sammle Kraft für eine große, lange Reise. Ich schätze, es wird meine letzte sein."

„Was für eine Reise denn?"

„Ich mach mich nach Norden auf die Socken. Zur anderen Seite des Great Bear Lake. Westlich von Coppermine."

„Das ist ungeheuer weit. Ich glaube nicht, dass es von Moose Creek aus Flüge in die Nähe von Coppermine gibt."

Bear unterdrückte ein Lachen. „Wo ich hinwill, gibt's keine Linienflüge."

„Vielleicht kann dir dein Enkel einen Piloten besorgen, der dich direkt hinbringt. Aber das kostet einen ganzen Batzen."

„Nee, mein Enkel mag den Freund nicht, den ich besuchen will."

„Einen Freund?"

„Ja. Ich hab mir was überlegt. Ich denke, dass du ein bisschen Rat gebrauchen könntest. Mein Freund ist ein *angatkuq*, ein Eskimoschamane. Einer von der alten Sorte. Ein echter."

„Du meinst also, dass ich Rat brauche, ja?" Dafydd spürte einen plötzlichen bitteren Schmerz in der Brust. Er hatte seinen Kummer wochenlang ängstlich verborgen. Zwar hatte er den kleinen Derek kaum gekannt, aber das Schicksal des Jungen schien untrennbar mit seinem eigenen verknüpft zu sein. Sein spitzes Gesichtchen und seine forschenden Augen erschienen seit seinem Tod häufiger als je zuvor in Dafydds Träumen.

„Ich glaube, dass es verdammt gut für dich wäre, ihn zu treffen." Sleeping Bear tätschelte Dafydds Knie mit seiner ledrigen Hand. „Und außerdem könnte ich jemanden gebrauchen, der mich begleitet."

DAS TAUWETTER hatte ernsthaft eingesetzt. Überall rann, tropfte, spritzte und gurgelte Wasser. Dafydds Vertrag mit dem Krankenhaus lief aus, und er verschob seine Rückreise nach Großbritannien, um Sleeping Bear auf dessen letzter Pilgerfahrt zu begleiten. Alle Vorbereitungen waren getroffen. Dafydd war aus seinem Wohnwagen ausgezogen und hatte seine Sachen bei Ian untergestellt, wo er auch die letzte Woche seines Aufenthalts vor seinem Heimflug nach Großbritannien verbringen würde.

Sie nahmen den Bus bis Yellowknife und charterten dort ein kleines Flugzeug, das sie nach Black River am Ufer des Nordpolarmeers brachte.

Das winzige Dörfchen selbst war hässlich und bestand hauptsächlich aus seelenlosen Fertighäusern. Das einzige Gebäude, das ein wenig Schönheit ausstrahlte, war eine weiß gestrichene und offenbar alte, mit Schindeln gedeckte Kirche.

Die Gegend jedoch bot einen atemberaubenden Anblick. Am Ufer aufgereihte Eisblöcke und ferne, zerklüftete Eisberge schimmerten in der klaren Luft. Weiße Berge umrahmten den Horizont.

Sie sahen, wie eine winzige Gestalt zum Flugplatz hastete, und als die Maschine landete, wartete der Schamane schon.

Die beiden alten Männer begrüßten einander mit ausgiebigem Schulterklopfen und Händeschütteln. Angutitaq war mindestens ebenso alt wie Bear, gebeugt und o-beinig, ein von vielen Falten durchzogenes Gesicht. Wenn er lachte, teilten sich die Falten und Furchen und ein breites Grinsen entblößte seine zwei restlichen Zähne, die vom Alter und vom Tabak gelb gefärbt waren.

Sein Haus lag am Rand der Siedlung. Sie legten die kurze Entfernung vom Flugplatz zu Fuß zurück. Die Tochter erwartete sie am Haus, und Dafydd war überrascht, wie jung sie wirkte, wenn man das Alter ihres Vaters bedachte.

„Was ist mit seiner Frau? Wo ist sie?", fragte Dafydd leise, an Bear gewandt.

„Sie ist an Grippe gestorben."

Vater und Tochter unterhielten sich in ihrer Eskimosprache. Dafydd war erstaunt, als sich Bear ihnen plötzlich anschloss; seine Rede klang sehr fließend in der geheimnisvollen Sprache. Dafydd hatte nicht gewusst, dass Bear Inuktitut beherschte.

„Ich bin rumgekommen.“ Bear blähte seine magere Brust auf. „Ich war nicht immer in Moose Creek eingelocht.“

Den ersten Abend verbrachten sie in dem winzigen Wohnzimmer mit Rauchen, Teetrinken und Essen. Der Raum war mit vielen Stühlen möbliert, außerdem gab es ein Sofa und in der Mitte einen kleinen Tisch. Dieser Tisch schien der zentrale Treffpunkt des Dorfes zu sein. Ständig strömten Dorfbewohner herbei, um einen Blick auf die Besucher zu werfen. Einige der Älteren blieben bis tief in die Nacht. Sie unterhielten sich lebhaft. Das Essen – Schüsseln mit Salznudeln und Seehundsfleischstücken – sowie der Tee wurden von der Tochter serviert.

Angutitaq erzählte Geschichten und rauchte dabei ununterbrochen eine rissige alte Pfeife. Sein Geist war scharf und sein Humor eigenwillig. Er sprach schnell. Jede Äußerung wurde von einem komischen Lachen begleitet. Uyarasuq, die Tochter, umschwebte die alten Männer und Frauen wie ein Schatten, füllte ihre Blechbecher mit Tee und schürte den Holzofen.

Dafydd nahm Bear zur Seite und fragte ihn nach dem ungefähren Alter der Frau, aber Bear hatte ein vages Zeitgefühl.

„Wo ist ihre Familie? Hat sie keinen Mann?“

„Psst“, flüsterte Bear, „erwähne ihren Mann nicht. Er hatte ein Kind mit einer anderen Frau. Jetzt sitzt er im Gefängnis, weil er einem andern bei einer Schlägerei die Finger abgehackt hat.“ Bear gluckste leise vor sich hin. „Der Schuft hat ihnen allen einen Gefallen getan. Er war der Hauptgrund dafür, dass die Älteren für ein Alkoholverbot in Black River gestimmt haben.“

„Sind sie getrennt … oder geschieden?“

Bear blickte ihn verständnislos an. „Er ist im Gefängnis. Das habe ich dir doch gesagt. Nun psst.“

Angutitaq versuchte, Dafydd die Namen seiner Gäste beizubringen, und Dafydds Bemühungen, sie auszusprechen, löste unter den Alten eine riesige Heiterkeit aus. Eine alte Dame namens Kenojuaq, die neben ihm saß, tätschelte seinen Schenkel und machte ihn auf eine Art Plakette aufmerksam, die sie an einer Lederschnur am Hals trug. „Meine Eskimonummer“, erklärte sie mit ihrer Singsang-Stimme. „Als ich noch ein junges Mädchen war, sagte uns die Regierung, dass wir sie ständig tragen müssten. Wir sollten unsere Namen aufgeben, weil sie zu schwer auszusprechen sind. Aber die meisten von uns haben sie wiederentdeckt und sind zu ihnen zurückgekehrt.“

„Müssen Sie die noch immer tragen?“, fragte Dafydd entsetzt und ließ seinen Blick über die Hälse der anderen Anwesenden schweifen. Dies löste weitere Heiterkeit aus. Nur die Tochter lachte nicht. Sie flüsterte Dafydd ins Ohr: „Sie würde es nicht zugeben, aber sie ist stolz auf ihr Schildchen. Es hat eine lange, lange Zeit überdauert.“

Dafydd wandte sich zu ihr um. Aus der Nähe schien ihr Gesicht sogar noch jünger zu sein. Ihre Haut war zart und glatt wie die eines Babys.

„Wohnen Sie in diesem Haus?“, fragte er.

„Nein, nicht immer.“ Sie lächelte. „Ich habe mein eigenes Haus.“

Aber hatte sie auch ein eigenes Leben in dieser winzigen Siedlung ohne Straßen, Läden, Restaurants, ohne alles außer der riesigen Weite einer herrlichen, aber eisigen Landschaft? Die Menschen waren so alt. Er hätte sich gern länger mit ihr unterhalten, aber sie war beschäftigt oder gab ihm keine Gelegenheit zu einem Gespräch.

Schließlich, ziemlich spät am Abend, setzte sie sich neben ihn. „Mögen Sie einheimische Speisen?“

„Ich mag die meisten Gerichte. Was genau sind einheimische Speisen?“

Sie beugte sich seitlich zu ihm und zählte die Gerichte an den Fingern auf. „Na, Karibu, das ist am typischsten. Fisch, geräuchert oder getrocknet. Seehund ist gut, vor allem die Flossen. Ich habe schon ein paar Gänse und Enten gesehen. Sie scheinen dieses Jahr früh gekommen zu sein. Wenn ich morgen eine entdecke, könnte ich sie schießen.“ Sie blickte ihn an. „Was würden Sie gern probieren?“

„Mir ist alles davon recht“, antwortete er und fügte lächelnd hinzu: „Solange es einheimisch ist.“

„Morgen“, sagte sie und kehrte in die Küche zurück.

Dafydd verbrachte eine unruhige Nacht in seinem Schlafsack auf dem durchgesessenen alten Sofa. Der zweite Tag begann und verstrich ähnlich wie der erste. Im Wohnzimmer herrschte ein Kommen und Gehen von Leuten, die aßen, rauchten und unglaubliche Mengen Tee tranken.

Dafydd entspannte sich allmählich und begnügte sich damit, einfach nur dazusitzen und dem endlosen An- und Abschwellen der fremdartigen Unterhaltung zuzuhören. Er wurde in eine behagliche Benommenheit eingelullt und merkte, wie ihn die Bewegungen von Uyarasuq fesselten. Es gefiel ihm, sie zu beobachten und darüber nachzudenken, was sich hinter jenem exotischen, ziemlich reservierten Verhalten verbarg. Sie trug einen Rock aus Karibuleder und einen dicken Strickpullover. Ihr Körper war unter der unförmigen Kleidung ganz verborgen.

Aber als sie am dritten Tag seines Besuchs in engen Jeans und einem Sweatshirt mit der Aufschrift DISNEYLAND quer über der Brust erschien und schlank und westlich aussah, war er enttäuscht.

„Sind Sie in Disneyland gewesen?“, fragte er.

Sie schüttelte kichernd den Kopf.

„Was tun Sie … wenn Sie sich nicht um Ihren Vater kümmern?“ Er stand auf und folgte ihr in die kleine Küche.

„Ich bin Schnitzerin“, antwortete sie errötend.

„Was für eine Schnitzerin?“

„Steinschnitzerin. Speckstein meistens. Manchmal Knochen. Die Hälfte von uns im Dorf verdient sich den Lebensunterhalt damit, Schnitzereien zu verkaufen.“

„Dürfte ich ein paar Ihrer Werke sehen?“

Sie trat um ihn herum zur Spüle. Er folgte ihr, lehnte sich über die Spüle und zog eine Grimasse. „Hallo, sprechen Sie mit mir.“

Sie lachte, und ihre Röte vertiefte sich. Ihre Augen trafen sich für eine Sekunde, und angesichts der Intensität dieses Blickes schoss es ihm durch den Kopf, dass er sich in sie verliebt hatte. Das war kindisch und irrational, aber sobald er es sich eingestand, spürte er einen wohligen Schauer. Er sah in Uyarasuqs Gesicht und wollte es in seine Hände nehmen und küssen, aber er traute sich nicht.

„Ich weiß, dass die Frage unverschämt ist … aber wie alt sind Sie?“

„Ich werde es Ihnen sagen“, antwortete sie, „aber ich glaube nicht, dass es höflich ist, eine solche Frage zu stellen. Nächste Woche werde ich sechsundzwanzig … am Mittwoch.“ Nun blickte sie ihn an, kühner geworden. „Aber bis dahin werden Sie fort sein.“

Das war es. Natürlich. Er würde fort sein. Welchen Sinn hatte ein kleiner Flirt für sie, auch wenn er harmlos war und lediglich die Zeit vertrieb? Es bestand immer die Gefahr, sich näherzukommen, sich zu sehr zu mögen. Sie konnte sich den Luxus nicht leisten, Gefühle zu investieren. An einem Ort wie diesem war man entweder fest mit jemandem verbunden, oder man verschwand wieder. Dazwischen gab es nichts.

„Ich bin eigentlich nicht jemand, der nur für eine Nacht …“, begann er. Er wollte, dass sie ihm vertraute, aber wozu?

Unvermutet streckte sie die Hand aus und berührte sein Haar. „Es ist wie das Fell eines Hasenbabys", sagte sie lächelnd, „so fein und weich …" Sie drehte seine dunklen Locken zwischen ihren Fingern.

Dafydd ergriff ihre Hand und führte sie an seine Lippen. Während er ihre Handfläche und ihr Handgelenk küsste, beobachtete er die Reaktion in ihrem Gesicht. Er wusste, dass er so etwas nicht tun sollte, es war nicht fair. Ihre Augen waren gesenkt, und nach einem Moment entzog sie sich ihm.

„Ihres ist wie der Schweif eines Pferdes", sagte er.

„Was für ein Kompliment", erwiderte sie und schlug mit einem Geschirrtuch nach ihm. Sie ging zurück ins Wohnzimmer und warf große Scheite knorriges Holz in den Ofen. Ihr Hinterteil sah rund und keck aus, als sie sich bei ihrer Tätigkeit bückte. Die Jeans wirkten unpassend, aber vielleicht lag das an ihm, an seinen albernen romantischen Vorstellungen. Trotz des ungewöhnlichen Umfelds und ihrer fremdartigen Gesichtszüge war sie wahrscheinlich eine ganz und gar moderne Frau.

AM NÄCHSTEN MORGEN stand er am Fenster und sah zu, wie ein Nachbar einen Seehund zerlegte. Das helle rote Blut tränkte den weißen Schnee.

„Kommen Sie", sagte Angutitaq und klopfte mit der flachen Hand auf den Platz neben sich auf dem alten Sofa. „Sind Sie gelangweilt oder frustriert?"

„Nicht im Geringsten. Ich genieße Ihre Gastfreundschaft sehr."

Bear stand auf und ging in die Küche, wo Uyarasuq das Frühstücksgeschirr abspülte. Eine lebhafte Unterhaltung entspann sich, gemischt mit heftigem Gelächter. Dafydd lauschte erstaunt und eifersüchtig. In Wirklichkeit war sie gar nicht so schüchtern. Vielleicht traute sie nach ihrem treulosen Gatten jüngeren Männern nicht. Vielleicht war es auch seine Fremdheit, die zwischen ihnen stand.

Angutitaq musterte ihn eingehend. „Sie sind jemand, der seinen Schmerz überwinden muss, bevor er zurückkehren kann."

„Ich? Wie meinen Sie das?"

„Sie werden eines Tages nach Kanada zurückkehren, wenn sich der Nebel über Ihrem Kopf verzogen hat. Sie werden zurückkehren und sich hier niederlassen."

„So?" Dafydd wollte den alten Mann nicht enttäuschen, aber er glaubte nicht, dass es ihn in dieses nördliche Land zurückziehen würde, trotz dessen eindrucksvoller Schönheit.

Angutitaq hustete und unterbrach damit Dafydds Gedankenfluss. Dann zeigte er mit dem Pfeifenstiel auf ihn. „Ich weiß vom *quattiaq*, dem Geist des Kindes, der Sie quält. Unser alter Freund hat mir erzählt, wie Sie zu dem *quattiaq* gekommen sind."

„Ich glaube, dass ich es selbst bin, der die Qual erzeugt", meinte Dafydd. „Ich habe einen sehr schwerwiegenden Fehler gemacht, und ich muss damit leben."

„Ich weiß. Dennoch, Sie sind wie ein Torfklumpen, der das Leid aufsaugt und festhält, und Sie tragen es mit sich in alle Ecken der Welt. Sie sind hier ...", Angutitaq warf seine Arme hoch, um die Weite der Arktis anzudeuten, „und Sie sind noch immer bedrückt und ziehen die Bürde hinter sich her wie einen überladenen Schlitten."

Es stimmte, das Gewicht seines Kummers zerrte geradezu an seinen Knochen. Sie saßen lange schweigend da und blickten ins Feuer. Angutitaq summte leise vor sich hin. Plötzlich klopfte er mit seinem Pfeifenstiel auf Dafydds Knie. „Ich erkenne den *quattiaq*. Er scheint mir ein guter Geist zu sein. Er sieht aus wie ein kleiner Fuchs mit einer langen Nase. Aber er ist nicht zornig." Angutitaq schaute Dafydd aufmerksam an. „Er ist ein unschuldiger Geist, aber in seinen Augen liegt sehr viel Weisheit. Wenn Sie es zulassen, könnte er Ihnen helfen."

Der alte Mann hob abrupt die Hand und schloss die Augen. „Er ist hier. Ich werde ihn bitten, sich zu zeigen. Dann werden Sie nicht so viel Angst haben."

Dafydd schüttelte den Kopf. „Ich weiß nicht ..." Er schluckte mühsam. Das Kind, dessen Gesicht ihn in seinen Träumen heimsuchte – woher wusste der alte Mann, dass es fuchsartige Züge trug?

„Unnirniaqqutit!", rief Agutitaq.

Der Raum schien sich zu verdunkeln, als ob eine Zeitverschiebung stattgefunden hätte. Dann begann der alte Mann zu singen. *„Alianait, alianait, alianait ..."* Es war ein eindringlicher Gesang mit wenigen Tönen. Er hielt die Augen geschlossen und faltete seine knorrigen alten Hände über der Brust.

Dafydd fühlte sich befangen, denn er wusste nicht, ob irgendetwas von ihm erwartet wurde. Aber nach einiger Zeit wurde ihm behaglicher zumute und er begann, Gefallen an dem Gesang zu finden. Die Geräusche aus der Küche waren verstummt, und um die Ecken des Hauses pfiff ein leichter Wind. Plötzlich verdunkelte sich der Raum erneut, als wäre die Nacht angebrochen. Dafydd lehnte sich zurück und schloss die Augen, um die Dunkelheit nicht wahrzunehmen. Er fühlte sich schläfrig.

Dereks kleines Gesicht tauchte vor ihm auf. Es war ein rosiges Gesicht mit strahlenden, lebendigen Augen. Dafydd lächelte. Dann bemerkte er den Fuchs in dem Gesicht, sein furchtloses Grinsen, seine lange, spitze Nase. Es waren die Schärfe und Weisheit der Augen, die Dafydd wirklich berührten, ihn mit Mut erfüllten und die Dunkelheit von ihm zogen.

Angutitaqs Stimme war nun leiser geworden und zitterte ein wenig, als hätte die Anstrengung des Singens ihm die Kraft geraubt. Dereks Gesichtszüge flimmerten, verblassten und verschwanden. Das Lied verebbte, wurde hohl – wie ein Echo, das von jenseits des schweigenden arktischen Himmels herüberklang.

Als Dafydd die Augen öffnete, befand er sich allein im Raum. Die Asche im Ofen glühte noch, aber im Haus war alles still. Niemand schien da zu sein. Sein Körper war steif und sein Kopf schwer. Er stand auf und streckte sich. Plötzlich verspürte er einen ungeheuren Durst, seine Zunge fühlte sich geschwollen an.

Er ging in das kleine Badezimmer. Da es kein Fenster hatte, zündete er ein Streichholz an, um die *qulliq* anzumachen, eine mit Seehundsfett gefüllte Lampe aus kunstvoll zu einem Halbmond geschnitztem Speckstein. Er trank mehrere Becher Wasser. Dann putzte er sich die Zähne. Der Spiegel über dem Waschbecken zeigte einen Dreitagebart. Es war seit langer Zeit das erste Mal, dass er sein Gesicht wieder einmal genau betrachtete, und er musste lachen. Es war das Gesicht eines Wracks von einem Mann – was ja stimmte. Er erinnerte sich daran, wie es einst gewesen war, sein Gesicht im Spiegel zu sehen und es attraktiv zu finden, verheißungsvoll. Mehr als ein Jahr war vergangen, seit sein Leben zerbrochen war. Vielleicht war es nun genug, ein Jahr reichte.

Während er in dem schäbigen kleinen Badezimmer stand, veränderte sich seine Stimmung plötzlich. Die schwere Last auf seinem Herzen lockerte sich und schwand dahin. Er fühlte sich leicht, frisch, federnd.

Er zog seine Kleidung aus und stellte sich in den kleinen Kasten, der als Dusche diente. Der winzige Strahl kalten Wassers fühlte sich so wohltuend an, als stünde er unter einem Wasserfall in den Bergen. Er trocknete sich ab und zog sich an. Dann schabte er mit dem Rasiermesser eines der Männer in seinem Gesicht herum.

In der Küche traf er auf Uyarasuq, die still und reglos am Tisch saß. „Die Väter machen einen Besuch“, erklärte sie. „Sie kommen erst spät wieder.“

„Was tun Sie hier?“, fragte er erstaunt.

„Ich ruhe meine alten Knochen aus“, sagte sie mit dem frischen Gesicht eines Teenagers.

„Ich muss stundenlang geschlafen haben."

„Sie sagten, dass Sie meine Schnitzereien sehen wollten." Er beobachtete, wie ihre weiße Haut errötete, und sie wandte das Gesicht ab, um es zu verbergen.

„Liebend gern. Wo sind sie?"

„In meinem Haus."

Sie stand auf und zog sofort ihren Parka über. Er schaute sich nach seinen eigenen Sachen um. Sie waren in seinen Schlafsack eingerollt, den er hinter das Sofa gepackt hatte.

Draußen war die Luft mild, und am Nachthimmel funkelten Sterne. Er hatte keine Ahnung, wie spät es war. Uyarasuq nahm ihn bei der Hand und führte ihn zielbewusst um die anderen Unterkünfte herum zu einem winzigen Haus in der Nähe des Ufers. Es war ein Einzimmerhäuschen, nicht größer als ein Wohnwagen.

Im Innern säumten lange, schmale Regale die Wände vom Boden bis zur Decke. Darauf hatte sie all ihre Habseligkeiten untergebracht. Überall standen kleine Specksteinschnitzereien: Jäger mit Speeren, Wale, Eisbären, Seehunde und Vögel.

„Die sind großartig!", rief er. „Wo verkaufen Sie die Sachen?"

„In den Galerien der *kablunait*", antwortete sie und zwinkerte. „Sie wissen schon … der weißen Männer."

Falls sie sich über ihn lustig machte, störte es ihn nicht. „Also reisen Sie gelegentlich nach Süden?"

„Nein. Ein paar Kilometer von hier gibt es eine Forschungsstation. Sie nehmen die Stücke für uns mit … gegen Provision natürlich."

Uyarasuq hatte einen Kessel auf einen winzigen Ofen gestellt und ihre Parkas an Haken gehängt, die an der Rückseite der Tür angebracht waren. Sie trat auf ihn zu.

Er hatte sich auf einen kleinen Hocker gesetzt, drehte eine ihrer Schnitzereien in den Händen und betastete den glatten Stein. Er blickte zu ihr auf. Wie viel wusste sie über ihn? Möglicherweise hatte sie seinen seltsamen Austausch mit ihrem Vater, dem Schamanen, mit angehört. Oder vielleicht hatte Bear ihr erzählt, warum er Dafydd hergebracht hatte. Aber die Art, wie sie ihn ansah, hatte nichts Mitleidiges. Er ließ die Schnitzerei auf seinen Schoß fallen und legte die Hände um ihre Taille. Dabei fühlte er die Konturen ihres Körpers. Sie schien nichts dagegen zu haben. Einen Moment später ließ er die Hände sinken.

„Schon gut", sagte sie.

„Verzeihen Sie … Ich darf nicht meinen Impulsen folgen. *Kablu*… oder wie Sie uns genannt haben; wir sind schrecklich dreist."

Sie lachte, nahm seine Hände und legte sie wieder um ihre Taille. Er lehnte seine Stirn an ihren Bauch. Der Kessel pfiff und sie löste sich von ihm. Während sie den Tee zubereitete, stand er auf, um weitere Skulpturen in die Hand zu nehmen; er musste sie einfach berühren. Jede erzählte eine Geschichte über die Beziehung der Eskimos zur Welt und ihren Geschöpfen. Er nahm ein Liebespaar hoch. Die Frau saß mit gespreizten Beinen auf dem ebenfalls sitzenden Mann. Ihre Gesichter lächelten breit, und ihre stämmigen Gliedmaßen waren ineinander verschlungen.

Sie reichte ihm einen Becher und sie standen nebeneinander, zwischen dem Bett und dem Tisch. „Du willst mich, oder?", sagte sie.

„Ja." Er streckte die Hand aus, um ihre Wange zu berühren. „Das tue ich. Aber ich glaube nicht …"

„Es ist in Ordnung", unterbrach sie ihn, „aber es ist drei Jahre her, dass ich mit einem Mann zusammen gewesen bin. Ich wüsste nicht, was ich tun sollte."

„Du musst nichts tun. Ich bin hier mit keinerlei Erwartung hergekommen", antwortete er und fühlte eine Schwäche in den Knien. „Können wir uns hinsetzen?"

Sie setzten sich auf die Bettkante und schlürften den heißen Tee. Dafydd wollte sie so sehr, doch in dieser fremden Umgebung fühlte er sich wie ein absoluter Anfänger, hoffnungslos unbeholfen.

Nach einer Weile nahm sie ihm den Becher aus der Hand und ging, um das Licht auszuschalten. Durch das Fenster fiel ein schwacher Dämmerschein. Dafydd stand auf und folgte ihr. Sie war kleiner, als sie wirkte, und er hob sie hoch, um sie küssen zu können. Sie lachte. Ihre Scheu war verschwunden, und ihre Augen funkelten in dem schummrigen Zimmer.

„Zieh dich aus", sagte sie.

„Bist du sicher, dass du es willst?"

„Ich will es sehr."

Sobald es ihm gelungen war, aus seinen Sachen zu steigen, zog er sie aufs Bett und half ihr, sich auszuziehen. Als er ihren hellroten Satinslip sah, musste er grinsen. Er fragte sie, wo in aller Welt sie ihn gefunden hatte.

„Im Katalog natürlich." Sie kicherte und stupste ihn auf die Nase. „Was hast du denn erwartet? Damenslips aus Birkenrinde oder Seehundsfell?"

„Ja", erwiderte er lachend. „Ich bin enttäuscht."

Er zog ihr den Slip behutsam aus und ließ den Blick über ihren blassen

Körper streifen. Sie küssten sich und lagen lange Seite an Seite, eng aneinandergepresst. Plötzlich lachte sie, ein Laut purer Freude, und das brachte ihn ebenfalls zum Lachen. Er entzog sich ihr, legte sie auf den Rücken und begann sie zu liebkosen. Seine Zärtlichkeiten brachten sie zum Weinen.

„Möchtest du das nicht?“, flüsterte er alarmiert.

„Doch, es ist wunderbar. Hör nicht auf.“

Sie hatte Gründe zu weinen – Trauer, Einsamkeit, Frustration. Hier war Liebe, selbst wenn sie nur ein paar kurze Stunden andauerte und ihr dann grausam entrissen wurde. Morgen würde er abreisen. Auch er wollte nicht daran denken – grauenvoll. Dann gewann seine Lust die Oberhand und er hörte auf zu denken. Er stemmte sich hoch und schwebte über ihr, leckte an den Tränen, die ihr über das Gesicht gelaufen waren.

„Kann ich? Bist du geschützt?“

Sie nickte. „Es ist eine sichere Zeit.“

Aber er wusste, dass es so etwas wie eine absolut sichere Zeit nicht gab, also zog er sich von ihr zurück, sprang auf und durchsuchte in fliegender Hast seine Kleidung nach seiner Brieftache mit dem zerknitterten Kondompäckchen. „Das heißt nicht, dass ich …“, begann er, als er ein Kondom herauszog.

„Es ist gut. Alles ist gut“, versicherte sie ihm.

STUNDEN SPÄTER ging Dafydd durch die Nacht zu dem Haus seines Gastgebers zurück. Lächelnd und summend schritt er den Pfad entlang. Er fühlte sich stark, voller Kraft und Energie. Er lachte laut über sich selbst: Er war wahnsinnig verliebt, verrückt vor Verlangen, und es war völlig blödsinnig. Aber er spürte auch Frieden, einen milden Glanz, der sich sanft in ihm ausbreitete.

Plötzlich ließ ihn ein fernes Geräusch wie von splitterndem Kristall anhalten und nach oben schauen. Nordlichter zuckten in einem Ausbruch von Farben über den Nachthimmel. Lange rote, gelbe und grüne Schweife peitschten von einem Ende des Horizonts zum anderen. Vielfarbige Schleier stiegen in einem verwickelten Tanz auf und wieder ab. Es war ein höchst ungewöhnliches Schauspiel, und Dafydd stand reglos da, voller Ehrfurcht angesichts dieser Schönheit. Ihm war von dem Phänomen des überirdischen Klanges berichtet worden. Die Musik der Nordlichter war ein seltenes Ereignis. Viele Menschen verbrachten ihr gesamtes Leben in der Arktis, ohne sie je zu vernehmen.

Er wollte zurücklaufen, die schlafende Uyarasuq aus ihrem gemütlichen

Bett ziehen und dieses Erlebnis mit ihr teilen. Es würde sie verbinden, in diesem riesigen Tempel unter dem Himmel, wie keine andere Zeremonie es vermocht hätte. Aber er wusste, dass es nicht sein konnte. Deshalb ging er weiter, Augen und Ohren hellwach. Zumindest würde er dies mit sich nehmen; diesen Tag, diese Nacht, wohin er sich auch wandte. Heute war er wiederhergestellt, wieder ganz geworden.

Sleeping Bear war still, nicht zu Späßen aufgelegt wie sonst. „Weißt du was, junger Mann?“, meinte er ohne Begeisterung. „Wir werden mit einem Hubschrauber fliegen.“

„Tatsächlich? Wie das?“, fragte Dafydd und ließ sich eine Scheibe Seehundsfleisch schmecken. Er hatte einen unverschämten Appetit und blinzelte Uyarasuq heimlich zu.

„Der Priester hat dafür gesorgt, dass die Horde Wetterleute von der Forschungsstation uns mitnimmt.“

„Das ist nett von ihm ... und von ihnen“, sagte Dafydd mit vollem Mund. „Hast du unserem Piloten abgesagt?“

„Ja. Das wird uns ein paar Scheinchen sparen“, fuhr Bear fort, mit seinem eigenen Essen kämpfend, das er mit seinen wenigen Zähnen nur schwer bewältigen konnte. „Sie fliegen zu einem Konzert nach Yellowknife. Stell dir das vor. Was für ein Geld sie für solche Frivolitäten ausgeben!“ Bear wies mit dem Daumen auf Uyarasuq. „Das verdanken sie zweifellos ihren Schnitzereien, an denen sie kräftig mitverdienen.“

Uyarasuq legte die Hand beruhigend auf Bears Schulter. „Uns geht's ganz gut, Großvater. Müssen wir denn auf etwas verzichten?“

Bear blickte sie zärtlich an und tätschelte wortlos ihre Hand. Angutitaq tauchte aus dem Badezimmer auf und gesellte sich zu ihnen. Es lag Schwermut über der Gesellschaft. Das Frühstück hatte etwas Endgültiges. Die beiden alten Männer wussten, dass dies bestimmt ihr letztes Zusammensein war. Uyarasuq hatte ihre eigenen Gründe, niedergeschlagen zu sein.

Bear hatte Recht gehabt, dass er Rat brauchte. Aber Dafydd wäre nie darauf gekommen, welche Form dieser Rat annehmen und welch tiefgreifende Wirkung er haben würde. Und dass er auf unerklärliche Weise sein Herz an eine Frau verloren hatte, die er kaum kannte – so etwas hatte er noch nie erlebt. Er war verhext worden, wie sonst ließ sich dieses Erlebnis erklären?

Eine halbe Stunde später war das Donnern des herannahenden Hubschraubers zu hören. Angutitaq klopfte Dafydd auf die Schulter. „Wenn Sie lernen, ruhig zu sein, wird der kleine Fuchs zu Ihnen kommen. Er wird Ihnen Dinge erzählen, die Ihnen niemand sonst erzählen kann. Sprechen Sie mit ihm, wenn Sie Kummer haben."

Während sich die beiden alten Männer vor der Tür leise miteinander unterhielten, zog Dafydd Uyarasuq in die Küche.

„Ich bereue es nicht", sagte sie fest, aber ihre Augen waren zu groß und glänzend.

Er ergriff ihr raues Haar, zog ihren Kopf zurück und küsste sie innig.

Moose Creek, 2006

13 Man erwartete noch mehr Schnee, wie ihm die Dame an der Rezeption mitteilte, die seine Anmeldung in dem Frühstückshotel „The Happy Prospector" entgegennahm. „Bald ist richtig Winter. Aber was können wir schon machen?", meinte sie mit zur Seite geneigtem Kopf. Dafydd nickte zustimmend. Sie bat ihn um einen Ausweis und schrieb die Daten aus seinem Pass auf. Dann betrachtete sie das Foto genauer und blickte zu ihm auf. „Ich erinnere mich an Sie!", rief sie erfreut. „Dafydd Woodruff."

„Verzeihen Sie", sagte Dafydd und blickte prüfend in ihr Elfengesicht, „ich sollte mich vermutlich auch an Sie erinnern, aber leider gelingt mir das nicht."

„Das macht nichts, ich kann das als großes Kompliment werten." Sie lachte fröhlich und wirkte tatsächlich sehr zufrieden. „Ich habe früher im Klondike gearbeitet. Ich bin Tillie. Erinnern Sie sich?"

Dafydd betrachtete sie. Natürlich erinnerte er sich an Tillie. Sie war die neunzig Kilo schwere Shirley-Temple-Doppelgängerin, die stets ein nettes Wort und ein Lächeln für ihn gehabt hatte. „Tillie … Ich kann's kaum glauben!", rief er. „Sie sehen wunderbar aus!"

Hinter dem Resopaltresen stand eine Frau Anfang vierzig, schlank und rank, mit einem hübschen Gesicht und blonden Locken, die zu einem mädchenhaften Pferdeschwanz zusammengebunden waren.

„Vielleicht finden Sie ja, dass mich das nichts angeht, aber wie haben Sie das geschafft?"

„Ein sehr netter Arzt, der hier eine Zeit lang arbeitete, hat mir geholfen. Ich war ständig müde, und er hat festgestellt, dass ich eine starke Schilddrüsenunterfunktion hatte. Ich bekam ein paar Tabletten und das Übergewicht verschwand wie von selbst." Tillie lächelte. „Lassen Sie mich Ihnen Ihr Zimmer zeigen."

Sie führte ihn eine schmale Treppe hinauf in den ersten Stock. Der dunkle Korridor sah deprimierend aus. Als sie jedoch die Tür zu Nummer sechs aufriss, erwies sich das Zimmer als hell und geräumig. Es enthielt ein übergroßes Bett, über dem ein riesiger purpurner Baldachin hing. „Dies ist mein bestes Zimmer“, versicherte Tillie.

„Das ist toll, Tillie! Ich bin sehr froh, dass ich Sie gefunden habe. Ich wäre direkt zum Klondike gefahren, aber der Taxifahrer kannte es überhaupt nicht.“

„Es ist vor ein paar Jahren abgebrannt. Mr George musste wegen Brandstiftung ins Gefängnis. Konnte die Hypothek nicht bezahlen. Wir alle hatten großes Mitleid mit ihm. Solch ein Pech.“

Dafydd musterte das Gesicht dieser unschuldig wirkenden Frau. Das war Moose Creek.

Er hatte die Regeln vergessen, nach denen scheinbar normale Menschen hier ihr Leben führten und sich in Notsituationen freisprachen. Brandstiftung war vollauf gerechtfertigt, wenn man die Hypothek nicht bezahlen konnte. Und ein Mann musste tun, was nötig war, um nicht unterzugehen.

DIE STADT hatte sich verändert, sie war gewachsen. Seit es eine Highway-Anbindung gab, kamen die Menschen in Scharen. Die meisten blieben nicht lange, aber die Suche nach Öl und Gas, ein starker Anstieg des Ökotourismus sowie die Jagd, das Fischen, die Fallenstellerei und das Schürfen spülten einen ständigen Strom begeisterter Pioniere in die neuen Bars.

Der erste Schnee war schon gefallen, und die Kälte machte sich bereits bemerkbar. Um Viertel vor fünf war es schon fast dunkel. Die Geschäfte begannen zu schließen, und Dafydd überquerte rasch die Straße zum Kaufhaus „The Hudson Bay Company“, das inzwischen einfach in „The Bay“ umbenannt worden war, um sich ein paar lange Unterhosen und einen Parka zu kaufen. Dann ging er die Hauptstraße hinunter zum Spirituosenladen und erstand eine Flasche Southern Comfort.

In sein Zimmer zurückgekehrt, stellte er den Fernseher an, öffnete die Flasche und goss sich einen kräftigen Schluck in einen Becher. Er streifte die Schuhe ab und machte es sich auf einem rosa Sessel bequem. Der Alkohol wirkte sofort; Wärme strömte ihm in die Glieder. Er erwischte noch den Schluss der Nachrichten. Es folgte eine nicht enden wollende Reihe von Werbespots. Dafydd hantierte an der Fernbedienung herum, als jemand an die Tür klopfte.

„Ein Anruf für Sie, Dr. Woodruff. Leider müssen Sie ihn in der Rezeption entgegennehmen!", rief Tillie durch die Tür.

Dafydd zog seine Schuhe wieder an und ging nach unten. Verdutzt fragte er sich, wer wohl wissen konnte, dass er hier war. Tillie reichte ihm den Hörer und zog sich diskret hinter eine Tür mit der Aufschrift PRIVAT zurück.

„Dafydd Woodruff am Apparat."

„Dafydd Woodruff", erklang die unverwechselbare Stimme von Sheila Hailey. „Du hättest mir freundlicherweise mitteilen können, dass du herkommst."

„Ich dachte, das sei das Mindeste, was du erwartet hast – ein sofortiger Besuch zur Übernahme meiner väterlichen Pflichten."

„Gut, es gibt Pflichten, aber du brauchtest nicht hierherzukommen. Das habe ich dir doch in meinem Brief mitgeteilt."

„Ich lasse mir nun mal nichts vorschreiben." Dafydd spürte die Feindschaft, die er ihr gegenüber empfand, wieder in sich hochkommen. „Ich würde die Kinder gern sehen."

„He, immer schön langsam! Ich meine, dass wir uns vorher treffen und miteinander sprechen sollten."

„Wo und wann willst du dich mit mir treffen?"

„Nirgendwo in der Öffentlichkeit. Soll ich bei dir vorbeikommen?"

„Bist du sicher, dass du solch ein Risiko eingehen willst? Nach allem, was du durchgemacht hast", meinte er sarkastisch. „Die Vergewaltigung und dass ich dich unter Drogen gesetzt habe …"

„Oh, hör auf mit dem Mist", sagte sie verärgert. „Ich habe keine Angst vor dir. Nur Feiglinge verhalten sich so wie du." Sie hielt inne. „Hör mal", fuhr sie in sanfterem Ton fort, „lass uns miteinander reden … vernünftig."

„Gut. Dann hier. Wann?"

„Wie wär's mit jetzt sofort?"

SIE WAR noch immer schön. Ihr Haar war etwas stumpfer geworden und die stechenden blauen Augen waren eingesunken, aber ein auffälliges Fehlen von Falten im Gesicht und am Hals ließ ihn vermuten, dass sie sich hatte liften und straffen lassen. Vielleicht war der getreue Hogg am Werk gewesen, oder Ian, wenn beide noch gesund und munter und in der Gegend waren.

„Du siehst … frisch aus", sagte er und streckte ihr die Hand entgegen. Er hatte beschlossen, die Dinge so freundschaftlich zu gestalten, wie es menschenmöglich war.

„Ja, du siehst auch nicht allzu schlecht aus“, erwiderte sie und schüttelte ihm lächelnd die Hand. „Die Reife steht dir. Graue Schläfen sind bei einem Mann immer sehr erotisch.“

Er zog den rosa Sessel für sie heran und setzte sich selbst aufs Bett. „Lass uns gleich zur Sache kommen“, sagte er. „Ich möchte die Kinder so bald wie möglich sehen. Das heißt, ich möchte sie sehen, bevor wir über irgendetwas anderes sprechen.“

„Mein Anwalt meint, dass ich mindestens zweitausend Dollar pro Monat bekommen sollte.“

Er musterte ihre angespannte Miene und fragte sich, ob es ihr wirklich nur um Geld ging. „Weißt du, ich bin etwas irritiert über dein merkwürdiges Timing. Was hat dich davon abgehalten, mich schon früher in die Pfanne zu hauen?“

Sheila lehnte sich zurück und schlug ihre schlanken Beine übereinander. „Ich wollte keine Verwicklungen“, sagte sie. „Miranda hat diese Farce in Bewegung gesetzt, weil sie wissen wollte, wer ihr Vater ist.“

„Du sollst wissen, dass ich es noch immer nicht akzeptiere. Ich weiß nicht, was du getan hast, um die Sache zu schaukeln, aber es muss eine Erklärung geben. Wir beide hatten nie Geschlechtsverkehr.“

„Ich glaub's nicht“, lachte Sheila. „Welche Verleugnung!“ Sie blickte ihn fast mitfühlend an. „Wenn du möchtest, erzähle ich dir meine Seite der Geschichte, nur um deine Erinnerung aufzufrischen.“

Sie hielt inne, damit er protestieren konnte, aber er war zu neugierig zu erfahren, was für eine Geschichte sie sich ausgedacht hatte.

„Wir sind zu deinem Wohnwagen zurückgefahren, und ich fühlte mich benebelt. Dann hast du mich auf eine Tasse Kaffee zu dir eingeladen – angeblich weil ich in meinem ‚Zustand‘ nicht mehr fahren sollte. Du warst übrigens selbst ziemlich hinüber. Das Nächste, woran ich mich erinnere, ist, dass ich nackt auf einem Bett lag und du es mir besorgt hast. Am nächsten Tag hatte ich eine Migräne wie noch nie in meinem Leben. Was für ein Zeug hast du mir in den Kaffee getan? Ich dachte, ich würde mich in der Pharmakologie auskennen, mit den verschiedensten Drogen, aber das Zeug …“

Dafydd starrte sie an. Ihr ‚Tatsachenbericht‘ klang so erschreckend echt, dass jeder, der ihn hörte, ihr glauben würde.

„Das Verrückte ist“, fuhr sie unbeirrt fort, „dass ich, obwohl ich dich wirklich nicht sonderlich mochte, möglicherweise mit dir ins Bett gegangen wäre, wenn du mich nur nett darum gebeten hättest. Du warst in der Tat ein leckerer kleiner Happen, wenn auch ohne jede Bedeutung. Aber, mein Lieber, du hast es von Grund auf vermasselt. Es war einfach unglaublich, dass du mir danach die Abtreibung verweigert hast."

„Das ist etwas, das ich nie begriffen habe. Wenn du tatsächlich keine Kinder wolltest, warum hast du dich dann nicht bemüht, die Abtreibung woanders machen zu lassen? Das war doch ohne Weiteres möglich."

Sheila wurde zornig. „Du hast Nerven, mich das zu fragen. Du hast ja keine Vorstellung davon, was ich durchgemacht habe!"

„Ich glaube, dass du darauf spekuliert hast, diesen Holzfäller Randy zu heiraten. Und dann hat er dich sitzen lassen."

Sie lachte, als sei die Vorstellung völlig absurd. „Du hast keine Ahnung, wovon du sprichst", sagte sie kalt. „Lass uns zum Thema Unterhaltszahlungen zurückkehren."

„Gut."

„Du willst doch, dass sie all die Dinge bekommen, die ihnen ihre Eltern bieten können, oder? Immerhin sind es deine einzigen Kinder."

„Wie kommst du darauf, dass sie meine einzigen Kinder sind?"

„Oh, du kannst mir glauben, dass ich eine Menge über dich weiß. Ich habe mehr als einmal mit deiner Frau gesprochen. Sie war so freundlich, mich über ein paar Dinge zu informieren … und ich habe ihr gegenüber das Gleiche getan. Wir haben uns gut verstanden."

Dafydd erstarrte. Isabel und Sheila tauschten miteinander Informationen aus! Vielleicht war das der Grund für Isabels Anruf bei Leslie gewesen. Isabel war sich so sicher, dass er sie belogen hatte, dabei war sie ihm gegenüber selbst nicht aufrichtig gewesen. Sie hatte zugelassen, dass Sheila ihr Denken vergiftete.

„Wie kannst du es wagen, meine Frau in die Sache reinzuziehen?"

„Hör mal." Sie fuhr mit der Hand durch die Luft, als wollte sie seine Feindseligkeit fortwischen. „Wir sollten uns nicht streiten. Was bringt das? Die Sache ist doch ziemlich klar, oder? Ich beabsichtige nicht, völlig unvernünftig zu sein. Es wäre nett, wenn du die Zwillinge ein wenig kennen lernen würdest, und sobald die Vereinbarungen für regelmäßige Zahlungen getroffen sind, kannst du nach Wales zurückkehren und dein Leben fortführen." Sie stand auf und begann, sich ihren Mantel überzuziehen. Er wirkte teuer – nicht, als stammte er von The Bay. „Ich habe einen neuen Anwalt", erklärte sie, „in Inuvik. Sein Name ist Michael McCready. Du kannst dich mit ihm unterhalten." Sie reichte ihm die Visitenkarte des Anwalts.

Dafydd stand auf, um sie hinauszubegleiten. „Wann sehe ich die Kinder?"

„Wie wär's mit Samstag? Komm zum Mittagessen." An der Tür drehte sie sich noch einmal zu ihm um. „Tu mir den Gefallen und erzähl niemand, warum du wirklich hier bist. Du kannst Tillie mitteilen, dass wir über eine mögliche ärztliche Vertretung irgendwann in der Zukunft sprechen. Nicht dass es mir viel ausmachen würde. Es wäre bloß für uns alle viel einfacher, wenn wir all den Klatsch vermeiden könnten."

Mal sehen, dachte Dafydd, als er die Tür hinter ihr schloss. Sie wird mich nicht daran hindern, ein paar Nachforschungen anzustellen.

Es war heller Tag, als Tillie an die Tür klopfte. Dafydd war, vollständig bekleidet, in dem Sessel eingeschlummert. Als er durch das hartnäckige Klopfen aufwachte, wusste er nicht, wo er sich befand oder wer er war. Der Jetlag hatte schließlich sein Recht gefordert. Die schiere Unwirklichkeit, dort zu sein, wo er war, der Verlust seines geordneten Lebens, seiner Ehe – all das sickerte wieder in sein Bewusstsein. Er taumelte auf das Klopfen zu.

„Dr. Woodruff", rief Tillie durch die Tür, „ich schließe gleich die Küche! Soll ich Ihnen nicht ein paar Eier und Toast machen? Ich bring's Ihnen hoch."

Dafydd öffnete die Tür und Tillie sah ihn prüfend an. „Und eine gute, starke Tasse Kaffee?", fügte sie eifrig hinzu.

„Ja, in Ordnung, aber nur Kaffee." Dafydd rieb sich das Kinn. Es fühlte sich an wie Schmirgelpapier, und seine Augen kamen ihm geschwollen vor.

„Fühlen Sie sich wohl?" Tillie legte ihre Hand auf seinen Arm.

„Sie sind sehr freundlich, Tillie. Ich will keine Sonderbehandlung. Morgen früh werde ich rechtzeitig da sein." Er tätschelte die kleine Hand. „Aber der Kaffee wird meine Lebensgeister wecken. Und bitte nennen Sie mich Dafydd."

Dafydd verbrachte ein paar Tage allein, um sich auf die Situation einzustellen. Er ging viel spazieren und schlenderte auf den zahlreichen, für künftige Häuserreihen gebauten Kiesstraßen aus der Stadt hinaus. Auf großen viereckigen Flächen waren Bäume gefällt worden, um Parzellen für Behausungen zu schaffen.

Er testete die neuen Bars. Als in einer Ecke sitzender Fremder konnte er ungehindert nachdenken und gleichzeitig die anderen beobachten und ihnen zuhören. Die Ureinwohner hier stammten aus unterschiedlichen Regionen, und auch ihre Sprachen waren verschieden. Daneben gab es ein paar Europäer sowie Frankokanadier und Leute aus dem Süden, die ihr breites Englisch sprachen. Dies war ein einzigartiger Ort, ein Schmelztiegel der Menschheit am Rand der Welt.

Am späten Donnerstagnachmittag saß er im „Golden Nugget“, als ein Mann auf ihn zukam. Es war ein Indianer in mittleren Jahren, mit beachtlichem Übergewicht und einer griesgrämigen Miene.

„Hallo“, sagte er und nahm seine Schirmmütze ab. „Sie werden sich nicht an mich erinnern.“

„Um ehrlich zu sein, nein“, gestand Dafydd.

„Sie waren ziemlich eng mit meinem Großvater befreundet, vor einiger Zeit. Einmal haben Sie ihn ins Krankenhaus gesteckt, und ich glaube, dass Sie ihm das Leben gerettet haben.“

Dafydds Gesicht hellte sich auf. „Sie sind Sleeping Bears Enkel!“ Er streckte die Hand aus, und der Mann schüttelte sie zögernd. „Darf ich fragen …“

„Er ist vor fünf Jahren gestorben. War gerade neunundneunzig geworden.“

„Gütiger Himmel, neunundneunzig! Wollen Sie sich nicht zu mir setzen? Ich bestelle Ihnen ein Bier.“

„Nein, kein Bier“, antwortete der Mann und setzte sich dennoch. „Grandpa war wild auf Alkohol, aber ich sage Ihnen, er tut dem Volk der Dene nicht gut. Wir können ihn nicht verkraften … er passt nicht zu unseren Genen. Woher kommt es wohl, dass der weiße Mann unser Land und unsere Rechte geraubt hat?“

Die unverhohlene Feindschaft gegenüber seinen eigenen Vorfahren störte Dafydd ein wenig, auch wenn er der Meinung von Bears Enkel grundsätzlich zustimmte. Der weiße Mann hatte überall gestohlen und geplündert. „Erzählen Sie mir von Bear“, bat er. „Ich wusste, dass er nicht mehr am Leben sein konnte … aber neunundneunzig, das ist wirklich steinalt.“

„Stimmt. Er war ein zäher Knochen. Eines Nachts ist er einfach eingeschlafen. Die Hunde ließen niemanden an ihn ran. Ich musste die verfluchten Biester abknallen, sonst hätten wir ihn nie unter die Erde gekriegt.“

Sie verfielen in Schweigen. Bears Enkel schien sich nicht wohlzufühlen. „Ich wollte nur sagen …“ Er blickte um sich. „Der alte Mann hat Ihre Briefe bekommen, und er bat mich, Ihnen etwas zu schreiben. Er hat es immer wieder gesagt, aber ich hab’s nie weiterverfolgt.“

Er legte eine Pause ein, und Dafydd fragte sich, was er ihm mitzuteilen versuchte. „Wissen Sie, worum es ging?“

„Nein. Ich hab irgendwie ein schlechtes Gewissen, weil ich mich nie darum gekümmert hab. Aber jetzt hab ich's Ihnen gesagt." Damit glaubte er wohl, sein Versäumnis wettgemacht zu haben. Er stand auf und ging mit einem durch die Zähne gepressten Gruß in Richtung Ausgang.

„Wie heißen Sie?", rief Dafydd hinter ihm her. „Ich hab's vergessen."

„Joseph!", rief er zurück, ohne sich noch einmal umzudrehen.

Dafydd beobachtete, wie er aus der Kneipe watschelte, ohne irgendjemanden anzusehen. Plötzlich empfand er starkes Mitgefühl mit dem finsteren Mann. Einen Mann, der erlebt hatte, wie seine Kultur durch das stetige Vordringen der Weißen vernichtet worden war.

Während Dafydd durch die kalten Straßen zurückging, wanderten seine Gedanken zu Sleeping Bear. Also hatte der alte Lump doch versucht, ihm zu schreiben. Dafydd war für die äußerst spät überbrachte Nachricht dankbar. Seine Briefe hatten den alten Mann erreicht und ihm ein wenig Freude bereitet.

Er dachte an ihre Reise. Die Reise, die Bear seine letzte Pilgerfahrt genannt hatte und die auch für Dafydd selbst zu einer ganz besonderen Pilgerfahrt geworden war. So viel ihm diese Erfahrung auch gegeben hatte – anschließend war er von einer tiefen Traurigkeit erfüllt gewesen. Er hatte mehrere Briefe an die Frau mit den kohlrabenschwarzen Augen und den pferdeschweifartigen Haaren geschrieben, aber nie eine Antwort erhalten. Er konnte sich den Grund vorstellen. Das Leben musste weitergehen, und jemandem, der in solch einer harten Umgebung überleben musste, half es nicht, einer Erinnerung oder Illusion nachzutrauern. Das hätte sie zermürbt.

Dennoch konnte er seine Sehnsucht nach ihr nicht überwinden.

DAS KRANKENHAUS sah unverändert aus. Nichts war daran gemacht worden. Nicht einmal einen Anstrich hatten die trostlosen grauen Zementblöcke bekommen. Ziemlich früh am folgenden Morgen trat Dafydd ein, voller Neugier.

Er hatte in Erfahrung gebracht, dass sowohl Hogg als auch Ian noch immer dort arbeiteten, neben drei weiteren Ärzten, die dem Bevölkerungszuwachs gerecht werden sollten. Einer von ihnen, Dr. Lezzard, war ein Militärchirurg im Ruhestand, der unter dem Einfluss eines ganzen Liters Whisky die kompliziertesten Operationen ausführen konnte. All das wusste er von Tillie, die eine vorzügliche Informationsquelle war.

Er hatte gehofft, in einer der Bars auf Ian zu stoßen, aber ganz entgegen seinen früheren Gewohnheiten schien Ian nicht mehr auszugehen. Auf der anderen Seite fürchtete sich Dafydd ein wenig davor, ihm zu begegnen. Wie würde ein Mann in seinem eigenen Alter nach vierzehn Jahren aussehen?

Eine junge Krankenschwester sprach ihn im Eingangsbereich an und fragte, ob sie ihm helfen könne.

„Ich suche Dr. Hogg oder Dr. Brannagan."

„Sind Sie Patient?"

„Nein. Ein früherer Kollege."

„Dr. Brannagan ist zurzeit krankgeschrieben. Dr. Hogg befindet sich in einer Konferenz, aber er müsste bald herauskommen. Würden Sie sich vielleicht in den Warteraum neben der Rezeption setzen, und ich sage ihm dann, dass Sie hier sind … Mr …?"

„Dr. Woodruff. Dafydd Woodruff." Die junge Frau wandte sich zum Gehen, da rief er hinter ihr her: „Verzeihen Sie, arbeitet Janie Kopka noch immer in diesem Krankenhaus?"

Sie drehte sich um und musterte ihn. „Klar doch. Sie ist meine Mom."

„Bitte grüßen Sie sie von mir. Ich werde versuchen, sie später zu erwischen."

Er setzte sich ins Wartezimmer. Während er in einigen Zeitschriften blätterte, marschierte Sheila herein. „Was tust du hier?" In ihrer Miene spiegelte sich mehr als nur Ärger. Sie wirkte sehr angespannt.

„Ich bin ein freier Mann und kann gehen, wohin ich will. Hast du Angst, dass ich Hogg von meiner neu entdeckten Vaterschaft erzähle?"

„Wag das ja nicht!", fauchte sie ihn an. „Hogg und ich kennen uns schon seit Langem sehr gut, aber ich will nicht, dass er das erfährt." Sie hatte die Arme wie üblich unter den Brüsten verschränkt. „Also, wie willst du erklären, dass du in Moose Creek bist?", fragte sie.

„Vielleicht werde ich ihn um einen Job bitten." Er spürte eine selbstgefällige Befriedigung über diese Gelegenheit, sie aus der Fassung zu bringen. „Ich habe gehört, dass Ian krankgeschrieben ist. Vielleicht kann ich ihn vertreten, bis es ihm besser geht. Was hat er denn?"

„An deiner Stelle würde ich mir über ihn keine Gedanken machen. Außerdem ist er weggefahren und wird mehrere Wochen lang nicht wiederkommen", meinte Sheila barsch. „Frag auf keinen Fall nach einer Arbeit. Ich werde mich auf jeden Fall dagegen aussprechen. Ohnehin wäre es illegal, und ich würde keinen Moment zögern, die Einwanderungsbehörde zu informieren, wenn –"

Dafydd hob die Brauen, um anzudeuten, dass Hogg auf sie zukam.

„Sieh an, sieh an, ein Gruß aus alten Zeiten!", rief Hogg jovial und schüttelte Dafydd die Hand. „Sie können sich gar nicht vorstellen, wie sehr wir Sie im Moment gebrauchen könnten … Urlaub?“

Dafydd blickte kurz zu Sheila hinüber. „Ja, nur eine Reise, rein zum Spaß.“

„Sehr gut, sehr gut.“ Hogg sah noch genauso aus wie früher, obwohl er auf die sechzig zugehen musste. Die Art, wie er Sheila ansah, ließ sofort erkennen, dass er noch immer in die Oberschwester vernarrt war.

Sie plauderten ein paar Minuten über die Stadt, dann war Hogg schon wieder auf dem Sprung. „Hören Sie, alter Knabe, kommen Sie um eins in die Personalkantine und essen Sie einen Happen mit uns. Wir sind immer gespannt darauf zu erfahren, wie unsere jungen Anfänger von einst ihren Horizont erweitert und es in der Welt zu etwas gebracht haben.“ Dann entschuldigte er sich und marschierte in seiner geschäftigen Art davon.

„Er hat sich nicht geändert“, bemerkte Dafydd.

„Hör zu!“, zischte Sheila und trat näher an ihn heran. „Halte dich von meinem Arbeitsplatz fern. Du hast hier überhaupt nichts zu suchen. Mach dir bloß nicht die Mühe, in die Kantine zu kommen …“

Der drohende Unterton in ihrer Stimme war unüberhörbar. Das erweckte Dafydds Neugier. Früher hatte sie sich nie darum geschert, was die Leute von ihr hielten. Es war offensichtlich, dass seine Anwesenheit in der Stadt ein tiefes Unbehagen bei ihr auslöste.

„Wir sehen uns am Samstag“, sagte sie, „vorher nicht.“ Dann wandte sie sich ab und verschwand.

Eine halbe Stunde später rief Dafydd von Tillies Apparat aus im Krankenhaus an und fragte nach Janie. Sie freute sich, von ihm zu hören.

„Patricia meint, da habe so ein unglaublich gut aussehender Arzt nach mir gefragt. Den Namen hatte sie vergessen. Ich hatte keine Ahnung, wer es sein könnte.“

Dafydd lachte. „Darf dich dieser tolle Arzt irgendwann auf einen Drink einladen, oder will ihm dann ein anderer Supermann an den Kragen?“

„Keineswegs. Eddie wird sich freuen, mich einen Abend lang los zu sein, weil er dann seine Golfschläge vorm Fernseher üben kann.“

„Prima. Janie, du hast nicht zufällig die Telefonnummer von Ian? Sheila hat gesagt, dass er im Moment nicht in der Stadt ist? Stimmt das?“

Janie schwieg ein paar Sekunden lang, bevor sie ihm Ians Telefonnummer gab. „Er ist in der Hütte. Ich war vergangene Woche da, um nach ihm zu sehen. Es geht ihm ziemlich schlecht, Dafydd. Du wirst schockiert sein, wenn du ihn siehst.“

Statt Ian anzurufen, entschloss sich Dafydd, einfach zur Hütte hinauszufahren. Er hatte das Gefühl, dass Ian versuchen würde, ihm einen Besuch auszureden, und Dafydd wollte sich unbedingt selbst davon überzeugen, wie es seinem alten Freund ging. Er nahm ein Taxi und bat den Fahrer, ihn eine Stunde später wieder abzuholen.

Das Gebäude wirkte völlig verwahrlost. Die Veranda war fast gänzlich weggebrochen, und auf dem Dach fehlten Schindeln. Ein tiefes Knurren empfing Dafydd, als er die morschen Stufen hinaufstieg. Das Knurren wurde stärker, als er klopfte. Nach einem Moment kam Ian an die Tür.

Das Erste, was Dafydd an ihm auffiel, waren die Augen. Das einstige Weiß war von einem schmutzigen Gelb verdrängt worden. Sein Gesicht war hager und fahl, sein Haar noch immer recht lang, aber es hatte die Farbe von totem Stroh. Sie musterten einander.

„Tod und Teufel – DU!"

„Ja, ich", sagte Dafydd und streckte ihm die Hand entgegen.

Ian drückte sie matt, hielt sie jedoch einen Moment lang fest. „Komm rein, verdammt."

Das Knurren verstummte plötzlich, und ein alter Hund erhob sich, wobei er mit seinen arthritischen Hinterläufen zu kämpfen hatte. Der Schwanz des räudigen alten Hundes wedelte wild, während er Dafydds Hand ableckte.

„Ich kann's nicht glauben. Er erkennt mich."

„Ich auch, Mann", lachte Ian und klopfte ihm auf die Schulter. „Komm rein und trink was."

Der Raum war verdreckt. Hier wohnte ein Mann, dem alles gleichgültig geworden war. Ian goss Scotch in zwei Gläser und reichte Dafydd eines. Sie setzten sich an den Küchentisch, der mit Speiseresten auf fettigen Papptellern bedeckt war. Ian bemerkte, dass Dafydd einen Blick auf die Überreste warf, und holte einen Müllsack. Dann fegte er alles mit einer ausladenden Bewegung hinein und schleuderte den Sack in eine Ecke. Thorn schleppte sich mühsam dorthin und scharrte beharrlich mit seiner Pfote an der Plastikhülle.

Ian zündete sich eine Zigarette an und blinzelte durch die Rauchschwaden. „Was zum Teufel machst du wieder hier?", fragte er.

„Du weißt also von nichts?"

Ian schwieg einen Moment lang. Sein Gesichtsausdruck verriet nichts. Dann lächelte er. „Du bist gekommen, um dir meinen Job zu schnappen!"

Dafydd lachte. „Hogg hat mir tatsächlich so etwas vorgeschlagen."

„Nein, im Ernst. Was machst du hier?“

Dafydd hatte sich noch nicht entschieden, was er ihm anvertrauen wollte. Aber irgendjemand musste in die Gründe seiner Anwesenheit eingeweiht werden, und die geeignetste Person dafür war zweifellos Ian. Denn er kannte Sheila, und zwar sehr gut. „Ich erzähl’s dir, wenn du mir verrätst, was mit dir los ist. Du siehst hundeelend aus, und du bist nicht bei der Arbeit.“

„Nichts Besonderes. Ich trinke zu viel … und manchmal protestiert meine Leber. Im Moment habe ich Urlaub. Mir stehen drei Wochen zu.“

Inzwischen war es Thorn gelungen, den Plastiksack aufzureißen. Er verstreute den Inhalt über den Fußboden, während er an den Abfällen knabberte.

„Hast du nicht noch irgendwo eine Dose Hundefutter?“, fragte Dafydd.

Ian stand auf und stöberte in seinen Schränken. „Ich habe tatsächlich nichts mehr“, antwortete er verärgert. „Meine Vorräte sind sehr knapp.“

„Ich mach dir einen Vorschlag. Da ich sehe, dass es dir gar nicht gut geht, werde ich morgen für dich ein wenig einkaufen. Du musst mir nur sagen, was du brauchst. Ich habe mehr als genug Zeit.“

„Danke, Kumpel. Dafür wäre ich dir sehr verbunden.“ Ian ließ sich schwer auf den Stuhl fallen. „Ich meide die Stadt inzwischen ganz, halt’s da nicht aus. Ich bin hergezogen, weil ich dem Trubel entkommen wollte. Jetzt ist die Stadt eine Anlaufstelle für einen ständigen Strom von Vollidioten geworden.“

Thorn legte den Kopf auf Dafydds Schoß.

„Na los“, drängte Ian. „Warum bist du nach Moose Creek gekommen?“

„Also gut, ich erzähl’s dir. Sheila behauptet, dass ich der Vater ihrer Zwillinge sei.“ Er legte eine kurze Pause ein, damit Ian seine Worte verarbeiten konnte. „Zuerst hab ich geglaubt, sie sei verrückt geworden. Aber dann haben wir einen DNA-Test durchführen lassen. Er gab ihr Recht.“

„Wow.“ Ian pfiff durch die Zähne, schüttelte den Kopf und blickte Dafydd in ehrlicher Verblüffung an. Dann warf er lachend den Kopf zurück, wobei eine Spur seiner einstigen Ausstrahlung aufblitzte. „Ich wusste es. Ich wusste, dass du scharf auf sie warst. Also hast du’s doch mit Sheila getrieben!“ Er lachte erneut, wurde dann aber plötzlich ernst. „Was will sie?“

„Das Übliche. Geld …“

„Komisch“, sinnierte Ian, „ich hatte schon fast geglaubt, es seien meine Kinder. In der Stadt kursierten zahlreiche Mutmaßungen. Ihr damaliger

Freund hat sie hochkant rausgeschmissen. Er wusste, dass er es nicht gewesen war. In letzter Zeit dachte ich, Hogg könnte der Schuldige gewesen sein. Seit Anita ihn verlassen hat, rennt er hinter ihr her wie ein Rüde hinter einer läufigen Hündin." Er strich mit den Fingern durch sein strähniges Haar. „Was wirst du hinsichtlich der Kinder tun?"

„Weiß nicht genau. Ich werde einen Schritt nach dem anderen machen. Morgen treffe ich die beiden Kinder."

Ian blickte ihn mit aufrichtigem Mitgefühl an. „Besser du als ich, Mann."

Das Hupen eines Autos ertönte.

„Das ist mein Taxi."

„He, nimm mein Auto. Ich brauche es in den nächsten Wochen nicht. Dann kannst du mich auch weiterhin mit Vorräten versorgen."

„Ist das dein Ernst?" fragte Dafydd. Ein Auto wäre wirklich sehr nützlich, überlegte er. Dann könnte er mit den Kindern einen Ausflug machen. Vielleicht auch ein oder zwei Tage allein irgendwohin fahren.

Er bezahlte den Taxifahrer und fuhr mit Ians Auto in die Stadt, nachdem er versprochen hatte, am folgenden Tag zurückzukommen.

„Das ist Miranda … und das ist Mark." Sheila schob den Jungen mit einer Hand im Rücken nach vorn, während sich das Mädchen hochreckte, um artig Dafydds Wange zu küssen.

In den vergangenen Wochen hatte Dafydd schrittweise akzeptiert, dass diese Kinder wahrscheinlich seine waren, so unmöglich das auch erschien. Außer Sorge hatte er bisher so gut wie nichts für die Kinder empfunden, sodass ihn die Wirkung dieser persönlichen Begegnung ganz unvorbereitet traf. Sie zum ersten Mal wirklich vor sich zu sehen bewegte ihn.

Miranda war ein strahlendes junges Mädchen, wenn auch ein bisschen pummelig. Sie zeigte bereits Anzeichen körperlicher Reife. Er suchte ihr Gesicht nach Spuren seiner eigenen Gene ab, und tatsächlich hatte sie dunkles, lockiges Haar. Wie er hatte sie einen vollen Mund, der sich an den Winkeln nach oben bog. Ihre weit auseinanderliegenden dunkelbraunen Augen wurden von einer breiten Stirn überwölbt.

Der Junge sah völlig anders als Miranda aus, sodass ein Außenstehender nie eine Verwandtschaft zwischen ihnen vermutet hätte, doch war er durch und durch Sheilas Sohn. Er besaß einen Schopf widerborstiger roter Haare, die er üppig hatte wachsen lassen und zu einem beeindruckenden Pferdeschwanz gebunden trug. Sein Gesicht war länglich und sehr blass. Schlaksig und ziemlich groß für sein Alter, schien der Junge eher fünfzehn als knapp dreizehn Jahre alt zu sein. Wie seine Mutter war er mit Sommersprossen übersät. Er stand linkisch da. Dafydd streckte ihm seine Hand entgegen, und er schüttelte sie flüchtig.

Das Haus war groß für hiesige Verhältnisse, außerdem komfortabel und geschmackvoll möbliert. Sie gingen ins Wohnzimmer, doch Miranda packte Dafydds Hand. „Komm und sieh dir mein Zimmer an. Ich will dir meine Sachen zeigen."

Dafydd ließ sich fortziehen. Sie verbrachten mindestens zwanzig Minuten damit, ihre Poster, Kinderspielsachen, ihre Musiksammlung und die Fotoalben mit den Geschwistern als Kleinkindern anzusehen. Sie fragte ihn, ob er ein paar von den Fotos haben wolle, und er steckte sich einige Schnappschüsse in die Brieftasche. Dann rief Sheila sie nach unten zum Essen.

Sie hatte einen Braten zubereitet. „Das isst man doch in England?", fragte sie mit einem aufgesetzten Lächeln, als sie sich an einem großen Tisch niederließen.

„Manche ja. Ich esse nicht viel Fleisch."

Plötzlich schaltete sich der Junge ein. „Ich bin Veganer. Mich widert die Vorstellung an, das vergammelte Fleisch toter Tiere zu essen."

„Um Himmels willen", stöhnte Sheila, „doch nicht jetzt."

„Und woher bekommst du deine Proteine?", fragte Dafydd.

„Aus Bohnen, Tofu, Nüssen und Getreide", antwortete der Junge. „Hauptsächlich durch Erdnussbuttersandwiches. Brot und Nüsse liefern vollwertiges Protein."

„Ich dachte, Erdnüsse seien keine Nüsse, sondern Hülsenfrüchte", erwiderte Dafydd.

Der Junge blickte ihn zum ersten Mal an. „Stimmt. Aber sie ergänzen sich trotzdem."

Dafydd betrachtete den mürrischen Jugendlichen. Er war nicht nur beunruhigend scharfsinnig, er wirkte mit seinem schmalen Gesicht, seiner totenähnlichen Blässe und seinen kalten Augen auch fremdartig – finster und zart zugleich. Höchstwahrscheinlich verbarg sich ein äußerst verletzlicher junger Bursche hinter alldem – in diesem Haus der starken, selbstbewussten Frauen.

Es wurde ein recht problemloses Mittagessen. Miranda sorgte mit ihren aufmerksamen Fragen und ihrem ansteckenden Lachen für gute Stimmung. Selbst Sheila, die sich bemühte, das Beste aus einer schwierigen Situation zu machen, erschien bemerkenswert heiter. Die Mutter meiner Kinder, dachte Dafydd. Er versuchte, seine Erfahrung mit ihr als gefährlicher, rachsüchtiger Männerfresserin beiseitezuschieben. Eine vernünftige Mutter, eine gute Versorgerin, ein würdiges Vorbild, solange man nicht zu genau hinsah, nicht in den Ecken stöberte.

„Was kommt als Nächstes?“, fragte er, als die Kinder für einen Moment den Raum verließen.

„Als Nächstes … Lass uns die Geldfrage klären, und dann kannst du wieder nach Hause fliegen. Wir können uns am Freitag hier treffen. Die Kinder sind in der Schule und ich habe den Tag frei.“

„In Ordnung. Aber ich habe mit meiner Frage, was als Nächstes kommt, gemeint, dass ich Zeit mit ihnen verbringen möchte.“ Sein Blick richtete sich zur Küche, wo die beiden mit Geschirr herumklapperten und sich leise unterhielten. „Ich würde sie gern allein sehen. Vielleicht einzeln.“

„Gut, einverstanden“, erwiderte sie. „Aber ich erwarte von dir, dass du diskret bist. Ich habe ihnen strikte Anweisungen gegeben, mit niemandem darüber zu sprechen. Versuch, irgendetwas zu arrangieren, bei dem nicht Massen von Leuten dabei sind.“

Kurz darauf kamen die Zwillinge mit Fruchtsalat und einer Schüssel Eiscreme zurück. Mark blickte misstrauisch von seiner Mutter zu Dafydd. Seinen blassen, wässrigen Augen schien nichts zu entgehen.

„Musst du schon gehen?“, fragte Miranda, als sie das Essen beendet hatten und Sheila mit Dafydds Parka in der Hand erschien.

„Scheint so“, antwortete Dafydd. Er verabschiedete sich.

Der Junge stieß ein rasches „Bis dann“ hervor, während ihn Miranda umarmte. Sie war ein Kind, das dachte, es habe das große Los gezogen und endlich den Vater gefunden, nach dem es sich gesehnt hatte. Dieser Rolle gerecht zu werden würde schwierig sein.

DAFYDD gewöhnte sich an, Ian jeden Morgen zu besuchen und ihm Zeitungen, Lebensmittel und sehr widerwillig den Whisky zu bringen, der zu Ians Lieblingslaster geworden war. Dafydd wollte ihn auf seine Sucht ansprechen, aber er beschloss, damit zu warten, bis sie wieder etwas von ihrer früheren Unbeschwertheit und Nähe aufgebaut hatten.

Er bekam die Kinder die ganze Woche hindurch nicht zu Gesicht. Er rief Sheila fast täglich an, um gegen ihren unsinnigen Entschluss, ihn von den Zwillingen fernzuhalten, zu protestieren, aber sie wies seine Forderungen zurück und beschied ihm, bis Freitag zu warten. „Sprich mit meinem Anwalt über die Unterhaltszahlungen.“

Seit seiner Ankunft waren fast zwei Wochen vergangen. Er hatte die Personalabteilung in Cardiff angerufen und darum gebeten, ihm noch einen Monat unbezahlten Urlaub zu gewähren. Als Grund führte er eine „persönliche Krise“ an. Stimmte das etwa nicht? Sein Unfall im trunkenen Zustand, sein Zusammenstoß mit seinem Chef Payne-Lawson, seine auf Abwegen befindliche Frau – all das war zu wilden Gerüchten zusammengerührt worden, die im Krankenhaus kursierten. Er war froh, alles ein Weilchen hinter sich zu lassen und abzuwarten, bis sich die Aufregung gelegt hatte.

AM FREITAG verließ er Ian früher als sonst, um pünktlich zu seiner Verabredung mit Sheila in deren Haus zu erscheinen. Der Schneefall hatte ernsthaft eingesetzt, und dicke Flocken schwebten unablässig herab. Als Dafydd den kurzen Weg vom Auto bis zu Sheilas Tür zurückgelegt hatte, war er bereits mit weißem Flaum bedeckt. Bevor sie ihn einließ, streifte er seinen Parka ab und schüttelte ihn heftig vor der Tür aus.

Sheila stand im Flur, verschränkte auf ihre übliche Art die Arme und lehnte sich gegen den Türrahmen. „Hast du McCready angerufen?“

„Nein, aber mein Anwalt steht mit ihm in Kontakt.“

Sheila blickte ihn eine Weile schweigend an. „Willst du nicht wieder nach Hause fliegen?“, fragte sie schließlich in ruhigem Ton. „Es gibt keinen Grund für dich, es hinauszuzögern. Ich finde, dass wir uns auf die von McCready vorgeschlagene Summe einigen sollten.“ Sie musterte ihn herausfordernd von oben bis unten und ließ ihren Blick dann in der Gegend um seine Gürtelschnalle verweilen.

Dafydd verspürte den heftigen Drang, sich zu verabschieden. Auf ihrem Territorium, allein mit ihr, fühlte er sich in Gefahr. Sie war eine leibhaftige Teufelin, wunderschön anzusehen, verlockend – bis sie ihre Bosheit und Verachtung über einem ausschüttete. Aber er musste diese Treffen mit ihr durchstehen.

„Ich hol dir eine Tasse Kaffee. Mach’s dir bequem.“ Sie schob ihn in Richtung Wohnzimmer und drückte ihm eine Ausgabe der *Moose Creek News* in die Hand.

Das Wohnzimmer war merkwürdig steril. Es fehlte an persönlichen Dingen; nicht einmal die Sachen der Kinder lagen dort herum. Er lehnte sich zurück und versuchte, sich auf die neuesten Nachrichten in der Zeitung zu konzentrieren. Einen Moment später hörte er, dass die Eingangstür geöffnet wurde. Er stand vom Sofa auf und ging zum Fenster. Instinktiv trat er einen Schritt zurück, als er Sheila bemerkte, die den Kofferraum von Ians Auto öffnete. Er konnte nicht erkennen, was sie tat. Rasch wich er zurück und setzte sich wieder hin. Spionierte sie bloß herum? Es war jedenfalls merkwürdig.

Eine Minute später kam sie mit zwei großen Tassen zurück und setzte sich. Sie nippte einen Augenblick lang schweigend an ihrem Kaffee, dann straffte sie sich mit einem tiefen Atemzug. „Also“, sagte sie, „ich möchte mit dir über Mark sprechen. Es gibt eine Sonderschule in Winnipeg. Sie kostet zweiundzwanzigtausend Dollar pro Jahr, aber sie soll hervorragend sein. Wenn du das nicht bezahlen willst, gibt es noch andere, weniger attraktive Optionen.“

„Sonderschule? Wovon sprichst du?“, fragte Dafydd verdutzt. „Er scheint doch geistig keinerlei Schwierigkeiten zu haben.“

„Im Gegenteil. Aber ich will mich nicht länger mit seinem Verhalten abfinden.“

„Teenager neigen dazu, launisch und schwierig zu sein. Das ist normal.“

„Aber seine Unverschämtheit nervt mich. Er hat eine finstere Seite.“

„Hm … seine dunkle Seite. Ich wüsste gern, woher er die hat.“

„Hör mal“, sagte sie und hob die Stimme, „ich habe den größten Teil meiner Kindheit in allen möglichen Internaten verbracht, und die waren nicht halb so schön wie die Schule, die Mark besuchen kann. Was bitte ist denn daran schlimm?“

„Und was soll er deiner Ansicht nach an einem solchen Ort lernen?“, fragte Dafydd.

„Sich durchzubeißen“, erwiderte sie brüsk. „Ich musste das, und es hat mich wirklich weitergebracht. Man lernt, auf sein eigenes Interesse zu achten.“

„Das glaube ich dir aufs Wort“, stimmte Dafydd ihr zu. „Damit kennst du dich wirklich aus.“

Sheila starrte ihn an, als wollte sie ihn mit einer Flut von Beleidigungen überschütten. Dies war die echte Sheila. „Also, du musst sehr schnell ein paar Entscheidungen treffen, oder du hast am Ende einen ganzen Berg Anwaltsrechnungen zu begleichen. Ich will nicht, dass du noch sehr viel länger hierbleibst. Ende nächster Woche möchte ich etwas Geld auf dem Konto haben. Also lass uns ein bisschen schneller vorgehen, oder ich muss dir eine gerichtliche Verfügung auf den Tisch knallen.“

Er stand auf, ohne seinen Kaffee angerührt zu haben, und ging in die Diele, um seinen Parka zu holen. Aber Sheila wusste immer genau, wann es sich empfahl, klein beizugeben. Sie folgte ihm in die Diele und legte ihm die Hand auf die Brust. „Bitte, Dafydd, so weit braucht es ja nicht zu kommen", sagte sie beschwichtigend. „Denk darüber nach. Wir sollten die Sache nicht zu kompliziert machen … um ihretwillen. Du willst doch das Beste für sie, oder? Sei vernünftig."

„Das Beste für sie? Wie zum Beispiel in irgendeine grässliche Sonderschule geschickt zu werden?" Die Vorstellung, dass sie vorhatte, ihn und sein Geld zu benutzen, um sich ihres Sohnes zu entledigen, empörte Dafydd. „Ich werde sie morgen früh um zehn abholen. Wenn du damit nicht einverstanden bist, nehme ich das nächste Flugzeug, und du wirst deinen Mr McCready dafür bezahlen müssen, rund um den Globus hinter mir und meinem Scheckbuch herzujagen."

ER STIEG ins Auto und fuhr ein Sträßchen entlang, das zu einem Sportplatz führte. Der Schnee verdeckte eine Reihe übler Schlaglöcher, und Dafydd brachte den Wagen holpernd zum Stehen. Er stieg aus und ging zum Heck des Autos.

Der Kofferraum hatte kein Schloss. Wusste Sheila das? Er öffnete ihn, entdeckte jedoch nichts außer einem Paar Gummistiefeln und einem platten Ersatzreifen. Als er eine Ecke der feuchten Matte lüftete, mit welcher der Kofferraum ausgelegt war, fand er ein Päckchen, das in Luftpolsterfolie eingewickelt und mit Klebestreifen verschlossen war. Dafydd betastete es und spürte, dass es zahlreiche kleine rundliche Objekte enthielt, die sich beim Aneinanderreiben wie Glas anhörten.

Zunächst spielte er mit dem Gedanken, es zu öffnen, aber sein natürlicher Respekt vor dem Eigentum anderer ließ ihn das mysteriöse Päckchen dorthin zurücklegen, wo er es gefunden hatte. Er lenkte das Auto rückwärts aus dem tückischen Sträßchen hinaus und fuhr zu Tillies Hotel.

DIE DREI saßen in „Beanie's Cafeteria" und vertilgten Beanies Bohnenburger. Sie waren die einzigen Kunden und wurden von einem jungen Mann bedient, vermutlich von Beanie persönlich. Er trug wallendes Haar und einen Kaftan, dessen Stoff seine langen Beine umrauschte.

Miranda machte sich daran, ihren Burger zu verschlingen, als ihr etwas einfiel. Dann kramte sie in ihrer kleinen roten Lederhandtasche und überreichte Dafydd einen Umschlag. „Meine Mom hat mich gebeten, dir den zu geben. Er wurde an unser Postfach geschickt, aber er ist für dich. Von wem stammt er?"

„Weiß deine Familie zu Hause nicht, wo du wohnst?", fragte Mark.

„Nein, weiß sie nicht", gestand Dafydd beschämt. Es war ihm nicht in den Sinn gekommen, Isabel mitzuteilen, wo er war, zumal sie darauf bestanden hatte, dass er sie bis zu seiner Rückkehr in Ruhe ließ. Isabel wusste, dass sie ihm jederzeit eine E-Mail schicken oder ihn über sein Handy erreichen konnte. Warum hatte sie das nicht getan?

„Wäre es unhöflich, das jetzt zu lesen?", fragte er die Zwillinge.

„Nein", antworteten sie unisono.

Er riss den Umschlag auf. Miranda rutschte näher an ihn heran und versuchte, den Brief über seinen Arm hinweg zu lesen.

Dafydd,

Du bist jetzt mehr als zwei Wochen fort und ich habe nichts von Dir gehört. Ich habe Dir eine E-Mail geschickt, aber sie ist zurückgekommen, deshalb sende ich diesen Brief an das Postfach von Sheila Hailey.

Ich habe eine schreckliche Zeit durchgemacht. Letzte Woche wurde in unser Haus eingebrochen. Alles ist durchwühlt und verwüstet worden. Die Polizei meint, es sei das Werk von Jugendlichen. Sie sind mit Farbspraydosen herumgelaufen und haben die Möbel, die Gemälde und sogar die Kleidung in unseren Schränken vollgesprüht.

Die Polizei sagt, wenn niemand in dem Haus wohnt, wird es wieder passieren. Ehrlich gesagt finde ich es schrecklich deprimierend, mich dort aufzuhalten, außerdem braucht Paul mich in London, bis dieses Projekt abgeschlossen ist.

Ich habe im Krankenhaus angerufen und erfahren, dass Du im Anschluss an Deinen dreiwöchigen Urlaub noch um einen zusätzlichen Monat Arbeitsbefreiung gebeten hast (es wäre nett gewesen, wenn Du mir das mitgeteilt hättest). Um weitere Katastrophen zu vermeiden, sollten wir uns bemühen, jemanden zu finden, der ein paar Wochen in dem Haus wohnt. Paul hat eine Nichte, welche die hiesige Universität besucht und in einer kleinen Studentenbude wohnt; sie würde mit Freuden einziehen. Sei doch bitte so freundlich und lass mich wissen, was Du davon hältst, damit ich alles in die Wege leiten kann.

Bitte schick mir so bald wie möglich eine E-Mail.
Isabel

„O mein Gott!", schrie Miranda, nachdem sie den größten Teil des Briefes gelesen hatte. „Stell dir das vor", wandte sie sich an ihren Bruder, „diese Kerle sind in das Haus von Dads Frau eingebrochen und haben all ihre Sachen mit Farbe besprüht."

Mark wirkte, als würde er gern ein paar Fragen stellen, müsse aber den

Anschein von Gleichgültigkeit bewahren. Herablassend tätschelte er seiner Schwester den Kopf, dann stand er auf und ging zu Beanie, um sich mit ihm zu unterhalten. Offenbar war er ein regelmäßiger Kunde in diesem einzigen Restaurant, in dem ein den Verzehr von Fleisch ablehnendes Schlüsselkind einen Imbiss zu sich nehmen konnte, während es darauf wartete, dass seine Mutter nach Hause kam.

Miranda plauderte weiter und berichtete von den Designerturnschuhen, auf die sie ein Auge geworfen hatte. Benommen versuchte Dafydd, ihr zuzuhören. Sosehr er diesen kleinen Ausflug mit den nicht zueinanderpassenden Kindern genoss, konnte er doch kaum erwarten, sie wieder loszuwerden, um zu Hause anzurufen. – Zu Hause? Sein Zuhause gab es nicht mehr.

14

Die Straßen waren zugefroren, und eine dicke Schicht Pulverschnee hatte sich über das Eis gelegt. Dafydd zerrte die Schneeketten unter dem Rücksitz des alten Fords hervor und zog sie unter großer Mühe auf die Reifen. Mit einem furchterregenden Gerassel setzte er sich in Bewegung.

Während er sich auf der Hauptstraße der Ausfahrt zu Ians Hütte näherte, erinnerte er sich wieder an das Päckchen im Kofferraum. Es konnte nur für Ian bestimmt sein. Was hatte Sheila, das Ian wollte oder brauchte? Warum diese Heimlichkeiten? Warum hatte sie es ihm nicht einfach für Ian mitgegeben? *Glas, rundliche Gläser, Reagenzgläser … Injektionsfläschchen. Injektionsfläschchen!*

Ohne es zu wollen, trat Dafydd auf die Bremse. In diesem Augenblick sah er eine Herde Moschusochsen die schmale Straße zur Hütte entlangtrotten. Erstaunt setzte er sich auf, denn er wusste, dass sich die Tiere nur selten in eine Gegend südlich der Tundra vorwagten. Fasziniert fuhr er langsam an sie heran, aber das Gerassel seiner Ketten schlug die riesigen Moschusochsen in die Flucht. Sie schlossen sich auf merkwürdige Weise zusammen, Schulter an Schulter, Flanke an Flanke, und bewegten sich wie ein einziges Tier. Das wilde, synchrone Flattern ihres langen Haarkleides glich einer dunklen Welle, die graziös wogte, während sie in dieser Formation zwischen die Bäume galoppierten.

„Hast du die wunderbaren Tiere gesehen?“, fragte er Ian, nachdem er die täglichen Vorräte hineingetragen hatte.

„Die Moschusochsen? Gott weiß, was die hier wollen. Thorn dreht durch.“

Ian goss Drinks aus einer neu gekauften Flasche ein und überreichte Dafydd ein Glas. „Wie ist es denn so, Vater zu sein?“ erkundigte er sich.

„Ganz in Ordnung, danke. Miranda ist reizend und sehr lebhaft. Bei Mark bin ich mir nicht sicher. Sheila sagt, dass er verhaltensauffällig ist. Weißt du irgendetwas darüber?“

„Er ist eben ein Teenager, die sind alle verhaltensauffällig. Diese Frau glaubt, dass sie alles weiß, aber sie hat nicht die geringste Ahnung von Menschen. Sie gleicht einem Aasfresser.“

Dafydd war verblüfft über die Bitterkeit in Ians Stimme. Vielleicht hatte er ebenfalls Gründe, Sheila zu verabscheuen. Jedenfalls liefen einige fragwürdige Geschäfte zwischen den beiden. Er konnte sich nicht länger beherrschen und sagte: „Ich glaube, im Kofferraum des Autos liegt ein Päckchen für dich.“

Ians Körper schoss hoch, als hätte er einen elektrischen Schlag bekommen. „Was hat sie dir erzählt?“, fragte er scharf.

„Nichts. Ich habe nur gesehen, wie sie’s ins Auto gelegt hat.“

Ian sprang erstaunlich schnell auf, rannte nach draußen und kehrte sofort mit dem Plastikpäckchen zurück. Er stand zögernd in der Mitte des Raumes, blickte zum Badezimmer, dann zu Dafydd.

„Oh, um Himmels willen!“, stieß Dafydd zornig hervor. „Was für ein Zeug habt ihr mich transportieren lassen? Los, spuck’s aus!“

„Demerol.“

Dafydd starrte ihn an. „Demerol?“

„Ich dachte, du hättest es vielleicht schon vermutet. Früher, als es anfing. Ich hänge schon seit Jahren dran.“

„Wie bitte kommst du denn an das Zeug ran?“

„Ach, stell dich doch nicht so dumm!“ Ian war gerade dabei, seinem Ärger durch eine Beleidigung Luft zu machen, aber dann erschlaffte er plötzlich und ging auf den nächsten Stuhl zu. „Was glaubst du denn?“, fragte er, seufzte tief und legte den Kopf in die Hände.

„Doch wohl nicht durch Sheila?“

Ian blickte auf. „Hast du das Haus gesehen, in dem sie wohnt? Und das mit dem Gehalt einer Krankenschwester? Ihre Kleidung, ihr Auto, ihre Möbel? Ganz zu schweigen von ihrem Bankkonto.“ Er begann mühsam, das Päckchen aufzureißen. „Dann guck dir an, wie ich lebe … von dem Gehalt eines Arztes. Du brauchst doch nur zwei und zwei zusammenzuzählen.“

„Aber wie kommt sie damit durch? Führt denn niemand Buch?“

„Doch, natürlich. Sie selbst. Sie hat die Gesamtverantwortung für alle Bestellungen, Medikamentenausgaben und Konten. Niemand außer Sheila setzt einen Fuß in die Klinikapotheke." Er zog mit den Zähnen an der Plastikhülle. Schließlich schaffte er es, die zahlreichen Injektionsfläschchen aus ihrer Verpackung zu befreien. Sie knallten auf den Tisch und rollten in alle Richtungen. Es gelang ihm gerade noch, eines aufzufangen, bevor es auf dem Boden zerschellte. Seine Hand schloss sich um das Injektionsfläschchen, und reflexartig begann er bereits, seinen Ärmel hochzukrempeln. „Bin gleich wieder da", sagte er und stand auf.

„Ist das der Grund, weshalb ich dein Auto habe? Um dir oder Sheila die Fahrt zu ersparen?", fragte Dafydd.

„O nein, daran habe ich überhaupt nicht gedacht. Ehrlich. Normalerweise ist die Übergabe kein Problem. Aber seit ich zu Hause bin, ist es ein wenig schwierig geworden. Sie hasst die Fahrt, und die Leute werden aufmerksam. Aber da du ohnehin zu mir kommst ... nun, es war ihre Idee." Er zuckte die Schultern und ging hinüber ins Badezimmer.

Abrupt verließ Dafydd das Haus. Mit donnerndem Gerassel der gegen das Eis schlagenden Schneeketten fuhr er los. Im Rückspiegel sah er, dass Thorn hinter ihm hersprang und verzweifelt bellte.

Schlagartig verflogen sein Zorn und Abscheu, und er hielt an, um sich von dem unglücklichen Hund zu verabschieden. Thorn blickte flehend zu ihm auf, als wollte er ihn bitten, seinen Herrn nicht aufzugeben. *Geh nicht. Er hat keine Freunde.*

Dafydd umarmte den alten Kerl. Er hatte kein Recht, über Ian zu urteilen. Er hatte nie herausgefunden, warum Ian nach Moose Creek gekommen war. Gewiss, der jüngere Ian von damals hatte leichtfertig gewirkt, aber er war ein guter Arzt gewesen. Inzwischen jedoch hatte seine Sucht total von ihm Besitz ergriffen. Trotzdem befand Dafydd, dass es nicht seine Aufgabe war, Ians Angelegenheiten zu überwachen.

Er fuhr rückwarts die Auffahrt hinauf und betrat erneut das Haus, um Ian Gesellschaft zu leisten, der sich inzwischen in einem glückseligen Rauschzustand befand.

Es tut mir leid, dass ich Deine Anrufe verpasst habe. Ich habe sehr viel zu tun. Mir ist ein neuer Auftrag angeboten worden. Paul hat vorgeschlagen, dass ich gemeinsam mit ihm eine Hotelkette in Dubai betreue. Ich werde in London arbeiten, aber sehr oft vor Ort sein müssen. Ich hoffe, Du freust Dich für mich. Es könnte eine Beschäftigung für mehrere Jahre sein.

Und damit komme ich zu einer anderen Frage. Die Thompsons haben

Freunde, die sich für unser Haus interessieren. Sie haben mich aus heiterem Himmel angerufen und 290 000 Pfund geboten. Daraufhin habe ich einen Makler angerufen, der sich das Haus angesehen hat und den Preis für angemessen hält. Offen gestanden glaube ich, dass es vielleicht die beste Lösung wäre. Lass mich wissen, was Du davon hältst.

Beste Grüße
Isabel

Beste Grüße – das war's? Dafydd starrte auf den Bildschirm in Tillies Büro. Was war aus Liebe, Küssen und Umarmungen geworden? Was aus Verlangen, Sehnsucht und Vermissen? Eine Welle der Trauer rollte über ihn hinweg. Er klickte auf „Antworten".

Isabel,

der Ton Deiner E-Mail hat wehgetan. Er klingt, als wären wir Geschäftspartner, nicht Ehepartner (wir sind schließlich immer noch verheiratet).

Glückwunsch zu Deinem Auftrag in Dubai. Offensichtlich gut für Dich, aber vielleicht könntest Du mich wissen lassen, wie Du Dir unsere gemeinsame Zukunft vorstellst, falls Du meinst, dass es eine geben könnte.

Was das Haus betrifft – ich bin erst drei Wochen fort und Du demontierst bereits unser Leben. Es geht um unser Zuhause. Aber meinetwegen verhökere das verdammte Ding. Es ist ohnehin zu groß für uns. Ein Neuanfang in einem neuen Haus würde uns vielleicht guttun. Die Entscheidung liegt bei Dir. Aber sei bitte so liebenswürdig, demnächst mit mir persönlich zu sprechen. Ruf mich an.

In Liebe
Dafydd

Er klickte auf „Senden", seufzte und stand auf. Als er die Treppe hinaufstieg, fühlte er sich bedrückt. Er war Tausende Kilometer von seiner Frau und jeder Chance eines Fünkchens von Nähe, von Verstehen entfernt.

Dafydd ließ sich in den Sessel fallen, legte das Gesicht in die Hände und versuchte, die Bedrohungen auszublenden, die über seiner nahen Zukunft hingen. Welchen Weg er auch wählte, er schien zum Untergang verurteilt zu sein. Er konnte unmöglich hier bleiben, aber was würde er bei seiner Heimkehr vorfinden? Wie würde er sich fühlen, wenn Isabel ihn wegen Deveraux verließ? Wo würde er wohnen?

Jemand klopfte energisch an die Tür. Dafydd sprang von seinem rosa Sessel auf und stopfte sein Hemd in die Jeans. Es war ein Klopfen, das nach Sheila klang. Dafydd fluchte und ging zur Tür. Es war Hogg.

„Hogg!", rief er. „Andrew … Bitte kommen Sie rein."

Hogg marschierte herein und ließ den Blick kurz durch den Raum schweifen. „Verzeihen Sie, dass ich Sie überfalle. Ich bin telefonisch nicht durchgekommen, und da dachte ich, dass ich einfach zu Ihnen rübergehen könnte."

Sie standen in der Mitte des Zimmers, und Dafydd verfluchte sich, weil er vergessen hatte, Tillie um ein paar ordentliche Stühle zu bitten. Hogg befreite ihn aus dem Dilemma: „Lassen Sie uns doch über die Straße in den Imbiss gehen", schlug er vor. „Dort backen sie einen guten Apfelkuchen nach alter Hausfrauenart."

Dafydd schnürte schnell seine Stiefel zu, griff nach seinem Parka und überlegte, welchen Anlass dieser Besuch wohl hatte. Hogg war kein Mensch, der Höflichkeitsbesuche machte. Dafydd fragte sich, ob diese unerwartete Ehre Sheila zu verdanken war.

Sie überquerten die Straße und setzten sich in eine der Nischen. Hogg begrüßte die Kellnerin mit übertriebener Höflichkeit. „Das Übliche, zweimal", sagte er zwinkernd.

„Wir haben Sie vergangene Woche in der Kantine vermisst", meinte er an Dafydd gerichtet mit aufgesetztem Schmollen. „Ich war ziemlich enttäuscht. Man hat mir erzählt, dass Sie länger hierbleiben wollen … Stimmt das?"

Dafydd war auf die Situation nicht vorbereitet. Sheila wollte nicht, dass die Tatsachen bekannt wurden. Andererseits – warum sollte sie bestimmen, mit wem er darüber sprach? Gewiss, die Kinder mussten so weit wie möglich geschützt werden, aber Hogg war der sie behandelnde Arzt. Ohne Zweifel war er ohnehin informiert, denn er hatte bestimmt die Blutabnahmen für die DNA-Tests durchgeführt. „Na ja, es ist kompliziert … Können Sie es für sich behalten, Andrew?"

„Natürlich, natürlich. Schießen Sie los, schießen Sie los!"

„Es hat den Anschein, dass ich der Vater von Sheilas Kindern bin. Oder vielmehr: Ich bin der Vater von Sheilas Kindern. Das ist der Grund, warum ich hier bin."

Der Schock trieb Hogg das Blut aus dem Gesicht, und einen Moment lang erweckte er den Eindruck, er werde das Bewusstsein verlieren.

„Ist alles in Ordnung?", fragte Dafydd. Plötzlich erinnerte er sich an Ians Worte, dass Hogg sich verhalte, als wäre er der Vater. Vielleicht glaubte er es zu sein.

„Natürlich, ja", schnaufte Hogg. „Es kommt mir einfach nur … so unwahrscheinlich vor …"

„Tut mir leid, dass ich Sie damit überrascht habe, aber Sie haben gefragt."

„Natürlich, natürlich."

Die Kellnerin tauchte mit zwei Tellern dampfendem Apfelkuchen auf. Schnell holte sie noch die Caffè Latte, die in riesigen Bechern serviert wurden und durch die sahnige Milch fast weiß waren. Hogg kippte sich einen großzügigen Schwung Zucker in den Kaffee und rührte ihn lange um, wobei er konzentriert auf das herumwirbelnde Zentrum starrte. „Vielleicht sollten Sie einen DNA-Test in Betracht ziehen", sagte er, „bevor Sie sich auf diese Vorstellung fixieren."

„Das ist bereits geschehen. Sonst wäre ich nicht hier. Ich habe gedacht, dass vielleicht Sie die Blutabnahme bei Sheila und Mark durchgeführt haben", erklärte Dafydd. „Entschuldigen Sie. Es war ein voreiliger Schluss."

Hogg rang nach Atem. Er zog ein großes Taschentuch hervor und wischte sich das Gesicht ab. „Ich hatte keine Ahnung."

„Nun, Sheila will auf keinen Fall, dass es jemand erfährt. Fragen Sie mich nicht, warum." Dafydd nahm einen Schluck aus dem riesigen Becher und probierte einen Bissen des Kuchens. „Ich dachte, dass Sie vielleicht aus diesem Grund mit mir sprechen wollten."

„O nein, ganz sicher nicht." Hogg wedelte geringschätzig mit der Hand. „Ich wollte Sie fragen, ob Sie eine Vertretung machen könnten. Ian scheint sich mit seiner Rückkehr nicht zu beeilen. In den letzten Jahren hat er häufig gefehlt. Es geht ihm nicht besonders gut."

„Ich könnte zwei Wochen übernehmen. Aber was ist mit der Arbeitserlaubnis?"

„Oh, machen Sie sich deswegen keine Sorgen. Ich regle das schon. Hier oben haben wir amtliche Regelungen für Notsituationen, und dies ist meiner Ansicht nach eine. Ich kann Ihnen für drei Wochen fünftausend Dollar anbieten."

„Drei Wochen …?" Dafydd rechnete schnell nach und kam zu dem Ergebnis, dass sein Urlaub schon ein wenig früher enden würde. Aber auf ein oder zwei weitere Wochen würde es auch nicht ankommen.

„Gut. Wann soll ich anfangen?"

„Gleich morgen früh. Punkt halb neun."

Dafydd lächelte. Manche Dinge änderten sich nie. Er musterte den kleinen Mann, der jetzt wieder so lebhaft und geschäftsmäßig war wie immer und sich von seinem Schrecken erholt hatte. Allerdings nicht hinreichend, um sich an den Kuchen heranzumachen, den er bestellt hatte. Er betrachtete ihn bedauernd. „Ich sollte das Zeug eigentlich nicht essen“, sagte er ein wenig verlegen. „Da erzähle ich all den übergewichtigen Patienten, dass sie sich mäßigen und vernünftig ernähren sollen. Ich sollte den Worten auch Taten folgen lassen.“ Er lachte laut und hohl.

Als sie die Imbissstube verlassen hatten, sagte Dafydd auf dem Bürgersteig zu Hogg: „Ich glaube, Sheila wird etwas dagegen haben, dass ich im Krankenhaus beschäftigt werde. Sie werden sie noch kräftig bearbeiten müssen, Andrew.“

„Eigentlich müsste sie sich doch darüber freuen“, meinte Hogg mit überraschender Bitterkeit. „Was könnte schöner für sie sein, als ihre Familie beisammenzuhaben und den Vater ihrer Kinder an ihrem Wohnort arbeiten zu sehen?“

„So einfach ist das alles nicht. Wir haben nicht gerade ein harmonisches Verhältnis zueinander. Und vielleicht sollten Sie sich nicht anmerken lassen, dass Sie’s wissen“, meinte Dafydd. „Auch wenn ich persönlich nicht begreife, warum Sheila das stören sollte. Schließlich stehen Sie ihr ziemlich nahe. Das hat sie selbst gesagt.“

Hoggs Stimmung schien sich durch diese Enthüllungen ein bisschen zu heben. „Sie ist eine eigensinnige Frau, aber ich werde mein Bestes tun, sie zu überzeugen.“

Sie schüttelten sich die Hand und gingen auseinander.

„Ich bin eingestellt“, sagte Dafydd laut und lachte. Dann zuckte er zusammen. *Déjà-vu.* Da war er nun wieder in Moose Creek und schloss sich, nach einem weiteren Vergehen in der Heimat, den Verlierern an.

DAFYDD beeilte sich, zum Krankenhaus zu kommen. Jetzt, nach einer Woche, war er froh, dass er sich einverstanden erklärt hatte, die Vertretung zu übernehmen. Fünftausend Dollar kamen ihm sehr gelegen. Nichts in dieser Stadt war umsonst, und er würde bald damit beginnen müssen, Sheila etwas zu zahlen.

Bei seiner Suche nach der Wahrheit hatte er keine Fortschritte gemacht. Im Gegenteil, es schien, als werde er seine Rolle als Erzeuger der Zwillinge akzeptieren müssen. Bis er den Zeitpunkt für gekommen hielt abzureisen, würde ihm die Arbeit jedenfalls ein Betätigungsfeld bieten und ihn davon abhalten, grübelnd herumzusitzen.

Sheila war stocksauer gewesen. Sie wollte ihn nicht im Krankenhaus haben. Aber da Hogg ihn persönlich angeworben hatte, war sie nicht in der Lage, ihm Einhalt zu gebieten.

„Du hast es Hogg erzählt!“, zischte sie, als sie sich darauf vorbereiteten, den Leistenbruch eines Babys zu operieren.

„Ja, ich hab’s ihm erzählt. Und was ist dabei?“, fragte er gereizt. „Er ist euer Hausarzt. Es wundert mich, dass du es ihm nicht selbst gesagt hast. Übrigens, wer hat eigentlich dir und Mark das Blut für den Test abgenommen?“

Sheila blickte zur Seite, und ihre zusammengepressten Kiefer verrieten ihre Anspannung. „Wenn es dir so viel bedeutet: Es war Ian. Aber lass den armen Kerl in Frieden, ja? Er ist sterbenskrank.“

„Sterbenskrank? Wie kommst du darauf, dass es so schlecht um ihn steht?“

„Seine Leber ist im Eimer, falls du das nicht bemerkt haben solltest.“

Dafydd dachte: Durch seinen Tod werden deine satten Zusatzeinnahmen im Eimer sein, du Schlampe. Aber er schluckte seinen Zorn hinunter und versuchte, die Feindschaft zu unterdrücken, die er ihr gegenüber empfand, seit er den Hauptgrund für Ians Verfall erfahren hatte.

Er hatte Hogg gebeten, dafür zu sorgen, dass sein Dienst möglichst nie mit dem von Sheila zusammenfiel, doch der hatte geantwortet, es sei ihre Aufgabe, die Dienstpläne zu erstellen. Und obwohl es ihnen zuwider war, einander zu begegnen, wollte sie ihn offenbar unbedingt ständig im Auge behalten.

Wäre Sheila nicht gewesen, hätte er seine Arbeit rückhaltlos genossen – echte Patienten mit echten Problemen. Es gab ständig neue Herausforderungen. Er verglich die Tätigkeit hier mit seiner Arbeit in Cardiff und dem ständigen Zustrom neuer technischer Hilfsmittel. Hier sah es anders aus. Die Ausrüstung war veraltet, und man arbeitete, indem man den Patienten betrachtete – die Farbe seiner Haut, seine Atmung, den Puls –, statt den Blick auf Messgeräte und Bildschirme zu richten.

Sein letzter Patient an diesem Tag war Joseph, Bears Enkel. Joseph war verblüfft, im Sprechzimmer auf Dafydd zu treffen.

„Ich dachte, Sie machen hier Urlaub“, sagte er, als er Dafydd hinter dem Schreibtisch sitzen sah. „Normalerweise behandelt mich Lezzard.“

„Ich habe nur ein kleines Pensum übernommen, als Vertretung …“ Dafydd las Josephs Krankenakte und erfuhr, dass er Diabetes hatte. „Hat Dr. Lezzard mit Ihnen über den Nutzen gesprochen, den es bringen würde, wenn Sie etwas Gewicht verlören?“, fragte Dafydd.

„Nein, er verschreibt mir einfach nur meine Injektionen.“

„Möglicherweise könnten Sie auf die Injektionen verzichten, wenn Sie abnehmen – ziemlich viel abnehmen." Dafydd sah auf und begriff, dass dies nie geschehen würde, und deshalb verzichtete er auf weitere Ausführungen. Er stellte das Rezept aus und reichte es dem Patienten.

Mit einem knappen „Danke" ging Joseph in Richtung Tür.

„Haben Sie Familie, Joseph?", rief Dafydd hinter ihm her.

„Warum fragen Sie?" Josephs Stimme klang misstrauisch, aber er blieb stehen und drehte sich um.

Dafydd zuckte die Schultern. „Es ist nur, weil ich überhaupt nichts über Sie weiß."

„Nein, wie denn auch", antwortete Joseph sarkastisch. „Lassen Sie mich Ihnen etwas sagen: Selbst mein Großvater wusste nichts über mich. Er hat nicht einmal meine Kinder kennen gelernt. Ich habe vier. Das hat ihn nicht interessiert."

„Ah." Dafydd bedeutete ihm, zurückzukommen und sich wieder hinzusetzen. Er wollte herausfinden, was diesen Mann so bitter hatte werden lassen. „Ich erinnere mich, dass er mir erzählt hat, Ihre Frau würde ihn nicht sonderlich mögen."

Joseph setzte sich wieder auf den Stuhl, von dem er gerade aufgestanden war. „Ich weiß nicht, was für einen Eindruck Sie von dem alten Mann hatten, aber er war alles andere als ein perfekter Familienmensch."

„Das habe ich vermutet", gab Dafydd zu. „Das Verhältnis zwischen Ihnen beiden war nicht immer ganz einfach, oder?"

„Nun machen Sie aber mal 'nen Punkt." Joseph legte seine dicke Hand flach auf den Tisch. „Er lag mir sehr am Herzen. Hab ihn versorgt, so gut ich konnte. Und er hat mir dafür nie gedankt. Er war ein egoistischer alter Knochen."

„Er hat Sie sehr geschätzt", entgegnete Dafydd. „Das weiß ich."

„Den Teufel hat er. Seine eigene Familie war ihm egal. Und er war sich nicht zu fein dafür, überall in der Gegend seinen Samen zu verstreuen …"

„Was meinen Sie?", fragte Dafydd verwundert.

„Ach, zur Hölle! Ich hatte gedacht, dass Sie Bescheid wissen", antwortete er mürrisch. „Sie müssen doch seinen Jungen in Black River gesehen haben. Sicher erinnern Sie sich noch an die unsinnige Reise, die Sie beide gemacht haben."

Dafydd war verdutzt. „Ich erinnere mich an keinen Jungen."

„Aber natürlich!" Joseph schenkte seinen Worten offenbar keinen Glauben. „Er hatte mit irgendeiner Frau dort ein Kind. Das war doch der Grund, warum Sie hingefahren sind."

„Nein, wir sind hingefahren, um einen alten Freund von ihm zu besuchen", sagte Dafydd. Es war geradezu lächerlich. Bear hatte damals 85 Jahre auf dem Buckel gehabt, und die Zeiten, in denen er „überall in der Gegend seinen Samen verstreut" hatte, dürften längst vorbei gewesen sein.

„Ich habe mich jahrelang um ihn gekümmert … und er hat diesem Kind die Hälfte seines Geldes vermacht. Die Hälfte einem einzigen Kind. Die andere Hälfte wurde zwischen uns Übrigen und meiner Schwester und ihren beiden Kindern aufgeteilt. Ich hatte ihm immer wieder gesagt, dass ich unseren Max auf die Universität schicken wollte. Er ist der Klügste von allen und wollte Anwalt werden. In ihn zu investieren hätte sich gelohnt. Aber nein, es ist herzlich wenig Geld rübergekommen. Ich hab die Hütte gekriegt, aber die war keinen Gänseschiss wert."

„Das tut mir leid", versicherte Dafydd hilflos. „Er hat mir nichts davon erzählt …"

„Ich glaube, dass er mir etwas schuldete und Max auch. Er kannte die Hoffnungen, die wir in den Jungen gesetzt hatten. Die Sache hat meine Gefühle für den alten Mann vergiftet."

„Umso netter war es von Ihnen, dass Sie vor ein paar Tagen in der Bar zu mir gekommen sind und mich darüber informiert haben, dass er mir noch etwas hatte mitteilen wollen. Dafür war ich Ihnen wirklich sehr dankbar."

„Tja, ich hab immer getan, was er wollte, oder? Und nun sehen Sie, wohin mich das gebracht hat." Joseph erhob sich jäh, verließ den Raum und schloss die Tür ein wenig zu schwungvoll.

Dafydd fuhr zu Ian hinaus. Er hatte seine Besuche vom Morgen auf den Abend nach der Arbeit verlegt. Unterwegs hielt er am Co-op-Laden, um für Ian einzukaufen. Zweimal hatte er beobachtet, dass sich Sheila auf dem Ärzteparkplatz am Kofferraum des Autos zu schaffen machte, aber er hatte nichts dagegen unternommen. Trotzdem war ihm klar, dass er Stellung beziehen musste. Es war reiner Wahnsinn, sich der Gefahr einer Verhaftung und Ausweisung auszusetzen.

Der Himmel war pechschwarz. Kein einziger Stern war zu sehen. In der Vorwoche war ihm eine Elchkuh begegnet, aber davon und von dem unerwarteten Auftauchen der Moschusochsen abgesehen, waren die Wälder stets ruhig, bar jedes erkennbaren Lebens. Die Schneemengen wuchsen und mit ihnen die Dunkelheit. Der Weg schien länger als sonst zu sein und Ians baufällige Bleibe weiter entfernt als je.

„Du solltest dir überlegen, in die Stadt zu ziehen", sagte Dafydd, nachdem er die Co-op-Tüten in die Hütte gebracht hatte.

„Mir gefällt's hier."

„Hör mal." Dafydd setzte sich Ian gegenüber an den Tisch. „Du musst dich am Riemen reißen. Meine Vertretung endet am 7. Dezember. Wirst du dann imstande sein, deine Arbeit wiederaufzunehmen? Man redet davon, einen neuen Partner einzustellen, und zwar auf Dauer."

„Prima", sagte Ian schroff. „Warum nimmst du den Job nicht? Dir scheint er doch ganz gut zu gefallen."

„Sei nicht albern. Ich muss nach Wales zurück, sonst verliere ich meine Stelle. Außerdem muss ich versuchen, meine Ehe zu retten." Dafydd schob den Müll auf dem Tisch beiseite. „Du brauchst eine Therapie. Ich werde dir helfen und etwas für dich arrangieren, in Vancouver oder Toronto. Ich könnte versuchen, noch ein Weilchen zu bleiben. Aber ich würde es nur tun, damit du die Krise überwindest. Dann kannst du wieder auf die Beine kommen ..."

Dafydd verstummte schlagartig, als er merkte, dass Ians Schultern bebten. Ian weinte lautlos, aber sein Körper zitterte. Erschrocken über Ians Schmerz, streckte Dafydd die Hand aus und legte sie seinem Freund auf die Schulter. Allmählich legte sich das Zittern. Ian griff nach einem gebrauchten Papiertaschentuch und schnäuzte sich. „Weißt du, was ich heute Morgen gefunden habe?", fragte er. „Deine alten Stiefel und Skier. Ich hab sie aus dem Schuppen geholt, damit du einen Ausflug machen kannst."

„Das ist nett, danke. Aber Ian, hast du verstanden, was ich gerade eben gesagt habe?", beharrte Dafydd ärgerlich. „Du darfst den Kopf nicht in den Sand stecken."

Ian schüttelte den Kopf, als wollte er die unerfreulichen Forderungen abschütteln. Er stand auf und goss beiden einen Drink ein. Sie saßen schweigend eine Weile da. Ians Blick war weit weg, irgendwo zwischen Schüben von Demerol, aufgepeppt durch Whisky.

„Ich hatte mal eine Frau", sagte Ian plötzlich.

„Du warst verheiratet? Davon hast du mir nie erzählt."

„Sie hieß Lizzie. Ich habe sie geliebt. Zu Tode geliebt, im Wortsinne."

„O Gott, nein, Ian. Wie meinst du das?"

„Sie ist an einem Stück Truthahn erstickt, einem Weihnachtstruthahn, den ich zubereitet hatte."

„Mein Gott, Ian. Das ist ja schrecklich."

„Und trotz meiner medizinischen Ausbildung konnte ich sie nicht retten. Ich hab versucht, das verdammte Ding mit dem Finger rauszuholen und danach aus Verzweiflung mit einer Pinzette. Schließlich habe ich eine Tracheotomie mit einem Schweizer Armeemesser gemacht, dem schärfsten Gegenstand, den ich hatte. Ich habe die Sache völlig versaut. Alles war voller Blut. Ich werde das Bild nie aus dem Kopf kriegen. Die Polizei hat mich wegen Mordverdacht eingesperrt, bis die Autopsie durchgeführt war und die Ergebnisse vorlagen. Man konnte es den Leuten nicht verdenken, ich habe mich selbst wie ein Mörder gefühlt."

Dafydd durchfuhr ein eisiges Entsetzen. Das also war Ians Geschichte. Sie erklärte alles. „Wie lange ist das her?"

„Oh, es war rund acht Monate bevor ich hierherkam."

Warum hatten sie bloß nie darüber gesprochen? Dabei waren sie angeblich Freunde gewesen! Wie relativ harmlos war sein eigenes Unglück im Vergleich zu Ians Tragödie! „Aber du hast alles getan, was du tun konntest. Du bist auch nur ein Mensch."

„Ein Mensch?", höhnte Ian. „Ich sollte ein Arzt sein."

Dafydd sackte auf seinem Stuhl zusammen. „Ja, ich weiß, was du meinst."

Sie verfielen in ein weiteres langes Schweigen, jeder in seine eigenen Gedanken versunken. Dafydd wurde von einem seltsamen Gefühl der Unwirklichkeit ergriffen. Es war, als habe ihn Ians Geschichte noch weiter von seinem eigenen bequemen Leben fortgeschleudert, das jetzt unwiederbringlich zerstört zu sein schien.

Aber das traf nicht zu! Er musste sich immer wieder vor Augen führen, dass er zurückkehren und die Fäden wiederaufnehmen konnte.

15

Dafydd,

habe Deine Nachricht erhalten. Und weißt Du was? Ich habe das Angebot angenommen. Mr und Mrs Jenkins sind vorbeigekommen, um sich das Haus anzusehen, und sie wollen es unbedingt haben. Der Vertrag ist Dir zur Unterzeichnung zugesandt worden. Schick ihn bitte gleich wieder zurück. Ich miete einen Speicher in Barry und werde Deine Sachen dort einlagern lassen.

Nun muss ich Dich leider noch mit etwas anderem überfallen. Ich möchte mir meinen Anteil an dem Erlös aus dem Hausverkauf auszahlen lassen, um mich bei Paul als Partnerin einzukaufen. Er ist außerordentlich erfolgreich. Wir werden mit der Arbeit in Dubai schon in ein paar Wochen beginnen. Nächste Woche fliegen wir dorthin, um uns mit den Eigentümern zu treffen.

Alles Gute
Isabel

Dafydd druckte den Text aus und löschte die Nachricht. Dann verschwand er die Treppe hinauf. Er knallte seine Zimmertür etwas heftig zu und warf sich aufs Bett. Dann las er die E-Mail erneut. VERKAUFT! Er fühlte sich, als wäre sein Leben verkauft worden. Er hätte das nicht zulassen sollen. Wo würde er jetzt wohnen? Isabel hatte kein Wort darüber verloren, wo sie wohnen würde oder mit wem. Verdammtes Weib. Blödes, ehebrecherisches Flittchen. Seine Nicht-Frau, seine verlorene Frau, Paul Deveraux' Frau … Er schlug auf das Kissen ein, biss die Zähne zusammen und presste sich die purpurne Tagesdecke ans Gesicht, damit Tillie seine erstickten Schluchzer nicht hörte.

Es war wie Segeln, Segeln auf Schnee. Anders ließ sich das Gefühl nicht beschreiben. Er hatte die Skier gewachst, und es lief sich nach all den Jahren mit ihnen so gut wie damals. Die Bedingungen waren ideal, und er schien keinerlei Anstrengung zu benötigen, um auf den festgepressten Spuren voranzugleiten.

Das Sonnenlicht säumte lediglich den Horizont, aber der Mittag war klar und frisch und der Himmel blau. Die Dynamik seiner Bewegungen beschwingte ihn. Sein Geist war wach, seine Augen und Ohren reagierten scharf.

Nach einiger Zeit blickte er von den Spitzen seiner dahingleitenden Skier auf und bemerkte, dass die Dämmerung einsetzte. Wie schnell das geschah. Er suchte unter seinem Ärmel nach der Uhr. Viertel vor zwei. Verdammt, es war später, als er gedacht hatte. Sofort drehte er um und kehrte in die Richtung zurück, aus der er gekommen war.

Er war weiter hinausgefahren, als er vermutet hatte. Die Dunkelheit griff rasch um sich, aber er konnte die Spuren noch immer erkennen. Die Hauptroute würde ihn direkt zurück zur Straße führen, aber ein oder zwei kleinere Spuren zweigten zwischen den Bäumen ab. Er dachte an die Konsequenzen, wenn er eine falsche Abzweigung nahm und sich verlief – bei Temperaturen, die einen Apfel innerhalb von Sekunden bis zum Kern gefrieren ließen. Ein Gefühl der Panik stieg in ihm auf und er erhöhte sein Tempo.

Schließlich, nach einer Biegung, erblickte er die Straße und dahinter die Lichter von Ians Hütte. Die Erleichterung ließ ihn den Lauf verlangsamen, bis er fast stehen blieb. Er war erschöpft. Seine Brauen und Wimpern waren mit Raureif überzogen. Er startete erneut und fühlte sich matt, weil die Anstrengung ihm das letzte bisschen Energie entzogen hatte. Thorns gedämpft aus der Hütte dringendes Bellen war die schönste Musik in seinen Ohren.

Ian war außer sich, als Dafydd durch die Tür stolperte. „Hast du den Verstand verloren?“, brüllte er. „Du hast noch nicht mal die Taschenlampe mitgenommen!“

„Ich habe mein Zeitgefühl verloren – und fast auch die Spur.“ Dafydd ließ sich auf einen Stuhl fallen und versuchte, seine Stiefel aufzuschnüren.

„Kipp das runter“, sagte Ian und gab ihm ein Glas Whisky. Dann beugte er sich hinab und half Dafydd, die steif gefrorenen Schnürsenkel zu öffnen.

Dafydd schluckte die beißende Flüssigkeit hinunter, schob seinen Stuhl an den Holzofen und zog eine Kleidungsschicht nach der anderen aus. Er hatte die Vorsichtsmaßnahmen vergessen, die ein Mensch im tiefen arktischen Winter beachten musste. Es war so leicht, seine Existenz auszulöschen – einfach indem man nichts tat, nur da draußen war, sich verirrte und erfror.

„Das nennt man Tod durch Unterlassung“, sagte Ian, als hätte er seine Gedanken gelesen. Er wandte sich ab und rührte einen Eintopf auf dem Herd um. Ein würziger Geruch von Wild stieg auf. Er probierte das Gericht mit einem Teelöffel und tauchte dann zwei Becher direkt in den Topf, um das klumpige Gebräu herauszuschöpfen. Einen der tropfenden Becher reichte er Dafydd.

Sie nahmen den Eintopf zu sich, ohne einen Löffel zu benutzen. Dafydd wollte über Ians Rückkehr an die Arbeit sprechen, aber Ian schien sich jeder Unterhaltung über seine Zukunft zu verweigern. Dafydds Vorschlag, er solle eine Klinik aufsuchen, um eine Entziehungskur zu machen, hatte er vergessen. Er hoffte offenbar, alles werde sich ohne sein Zutun ganz von selbst regeln. Ian praktizierte ein Leben durch Unterlassung.

Die Ruhe und Stille hatten für Dafydd etwas Bedrückendes. Die Hütte war einmal eine Zuflucht für ihn gewesen, aber jetzt, da Ian auch die letzten Überreste von Disziplin und normalem Tagesrhythmus aufgegeben hatte und nur noch pausenlos trank, hatte eine bedrohliche Atmosphäre um sich gegriffen. Es war beängstigend, einem Mann, einem Freund, dabei zuzusehen, wie er sich selbst zerstörte.

„Ich treffe die Kinder um sieben“, sagte Dafydd, um die Stille zu durchbrechen. „Wir gehen ins Kino.“

„Also macht es Sheila nichts aus, dass du dich öffentlich mit ihnen zeigst?“

„Nein. Ich glaube, sie hat’s aufgegeben.“

„Ich denke, ich sollte dich über die Blutproben informieren“, sagte Ian plötzlich.

„Meinst du die für den DNA-Test? Ich weiß schon, dass du sie entnommen hast.“

„Ich habe sie eigentlich nicht entnommen. Ich meine, ich habe ihnen das Blut nicht selbst abgenommen.“

„Nein? Wer hat es dann gemacht?“

„Das weiß ich nicht. Ich glaube, sie hat es getan. Jedenfalls hat sie mich unterschreiben lassen, dass sie von ihnen stammen.“ Ian machte eine Pause und starrte in seinen Becher. „Wahrscheinlich ist es nicht wichtig, aber ich wollte es dir trotzdem sagen.“

Dafydd lehnte sich zurück und streckte seine Füße der Hitze des Ofens entgegen. „Es ist egal. Die Tests sind in England von einem zertifizierten Labor durchgeführt worden, mit Blut, das ich selbst zur Verfügung gestellt habe. Mit was für Betrugsplänen diese Frau sonst auch aufwarten mag, mein Blut konnte sie nicht fälschen … leider.“

Ian nickte und tätschelte Thorn gedankenverloren den Kopf. „So betrachtest du die Sache also … als Unglück?“

„Ich weiß es nicht. Ich bin völlig durcheinander. Es hat den Anschein, dass meine Ehe beendet ist. Meine Frau hat unser Haus verkauft. Gleichzeitig beginne ich zu akzeptieren, dass Mark und Miranda meine Kinder sind. Verflucht, ich scheine keinen Einfluss auf all das zu haben, was mir zustößt. Aber wenn ich der Vater von Mark und Miranda bin, ist es meine Aufgabe, dafür zu sorgen, dass es ihnen gut geht.“

„Das kannst du nur erreichen, wenn du hierbleibst. Kannst du diese armen Kinder wirklich ihr überlassen?“

Dafydd schüttelte den Kopf. „Die beiden sind zäh. Ich glaube, sie werden schon klarkommen. Und Sheila liebt sie auf ihre eigene Art, da bin ich mir sicher.“

Nun schüttelte Ian den Kopf. „Wie auch immer, sie ist eine Frau ohne jedes Gewissen. Du solltest hier sein.“

Dafydd überlegte. „Ich weiß“, sagte er schließlich.

„MIRANDA wollte dich nicht sehen“, teilte ihm Sheila mit triumphierendem Lächeln mit. „Damit bleiben nur noch du und Mark übrig.“

„Wo ist sie?“

„Sie übernachtet bei Cass“, sagte sie kurz. „Ich gehe aus. Also schick Mark nach Hause, wann du willst. Er hat einen Schlüssel.“

Dafydd antwortete nicht, sondern blieb nur an der Haustür stehen. Mark kam die Treppe heruntergeschlendert. Er trug übergroße Jeans, die ihm von den Hüften hingen und um seine klotzigen Turnschuhe über den Boden schleiften. Sein Haar war kurz geschoren.

„Was ist das denn!“, rief Dafydd. „Was ist denn mit deinem Pferdeschwanz passiert?“

Mark funkelte seine Mutter an und zog sich den Parka über. Es fiel kein weiteres Wort. Sie brachen in Richtung Stadt auf.

„Möchtest du ‚Riding Home‘ sehen?“, fragte Dafydd.

Mark zuckte die Schultern.

„Oder möchtest du lieber zu Beanie’s gehen?“

„Warum hast du kein Haus? Dann könnten wir einfach rumhängen und fernsehen.“

„Na ja, wir könnten uns eine Pizza bestellen und in meinem Zimmer fernsehen.“

„Von mir aus.“

Eine Stunde später hatten sie es sich auf dem purpurnen Bett gemütlich gemacht. Umgeben von käsefreien Pizzas, Popcorn sowie einer Zweiliterflasche Coke, lehnten sie an einer zusammengerollten Steppdecke. Den Fernseher hatten sie ans Fußende des Bettes gerückt und einen alten Film auf volle Lautstärke gestellt.

Nach einer Weile wandte sich Mark ihm zu. „Wirst du für immer hier rumhängen?“

„Ich weiß ehrlich gesagt noch nicht, was ich tun werde. Darf ich dich etwas fragen? Du scheinst keinerlei Verwandte zu haben, abgesehen von mir natürlich. Hat deine Mutter keine Familie?“

„Wir haben eine Grandma. Die Mutter meiner Mom. Sie wohnt in Florida.“ Er wandte sich wieder dem Geschehen auf dem Bildschirm zu. „Sie hassen sich, meine Mom und sie. Ich hab ein Jahr lang bei ihr gewohnt.“

„Das wusste ich nicht. Ist Miranda auch hingefahren?“

„Nee. Die alte Dame hasst Mädchen.“

„Und …? Wie war’s so?“

„Ätzend. Mich hasst sie auch. Mom hat vermutet, dass Grandma Jungs mag, weil sie hinter Männern her ist, aber das war nicht so.“ Er warf Dafydd einen Blick zu und kicherte. „Grandma hat mich zurückgeschickt. Mom war tierisch sauer.“

„Was ist mit deinem Großvater? Ist er tot?“, fragte Dafydd während einer Werbepause.

„Weiß nicht“, antwortete Mark. „Mom war zehn, als er abgehauen ist. Es hat ihn richtig enttäuscht, dass Mom ein Rotschopf war. Also hätte er mich auch gehasst“, meinte Mark achselzuckend, als wäre es völlig natürlich und gerechtfertigt, wegen seiner Haarfarbe gehasst zu werden.

Dafydd betrachtete den Jungen neben sich und wurde plötzlich von Mitgefühl überwältigt. „Und haben sie nie wieder von ihm gehört?“

„Doch, er hat Schecks geschickt, sodass Mom auf Internate gehen konnte, weil Granny nicht in ihrem Lebensstil von ihr gestört werden wollte. Aber ihr Dad wollte sie wohl genauso wenig.“

Sie schwiegen wieder. Als der Film zu Ende war, kam ein Eishockeyspiel.

„Ich vermute, Miranda ist dein Kind, aber ich nicht“, erklärte Mark unvermittelt.

Dafydd sah ihn an. „Aber das ist unmöglich.“

Mark lachte spöttisch. „Guck mal in eins deiner medizinischen Bücher. Es kann passieren, wenn die Frau …“

„Jaja, ich weiß“, unterbrach ihn Dafydd. „Aber die statistische Wahrscheinlichkeit liegt bei eins zu einer Million, möglicherweise zehn Millionen.“

Mark seufzte mit resignierter Toleranz. „Wenn es dir so viel bedeutet … *Dad*.“ Dann wandte er sich wieder dem Fernseher zu.

„Würdest du mich in England besuchen, wenn ich zurückgehe?“

„Ich dachte irgendwie, dass du hierbleibst … Schließlich hast du ’nen Job und alles.“

„Mein eigentlicher Job ist drüben in Wales. Ich weiß nicht, ob ich für immer hierbleiben kann.“

Mark schwieg einen Moment. „Na, dann zieh Leine“, sagte er und drehte sich weg. Für den Rest des Eishockeyspiels war er stumm und ablehnend. Als es endete, schlief er fest.

Dafydd verspürte den Drang, die knochigen Schultern dieses traurigen jungen Menschen zu streicheln, um ihm ein wenig menschliche Wärme zu vermitteln. Mark war das finsterste und deprimierteste Kind, dem Dafydd je begegnet war.

Ein paar Nächte später klopfte Tillie an Dafydds Tür und rief seinen Namen. Er fuhr hoch. „Das Krankenhaus", sagte Tillie. „Sie haben einen Notfall und brauchen Ihre Hilfe. Sie sollen sofort kommen!"

Dafydd zog sich hastig an und rannte die Treppe hinunter. Tillie wartete schon mit startbereitem Auto vor der Tür. Sie setzte ihn am Eingang zur Notaufnahme ab, und er rannte zum Hauptoperationssaal, wo ihm Janie entgegenkam.

„Ein Fallensteller ist von einem Grizzlybären angegriffen worden, nicht weit von hier. Er ist stabilisiert, aber der Bär hat ihn ziemlich zerfetzt. Keine sichtbaren inneren Verletzungen. Zum Glück trug er zahlreiche Kleidungsstücke übereinander."

Nachdem er sich desinfiziert hatte, half Janie ihm, seine Handschuhe überzustreifen. Sie trat dichter an ihn heran und flüsterte: „Lezzard hat Bereitschaft, aber er ist auf einer Party gewesen. Seine Frau hat ihn nicht mal wach gekriegt. Es macht Ihnen doch nichts aus, oder?"

„Natürlich nicht", sagte er. „Ich vermute, dass Atilan die Narkose vornimmt?"

Janie nickte. Dann sagte sie leise: „Sheila ist nicht hier."

„Gott sei Dank."

Während er Stunden damit zubrachte, die zerfetzten Hautlappen zusammenzunähen, wo die mörderischen Krallen des Bären das Fleisch des Mannes aufgeschlitzt hatten, fragte Dafydd Janie, wie es möglich sei, dass ein Grizzly um diese Zeit im tiefsten Winter herumstreife.

„Möglicherweise hat ihn der junge Mann gestört. Grizzlys erwachen gelegentlich und haben dann meist die denkbar schlechteste Laune."

Dr. Atilan, eine schweigsame, aus Ungarn stammende Frau, begann plötzlich hinter ihrer Maske zu sprechen. Mit ihrem starken Akzent berichtete sie von einem spanischen Wanderer, der im Sommer 1998 von einem Braunbären angefallen worden war. Mit über vierhundert Stichen schlug er alle Rekorde.

„Was ist mit dem Jungen aus Coppermine?", fragte Janie. „Er war in einem ziemlich schlechten Zustand." Sie drehte sich zu Dafydd hin. „Es handelt sich um einen Eskimojungen, der von einem Eisbären angegriffen wurde. Man wollte ihn nach Yellowknife fliegen, aber das Wetter war so schlecht, dass man ihn hierher geflogen hat, weil wir so ziemlich die Nächsten waren."

„Ein Eisbär!", rief Dafydd. „Ich dachte, dass ein Zusammenstoß mit einem Eisbären so gut wie immer tödlich verläuft?"

„Es heißt, dass ihn ein Hund gerettet hat."

„Was ist aus ihm geworden?"

„Er war ein paar Tage hier, und es stand auf Messers Schneide. Dann haben wir ihn nach Edmonton bringen lassen. Er benötigte zahlreiche Operationen und hat ein Bein verloren. Der Junge war unglaublich tapfer und hat kein einziges Mal geweint."

„Wie alt war das Kind?", fragte Dafydd.

„Zwölf oder dreizehn", antwortete Atilan. „Er war groß für sein Alter. Ein ausgesprochen schöner Junge. Wir haben alle viel Aufhebens um ihn gemacht, er war etwas ganz Besonderes."

Nach vier Stunden verließ das Team den OP. Dafydd hatte insgesamt 287 Stiche gezählt, aber er war mit seiner Arbeit zufrieden. Der Mann, ein junger Méti, würde schreckliche Narben, aber keine schweren Behinderungen zurückbehalten.

Janies Tochter Patricia war unbefugt in die Kantine gegangen und hatte begonnen, etwas Warmes zum Frühstück zuzubereiten und Kaffee zu kochen. Schon bald zog der Geruch von gebratenem Schinken und Spiegeleiern das Personal der Nachtschicht in den Speiseraum. Eine Atmosphäre der Kameradschaft und des Teamgeistes breitete sich aus.

Kauend bemerkte Dafydd zu Dr. Atilan, die neben ihm saß: „Vor vielen Jahren war ich da oben in der Gegend, in der Nähe von Coppermine, wo der Junge herkam, von dem Sie uns erzählt haben. Wissen Sie noch, wie das Dorf hieß, aus dem er kam?"

Atilan schüttelte den Kopf.

„Black River!", rief Janie von der anderen Seite des Tisches herüber.

Black River. Dafydd sah den Namen von seiner eigenen Hand auf zahllose Umschläge geschrieben: *Black River*. Was für ein Zufall. Solch ein kleiner Ort. Vielleicht war er sogar den Eltern des verletzten Jungen begegnet. Seine Gedanken wanderten zu der Frau, die er hatte lieben dürfen. Er erinnerte sich an ihr langes Haar, das über seine nackte Haut gestreift war, an ihre Schnitzereien, die er in seinen Händen gehalten hatte. Ob sie noch immer dort war? Er schob den Gedanken beiseite. War sein Leben nicht schon chaotisch genug?

ALS DAFYDD nach Feierabend bei Ians Hütte anlangte, fiel sein Scheinwerferlicht auf Hoggs Geländewagen, der den Weg zum Hof versperrte.

„Oh, sehr gut, sehr gut", meinte Hogg, als Dafydd eintrat. „Sie kommen uns wie gerufen."

Ian saß am Küchentisch und sah grässlicher aus denn je.

„Ich habe gerade versucht, Ian klarzumachen, dass wir ihn am Montag endgültig zurückerwarten, weil dann Ihre Vertretung bei uns endet“, sagte Hogg müde. „Oder vielleicht doch nicht?“

Da beide in seine Richtung sahen, wusste er, was sie erhofften, aber er wusste auch, dass seine Zustimmung verhängnisvoll für Ian sein würde. Der Mann musste zu irgendeiner Form von äußerer Normalität und Disziplin zurückfinden.

„Warum schleichen wir um den heißen Brei herum?“, fuhr Hogg fort. „Ich glaube nicht, dass Ian gegenwärtig in der Verfassung ist zu arbeiten.“

Er wandte sich Ian zu. „Sehen Sie, mein Bester, wir arbeiten seit vielen Jahren zusammen, und deshalb glaube ich, dass ich Ihnen ein gewisses Entgegenkommen schulde. Aber die vergangenen ein oder zwei Jahre … Nun, ich glaube nicht, dass wir noch lange so weitermachen können. Oder was meinen Sie?“

„Geben Sie mir bis Neujahr“, antwortete Ian. „Ich bin sicher, dass es Dafydd nichts ausmachen würde, mich noch ein paar Wochen länger zu vertreten. Stimmt's, Dafydd?“ In Ians Stimme war eine neue Nuance. In seinen Trotz hatte sich ein Hilferuf eingeschlichen, ein erbarmungswürdiges Flehen um Zeit. Es berührte Dafydd zutiefst.

„In Ordnung“, sagte er, „bis zum 1. Januar. Aber nicht länger!“

„Wunderbar.“ Hogg machte einen Schritt zur Tür. Dann drehte er sich erneut zu Ian um. „Ich fürchte, dass ich Ihnen dazu etwas Offizielles schreiben muss. Sie wissen, dass es wirklich das letzte Mittel ist, und ich wende es nicht gern an.“ Hoggs Augen verrieten ehrliche Betrübnis.

Dafydd fragte sich, wie viel dieser Mann über die Situation wusste. Er konnte wohl kaum völlig blind gegenüber all dem gewesen sein, was sich so viele Jahre vor seiner Nase abgespielt hatte.

Hogg knöpfte seinen Mantel zu und ging hinaus. Dafydd schloss die Tür vor der eisigen Dunkelheit. Dann leerte er die Einkaufstüten auf der Küchenarbeitsplatte und öffnete eine Dose Hundefutter.

„Versteh bitte, dass ich dich nicht mehr stützen kann“, erklärte Dafydd. „Ich muss dir dein Auto zurückgeben, damit du wieder die Verantwortung für dein Leben übernimmst.“

„Wir haben gesagt, bis zum 1. Januar. Warum belassen wir es nicht dabei?“

„Nein!“, rief Dafydd. „Du wirst dann in einer noch schlechteren Verfassung sein als jetzt. Warum nutzt du die Zeit nicht, um von dem Zeug runterzukommen?“

„Ich reduziere das Trinken, aber es gibt keinen Grund, mit dem Demerol aufzuhören. Es beeinträchtigt meine Arbeitsfähigkeit nicht.“

„Ian!“, schrie Dafydd. „Du weißt, dass du unter Drogeneinfluss nicht arbeiten darfst. Du gefährdest das Leben der Patienten!“

„Ich habe noch keinen einzigen Patienten umgebracht!“, brüllte Ian zurück und stand von seinem Stuhl auf. „Ich habe nie jemanden getötet außer meiner Frau!“

„Ian! Drogendiebstahl ist eine Straftat.“

„Das schadet niemandem. Und außerdem begeht Sheila den Diebstahl.“

„Wenn du das so siehst, wirst du dein Auto brauchen und dir deine Vorräte selbst besorgen müssen.“

Ian erhob sich und ging ins Badezimmer.

Dafydd blickte sich um. Die Hütte verfiel immer mehr. An den Stellen, an denen die Baumstämme geschrumpft waren und sich die Isolation gelöst hatte, hatten sich Eisplatten an den Wänden gebildet.

Ian kam aus dem Badezimmer, die Augen glasig.

„Weißt du was? Ich ruf jetzt ein Taxi.“ Dafydd legte die Autoschlüssel auf den Tisch. „Ich werde dir keine Lebensmittel, keinen Alkohol und keine Drogen mehr bringen. Ich werde dir nur helfen, wenn du beschließt, dir selbst zu helfen. Ich würde alles für dich tun … aber die Entscheidung liegt bei dir.“

„Ich denk darüber nach.“

Es gab nichts mehr zu sagen. Als das Taxi nach zwanzig Minuten vorfuhr, stand Dafydd auf und beugte sich zu Ian hinab, der auf seinem Stuhl vor sich hin döste.

„Ich möchte dich um einen Gefallen bitten. Gib mir dein Passwort für das Computersystem. Als Vertretungsarzt habe ich keinen Zugang. Ich möchte etwas nachsehen.“

Ian öffnete die Augen, stand auf, suchte nach einem Stift und kritzelte eine Ziffernreihe auf einen Zettel. Wortlos reichte er ihn Dafydd. Sie betrachteten einander einen Moment lang.

„Gib das Zeug auf, Ian … Tu’s einfach!“, sagte Dafydd eindringlich und legte eine Hand auf die Schulter seines Freundes. „Es wird schwer werden, aber du kannst es schaffen. Ich komme und kümmere mich um dich. Du weißt, wo du mich erreichen kannst.“

Ausser der Schreibtischlampe brannte kein Licht im Büro. Dafydd hatte die Tür hinter sich geschlossen, obwohl es unwahrscheinlich war, dass jemand in diesem Bereich des Krankenhauses zu so nächtlicher Stunde etwas zu erledigen hatte. Er schaltete den Computer ein und wartete.

Als er um sein Passwort gebeten wurde, gab er die Zahlen auf Ians Zettel ein und überflog die Dateien, die auf dem Bildschirm auftauchten. Er klickte auf „Intensivstation" und dann auf „Aufnahmegrund". Er tippte „Eisbärenangriff" und eine Namensliste erschien. Etwa in der Mitte entdeckte er ihn: *Charlie Ashoona, Black River, Region Coppermine. Nächste Verwandte: Uyarasuq Ashoona, Mutter.*

Dafydd starrte auf den Namen. Ihm pochte das Herz. Eine bizarre Möglichkeit schoss ihm durch den Kopf: Könnte es sich um den Jungen handeln, den Joseph erwähnt hatte, um den Sohn von Sleeping Bear? Er las das Geburtsdatum: 5. Dezember 1993. Die Zeugung des Jungen fiel ungefähr mit seinem und Bears Besuch in Black River zusammen. Hatten Uyarasuq und Bear …? Nein, das konnte er sich nicht vorstellen. Aber Bear hatte die Hälfte seiner Ersparnisse einem Jungen in Black River vermacht. Joseph zufolge hatte er ein Kind gezeugt … Was für ein schrecklicher Gedanke!

„Was machst du da?"

Der plötzliche Klang ihrer scharfen Stimme ließ ihn zusammenfahren. Dafydd sah Sheila mit schnellen Schritten auf sich zukommen. Er zog den Stecker aus der Dose. Der Computer pingte und der Schirm wurde schwarz.

„Du hast kein Recht, dich an den Krankenhausunterlagen zu schaffen zu machen!"

„Ich arbeite hier. Wenn ich mir Patientenakten ansehen muss, dann tu ich das auch."

„Du hast das Recht, dir die schriftlichen Unterlagen anzusehen. Für deine Zwecke genügt das. Ich weiß mit Sicherheit, dass du kein Passwort für den Computer hast. Sie werden an solche Leute wie dich nicht vergeben. Ich werde Hogg Bericht erstatten."

„Nur zu", sagte Dafydd kalt. „Warum führen wir drei nicht einmal eine lange Aussprache? Ich glaube, es gibt eine ganze Menge Dinge, über die Bericht erstattet werden muss."

„Tatsächlich?" Sie trat näher an ihn heran und stieß mit dem Zeigefinger nach seinem Gesicht. „Wenn du glaubst, dass Hogg auf irgendetwas hört, was du über mich zu sagen beliebst, dann irrst du dich gewaltig."

Dafydd dachte an Ian und ein plötzlicher Zorn durchfuhr ihn. „Hör auf, mit deinem Finger vor meinem Gesicht herumzufuchteln", fuhr er sie an und schob ihre Hand energisch beiseite. „Hat deine Verdorbenheit keine Grenzen? Und so was wie du trägt die Verantwortung für zwei wehrlose Kinder. Sie sollten geschützt werden vor –“

„Wenn du noch irgendetwas mit deinen Kindern zu tun haben willst, dann überleg dir gut, wie du dich verhältst“, zischte Sheila. „Es ist überhaupt nichts Verdorbenes dabei, wenn ich dich ordentlich zur Kasse bitte. Es ist genau das, was Männer wie du verdienen …“

„Das habe ich nicht gemeint“, schnitt ihr Dafydd ungehalten das Wort ab. „Ich spreche davon, was du Ian antust.“

Sheila blickte ihn sprachlos an, aber sie fing sich rasch wieder. „Mir ist scheißegal, was oder wen du meinst. Du hältst dich aus meinem Leben heraus oder du bekommst die Kinder nie wieder zu Gesicht. Ich werde publik machen, was du mit mir angestellt hast. Auch den Kindern werde ich's erzählen … mit allen entsetzlichen Einzelheiten.“

„Wirklich? Das würdest du deinen eigenen Kindern tatsächlich zumuten?“

„Ja, und ich habe Beweise. Verlass dich drauf, es würde dir nicht gefallen.“

„Ich glaube dir nicht.“ Dafydd stieß den Stuhl zurück. „Aber meinetwegen. Du tust, was du tun musst, und ich werde genauso vorgehen.“

Bevor sie antworten konnte, wandte er sich schroff ab und verließ den Raum.

UM 8.55 UHR stand Dafydd wartend vor dem kleinen Büro der Autovermietung am Stadtrand. Er brauchte unbedingt ein Auto in Moose Creek. Er lächelte bei der Erinnerung an ein Gespräch, das er vor langer Zeit geführt hatte. Wer war es denn nur, der ihm prophezeit hatte, er werde sich nie zu Fuß auf den Straßen dieser Stadt fortbewegen, weil es ihm entweder zu heiß und zu staubig oder zu kalt und zu rutschig oder er zu betrunken sein werde? Jemand sehr Unverschämtes.

Die Kinnlade fiel ihm vor Erstaunen hinunter, als die Verkünderin dieser Weisheit mit einem großen Schlüsselbund in der Hand die Straße entlangmarschiert kam. Martha Kusugaqs Augen leuchteten auf, als sie ihn erblickte. „Der gut aussehende junge Doktor“, jauchzte sie. „Na so was!“

„Der Doktor mag stimmen. Gut aussehend und jung sei dahingestellt“, lachte Dafydd.

„Diesmal sind Sie für immer hier, nicht wahr, junger Mann? Gott weiß, wie dringend wir jemanden wie Sie brauchen“, sagte sie und schüttelte ihm kräftig die Hand. „Hoffentlich lösen Sie den alten Hogg ab. Er würde es sich nie eingestehen, aber er sollte sich wirklich zur Ruhe setzen."

„He, nicht so stürmisch, Martha. Ich bin nur zu Besuch hier. Wie geht es Ihnen denn?"

„Lassen Sie mich erst mal diese Tür öffnen, und dann erzähl ich Ihnen, was los ist." Sie hantierte mit dem Schlüsselbund herum.

„Nach den Schlüsseln zu urteilen, gehen Sie vielen Geschäften nach", bemerkte Dafydd.

„Sie haben's erfasst", bestätigte Martha. „Mein Alter hat mich wegen eines Flittchens verlassen, und ich hab selbst einen jüngeren Mann geheiratet, einen mit echtem Ehrgeiz." Sie eilte hinter den Tresen und nahm einen goldenen Stift in die Hand. „So, erst mal geb ich Ihnen einen fahrbaren Untersatz. Die sind alle absolut zuverlässig, das schwör ich …"

Er konnte sich nicht auf das konzentrieren, was die Kinder sagten. Mark zerrte ihn am Arm. Miranda war hinter ihnen, schob den Schlitten und rief ihnen zu, schneller zu ziehen. Die beiden redeten und schrien und lachten hemmungslos, während sie, bis zu den Oberschenkeln im Schnee, einen steilen Hang hinaufstapften.

„Was ist los mit dir, Dafydd?", rief Mark. „Hast du schlechte Laune oder so?"

Dafydd war überrascht von Marks unerwarteter Heiterkeit. Er packte den Jungen an der Taille und warf ihn zu Boden. Aber Mark war stärker, als es den Anschein hatte, und schaffte es, ihm ein Bein zu stellen. Sie rollten ziemlich weit nach unten, bevor es ihnen gelang anzuhalten.

Miranda hechtete auf den Schlitten und sauste mit hohem Tempo hinunter.

„Pass auf!", rief Dafydd besorgt, als seine Tochter wie eine Kugel an ihm vorbeischoss.

Plötzlich stürzte sich Mark auf ihn. Sie fielen erneut zu Boden und rollten und rutschten ein weiteres Stück den Hügel hinab. Miranda war inzwischen am Fuß des Hügels angekommen und brüllte vor Lachen.

„Schluss jetzt!", rief Dafydd und richtete sich im Schnee auf. „Nehmt euch zusammen. Eure Mutter wird einen Anfall bekommen, wenn sie davon erfährt."

„Das geht sie nicht das Geringste an", erwiderte Mark forsch.

Sie blickten beide zu Miranda hinunter, die plötzlich reglos im Schnee lag. Mark rutschte durch den weichen Schnee nach unten und versuchte sie hochzuheben. Miranda machte sich steif und strampelte mit den Beinen, geradezu hysterisch vor Gelächter und vorgetäuschter Qual.

Dafydd blieb einen Augenblick lang am Abhang sitzen. Er hatte während der langen Nacht kaum eine ganze Stunde geschlafen und immer wieder über seine Entdeckung nachgedacht. Die Vorstellung, dass Sleeping Bear jene wunderbare junge Frau während ihres Besuchs geschwängert haben könnte, erschien Dafydd völlig absurd.

Die andere Möglichkeit, die ihn schwindlig werden ließ, bestand darin, dass er selbst den Jungen gezeugt hatte. O Gott, war das wirklich möglich? Die Daten sprachen dafür.

Wie so oft im Laufe der Jahre tauchten, gespeichert im Netzwerk seiner Sinne, die Einzelheiten seines Liebesspiels mit Uyarasuq vor ihm auf. Sie hatte gemeint, es sei eine „sichere“ Zeit in ihrem Zyklus, aber er wusste, wie absolut unzuverlässig so etwas war. Deshalb hatte er ein Kondom benutzt. Aber Kondome können platzen oder reißen. Nicht oft, aber es kommt vor. Entweder das oder … sie hatte es ihm in der Dunkelheit abgezogen …

Dafydd versuchte seinen inneren Aufruhr zu unterdrücken. Er wollte jetzt nicht darüber nachdenken, nicht hier, in Gegenwart der Kinder. Er blickte zu ihnen hinunter. Inzwischen bewarfen sie einander mit Schneebällen.

Warum hatte Uyarasuq es ihm nicht mitgeteilt? Und warum hatte Sleeping Bear es ihm nicht mitgeteilt? Vielleicht hatte er es versucht. Vielleicht hatte Bear ihm genau diese Nachricht übermitteln wollen. Aber er konnte nicht schreiben und Joseph zeigte keine Bereitschaft, es für ihn zu tun. Deshalb entschied Bear, dem Jungen einen Teil seines Geldes zu vererben: weil er sich für das, was geschehen war, verantwortlich fühlte oder wegen seiner starken Bindungen an die Familie.

Dafydd spürte eine Hand auf seiner Schulter. „Warum sitzt du hier herum?“ Miranda sah ihn prüfend an. „Manchmal bist du ziemlich schlapp.“ Sie rieb ihre vereisten Fäustlinge gnadenlos an seinen Wangen, und er packte ihre Handgelenke und versuchte, ihr etwas Schnee in den Kragen ihres Schneeanzugs zu schieben.

„Daaaad!“, kreischte sie. Sie ließ keine Gelegenheit aus, ihn Dad zu nennen. Es schien ihr so viel zu bedeuten, dass sie endlich einen Vater hatte, obwohl er nicht die Illusion hegte, dass sie ihn um seiner selbst willen liebte. Gewiss, sie waren Freunde geworden. Zum Glück war sie ein ausgeglichenes, normales junges Mädchen. Mark dagegen war weitgehend unzugänglich. Was würden sie empfinden, wenn sie erfuhren, dass sie möglicherweise einen Bruder hatten … „O Gott!“, stöhnte Dafydd laut auf.

„Gott … was?“ Miranda versuchte, sich seinem Griff an ihrem Ärmel zu entwinden.

„Wir sind … spät dran.“

„Spät für was? Du hast noch nicht mal deine Uhr um, du Dummkopf.“

„Wen nennst du einen Dummkopf?“ Dafydd drückte ihr eine weitere Handvoll Schnee in den Kragen. Dann rief er Mark zu, er solle sich beeilen.

Sie rannten den Hügel hinauf und stiegen in den großen Buick, den Martha ihm vermietet hatte. Dann fuhr er mit ihnen zurück zu Tillies Hotel.

Tillie war nicht schockiert gewesen, als er ihr anvertraute, dass Mark und Miranda seine Kinder seien. Sie hatte ihre Quellen, und sie wusste es bereits seit Wochen, bevor er ihr die beiden auch nur vorgestellt hatte.

Dafydd war in seinem Innersten bewusst, dass er sie schändlich ausnutzte, doch Tillie genoss die Rolle einer Ersatzmutter. Sie hatte keine eigenen Kinder, und nun machte es ihr viel Freude, Dafydd und die Zwillinge zu bekochen und sich zu ihnen an den Tisch im Frühstückszimmer zu setzen. Miranda hatte Tillie sofort ins Herz geschlossen und liebte es, ihr in der Küche beim Backen von Keksen und Muffins zu helfen. Selbst Mark schien sich für sie zu erwärmen.

„Dafydd, Sie sehen erschöpft aus“, sagte sie, als er auf ihr Sofa plumpste und sich eine alberne Quizshow mit anschaute, die den Kindern offenbar gefiel. „Ich bringe Ihnen einen Gin-Tonic.“

„Tillie, Sie sind ein Engel.“

„Wenn du dich betrinkst“, warnte ihn Miranda, „haue ich sofort ab. Ich hasse betrunkene Leute.“

„So weit wird’s nicht kommen“, meinte Dafydd. „Ich habe heute ab fünf Uhr Bereitschaftsdienst.“

Eine halbe Stunde später schrak er hoch. Die Uhr an Tillies Wand stand auf 16.30 Uhr. „Los, kommt, Kinder!“, rief er. „Erhebt euch. Ich begleite euch nach Hause.“

Tillie hüllte alle in ihre Kleidungsstücke ein, und sie marschierten die Straße hinunter zu Sheilas Haus. Es stand dunkel da. Mark fischte seinen Schlüssel heraus und schloss die Tür auf.

„Kommt ihr klar?“, fragte Dafydd.

Mark sah ihn mit einer Miene an, die zu fragen schien: Wo sind wir deiner Meinung nach wohl in den letzten fünftausend Jahren gewesen?

„Tschüss dann“, sagte Dafydd. Er blieb noch einen Moment stehen und beobachtete, wie überall im Haus das Licht eingeschaltet wurde. In mancher Hinsicht waren es Dreizehnjährige, die so tun mussten, als wären sie 23. Sie hatten sehr viel Übung darin, für sich selbst zu sorgen.

Er ging zurück ins Zentrum. Einem Impuls folgend blieb er vor dem „Northern Holiday Hotel“ stehen. Ein untersetzter Mann hackte und schaufelte wie besessen, um das Eis vor dem Eingang zu entfernen. Dafydd grüßte ihn mit einem Nicken und trat ein.

Immer wieder dachte er an Ian. Dafydd hatte seit drei Tagen nichts mehr von ihm gesehen oder gehört, und er begann sich Sorgen um ihn zu machen. Die großzügig ausgestattete Empfangshalle verfügte über mehrere Telefonzellen, und er schloss sich in einer dieser Kabinen ein. Er zog einen Stift, einen leeren Zettel und seine Kreditkarte hervor und wählte Ians Nummer, die er auswendig kannte. Dann blickte er auf den Stift und das Papier und fragte sich, warum er sie hervorgeholt hatte.

Die Knie wurden ihm weich. Er legte den Finger auf die Telefongabel und brach den Anruf ab. Plötzlich wusste er, warum er hier war. Ja, er sorgte sich um Ian, aber er befand sich nicht deshalb in dieser Telefonzelle.

Drei Anrufe später stand eine Nummer auf dem Zettel – eine Nummer, die er wiedererkannte. Sie war vor seinen Augen aufgeblitzt, als er in den Patientenberichten fündig geworden war. Seine Finger zitterten, als er die Zifferntasten drückte. Sein Mund war trocken. Es klingelte zweimal.

„Hier ist Charlie!“ Die krächzende Tonlage eines im Stimmbruch befindlichen Heranwachsenden.

„Hallo Charlie! Mein Name ist Dafydd Woodruff.“ Er schluckte heftig, bevor er fortfahren konnte. „Ist deine Mutter da?“

„Klar doch. – Mom!“ Seine Stimme klang kühl und heiser, als er seine Mutter rief. „Ein David Walross ist am Telefon.“

„Hallo“, erklang ihre süße Stimme, ihr lieblicher Akzent.

„Uyarasuq. Ich bin’s, Dafydd … der Dafydd aus fernen Zeiten. Von vor vierzehn Jahren.“

„Dafydd.“ Er konnte sie kaum hören, so sanft sprach sie seinen Namen aus. Sie machte eine längere Pause, dann fragte sie: „Wo bist du, Dafydd? Von wo rufst du an?“

„Ich bin in Moose Creek. Ich würde dich gern sehen. Bald. Ich würde gern vorbeikommen. Ich muss mit dir reden.“

„Es ist … Ich bin … Warum bist du dort?“

„Hör mal, Uyarasuq. Es tut mir leid, aber ich muss dich das fragen. Wahrscheinlich liege ich völlig daneben, aber ich muss es wissen. Dein Sohn, Charlie, er ist doch nicht mein Sohn, oder? Bitte, sag mir die Wahrheit.“

Sie schwieg, und er wand sich angesichts seiner plumpen Taktlosigkeit. Aber in seinem aufgewühlten Zustand gelang es ihm nicht, sich gleichmütig zu geben. Er flehte sie erneut an. „Bitte, Uyarasuq, sag es mir.“

„Ja, Dafydd … Charlie … ist dein Sohn.“

„O Gott.“ Dafydd spürte, wie ihm heiß im Nacken wurde und ihm der Schweiß aus allen Poren seines Körpers trat. „Warum hast du mir das nicht gesagt?“

„Ich fand, dass es nicht richtig wäre, dich damit zu belasten. Du hattest alles unternommen, um seine Entstehung zu verhindern.“

„Das diente deiner Sicherheit ebenso wie meiner.“

„Nun, vermutlich sollte ich mich entschuldigen“, erwiderte sie gelassen. „Aber trotz deiner Verhütungsmaßnahmen bin ich schwanger geworden. Es tut mir nicht leid. Charlie ist das Beste, was mir je widerfahren ist.“

„O bitte … warte.“ Er fürchtete, dass sie auflegte, bevor er auch nur in der Lage war, sein echtes Interesse zum Ausdruck zu bringen, sein Bedürfnis, etwas über seinen Sohn zu erfahren. Wie anders er sich fühlte als bei der Nachricht über Sheilas Kinder. Diesen Sohn hatte er aus so etwas wie Liebe gezeugt. „Hör zu, bitte. Ich habe erfahren, dass Charlie einen schrecklichen Unfall hatte, vor ein paar Monaten. Und dass er ein Bein verloren hat. Ich würde gern …“

„Wie hast du all das herausgefunden?“, fragte sie scharf.

„Über das Krankenhaus.“ Dafydd hatte noch immer weiche Knie. „Jemand im Krankenhaus hat mir von Charlie erzählt. Wie er nach Moose Creek geflogen wurde. Wie tapfer er war …“

„O ja, die Krankenschwester. Schwester Hailey“, sagte Uyarasuq langsam und leise. Dann schwieg sie kurz. „Sie ist der einzige Mensch, dem ich je erzählt habe, dass du Charlies Vater bist – von meinem Vater und Sleeping Bear abgesehen. Ich hatte ein schlechtes Gefühl, als ich es ihr sagte, weil ich wusste, dass du in Moose Creek gearbeitet hattest. Dann hat *sie* dich informiert. Das hätte sie nicht tun sollen. Ich habe sie gebeten, es niemandem zu verraten.“

„Nein, Miss Hailey hat es mir nicht erzählt“, erwiderte Dafydd. „Ich habe von Charlie erfahren, weil das Personal noch immer von ihm spricht. Sie alle erinnern sich mit sehr viel Zuneigung an ihn. Ich bin neugierig geworden, weil ich hörte, dass er aus Black River stammt. Deshalb habe ich in den Krankenhausakten nach ihm gesucht und herausgefunden, dass er dein Sohn ist. Als ich sein Alter und sein Geburtsdatum las, begriff ich, dass er … trotz der getroffenen Vorkehrungen auch mein Sohn sein könnte."

„Aber … dann bist du nicht deshalb nach Kanada gekommen, wegen Charlie? Du warst bereits hier, als du von ihm erfahren hast?"

„Ja. Aber das ist eine andere Geschichte. Im Moment habe ich nur den Wunsch, dich zu sehen und Charlie kennen zu lernen. Wie geht es ihm? Was macht seine Genesung?"

„Es geht ihm gut. Wir sind gerade von einem Besuch bei einem Spezialisten in Toronto zurückgekommen, und er hat eine nach dem neuesten Stand der Wissenschaft gefertigte Beinprothese erhalten. Es ist ein ziemlich beeindruckendes Gerät, und er liebt Geräte, also sind sie sofort die besten Freunde geworden." Sie lachte ihr ganz besonderes, perlendes Glockenlachen.

„Wenn du einverstanden bist, werde ich einen Flug buchen oder ein Flugzeug mieten oder was immer erforderlich ist …" Dann bremste er sich, beschämt über seine eigene Unverfrorenheit. „Äh … Bist du … mit jemandem zusammen? Wird mein Kommen irgendjemanden stören?"

„Nein, keine Sorge." Er konnte spüren, dass sie lächelte.

„Ich rufe dich an, sobald ich eine Reisemöglichkeit gefunden habe."

„Es gibt die Post … Ein Flugzeug, das einmal die Woche kommt."

16

Dafydd legte auf. Die Wahrheit über Charlie war überwältigend. Ein Sohn. Nein, *noch* ein Sohn! Er versuchte, die Tür der Telefonkabine zu öffnen, die sich wie eine Ziehharmonika falten ließ, aber sie hatte sich irgendwie verklemmt. Er rüttelte an ihr und geriet in Panik, die einer tiefen inneren Erregung entsprang.

Nach einer Weile hörte er auf, sich gegen die Tür zu stemmen, und blickte durch eines der kleinen Fenster auf den großen Kronleuchter im Foyer. Er starrte in die Helligkeit, während sein Gehirn auf Hochtouren arbeitete. Etwas stieg in ihm auf, es schwebte quälend in seinem Unterbewusstsein, vor seinen Augen. Wenn er es nur erkennen könnte …

Sheila. Sie wusste Bescheid. Was bedeutete das? Sie war die Einzige … Das konnte doch nicht sein? O nein. Es war doch undenkbar, dass …?

Er atmete tief ein, als ihm schließlich eine abseitige Möglichkeit dämmerte. Während sich die Stücke wie bei einem Puzzle zusammenfügten, begriff er, dass dies die einzige Erklärung war. Schnell zog er wieder seine Kreditkarte hervor, schob sie in den Schlitz und entfaltete den Zettel. Er fluchte und wählte.

„Ashoona."

„Entschuldige, ich bin's noch mal. Uyarasuq, ich muss dich nur noch nach *einer* Sache fragen. Hat Sheila Hailey, als ihr im Krankenhaus wart, Charlie Blut abgenommen? Und dir auch?"

„O ja. Sie hat sich um fast alles gekümmert. Charlie brauchte Transfusionen. Sie war unglaublich schnell und effizient. Warum fragst du?"

„Deine Antwort hat etwas Wichtiges für mich geklärt. Ich erzähl's dir, wenn wir uns sehen."

„In Ordnung, Dafydd."

„Wir sehen uns sehr bald. Pass auf dich auf."

Als er den Hörer aufgelegt hatte, versagten ihm die Knie endgültig den Dienst. Mit dem Rücken an der Wand sackte er langsam auf den Boden und blieb einfach sitzen.

Sheila musste das Blut von Charlie und seiner Mutter gestohlen haben. Die Folgerungen waren kaum zu verkraften.

Er stand wieder auf und rief Janie im Krankenhaus an. „Hör mal", sagte er mit eindringlicher Stimme, „stell jetzt bitte keine Fragen, aber ich kann heute Nacht keinen Dienst machen. Irgendjemand muss ihn für mich übernehmen."

„In Ordnung. Mach dir keine Sorgen. Atilan ist sowieso hier. Ich werde sie darum bitten."

Als Nächstes wählte er Ians Nummer. Während es klingelte, holte er mehrfach tief Luft, um wieder auf eine normale, freundliche Plauderebene zu gelangen.

„Brannagan."

„Ich bin's, Dafydd. Komm bitte in die Stadt. Ich bin im Northern. In der Bar. Leiste mir Gesellschaft. Wir könnten … eine Cola oder so was trinken."

Ian lachte laut, ganz der Alte. „Warum nicht? Es ist hier draußen wie ein Grab, seit du nicht mehr vorbeikommst. Ich bin gleich da."

Eine halbe Stunde später – inzwischen hatte die Empfangsdame Dafydd aus der Telefonzelle befreit – erschien Ian in der Bar. Er wirkte, als habe er sich ein wenig hergerichtet. Er trug enge schwarze Jeans, den alten Gürtel mit der Silberschnalle von damals, dazu ein sauberes weißes Hemd. In dem dämmrigen Licht des Eingangs wirkte er immer noch attraktiv.

Aus der Nähe wurde seine Krankheit jedoch erschreckend sichtbar. Seine Augen lagen tief in den Höhlen, und seine Haut war fahl und von Falten durchzogen. Die übliche Zigarette hing locker in seinem Mundwinkel. Sofort machte er das Zeichen für ein Bier, und als es ihm gebracht wurde, bestellte er dazu einen doppelten Jack Daniels. Dafydd bat um das Gleiche. Jetzt empfahl sich etwas Kräftiges.

Die Bar war dunkel und kaum besucht. Sie saßen in einem Separee und sprachen von alten Zeiten. Dafydd tat sein Bestes, sich zurückzuhalten und noch eine Weile zu warten. Allmählich überließen sie sich der Illusion, alles sei in Ordnung und sie seien lediglich gute alte Freunde, die gemeinsam einen tranken.

„Ian, ich habe ein paar Fragen an dich zu einer Sache, die mich beschäftigt", begann Dafydd, nachdem sie in Erinnerungen geschwelgt hatten. „Ich habe gerade herausbekommen, dass eine Frau, die … mit der ich geschlafen habe, oben in Black River, einen Sohn hat."

Ian fixierte ihn, und sein Gesicht verfinsterte sich schlagartig.

„Dieser Junge", fuhr Dafydd fort, „wurde von einem Eisbären zerfleischt und hierher ins Krankenhaus gebracht. Das war dieses Jahr Ende März. Hast du ihn gesehen? Du müsstest darüber informiert sein."

„Ja, ich erinnere mich gut an ihn."

„Erzähl mir alles darüber. Erzähl mir alles, was du über ihn weißt."

Der Glanz war aus Ians Augen verschwunden, und er senkte den Kopf, um Dafydds beharrlichem Blick auszuweichen. „Es war mir klar, dass ich es dir irgendwann würde erzählen müssen", sagte Ian leise, „aber ich habe gehofft, dass es nicht so bald sein würde."

„Was zum Teufel meinst du?"

„Es wird dir nicht gefallen, Dafydd." Er hielt inne und drückte seine Zigarette langsam aus. „Es stimmt, der Junge ist dein Sohn. Woher hat Sheila denn wohl das Blut für den DNA-Test bekommen?"

Dafydd packte Ians Arm. „Also wusstest du darüber Bescheid?"

Ian hob den Kopf. „Wie hast du es herausgefunden?"

„Mach dir darüber mal keine Gedanken", knurrte Dafydd. „Mich interessiert, wie viel du darüber weißt. Ich hatte inständig gehofft, dass du nicht Teil dieser Verschwörung warst."

„War ich auch nicht. Zumindest nicht am Anfang."

„Wie hat Sheila das angestellt?" Dafydd packte ihn wieder am Arm und schüttelte ihn heftig. „Sag mir wie, verdammt!"

„Ach komm, Dafydd, es war ganz einfach. Als Krankenschwester in der

Notaufnahme hat sie einfach beiden – dem Jungen und seiner Mutter – Blut abgenommen. Daran war nichts Ungewöhnliches. Aber irgendwann hatte sie diesen unglaublichen Geistesblitz. Also nahm sie etwas von dem Blut mit nach Hause und stellte es in ihren Gefrierschrank."

„Aber sie kann doch unmöglich gewusst haben, dass der Junge mein Sohn ist."

„Das hat sie wenige Minuten nach ihrer Ankunft herausgefunden. Sie fragte die Mutter nach ihren nächsten Angehörigen, aber sie hatte keine Verwandten. Also erkundigte sich Sheila völlig korrekt nach dem Vater, und die Frau plauderte alles aus. Sie dachte, dass ihr Sohn im Sterben läge, alles andere hatte keine Bedeutung für sie."

„Also hat Sheila erfahren, dass ich der Vater des Jungen bin." Dafydds Stimme war eisig vor mühsam im Zaum gehaltener Wut. „Und sie hat sich entschlossen, das Blut meines Sohnes und das Blut seiner Mutter zu stehlen und es als das Blut von Mark auszugeben … und als ihr eigenes."

„Ja."

„Aber warum um alles in der Welt hat sie das getan? Warum wollte sie ausgerechnet mich festnageln?"

„Weil sie alte Rechnungen begleichen wollte, einen lang gehegten Hass empfand, aus finanziellen Gründen … Ich weiß es nicht. Vielleicht wollte sie einfach nur herausfinden, ob sie damit durchkommen konnte."

Sie schwiegen eine Weile. Ian zündete sich eine neue Zigarette an und inhalierte tief.

„Und du wusstest davon – seit wann?", fragte Dafydd.

„Noch nicht, als ich die Papiere unterschrieb, in denen stand, dass ich das Blut abgenommen hatte, sondern später. Sheila bekam es mit der Angst zu tun, als du hier auftauchtest, und sie wollte meine Unterstützung kaufen. Ich wollte es dir erzählen, aber dann merkte ich, dass du gut mit den Kindern auskamst. Und es gefiel mir, dich in der Nähe zu haben. Ich habe es immer wieder hinausgeschoben."

„Was ist mit Mark und Miranda?" Dafydd spürte, wie es ihm beim Eingeständnis dessen, was er bereits wusste, die Kehle zuschnürte. „Diese armen Kinder sind in keiner Weise verwandt mit mir, oder?"

„Nein, es hat nicht den Anschein … Tut mir leid."

Dafydd versuchte, seine widerstreitenden Gefühle unter Kontrolle zu bringen. Die beiden unglücklichen Kinder waren ihm wirklich ans Herz gewachsen. „Aber wessen Kinder sind sie dann? Es sind *deine*, nicht wahr?"

Ian lachte freudlos. „Nein … das bezweifle ich. Sie bekommt doch so schon all mein Geld. Sie brauchte nicht für mich Drogen zu klauen, wenn sie einfach Unterhaltszahlungen von mir fordern könnte. Ich hätte es dir irgendwann erzählt, glaub mir. Ich hab sogar alles niedergeschrieben und unterzeichnet. In der Hütte sind zwei Briefe, jeweils in dreifacher Ausführung. Im Schrank neben meinem Bett. Nur für den Fall … weißt du?"

„Für den Fall, dass du dich zu Tode säufst und fixt? Damit du posthum dein Gewissen erleichtern kannst?", entgegnete Dafydd kalt.

„Ja. So was in der Art." Ian erhob sich. „Jetzt muss ich nach Hause, oder ich werde nicht mehr imstande sein zu fahren. Ich gehe jetzt, Dafydd. Ich bedaure das alles sehr, glaub mir, ich bedaure es wirklich."

Dafydd blickte nicht auf, als Ian ging. Er saß einfach nur da und starrte wie gelähmt in den wabernden Rauch. Vor ihm lag eine völlig unsichere Zukunft und hinter ihm seine trügerische Vergangenheit. Er wusste nicht, wie er vorgehen sollte, und er konnte nie mehr zurück.

Er dachte an Isabel. Wie viel hätte diese Nachricht ihm ein paar Monate zuvor bedeutet! Dass sie ihn zu Unrecht verdächtigt hatte und dass er sie nicht belogen hatte. Nun aber bedeutete sie nichts mehr. Er bezweifelte, dass er sich je die Mühe machen würde, es Isabel mitzuteilen. Was ihm wirklich Kopfzerbrechen bereitete, war die Frage, wie er es Mark und Miranda beibringen sollte … wie sie die Nachricht verkraften würden.

Dann bemerkte er ein hartnäckiges, scharfes Klopfen in seiner Brust. Er fragte sich, ob es sein Herz war, aber als er seinen Puls fühlte, stellte er fest, dass es eine andere Ursache haben musste. Um die Bedeutung herauszufinden, schloss er die Augen. Sofort tauchte vor ihm das Bild eines kleinen Fuchses auf, der in der Dunkelheit durch den Wald raste. Seine Läufe sanken tief in den Schnee ein, aber er rannte weiter und weiter auf sein Ziel zu, vor Anstrengung keuchend … *„Wenn Sie lernen, ruhig zu sein, wird der kleine Fuchs zu Ihnen kommen. Er wird Ihnen Dinge erzählen, die Ihnen niemand sonst erzählen kann."*

Dafydds Augen öffneten sich und er blickte sich verwirrt um. Dann begriff er und rannte los. Unterwegs suchte er in der Tasche nach seinen Schlüsseln. Die eiskalte Luft auf der Straße brachte ihn in die Realität zurück.

ER FUHR so schnell, wie es die Straßen erlaubten. Der Alkohol beeinträchtigte ihn nicht mehr, doch die Furcht in seiner Magengrube war wie ein schmerzender Knoten.

Endlich erreichte er den Platz vor Ians Hütte und stieg aus. Der ferne

Laut von Thorns heftigem und beharrlichem Bellen – einem Bellen, wie es Dafydd noch nie gehört hatte – ließ ihn vor Angst erschauern. Die Lichter brannten und die Tür stand halb offen. Er stürzte voller Bangen hinein, doch Ian war nicht in der Hütte.

Thorn war außer sich. Dafydd versuchte, das Tier zu beruhigen, aber es war sinnlos. Er durchsuchte die Hütte hektisch nach Streichhölzern, Zeitungen und Anmachholz. Als er schließlich alles gefunden hatte, stopfte er es in einen Rucksack. Er zog sich alles über, was er an Kleidungsstücken finden konnte, und ging mit einer Taschenlampe in der Hand los. Thorn trottete zielstrebig in den dunklen Wald, und Dafydd musste rennen, um mit ihm Schritt zu halten.

Es waren keine Fußspuren zu sehen, aber Dafydd verließ sich auf den Hund. Einen Augenblick später entdeckte er die frischen Spuren von Skiern. Ian war mit den Skiern losgefahren! Es würde fast unmöglich sein, ihn einzuholen. Unter den Bäumen herrschte völlige Dunkelheit, die Taschenlampe leuchtete schwach. Thorns abgemagerte Flanken bewegten sich mühsam ein paar Meter vor Dafydd. Bestimmt hatte Thorn versucht, Ian zu folgen, war jedoch zurückgeschickt worden.

Schuldgefühle und Angst trieben Dafydd voran. Hätte er doch nur auf das geachtet, was Ian ihm anvertraut hatte, dann wäre ihm klar gewesen, was geschehen würde. Er war viel zu sehr auf seine eigenen Probleme fixiert gewesen.

Thorn verlangsamte seinen Lauf auf Schrittgeschwindigkeit. Er würde nicht mehr lange durchhalten. Dafydd rannte an ihm vorbei. „Ian!“, rief er, so laut er konnte. Danach atmete er heftig ein, was einen Würgereiz hervorrief. Die eisige Luft ließ seine Lunge fast gefrieren. Schreien durfte er nicht. Er musste einfach dafür sorgen, dass er die Spur nicht verlor. Zum Glück war dies genau die Strecke, die er ein paar Wochen zuvor auf den Skiern zurückgelegt hatte. Er überquerte die Schneise, an die er sich erinnerte, ein langes, offenes Band abgeholzten Bodens. Dahinter lag unberührte Wildnis.

In der Ferne konnte er Wölfe heulen hören. Sein Albtraum wurde wahr: *sein in einer Schlagfalle steckendes Bein, das rote Blut im weißen Schnee und die heulenden Wölfe.* Hatte er dies vorausgeahnt … oder war es sein Sohn, den er gesehen hatte – an der Schwelle des Todes, attackiert von einem Eisbären?

Er verlangsamte seine Schritte; Müdigkeit setzte ein. „Ian!“, schrie Dafyddd verzweifelt, wobei er beim Einatmen den Mund mit seinem Handschuh bedeckte. Ihm wurde schwindlig, und einen Moment lang rannte und stürzte er gleichzeitig. Er konnte nicht mehr weiter. Die Spuren der Skier verschwanden in der Ferne.

Die Wölfe heulten erneut. Sie waren näher gekommen. Er durfte nicht rufen, weil er sie sonst anlocken würde. Er stand auf und rannte weiter.

Plötzlich, wenige Schritte vor ihm, im wild tanzenden Strahl der Taschenlampe, konnte er erkennen, dass die Spuren der Skier eine scharfe Biegung nach rechts machten, direkt auf eine Gruppe Tannen zu. Er schöpfte neue Hoffnung. In dem tiefen Schnee konnte Ian auf Skiern auf keinen Fall sehr weit kommen.

Sobald Dafydd ebenfalls abgeschwenkt war, sank er bis zu den Hüften ein. An manchen Stellen war der Schnee hart genug, um sein Gewicht zu tragen, und er wühlte sich rund zehn oder zwanzig Meter auf allen vieren die Schneewehen hinauf und hinunter.

Dann plötzlich sah er ihn; dort, an einen Baum gelehnt, saß Ian. Er hatte eine halb gerauchte Zigarette zwischen den Lippen. Sein Körper war aufgerichtet, die Augen geschlossen, die nackten Hände im Schoß gefaltet. Er hatte seinen Parka am Hals geöffnet, doch die Kapuze tief in die Stirn gezogen. Skier und Stöcke lagen säuberlich angeordnet neben ihm.

„Ian, Gott sei Dank … Ian.“ Dafydd fiel vor ihm nieder und drückte Ians ungelenken Körper an sich. „Sprich mit mir. Los, Brannagan, sag doch etwas! Wach auf, wach auf!“ Er schüttelte Ian heftig an den Schultern, aber er reagierte nicht. Dafydd war verzweifelt. Ian konnte schon dem Tode nahe sein.

Er leuchtete Ian mit der Taschenlampe ins Gesicht. Seine Züge wirkten friedlich. Zu seinem Schrecken bemerkte Dafydd jedoch, dass Ian unter dem Parka nur ein T-Shirt trug. Er hatte nicht die Absicht gehabt, sich warm zu halten.

Dafydd streifte seine Handschuhe ab, zog Ian die halb gerauchte Zigarette aus den gefrorenen Lippen und begann sein Gesicht zu reiben und ihn anzuschreien. Dann ohrfeigte er ihn mit seinen Handschuhen. Ein starker Schlag ließ Ian zur Seite rutschen, und nun offenbarte sich unwiderruflich sein Zustand: Er war tot.

In der Ferne waren die Wölfe zu hören, jetzt weiter fort. Sie heulten ihr gequältes Lied. Für Dafydd gab es nur noch eines: sich selbst in Sicherheit zu bringen. Er lehnte Ian wieder aufrecht an den Baum – so, wie er ihn gefunden hatte. „Leb wohl, mein Freund. Endlich hast du Frieden gefunden“, sagte Dafydd.

Dann steckte er sich die Taschenlampe zwischen die Innenflächen der Handschuhe. Er wandte er sich um und machte sich auf den Rückweg. Stolpernd rannte er vorwärts und schwang wild die Arme, um die Blutzirkulation in seinen eisigen Händen wieder in Gang zu bringen. An der Stelle, an der Ian zu der Gruppe Tannen abgebogen war, hängte er den Rucksack an einen Ast, damit der Weg zu Ians Leichnam am Morgen leicht gefunden werden konnte. Die Taschenlampe gab ihre letzte Energie ab, flackerte noch ein paar Minuten und erlosch. Er setzte seinen Weg im Dunkeln entlang der Skispur stolpernd fort. Schließlich waren die Lichter der Hütte zu sehen.

Dafydd schloss die Tür und ging zum Holzofen. Er enthielt keinerlei Glut mehr, mit der man ein neues Feuer hätte entfachen können. Dafydd zog die Handschuhe aus und stellte fest, dass seine Finger rot und geschwollen waren. Dicke, wässrige Blasen begannen sich an ihnen zu bilden. Dafydd konnte den Schmerz kaum ertragen, doch er war erleichtert. Totes Gewebe ist völlig gefühllos.

Er suchte nach Streichhölzern, und als er welche gefunden hatte, gelang es ihm, eine Rolle Toilettenpapier anzuzünden. Bald brannte das Feuer, und er legte das kleinste Holzscheit hinein. Feuer war kostbar, und man musste sich darum kümmern.

Dafydd fühlte sich wie im Fieberwahn. Er kramte in den Schränken nach Tee und Lebensmitteln, stellte den Wasserkessel auf den Ofen und aß einen angeschimmelten Käse direkt aus der Packung. Als der Tee fertig war, trank er hastig einige Schlucke der wärmenden Flüssigkeit. Er warf mehrere Holzscheite ins Feuer. Dann ging er in das winzige Schlafzimmer. Zu seiner Überraschung war es ziemlich gut aufgeräumt. Ian hatte sein Bett gemacht.

In voller Bekleidung legte Dafydd sich hin, zog sich die Decke über den Körper und fiel in einen tiefen Schlaf.

DRAUSSEN war es noch immer stockdunkel, als er erwachte. Zunächst wusste er nicht, wie er hierhergekommen war, aber dann erinnerte er sich mit einem Schlag wieder an alles. Er blieb ausgestreckt liegen, sein Bewusstsein war stumpf, und in seinen Händen pochte es böse. Schließlich wandte er den Kopf. Auf dem Nachttisch stand ein kleiner Digitalwecker. Er zeigte 5.37 Uhr. Einen Augenblick später erreichte ihn ein winziges Geräusch. Dafydd warf die Decken beiseite, sprang auf und rannte ins Wohnzimmer.

Thorn … Wo war Thorn? Der arme alte Hund. Wie konnte er ihn vergessen? Doch wie sich herausstellte, war Thorn die ganze Zeit in der Hütte gewesen und hatte stundenlang still in einer Ecke gelegen, wie gelähmt vor Trauer und Schmerzen. Dafydd ließ sich neben dem Hund auf die Knie fallen und nahm seinen Kopf in die Arme. Thorn reagierte nicht, seine weisen alten Augen blickten ins Nichts. Sie hatten alles gesehen, was sie sehen wollten. Dafydd rieb seine Hinterläufe, und Thorn wimmerte leise.

Dafydd wusste, dass Ian Tabletten für Thorns Arthritis im Haus hatte, und ging ins Badezimmer, um nach ihnen zu suchen. Er konnte sie nirgendwo finden, aber dafür entdeckte er in einer Schachtel oben auf dem Spiegelschrank Ians Injektionsfläschchen. Von Gefühlen überwältigt, ergriff er die Schachtel, um den Inhalt auf dem Boden zu zerschmettern – aber dann hielt er plötzlich inne. Vorsichtig stellte er die Schachtel auf den Toilettendeckel. Mit seinen aufgedunsenen Fingern nahm er mehrere Injektionsfläschchen und eine Spritze heraus. Die Tränen liefen ihm über die Wangen, während er die Stopfen der Injektionsfläschchen durchstieß und die Flüssigkeit in die Spritze zog, bis sie voll war.

Er legte Thorns schweren Kopf auf seinen Schoß und injizierte die Flüssigkeit bis zum letzten Tropfen in die zitternde Flanke des Hundes. Vor seinem Tod sah Thorn noch einmal zu Dafydd auf, und sein Schwanz bewegte sich unmerklich. Kurz danach stieß er einen lauten Seufzer aus und verendete. Endlich konnte Dafydd seinen Gefühlen freien Lauf lassen, und er schluchzte bis zur Erschöpfung.

VON DEN DREI BEAMTEN der *Royal Canadian Mounted Police* kannte er Mike Dawson, den Polizeichef der Stadt. Sie hatten zwei Schneemobile und einen mannslangen Schlitten mitgebracht. Dafydd bot an, ihnen den Weg zu zeigen, aber Dawson deutete auf Dafydds Hände und meinte, er sollte lieber ins Krankenhaus gehen statt in den Wald. Doch Dafydd blieb in der Hütte, nachdem er den Polizisten den Weg so gut wie möglich beschrieben hatte.

Nachdem er Thorns Körper in Ians Decke gehüllt hatte, ging Dafydd ins Schlafzimmer und öffnete den kleinen Schrank, der als Nachttisch gedient hatte. Neben anderen Dingen befanden sich sechs Umschläge darin, die in zwei von Gummibändern zusammengehaltene Stapel gebündelt waren. Beide Bündel enthielten je einen Umschlag, auf dem *Dafydd* stand. Mühsam öffnete er einen davon. Er las den darinliegenden Brief langsam und sorgfältig.

Ich, Ian Brannagan, gestehe hiermit, dass ich Sheila Hailey, Oberschwester des Moose Creek Hospital, Beihilfe geleistet habe, eine betrügerische Handlung zu begehen, damit Blut, das angeblich Sheila Hailey und ihrem Sohn Mark Hailey entnommen wurde, für einen DNA-Test verschickt werden konnte, um falsche Beweise zu liefern, dass Dr. Dafydd Woodruff der Vater von Mark und dessen Schwester Miranda ist.

Dieses Blut wurde Ms U. Ashoona aus Black River (Coppermine) und ihrem Sohn Charlie entnommen. Dr. Dafydd Woodruff ist der Vater von Charlie Ashoona, eine Tatsache, von der Ms Hailey erfuhr, als der Junge Patient im Krankenhaus von Moose Creek war.

Meine eigene Beteiligung an der Angelegenheit bestand darin, dass ich die Namen von Mark und Ms Hailey auf besagte Blutproben schrieb, ohne sie selbst abgenommen zu haben, und ihre Echtheit für besagten DNA-Test beglaubigte.

Ein neuer DNA-Test, der alle Beteiligten einschließt, wird die Richtigkeit meiner Behauptung unzweifelhaft belegen.

Ian Brannagan

Auf den beiden anderen Umschlägen, die vermutlich Kopien desselben Briefes in sich bargen, stand: *An alle, die es angeht*.

Dafydd öffnete den Brief aus dem zweiten Bündel. Der Text lautete:

Ich, Ian Brannagan, gestehe hiermit, dass ich während der vergangenen dreizehn Jahre persönlich an dem Diebstahl von Demerol aus dem Moose Creek Hospital beteiligt war. Bei diesem Diebstahl hat mir Sheila Hailey, die Oberschwester besagten Krankenhauses, Beihilfe geleistet. Ms Hailey war die einzig Zuständige für die Ausgabe und Buchführung über die Verwendung von Medikamenten in besagtem Krankenhaus, und sie hat mir diese gegen Geld beschafft.

Als Beweis hinterlasse ich ein Versteck mit mehreren Tausend leeren Injektionsfläschchen, die in zwei Holztruhen an der Rückwand meines Schuppens zu finden sind. Ein weiterer Beweis besteht in einer Tonkassette mit der Aufzeichnung von zwei Gesprächen (die ohne Wissen von Ms Hailey aufgenommen wurden) zwischen Ms Hailey und mir.

Diesen Brief schreibe ich aus der Überzeugung heraus, dass Ms Hailey ihre Position missbraucht und mit Erpressung und Einschüchterung zu ihrem eigenen beträchtlichen finanziellen Nutzen gearbeitet hat.

Dr. Ian Brannagan

Dafydd blieb noch eine ganze Weile auf dem Bett sitzen. Langsam dämmerte ihm, welche ungeheure Verantwortung mit dem Besitz dieser beiden Briefe verbunden war. Der Brief, in dem Sheila beschuldigt wurde, eine erpresserische Diebin und Drogenhändlerin zu sein, würde höchstwahrscheinlich eine Verurteilung zu einer langen Gefängnisstrafe bewirken. Ihre Kinder würden dann elternlos zurückbleiben und möglicherweise in Heimen untergebracht werden.

Der Brief mit der Schilderung ihres Blutdiebstahls und des Schwindels, den Sheila eingefädelt hatte, würde zur Folge haben, dass Dafydd den Kindern nicht mehr helfen könnte. Sobald herauskam, dass er nicht ihr Vater war, würde er gegenüber Mark und Miranda nicht mehr Rechte haben als jeder Fremde.

Dafydd blickte aus dem Fenster und fragte sich, wie viel Zeit seit dem Aufbruch der Polizisten vergangen war. Er würde sich sehr schnell entscheiden müssen. Jetzt verstand er, warum Ian zwei Briefe geschrieben hatte und nicht nur einen. Er überließ Dafydd die Entscheidung. Innerhalb von wenigen Minuten würde er einen Entschluss darüber fällen müssen, ob er Dawson den einen oder den anderen Brief oder beide oder gar keinen übergab.

Dafydd hörte das schwache Surren von Motoren. Jetzt oder nie. Eine Stimme in ihm sagte: *Lass Sheila die volle Härte des Gesetzes für all ihre Verbrechen zu spüren bekommen.* Eine andere: *Lass Sheila laufen, und die Zwillinge haben dann immer noch eine Mutter.* Eine dritte: *Lass Sheila für ihre Schiebereien und den Drogenhandel bezahlen, und lass jeden weiterhin glauben, dass du der Vater der Kinder bist.*

Dafydd musterte die beiden Briefe, einen in jeder Hand, während das Surren näher kam.

17

„Ich glaube, Sie sollten sich das hier mal ansehen", sagte Dafydd, als Dawson und er beobachteten, wie die beiden untergebenen Polizisten den Schlitten in den Transporter luden. Sie standen im Schnee vor Ians Hütte. Mit seinen notdürftig bandagierten Händen überreichte Dafydd dem Beamten einen Umschlag. „Brannagan hat diesen Brief in dreifacher Ausfertigung in seinem Schlafzimmer hinterlassen. Einer war an mich adressiert. Er macht überdeutlich, was diese Tragödie verursacht hat."

Dawsons Gesichtszüge verfinsterten sich, als er beim Lesen das enorme Ausmaß von Sheilas kriminellen Geschäften erfasste. „Gott im Himmel!", rief er aus.

„Ich wusste, dass mit Brannagan irgendetwas nicht stimmte", sagte Dafydd. „Ich gebe mir selbst Schuld, dass ich nicht gemerkt habe, welch große

Mengen an Drogen er zu sich nahm." Dafydd war übel bei dem Gedanken an den anderen Brief, der in seiner Tasche steckte. Er machte sich einer gewaltigen Vertuschung schuldig. Aber wenn er seine spontane Entscheidung nicht durchhielt, würde er die Kinder der Gnade der Sozialämter ausliefern.

Als spüre er Dafydds Unbehagen, sagte Dawson: „Wir müssen uns hier gründlich umsehen. Vielleicht finden wir etwas."

„Warum beginnen Sie nicht an der Stelle, die Brannagan vorgeschlagen hat?" Dafydd nickte in Richtung Schuppen, und Dawson befahl seinen Beamten, ihm zu folgen.

Der Schuppen enthielt zahlreiche Überbleibsel von Ians Leben in der Hütte, und der größte Teil davon befand sich in den beiden Truhen. Dawson öffnete den Riegel der einen und hob den Deckel. Vor ihnen lag eine Unmenge kleiner Glasbehälter, Sinnbild jahrelangen Elends.

„Die nehmen wir mit", sagte Dawson, und die beiden Jüngeren trugen die Truhen zum Transporter. Dawson wollte gerade mit der Durchsuchung der Hütte beginnen, als Dafydd ihn zurückhielt.

„Noch etwas. Ich habe Brannagans Hund heute Morgen aus Mitleid eingeschläfert. Er lag in den letzten Zügen, im Wortsinne. Er war schon sehr alt und ganz und gar auf Brannagan fixiert. Gibt es vielleicht die Möglichkeit, dass Sie ihn mitnehmen und die beiden gemeinsam begraben?"

Auf dem Weg zum Krankenhaus staunte Dafydd über die Bewahrheitung der Theorie vom Sieg des Geistes über die Materie. Er hatte den ganzen Morgen lang durchgehalten, und es war ihm dabei gelungen, die Schmerzen in seinen frostgeschädigten Händen weitgehend zu ignorieren. Aber jetzt machte sich die Qual mit aller Heftigkeit bemerkbar.

„Wer ist heute da?", fragte er Veronica, eine neue Krankenschwester aus Winnipeg, die ihm auf dem Flur begegnete.

„Hogg, Lezzard, Atilan", sagte sie und betrachtete die Bandagen, die er sich um die Hände gewickelt hatte. „Sie sind gerade aus der Leichenhalle heraufgekommen. Ich nehme an, dass Sie's nicht wissen … Ian Brannagan ist letzte Nacht erfroren."

„Ich weiß. Ich kannte Ian ziemlich gut, und glauben Sie mir, er hat jetzt seinen Frieden."

Veronica nickte, wischte sich die Augen mit einem Taschentuch trocken und setzte ihren Weg durch den Flur fort.

Hogg blickte überrascht auf, als Dafydd blass und zerzaust in sein Sprechzimmer trat und die Hände ausstreckte.

„Ja, ich habe Ian gefunden", sagte Dafydd vorwegnehmend. „Ich werde Ihnen gleich darüber berichten, wenn Sie sich vorher um meine Hände kümmern könnten."

Hogg entfernte schnell die Stoffstreifen. „Herrje, herrje", murmelte er, „gar nicht schön, gar nicht schön." Er betastete die dunklen, wässrigen Blasen und schüttelte den Kopf. Entschlossen machte er sich an die Arbeit, stach die Blasen auf, verband Dafydd beide Hände und spritzte ihm Schmerzmittel und ein Antibiotikum. „Sie sehen aus, als müssten Sie sich dringend mal ausruhen", sagte er dann. „Ich möchte Sie über Ian befragen, aber wir können später über ihn sprechen." Er rief die Krankenschwester herbei. „Veronica, würden Sie bitte Dr. Woodruff mit meinem Auto nach Hause fahren?"

„Gleich", sagte Dafydd zu ihr. „Darf ich Sie in ein paar Minuten rufen?"

Sobald sie allein waren, bat er Hogg: „Andrew, könnten Sie bitte den Umschlag aus meiner linken Manteltasche hervorziehen und den Brief lesen?"

Hogg wirkte verwirrt, aber er tat wie ihm geheißen. Er nahm den Brief, öffnete und las ihn und erbleichte. „O nein, Sheila hat nie … Es war Ian", stieß er hervor und vergrub das Gesicht in den Händen.

„Kommen Sie, Andrew. Ich glaube, Sie wissen es besser. Sheila hat Ian viele, viele Jahre lang versorgt. Sie können mir nicht weismachen, Sie hätten keinerlei Verdacht gehabt."

Hogg reagierte nicht, sondern verbarg weiterhin das Gesicht. Plötzlich blickte er auf. „Hat irgendjemand sonst diesen Brief gesehen? Er war verschlossen."

„Ich fürchte, ja. Der Brief existiert in dreifacher Ausfertigung. Ich habe Mike Dawson ein Exemplar davon gegeben. Für Sheila ist das Spiel jetzt wohl aus."

„Wie konnten Sie nur?", schnauzte Hogg ihn an. „Wie konnten Sie das den Kindern antun, Ihren Kindern?! Ist Ihnen denn nicht bewusst, dass sie ihre Mutter verlieren werden? Sheila ist erledigt, sie wird ins Gefängnis wandern!"

Dafydd starrte ihn erstaunt an. „Wie können Sie diese Frau jetzt noch decken?", fragte Dafydd. „Nach allem, was sie gemacht hat – mit Ian und auch mit Ihnen. Sie könnten dafür mitverantwortlich gemacht werden, ist Ihnen das nicht klar?"

„Ich weiß." Hogg sank auf seinem Stuhl zurück. „Sie müssen verstehen, dass sie eine sehr komplexe Persönlichkeit ist … Wir sind uns immer … sehr nahe gewesen …"

Seine zutiefst bekümmerte Miene widerte Dafydd an. Gleichzeitig empfand er Mitleid mit dem Mann. Er fällte spontan eine Entscheidung. „In meiner Innentasche finden Sie einen weiteren Brief, den ich Mike Dawson vorenthalten habe. Ich zeige ihn nur Ihnen, damit Sie wissen, dass mir sehr wohl daran liegt, was aus den Kindern wird."

Hogg stand langsam auf und durchsuchte Dafydds Parka nach dem anderen Brief. Dafydd beobachtete ihn beim Lesen. Schon bald veränderte sich Hoggs Gesicht deutlich. Er seufzte tief, seine Miene entspannte sich, und er blickte mit echter Wärme zu Dafydd auf. „Danke", sagte er schlicht.

„Danke?!", fuhr Dafydd ihn ärgerlich an. „Ich werde mich eine Weile um sie kümmern, aber ich kann sie nicht auf ewig anlügen."

„Sie missverstehen mich, Dafydd. Ich danke Ihnen nicht dafür, dass Sie sich um sie kümmern wollen. Ich danke Ihnen, weil … Sie können gar nicht glauben, wie viel mir das bedeutet, Dafydd." Er beugte sich vor. „Mark und Miranda sind nämlich *meine* Kinder", sagte er langsam.

Dafydd sah Hogg an. „Ich glaub's nicht. Warum um alles in der Welt haben Sie's mir nicht in dem Café gesagt, an dem Tag, als ich Ihnen gegenüber behauptete, ich sei ihr Vater?"

„Ich war bestürzt. Als Sie die Bombe platzen ließen, dachte ich, Sheila habe mich all die Jahre belogen, um mich wegen der Unterhaltszahlungen ausplündern zu können … Sheila hatte zum Zeitpunkt der Empfängnis eine Beziehung zu einem anderen Mann. Sie hoffte wohl, er sei der Vater ihrer Zwillinge, aber sie fand schon bald heraus, dass dies nicht der Fall war." Hogg stieß ein freudloses Lachen aus. „Sie hätte mich nur zu fragen brauchen, dann hätte ich es ihr sofort gesagt. Ich war nämlich derjenige, an den sich der Mann wegen einer Vasektomie gewandt hatte. Als Sheila von der Sterilisation erfuhr, war es schon zu spät, um noch irgendetwas gegen die Schwangerschaft zu unternehmen – Gott sei Dank. Ich versprach Sheila, sie finanziell zu unterstützen, für die Kinder da zu sein, falls sie mich brauchten … sie zu lieben … auch wenn sie darauf bestand, dass es aus der Ferne geschehen solle … Dann tauchten Sie plötzlich auf. Wie konnte ich Ihnen widersprechen, als Sie mir versicherten, Sie hätten einen DNA-Test durchführen lassen?"

„Und die Kinder … wissen nichts?"

„Natürlich nicht. Sheila wollte es so. Erst wegen meiner Frau. Das konnte ich verstehen. Schließlich, als … Anita mich verließ, dachte ich, dass wir endlich eine Familie sein könnten, aber Sheila lehnte das ab. Mit ihren schrecklichen Erfahrungen fürchtete sie sich vor jeder Bindung."

Dafydd schüttelte ungläubig den Kopf. „Merken Sie denn nicht, dass sie alle ausgenommen hat? Sie mit Unterhaltszahlungen, Ian mit Drogengeld, und ich sollte ihr nächstes Opfer werden. Kein Wunder, dass sie hiergeblieben ist. Ich habe nicht verstehen können, warum eine Frau wie sie ihr Leben in Moose Creek verplempern wollte, aber da haben wir die Erklärung: Sie hat hier mit ihren krummen Touren jede Menge Geld gescheffelt."

Hogg wand sich auf seinem Stuhl. „Bitte, Dafydd, lassen Sie mich diesen Brief behalten."

„Klar. Aber ich hab noch zwei Kopien", antwortete Dafydd.

„Ich brauche Zeit", jammerte Hogg. „Wir müssen die Sache sehr sorgfältig durchdenken."

„Es sind Ihre Kinder. Die beiden brauchen Sie, Andrew. Sie kennen sie schon ihr ganzes Leben lang und haben sich um sie gekümmert. Also los, geben Sie sich einen Ruck und gehen Sie selbst zu Dawson. Sagen Sie ihm die Wahrheit."

Dafydds Energie versiegte schlagartig. Benommen und ausgelaugt wankte er zur Tür. Draußen saß Veronica kerzengerade auf einem Stuhl und wartete auf ihn. „Jetzt würde ich mich gern von Ihnen nach Hause fahren lassen", sagte er und lächelte.

„Dafydd, warten Sie!", rief Hogg hinter ihm her. „Wenn die erste Injektion ihre Wirkung verliert, werden Sie sich ziemlich unwohl fühlen. Lassen Sie mich Ihnen wenigstens eine Dosis Demerol spritzen."

Dafydd blieb stehen. „In Ordnung", sagte er und unterdrückte ein Grinsen. „Wenn noch was da ist."

DAFYDD schlenderte durch die Stadt. Wären die Geschehnisse der vergangenen 48 Stunden und die Verabredung nicht gewesen, zu der er gerade unterwegs war, hätte ihm das geschäftige Treiben des *Frontier Day* wirklich Spaß gemacht. Beim Frontier Day handelte es sich um einen vorweihnachtlichen Feiertag mit Hunderennen und anderen für Touristen ungewöhnlichen Wettkämpfen. Aus allen Teilen der Stadt ertönten das Kläffen, Jaulen und das gelegentliche wilde Gebell der Hundeteams, die auf ihren Einsatz im Wettkampf warteten.

Dafydd wappnete sich für die Begegnung. Mike Dawson saß in seinem Auto vor Sheilas Haus, als er wie vereinbart um Punkt elf Uhr eintraf. Der Polizeichef bedeutete ihm mit ernstem Gesicht, er solle auf dem Beifahrersitz Platz nehmen.

„Mir bleibt keine Wahl", sagte Dawson. „Ich muss die Frau verhaften.

Dies ist keine Lappalie, sondern ein kriminelles Delikt. Sie wird wegen des Diebstahls von Krankenhauseigentum, des Verkaufs rezeptpflichtiger Medikamente und wegen Betrugs belangt werden. Obendrein ist heute Morgen auch noch Andrew Hogg mit neuem Beweismaterial zu uns gekommen. Das wissen Sie vermutlich schon."

„Ja. Darum möchte ich mit den Kindern sprechen. Glauben Sie mir, es war ein entsetzlicher Schock für mich", versicherte Dafydd. „Ich hatte mich gerade an den Gedanken gewöhnt, ihr Vater zu sein."

„Sie haben mein vollstes Mitgefühl, Dr. Woodruff. All das muss sich verheerend auf Ihr Leben ausgewirkt haben. Der Plan, den sie ausgeheckt hatte, war wirklich erstaunlich."

Dafydd seufzte tief und öffnete die Wagentür.

„Eine Stunde", sagte Dawson, „mehr nicht. Ich warte hier, und Hopwood steht hinter dem Haus, nur für den Fall …"

Dafydd klingelte an der Tür, und Sheila ließ ihn ein. Mark und Miranda standen ängstlich hinter ihr. Offensichtlich wussten sie, dass etwas Schwerwiegendes geschehen war. Sobald Dafydd das Haus betreten hatte, befahl Sheila den Kindern, nach oben zu gehen, sehr zu deren Verärgerung. Dann deutete sie in Richtung Wohnzimmer und setzte sich ihm gegenüber auf das zweite Sofa.

„Was hast du ihnen erzählt?", fragte Dafydd leise.

Sheilas Augen waren verquollen, und ihr Gesicht war blass. „Oh, sie wissen, dass du nicht ihr Vater bist. Ich habe es ihnen heute Morgen gesagt." Sie schien nicht die Spur von Scham oder Reue darüber zu empfinden, was sie getan hatte.

„Ich weiß, dass Hogg ihr Vater ist", sagte Dafydd.

„Das geht dich überhaupt nichts an", entgegnete sie scharf. „Warum bist du überhaupt hier? Du hast hier nichts mehr zu suchen."

„Nein, ich verschwinde noch nicht", erwiderte er ruhig. „Ich will sicherstellen, dass Mark und Miranda versorgt sind. Ich bin überzeugt, dass Hogg sie mit Freuden bei sich aufnimmt, wenn sie das wollen. Oder ich könnte beantragen, sie in Pflege zu nehmen. Ich habe ein paar Erkundigungen eingezogen, und in ihrem Alter haben sie ein gewisses Mitspracherecht, bei wem sie wohnen möchten."

„Das kann doch nicht dein Ernst sein", stieß Sheila hervor. „Ich hab doch gewusst, dass du ein erbärmliches Weichei bist! Nun schlägst du vor, meine Kinder zu übernehmen, obwohl du weißt, dass es nicht deine sind?"

„Ja, warum nicht? Ich könnte hier vorläufig einziehen."

Sheila starrte ihn an. „Verpiss dich!“, zischte sie. „Glaubst du wirklich, dass ich dich in mein Haus einziehen lasse und dir meine Kinder übergebe?“

„Okay. Dann streich das. Was sind die Alternativen? Dass sie bei Hogg, ihrem leiblichen Vater, wohnen; oder dass sie in Florida bei deiner Mutter unterkommen.“

Sheila stieß ein sarkastisches Lachen aus. „Bei meiner Mutter? Da müssten Ostern und Pfingsten auf einen Tag fallen, bevor sie Kinder um sich haben wollte. Sie hasst Kinder aus ganzem Herzen. Dafür kann ich mich verbürgen.“

Er blickte schweigend aus dem Fenster zu Hopwood hinunter, Dawsons jungem Kollegen, der im Garten stand und die Rückseite des Hauses bewachte.

„Gut, in Ordnung“, lenkte Sheila nach einem Moment ein. „Hogg bietet sich als beste Möglichkeit an, weil er ihr Vater ist.“

„Wissen die Kinder …?“

„Dass er ihr Vater ist? Noch nicht. Das kann ihnen jemand anders mitteilen. Ich hab mir heute Morgen schon genug Unverschämtheiten anhören müssen. Mir reicht's.“

„Sheila, kannst du nicht wenigstens dieses eine Mal deinen verdammten Narzissmus beiseite schieben?“, rief Dafydd ärgerlich. „Es geht hier nicht um dich und deine Bedürfnisse. Wir versuchen, darüber nachzudenken, was das Beste für die Kinder ist.“

Sheila lächelte bitter. „Du hast doch auch nicht an sie gedacht, als du mich ans Messer geliefert hast, oder? Nachdem du mich in diese Klemme gebracht hast, muss ich mir erst einmal um mich selbst Sorgen machen.“

Dem Polizisten im Garten wurde immer kälter, und er sah ständig auf seine Uhr. „Uns bleibt nicht mehr viel Zeit“, sagte Dafydd. „Ich will mit den Kindern sprechen.“

„Aber sie wollen nicht mit dir sprechen“, antwortete Sheila.

„Ich schon“, schaltete sich Mark ein und trat aus der Diele ins Wohnzimmer. Voller Verachtung sah er seine Mutter an. „Wir haben auf der Treppe gesessen und jedes Wort gehört.“ Er wandte sich Dafydd zu und fuhr ihn an: „Ich hab's dir doch gesagt, dass du nicht mein Vater bist. Warum hast du mir nicht geglaubt?“

„Ich habe wirklich gedacht, dass ich's bin“, erwiderte Dafydd. Er beugte sich vor und versuchte, Marks Hand zu berühren. „Aber ich versichere dir, Mark, meine Gefühle für euch haben sich nicht geändert.“

Mark wich zitternd vor ihm zurück. Er starrte Dafydd mit verzerrtem Gesicht an und konnte seine zornigen Tränen kaum noch zurückhalten. „Ich will überhaupt keinen beknackten Vater haben!“, brüllte er. „Jetzt sollen wir wohl die gleiche Scheiße noch mal mit Hogg durchmachen?“

Miranda war mit großen, angsterfüllten Augen auf der Türschwelle erschienen. Dafydd trat zu ihr. „Es tut mir so leid, meine Süße.“ Er legte die Arme um sie.

Sie begann zu weinen und erwiderte kraftlos seine Umarmung. Dann stieß sie ihn weg und rannte auf Sheila zu. Mit geballten Fäusten beugte sie sich über ihre Mutter und schrie: „Ich hasse dich! Ich hoffe, dass du für immer eingesperrt wirst und ich adoptiert werde. Du bist eine Scheißmutter. Ich hoffe, dass du im Gefängnis bleibst und nie mehr wiederkommst …“

Während Miranda ihre benommen dasitzende Mutter mit weiteren Beschimpfungen überschüttete, ging Dafydd rasch zum Telefon draußen in der Halle.

„Tillie, es gibt hier ein großes Problem“, sagte er, sobald sie sich gemeldet hatte. „Kannst du für ein paar Tage zwei weitere Gäste beherbergen? – Wunderbar. Danke, Tillie. Wir werden in ungefähr einer halben Stunde da sein.“

18

Dafydd stand an der Straße und sah zu, wie sich die Hundeschlittenführer für das 15-Meilen-Rennen bereit machten. Die Hunde waren schöne, robuste Geschöpfe, aber sie machten einen ohrenbetäubenden Lärm. In der versammelten Menschenmenge suchte er nach dem Gesicht eines Mannes namens Baptiste Sharkie, Besitzer und Pilot einer viersitzigen Cherokee, der bereit war, Passagiere für einen annehmbaren Preis fast überallhin zu fliegen, wo man landen konnte. Dafydd hatte ihn nur einmal kurz in der Sprechstunde empfangen. Er war groß und breitschultrig und etwa in Dafydds Alter, um die 45 Jahre.

Mit einem Höllenlärm von Hunden wie Menschen startete das erste Gespann, dem in rascher Folge weitere hinterherjagten.

Dafydd schritt an den Zuschauern vorbei und versuchte, ihre von den zugeknöpften Parkakapuzen verdeckten Gesichter zu erkennen. Da es ihm nicht gelang, Sharkie ausfindig zu machen, ging er zum Sportplatz. Dort hatte gerade ein Mehlsackrennen begonnen, ein eigentümlicher Sport, bei dem kräftig gebaute Wettkämpfer Mehlsäcke auf dem Rücken trugen. Sie begannen mit 450 Pfund.

„Aber hallo, mein junger Herr Doktor!“, rief Martha Kusugaq über die Jubelschreie der Menge hinweg. „He, woll'n Sie nicht gemeinsam mit mir am Baumstammsägewettbewerb teilnehmen? Ich bin wahnsinnig stark.“

Er antwortete ihr mit einem Lächeln. „Nein danke, Martha. Sie haben nicht zufällig Baptiste Sharkie aus Fort St John gesehen, den großen Kerl mit der Cherokee?“

„Doch, hab ich. Er war im ‚Bear's Lair‘. Aber passen Sie auf, er hatte schon einiges intus.“

Dafydd fand den Mann, den er suchte, tatsächlich im Bear's Lair. Er saß an einem Tisch und sah zu, wie zwei Frauen in Rüschenkleidern und Netzstrümpfen auf einem Tisch einen Cancan tanzten. Dafydd war sich nicht sicher, ob es sich um angestellte Tänzerinnen oder Kundinnen handelte, aber bei genauerem Hinsehen tippte er auf Letzteres.

„Verzeihen Sie, Mr Sharkie. Kann ich Sie eine Minute sprechen?“

Baptiste Sharkie wandte langsam den Kopf. Seine Augen versuchten Dafydd zu fixieren, aber sie waren eindeutig nicht dazu in der Lage, weshalb er sie lieber schloss. „Worum geht's?“

„Können Sie mich morgen nach Black River fliegen?“

„Ganz schön weit“, meinte Baptiste und seufzte ergeben. „Um wie viel Uhr?“

„Je früher, desto besser“, antwortete Dafydd mit wachsendem Optimismus. „Sofern Sie sich bis zum Morgen erholt haben.“

DIE ZWILLINGE waren in einem Zimmer direkt neben Dafydds untergebracht. Er verließ sie um neun Uhr am nächsten Morgen. Sie spielten mit Tillie Scrabble auf ihrem Küchentisch, umgeben von den Überresten eines ausgiebigen Frühstücks. Keiner von ihnen schien über sein Weggehen betrübt zu sein; sie blickten von ihrem konzentrierten Spiel kaum auf.

„Hör mal, Mark“, sagte Dafydd. „Darf ich dich daran erinnern, dass Hogg heute Abend hierherkommt? Er will euch nur sehen und mit euch sprechen. Du weißt, dass ihr noch keine Entscheidung treffen müsst. Wie gesagt, ihr könnt so lange hierbleiben, wie ihr wollt.“

„Also ich will hier bei Tillie bleiben“, sagte Miranda.

„Mark? Bist du damit einverstanden?“, fragte Dafydd.

Mark schaute Dafydd in die Augen. „Ob ich damit einverstanden bin? Du machst wohl Witze! Nur weil wir Kinder sind, werden wir von den Erwachsenen überall herumgeschubst!“, meinte er in eisigem Ton. „Na, wenigstens ist meine beschissene Mutter weg. Eine weniger … bis die nächste kommt.“

„Lass es gut sein … fürs Erste", sagte Tillie mit Nachdruck zu Dafydd.

Mark wandte sich ihr zu und sagte: „Tillie, dich hab ich nicht gemeint."

Die beiden tauschten einen verschwörerischen Blick, und es freute Dafydd. Auch Tillie bot die Anwesenheit der Zwillinge zweifellos Vorteile: eine willkommene Unterbrechung ihrer Einsamkeit. Er betrachtete die Kinder mit einer plötzlichen Zärtlichkeit. Sie waren höchst unglückliche Außenseiter. Aber sie besaßen eine innere Stärke. Schon wenige Stunden nach der scheußlichen Szene mit ihrer Mutter hatten sie wieder normal geplaudert und eine stattliche, von Tillie zubereitete Mahlzeit verdrückt.

„Danke, Tillie." Impulsiv ging er zu ihr und drückte ihr die Lippen kräftig auf die Wange. Miranda ebenfalls. Schließlich umarmte er noch rasch Mark, und dann war er auf dem Weg.

Baptiste wartete wie versprochen im Northern auf Dafydd. Seine Augen waren rot geädert und aus jeder Pore seines Körpers dünstete der Alkohol. Aber offensichtlich hatte er versucht, sich herzurichten, hatte sich rasiert und die langen schwarzen Haare gekämmt. Sie gingen zu seinem Kleintransporter, um die acht Kilometer bis zum Flugplatz zu fahren.

„Es kostet siebenhundert Dollar pro Strecke", sagte Baptiste, „wenn's Ihnen recht ist."

„Gut", meinte Dafydd. „Aber ich bleibe vielleicht ein oder zwei Tage."

„Ich kann warten, solange ich eine Unterkunft habe", versicherte der große Mann. „Herrscht in dem Kaff Alkoholverbot?"

„Ich glaube, ja. Bei meinem letzten Besuch war es so. Aber das ist viele Jahre her."

Der Flug wurde in die wenigen Stunden gelegt, in denen Tageslicht herrschte. Was die Kondition des Piloten betraf, so reichte sie offenbar für seine Tätigkeit aus. Er war sehr erfahren. Dafydd vergaß seine Flugangst fast völlig, als sie so tief hinuntergingen, dass er deutlich einzelne Bären, Elche und Karibuherden erkennen konnte, die, durch den Lärm des Flugzeugs aufgeschreckt, querfeldein rannten. Der Wald wuchs immer spärlicher, die Bäume wurden kürzer und dünner. Schließlich überquerten sie die öde Tundra, die sich über Hunderte von Kilometern dahinzuziehen schien, so flach und schmucklos wie nichts anderes auf der Welt.

Black River sah anders aus, als er es in Erinnerung hatte. Man hatte viele neue Häuser gebaut, aber der Turm der weißen, mit Schindeln gedeckten Kirche ragte noch immer als einziges Gebäude in den Himmel.

Als Baptiste seine Maschine gekonnt auf eine kaum erkennbare Landebahn hinabsenkte, überkamen Dafydd plötzlich Angstgefühle, und er spürte ein heftiges Kribbeln im Bauch. Hier, am Rand des gefrorenen Meeres, umgeben von bläulich schillernden Eisbergen, hatte er ein Kind, einen Sohn.

Uyarasuq und Charlie warteten auf ihn. Sie hatten das Flugzeug in der Ferne gesehen oder gehört und waren zur Landebahn geeilt. Dafydd sprang aus der Maschine und rannte zu ihnen. Aber dann stellte er fest, dass ihm die Worte fehlten. Die drei standen da und musterten einander eingehend. Schließlich trat Dafydd auf Uyarasuq zu und umarmte sie, dann schüttelte er den Handschuh des Jungen mit seiner eigenen bandagierten Hand.

Dafydd entdeckte sofort etwas von sich selbst in dem überraschend attraktiven Gesicht. Seine Augen waren die seiner Mutter, schwarz und ein wenig asiatisch, ebenso seine hohen Wangenknochen. Aber Mund und Stirn hatte er von Dafydd geerbt. Sein Haar war dunkel wie die Nacht, aber an den Schläfen auf eine Weise gekräuselt, wie nur Dafydd sie kannte. Als er plötzlich grinste, lächelte Dafydd in sofortigem Erkennen zurück. Alle Zweifel waren zerstreut. Dies war sein Sohn.

Nachdem Uyarasuq dem Piloten mitgeteilt hatte, wo er ein Zimmer mieten konnte, gingen sie langsam zu ihrem eigenen Haus. Charlie hatte den stämmigen Körper des Volkes seiner Mutter, aber dazu Dafydds Größe. Er sah beeindruckend aus in seiner Entschlossenheit, seine Behinderung herunterzuspielen, auch wenn er hinkte und einen Stock benutzte. Dafydd konnte seine Faszination nicht unterdrücken und musterte beide verstohlen.

Uyarasuqs winterliche Blässe spiegelte das Eis und den Schnee ihres Landes wider. Ihr Haar war jetzt sehr lang, noch immer dick und rau wie ein Pferdeschweif, und fiel bis weit über ihre Taille hinab. In jeder anderen Beziehung war ihr Äußeres unverändert, scheinbar zeitlos. Ihr Gesicht war glatt wie das eines Teenagers, ihre Zähne strahlend weiß wie der Schnee. Nur ihre Kleidung war anders. Sie trug eine elegante Wollhose und einen aufwändig bestickten weißen Wollparka mit einem Saum aus weichem weißem Fell – geradezu ein Kunstwerk. Dazu teuer wirkende, zueinanderpassende Handschuhe und Stiefel, zweifellos handgefertigt.

Unterwegs stießen sie auf keinen anderen Einwohner. Allerdings bewegten sich in der Reihe gleich aussehender Häuser deutlich ein paar Gardinen. Dafydd stellte sich mit einigem Bangen vor, dass sie in dem Einzimmerhaus wohnten, wo er seine leidenschaftliche Begegnung mit ihr erlebt hatte. Aber nein, sie musste das Haus ihres Vaters geerbt haben.

Keine seiner Vermutungen traf zu. Am Rand des Dorfes stand ein Haus auf Stahlpfeilern, die offenbar tief in den Boden getrieben worden waren. An zwei Seiten hatte es große Fenster, und aus einem zylindrischen Metallschornstein stieg senkrecht Rauch empor. Dafydd ging die geschwungene Treppe zur Haustür hinauf. Er war fasziniert von der ungewöhnlichen Bauweise.

Uyarasuq lächelte ihn an. „Erzähl mir nicht, dass du vergessen hast, wie mein Haus aussieht“, neckte sie ihn.

„Du hast es ein bisschen herausgeputzt“, erwiderte er.

Während Uyarasuq ihrem Sohn half, seinen Mantel und seine Stiefel auszuziehen, schaute sich Dafydd in dem geräumigen Wohnzimmer um. Anscheinend mangelte es den beiden an nichts. Das Haus war spärlich und schlicht möbliert, aber mit den neuesten technischen Geräten ausgestattet. Überall standen Steinschnitzereien.

„Dieses Haus stammt nicht aus dem Vermächtnis meines Vaters, falls du dich wundern solltest“, erklärte Uyarasuq stolz, als sie seinen prüfenden Blick bemerkte. „Ich habe es auch nicht mit dem Geld gekauft, das Charlie von Bear geerbt hat. Das habe ich für seine Ausbildung zur Seite gelegt.“

Er zog seinen Parka aus, setzte sich auf einen geschnitzten Holzstuhl und blickte sie an.

„Es ist das Geld der Kablunait“, sagte sie und lächelte nun selbst.

„Um Himmels willen“, lachte er. „Setz dich. Es geht mich nichts an, aber erzähl mir trotzdem alles darüber.“

Sie holte eine Kanne Tee und einen Teller mit Sandwiches, und nachdem sie auf dem Sofa Platz genommen hatte, beantwortete sie seine Fragen über ihren wachsenden Erfolg. Der weiße Mann kaufte immer mehr von Uyarasuqs Werken – vor allem zwei Galerien in Vancouver und Toronto rissen sich um die geschnitzten Skulpturen. Während der Wintermonate arbeitete Uyarasuq im Haus ihres Vaters, das inzwischen zu einem Atelier umgebaut worden war. Im Sommer fertigte sie größere Skulpturen auf einer Betonplattform im Freien. Dabei halfen ihr Charlie und zwei andere junge Männer. Eine kleine, aber vielversprechende Galerie in New York hatte ihr eine Einzelausstellung angeboten, doch Charlie brauchte sie noch immer viel zu sehr, als dass sie ihn der Obhut von Freunden überlassen wollte.

Charlie, der sich auf einen Sitzsack hatte fallen lassen und bis dahin nur zugehört hatte, meldete Protest an. „Also Mom, das ist unfair. Ich brauche dich nicht. Ich habe dir unzählige Male gesagt, dass New York wichtiger ist als mein blödes Bein.“ Er klopfte mit den Knöcheln auf sein bionisches Bein, um seine Widerstandsfähigkeit zu demonstrieren.

„Ach, nun lass mal. Es wird noch andere Ausstellungen geben“, wiegelte Uyarasuq ab. „Was soll die Eile? Ich komme sowieso kaum noch nach. Schnitzen braucht seine Zeit, und von jeder Arbeit gibt es immer nur ein Exemplar.“

Charlie warf Dafydd einen Blick zu. „Es gibt erstaunliche Maschinen zu kaufen – Drucklufthämmer, Hochgeschwindigkeits-Sandstrahlgebläse, Bohrer, elektrische Schnitzmesser – aber Mom besteht auf den altmodischen Methoden. Ich werde es anders machen. Ich besorg mir die richtige Ausrüstung, die mit meinen Ideen Schritt halten kann.“

„Ach ja?“, erwiderte Dafydd in dem Bemühen, nicht Partei zu ergreifen.

„Ich hab nämlich viele Ideen. Aber jetzt geh ich. Ihr habt euch bestimmt ’ne Menge zu erzählen.“ Dann schwenkte er sein Bein in einem anmutigen Bogen und kam durch die Verlagerung seines Gewichts zum Stehen. „Gut, was?“

Als Charlie die Tür hinter sich geschlossen hatte, blickte Dafydd Uyarasuq an und lachte. Sie ahnte, was er fühlte, und lachte ebenfalls.

Dafydd erhob sich und setzte sich neben Uyarasuq aufs Sofa. Schweigend betrachteten sie einander. „Du hast ein außergewöhnliches Kind zur Welt gebracht“, sagte er.

„Na ja“, meinte sie verlegen, „du kennst ihn doch noch gar nicht. Und selbst wenn’s stimmt, glaube ich, dass du auch etwas damit zu tun hattest.“

„Nicht viel.“ Er lehnte sich zurück. „Erzähl mir etwas hierüber“, sagte er und wies auf den Raum.

„Ah, das Haus“, erwiderte sie erfreut. „Das hat ein junger Architekt, den ich in Vancouver getroffen habe, als Gegenleistung für einige meiner Schnitzereien entworfen. Es ist der Prototyp für Häuser auf Permafrostböden, wie sie inzwischen an vielen Orten gebaut werden.“

In mancher Hinsicht hatte sie sich beträchtlich verändert. Sie war deutlich kultivierter und selbstbewusster geworden, nachdem sie etliche Reisen gemacht und viele Menschen kennen gelernt hatte. Aber ihr Wesen schien sich nicht gewandelt zu haben.

Sie hatte keine Angst vor dem Schweigen wie so viele Frauen in der schnelllebigen Welt. Während sich die Dämmerung vertiefte, saßen sie eine Weile in ihre eigenen Gedanken versunken da. Aber es gab noch Fragen, auf die er Antworten benötigte. Als er die Stille durchbrach, klang seine Stimme schärfer als beabsichtigt und ließ Uyarasuq zusammenfahren. „Warum hast du es mich nicht wissen lassen? Ich habe dir mehrere Briefe geschrieben. Du hast sie nie beantwortet."

Sie stand auf, zündete eine Lampe an, trat ans Fenster und blickte hinaus. Milliarden Sterne funkelten an der sich verfinsternden Himmelskuppel. „Ich fand, dass es nicht richtig wäre. Du wolltest nicht, dass es geschah", sagte sie und drehte sich zu ihm um. „Du hattest doch Vorkehrungen getroffen." Sie errötete und unterdrückte bei der Erinnerung ein Lächeln.

„Ich hätte es wirklich gerne gewusst", beharrte er. „Ich hätte dir geholfen, hätte alles getan und arrangiert …"

„Genau das ist es", unterbrach sie ihn. „Ich wollte nicht, dass irgendetwas ‚arrangiert' wird. Sobald ich merkte, dass ich schwanger war, hat sich mein Leben verändert. Ich wollte das Baby haben. Es gab plötzlich für mich noch eine zusätzliche Aufgabe, während ich meinen Vater in seinen letzten Lebensjahren betreute. Er hat noch erlebt, wie sein Enkel zu laufen und zu sprechen begann, und das erfüllte sein letztes Jahr mit Freude."

„So habe ich es nicht gemeint", sagte Dafydd betrübt. „Ich habe gemeint, dass ich dir in jeder von dir gewünschten Weise geholfen hätte."

Sie bemerkte seinen Kummer und setzte sich wieder neben ihn. Zart berührte sie seine Wange. „Das tut mir leid, Dafydd. Ich fand, es wäre schrecklich unfair gewesen, dich so unter Druck zu setzen. Und ich wollte selbst die Verantwortung dafür übernehmen. Nimm mir mein Schweigen nicht übel, Dafydd."

Dafydds Frustration über die verlorenen Jahre verebbte. Sowie seine Trauer über Charlies Schmerz – nun war er ja hier. „In Ordnung", sagte er lächelnd. „Aber tu's nie wieder."

„Ich würde es dir gern zeigen", sagte Charlie. Seine Stimme zitterte leicht. „Meine Mutter hat dort eine Skulptur aufgestellt, um den Platz zu kennzeichnen, aber als das Eis zerbrach, ist sie im Meer versunken. Ich habe sie ‚Eisfalle' genannt. Es war ihre beste Arbeit, aber sie war auch gruselig. Ich habe sie mir genau eingeprägt, damit ich sie eines Tages selbst schnitzen kann."

„Ich hätte sie sehr gern gesehen. Oder, noch besser, besessen", sagte Dafydd.

Charlies dunkle Augen blickten ernst. Dafydd sah in ihnen eine weit über das Alter des Jungen hinausreichende Tiefe und Stärke. Die Begegnung mit dem Tod hatte ihn erwachsen werden lassen.

„Ich schnitze sie bald und schenke sie dir – dafür, dass du mich gefunden hast."

„Ich werde sie in Ehren halten", versicherte Dafydd und legte die Hand auf die Schulter des Jungen.

„Ich habe die Entfernungen in etwa abgemessen. Aber ich kann mich sowieso ziemlich gut an den Ort erinnern."

„Wenn du ihn mir zeigen willst", sagte Dafydd feierlich, „dann müssen wir hingehen."

Mit Mühe kletterten sie über die zackigen Eisblöcke, die sich am Ufer auftürmten. Schmale Spitzen aus durchsichtigem Eis ragten in den bizarrsten Winkeln in den Himmel. Charlie mühte sich mit seinem bionischen Bein ab, aber er lehnte die Hand ab, die Dafydd ihm anbot. Er musste sich selbst seinen Weg bahnen. Seine Arme waren stark und halfen, seine Gehbehinderung auszugleichen. Dafydd trug seinen Stock und ein Gewehr unter dem Arm.

Sobald sie die glatte Eisfläche weiter draußen erreicht hatten, kamen sie leichter voran. Nach rund achthundert Metern blieb Charlie stehen, um sich zu orientieren, dann wandte er sich etwa vierzig Grad westwärts, und sie gingen knapp dreihundert Meter weiter.

„Hier ist es", sagte Charlie plötzlich.

Dafydd blickte sich auf der kahlen Fläche um. Er fühlte sich sehr verwundbar auf dem riesigen Nordmeer. Alle paar Sekunden grollte es wie Donner; das Eis senkte oder hob sich mit der Flut und ordnete sich wieder neu.

„Möchtest du mir davon erzählen?", fragte er.

„Ich will es dir erzählen", antwortete Charlie, „aber heute noch nicht. Heute haben wir uns einfach nur die Stelle angesehen, okay?"

„Okay, Charlie. Aber wann immer du bereit bist, möchte ich davon hören – alles, was geschehen ist, jedes Detail."

„Ich habe keine Angst", beeilte sich Charlie zu versichern. „Es wird mir nichts ausmachen, darüber zu reden, und ich habe auch keine Furcht, selbst wieder auf die Jagd zu gehen. Ich werde es tun, sobald ich meinem neuen Bein vertrauen kann."

„Wirklich?" Dafydd blickte ihn unbehaglich an. „Wie willst du dich schützen, falls … es wieder geschieht?"

„Hunde", sagte Charlie. „Ich werde mir ein gutes Team sibirischer Huskys besorgen, die stärksten Hunde der Welt."

„Ein guter Plan", räumte Dafydd ein. Schließlich hatte ein einziger Hund einen großen Eisbären aufgehalten und Charlie davor gerettet, bei lebendigem Leib gefressen zu werden. Die Hündin war ihren Verletzungen erlegen, aber der Bär war wahrscheinlich noch immer dort draußen.

So gut sie konnten, eilten sie zum Ufer. Jetzt ließ Charlie es zu, dass Dafydd ihm über die schlimmsten Eisblöcke half, wobei es schwierig war, die in dicken Handschuhen steckenden Hände des anderen zu ergreifen. Während sie schweigend über das aufgetürmte Eis kletterten, senkte sich die Dunkelheit rasch auf sie herab. Der Wind war stärker geworden und trieb nun in kräftigen Böen feinen, trockenen Schnee über das Land. Frierend und von den eisigen Teilchen geblendet, stolperten sie auf Uyarasuqs Atelier zu. Das ferne Echo eines rhythmisch auf einen Meißel schlagenden Hammers ließ die beiden wissen, dass sie nach Hause gekommen waren, sicher und gesund.

KITTY SEWELL

Foto: Robin Allison-Smith

In dem Brief, den mein Mann erhielt, stand: „Sie kennen mich nicht, aber ich bin Ihre Tochter."

Die entscheidende Idee für Kitty Sewells erfolgreichen Roman lieferte ihr das Leben selbst – obwohl sie im ersten Moment sicher gern darauf verzichtet hätte. Man kann sich unschwer vorstellen, welchen Aufruhr es auslöste, als ihr Ehemann – ein Arzt, den Kitty Sewell einst als Maklerin im eisigen Norden Kanadas kennen und lieben gelernt hatte – aus heiterem Himmel einen Brief erhielt, in dem sich ein fremdes Mädchen als seine Tochter vorstellte. „Der Brief hat damals eingeschlagen wie eine Bombe", erinnert sich Kitty Sewell. Doch die 1951 in Spanien geborene und heute in Wales und auf einer spanischen Obstplantage beheimatete Frau war schon immer gut darin, sich neuen und schwierigen Situationen zu stellen. Sie und ihr Mann überwanden die Krise gemeinsam, was auch die Danksagung am Schluss des Romans eindrucksvoll belegt: „Am dankbarsten aber bin ich John Sewell, der mich unerschütterlich – moralisch wie finanziell – in meinem Bestreben unterstützt hat, Schriftstellerin zu werden."

Beim Schreiben selbst kam Kitty Sewell vor allem ein anderes Buch zugute: *Polarnebel* von Helen Thayer, der ersten Frau, die allein zum magnetischen Nordpol wanderte. „Es hat mir wertvolle Informationen über Eisbären, Schlittenhunde und das nackte Überleben dort geliefert", berichtet die Autorin, die zwar den Norden aus ihrer Zeit als Maklerin kennt, später aber in wärmeren Gefilden eine Ausbildung zur Psychotherapeutin und zur Bildhauerin absolvierte. Und wenn der vielseitig begabten Frau heute neben der Arbeit an ihrem nächsten Roman noch etwas Zeit bleibt, widmet sie sich gern dem Anbau von Obst – unter der heißen Sonne Spaniens.

NICHOLAS
SPARKS

Das Leuchten der Stille

Lieber John,

ich weiß, es klingt wie eine Ausrede, aber bitte glaube mir, dass ich nicht vorhatte, mich in einen anderen zu verlieben. Doch weil wir so viel gemeinsam durchgemacht haben, will ich die Wahrheit nicht länger vor Dir verbergen …

Prolog

Lenoir, 2006

Was bedeutet es, jemanden wirklich zu lieben?

Es gab eine Zeit in meinem Leben, da habe ich gedacht, ich wüsste die Antwort auf diese Frage: Liebe bedeutet, dass Savannah mir wichtiger ist als ich selbst und dass wir den Rest unseres Lebens gemeinsam verbringen werden. Das konnte doch nicht so schwierig sein, oder? Sie hatte einmal zu mir gesagt, der Schlüssel zum Glück seien Träume, die man verwirklichen kann, und ihre Träume seien nicht außergewöhnlich. Ehe, Familie … sozusagen die Grundausstattung: ein guter Job für mich, dazu ein Haus mit weißem Lattenzaun, ein Geländewagen oder ein Kombi, groß genug, um unsere Kinder zum Fußballtraining und zur Klavierstunde zu fahren. Ob zwei oder drei Kinder, da war sie sich nicht ganz sicher, aber ich vermute, wenn es je so weit gekommen wäre, hätte sie vorgeschlagen, wir sollten der Natur nicht ins Handwerk pfuschen, sondern lieber Gott die Entscheidung überlassen. So war sie – so religiös, meine ich –, und ich glaube, das war auch einer der Gründe, weshalb ich mich in sie verliebt hatte. Aber ganz egal was in unserem Leben passieren würde – ich hatte damals immer dieses Bild vor Augen, wie wir spät am Abend im Bett liegen, ich nehme sie zärtlich in die Arme, wir reden leise miteinander und sind unendlich glücklich darüber, dass wir einander so nahe sein können.

Klingt nicht besonders anspruchsvoll, oder? Das hatte ich auch gedacht. Und während ein Teil von mir hofft, es könnte immer noch möglich sein, weiß mein Verstand längst, dass es niemals wahr werden wird. Wenn ich diesmal von hier weggehe, werde ich nie mehr zurückkehren.

Jetzt sitze ich auf diesem Hügel in North Carolina, blicke hinunter auf ihre Farm und warte darauf, dass sie kommt. Sie wird mich nicht sehen: beim Militär lernt man, wie man sich unsichtbar macht und mit seiner Umgebung verschmilzt, und ich habe es sehr gut gelernt, weil ich keine Lust hatte, irgendwo in der irakischen Wüste zu sterben, mitten im Nichts. Savannah wird nie erfahren, dass ich heute hier bin.

Ich leide darunter, dass sie ganz in meiner Nähe ist und dennoch unerreichbar, aber ihre Geschichte und meine Geschichte gehören nicht mehr zusammen. Es ist nicht leicht für mich, diese Tatsache zu akzeptieren, denn früher waren unsere Leben eng miteinander verknüpft. Aber das ist sechs Jahre her. Dabei kommt es mir vor, als wären es schon tausend. Und immer wieder stehe ich vor den Fragen, die ich mir schon unzählige Male gestellt habe, seit wir uns das letzte Mal sahen: Warum habe ich es getan? Und würde ich es wieder tun? Man muss wissen: *ich* bin derjenige, der den Schlussstrich gezogen hat.

Als ich Savannah Lynn Curtis kennen lernte, hätte ich mir nicht vorstellen können, dass mein Leben einmal so aussehen würde, wie es jetzt aussieht. Aber eben weil ich sie getroffen habe, erscheint mir mein jetziges Leben so merkwürdig. Als wir zusammen waren, liebte ich sie, und in den Jahren, die wir getrennt waren, wurde diese Liebe nur noch tiefer. Und während ich hier sitze und grüble, sehe ich unsere gemeinsame Zeit an mir vorüberziehen. Ich weiß noch genau, wie alles begann. Und die Erinnerungen sind das Einzige, was mir geblieben ist.

Kapitel 1

Wilmington, 2000

Ich heiße John Tyree. Ich wurde 1977 geboren und wuchs in Wilmington in North Carolina auf. Die Stadt liegt auf einer relativ schmalen Landzunge zwischen dem Cape Fear River auf der einen Seite und dem Atlantik auf der anderen. Der Highway 17 in Richtung Myrtle Beach und Charleston führt quer durch die Stadt und bildet sozusagen die Hauptstraße. Als ich klein war, konnten mein Dad und ich vom historischen Viertel am Fluss innerhalb zehn Minuten bis zum Badeort Wrightsville Beach fahren, aber inzwischen gibt es auf dieser Strecke so viele Ampeln und Einkaufszentren, dass man je nach Verkehrslage eine ganze Stunde braucht – vor allem am Wochenende, wenn die Touristen kommen.

Wie in allen Städten gibt es auch in Wilmington arme und reiche Viertel. Da mein Dad einen der sichersten und seriösesten Jobs der Welt hatte – er fuhr die Post aus –, kamen wir ganz gut zurecht. Unser Haus war alt und klein, die Veranda schon ziemlich schief, aber der Garten machte alles wett. Hinterm Haus stand eine riesige Eiche, und als ich acht war, baute ich mir aus Holzresten ein Baumhaus, ganz ohne die Hilfe meines Dads (wenn er es schaffte, mit dem Hammer einen Nagel zu erwischen, konnte man das schon als Glückstreffer bezeichnen). Im selben Sommer brachte ich mir auch das Surfen bei.

Mein Dad und ich waren so verschieden, wie es zwei Menschen nur sein können. Er war passiv und verschlossen, während ich stets in Bewegung sein musste und nicht gern allein war; er legte großen Wert auf Bildung, wohingegen für mich die Schule ein Ort war, an dem man Freunde traf und Sport trieb. Wir sahen einander auch überhaupt nicht ähnlich. Dad hatte helle Haare, haselnussbraune Augen und Sommersprossen, meine Haare und Augen waren dunkelbraun, und meine eher dunkle Haut war schon im Mai sonnengebräunt. Mein Dad zog mich allein groß. Als ich älter wurde, hörte ich manchmal, wie sich die Leute hinter vorgehaltener Hand darüber unterhielten, dass meine Mom sich aus dem Staub gemacht hatte, noch bevor ich ein Jahr alt war. Erst ziemlich spät kam mir der Verdacht, dass sie einen anderen Mann kennen gelernt haben könnte, aber mein Vater hat diese Vermutung nie bestätigt. Er sagte immer nur, ihr sei klar geworden, dass es ein Fehler gewesen war, so früh zu heiraten. Sie sei einfach noch nicht reif dafür gewesen, Mutter zu sein.

Ich glaube, mein Dad war zufrieden mit seinem Leben, obwohl er seine Gefühle nie richtig zeigte. Ich weiß, dass er mich geliebt hat, weil er sich immer sehr gewissenhaft um mich kümmerte. Aber er war schon 43, als ich auf die Welt kam, und ich habe oft gedacht, dass es besser zu meinem Dad gepasst hätte, wenn er Mönch geworden wäre und nicht Vater. Überhaupt war er der ruhigste Mensch, den ich kannte. Er erkundigte sich selten nach meinen Erlebnissen und geriet nie außer sich. Besonders lustig oder gar übermütig war er allerdings auch nie. Er führte ein unglaublich geregeltes Leben. Jeden Morgen machte er für mich Rührei, Toast und Speck, und beim Abendessen, das er auch immer selbst kochte, hörte er mir zu, wenn ich von der Schule erzählte. Er bezahlte immer am Samstagmorgen seine Rechnungen, die Wäsche wusch er nur am Sonntagnachmittag, und in der Frühe ging er exakt um 7.35 Uhr aus dem Haus.

Im Umgang mit anderen Menschen war er ungeschickt und schüchtern. Mit Frauen verabredete er sich nie, und er spielte auch nicht am Wochenende mit Freunden bis tief in die Nacht Poker. Es konnte vorkommen, dass unser Telefon wochenlang nicht klingelte. Abends zog Dad sich immer in sein Arbeitszimmer zurück, um sich seinen Münzen zu widmen. Münzen waren die große Leidenschaft seines Lebens. Am glücklichsten schien er, wenn er in seinem Zimmer saß, den Münzhändler-Rundbrief studierte und sich überlegte, welche Münze er als nächste für seine Sammlung kaufen könnte.

Eigentlich hatte mein Großvater die Münzsammlung begonnen. Im Sommer waren er und mein Vater immer zu verschiedenen Münzereien gefahren, um die neuesten Prägungen gleich an Ort und Stelle zu erwerben, oder sie hatten Münzmessen besucht. Mein Großvater hatte im Lauf der Jahre ein Vermögen dafür ausgegeben, seine Sammlung zu vergrößern. Reich war er zwar nicht – er führte nur eine kleine Gemischtwarenhandlung. Trotzdem wurde jeder Extradollar für Münzen ausgegeben.

Als Dad die Sammlung erbte, war sie bereits viel wert. Aber weder meinem Großvater noch meinem Vater ging es um das Geld; was sie reizte, war die Jagd – und sie genossen es, dass das gemeinsame Interesse sie so eng miteinander verband. Mein Dad hoffte, dass ich seine Leidenschaft teilen und wie er die Opfer, die sie forderte, bereitwillig auf mich nehmen würde. Als Kind bekam ich jedes Jahr höchstens ein Paar neue Schuhe, meine Kleidung stammte von der Heilsarmee. Dad besaß nicht einmal einen Fotoapparat. Das einzige Bild, das es von uns beiden gibt, wurde bei einer Münzmesse in Atlanta aufgenommen. Ein Händler machte einen Schnappschuss vor seinem Stand und schickte ihn uns zu. Jahrelang stand das Foto auf dem Schreibtisch meines Vaters: Er legt mir den Arm um die Schultern und wir strahlen beide übers ganze Gesicht. Ich halte einen äußerst seltenen 1926-D Buffalo-Nickel in der Hand, eine Fünfcentmünze, die mein Dad gerade gekauft hatte. Weil das gute Stück viel teurer gewesen war als in Dads Budget vorgesehen, aßen wir einen ganzen Monat lang nur Hotdogs und Bohnen.

Diese Einschränkungen störten mich nicht weiter – jedenfalls nicht in den ersten Jahren. Als mein Dad mir die Münzsammlung zum ersten Mal zeigte – ich muss damals in der ersten oder zweiten Klasse gewesen sein –, redete er mit mir wie mit seinesgleichen und ich sonnte mich in seiner Aufmerksamkeit. Es dauerte nicht lange, bis ich genau wusste, wie viele Saint-Gaudens Double Eagle 1927 geprägt wurden und warum eine Barber-Dime-Zehncentmünze von 1895, die in New Orleans geprägt wurde, zehnmal so wertvoll war wie die gleiche Münze, die im selben Jahr in Philadelphia entstand. Doch für meinen Dad gab es außer seiner Münzsammlung kein anderes Thema mehr, worüber er gern redete, und nachdem ich sechs oder sieben Jahre lang die Wochenenden immer nur mit ihm verbracht hatte, statt mit Freunden wegzugehen, gab es für mich nur noch ein Ziel – ich wollte ausbrechen. Ich fing an, mich für andere Dinge zu interessieren: für Sport, für Mädchen, für Autos und für Musik. Gleichzeitig wurde ich immer unzufriedener und wütender. Mir fiel immer mehr auf, dass meine Freunde genug Geld hatten, um ins Kino zu gehen oder sich eine schicke Sonnenbrille zu kaufen, während ich in den Sofaritzen nach Münzen graben musste, um mir wenigstens bei McDonald's einen Hamburger kaufen zu können. Wir waren die einzige Familie weit und breit, die kein Kabelfernsehen und keine Mikrowelle hatte. Als unser Kühlschrank kaputtging, kaufte Dad einen gebrauchten, in einem scheußlichen Grünton. Mir war dies alles zu peinlich, um Freunde zu mir einzuladen, und die Schuld dafür gab ich meinem Vater.

Dad spürte, dass ich mich von ihm entfernte, aber er wusste nicht, was er dagegen tun solle. In dieser Zeit freundete ich mich mit den falschen Leuten an. Ich schwänzte den Unterricht, ich rauchte und wurde wegen Schlägereien dreimal vom Unterricht ausgeschlossen. Ich trieb auch keinen Sport mehr. Einmal wurde ich von der Polizei nach Hause gebracht, weil ich bei einer Party aufgegriffen worden war, auf der Drogen und Alkohol konsumiert wurden. Und als Dad mich mit Hausarrest bestrafen wollte, bekam ich einen Tobsuchtsanfall: ich schrie, das gehe ihn nichts an, und zog für ein paar Wochen zu einem Freund. Als ich wieder nach Hause kam, sagte Dad kein Wort; stattdessen warteten morgens wie immer Rührei, Toastbrot und Speck auf mich, als wäre nichts geschehen. Mit Müh und Not schaffte ich meinen Schulabschluss, aber ich glaube, ich bekam mein Zeugnis nur, weil man mich loswerden wollte. Ich weiß, dass Vater sich große Sorgen um mich machte, und hin und wieder versuchte er auf seine scheue Art, das Thema College anzusprechen, aber das war für mich längst abgehakt – ich hatte mich entschlossen, nicht mit der Schule weiterzumachen.

Ich erzählte Dad bis zum Sommer nach dem Schulabschluss nichts davon, und als er erfuhr, dass ich mich gar nicht fürs College angemeldet hatte, zog er sich für den Rest des Abends in sein Zimmer zurück. Am nächsten Morgen beim Frühstück sagte er auch nichts, doch abends versuchte er, mich in eine Diskussion über Münzen zu verwickeln. Er wollte irgendwie die alte Nähe zwischen uns wiederherstellen.

„Erinnerst du dich, wie du den Buffalo-Nickel entdeckt hast, nach dem wir jahrelang gefahndet hatten?", fing er an. „Es war der Nickel, mit dem wir dann fotografiert wurden, weißt du noch? Du hast dich so gefreut – das werde ich nie vergessen."

Da brach die ganze Frustration, die sich während des Zusammenlebens mit meinem Dad aufgestaut hatte, aus mir heraus. „Ich habe es endgültig satt, mir dauernd diesen Münzquatsch anzuhören!“, schimpfte ich los. „Die verdammten Münzen hängen mir zum Hals raus. Meinetwegen kannst du dir die Sammlung sonst wohin stecken!“

Dad erwiderte nichts, aber ich werde nie den gequälten Gesichtsausdruck vergessen, mit dem er sich abwandte und in sein Zimmer trottete. Er sprach nie wieder mit mir über seine Münzsammlung. Ein paar Tage später fiel mir auf, dass das einzige Foto von uns verschwunden war, als hätte Dad Angst, ich könnte schon den geringsten Hinweis auf die Münzsammlung unerträglich finden.

In den ersten beiden Jahren nach meinem Schulabschluss hatte ich alle möglichen Jobs: ich arbeitete als Hilfskellner im Steakhouse, im Kino als Kartenabreißer und räumte im Supermarkt Regale ein. Was ich verdiente, gab ich sofort wieder aus, und bei jeder Arbeit wurde mir irgendwann gekündigt. Doch das war mir egal. Ich lebte mein Leben, ging bis in den späten Abend surfen und schlief morgens lang. Weil ich zu Hause wohnte, brauchte ich kein Geld für Miete, Essen, Versicherungen oder für die Altersvorsorge. Soweit ich mich erinnere, war ich nicht besonders unglücklich, aber nach einer Weile fand ich mein Leben schlicht langweilig. Nicht das Surfen, aber wenn ich nach dem Surfen noch in Leroy's Bar saß, nervte es mich plötzlich, dass ein Abend wie der andere war: Ich trank mein Bier und traf irgendjemanden, den ich noch von der Schule her kannte, er fragte mich, was ich machte, ich fragte zurück, und es war immer ziemlich schnell klar, dass wir uns beide auf der Straße nach Nirgendwo befanden.

Während dieser Phase meines Lebens traf ich mich mit vielen Frauen. Es gab in Leroy's Bar jede Menge weibliche Gäste, die sich gern ansprechen ließen. Die meisten dieser Beziehungen bedeuteten mir nichts. Meine Gefühle behielt ich für mich. Nur meine Beziehung mit Lucy dauerte länger als ein paar Monate. Sie studierte an der University of North Carolina in Wilmington. „Du bist mir sehr wichtig“, sagte sie an unserem letzten gemeinsamen Abend. „Aber du und ich, wir wollen verschiedene Dinge vom Leben. Du könntest so viel aus dir machen, aber aus irgendeinem Grund bist du zufrieden damit, dich einfach nur treiben zu lassen.“ Kurz darauf reiste sie ab, ohne sich von mir zu verabschieden.

Das ging mir näher, als ich erwartet hatte. Ich kaufte mir ein Sixpack Bier und setzte mich an den Strand. Es war das erste Mal seit vielen Jahren, dass ich ernsthaft darüber nachdachte, was ich mit meinem Leben anfangen wollte. Man mag von Glück oder von Pech reden – jedenfalls joggten genau in dem Moment zwei Marines an mir vorbei. Sie waren jung, waren durch und durch fit, und sie strahlten ein enormes Selbstbewusstsein aus. Wenn die beiden es schaffen, dachte ich, dann kann ich es auch.

Zuerst wollte ich zu den Marines, aber als ich dort vorbeischaute, machte der Anwerber gerade Mittagspause, wohingegen der für die Army zuständige Typ – dessen Büro sich auf der anderen Straßenseite befand – direkt ansprechbar war. Ich unterschrieb einen Vierjahresvertrag. Das war Ende 1997 und ich war zwanzig Jahre alt.

Die Grundausbildung in Fort Benning schien darauf angelegt zu sein, uns zu demütigen und einer Gehirnwäsche zu unterziehen, bis wir widerspruchslos auch noch die unsinnigsten Befehle befolgten. Ich fand mich allerdings schneller zurecht als viele andere. Als ich die Grundausbildung hinter mir hatte, entschied ich mich für die Infanterie. Meine Einheit wurde nach Deutschland verlegt, dann verbrachte ich sieben fürchterliche Monate auf dem Balkan – zuerst in Mazedonien, das war 1999 –, dann im Kosovo. Wir verdienten zwar nicht viel in der Army, aber es gab sowieso nichts, wofür wir unser Geld hätten ausgeben können. Deshalb hatte ich zum ersten Mal in meinem Leben ein bisschen was auf der Bank.

Meinen ersten Urlaub verbrachte ich zu Hause und langweilte mich entsetzlich. Als ich das nächste Mal freibekam, fuhr ich nach Las Vegas und gab so ziemlich alles aus, was ich angespart hatte. In meinem dritten Urlaub, nach der Zeit im Kosovo, brauchte ich dringend Erholung und beschloss deshalb, wieder nach Hause zu fahren, in der Hoffnung, dass die vorhersehbare Eintönigkeit mir dabei helfen würde, richtig abzuschalten und zu entspannen. Weil ich so weit weg war, telefonierten mein Dad und ich nur selten, aber er schrieb mir öfter. Seine Briefe waren immer am ersten Tag des Monats abgestempelt und er erzählte mir darin von den Veränderungen in unserem Stadtviertel und berichtete ausführlich über das Wetter. Dad schloss seine Briefe immer mit dem Versprechen, mir bald wieder zu schreiben, und daran hielt er sich auch – zuverlässig wie ein Uhrwerk. Schon seit Langem glaube ich, dass er ein viel besserer Mensch war, als ich es je sein werde.

Aber ich war in den ersten drei Jahren meiner Militärzeit erwachsen geworden. Ja, ich weiß, ich bin ein wandelndes Klischee: man geht als Junge hin und kommt als Mann zurück und so weiter. Beim Militär ist jeder gezwungen, erwachsen zu werden, vor allem wenn er wie ich bei der Infanterie ist. Man ist gezwungen, die wichtigste Lektion zu lernen, die es im Leben gibt: Es kommt darauf an, seine Pflicht zu erfüllen, Verantwortung zu übernehmen und seine Sache gut zu machen. Ich reduzierte meinen Alkoholkonsum, sodass mir ein, zwei Bier in der Woche genügten, und manchmal verging ein ganzer Monat, ohne dass ich einen einzigen Schluck Alkohol trank. Mein Führungszeugnis war einwandfrei. Ich wurde vom Gefreiten zum Corporal, dann zum Sergeant befördert, und ich merkte, dass ich Führungsqualitäten besaß. Schließlich schlug mich mein Vorgesetzter für die Offiziersausbildung vor, aber ich wusste nicht, ob ich das wollte, da dieser Posten später einmal viel Schreibtischarbeit beinhalten würde.

Bevor ich zum Militär ging, hatte ich jahrelang kaum Sport getrieben, aber als ich zum dritten Mal Urlaub bekam, hatte ich mir ordentlich Muskeln antrainiert und mein Bauch war nicht mehr schlaff und wabbelig. Den größten Teil meiner Freizeit verbrachte ich damit, zu laufen, zu boxen und Gewichte zu stemmen, meistens gemeinsam mit Tony, einem Muskelprotz aus New York, der immer viel zu laut redete und behauptete, Tequila sei ein wirkungsvolles Aphrodisiakum. Tony wurde in unserer Gruppe mein bester Freund. Er überredete mich, mir auf jeden Arm ein Tattoo stechen zu lassen, genau wie er. Und so kam es, dass die Erinnerung an den Mann, der ich früher einmal gewesen war, mit jedem Tag weiter in den Hintergrund rückte.

Anders als meine Kumpel ging ich den Frauen weitgehend aus dem Weg. Klingt seltsam, nicht wahr? Ich war jung, hatte einen testosterongesteuerten Job – was konnte da natürlicher sein, als bei jungen Frauen ein bisschen Entspannung zu suchen? Aber für mich war das nichts mehr. Ich wollte lieber allein bleiben, als wieder zu dem Menschen zu werden, der ich einst gewesen war. Andererseits – konnte es sein, dass ich irgendwann als Mönch enden würde, genau wie mein Vater?

ALS DAD mich am Flughafen abholte, kam er mir kleiner vor als früher. Er umarmte mich nicht, sondern schüttelte mir höflich die Hand und erkundigte sich nach meinem Flug. Danach wussten wir beide nicht mehr, was wir sagen sollten. Es war verwirrend, wieder zu Hause zu sein – ich war angespannt.

Zu Hause brachte ich meine Sachen gleich in mein Zimmer. Alles war genau so wie immer, sogar die verstaubten Trophäen standen noch im Regal und die halb leere Whiskeyflasche lag in der Schublade mit der Unterwäsche, wo ich sie damals versteckt hatte. Auch im Rest des Hauses hatte sich nichts verändert. Der grellgrüne Kühlschrank schien schreiend zu verkünden, dass er nicht in diese Küche gehöre, und im Fernsehen kamen nur vier verschwommene Programme. Dad kochte Spaghetti. Freitags gab es immer Spaghetti. Beim Essen versuchten wir erneut, uns zu unterhalten.

„Es ist schön, mal wieder zu Hause zu sein“, sagte ich.

Dad lächelte. „Gut“, sagte er. Mehr nicht.

Er trank einen Schluck Milch. Zum Abendessen gab’s bei uns immer Milch. Dann konzentrierte er sich ganz auf seinen Teller.

„Ich wette, du freust dich, dass du dieses Jahr in den Ruhestand gehen kannst“, nahm ich schließlich noch einmal Anlauf. „Dann kannst du endlich mal richtig Urlaub machen und etwas von der Welt sehen.“ Fast hätte ich gesagt, er könne mich ja in Deutschland besuchen, aber ich ließ es bleiben. Ich wusste instinktiv, dass er das nie tun würde, und ich wollte ihn nicht unter Druck setzen. Wir rollten gleichzeitig unsere Spaghetti auf, während Dad sich zu überlegen schien, was er am besten antworten sollte.

„Ich weiß nicht recht“, sagte er nach längerem Zögern.

Nun gab ich meine Gesprächsversuche endgültig auf, und nach der Mahlzeit ging ich ins Bett.

Als ich am nächsten Morgen aufstand, war Dad schon bei der Arbeit. Ich frühstückte und las die Zeitung, dann holte ich mein Surfbrett aus der Garage und trampte zum Strand.

Es war Anfang Juni 2000 und schon heiß. Das Wasser war erfrischend, und so verbrachte ich den Nachmittag in meiner eigenen kleinen Welt. Gegen Abend überlegte ich, ob ich in Leroy’s Bar gehen sollte, aber der Gedanke, dass sich – außer mir – vermutlich nichts und niemand verändert hatte, hielt mich zurück. Deshalb kaufte ich mir lieber in dem kleinen Laden an der Ecke eine Flasche Bier, setzte mich auf den Pier und genoss den Sonnenuntergang.

Ein Mädchen kam den Pier entlang. Das heißt, eigentlich waren es zwei Mädchen. Das eine war groß und blond, das andere eine hübsche Brünette, beide waren ein wenig jünger als ich. Studentinnen, wie ich vermutete. Sie trugen Shorts und rückenfreie Tops, und die Dunkelhaarige schleppte eine große Häkeltasche.

„Hallo!“, rief ich ihnen zu, als sie in Hörweite waren. Nicht besonders originell, aber ich rechnete eigentlich auch nicht mit einer Antwort.

Die Blonde warf einen Blick auf mein Surfbrett, sah das Bier in meiner Hand und schaute weg. Die Brünette hingegen verblüffte mich.

„Hallo Fremder“, erwiderte sie und deutete lächelnd auf mein Surfbrett. „Ich wette, die Wellen waren toll heute.“

Diese Bemerkung brachte mich völlig durcheinander. Sie klang so nett, so ungekünstelt. Damit hatte ich nicht gerechnet. Die junge Frau ging mit ihrer Freundin bis zum Ende des Piers, wo sie sich über das Geländer beugte. Sollte ich zu den beiden hinübergehen und mich vorstellen? Aber im Grunde war keine so ganz mein Typ. Oder besser gesagt: ich war garantiert nicht ihr Typ.

Doch sosehr ich mich auch bemühte, sie zu ignorieren, meine Augen wanderten immer wieder zu der braunhaarigen jungen Frau hinüber. Die Blonde quasselte pausenlos von einem Kerl namens Brad, davon, wie verliebt sie sei, und von ihrer College-Verbindung an der University of North Carolina, die an Silvester die heißeste Party überhaupt veranstaltet hätte. Die Brünette sagte nicht viel. Zwischendurch lachte sie immer wieder, und dieses Lachen war charmant und einfühlsam. Nachdenklich stellte ich meine Bierflasche weg. Aus irgendeinem Grund fiel mir auf, dass die Braunhaarige ihre Tasche auf das Geländer gestellt hatte.

Nach etwa zehn Minuten kamen zwei Typen in knielangen Bermudashorts den Pier entlang – College-Studenten, nahm ich an. Der eine trug ein rosarotes, der andere ein orangefarbenes Lacoste-Hemd. Mein erster Gedanke war, dass einer von ihnen Brad sein musste, der Typ, von dem die Blondine so geschwärmt hatte. Beide hatten ein Bier dabei. Bevor sie die Frauen erreichten, verstummten sie, als wollten sie sich heimlich anschleichen. Als sie nahe genug waren, stürzten sie sich mit einem Schrei auf die Mädchen, die kreischten und freundschaftlich nach ihnen schlugen. Die Jungs johlten und der Typ im rosaroten Hemd verschüttete sein Bier. Er lehnte sich direkt neben der Tasche mit dem Rücken an das Geländer und stützte die Ellbogen auf.

„Hallo, wir wollen gleich ein Feuer machen", sagte der Typ im orangefarbenen Hemd, legte die Arme um die Blondine und küsste sie auf den Nacken. „Kommt ihr mit?"

„Was meinst du?", fragte die Blondine ihre Freundin.

„Klar", antwortete die Brünette.

Mister Rosahemd stieß sich vom Geländer ab und musste dabei irgendwie an die Tasche gekommen sein, denn diese plumpste klatschend ins Wasser.

„Meine Tasche!", stöhnte die Brünette. „Da ist mein Geldbeutel drin!"

„Tut mir leid", murmelte der Schuldige, was allerdings nicht besonders überzeugend klang.

„Du musst sie retten, bevor sie versinkt!"

Die beiden Studenten rührten sich nicht vom Fleck. Mir war klar, dass sie nicht die Absicht hatten, ins Wasser zu springen, um die Tasche zu holen. Erstens würden sie das gute Stück vermutlich gar nicht finden und wenn doch, würden sie mit der Tasche die ganze Strecke bis zum Ufer zurückschwimmen müssen, was nicht empfehlenswert war, wenn man wie sie zu viel Bier getrunken hatte. Ich glaube, die Brünette schätzte die Lage ähnlich ein wie ich, denn sie legte jetzt beide Hände auf den oberen Teil des Geländers und stellte den Fuß auf die unterste Sprosse.

„Sei nicht blöd – die Tasche ist weg“, sagte Mister Rosahemd und hielt sie fest. „Es ist viel zu gefährlich, hier ins Wasser zu springen. Womöglich schwimmen da unten Haie rum!“

Es ging mich ja eigentlich nichts an. Aber aus irgendeinem Grund sprang ich auf und lief zum Ende des Piers. Ich überlegte nicht lange. Ach, was soll's, dachte ich nur …

Kapitel 2

Es dauerte einen Moment, bis ich die Tasche gefunden hatte, weil es schon dunkel wurde. Ich hielt sie, so gut ich konnte, über Wasser und weil mich die Strömung Richtung Ufer trieb, gelangte ich leichter zurück, als ich gedacht hatte. Zwischendurch blickte ich hin und wieder nach oben zum Pier und sah, dass die vier in meine Richtung liefen.

Endlich hatte ich wieder Boden unter den Füßen. Ich watete an den Strand, schüttelte das Wasser ab und ging den anderen entgegen. Wir trafen uns auf halber Strecke. Ich hielt ihnen die Tasche hin. „Hier – bitte schön.“

„Vielen Dank“, sagte die Brünette, und als ihr Blick dem meinen begegnete, spürte ich, dass etwas klickte. Wie ein Schlüssel, der sich im Schloss dreht. Ich bin wirklich nicht besonders romantisch veranlagt, im Gegenteil. Zwar habe ich schon oft von der Liebe auf den ersten Blick gehört, aber ich glaube nicht daran – bis heute nicht. Und trotzdem war da etwas. Es war echt, es war real. Und ich musste sie ständig ansehen.

Aus der Nähe betrachtet war sie hübscher, als ich gedacht hatte, aber das hatte weniger mit ihrem Äußeren zu tun als mit ihrem ganzen Wesen. Es lag nicht nur an der kleinen Lücke zwischen ihren Schneidezähnen, die bei ihrem Lächeln sichtbar wurde, nein, es waren auch die beiläufige Art, wie sie sich die Haare aus der Stirn strich, und ihre entspannte Körperhaltung.

„Das hättest du nicht tun müssen“, versicherte sie mir mit leiser Verwunderung in der Stimme. „Ich hätte sie selbst geholt.“

Ich nickte. „Ja, ich habe gesehen, dass du springen wolltest.“

Sie legte den Kopf schief. „Aber du hattest das unwiderstehliche Bedürfnis, einer Dame in Bedrängnis zu helfen?“

„Ja, so in etwa."

Sie grinste belustigt, dann widmete sie sich ihrer Tasche und holte ihre Sachen heraus – Geldbeutel, Sonnenbrille, Schirmmütze, eine Tube Sonnencreme. Sie reichte ihre Habseligkeiten dem blonden Mädchen und versuchte dann, die leere Tasche auszuwringen. Als sie mit dem Ergebnis einigermaßen zufrieden war, sammelte sie ihre Sachen wieder ein und verstaute sie in der Tasche.

„Vielen Dank noch mal", sagte sie. Ihre Aussprache war anders als die, die man hier im Osten von North Carolina hatte, ein bisschen nasaler. Sie klang, als wäre sie in den Bergen aufgewachsen.

„Nicht der Rede wert", murmelte ich, blieb jedoch wie angewurzelt stehen.

„He, vielleicht will er ja 'nen Finderlohn", meldete sich Mister Rosahemd zu Wort.

Die Brünette warf ihm einen Blick zu, dann sah sie mich an. „Möchtest du eine Belohung?"

Ich machte eine abwehrende Handbewegung. „Nein, ich helfe gern."

„Ich wusste doch, dass es noch Kavaliere gibt", verkündete sie.

Der Typ in dem orangefarbenen Hemd musterte mich von Kopf bis Fuß. „Bist du bei den Marines?", fragte er mich – sicher wegen meines Bürstenhaarschnitts.

Ich schüttelte den Kopf. „Nein, ich bin nicht beim Marine Corps. Ich wollte was Spannendes erleben, deshalb bin ich zur Infanterie gegangen."

Die Brünette lachte. Sie kannte offensichtlich die Werbung für die Infanterie, in der „spannende Erlebnisse" versprochen wurden. „Ich heiße Savannah", stellte sie sich vor. „Savannah Lynn Curtis. Und das hier sind Brad, Randy und Susan." Sie streckte mir die Hand entgegen.

„Und ich bin John Tyree", sagte ich. Ihre Hand war warm, an manchen Stellen samtweich und an anderen etwas schwielig. Mir wurde auf einmal bewusst, wie lange ich inzwischen keine Frau mehr berührt hatte.

„Hast du schon gegessen?", fragte sie. „Wir machen eine Grillparty. Es ist genug für alle da. Kommst du mit?"

Die beiden Jungs schauten einander an. Randy in dem rosaroten Hemd schien richtiggehend genervt zu sein, und ich muss gestehen, dass mir das gefiel. *He, vielleicht will er ja 'nen Finderlohn.* Dieser Idiot.

„Ja, komm mit, das wird bestimmt lustig", sagte Brad ohne jede Begeisterung. „Wir wohnen nicht weit von hier. Da drüben." Er deutete auf eines der Häuser direkt am Strand, auf dessen Veranda schon ein paar Leute herumstanden.

Savannah lächelte mir so bezaubernd zu, dass die Worte schon heraus waren, ehe ich groß nachdenken konnte. „Klingt gut. Ich hole nur schnell mein Surfbrett und komme dann nach."

„Wir treffen uns im Haus", sagte Randy und trat auf Savannah zu, aber sie beachtete ihn gar nicht.

„Ich begleite dich", verkündete sie, löste sich aus der Gruppe und fügte in deren Richtung hinzu: „Bis gleich, okay?"

Wir gingen zu der Düne, von der die Stufen zum Pier hinaufführten.

„Susan hält mich jetzt wahrscheinlich für verrückt", sagte Savannah.

„Wieso?"

„Weil ich mit dir gehe. Sie findet, dass Randy super zu mir passt."

Ich nickte nur. Wie hätte ich sonst reagieren sollen? Am Himmel schimmerte jetzt der Vollmond, der aus dem Meer aufgetaucht zu sein schien, und ich sah, dass Savannah ihn fasziniert betrachtete. Wenn sich die Wellen brachen, perlte ihre Gischt silberhell. Wie erreichten den Pier.

„Wo bist du stationiert?", fragte Savannah, als wir die Treppen hinaufgingen.

„In Deutschland. Ich habe gerade zwei Wochen Urlaub und besuche meinen Dad. Und du bist aus den Bergen, stimmt's?"

Sie warf mir einen verblüfften Blick zu. „Ja, ich komme aus Lenoir." Prüfend musterte sie mich. „Du hast es an meiner Aussprache erkannt, nicht wahr? Manche Leute finden das charmant."

„Randy scheint jedenfalls sehr angetan davon."

Die Bemerkung war mir herausgerutscht, ehe ich mich bremsen konnte. Wir schwiegen verlegen, und Savannah fuhr sich mit der Hand durch die Haare.

„Ich finde Randy ganz sympathisch", sagte sie nach einer kurzen Pause. „Aber ich kenne ihn kaum. Eigentlich kenne ich die meisten Leute im Haus noch nicht, außer Tim und Susan. Tim lernst du sicher nachher kennen. Er ist sehr nett. Ich glaube, er wird dir gefallen. Alle mögen ihn."

„Und ihr macht hier eine Woche Ferien?"

„Nein, wir sind den ganzen Monat hier, und eigentlich sind es auch keine Ferien. Wir arbeiten ehrenamtlich. Du hast doch sicher schon von dem Projekt *Habitat for Humanity* gehört, oder? Wir sind hier, um Häuser zu bauen."

Das Strandhaus, das ich über ihre Schulter hinweg sehen konnte, schien in der Dunkelheit zum Leben zu erwachen. Es kamen immer mehr Leute, die Musik wurde aufgedreht, und Gelächter wehte zu uns herüber. Brad,

Susan und Randy waren bereits von anderen Jugendlichen umringt, die alle Bier tranken und eigentlich nicht wie die typischen Gutmenschen aussahen, sondern eher wie College-Studenten, die sich amüsieren wollen. Savannah musste meinen Blick bemerkt haben, denn sie sah ebenfalls Richtung Strandhaus.

„Wir fangen erst am Montag richtig an. Die anderen werden schon noch feststellen, dass es nicht nur lustig ist."

„Du hast das schon mal gemacht?"

„Ja, ich arbeite jeden Sommer, seit ich sechzehn bin. Früher mit unserer Kirche, aber als ich nach Chapel Hill ging, haben wir dort eine Habitat-Gruppe gegründet. Das heißt, eigentlich hat Tim die Initiative ergriffen. Tim kommt auch aus Lenoir. Er hat gerade seinen College-Abschluss geschafft und beginnt im Wintersemester mit der Magisterarbeit. Ich kenne ihn, seit ich denken kann. Wir wollten den Sommer nicht einfach zu Hause verbringen und irgendwo jobben oder ein Praktikum machen, sondern lieber anderen Studenten die Möglichkeit bieten, etwas Vernünftiges zu tun."

„Aber warum seid ihr hier in Wilmington?", fragte ich. „Ich meine – wieso kommt ihr hierher, um Häuser zu bauen? Ihr könntet doch auch in Lenoir oder Raleigh etwas machen."

„Weil es hier den Strand gibt. Du weißt doch, wie das ist – im Grunde ist es ziemlich mühsam, Studenten dazu zu bringen, einen ganzen Monat lang ohne Bezahlung zu arbeiten, aber wenn ein Strand in der Nähe ist, erhöht das die Chancen. Dieses Jahr haben sich dreißig Helfer gemeldet."

Ich nickte und merkte plötzlich, dass wir sehr dicht nebeneinandergingen. „Und du bist auch schon fertig mit dem College?"

„Nein, ich habe noch ein Jahr vor mir. Ich studiere Sonderpädagogik, um gleich deine nächste Frage zu beantworten. Wenn man aufs College geht, möchten die Leute immer wissen, was man studiert."

„Und mich fragen alle, ob es mir beim Militär gefällt."

„Und – gefällt es dir?"

„Ich weiß nicht genau."

Sie lachte, und ihr Lachen klang so melodisch, dass ich am liebsten gleich wieder etwas Lustiges gesagt hätte, um es erneut zu hören.

Wir waren am Ende des Piers angelangt und ich nahm mein Surfbrett mit.

„Du brauchst mir nicht zu antworten, falls du nicht willst – aber ich wüsste gern, warum du Soldat geworden bist. Vor allem wenn du nicht einmal weißt, ob es dir beim Militär gefällt."

Ich überlegte, was ich auf diese Frage antworten sollte. „Ich glaube, als ich mich dafür entschieden habe, brauchte ich das einfach."

Sie wartete ab, ob ich weiterreden würde, und als ich schwieg, nickte sie verständnisvoll. „Ich wette, dein Vater freut sich, dass du mal wieder für eine Weile zu Hause sein kannst", sagte sie. „Er ist doch garantiert stolz auf dich."

„Hoffentlich. Er redet nicht besonders viel."

Das silberne Mondlicht spiegelte sich in ihren dunklen Augen, und ihre Stimme war jetzt ganz leise und sanft. „Er muss nicht viel reden, um auszudrücken, dass er stolz auf dich ist. Wahrscheinlich gehört er zu den Vätern, die ihre Gefühle auf andere Art zeigen."

Was sie sagte, gefiel mir, und ich konnte nur hoffen, dass es stimmte. „Wie alt bist du?", fragte ich sie, als wir uns dem Strandhaus näherten.

„Einundzwanzig. Ich hatte im letzten Monat Geburtstag. Und du?"

„Dreiundzwanzig. Hast du Geschwister?"

„Nein. Ich bin Einzelkind. Meine Eltern wohnen immer noch in Lenoir."

„Ich bin auch Einzelkind. Nur dass ich mit meinem Dad allein bin."

„Hat er dir gezeigt, wie man surft?"

„Nein, ich habe es mir als Junge selbst beigebracht."

„Du bist ein wirklich guter Surfer. Ich habe dich heute Nachmittag beobachtet. Bei dir sieht es ganz leicht aus, geradezu elegant. Ich habe richtig Lust bekommen, es zu lernen."

„Ich kann dir gern zeigen, wie's geht", bot ich ihr an. „Es ist gar nicht so schwer. Morgen komme ich wieder an den Strand."

„Bitte versprich mir nichts, was du vielleicht doch nicht halten willst."

Diese Reaktion machte mich sprachlos. Savannah fasste mich am Arm und deutete zum Feuer. „Und? Möchtest du ein paar Leute kennen lernen?"

Ich schluckte, weil mein Mund plötzlich ganz trocken war, was mir sonst eigentlich nie passierte.

DAS HAUS war riesig. Er hatte drei Stockwerke und sechs oder sieben Zimmer. Eine große Veranda ging um den ganzen ersten Stock herum. Über dem Geländer hingen Handtücher. Ein Grill stand darauf, der Duft von gebratenem Hähnchen und Würstchen erfüllte die Luft. Der Typ, der sich um den Grill kümmerte, trug ein Hiphopper-Kopftuch, um cool zu wirken.

Im Sand vor dem Haus brannte in einer Mulde ein Lagerfeuer. Mehrere Mädchen in weiten Sweatshirts saßen in Liegestühlen rings um die Flammen und taten so, als würden sie die jungen Männer in ihrer Nähe gar nicht bemerken. Die Männer standen hinter ihnen und erweckten ihrerseits den Eindruck, als wären die Mädchen Luft für sie. Savannah und ich setzten uns auf einen Sandhaufen und sahen hinüber.

„Hähnchen oder Würstchen?“, fragte sie mich.

„Hähnchen.“

„Und was möchtest du trinken?“

Im Schein des Feuers sah sie sehr geheimnisvoll aus. „Ach, irgendwas – das Gleiche wie du.“

„Ich bin sofort wieder da.“

Sie ging zur Treppe. Ich wäre ihr gern gefolgt, traute mich aber nicht. Stattdessen zog ich mein nasses T-Shirt aus und hängte es über einen leeren Stuhl. Als ich zur Veranda hinaufblickte, sah ich, wie der Kopftuch-Typ mit Savannah flirtete, und ich stand gleich unter Strom. Rasch wandte ich mich wieder ab. Ich musste einen kühlen Kopf bewahren. Eigentlich kannte ich Savannah doch gar nicht und hatte auch nicht die geringste Ahnung, was sie von mir hielt. Außerdem hatte ich nicht die Absicht, etwas anzufangen, was ohnehin zu nichts führen würde. In zwei Wochen musste ich wieder weg. Eine Beziehung stand also völlig außer Frage. Ich glaube, ich war von dem Gedanken tatsächlich überzeugt, wurde aber aus meinen Grübeleien gerissen, als jemand auf mich zukam. Er war groß und schlaksig, hatte dunkle Haare mit beginnenden Geheimratsecken – ein bisschen erinnerte er mich an die Typen, die, schon wenn sie auf die Welt kommen, so aussehen wie später mit vierzig.

„Du bist sicher John“, sagte er mit einem Lächeln und ging vor mir in die Hocke. „Ich heiße Tim Wheddon.“ Er gab mir die Hand. „Ich habe gehört, was du für Savannah getan hast – sie hat Glück gehabt, dass du da warst.“

„Ach, das war doch nicht der Rede wert.“

Ich fand ihn wesentlich netter als Brad oder Randy. Und er sagte gar nichts zu meinen Tätowierungen, was ziemlich ungewöhnlich war. Ich glaube, ich sollte an dieser Stelle erwähnen, dass meine Tattoos nicht gerade klein sind – sie bedecken meine ganzen Oberarme.

Er setzte sich neben mich, wobei er mir weder auf die Pelle rückte noch zu viel Abstand hielt. „Ich freue mich, dass du mit hierhergekommen bist.“

Ein Holzscheit knackte und schickte tausend kleine Funken zum Himmel. „Stimmt es, dass ihr hier seid, um Häuser für die Armen zu bauen?“

„Ja, das haben wir vor. Die Häuser sind für bedürftige Familien, und wir hoffen, dass die Leute schon Ende Juli einziehen können.“

Tim hatte ein offenes, ehrliches Gesicht, und auch wenn ich mich innerlich dagegen sträubte, mochte ich ihn. „Savannah hat mir erzählt, dass ihr zwei hier zusammen aufgewachsen seid."

Er nickte. „Ja, die Farm ihrer Familie liegt direkt neben unserer. Wir sind in dieselbe Schule gegangen und haben jahrelang zur selben Kirchengemeinde gehört, und jetzt studieren wir an derselben Universität. Für mich ist sie wie eine kleine Schwester. Savannah ist etwas Besonderes."

Obwohl er sie als „kleine Schwester" bezeichnet hatte, kam es mir so vor, als wären seine Gefühle für sie tiefer, als er zugeben wollte. Allerdings schien es ihm nichts auszumachen, dass sie mich eingeladen hatte. Doch ehe ich weiter darüber nachdenken konnte, kam Savannah die Treppe herunter.

„Wie ich sehe, hast du Tim schon kennen gelernt!", rief sie. In der einen Hand jonglierte sie zwei Teller mit Hähnchen, Kartoffelsalat und Pommes frites, in der anderen zwei Dosen Pepsi Light. „Ich hatte gehofft, dass ihr beide ins Gespräch kommen würdet." Sie hielt mir einen Teller hin. „Hier ist das Hähnchen. Möchtest du vielleicht meinen Teller, Tim? Ich kann noch mal eine Portion holen."

„Nein, nein, das mache ich schon selbst", sagte Tim und stand auf. „Trotzdem, vielen Dank für das Angebot. Ihr könnt ruhig schon anfangen." Dann ging er die Treppe hinauf.

Savannah reichte mir den Teller, Plastikbesteck sowie eine Pepsi und setzte sich neben mich. Ziemlich dicht neben mich, aber doch nicht so nahe, dass wir einander berührten. Den eigenen Teller platzierte sie vorsichtig auf ihrem Schoß, dann ergriff sie die Dose, zögerte aber auf halber Strecke und hielt sie in die Höhe.

„Du hast vorhin Bier getrunken, aber gerade hast du gesagt, ich soll für dich das Gleiche mitbringen wie für mich, also hast du jetzt Cola."

„Pepsi ist genau das Richtige."

„Ehrlich? Wir haben auch jede Menge Bier kalt gestellt. Ich kenne die Geschichten darüber, wie's angeblich beim Militär zugeht."

Ich schnaubte. „Kann ich mir vorstellen", sagte ich und öffnete meine Dose. „Ich nehme an, du trinkst gar keinen Alkohol?"

„Ja, das stimmt", antwortete sie. Sie klang weder defensiv noch arrogant, sondern einfach nur ehrlich. Das gefiel mir.

Sie aß ein Stück Hähnchen. Ich auch. Wir schwiegen beide und ich fragte mich, wie die Beziehung zwischen ihr und Tim wohl aussah. Wusste Savannah, was er wirklich für sie empfand? Ich hätte natürlich zu gern erfahren, ob sie seine Gefühle erwiderte. Irgendetwas war zwischen den beiden, aber ich bekam es nicht recht zu fassen.

„Was machst du beim Militär?“, fragte sie und ließ ihre Gabel sinken.

„Ich bin Sergeant der Infanterie.“

„Wie ist das so? Ich meine, wie sieht dein Alltag aus? Schießt du mit irgendwelchen Waffen oder sprengst du Sachen in die Luft oder so was?“

„Meistens ist es eher langweilig, jedenfalls wenn wir in der Kaserne sind.“

„Und was passiert, wenn du in ein Kriegsgebiet geschickt wirst?“

„Dann ist alles anders“, sagte ich und schluckte den letzten Bissen Huhn herunter.

„Hast du manchmal Angst?“

Ich suchte nach der richtigen Antwort. „Ja klar, das kommt vor. Aber es ist nicht so, dass man den ganzen Tag völlig verängstigt durch die Gegend rennt, selbst wenn um einen herum das Chaos tobt. Man … man reagiert auf das, was gerade passiert, und versucht, am Leben zu bleiben. Meistens begreift man erst hinterher, wie nahe man am Tod vorbeigeschrammt ist, und fängt an zu zittern oder muss sich übergeben oder so.“

„Ich weiß nicht, ob ich das könnte.“

Ich war nicht sicher, ob sie eine Antwort auf diese Bemerkung erwartete, also wechselte ich das Thema. „Und wie bist du auf Sonderpädagogik gekommen?“, fragte ich sie.

„Das ist eine lange Geschichte. Also, in Lenoir gibt es einen Jungen, der Alan heißt. Ich kenne ihn schon mein ganzes Leben. Alan ist Autist. Lange Zeit hat niemand so recht gewusst, wie man zu ihm vordringt. Er hat mir immer leidgetan, schon als ich noch ein Kind war. Alan hat einen älteren Bruder, der immer unglaublich geduldig mit ihm umging. Und nach und nach konnte er Alan wirklich helfen. Er ist zwar nicht vollständig gesund geworden, aber auch nicht mehr so allein und verloren wie als kleiner Junge. Irgendwann beschloss ich, dass ich Kindern wie Alan helfen will.“

„Und du willst in einer Sonderschule arbeiten?“

„Nein. Ich will es so machen wie Alans Bruder. Er hat nämlich durch die Pferde Kontakt zu Alan bekommen.“ Savannah schwieg einen Moment. „Bei autistischen Kindern … das ist so, als wären sie in ihrer eigenen kleinen Welt gefangen, und sowohl Schule als auch Therapie basieren meistens auf immer gleichbleibenden Abläufen. Aber ich will die Kinder Erfahrungen aussetzen, die ihnen ganz neue Bereiche eröffnen. Ich habe es ja miterlebt. Zuerst hatte Alan große Angst vor den Pferden, aber sein Bruder hat es einfach ständig wieder versucht, und nach einer Weile war Alan so weit, dass er sich traute, die Pferde zu tätscheln und ihre Schnauze zu streicheln – und wenig später fütterte er sie. Inzwischen kann er sogar reiten.

Ich weiß noch ganz genau, was für ein Gesicht er machte, als er das erste Mal auf einem Pferd saß … es war einfach sagenhaft! Er lächelte – so glücklich, wie man es sich nur vorstellen kann."

„Das hört sich toll an. Du magst Pferde, nicht wahr?"

„Alle Mädchen mögen Pferde! Ich habe einen Araberhengst namens Midas, und manchmal macht es mich ganz traurig, dass ich hier bin und nicht auf ihm reiten kann. Reitest du?"

„Ich habe erst einmal in meinem Leben auf einem Pferd gesessen. Am nächsten Tag hat mir alles wehgetan … jeder Schritt war eine Qual."

Sie kicherte belustigt und in dem Moment wurde mir bewusst, wie gern ich mit ihr redete. Es fiel mir leicht, alles schien so normal, so natürlich.

Am Horizont über dem Wasser leuchtete jetzt die Venus. Die jungen Männer und Frauen um uns herum schlenderten treppauf und treppab und flirteten heftig, enthemmt vom Alkohol. Ich seufzte. „Ich glaube, ich sollte jetzt gehen, damit ich noch ein bisschen mit meinem Vater reden kann. Er fragt sich bestimmt, wo ich abgeblieben bin."

„Möchtest du ihn vielleicht anrufen? Du kannst gern das Telefon benutzen."

„Nein, ich glaube, ich gehe lieber. Es ist ziemlich weit."

„Hast du kein Auto?"

„Nein. Heute Morgen bin ich getrampt."

„Soll Tim dich nach Hause fahren? Ich frage ihn. Warte einen Moment."

Sie war verschwunden, ehe ich protestieren konnte, und wenig später kam Tim hinter ihr aus dem Haus.

„Tim macht es gern", verkündete Savannah mit hochzufriedener Miene.

Ich sah Tim fragend an. „Wirklich?"

„Ja klar, kein Problem", versicherte er mir. „Mein Truck steht vor dem Haus, du kannst dein Brett auf die Ladefläche legen. Ich muss nur noch schnell meine Autoschlüssel holen. Es ist der grüne Truck, der auf dem Rasen geparkt ist."

Ich zog mein T-Shirt an und hob das Surfbrett auf. Dann sagte ich zu Savannah: „Es war schön, dich kennen zu lernen."

Sie schaute mir in die Augen. „Ganz meinerseits. Mit einem Soldaten hatte ich mich noch nie unterhalten. Ich habe mich dabei irgendwie – beschützt gefühlt. Randy wird mich heute Abend wohl nicht mehr belästigen. Deine Tattoos haben ihn garantiert eingeschüchtert."

Sie hatte meine Tätowierungen also doch bemerkt. „Vielleicht sehen wir uns ja mal wieder", sagte ich.

„Du weißt, wo ich zu finden bin. Übrigens – ein bisschen enttäuscht bin ich ja schon, dass du's vergessen hast", sagte sie.

„Was habe ich vergessen?!"

„Hast du nicht gesagt, du würdest mir beibringen, wie man surft …?"

Falls Tim mitbekommen hatte, welche Wirkung Savannah auf mich ausübte und dass ich mich gleich am nächsten Tag wieder mit ihr treffen wollte, ließ er es sich nicht anmerken. Stattdessen konzentrierte er sich ganz auf die Straße.

„Du und Savannah – ihr habt euch offenbar blendend verstanden", sagte er. „Sie ist toll, nicht wahr? Ich glaube, sie mag dich."

„Wir haben uns sehr gut unterhalten", sagte ich vorsichtig.

„Das freut mich. Ich habe mir nämlich schon Sorgen um sie gemacht. Ich weiß, sie ist kein Kind mehr, aber die Typen hier sind ein anderes Kaliber als die, mit denen sie sonst zusammen ist. Und ich hätte es unangenehm gefunden, wenn sie sich den ganzen Abend gegen irgendwelche Annäherungsversuche hätte wehren müssen."

Als er mich vor unserem Haus absetzte, sah ich, dass in Dads Arbeitszimmer noch Licht brannte. Warmer Lampenschein drang durchs Fenster.

„Danke, dass du mich nach Hause gebracht hast", sagte ich beim Aussteigen.

„Gern geschehen." Tim beugte sich über den Sitz. „Und wie gesagt, du kannst jederzeit vorbeikommen."

Im Haus ging ich zu Dads Arbeitszimmer und öffnete leise die Tür. Er studierte gerade den Münzhändler-Rundbrief und zuckte zusammen, als er mich sah. Anscheinend hatte er mich nicht kommen hören.

„Entschuldige", sagte ich und setzte mich auf die Stufe, die das Arbeitszimmer vom Rest des Hauses abtrennte. „Ich wollte dich nicht erschrecken."

„Ist schon gut." Mehr sagte er nicht.

„Die Wellen waren super heute", begann ich. „Ich hatte fast vergessen, wie toll sich Wind und Wasser anfühlen."

Dad lächelte und schwieg. Ich setzte mich anders hin. „Wie war's bei der Arbeit?", erkundigte ich mich.

„Wie immer."

Und schon versank er wieder in seinen Gedanken. *Wie immer*, wiederholte ich stumm – genau das Gleiche konnte man auch über unsere Gespräche sagen.

Kapitel 3

Beim Surfen lernt man, sich dem Rhythmus der Natur anzupassen, statt gegen ihn zu kämpfen. Ich kann mir nichts Aufregenderes vorstellen, als eine Welle zu erwischen und mit dieser Wand aus Wasser, die zum Ufer rollt, zu verschmelzen. Im Allgemeinen ist die Welt immer laut und verrückt, aber da draußen auf dem Meer ist alles anders. Da hörst du dich selbst denken."

Das sagte ich zu Savannah, als wir am Sonntagmorgen in aller Frühe zum Strand gingen. Im Grunde redete ich einfach drauflos und versuchte krampfhaft, mir nicht anmerken zu lassen, wie begeistert ich von ihrem Bikini war. Sie sah einfach toll darin aus.

„Dann ist es ja so ähnlich wie beim Reiten", sagte sie.

„Wie meinst du das?"

„Man hört sich selbst denken. Deshalb reite ich so gern."

Es war einer dieser wunderbar klaren Morgen. Trotz der frühen Stunde war die Luft schon angenehm warm. Wir saßen eine Weile am Strand und ich erklärte Savannah die Grundbegriffe des Surfens. Als sie glaubte, dass sie alles einigermaßen begriffen hatte, wateten wir ins Wasser. Ich ging neben ihr, das Brett unter den Arm geklemmt.

Es waren erst wenige Surfer unterwegs. Ich hielt nach einer geeigneten Stelle Ausschau, damit Savannah genug Platz hatte, um zu üben, als mir plötzlich auffiel, dass sie gar nicht mehr da war.

„Warte bitte einen Moment!", rief sie hinter mir. „Ich komme gleich …"

Ich drehte mich um. Wie erstarrt stand sie da, auf Zehenspitzen, die ersten Wellen klatschten ihr gegen den Bauch, und man konnte erkennen, dass sie eine Gänsehaut hatte.

„Ich muss mich erst daran gewöhnen …" Sie japste ein paarmal hörbar und verschränkte die Arme vor der Brust. „Mensch, ist das kalt!"

„Du gewöhnst dich schneller daran, als du denkst", tröstete ich sie grinsend.

„Kaltes Wasser ist schrecklich. Ich friere nicht gern!" Sie machte einen winzigen Schritt vorwärts.

„Es geht leichter, wenn du einfach ganz untertauchst, statt es etappenweise zu probieren. So ist das doch die reinste Folter", sagte ich.

„Mach du es auf deine Art – ich bleibe bei meiner Methode", erwiderte sie. Sie breitete die Arme aus, holte ein paarmal tief Luft und tauchte dann etwa zwei Zentimeter tiefer in das kühle Nass. „Okay – ich glaube, bald hab ich's."

„Meinetwegen brauchst du dich nicht zu beeilen. Ehrlich nicht. Lass dir Zeit."

„Sehr freundlich", antwortete sie, ohne auf meinen spöttisch-amüsierten Tonfall zu reagieren. Sie tat wieder einen kleinen Schritt. Und noch einen. Dabei verriet ihr Gesicht höchste Konzentration. Es gefiel mir, wie sie aussah. So ernst, so aufmerksam.

Schließlich hatte sie sich weit genug vorgewagt, dass wir gemeinsam weitergehen konnten. Als das Wasser meine Schultern erreichte, kletterte sie auf das Surfbrett. Ich hielt es fest und gab mir alle Mühe, nicht dauernd auf ihre Figur zu starren. Stattdessen zwang ich mich, die Wellen hinter uns zu beobachten.

„Und jetzt?"

„Du musst kräftig paddeln, dann das Brett mit beiden Händen seitlich packen, möglichst weit vorn, und dich aufrichten. Am Anfang findet man es ziemlich schwierig. Wenn du dich nicht mehr halten kannst, lass dich einfach fallen. Meistens muss man mehrere Versuche machen."

Sie nickte. „Okay."

Ich sah eine kleine Welle auf uns zurollen. „Auf die Plätze, fertig, los!", rief ich. „Fang an zu paddeln …"

Als die Welle kam, schob ich das Brett an, damit es mehr Schwung bekam. Ich weiß nicht, was ich erwartet hatte – jedenfalls nicht das, was ich jetzt vor mir sah: Savannah richtete sich einfach auf, hielt souverän das Gleichgewicht und ließ sich von der Welle zum Ufer tragen. Im flachen Wasser sprang sie vom Brett und drehte sich mit einer dramatischen Geste zu mir um. „Und, wie war das?!", rief sie.

Obwohl sie so weit entfernt war, konnte ich den Blick nicht von ihr lassen. O Mann!, dachte ich plötzlich. Ich glaube, mich hat's erwischt.

„Ich habe jahrelang geturnt", gestand sie. „Das hätte ich vielleicht erwähnen sollen, als du gesagt hast, ich würde bestimmt gleich runterfallen."

Wir blieben über eine Stunde im Wasser. Sie schaffte es jedes Mal, sich aufzurichten, und ritt mühelos auf den Wellen ans Ufer. Zwar konnte sie das Brett noch nicht richtig steuern, aber ich war fest davon überzeugt, dass sie auch das in null Komma nichts lernen würde, wenn sie wollte.

Schließlich gingen wir zurück zum Strandhaus. Ich wartete draußen, während sie kurz nach oben ging. Es dauerte nicht lange, bis Savannah wieder erschien, in Shorts und T-Shirt, zwei Tassen Kaffee in den Händen. Sie setzte sich zu mir auf die Stufen und wir blickten hinaus aufs Wasser.

„Ich habe nicht gesagt, dass du gleich runterfällst“, begann ich. „Ich habe nur gesagt, *wenn* du dich nicht halten kannst, sollst du dich einfach fallen lassen.“

„Aha!“ Sie grinste frech. „Weißt du, dass heute Nacht Vollmond war?“

Natürlich wusste ich das, aber irgendwie fand ich es besser, dieses Wissen nicht zuzugeben. „Wirklich?“

„Ich liebe den Vollmond. Schon als Kind habe ich mich immer gefreut, wenn der Mond ganz rund war. Ich habe mir eingeredet, das sei eine Art Vorzeichen – ein gutes Vorzeichen natürlich. Zum Beispiel dafür, dass ich noch einmal von vorn anfangen kann, wenn ich einen Fehler gemacht habe.“ Sie schwieg und führte die Tasse zu den Lippen.

„Was hast du heute vor?“, fragte ich sie.

„Irgendwann am Nachmittag haben wir Sitzung, aber sonst ist nichts geplant. Das heißt, außer dem Gottesdienst. Für mich jedenfalls. Sie schaute mich an. „Möchtest du mitkommen?“

Ich wusste nicht recht, was ich sagen sollte. Ihr war es offensichtlich wichtig, und obwohl ich vermutete, dass meine Antwort sie enttäuschen würde, wollte ich nicht lügen. „Ich war seit Jahren nicht mehr in der Kirche …“ Ich verstummte.

Sie musterte mich mit hochgezogenen Augenbrauen. „Und, kommst du nun mit oder nicht?“

„Ich bin doch gar nicht entsprechend angezogen. Sonst würde ich schon mitgehen.“

Sie betrachtete mich von oben bis unten. „Gut.“ Dann klopfte sie auf mein Knie. „Ich hol dir was Passendes.“

„Gut siehst du aus“, versicherte mir Tim. „Der Kragen ist vielleicht ein bisschen zu eng, aber ich glaube, das merkt niemand.“

Aus dem Spiegel blickte mir ein Fremder in Baumwollhosen und einem gebügelten Hemd mit Krawatte entgegen. Ich wusste nicht recht, was ich von dem Ganzen halten sollte. Tim reagierte für meinen Geschmack sowieso viel zu enthusiastisch auf die Sache.

„Wie hat sie dich rumgekriegt?“, wollte er jetzt wissen.

„Keine Ahnung.“

Er lachte und zwinkerte mir zu. „Ich hab’s dir doch gesagt – sie mag dich.“

Letzten Endes war der Gottesdienst gar nicht so übel. Nicht dass er mir viel gegeben hätte, aber ich war trotzdem froh, dass ich mitgegangen war. Immerhin hatte ich jetzt mal etwas Neues, worüber ich mit meinem Dad reden konnte. Und außerdem gab es mir die Möglichkeit, ein bisschen länger mit Savannah zusammen zu sein.

Sie saß zwischen Tim und mir. Sie hatte eine leise, aber sehr hübsche Singstimme und traf immer den richtigen Ton. Tim konzentrierte sich auf den Predigttext, und auf dem Weg nach draußen wechselte er noch ein paar Worte mit dem Pastor, während Savannah und ich im Schatten eines Hartriegelbaums vor der Kirche warteten.

Ich schwitzte – auf meiner Stirn bildeten sich Schweißtropfen. Savannah fächelte sich Luft zu. In ihrem Sommerkleid erinnerte sie mich an eine typische Südstaatenschönheit.

„Ich freue mich, dass du mitgekommen bist."

„Ich mich auch", sagte ich.

„Hast du Hunger? Wir haben im Haus noch genug zu essen, wenn du etwas möchtest. Dann kannst du Tim gleich seine Klamotten zurückgeben. Man sieht dir an, dass dir diese Verkleidung zu heiß und zu unbequem ist."

„In der schwitze ich nicht halb so stark wie mit Helm, Stiefeln und Schutzweste."

Sie legte den Kopf schief und schaute mich an. „Ich mag es, wenn du über Schutzwesten sprichst. Meine Kommilitonen reden über ganz andere Dinge als du."

„Machst du dich über mich lustig?"

„Nein, ich stelle es nur fest." Sie lehnte sich entspannt an den Baum. „Ich glaube, Tim kommt gleich."

Ich folgte ihrem Blick. „Woran merkst du das?"

„Siehst du, wie er die Hände aneinanderlegt? Das bedeutet, dass er sich bald verabschiedet. Wart's ab – in ein paar Sekunden reicht er dem Pastor die Hand, lächelt, nickt ihm zu, und dann kommt er zu uns."

Tatsächlich – Tim verhielt sich genau so, wie Savannah es vorausgesagt hatte, und schlenderte dann zu uns. Ich bemerkte Savannahs amüsierte Miene. Sie zuckte die Achseln. „Wenn man in einer so kleinen Stadt wohnt wie ich, gibt es nicht viel mehr zu tun, als die anderen Leute zu beobachten."

Für meinen Geschmack hatte sie Tim ein bisschen zu eingehend beobachtet, aber ich sagte natürlich nichts.

„Hallo, ihr zwei!" Tim hob die Hand. „Gehen wir?"

„Wir haben nur auf dich gewartet“, entgegnete Savannah.

„Entschuldigung“, meinte er. „Wir haben uns verplaudert.“

„Du verplauderst dich mit jedem.“

„Ich weiß“, sagte er. „Ich muss versuchen, ein bisschen unfreundlicher zu sein.“

Sie lachte. Durch diese Kabbelei wurde ich kurzfristig an den Rand gedrängt, aber das vergaß ich gleich wieder, als sich Savannah auf dem Weg zum Auto bei mir unterhakte.

IM STRANDHAUS waren inzwischen alle aufgestanden. Die meisten versuchten, ihre Sonnenbräune aufzufrischen, und lagen auf der Veranda oder am Strand. Aus den Lautsprechern im Haus dröhnte Musik und die Kühlboxen waren mit Bier aufgefüllt worden.

Ich zog mich um und ging danach in die Küche. Tim hatte einen Teller mit Sandwiches hergerichtet.

„Bedien dich“, sagte er. „Wir haben genug zu essen hier. Ich werde mich auch schnell umziehen. Savannah müsste gleich wieder hier sein.“

Als er gegangen war, sah ich mich ein wenig um. Die Räume waren im traditionellen Strandhausstil eingerichtet: Korbsessel mit bunten Kissen, mit Muscheln verzierte Lampen, Aquarellbilder mit Küstenmotiven.

„Hallo!“, sagte Savannah. Sie hatte wieder ihren Bikini angezogen, trug jetzt allerdings Shorts über dem Unterteil. „Du hast dich also wieder in dein normales Ich verwandelt.“

„Woran merkst du das?“

„Deine Augen quellen nicht mehr aus den Höhlen, weil der Kragen zu eng ist.“

Wir aßen im Stehen. Die Mädchen, die auf der Veranda saßen, hatten noch nicht gemerkt, dass wir in der Küche waren, und ich hörte, wie eine von ihnen erzählte, was sie am vergangenen Abend mit einem der Typen angestellt hatte. Das klang nicht gerade, als seien sie wegen ihrer Tätigkeit für die Bedürftigen hier. Savannah zog die Nase kraus, als wollte sie sagen: *So genau wollen wir das alles gar nicht wissen.* Dann fragte sie: „Und – gehen wir nachher noch mal surfen?“

Wie hätte ich da widerstehen können?

WIR VERBRACHTEN den ganzen Nachmittag im Wasser. So schön ich es fand, wenn Savannah ganz nah bei mir auf dem Brett lag – noch viel schöner fand ich es, sie beim Surfen zu beobachten. Später legten wir uns auf unsere Handtücher zum Rest der Gruppe an den Strand. Hin und wieder sah jemand zu uns herüber, aber meine Anwesenheit schien niemanden besonders zu interessieren.

Savannah lag auf dem Bauch. Sehr verführerisch, fand ich. Ich drehte mich auf den Rücken, aber ihre Nähe verwirrte mich dermaßen, dass ich nicht richtig abschalten konnte.

„Du", murmelte sie. „Erzähl mir etwas über deine Tätowierungen."

Ich drehte ihr den Kopf zu. „Was möchtest du wissen?"

„Keine Ahnung – vielleicht warum du sie hast, was sie bedeuten."

Ich stützte mich auf einen Ellbogen. Zuerst zeigte ich auf meinen linken Arm, auf den Adler mit der Fahne. „Also, das ist das Symbol der Infanterie, und das hier" – ich wies auf die Wörter und Buchstaben –, „das sind die Abkürzungen, mit deren Hilfe wir identifiziert werden: Kompanie, Bataillon, Regiment. Jeder in meiner Gruppe hat so ein Tattoo. Wir haben sie uns stechen lassen, um das Ende der Grundausbildung zu feiern."

„Und warum steht darunter *Jump-start*?"

„Das ist mein Spitzname. Den habe ich während der Grundausbildung bekommen, von unserem hochverehrten Schleifer. Als ich einmal meine Waffe nicht schnell genug wieder zusammensetzte, schrie er mich an, er würde mir einen Tritt in einen gewissen Körperteil verpassen, dann würde ich schon in die Gänge kommen, so wie ein Auto beim Jump-start – du weißt schon, wenn man Starthilfe gibt. Und der Name ist hängen geblieben."

„Und symbolisiert der Stacheldraht ganz oben etwas Besonderes?"

Ich schüttelte den Kopf. „Nein, er symbolisiert gar nichts. Den habe ich mir schon stechen lassen, bevor ich zum Militär ging."

„Und der andere Arm? Ist das nicht ein chinesisches Schriftzeichen?"

Ich wollte nicht darüber reden, also sagte ich nur: „Ach, das stammt aus meiner Null-Bock-Phase. Es ist ein Fluch. Aber jetzt bedeutet er mir nichts mehr."

„Aber sei vorsichtig, falls du mal nach China gehst – da solltest du diese Tätowierung lieber verstecken."

Ich musste lachen. „Stimmt."

Sie hielt kurz inne und fragte dann leise: „Du warst ein ziemlicher Rebell, was?"

Ich nickte. „Aber das ist lange her."

„Hast du das gemeint, als du sagtest, du hättest zu einem bestimmten Zeitpunkt in deinem Leben das Militär gebraucht?"

„Ja, genau."

„Was kannst du mir sonst noch von dir erzählen? Sag mir irgendetwas, was kein Mensch über dich weiß."

Ich überlegte. „Ich kann dir sagen, wie viele Zehndollargoldmünzen mit einem glatten Rand 1907 geprägt wurden."

„Wie viele?"

„Zweiundvierzig. Sie waren eigentlich gar nicht für die Öffentlichkeit bestimmt. Ein paar Angestellte der Münzprägeanstalt hatten sie für sich selbst und ihre Freunde gemacht."

„Interessierst du dich für Münzen?"

„Weiß ich nicht genau. Das ist eine sehr lange Geschichte."

„Wir haben Zeit."

Ich erzählte ihr von meinem Großvater und meinem Vater und von den Münzausstellungen. Als ich fertig war, sah sie mich fragend an.

„Und dein Vater sammelt immer noch Münzen?"

„Ja, glaube ich wenigstens. Wir reden nicht mehr über das Thema."

„Warum nicht?"

Ich berichtete ihr von unserem Streit damals. Eigentlich hatte ich einen möglichst guten Eindruck machen und alles Unangenehme ausklammern wollen, aber bei Savannah gelang mir das nicht. Aus irgendeinem Grund wollte ich ihr die Wahrheit sagen. Am Ende meines Geständnisses zog sie ein ziemlich komisches Gesicht.

„Ja, ich war ein Idiot", murmelte ich reumütig.

„Das habe ich gerade gar nicht gedacht", sagte sie. „Ich habe versucht, mir vorzustellen, wie du damals warst – weil du jetzt ganz anders auf mich wirkst."

Was sollte ich darauf entgegnen? Alles, was ich hätte sagen können, hätte angeberisch gewirkt, auch wenn es stimmte. In meiner Unsicherheit entschied ich mich für Dads bewährte Methode und schwieg.

„Wie ist dein Vater so?"

Ich bemühte mich, ihn zu charakterisieren. Zu meiner eigenen Verwunderung fügte ich ganz am Schluss noch hinzu, dass mein Vater und ich einander kaum kannten. Wir seien wie Fremde.

„Du bist ja auch für ihn ein Fremder geworden", bemerkte sie nüchtern und ohne jede Kritik. „Immerhin wohnst du schon ein paar Jahre nicht mehr zu Hause, und du sagst selbst, dass du dich sehr verändert hast. Wie soll er dich da noch kennen?"

Ich setzte mich aufrecht hin. Der Strand war jetzt gerammelt voll. „Was du sagst, stimmt natürlich“, sagte ich. „Aber es liegt nicht nur daran. Mein Dad und ich waren einander eigentlich schon immer fremd. Man kann nicht besonders gut mit ihm reden.“

Noch während ich das sagte, fiel mir auf, dass Savannah der erste Mensch war, dem ich diesen Gedanken anvertraute. Seltsam.

„Die meisten Leute in unserem Alter sagen das über ihre Eltern.“

Mag sein, dachte ich. Aber bei mir war es anders. Bei Dad und mir ging es nicht um einen Generationenkonflikt oder so etwas, nein, das Gefühl der Fremdheit kam einfach daher, dass für meinen Vater eine normale Unterhaltung unmöglich war.

Ich sagte nichts mehr, und Savannah strich mit der Hand den Sand vor sich glatt. Dann bemerkte sie mit sanfter Stimme: „Ich würde deinen Dad gern kennen lernen. Ich finde, er klingt interessant. Ich mag Leute, die eine … eine Leidenschaft für das Leben haben.“

„Seine Leidenschaft gilt den Münzen, nicht dem Leben“, korrigierte ich sie.

„Das ist das Gleiche. Leidenschaft ist Leidenschaft. Es ist die Freude, die Begeisterung, die zwischen den eher mühseligen Phasen des Alltags entsteht, und dabei spielt es keine Rolle, worauf sich diese Leidenschaft richtet. Es können Münzen sein oder Sport, meinetwegen auch Politik oder Pferde, Musik oder der Glaube … die traurigsten Menschen, die ich kenne, sind die, denen überhaupt nichts wichtig ist. Ich würde schrecklich gern hören, wie dein Dad von seiner Münzsammlung erzählt, denn wenn die Leute über ihre Leidenschaften reden, dann blühen sie auf und sind glücklich, und das finde ich immer total ansteckend.“

Ich war sprachlos. Sie wirkte reifer und erwachsener als die meisten Menschen in unserem Alter und wurde mir von Minute zu Minute sympathischer. „Was hast du heute Abend vor?“

Savannah setzte sich ebenfalls auf. „Noch gar nichts. Außer der Besprechung nachher ist nichts geplant. Wieso fragst du? Möchtest du mich vielleicht deinem Vater vorstellen?“

„Nein. Das heißt – nicht heute Abend. Später mal. Heute würde ich dir gern Wilmington zeigen.“

„Soll das heißen, dass du mit mir ausgehen möchtest?“

„Ja“, gab ich zu. „Ich bring dich nach Hause, wann immer du möchtest. Ich weiß, du musst morgen arbeiten, aber ich würde dir gern ein tolles Restaurant zeigen. Es ist auf Fisch und Meeresfrüchte spezialisiert.“

Sie schlang die Arme um ihre Knie. „Normalerweise gehe ich nicht mit

Männern weg, die ich nicht kenne", sagte sie. „Meinst du, ich kann dir vertrauen?"

„Ich an deiner Stelle wäre vorsichtig."

Sie musste lachen. „Na, in dem Fall mache ich eine Ausnahme, glaube ich. Ich habe eine Schwäche für ehrliche junge Männer mit kurzen Haaren. Wann holst du mich ab?"

Ich war um vier Uhr nachmittags zu Hause. Ich duschte, rasierte mich, zog frische Shorts an und dazu ein hellblaues Hemd. Dann fahndete ich in dem großen Kleiderschrank nach meinen Sandalen.

Die Tür zu Dads Zimmer stand einen Spaltbreit offen und ich konnte ihn wie immer an seinem Schreibtisch sitzen sehen. Erst da wurde mir bewusst, dass ich nun schon zum zweiten Mal Pläne fürs Abendessen gemacht hatte, ohne mich mit ihm abzustimmen. Er würde sich nicht beschweren, aber diese kleine Stimme in meinem Kopf flüsterte mir zu, dass ich vermutlich etwas falsch machte, wenn ich solche Schuldgefühle hatte. Um mein Gewissen zu beschwichtigen, nahm ich mir vor, mich mehr um meinen Vater zu kümmern.

Als ich in sein Zimmer trat, blickte er verwundert auf.

„Hallo Dad", sagte ich und setzte mich wie immer auf die Stufe zu seinem Zimmer.

„Hi John." Er warf einen kurzen Blick auf den Schreibtisch und strich sich mit der Hand über das schüttere Haar. „Wie war dein Tag?"

Ich setzte mich anders hin. „Sehr schön. Ich war fast die ganze Zeit mit Savannah zusammen – mit dem Mädchen, von dem ich dir gestern Abend erzählt habe."

„Oh." Er schaute zur Seite, um meinem Blick auszuweichen. „Du hast mir nichts von ihr erzählt."

„Ehrlich nicht?"

„Nein, aber kein Wunder – es war ja schon spät."

„Wir gehen heute Abend essen. Kann ich deinen Wagen haben?"

„Oh … okay." Er holte die Autoschlüssel aus der Tasche. Neun von zehn Vätern hätten sie geworfen, mein Dad hielt sie mir hin.

„Ist alles in Ordnung?", erkundigte ich mich.

„Ich bin nur ein bisschen müde", antwortete er.

Ich stand auf und nahm die Schlüssel entgegen. „Dad? Es tut mir leid, dass ich jetzt schon den zweiten Abend nicht zum Essen zu Hause bin."

„Kein Problem", sagte er. „Ich verstehe das gut."

Die Sonne ging langsam unter, und als ich den Wagen aus der Garage holte, war der Himmel im Westen ein glühender Wirbel aus dramatischen Farben. Auf den Straßen herrschte enorm viel Verkehr wie immer am Sonntagabend. Es dauerte fast eine halbe Stunde bis zum Strandhaus.

Ich öffnete die Eingangstür, ohne anzuklopfen. Zwei Männer saßen auf dem Sofa vor dem Fernseher und guckten Baseball. Als sie mich hereinkommen hörten, blickten sie kurz auf.

„Habt ihr Savannah gesehen?"

„Wen?", fragte der eine. Er hatte mir offensichtlich gar nicht zugehört.

„Schon gut – ich finde sie bestimmt." Ich ging zur hinteren Veranda, aber Savannah entdeckte ich nicht. Sie lag auch nicht am Strand. Als ich wieder ins Haus trat, tippte mir jemand auf die Schulter.

„Wen suchen Sie?", fragte eine vertraut klingende Frauenstimme.

Ich drehte mich um. „Irgendsoein Mädchen", antwortete ich. „Sie neigt dazu, Taschen ins Wasser fallen zu lassen, kapiert aber sehr schnell, wie man surft."

Savannah stemmte die Hände in die Hüften und ich lächelte. Sie trug jetzt Shorts und ein sommerliches Top. Offensichtlich hatte sie auch ein wenig Lippenstift und Wimperntusche aufgetragen. Das stand ihr ausgezeichnet, auch wenn ich ihre natürliche Schönheit ganz besonders mochte. Als sie sich zu mir beugte, atmete ich einen Hauch ihres zitrusfrischen Parfums ein.

„Mehr bin ich nicht für dich? *Irgendsoein Mädchen?*", fragte sie. Sie klang belustigt und ernst zugleich.

„Oh!", sagte ich mit gespielter Überraschung. „*Du* bist das! Gehen wir?"

„Ich hole nur noch schnell meine Handtasche." Die Tasche lag in der Küche auf der Arbeitsplatte. „Wohin gehen wir überhaupt?"

Ich nannte den Namen des Restaurants, „Shrimp Shack", und sie zog erstaunt die Augenbrauen hoch.

„Hast du wirklich *Shack* gesagt? Shack wie *Hütte*? Du gehst mit mir in ein Restaurant, das sich ‚Hütte' nennt?!"

„Mehr kann sich ein unterbezahltes Mitglied der amerikanischen Streitkräfte leider nicht leisten."

Sie stieß mich an. „Siehst du, deswegen gehe ich normalerweise nicht mit Männern aus, die ich nicht kenne!"

Das Shrimp Shack befindet sich in der Innenstadt von Wilmington, im historischen Viertel gleich neben dem Cape Fear River. Am einen Ende dieses Viertels wird man in die typischen Touristenfallen gelockt: Souvenirläden, ein paar Antiquitätengeschäfte, verschiedene Restaurants und Cafés der gehobenen Kategorie sowie eine Reihe von Immobilienmaklern. Am anderen Ende zeigt sich Wilmington von seiner Hafenstadtseite: große Lagerhallen, von denen viele leer stehen, dazu Verwaltungsgebäude, die auch nur halb belegt sind. Dorthin wollte ich. Die Straßen waren verlassen und die meisten Gebäude schon recht baufällig.

„Ziemlich abgelegen, das Restaurant“, sagte Savannah.

„Die Einheimischen kennen es alle – es ist eine richtige Institution“, erklärte ich. „Ob die Touristen herkommen oder nicht, ist dem Besitzer völlig egal. So war das schon immer.“

Eine Minute später drosselte ich das Tempo und bog auf den kleinen Parkplatz neben einer der Lagerhallen ein. Vor dem Shrimp Shack standen ein paar Dutzend Autos, wie immer. Nichts hatte sich seit meinem letzten Besuch verändert. Schon als ich zum ersten Mal dort gewesen war, hatte das Restaurant heruntergekommen ausgesehen mit der breiten, morschen Veranda, der abblätternden Farbe und dem schiefen Dach – man hatte den Eindruck, es könnte demnächst einstürzen. Die Fassade war mit Netzen, Nummernschildern, einem alten Anker, Rudern und ein paar verrosteten Ketten verziert. Neben der Tür stand ein ausrangiertes Ruderboot.

Auf dem Weg zum Eingang überlegte ich kurz, ob ich Savannah bei der Hand nehmen durfte, aber ich ließ es lieber bleiben. Zwar konnte ich einige Erfolge bei Frauen verzeichnen, aber ich hatte keine Erfahrung damit, wie ich mich gegenüber einem Mädchen verhalten sollte, das ich wirklich mochte. Das war für mich Neuland.

Ich weiß nicht, was Savannah erwartet hatte, aber sie machte ein zufriedenes Gesicht, als sie das Innere des Restaurants sah. Auf der einen Seite befand sich ein langer Tresen, die Fenster blickten auf den Fluss hinaus, und im Essbereich standen grobe hölzerne Picknickbänke und -tische. Ein paar Kellnerinnen mit hochtoupierten Haaren gingen zwischen den Tischen hin und her. Der Geruch von Braten und Zigarettenrauch erfüllte die Luft, aber irgendwie war diese Mischung genau richtig. Die meisten Tische waren besetzt. Ich deutete auf zwei Plätze bei der Jukebox, die gerade einen Country-and-Western-Song spielte. Savannah und ich setzten uns einander gegenüber und sie ließ ihren Blick durch den Raum schweifen.

„Ich mag solche Kneipen“, sagte sie. „Bist du früher immer hierhingegangen?“

„Nein, nur zu besonderen Anlässen. Normalerweise war ich in Leroy's Bar. Die ist nicht weit von Wrightsville Beach.“

„Ach, ich glaube, hier gefällt es mir besser“, sagte sie und schlug die Speisekarte auf. „Also, was isst man hier?“

„Shrimps“, erwiderte ich.

„Na so was!“

„Ja, im Ernst. Shrimps in allen Variationen. Gegrillt, sautiert, gebraten, Cajun, mit Zitrone, auf kreolische Art …“

Sie klappte die Speisekarte wieder zu. „Such du etwas aus. Ich verlass mich auf dich.“

„Eiskalt. In einem Eimer. Das ist die ultimative Erfahrung.“

Sie beugte sich vor. „Gib’s zu – wie viele Frauen hast du schon hierhergebracht? Damit sie die *ultimative Erfahrung* erleben?“

„Mit dir? Lass mich mal nachrechnen.“ Ich trommelte mit den Fingern auf dem Tisch. „Ganz genau eine.“

„Ich fühle mich geehrt.“

„Hier bin ich eher mit meinen Freunden nach einem Tag auf dem Surfbrett hingegangen, wenn wir was Anständiges essen wollten.“

Die Kellnerin kam, und ich bestellte die Shrimps und zwei Eistee. Kaum war sie wieder verschwunden, setzten wir unsere Unterhaltung fort, so unangestrengt und selbstverständlich wie zuvor. Savannah wollte wissen, wie es war, hier aufzuwachsen. Ich erzählte ihr von meiner Schulzeit und von den drei Jahren zwischen Schule und Militär.

Sie hörte mir aufmerksam zu und mir wurde bewusst, wie lange ich schon nicht mehr mit einer Frau ausgegangen war. Alles an ihr – das fröhliche Lachen, ihre Intelligenz, ihre Anteilnahme – erschien mir neu und unglaublich begehrenswert. Durch unser Zusammensein spürte ich erst, wie einsam ich in den letzten Jahren gewesen war.

„Weißt du was? Ich merke gerade, dass den ganzen Abend nur ich rede“, wechselte ich das Thema. „Was ist mit dir? Du weißt jetzt alles über mich, aber ich weiß überhaupt nichts von dir.“

„Stimmt doch gar nicht“, erwiderte sie. „Du weißt, wie alt ich bin, wo ich studiere, welches Fach ich studiere, und du weißt, dass ich keinen Alkohol trinke. Du weißt, dass ich aus Lenoir komme, auf einer Farm lebe und Pferde liebe. Das ist doch einiges.“

„Das reicht mir nicht“, erwiderte ich. „Erzähl mir von deinen Eltern.“

„Meine Mutter und mein Vater sind seit fünfundzwanzig Jahren verheiratet und immer noch glücklich miteinander. Mom hat nach dem Studium ein paar Jahre in einer Bank gearbeitet, bis ich auf die Welt kam. Seither ist sie Hausfrau und Mutter. Seit ich nicht mehr zu Hause wohne, arbeitet sie ehrenamtlich für alle möglichen Institutionen. Dad unterrichtet Geschichte und er trainiert das Mädchen-Volleyballteam seiner Schule, seit ich denken kann. Außerdem ist er im Kirchengemeinderat."

„Aber wieso wohnt ihr auf einer Farm, wenn dein Vater Lehrer ist?"

„Ach, es ist keine richtige Farm mehr. Mein Großvater musste das Land nach und nach verkaufen, um die Steuern zu bezahlen. Als mein Dad die Farm erbte, waren es nur noch vier Hektar, mit einem Haus, Ställen und einer Pferdekoppel."

„Hast du auch Volleyball gespielt in der Mannschaft von deinem Dad?"

„Nein. Ich hab's ausprobiert, und ich war auch ganz gut, aber Volleyball war nicht mein Ding."

„Du konntest dich nur für Pferde begeistern."

„Ja, und zwar schon als kleines Mädchen. Mein erstes Pferd habe ich mit acht zu Weihnachten bekommen, und bis heute ist das für mich das tollste Weihnachtsgeschenk aller Zeiten. Es hieß Slocum. Eine gutmütige alte Stute. Ich hatte die Aufgabe, sie zu versorgen. Pferd, Schule, Turnen und dann noch all die anderen Tiere – damit war ich mehr als ausgelastet."

„Die anderen Tiere?"

„Wir hatten Hunde und Katzen – und für eine Weile sogar ein Lama! Ich nahm alle streunenden Tiere mit nach Hause. Wir waren eine Art Tierheim."

„Deine Eltern hatten wohl viel Geduld."

„Bestimmt", sagte Savannah. „Aber sie mochten diese streunenden Tiere auch sehr."

Ich musterte Savannah aufmerksam. „Ich könnte wetten, du warst eine gute Schülerin."

„Ich hatte immer gute Noten. Und ich habe die Abschlussrede für meinen Jahrgang gehalten."

„Hattest du schon mal einen Freund?", erkundigte ich mich unvermittelt.

„Aha – jetzt kommen wir zum Wesentlichen, was?"

„Ich wollte nur mal fragen."

Sie lachte. „Dann lassen wir die Frage vorläufig auf sich beruhen. Ein kleines Geheimnis sollte sich jeder bewahren. Außerdem bin ich sicher, dass du auch von allein dahinterkommst."

Die Kellnerin brachte nun einen Eimer Shrimps und zwei Plastikschüsselchen mit Cocktailsoße und stellte alles auf den Tisch. Savannah nahm sich eine kleine Portion Shrimps, spießte zwei davon auf ihre Gabel und tunkte sie in die Soße. Ich tat es ihr gleich.

„Was möchtest du sonst noch erfahren?", fragte sie.

„Eigentlich alles. Was ist das Schönste am College-Leben?"

Sie überlegte kurz. „Das Schönste sind die guten Professoren", sagte sie schließlich. „Sie inspirieren ihre Studenten."

„Weil sie ihr Wissen mit Leidenschaft vermitteln", sagte ich.

Savannah zwinkerte mir zu. „Genau. Aber ich finde es auch toll, dass ich viele neue Leute treffe und nicht mehr bei meinen Eltern wohne und so weiter. Ich habe sehr viel gelernt, seit ich von Lenoir weggegangen bin. Ich war ... ich war so behütet. Am College habe ich ein paar Dinge erlebt, die mir die Augen geöffnet haben."

„Zum Beispiel?"

„Ganz verschiedene Sachen. Zum Beispiel ist da immer dieser Druck, Alkohol trinken und mit jemandem ausgehen zu müssen. Im ersten Jahr habe ich die Uni regelrecht gehasst. Ich hatte das Gefühl, nicht dazuzugehören. Erst in meinem zweiten Jahr lernte ich ein paar Mädchen kennen, denen es ähnlich ging wie mir, und dadurch wurde es besser. Ich habe mich dann einer christlichen Studentengruppe angeschlossen, und samstagmorgens arbeite ich jetzt immer in Raleigh in der Obdachlosenunterkunft. Seitdem fühle ich mich auch nicht mehr verpflichtet, zu allen möglichen Partys zu gehen oder mich mit irgendwelchen Typen zu verabreden. Ich tu, was für mich richtig ist."

Galt dieser Grundsatz auch für den gestrigen Abend? Und war sie deswegen heute Abend wieder mit mir zusammen?

Sie lächelte mich an. „Eigentlich ist es ganz ähnlich wie bei dir, finde ich. In den letzten beiden Jahren bin ich erwachsen geworden. Wir beide sind also nicht nur fantastische Surfer, sondern haben auch diese Erfahrung gemeinsam."

„Ja, stimmt", erwiderte ich lachend. „Nur dass ich mit viel mehr Schwierigkeiten zu kämpfen hatte als du."

Savannah beugte sich vor. „Mein Dad sagt immer, wenn man mit etwas zu kämpfen hat, soll man sich ein bisschen umsehen – und schon stellt man fest, dass jeder Mensch seine Probleme hat. Und für die anderen sind die eigenen Schwierigkeiten genauso quälend wie die, mit denen man selbst zu tun hat."

„Dein Dad ist offenbar ein kluger Mann."

„Mom und Dad sind beide sehr klug."

Wie hätte mein Leben wohl ausgesehen, wenn ich bei ihren Eltern aufgewachsen wäre? Sicher völlig anders. Ich schob diese Überlegung schnell beiseite. Mein Vater hatte sein Bestes getan, das wusste ich, und eigentlich war ich ja ganz zufrieden mit dem Ergebnis. Auf dem Weg dorthin war zwar manches schiefgelaufen, aber insgesamt war es okay. Denn immerhin hatte es letztlich dazu geführt, dass ich nun hier in einer Kneipe saß und Shrimps aß – in Begleitung einer jungen Frau, von der ich jetzt schon wusste, dass ich sie nie vergessen würde.

Nach dem Essen fuhren wir zum Strandhaus zurück. Dort war es verblüffend ruhig. Die meisten der Studenten saßen entspannt am Feuer, als würden sie sich innerlich schon darauf einstellen, dass sie morgen früh aufstehen mussten. Tim saß auch dabei und unterhielt sich. Zu meiner Überraschung nahm Savannah meine Hand und hielt mich zurück, ehe wir zu den anderen stießen. „Komm, wir gehen noch ein bisschen spazieren“, schlug sie vor. „Ich finde, das Essen muss sich erst einmal setzen.“

Am Nachthimmel über uns waren zwischen den glitzernden Sternen ein paar kleine Wölkchen zu sehen, und der Mond, immer noch rund und schön, stand hell am Horizont. Ich spürte eine leichte Brise im Gesicht und man hörte das unermüdliche Rauschen der Wellen. Es war Ebbe, deshalb liefen Savannah und ich auf dem härteren Sand näher am Wasser.

„Es ist wunderschön hier“, meinte sie. „Ich mag die Berge wirklich sehr, aber die Landschaft hier hat ihren ganz besonderen Reiz. Alles ist so … friedlich.“

Ich fand, dass alles, was sie da eben gesagt hatte, in gewisser Weise auch auf sie selbst zutraf.

„Ich kann kaum glauben, dass ich dir erst gestern zum ersten Mal begegnet bin“, fuhr sie fort. „Mir kommt es vor, als würden wir uns schon viel länger kennen.“

Ihre Hand fühlte sich in meiner warm und angenehm an. „Genau das habe ich auch gerade gedacht.“

Mit einem verträumten Lächeln blickte sie hinauf zu den Sternen. „Ich wüsste gern, wie Tim das alles findet“, murmelte sie vor sich hin. „Er denkt, ich wäre ein bisschen naiv.“

„Und? Stimmt das?“

„Manchmal. Ich meine, wenn ich zwei Menschen sehe, die gemeinsam einen Spaziergang machen, so wie wir jetzt, dann denke ich: ach, wie nett. Ich denke nicht gleich, dass sie nur hinter den Dünen verschwinden wollen, um … du weißt schon. Ich weiß, es klingt altmodisch, aber ich verstehe das einfach nicht. Kann man damit nicht bis zur großen Liebe warten? Damit das, was man da tut, auch eine Bedeutung hat?“

Ich wusste, dass sie keine Antwort erwartete, also schwieg ich. Wir waren schon ziemlich weit gegangen und beschlossen umzukehren. In der Ferne sah ich dunkle Silhouetten im Kreis um das Feuer sitzen. Die Gischt roch salzig, und winzige Geisterkrabben flitzten blitzschnell in ihre Löcher, wenn wir uns näherten. Um zum Strandhaus zu gelangen, mussten wir durch den weichen Sand gehen. Unsere Füße rutschten bei jedem Schritt und Savannah hielt meine Hand noch fester. Als wir ans Feuer kamen, ließ sie mich los – und ich war enttäuscht.

„Hallo! Da seid ihr ja wieder!“, rief Tim, stand auf und kam auf uns zu. „Wie war das Essen?“

„Super“, antwortete Savannah. „Ich habe die einheimische Küche kennen gelernt. Wir waren im Shrimp Shack.“

„Klingt gut.“ Ich achtete genau darauf, ob in seiner Stimme ein eifersüchtiger Unterton mitschwang, konnte aber nichts feststellen. Dann fragte er: „Wollt ihr euch noch ein bisschen zu uns setzen?“

„Ehrlich gesagt – ich bin ziemlich müde. Ich begleite John zu seinem Auto, dann gehe ich schlafen. Wann müssen wir aufstehen?“

„Um sechs. Erst gibt es ein anständiges Frühstück und um halb acht sollten wir auf der Baustelle sein.“ Dann wandte er sich an mich. „Ich freue mich, dass du vorbeigekommen bist. Und falls du dich in den nächsten Wochen langweilen solltest – wir können immer zusätzliche Hilfe brauchen.“

„Ich hab doch gewusst, dass diese Aufforderung kommen würde“, erwiderte ich grinsend.

„Tja – so bin ich eben.“ Er reichte mir die Hand. „Aber egal wie du dich entscheidest, ich hoffe, wir sehen uns bald wieder.“

Tim ging zurück an seinen Platz, und Savannah und ich gingen um das Haus herum zum Auto.

„Das war ein sehr schöner Abend“, sagte sie. „Überhaupt – der ganze Tag war schön.“

Ich schluckte. „Wann kann ich dich wiedersehen?“

Dass ich die Frage stellen würde, war vorhersehbar gewesen, aber ich staunte selbst, wie sehnsüchtig meine Stimme klang. Dabei hatte ich Savannah noch nicht einmal geküsst.

„Ich glaube, das liegt an dir. Du weißt ja, wo ich zu finden bin.“

„Wie wär’s mit morgen Abend?“, sprudelte es aus mir heraus. „Ich kenne noch eine gute Kneipe – da spielt immer eine Band, wirklich toll.“

Sie strich sich die Haare hinters Ohr. „Mir würde übermorgen besser passen. Ist das okay? Der erste Tag auf der Baustelle ist nämlich immer sehr … sehr aufregend und gleichzeitig unglaublich anstrengend. Danach essen alle gemeinsam zu Abend, und da möchte ich gern dabei sein."

„Gut, einverstanden", sagte ich, obwohl ich im Grunde meines Herzens gar nicht einverstanden war.

Wir standen immer noch beim Auto. Es war einer dieser peinlichen Momente, an die ich mich nie gewöhnen werde, aber Savannah wandte sich ab, bevor ich auch nur den Versuch unternehmen konnte, sie zu küssen. Normalerweise wäre ich rücksichtslos vorgeprescht, nur um zu sehen, was passierte. Doch bei Savannah fühlte ich mich merkwürdig gehemmt. Und sie schien es auch nicht besonders eilig zu haben.

Ein Auto fuhr vorbei, dadurch löste sich der Bann. Savannah wollte schon zum Haus gehen, drehte sich aber noch einmal um, legte mir die Hand auf den Arm und gab mir einen unschuldigen Kuss auf die Wange.

„Es hat mir wirklich sehr, sehr gut gefallen mit dir", flüsterte sie.

Sie nahm ihre Hand von meinem Arm und eilte die Stufen hinauf zum Haus.

Kapitel 4

„Morgen, Dad", brummelte ich, als ich in die Küche stolperte. Dad stand am Herd. Der Duft von Speck lag in der Luft.

„Oh … hallo John."

Ich ließ mich auf einen Stuhl fallen. „Ja, ich weiß, ich bin schon früh auf. Aber ich wollte dich sehen, bevor du zur Arbeit gehst."

„Oh. Okay. Dann werd ich mal noch ein bisschen Speck in die Pfanne tun."

Er schien sich zu freuen, obwohl ich doch seinen Tagesablauf durcheinanderbrachte. Ich glaubte zu spüren, dass er meine Anwesenheit angenehm fand.

Ich goss mir eine Tasse Kaffee ein. Die Zeitung lag noch so gefaltet da, wie sie gebracht worden war. Mein Dad las sie immer beim Frühstück und immer in einer ganz bestimmten Reihenfolge.

Eigentlich erwartete ich, dass Dad mich nach meinem Abend mit Savannah fragen würde, aber er sagte nichts, sondern konzentrierte sich ganz auf die Pfanne.

„Ich hatte gestern einen sehr schönen Tag", begann ich schließlich. „Savannah ist wirklich sehr nett. Wir sind sogar zusammen in die Kirche gegangen."

Irgendwie dachte ich, er würde nachfragen, ja ich *wünschte* es mir regelrecht. Vielleicht konnten wir uns dann endlich einmal richtig unterhalten, so wie sich andere Väter und Söhne unterhielten. Stattdessen zündete er noch eine Flamme an, goss Öl in eine zweite Bratpfanne und gab das geschlagene Ei hinein. Dann sah er herüber.

„Wärst du so nett und würdest zwei Scheiben Brot in den Toaster stecken?"

Ich seufzte. „Gern." Mir war klar, dass wir schweigend essen würden, wie immer. „Selbstverständlich."

Den Rest des Tages verbrachte ich am Meer und surfte. Oder besser gesagt: ich versuchte zu surfen. Das Wasser hatte sich über Nacht beruhigt, und die kleinen Wellen fand ich nicht besonders spannend.

Das Haus der College-Studenten lag ein Stück strandabwärts. Es sah unbewohnt aus. Die Hintertür war geschlossen, am Geländer hing kein einziges Handtuch, und niemand war auf der Veranda. Ich hätte gern gewusst, wann sie zurückkamen. Wahrscheinlich gegen vier oder fünf. Schon beim Aufstehen hatte ich mir vorgenommen, bis dahin nicht mehr hier zu sein. Ich wollte nicht auf Savannah warten, und schon gar nicht wollte ich ihr das Gefühl geben, ich würde ihr nachspionieren.

Auf dem Heimweg kaufte ich für das Abendessen ein paar Steaks und einen Beutel mit vorgeschnittenem Salat, eine Flasche Dressing und ein paar Kartoffeln. Ohne Auto war es gar nicht so einfach, die Sachen nach Hause zu befördern, weil ich ja auch noch das Surfbrett dabeihatte, aber es machte mir nichts aus, zu Fuß zu gehen.

Zu Hause holte ich den Grill aus der Garage, samt einer Tüte Grillkohle und Flüssiganzünder. Der Grill war völlig verstaubt – offensichtlich war er seit Jahren nicht mehr benutzt worden. Ich stellte ihn auf die hintere Veranda, spritzte mit dem Gartenschlauch die Spinnweben fort und ließ ihn dann in der Sonne trocknen. Danach ging ich ins Haus, würzte das Fleisch mit Salz, Pfeffer und Knoblauch, wickelte die Kartoffeln in Alufolie, legte sie in den Backofen und gab den Salat in eine Schüssel. Als der Grill trocken war, entzündete ich die Kohle und deckte den Tisch hinter dem Haus.

Dad kam von der Arbeit, als ich gerade die Steaks auf den Rost legte.

„Hallo Dad!", rief ich ihm über die Schulter zu. „Ich dachte, ich grille uns heute Abend mal was."

„Oh", sagte er erstaunt. Er brauchte einen Moment, um zu begreifen, dass er nicht für mich kochen musste. „Okay, gut“, sagte er schließlich. „Ich ziehe mich nur schnell um.“

„Das Fleisch ist in zehn Minuten fertig.“

Ich holte die Kartoffeln aus dem Backofen und trug sie samt dem Salat, dem Dressing, der Butter und der Steaksoße nach draußen. Sorgfältig stellte ich alles auf den Tisch. Ich hörte, wie die Verandatür geöffnet wurde. Dad kam heraus, zwei Gläser Milch in den Händen. Er sah aus wie ein Tourist auf einer Kreuzfahrt: Shorts, schwarze Socken, Tennisschuhe und ein knallbuntes Hawaiihemd. Seine Beine waren schneeweiß, als hätte er seit Jahren keine Shorts mehr getragen.

„Du kommst gerade rechtzeitig“, sagte ich, lud auf jeden Teller ein Steak und stellte einen vor meinen Vater.

„Danke“, sagte er nur.

„Gern geschehen.“

Er nahm sich Salat, kippte das Dressing darüber, wickelte eine Kartoffel aus und legte ein Stückchen Butter darauf. Anschließend goss er Steaksoße auf den Teller, sodass eine kleine Pfütze entstand. Alles ganz normal – nur dass er dabei kein Wort sagte.

„Wie war dein Tag?“, erkundigte ich mich wie immer.

„Genauso wie sonst“, antwortete er. Wie immer. Er lächelte und verfiel sofort wieder in Schweigen.

Mein Vater, der Eigenbrötler. Wieder einmal fragte ich mich, wieso es ihm dermaßen schwerfiel, ein Gespräch zu führen. Wie war er wohl als junger Mann gewesen? Wie hatte er je eine Frau gefunden, die ihn heiraten wollte? Wir aßen, und wie so oft hörte man nichts als das Geklapper des Bestecks.

„Savannah würde dich gern kennen lernen“, sagte ich nach ein paar Minuten.

Er schnitt einen Bissen Fleisch ab. „Deine Damenbekanntschaft?“

„Ja, genau“, antwortete ich. „Ich glaube, sie wird dir gefallen.“

Er nickte. Dad wusste, dass nun er an der Reihe war, und als ihm noch eine Frage einfiel, konnte ich seine Erleichterung regelrecht spüren. „Wie hast du sie kennen gelernt?“

Ich erzählte die Geschichte von ihrer Tasche und beschrieb die ganze Szene so lustig wie möglich, aber er lachte nicht.

„Das war nett von dir“, sagte er nur.

Wieder so ein Gesprächskiller. Ich schnitt ein Stück von meinem Steak ab. „Dad? Darf ich dich etwas fragen?“

„Aber gern."

„Wie hast du eigentlich Mom kennen gelernt?"

Es war das erste Mal seit Jahren, dass ich ihm eine Frage nach meiner Mutter stellte. Weil sie nie Teil meines Lebens gewesen war, verspürte ich selten das Bedürfnis, etwas über sie zu erfahren. Selbst jetzt war es mir eigentlich nicht so wichtig; ich wollte nur erreichen, dass er mit mir redete.

„Wir haben uns in einem Restaurant kennen gelernt", sagte er. „Sie war Kellnerin."

Ich wartete. Er schien nichts hinzufügen zu wollen. „War sie hübsch?"

„Ja", erwiderte er.

„Und – wie war sie sonst so?"

Er zerdrückte seine Kartoffel und gab eine Prise Salz dazu. „So ähnlich wie du", sagte er.

„Wie meinst du das?"

„Hmm …" Er zögerte. „Sie konnte sehr … sehr stur sein."

Ich wusste nicht, was ich davon halten sollte. Was meinte er mit „stur"? Aber ehe ich weiterfragen konnte, stand er auf und nahm mein Glas.

„Möchtest du noch etwas Milch?", fragte er, und ich begriff, dass unser Gespräch beendet war.

DIE STUNDEN zogen sich endlos in die Länge, während ich auf das Wiedersehen mit Savannah wartete.

Ich dachte die ganze Zeit an sie – nach dem Essen, als ich ins Bett ging, als ich wieder aufwachte. Den Tag verbrachte ich mit Surfen, und obwohl die Wellen besser waren als am Tag zuvor, konnte ich mich nicht richtig konzentrieren und beschloss, schon am Nachmittag aufzuhören. Sollte ich mir in dem kleinen Imbiss am Strand einen Cheeseburger kaufen? Doch ich trampte lieber nach Hause. Vielleicht konnte ich ja später Savannah dazu überreden, mit mir einen Burger essen zu gehen. Ich las ein bisschen, duschte und zog eine Jeans und ein Polohemd an.

Als mein Vater nach Hause kam, bemerkte er gleich, dass ich mich umgezogen hatte, und bot mir seine Autoschlüssel an. „Triffst du dich mit Savannah?", fragte er.

„Ja", sagte ich und nahm die Schlüssel entgegen. „Kann sein, dass ich erst spät nach Hause komme."

Er kratzte sich am Hinterkopf. „Okay."

„Frühstücken wir morgen zusammen?"

„In Ordnung." Aus irgendeinem Grund klang er nervös.

„Also dann bis später“, sagte ich.

Ich ging zur Tür. Und als ich sie gerade hinter mir schließen wollte, seufzte er.

„Ich würde Savannah auch gern kennen lernen“, sagte er mit so leiser Stimme, dass ich ihn kaum hörte.

Der Himmel war immer noch tiefblau, und die Sonne schickte ihre Strahlen schräg über das Wasser, als ich zum Strandhaus kam. Beim Aussteigen merkte ich, dass ich aufgeregt war. Wann war mir so etwas zuletzt passiert? Ich konnte mich beim besten Willen nicht erinnern, aber irgendwie ließ mich die Angst nicht los, dass sich zwischen Savannah und mir etwas verändert haben könnte.

Ich klopfte nicht, sondern trat einfach ein. Das Wohnzimmer war leer, aber hinter dem Haus hatten sich ein paar Leute versammelt. Ich ging hinaus und fragte nach Savannah. Sie sei am Strand, sagte mir jemand.

Ich trottete durch den Sand und erstarrte, als ich sie bei der Düne sitzen sah – mit Randy, Brad und Susan. Sie und Randy saßen nah beieinander und die beiden wirkten wie ein Paar, nicht anders als Susan und Brad. Das gefiel mir nicht. Dachte Savannah überhaupt an unsere Verabredung? Aber als sie mich sah, lächelte sie strahlend.

„Da bist du ja!“, rief sie. „Ich habe mich schon gefragt, wo du bleibst.“

Randy grinste. Trotz Savannahs Bemerkung machte er ein triumphierendes Gesicht.

Savannah erhob sich und kam auf mich zu. Sie trug eine weiße ärmellose Bluse, dazu einen leichten, fließenden Rock, der beim Gehen um ihre Beine schwang. Lächelnd stellte sie sich auf die Zehenspitzen und drückte mir einen Kuss auf die Wange.

„Hallo“, sagte sie und schlang einen Arm um meine Taille. „Du siehst aus, als hättest du mich vermisst.“

Wie so oft fiel mir keine Antwort ein. Savannah zwinkerte mir zu, als würde sie sich darüber lustig machen, dass ich es nicht zugeben konnte.

„Vielleicht habe ich dich auch vermisst“, meinte sie.

Ich berührte ihre nackte Schulter. „Können wir los?“, fragte ich sie.

„Und ob!“

Wir gingen zum Auto. Ich nahm ihre Hand, und schon hatte ich das Gefühl, dass die Welt wieder in Ordnung war. Jedenfalls fast …

„Ich habe gesehen, wie du dich mit Randy unterhalten hast“, sagte ich betont beiläufig. „Ihr habt euch wohl bei der Arbeit näher kennen gelernt?“

„Ja, klar. Und ich hatte Recht, er ist ein netter Kerl. Wenn er mit dem Projekt hier fertig ist, geht er nach New York und macht ein sechswöchiges Praktikum bei Morgan Stanley, der Investmentbank."

„Hm", brummte ich nur.

Sie lachte leise. „Sag jetzt bloß nicht, du bist eifersüchtig!"

„Bin ich nicht."

„Dann ist's ja gut." Sie drückte meine Hand. „Dazu gibt es nämlich keinerlei Grund."

Ich klammerte mich an diese Worte. Sie hätte sie nicht zu sagen brauchen, aber sie hatte es getan, und dafür war ich ihr unendlich dankbar. Galant öffnete ich ihr die Beifahrertür. „Ich dachte, ich lade dich ins ‚Oysters' ein", sagte ich. „Das ist ein Nachtklub, ein Stück weiter den Strand hinunter. Nachher spielt da eine Band und wir können tanzen."

„Hm … vielleicht später." Ich ahnte, dass sie etwas Bestimmtes im Sinn hatte. „Wie wär's, wenn wir deinen Vater besuchen würden?"

Ich war nicht sicher, ob ich sie richtig verstanden hatte. „Meinst du das ernst?"

„Ja, ich meine es ernst", antwortete sie. „Wir müssen ja nicht lange bleiben. Und dann können wir irgendwo was essen und anschließend tanzen gehen." Als ich zögerte, legte sie mir die Hand auf die Schulter und sagte leise: „Bitte."

ICH WAR nicht besonders angetan von der Idee. Eigentlich hätte ich sie lieber den ganzen Abend für mich gehabt. So ganz begriff ich nicht, warum sie meinen Vater ausgerechnet heute Abend sehen wollte. War sie etwa nicht davon begeistert, nur mit mir zusammen zu sein? Irgendwie entmutigte mich dieser Gedanke.

Wenig später bogen wir in unsere Einfahrt ein und ich sah, dass im Zimmer meines Vaters Licht brannte. Nachdem ich den Motor abgestellt hatte, wartete ich noch einen Moment, ehe ich den Schlüssel abzog. „Ich habe dir gesagt, dass mein Vater nicht besonders gesprächig ist, stimmt's?"

„Ja", antwortete sie. „Aber das ist kein Problem. Ich möchte ihn ja nur kennen lernen."

„Wieso eigentlich?", fragte ich. Ich weiß, wie das klang, aber ich konnte nicht anders.

„Weil er deine Familie ist", sagte sie. „Und weil er dich großgezogen hat."

Als mein Dad den Schreck, dass ich mit Savannah in der Tür stand, einigermaßen überwunden und sie höflich begrüßt hatte, fuhr er sich hektisch mit der Hand über das schüttere Haar und blickte verlegen zu Boden.

„Sie müssen entschuldigen, dass wir Sie so überfallen und nicht vorher angerufen haben, aber John ist nicht schuld daran", sagte Savannah. „Ich nehme alles auf mich."

„Oh", sagte Dad. „Kein Problem."

„Stören wir Sie?"

„Nein, nein." Er schaute für einen Augenblick auf, senkte aber gleich wieder den Kopf. „Ich freue mich, Sie kennen zu lernen."

Einen Moment lang standen wir im Wohnzimmer und keiner sagte ein Wort.

„Möchten Sie was trinken?", fragte Dad unvermittelt, als wäre ihm bewusst geworden, dass er ja den Gastgeber spielen musste.

„Nein, danke", entgegnete sie. „John hat mir erzählt, dass Sie ein leidenschaftlicher Münzsammler sind."

Dad sah mich fragend an, als wüsste er nicht recht, was er darauf antworten sollte. „Ich versuch's", sagte er.

„Hoffentlich haben wir Sie nicht bei etwas Wichtigem unterbrochen", sagte Savannah im gleichen leicht scherzhaften Ton, in dem sie auch oft mit mir redete.

Zu meiner Überraschung lachte mein Vater. Ein bisschen nervös und nicht besonders laut – aber er lachte. „Nein, ihr habt mich nicht unterbrochen. Ich war nur dabei, eine neue Münze zu überprüfen, die ich heute bekommen habe." Dann geschah etwas, womit ich nie gerechnet hätte. Er sah Savannah ins Gesicht und fragte: „Möchten Sie die Münze sehen?"

Wir verbrachten vierzig Minuten in seinem Zimmer.

Die meiste Zeit saß ich nur stumm da und hörte zu, während Dad Geschichten erzählte, die ich längst auswendig kannte. Wie die meisten ernsthaften Sammler hatte er nur wenige Münzen zu Hause. Wo er den Rest der Sammlung aufbewahrte, war mir ein Rätsel. Alle paar Wochen wechselte er einen Teil der Sammlung aus und wie von Zauberhand erschienen neue Münzen. In der Regel befanden sich nie mehr als zehn, zwölf Münzen in seinem Arbeitszimmer, und nie die besonders wertvollen Stücke, aber ich hatte den Eindruck, er hätte Savannah einen ganz normalen Lincoln-Penny zeigen können und sie wäre hin und weg gewesen. Sie stellte ihm viele Fragen und Dad sagte in diesen vierzig Minuten mehr, als er zuvor während der ganzen Zeit seit meiner Ankunft über die Lippen gebracht hatte. Ich verstand schon, was Savannah mit dem Begriff „Leidenschaft" meinte, aber mir kam dieses Hobby doch sehr einseitig vor, und ich war nach wie vor der Überzeugung, dass für ihn die Münzen ein Mittel waren, dem Leben auszuweichen, und nicht, es zu genießen.

Und dennoch ... Dad freute sich über Savannahs Interesse. Und ich fand es sehr schön, meinen Vater so glücklich zu sehen.

Aber er war und blieb mein Dad – es hatte sich kein Wunder ereignet. Nachdem er Savannah die Münzen gezeigt und ihr alles erzählt hatte, was es darüber zu wissen gab, fing er an, sich zu wiederholen, und weil er es selbst merkte, zog er sich innerlich zurück und wurde immer stiller. Savannah musste sein wachsendes Unbehagen erkannt haben, denn sie sagte: „Vielen Dank, Mr Tyree. Ich habe viel gelernt."

Dad lächelte ein wenig erschöpft und ich wusste, dass das mein Stichwort war, um den Abschied einzuleiten. „Ja, es war sehr informativ. Aber wir sollten jetzt gehen, glaube ich."

„Oh ... okay."

„Es war schön, Sie kennen gelernt zu haben", sagte Savannah.

Als er verlegen nickte, ging sie auf ihn zu und umarmte ihn. „Ich hoffe, wir sehen uns bald wieder", murmelte sie. Dad erwiderte die Umarmung zwar, aber doch sehr zaghaft, und ich musste daran denken, wie schüchtern er gewesen war, wenn er mich als Kind in den Arm genommen hatte. Ob Savannah die Situation als genauso peinlich empfand wie mein Dad?

IM AUTO war Savannah in Gedanken versunken. Ich hätte sie gern gefragt, was für einen Eindruck sie von meinem Vater hatte, war mir aber andererseits nicht sicher, ob ich es wirklich hören wollte. Aber eigentlich glaubte ich nicht, dass sie über ihn herziehen würde. Das war nicht ihre Art. Als sie mich anschaute, lächelte sie.

„Vielen Dank, dass du mich ihm vorgestellt hast", sagte sie. „Er ist ... er ist so warmherzig."

Das hatte noch nie jemand über ihn gesagt. Ich freute mich. „Ich bin froh, dass du ihn nett findest."

„*Sehr* nett sogar." Sie klang absolut ehrlich. Sie sah mich an. „Aber ich glaube, ich verstehe, warum du Schwierigkeiten hattest, als du noch jünger warst. Ich habe nicht den Eindruck, dass er ein Vater ist, der klare Grenzen ziehen kann und konsequent ist."

„Stimmt."

Sie drohte mir scherzhaft mit dem Finger. „Und du hast das ausgenutzt!"

Ich musste lachen. „Das hab ich. Hast du Hunger?"

„Ich dachte schon, du fragst nie."

„Worauf hast du Lust?"

„Wie wär's mit einem großen, saftigen Cheeseburger?"

Ich traute meinen Ohren kaum. Es war zu schön, um wahr zu sein.

„ICH MUSS SAGEN, du führst mich in die interessantesten Restaurants", sagte Savannah mit einem kurzen Blick über die Schulter. Hinter der Düne standen die Leute immer noch vor Joe's Burgerimbiss Schlange.

„Da gibt's einfach die besten Hamburger weit und breit", meinte ich und biss in meinen Maxi-Burger.

Savannah saß dicht neben mir am Strand und wir verspeisten unser abendliches Picknick. Sie blickte hinaus aufs Meer in die Dämmerung. Ich hatte das Gefühl, dass sie sich hier schon viel heimischer fühlte als ich.

Ich dachte darüber nach, wie sie mit meinem Vater geredet hatte, und über ihre Art, mit Menschen umzugehen, auch mit mir. Sie besaß die seltene Fähigkeit, ihrem Gegenüber genau das zu geben, was es brauchte, und doch sich selbst treu zu bleiben. Aber wieso mochte sie ausgerechnet *mich*? Wir waren so verschieden, wie es zwei Menschen nur sein konnten. Sie kam aus den Bergen, war begabt und charmant, hatte Eltern, die ihr viel Aufmerksamkeit geschenkt hatten, und sie half gern anderen. Ich war ein einfacher Soldat mit Tattoos und einer harten Schale, und bei mir zu Hause fühlte ich mich im Grunde wie ein Fremder.

Ihre Stimme holte mich aus meinen Grübeleien. „Was denkst du gerade?", fragte sie in einem Tonfall, der sehr sanft war und trotzdem zu verstehen gab, dass sie es unbedingt wissen wollte.

„Ich habe überlegt, warum du hier bist", gab ich ehrlich zu.

„Ich bin hier, weil ich hier sein möchte."

Ich legte den Rest meines Burgers beiseite. Warum war sie mir so wichtig? Sie tätschelte meinen Arm und blickte wieder aufs Wasser.

Sie hatte erst die Hälfte ihres Cheeseburgers gegessen, war aber offenbar schon satt und packte den Rest in die Papiertüte. Dann legte sie das letzte Stück meines Burgers dazu. Entspannt streckte sie die Beine aus und musterte mich halb kokett, halb unschuldig. „Willst du wissen, was *ich* gedacht habe?", fragte sie. „Ich habe gedacht, dass ich mir wünsche, du wärst in den letzten beiden Tagen in meiner Nähe gewesen. Ich meine, es hat mir Spaß gemacht, die anderen aus meiner Gruppe besser kennen zu lernen. Wir haben alle gemeinsam zu Mittag gegessen, und das Abendessen gestern war auch lustig, aber ich hatte dauernd das Gefühl, dass etwas fehlt. Und als du heute den Strand entlanggekommen bist, wurde mir klar, dass du es warst, der mir gefehlt hat."

Ich schluckte. Ach, wie gern ich sie in die Arme genommen hätte! Aber ich ließ es bleiben und hielt sie nur mit meinen Augen fest. Sie erwiderte meinen Blick ganz unbefangen.

„Irgendwie fühlt es sich so … so *richtig* an, wenn ich mit dir zusammen bin. Alles ist ganz einfach." Völlig selbstverständlich nahm sie meine Hand und verschränkte ihre Finger mit den meinen. Lange saßen wir schweigend nebeneinander. Am Wasserrand pickten die Meerschwalben im Sand nach Nahrung; ein Schwarm Möwen flog auf, als eine Welle anrollte. Der Horizont hatte sich verdunkelt, die Wolken wirkten fast bedrohlich.

Es fühlte sich alles so neu an. Neu und doch vertraut, als würden wir einander schon ewig kennen. Dabei waren wir doch gar kein richtiges Paar. *Und aller Voraussicht nach werdet ihr auch nie eines werden*, mahnte eine Stimme in meinem Kopf. In gut einer Woche musste ich nach Deutschland zurück, und dann war alles zu Ende. Ich wusste von meinen Kumpels, dass mehr als ein paar außergewöhnliche Tage nötig waren, um eine Beziehung auch über diese Entfernung aufrechtzuerhalten. Wie oft hatte ich erlebt, dass einer von ihnen bei der Rückkehr aus dem Urlaub laut verkündete, er habe die große Liebe gefunden – und vielleicht stimmte das ja tatsächlich. Diese „große Liebe" war allerdings nie von Dauer.

Aber konnte es nicht vielleicht sein, dass Savannah und ich die Ausnahme zu dieser Regel waren? Egal was käme – ich wusste, dass ich keine Minute mit ihr je vergessen würde. So verrückt das klang, aber sie war jetzt schon ein Teil von mir, und der Gedanke, dass wir den morgigen Tag nicht gemeinsam verbringen konnten, quälte mich schrecklich. Und was war übermorgen? Und überübermorgen? Aber vielleicht würden wir es ja schaffen, ein gemeinsames Leben zu führen, auch wenn so vieles dagegen sprach.

„Ich glaube, so langsam sollten wir los", sagte ich. „Ich weiß nicht, ob die Band schon angefangen hat zu spielen, aber es kann nicht mehr lange dauern."

„Ach, kein Problem", sagte sie. „Wir langweilen uns bestimmt nicht. Außerdem muss ich dich warnen – ich bin keine besonders gute Tänzerin."

„Wir müssen nicht tanzen gehen, wenn du keine Lust hast", sagte ich, als wir zum Auto zurückgingen. „Möchtest du lieber was anderes machen?"

„Hast du einen Vorschlag?"

„Magst du Schiffe? Ich kenne eine Stelle, von der aus man die *USS North Carolina* sehen kann."

Savannah zog eine Grimasse, der ich entnahm, dass die Antwort Nein lautete.

„Warte", sagte sie. „Ich hab eine Idee. Komm, ich zeig dir was."

WENN MAN SICH überlegte, dass Savannahs Gruppe erst am Tag zuvor mit der Arbeit begonnen hatte, war das Haus schon erstaunlich weit gediehen. Das Grundgerüst war größtenteils fertig, und auch das Dach stand bereits.

Ich folgte ihr auf das Baugelände. Ihr Gesicht schimmerte im sanften Licht des Mondes. Ein paar Schritte vor dem Haus blieb Savannah stehen und deutete voller Stolz auf ihr Werk. Ich stellte mich neben sie und schlang den Arm um ihre Taille.

„Wie findest du's?", fragte sie.

„Super", sagte ich. „Die Familie ist doch sicher begeistert."

„Stimmt. Und sie sind alle so nett! Sie haben es wirklich verdient, weil sie so viel durchmachen mussten. Hurrikan Fran hat ihr Haus zerstört, und wie viele andere waren sie nicht gegen Überschwemmungen versichert. Das Haus ist für eine alleinerziehende Mutter mit drei Kindern. Möchtest du dir das Ganze von innen ansehen?"

Widerstrebend ließ ich sie los. „Geh du voran."

Die Wohnfläche war nicht besonders groß – etwa wie die im Haus meines Vaters –, aber die Aufteilung war großzügiger, offener, wodurch der Wohnraum insgesamt weitläufiger wirkte. Savannah nahm mich an der Hand und wir gingen durch die Zimmer. Sie erklärte mir die gesamte Planung und wie alles aussehen würde, wenn das Haus erst fertig war. Sie hatte sogar einen Vorschlag, welche Tapete man für die Küche nehmen könnte, welche Farbe die Fliesen im Eingangsbereich haben sollten, was für Vorhänge zu den Wohnzimmerfenstern passten und wie der Kaminsims aussehen würde.

Sie führte mich wieder zur Haustür. In der Ferne hörte man leises Donnergrollen. Während wir im Türrahmen standen, legte ich den Arm um sie.

„Es gibt auch eine Veranda", sagte sie. „Groß genug für zwei Schaukelstühle. Und für eine richtige Schaukel. Dann können sie an warmen Sommerabenden draußen sitzen."

Der Mond war inzwischen hinter den Wolken verschwunden. Am Horizont zuckte grelles Wetterleuchten, und gleich darauf begann es zu regnen. Sanft klopften die Regentropfen aufs Dach. Die Eichen am Straßenrand raschelten im auffrischenden Wind, und das Grollen des Donners hallte durch die Räume.

„Ich glaube, wir sollten gehen, ehe das Unwetter losbricht", sagte ich.

„Aber wir wissen doch gar nicht, wohin. Außerdem mag ich Gewitter."

Ich drückte sie an mich und atmete ihren Duft ein.

Der Regen wurde stärker und verwandelte sich schnell in einen regelrechten Wolkenbruch. Ganz in der Nähe standen zwei Holzkisten. Ich holte sie, damit wir uns setzen konnten.

Als sich Savannah neben mich setzte, wusste ich plötzlich, dass es genau richtig gewesen war, hierherzukommen. Zum ersten Mal waren wir wirklich allein, nur wir zwei, doch wieder kam es mir vor, als wären wir schon eine Ewigkeit zusammen.

Savannah lehnte sich zurück. „Das hier ist *perfekt*."

Ja, dachte ich, es ist perfekt. Ich erinnerte mich an die Nächte, in denen ich in Uniform Wache geschoben und mir ausgemalt hatte, ich würde neben der Frau meiner Träume sitzen und könnte sie an mich drücken. Ich wusste jetzt, was mir all die Jahre gefehlt hatte. Als Savannah den Kopf an meine Schulter lehnte, wünschte ich mir, ich wäre nicht Soldat und in Europa stationiert, sondern hätte eine ganz andere Laufbahn eingeschlagen, eine, die es mir erlauben würde, an ihrem Leben teilzuhaben.

„Du bist so still", sagte sie.

„Entschuldige. Ich habe über heute Abend nachgedacht."

„Hoffentlich nur Gutes."

„Ja, sehr Gutes."

Sie änderte ihre Sitzposition. „Ich habe an deinen Dad gedacht", sagte sie. „War er schon immer so? So schüchtern? Und schaut er immer weg, wenn er mit Leuten redet?"

„Ja", antwortete ich. „Wieso fragst du?"

„Es interessiert mich."

Der Regen wurde noch stärker. Regelrechte Wasserfälle stürzten auf allen Seiten vom Dach. Blitze erhellten die Nacht, und der Donner kam immer näher. Savannah schmiegte sich enger an mich und ich legte den Arm um ihre Schultern. Ich hätte sie mein ganzes Leben lang so halten können.

„Du bist anders als die meisten Männer, die ich kenne", sagte sie dicht an meinem Ohr, leise und fast zärtlich. „Reifer, weniger … weniger kindisch."

Ich lächelte. „Und vergiss meine kurz geschorenen Haare und meine Tätowierungen nicht."

„Kurze Haare, okay. Tätowierungen … na ja, sie passen irgendwie zu dir. Sie tragen zum Gesamteindruck bei."

„Inwiefern?"

Sie deutete auf das chinesische Schriftzeichen. „Dieses Tattoo sagt mir, dass du das Leben nach deinen eigenen Regeln lebst und dich nicht so sehr danach richtest, was andere Leute denken. Die Infanterietätowierung zeigt, dass du stolz bist auf das, was du tust. Und der Stacheldraht … na ja, der passt zu dem Jungen, der du früher warst."

„Du entwickelst ja ein richtiges psychologisches Profil. Und ich dachte, ich hätte diese Dinger nur, weil sie mir gefallen."

„Tja, vielleicht sollte ich im Nebenfach Psychologie studieren."

„Ich glaube, das ist gar nicht mehr nötig."

Der Wind wurde stärker, aber der Regen ließ nach.

„Warst du schon mal richtig verliebt?", fragte sie mich unvermittelt.

Ihre Frage überraschte mich. „Ich weiß es nicht. Vor ein paar Jahren war ich mit einem Mädchen zusammen, und damals dachte ich, ich wäre in sie verliebt. Aber im Rückblick … im Rückblick bin ich mir nicht mehr sicher. Sie war mir wichtig und ich habe gern Zeit mit ihr verbracht, aber wenn sie nicht bei mir war, habe ich selten an sie gedacht." Jetzt war ich mit Fragen an der Reihe. „Und du? Warst du schon mal ernsthaft verliebt?"

Ihr Gesicht verdüsterte sich. „Nein", antwortete sie nur.

„Aber du hast gedacht, du wärst verliebt. So wie ich, stimmt's?"

Sie lächelte, aber sie schien traurig zu sein. „Ja, es gab jemanden", sagte sie bedrückt. „In meinem ersten Jahr am College. Und es stimmt auch, dass ich gedacht habe, ich liebe ihn."

„Du musst es mir nicht erzählen, wenn du nicht …"

„Ist schon okay", unterbrach sie mich. „Aber es fällt mir nicht leicht, weil ich eigentlich die ganze Zeit versuche, es zu vergessen. Ich habe noch keinem Menschen davon erzählt. Es ist so ein Klischee, weißt du. Mädchen aus der Kleinstadt geht von zu Hause weg und aufs College, wo es einen gut aussehenden Studenten kennen lernt, der schon im vierten College-Jahr ist. Er ist beliebt, reich und charmant, und er gibt ihr das Gefühl, dass sie etwas Besonderes ist, und irgendwann kommt sie sich tatsächlich ganz toll vor. Sie geht mit ihm und mehreren anderen Paaren auf den großen Winterball in einem dieser vornehmen Hotels am Stadtrand – obwohl sie gehört hat, der Typ sei gar nicht so nett und einfühlsam, wie er tut, sondern gehöre in Wirklichkeit zu den Männern, die für jedes Mädchen, das sie ins Bett kriegen, eine Kerbe in den Pfosten ritzen."

Sie schloss die Augen, als müsste sie Kraft sammeln, um weiterreden zu können. „Aber sie geht mit, und obwohl sie keinen Alkohol trinkt und er ihr einen Softdrink bringt, wird ihr irgendwie komisch und er bietet ihr an, sie in ihr Hotelzimmer zu bringen, damit sie sich hinlegen kann. Und ehe sie sich's versieht, liegt sie mit ihm auf dem Bett, sie küssen sich, und zuerst findet sie das ganz schön, aber dann fängt das Zimmer an, sich zu drehen, und sie begreift erst später, dass ihr vermutlich jemand etwas ins Glas gekippt hat, vielleicht sogar der Typ selbst."

Savannah redete immer schneller und überschlug sich fast. „Und dann tastet er nach ihren Brüsten, zerreißt ihr Kleid, der Typ liegt auf ihr, und er ist so schwer, dass sie ihn nicht abschütteln kann, sie fühlt sich total hilflos, sie will, dass er aufhört, aber ihr ist so schwindlig, dass sie gar nicht mehr richtig sprechen kann, sie bekommt kein Wort heraus, sie schafft es nicht, nach Hilfe zu rufen, und er hätte vermutlich seinen Willen durchgesetzt, wenn nicht zufällig das andere Paar, das auch in dem Zimmer wohnt, hereingekommen wäre. Sie taumelt schluchzend auf den Gang. Mühsam hält sie ihr Kleid zusammen, irgendwie findet sie den Weg zur Toilette unten in der Lobby, wo sie weinend zusammenbricht. Schließlich ruft sie einen Freund an, der sofort in den Wagen springt und sie abholt, und er ist klug genug, ihr auf dem ganzen Weg nach Hause keine Fragen zu stellen."

Ich war starr vor Wut. „Das tut mir leid." Mehr brachte ich zuerst nicht über die Lippen. „Ich weiß einfach nicht, was ich sonst sagen soll. Es sei denn … du willst, dass ich … ich weiß auch nicht. Dass ich ihn grün und blau schlage."

Sie lachte traurig. „Du hast keine Ahnung, wie oft ich mir schon ausgemalt habe, genau das zu tun."

„Ich mach's", sagte ich. „Du musst mir nur sagen, wie er heißt."

Sie drückte meine Hand. „Ich weiß, dass du für mich in die Bresche springen würdest. Deswegen sage ich dir lieber nicht, wie er heißt. Aber es ist echt lieb von dir."

Mir gefiel sehr, wie sie das sagte. Wir saßen dicht nebeneinander, die Hände ineinander verschränkt. Es hatte aufgehört zu regnen.

„Wie dem auch sei", fuhr sie fort. „Das habe ich jedenfalls gemeint, als ich sagte, das erste Jahr am College sei nicht so leicht für mich gewesen. Und deshalb wollte ich auch das Studium schmeißen. Meine Eltern dachten natürlich, ich hätte einfach nur Heimweh, darum haben sie gesagt, ich solle weitermachen."

Ich musste noch eine Frage stellen, die mir auf der Seele brannte. „War es Tim, der dich an dem Abend im Hotel abgeholt hat?“

Sie nickte. „Ja, und er hat sich wundervoll verhalten. Er hat bis heute nicht nachgefragt, und ich habe ihm auch nichts erzählt. Aber seither fühlt er sich ein bisschen wie mein Beschützer, und ich kann nicht behaupten, dass es mich stört.“

Wir schwiegen beide. Ich fand es erstaunlich, dass sie sich trotz allem, was passiert war, ihre optimistische Lebenseinstellung bewahrt hatte.

„Ich verspreche dir, dass ich der perfekte Gentleman sein werde“, sagte ich.

„Wie meinst du das?“ Sie musterte mich verdutzt.

„Heute Abend. Morgen Abend. Immer. Ich bin nicht wie dieser Kerl.“

Liebevoll strich sie mir mit dem Finger über die Wange. Meine Haut kribbelte unter dieser Berührung. „Ich weiß“, sagte sie leicht amüsiert. „Was denkst du, weshalb ich hier mit dir sitze?“

Ihre Stimme war so sanft, so zärtlich, und wieder überkam mich der sehnsüchtige Wunsch, sie zu küssen. Aber ich beherrschte mich, auch wenn es mir schwerfiel. Ein Kuss war nicht das, was sie brauchte, jedenfalls nicht jetzt.

„Weißt du, was Susan am ersten Abend gesagt hat? Nachdem du gegangen warst und ich mich wieder zu den anderen gesetzt habe? Sie hat gesagt, du würdest irgendwie bedrohlich aussehen. Wie der letzte Mensch auf der Erde, mit dem sie allein sein wollte.“

Ich grinste. „Ich habe schon Schlimmeres gehört.“

„Du verstehst nicht ganz, was ich sagen will. Ich finde, sie hat keinen blassen Schimmer! Als du mir die Tasche gegeben hast, da habe ich dir in die Augen gesehen, und darin standen Ehrlichkeit und Selbstvertrauen und überhaupt nichts Bedrohliches. Ich weiß, das klingt verrückt, aber mir kam es vor, als würde ich dich schon ewig kennen.“

Ich konnte nichts sagen und wandte den Blick ab. Im Licht der Straßenlampe sah man Nebel vom Boden aufsteigen – die Hitze, die vom Tag übrig war, ließ die Feuchtigkeit verdunsten. Die Grillen hatten zu zirpen begonnen. Savannah drückte meine Hand und ich atmete zitternd ein paarmal durch. Es war ein ganz normaler Urlaub, ich war an einem ganz normalen Ort, aber ich hatte mich in ein ganz ungewöhnliches Mädchen verliebt.

Sie bemerkte meinen seltsamen Gesichtsausdruck, deutete ihn aber falsch. „Entschuldige, wenn ich etwas gesagt habe, was dir nicht gefällt“, flüsterte sie. „Das passiert mir manchmal. Ich bin einfach zu direkt und sage, was mir durch den Kopf geht, ohne darüber nachzudenken.“

„Du hast nichts gesagt, was mir nicht gefällt", erwiderte ich. „Es ist nur so, dass ich so etwas noch nie von jemandem gehört habe." Ich wollte eigentlich nicht weiterreden, aber wenn ich schwieg, würde der magische Augenblick einfach vorübergehen. „Du hast keine Ahnung, wie viel mir diese letzten Tage bedeutet haben", redete ich weiter. „Dass ich dir begegnet bin, ist das Beste, was mir je im Leben passiert ist." Wieder stockte ich. Aber ich musste es ihr sagen, sonst würde ich es nie zu jemandem sagen. „Ich liebe dich", flüsterte ich.

Noch nie in meinem Leben war ich mir einer Sache so sicher gewesen. Natürlich hoffte ich, dass Savannah eines Tages das Gleiche sagen würde, aber das war nicht entscheidend – für mich war es viel wichtiger, dass ich ihr meine Liebe schenken durfte, uneingeschränkt und ohne Bedingungen.

Die Wolken rissen auf und in den Wasserpfützen spiegelte sich der Mond.

„Hättest du dir das je vorstellen können?", fragte sie mich. „Das mit dir und mir, meine ich. Es macht mir ein bisschen Angst."

Mein Magen verkrampfte sich, weil ich fürchtete, dass sie nicht das Gleiche empfand wie ich. „Du musst meine Liebeserklärung nicht erwidern", begann ich. „Ich habe es nicht gesagt, um …"

„Ich weiß", unterbrach sie mich. „Aber du hast mich falsch verstanden. Ich habe keine Angst, weil du das gesagt hast, sondern weil ich es genau im selben Moment auch sagen wollte. Ich liebe dich, John."

Bis heute weiß ich nicht genau, wie es geschah. Sie schmiegte sich an mich, und eine Sekunde lang überlegte ich, ob es den Zauber brechen würde, wenn ich sie jetzt küsste – aber da war es schon zu spät. Selbst wenn ich hundert Jahre alt werde – nichts ist mit dem Moment zu vergleichen, in dem ich ihre Lippen auf meinen spürte, in dem ich das Mädchen meiner Träume zum ersten Mal küsste und wusste, dass diese Liebe niemals enden würde.

Kapitel 5

Schon am Tag zuvor hatte ich die ganze Zeit an Savannah gedacht, aber das war nichts im Vergleich zu der Besessenheit, die mich nun packte. Oft lächelte ich ohne jeden Grund, was sogar meinem Vater auffiel, als er von der Arbeit nach Hause kam. Während er Lasagne kochte, redete ich pausenlos von Savannah, und ich hatte das Gefühl, dass er sich für mich freute.

An den nächsten beiden Abenden kam Savannah zu mir nach Hause und mein Vater kochte für uns. Am ersten Abend stellte sie keine einzige Frage zum Thema Münzen und das Gespräch verlief ziemlich zäh. Als Savannah ging, runzelte sie leicht die Stirn. Hatte sie jetzt einen anderen Eindruck von Dad? Ich hatte das Gefühl, dass es so war.

Ich wunderte mich, dass sie auch am folgenden Abend zu uns kommen wollte. Diesmal saß sie wieder bei Dad im Arbeitszimmer und die beiden diskutierten über Münzen. Hoffentlich brachte sie mehr Verständnis für ihn auf als ich früher. Wie sich herausstellte, war meine Sorge völlig unbegründet: als wir zum Strand fuhren, sprach sie ganz begeistert von ihm. Er habe mich wunderbar erzogen, meinte sie. Ich stieß einen Seufzer der Erleichterung aus.

Bis zum Wochenende hatten sich die Bewohner des Strandhauses schon daran gewöhnt, dass ich regelmäßig auftauchte. Die meisten wussten, wie ich hieß, aber niemand interessierte sich besonders für mich – ich glaube, sie waren von der Arbeit viel zu müde. Alle hatten einen mächtigen Sonnenbrand und wegen der Blasen Pflaster an den Fingern.

Am Samstagabend jedoch erwachten ihre Lebensgeister wieder. Als ich kam, war eine Gruppe von Männern gerade dabei, von einem kleinen Truck jede Menge Bierkästen abzuladen. Es wurde gegrillt. Savannah und ich saßen in der Nähe des Feuers, aber nachdem wir eine Kleinigkeit gegessen hatten, beschlossen wir, einen Strandspaziergang zu machen. Ich hatte eine Decke mitgebracht und einen Korb mit Snacks. Wir breiteten die Decke aus und machten es uns gemütlich. Auf dem Rücken liegend blickten wir zum Himmel hinauf und sahen unzählige Sternschnuppen, die wie silberne Lichtfunken über das dunkle Firmament sausten. Es war einer dieser vollkommenen Abende. Wir redeten leise miteinander über alles Mögliche und küssten uns zwischendurch immer wieder, bis wir schließlich eng umschlungen einschliefen.

Als am Sonntagmorgen die Sonne über dem Meer aufging, setzte ich mich auf und betrachtete Savannah. Ihr Gesicht schimmerte im sanften Licht der Dämmerung, ihr Haar lag auf der Decke ausgebreitet wie ein Fächer. Einen Arm hatte sie quer über die Brust gelegt, den anderen über den Kopf, und ich konnte nur eines denken: Von jetzt an möchte ich jeden Morgen neben dir aufwachen – für den Rest meines Lebens.

Es war die idyllischste Woche, die ich je erlebt hatte. Trotzdem wuchs mit jedem Tag meine Angst, denn ich wusste ja, dass bald alles vorüber sein würde. Am Sonntagabend konnte ich kaum einschlafen. Ich wälzte mich im Bett hin und her, weil mich der Gedanke an Savannah nicht losließ. Wie sollte ich es aushalten, wenn ich wieder in Deutschland war und sie weit weg auf der anderen Seite des Ozeans lebte?

ALS ICH am Montagabend zum Strandhaus kam, konnte ich Savannah nicht finden. Sie war weder in ihrem Zimmer noch auf der Veranda oder bei den anderen am Strand. Da fiel mein Blick auf den Pier. Natürlich! Ich stieg die Treppe hinauf. Savannah saß ganz vorn, mit angezogenen Knien, an einen Pfosten gelehnt. Erst als ich näher kam, sah ich, dass sie weinte.

Ehe ich mir richtig überlegen konnte, was ich tun sollte, hatte Savannah mich schon gesehen. Sie rieb sich die rot geschwollenen Augen und atmete ein paarmal tief durch.

„Was ist denn?“, fragte ich sie besorgt.

„Ach, mir geht’s nicht so gut“, antwortete sie und mein Herz verkrampfte sich.

„Möchtest du lieber allein sein?“

Sie lächelte traurig. „Du kannst gern hierbleiben“, sagte sie. „Es wäre sogar schön, wenn du dich zu mir setzen würdest.“

Ich ließ mich neben ihr nieder, und nach ein paar unentschlossenen Sekunden legte ich den Arm um sie. Wir schwiegen beide. Savannah holte immer wieder tief Luft, und allmählich wurde ihr Atem ruhiger.

„Ich habe dir etwas gekauft“, verkündete sie. „Ich hoffe, du hast nichts dagegen.“

„Weshalb sollte ich etwas dagegen haben?“, murmelte ich.

Sie schniefte. „Weißt du, woran ich gedacht habe, als ich hierhergegangen bin? Ich habe über uns nachgedacht. Darüber, wie wir uns kennen gelernt und wie wir uns am ersten Abend unterhalten haben. Du hast deine Tattoos zur Schau gestellt und Randy bös angesehen. Ich weiß auch noch jede Kleinigkeit, die wir die Woche über zusammen gemacht haben. Die Besuche bei deinem Dad, wie wir ausgegangen sind. Für mich war das alles unglaublich schön, jede Sekunde. Dabei habe ich gar nicht mit so etwas gerechnet, als ich hierhergekommen bin. Ich hatte nicht vor, mich in dich zu verlieben. Oder, auf ganz andere Art, in deinen Vater.“ Sie strich sich ihr Haar hinters Ohr. „Ich finde deinen Dad fantastisch! Er hat seine Sache als alleinerziehender Vater großartig gemacht. Ich weiß, du siehst das etwas anders. Und …“

Ich schüttelte verwirrt den Kopf. „Und deshalb hast du geweint? Weil ich Schwierigkeiten mit meinem Vater habe?“

„Nein", entgegnete sie. „Hast du mir nicht zugehört? Ich wollte mich nicht verlieben. Ich hab das schon mal durchgemacht, und danach ging's mir furchtbar schlecht. Ich weiß, das mit dir ist anders, aber in ein paar Tagen gehst du weg, und dann ist alles vorbei … und mir wird es wieder furchtbar schlecht gehen."

„Es muss doch nicht vorbei sein!", protestierte ich.

„Aber es *wird* vorbei sein", entgegnete sie. „Ich weiß, wir können uns schreiben und ab und zu miteinander telefonieren, und wir können uns sehen, wenn du Urlaub hast. Nur leider ist das nicht das Gleiche. Ich kann am Telefon nicht sehen, ob du ein dummes Gesicht machst. Wir können nicht nebeneinander am Strand sitzen und zu den Sternen hinaufschauen. Und ich werde nicht deinen Arm um meine Schultern fühlen, so wie jetzt."

Mich erfasste eine schreckliche Panik und ich wandte mich ab. Alles, was Savannah sagte, stimmte.

„Als ich heute im Buchladen gestöbert habe, ist mir das so richtig bewusst geworden", fuhr sie fort. „Ich war dort, weil ich dir ein bestimmtes Buch kaufen wollte, und als ich es in der Hand hielt, habe ich mir ausgemalt, wie du wohl reagierst, wenn ich es dir gebe. Die Sache war die – ich wusste, dass ich dich in ein paar Stunden sehen und erfahren würde, wie du reagierst. Dadurch war alles gut. Denn selbst wenn du dich ärgerst, kann nichts Schlimmes passieren, weil wir darüber reden können, hier und jetzt. Aber bald ist das nicht mehr möglich. Ich habe ja von Anfang an gewusst, dass du nur zwei Wochen hier bist, aber ich habe nicht erwartet, dass der Abschied so schwer wird."

„Ich will nicht Abschied nehmen!"

Zärtlich ergriff ich ihr Gesicht und drehte es zu mir. Nichts war zu hören außer den Wellen, die unter uns gegen die Pfähle schlugen. Ein Möwenschwarm flog über uns hinweg, und ich beugte mich zu Savannah, um sie zu küssen. Meine Lippen streiften die ihren kaum.

In der Hoffnung, möglicherweise ihre trüben Gedanken vertreiben zu können, zog ich sie an mich und deutete auf die Tasche. „Und – welches Buch hast du gekauft?"

„Ach, stimmt, jetzt ist der Moment gekommen, was?"

Sie fasste in ihre Tasche, holte das Buch heraus und reichte es mir. Ich las den Titel. Wie bitte? Es war ein Buch – fast ein Lehrbuch, konnte man sagen – über Autismus und das Asperger-Syndrom. Ich hatte natürlich von beiden Krankheiten schon gehört, besaß aber, wie die meisten Menschen, keine wirklich genaue Vorstellung davon.

„Es ist von einer meiner Dozentinnen“, erklärte sie. „Sie ist eine absolute Koryphäe auf dem Gebiet der Entwicklungsstörungen.“

„Faszinierend“, sagte ich leise. Ich gab mir keine Mühe, meinen Mangel an Begeisterung zu verbergen.

„Ich glaube, du lernst was bei der Lektüre“, sagte sie nachdrücklich.

„Da bin ich sicher“, entgegnete ich. „Sieht aus, als stünden jede Menge Informationen darin.“

„Es steckt mehr dahinter“, sagte sie mit leiser Stimme. „Ich möchte, dass du es wegen deines Vaters liest. Und wegen eurer Beziehung.“

Ich erstarrte. „Was hat das Buch mit meinem Vater zu tun?“

„Ich bin keine Expertin“, sagte sie. „Aber ich habe den größten Teil meiner Praktikumsstunden mit Kindern verbracht, die am Asperger-Syndrom leiden … dadurch konnte ich die Symptome ganz aus der Nähe beobachten, und ich habe auch mehrere der Erwachsenen kennen gelernt, die meine Dozentin befragt hat.“ Sie kniete jetzt vor mir und legte die Hand auf meinen Arm. „Dein Vater hat sehr viel Ähnlichkeit mit manchen von ihnen.“

Ich hatte längst begriffen, worauf sie hinauswollte, aber aus irgendeinem Grund erschien es mir wichtig, dass sie es direkt aussprach. „Was willst du damit sagen?“ Ich zwang mich, meinen Arm nicht wegzuziehen.

Ihre Antwort kam stockend. „Ich glaube, dein Vater hat das Asperger-Syndrom.“

„Mein Vater ist doch nicht behindert …“

„Das habe ich auch nicht behauptet. Asperger ist eine Entwicklungsstörung.“

„Ist mir völlig egal, was es ist.“ Mit jedem Wort wurde meine Stimme lauter. „Mein Dad kann nicht an dieser Krankheit leiden. Er hat mich großgezogen, er arbeitet, er bezahlt seine Rechnungen. Und er war sogar verheiratet!“

„Man kann Asperger haben und trotzdem funktionieren …“

Da fiel mir etwas ein, was sie zuvor gesagt hatte. „Warte!“ Ich versuchte, mich an ihre Formulierung zu erinnern. „Vor einer Minute hast du noch gesagt, er hätte seine Sache als Vater großartig gemacht.“

„Ja, und das meine ich auch ernst …“

Ich kniff die Augen zusammen, und mir war, als sähe ich sie zum ersten Mal. „Ich verstehe. Du denkst, er ist wie *Rain Man* und war trotzdem ein guter Dad – eben seinen Möglichkeiten entsprechend.“

„Nein … du verstehst mich nicht. Beim Asperger-Syndrom gibt es eine breite Skala, von schwacher bis zu extrem schwerer Ausprägung …“

Ich stand auf und beugte mich über das Geländer auf der anderen Seite. Ich brauchte Luft zum Atmen. Mein Magen verkrampfte sich und ich sah sie an. „Deshalb bist du zu uns nach Hause gekommen, stimmt's? Nicht weil du Dad magst, sondern weil du herausfinden wolltest, ob deine Theorie zutrifft. Du hast mit ihm am Tisch gesessen und so getan, als würdest du dich für seine Münzen interessieren, aber in Wirklichkeit hast du ihn nur beobachtet wie einen Affen im Käfig!"

Jetzt stand auch sie auf. „Das stimmt doch gar nicht!", rief sie. „Ich respektiere deinen Dad, weil ..."

„Weil du denkst, dass es ihm gelungen ist, seine Probleme in den Griff zu bekommen!", vollendete ich wütend ihren Satz. „Und deshalb hast du ein kleines Experiment mit ihm durchgeführt, was?"

„Nein!" Zum ersten Mal schien sie infrage zu stellen, was sie getan hatte. Als sie weiterredete, war ihre Stimme unsicher. „Du hast Recht. Ich hätte dir das Buch nicht geben sollen. Aber ich wollte doch nur, dass du ihn besser verstehst."

„Wieso?" Ich ging einen Schritt auf sie zu. „Ich verstehe ihn sehr gut. Schließlich bin ich bei ihm aufgewachsen, schon vergessen? Wir haben jahrelang unter einem Dach gewohnt!"

„Ich will dir doch nur helfen", sagte sie mit gesenktem Blick.

„Ich habe dich nicht um Hilfe gebeten. Glaub mir – ich brauche deine Hilfe nicht! Und außerdem geht es dich sowieso nichts an."

Sie wandte sich ab und wischte sich eine Träne von der Wange. „Ja, es geht mich nichts an", sagte sie so leise, dass ich sie kaum hören konnte. „Ich dachte nur, du wüsstest es gern."

„Was wüsste ich gern?!", schrie ich. „Dass du denkst, er ist irgendwie behindert? Dass ich gar nicht darauf hoffen sollte, je ein normales Verhältnis zu ihm zu haben? Dass ich über Münzen reden muss, wenn ich mich mit ihm unterhalten will?!" Ich unterdrückte die Wut in meiner Stimme nicht. Ich konnte es nicht fassen, dass die Stunden, die wir mit Dad verbracht hatten, für sie nichts als ein Experiment gewesen waren.

„Das ist gut möglich", flüsterte sie.

Ich blinzelte. Hatte sie wirklich gesagt, was ich gehört zu haben glaubte? „Wie bitte?"

Sie zuckte hilflos die Achseln. „Vielleicht sind Münzen wirklich das Einzige, worüber du je mit deinem Vater wirst reden können. Es kann sein, dass er zu nichts anderem fähig ist. Deshalb habe ich dir das Buch gekauft. Wie du gesagt hast – du kennst ihn besser als ich. Aber du solltest mal drüber nachdenken. Sein immer gleicher Tagesablauf; die Tatsache, dass er zu den Leuten, mit denen er spricht, keinen Blickkontakt aufnimmt, dass er keine Freunde hat …“

Ich drehte mich weg, weil ich einen schrecklichen Impuls verspürte: Ich wollte losschlagen, auf irgendetwas einprügeln. „Warum tust du das?“, fragte ich leise.

„Weil ich es gern wüsste, wenn ich an deiner Stelle wäre. Ich tu das doch nicht, weil ich dich verletzen oder deinen Vater beleidigen will. John – ich will, dass *du* ihn verstehst.“

Sie glaubte also ganz offensichtlich, was sie gesagt hatte. Gut, meinetwegen – aber ich wollte nichts mehr damit zu tun haben. Wortlos ging ich den Pier entlang. Ich hatte nur noch einen Wunsch: weg! Weg von hier, weg von ihr.

„Wohin gehst du?“, rief sie mir nach. „John! Bitte warte doch!“

Ich ignorierte sie. Ich rannte die Treppe des Piers hinunter und über den Strand zum Haus. Nach Savannah drehte ich mich nicht mehr um, ich hatte keine Ahnung, ob sie mir folgte oder nicht. Die anderen Studenten blickten erstaunt auf, als ich angestürmt kam. Man konnte mir meine Wut anmerken, das wusste ich. Randy sah offensichtlich Savannah näher kommen, trat mit einem Glas Bier in der Hand auf mich zu und versperrte mir den Weg. Noch zwei, drei Männer stellten sich neben ihn.

„Was ist los?“, rief er. „Was ist mit Savannah?“

Ich antwortete nicht. Er packte mich am Handgelenk. „He – ich habe dich was gefragt!“

Das war kein besonders kluger Schachzug. Ich roch seine Bierfahne und wusste, dass es nur der Alkohol war, der ihn so mutig machte. „Lass mich los!“, zischte ich. „Sonst brech ich dir den Arm.“

„He, was ist denn hier los?“, hörte ich Tim hinter mir rufen.

„Was hast du mit Savannah gemacht?!“, schrie Randy noch einmal. „Weshalb weint sie? Hast du ihr wehgetan?“

Ich spürte, wie mein Adrenalinpegel nach oben schoss. „Ich sag’s nicht noch mal – lass mich los!“

„Schluss jetzt, hört doch auf!“, rief Tim. Seine Stimme klang nun deutlich näher. „Immer mit der Ruhe. Lasst den Quatsch.“

Jemand packte mich von hinten. Was dann passierte, war eine Instinktreaktion. Ich rammte dem Typen hinter mir den Ellbogen in den Solarplexus und hörte ein lautes Ächzen, dann packte ich Randys Handgelenk und verdrehte es, bis es knirschte und er schreiend in die Knie ging. In dem

Augenblick merkte ich, dass noch jemand von hinten auf mich losgehen wollte. Wieder holte ich blindlings mit dem Ellbogen aus, traf irgendetwas und hörte Knorpelgewebe knacken. Dann drehte ich mich blitzschnell um, bereit für den nächsten Angreifer.

„Was hast du getan?!" Das war Savannahs Stimme. Anscheinend war sie losgerannt, als sie sah, was passierte.

Randy krümmte sich im Sand und umklammerte sein Handgelenk; der Typ, der mich von hinten gepackt hatte, japste nach Luft und kroch auf allen vieren davon.

„Du hast ihn verletzt!", wimmerte Savannah und rannte an mir vorbei. „Er wollte doch nur den Streit schlichten."

Ich drehte mich um. Tim lag auf dem Boden und hielt sich das Gesicht. Blut rann ihm durch die Finger. Der Anblick schien alle zu lähmen, außer Savannah. Sie kniete neben ihm nieder.

Tim stöhnte vor Schmerzen, offenbar war seine Nase gebrochen. Warum hatte es ausgerechnet *ihn* erwischt! Ich hätte ihn gern gefragt, ob ich ihm helfen könne, und ihm gesagt, dass ich ihn nicht absichtlich verletzt hätte. Aber das wäre sinnlos gewesen, es spielte keine Rolle. Jetzt nicht mehr.

Ich trat zurück. Savannahs besorgtes Klagen hörte ich kaum. Dann drehte ich mich um, eilte die Treppe zum Haus hinauf, sprang ins Auto und fuhr los. Ich verfluchte den Abend. Ich verfluchte mich selbst.

ZIELLOS fuhr ich durch die Gegend. In einer Endlosschleife gingen mir die Ereignisse des Abends durch den Kopf. Ich war wütend auf mich, wütend, weil ich Tim verletzt hatte – bei den anderen beiden war es mir zugegebenermaßen ziemlich egal. Und ich war immer noch wütend auf Savannah wegen der Sache mit dem Buch.

Ich konnte mich kaum daran erinnern, wie es angefangen hatte. Von einer Minute auf die andere hatte sich alles verändert – erst hatte ich noch geglaubt, dass ich sie mehr liebte, als ich je für möglich gehalten hätte, und plötzlich hatten wir uns heftig gestritten. Ihre Ausflüchte hatten mich geärgert, aber wieso ich dermaßen wütend geworden war, konnte ich selbst nicht begreifen. Warum war ich derart durchgedreht?

Weil, sagte die kleine Stimme in meinem Innern, *weil es sein könnte, dass Savannah Recht hat.*

In mir brodelte es, während ich kreuz und quer durch die Stadt fuhr. Aus Wut wurde Resignation, die sich wieder in Wut verwandelte. Ich konnte es nicht fassen, dass ich mit dem Ellbogen Tims Nase gebrochen hatte.

Warum auch hatte er versucht, mich festzuhalten? Ich hatte den Streit doch nicht angefangen!

Und Savannah – ja, ich könnte morgen zum Strandhaus gehen und mich bei ihr entschuldigen. Ich wusste, dass sie ehrlich von dem überzeugt war, was sie sagte, und mir auf ihre Art helfen wollte. Und wenn sie tatsächlich Recht hatte, würde das vieles erklären …

Aber würde sie meine Entschuldigung nach dem, was ich Tim angetan hatte, überhaupt annehmen? Tim war ihr bester Freund, und selbst wenn ich schwor, dass es ein Versehen gewesen wäre – würde das einen Unterschied machen? Und was war mit meinem Verhalten den anderen gegenüber? Sie wusste, dass ich Soldat war, und nun hatte sie einen kleinen Bruchteil davon gesehen, was das bedeuten konnte. Bestimmt beeinflusste das ihre Gefühle für mich.

Als ich beschloss, nach Hause zu fahren, war es schon nach Mitternacht. Ich kroch unter meine Bettdecke, obwohl ich genau wusste, dass ich nicht würde schlafen können. Hätte ich doch nur die Zeit zurückdrehen können!

ALS ICH meinen Vater in der Küche hörte, stand ich auf. „Morgen, Dad“, brummte ich.

„Hallo John“, sagte er. „Möchtest du frühstücken?“

„Ja, gern“, antwortete ich. „Ist der Kaffee schon fertig?“

„In der Kanne.“

Ich goss mir eine Tasse ein. Während Dad Rührei machte, überflog ich die Schlagzeilen in der Zeitung. Ich wusste, dass Dad seine Zeitungslektüre immer mit den Politikseiten begann, dann kam der Lokalteil. Den Sport und die Lifestyle-Artikel beachtete er nicht. Ein Mann mit einem eingespielten Tagesablauf.

„Hast du gut geschlafen?“, fragte ich ihn.

„Wie immer.“ Er wendete das Rührei. Der Speck brutzelte schon. Dann drehte sich Dad zu mir um, und ich wusste schon im Voraus ganz genau, was er sagen würde.

„Wärst du so nett und würdest zwei Scheiben Brot in den Toaster stecken?“

Exakt um 7.35 Uhr verließ Dad das Haus.

Als er weg war, wusste ich nichts mit mir anzufangen. Ich hatte keine Lust zu surfen und überlegte, ob ich einfach wieder ins Bett gehen solle. In dem Moment hörte ich, dass ein Wagen in die Einfahrt einbog. Sicher wollte jemand einen Werbezettel für irgendwelche Serviceleistungen in den

Briefkasten werfen – ein Angebot, die Regenrinne zu säubern oder das Dach vom Moos zu befreien. Doch dann klopfte es an der Tür.

Ich öffnete – und erstarrte. Damit hatte ich nun gar nicht gerechnet: Es war Tim. „Hallo John", sagte er. „Ich weiß, es ist noch früh – aber darf ich reinkommen?"

Seine Nase zierte ein breites weißes Pflaster, sein Gesicht war geschwollen und er hatte ein blaues Auge.

„Ja … natürlich", stammelte ich und wich einen Schritt zur Seite.

Tim ging an mir vorbei ins Wohnzimmer. Ich sah, dass er eine kleine Papiertüte dabeihatte.

„Möchtest du einen Kaffee?", fragte ich ihn, nachdem ich mich von meinem Schreck erholt hatte.

„Nein danke. Ich war fast die ganze Nacht wach und verzichte jetzt lieber auf Koffein. Ich hatte vor, mich hinzulegen, sobald ich wieder im Strandhaus bin."

Ich nickte. „Wegen gestern Abend …", begann ich. „Es tut mir leid. Ich wollte nicht, dass …"

Er hob beschwichtigend die Hand. „Ist schon gut. Ich weiß, dass du es nicht absichtlich getan hast."

Ich musterte ihn aufmerksam. „Tut es weh?"

„Geht so", antwortete er. „In der Notaufnahme war nur unheimlich viel Betrieb, deshalb hat es ewig gedauert, bis endlich ein Arzt kam. Er konnte mir immerhin glaubhaft versichern, dass nichts zurückbleiben wird, außer vielleicht einem kleinen Höcker. Wenn ich damit ein bisschen markanter aussehe, wäre das gar nicht schlecht."

Ich grinste, bekam aber gleich ein schlechtes Gewissen. „Wie gesagt – es tut mir leid."

„Ich nehme deine Entschuldigung an", sagte Tim. „Und ich nehm dir auch ab, dass es dir leid tut. Aber das ist nicht der Grund, warum ich hier bin." Er deutete auf das Sofa. „Macht's dir was aus, wenn ich mich hinsetze? Mir ist immer noch etwas schwindlig."

Ich ließ mich vorn auf dem Fernsehsessel nieder. Tim nahm auf der Couch Platz.

„Ich möchte mit dir über Savannah sprechen", sagte er. „Gestern Abend in der Notaufnahme haben wir lange miteinander geredet, und ich musste einfach hierherkommen und dich bitten, ihr nicht böse zu sein. Sie sieht ein, dass sie einen Fehler gemacht hat und dass es nicht ihre Aufgabe ist, deinen Vater zu diagnostizieren."

„Wieso ist sie dann nicht hier?"

„Im Moment ist sie auf der Baustelle. Jemand muss dort die Aufsicht übernehmen, bis ich wieder gesund bin. Und außerdem weiß sie gar nicht, dass ich hier bin."

Ich schüttelte ratlos den Kopf. „Ich verstehe selbst nicht, warum ich dermaßen wütend geworden bin."

„Du bist wütend geworden, weil du es nicht hören wolltest. Mir ging es genauso, wenn die Leute über meinen Bruder Alan geredet haben. Er ist Autist."

Ich blickte auf. „Alan ist dein Bruder?"

„Ja, warum? Hat Savannah dir von ihm erzählt?"

„Ein bisschen." Eigentlich hatte sie weniger von Alan gesprochen als von seinem Bruder, der so geduldig mit ihm umgegangen war und sie dazu angeregt hatte, Sonderpädagogik zu studieren.

„Und nur damit du es weißt –", fuhr er fort, „ich bin absolut deiner Meinung. Sie hatte kein Recht, eine Diagnose zu stellen. Das habe ich ihr auch gesagt."

„Es ist nicht nur ihre Schuld", sagte ich. „Ich war genauso beteiligt. Wie gesagt – ich habe total überreagiert."

Er hielt meinem Blick stand. „Meinst du, was sie gesagt hat, stimmt?"

„Keine Ahnung. Ich glaube nicht, aber …"

„Aber du weißt es nicht. Und du weißt auch nicht, ob es wirklich eine Rolle spielt, nicht wahr?", sagte er und fuhr nach einer kurzen Pause fort: „Ich habe das ebenfalls durchgemacht. Meine Eltern genauso. Wir wussten lange nicht, was mit Alan los ist. Und soll ich dir sagen, was ich irgendwann beschlossen habe? Dass die Diagnose als solche gar nicht so wichtig ist. Ich liebe ihn und ich kümmere mich um ihn. Aber … als wir herausgefunden hatten, was ihm fehlt, hat das den Umgang viel leichter gemacht. Ich glaube, ich habe aufgehört, ein bestimmtes Verhalten von ihm zu erwarten. Und ohne diese Erwartung fällt es mir viel leichter, ihn zu akzeptieren."

Ich musste das alles erst einmal verdauen. „Aber was ist, wenn mein Dad nicht am Asperger-Syndrom leidet?", fragte ich.

„Das kann durchaus sein. Die Diagnose ist nicht einfach, vor allem bei leichteren Fällen. Es ist ja nicht so, dass man ihm Blut abnehmen könnte und dann wäre alles geklärt. Endgültige Sicherheit gibt es nicht. Und nach allem, was Savannah mir erzählt hat, glaube ich nicht, dass sich viel verändern wird. Und warum auch? Er arbeitet, hat dich großgezogen … Kann man von einem Vater mehr erwarten?"

Ich dachte darüber nach, während vor meinem inneren Auge Bilder meines Vaters auftauchten.

„Das Buch, das Savannah dir gekauft hat …“, sagte Tim, „ich habe es mitgebracht. Es lag im Strandhaus.“ Er reichte mir die Papiertüte. „Du musst es nicht lesen.“

„Ich weiß.“

Er stand auf und öffnete die Tür, zögerte dann. „Würdest du mir einen Gefallen tun?“

„Schieß los.“

„Bitte brich Savannah nicht das Herz. Ich weiß, dass sie dich liebt – und ich möchte, dass sie glücklich wird.“

Jetzt war mir endgültig klar, was er für sie empfand. Ich stand am Fenster und sah ihm nach, als er zu seinem Auto ging. Ja, auch Tim liebte Savannah.

ICH LEGTE das Buch erst einmal weg und ging spazieren. Auch als ich zurückkam, hatte ich keine Lust, es zur Hand zu nehmen. Ich weiß nicht warum, aber irgendwie jagte es mir Angst ein. Nach ein paar Stunden zwang ich mich jedoch, diese Angst zu überwinden, und verbrachte den Rest des Tages damit, Savannahs Buch zu lesen.

Tim hatte Recht gehabt. Es gab keine eindeutige Diagnose. Es war nicht möglich, es je sicher zu wissen. Manche Menschen mit Asperger-Syndrom hatten einen niedrigen IQ, während andere, insbesondere ausgeprägt autistische Menschen – wie zum Beispiel die Figur, die Dustin Hoffman in *Rain Man* gespielt hatte – auf bestimmten Gebieten absolut genial waren. Manche integrierten sich so reibungslos in die Gesellschaft, dass niemand etwas merkte, andere mussten ihr Leben in einer Anstalt verbringen. Den Unterschied zwischen Asperger-Syndrom und Autismus konnte man ungefähr so zusammenfassen: Ein Autist lebt in seiner eigenen Welt, während ein Mensch mit Asperger in unserer Welt lebt, aber auf eine Art, die er selbst bestimmt.

Eine Beschreibung, die auf fast alle Menschen zutrifft, oder?

Dennoch gab es einige Anzeichen dafür, dass Savannah in Bezug auf meinen Vater richtiglag. Sein fester Tagesablauf, seine Hemmungen im zwischenmenschlichen Umgang, sein mangelndes Interesse an allem, was nichts mit Münzen zu tun hatte, sein Wunsch, allein zu sein, wirkten auf den ersten Blick wie persönliche Macken, wie jeder sie haben konnte. Doch andere entschieden sich aus freien Stücken für oder gegen derartige Macken, wohingegen mein Vater – wie es auf Menschen mit Asperger-Syndrom häufig zutrifft – gezwungen zu sein schien, ein Leben zu führen, in dem diese Entscheidungen bereits getroffen waren. Das Problem wäre dann nicht, dass er sich nicht ändern *wollte* – nein, er *konnte* es nicht! Auch wenn ein Rest Ungewissheit blieb, fand ich diese Erkenntnis doch sehr tröstlich. Und womöglich beantwortete sie auch zwei Fragen, die mich in Bezug auf meine Mutter seit Jahren quälten: Was hatte sie in ihm gesehen? Und warum war sie gegangen? Ich malte mir aus, wie ein schüchterner junger Mann in einem Schnellrestaurant mit einer armen, hübschen Kellnerin ein Gespräch über seltene Münzen anfing. Vielleicht flirtete sie mit ihm, vielleicht auch nicht, aber er fühlte sich zu ihr hingezogen und kam immer wieder in das Lokal. Mit der Zeit spürte sie, was für eine freundliche, geduldige Person er war (Eigenschaften, die ihm später ermöglichten, mich zu erziehen). Selbst wenn sie ihn nicht liebte, genügte ihr das für eine Heirat und sie nahm seinen Antrag an, weil sie dachte, sie könnten die Münzen verkaufen und vom Erlös leben, wenn auch nicht unbedingt glücklich, aber doch einigermaßen zufrieden. Sie wurde schwanger. Aber als ihr klar wurde, dass er die Münzen niemals verkaufen würde, begriff sie, dass sie an einen Ehemann gefesselt war, der sich für nichts von dem interessierte, was ihr wichtig war. Vielleicht konnte sie mit diesem Gefühl der Einsamkeit nicht umgehen. Vielleicht war sie einfach nur egoistisch. Auf jeden Fall wollte sie weg. Und als das Baby auf der Welt war, nahm sie die erste Gelegenheit wahr und verschwand.

Aber vielleicht war ja auch alles ganz anders gewesen.

Ich bezweifelte, dass ich je die Wahrheit erfahren würde. Im Grunde war das auch nicht entscheidend. Mein Vater war mir wichtig, und wenn die Leitungen in seinem Gehirn teilweise falsch verlegt waren, dann verstand ich jetzt, warum er sich für sein Leben ein System aus Regeln zurechtgezimmert hatte – Regeln, die ihm halfen, sich in der Komplexität der Welt zurechtzufinden. Möglicherweise entsprachen die Regeln nicht ganz der Norm, aber er hatte sein Bestes getan. Das wusste ich jetzt. Und als ich das Buch endlich zuklappte und beiseitelegte, war ich plötzlich richtig stolz auf ihn. Ich sah aus dem Fenster und versuchte verzweifelt, den Kloß in meinem Hals hinunterzuschlucken.

ALS DAD von der Arbeit nach Hause kam, zog er sich um und ging in die Küche, um Spaghetti zu kochen. Ich sah ihm zu, beobachtete seine Bewegungen. Das heißt, ich tat genau das Gleiche, worüber ich bei Savannah so wütend geworden war. Eigenartig, wie Wissen die Wahrnehmung veränderte.

Ich registrierte die Präzision seiner Bewegungen – wie säuberlich er die

Schachtel mit den Spaghetti öffnete und dann auf den Tisch legte, wie sorgfältig er mit dem Pfannenwender arbeitete und ihn immer im richtigen Winkel hielt, während er das Fleisch anbriet. Wie immer erkundigte er sich nicht, wie mein Tag gewesen sei, sondern arbeitete schweigend vor sich hin. Gestern hatte ich mir das damit erklärt, dass wir einander fremd waren; heute war mir bewusst, dass es möglicherweise immer so bleiben würde. Doch zum ersten Mal im Leben machte es mir nichts aus.

Beim Essen erzählte ich ihm von Savannah und von unseren gemeinsamen Unternehmungen. Dann half ich ihm beim Geschirrspülen und erzählte einfach weiter. Als wir mit dem Abwasch fertig waren, wusste ich, dass Dad jetzt in sein Arbeitszimmer gehen würde.

„He, Dad“, sagte ich. „Würdest du mir ein paar von den Münzen zeigen, die du in letzter Zeit gekauft hast?“

Er sah mich kurz an, als wüsste er nicht, ob er sich verhört hatte, dann senkte er den Blick. Als er mich wieder anschaute, wirkte er beinahe verängstigt. „Okay“, sagte er schließlich.

Wir gingen in sein Zimmer, und als er mir ganz vorsichtig die Hand auf den Rücken legte, dachte ich: So nahe habe ich mich ihm seit Jahren nicht mehr gefühlt.

AM NÄCHSTEN ABEND stand ich auf dem Pier und bewunderte das Spiel des Mondlichts auf den Wellen. Ob Savannah kommen würde? Ich hatte am Abend zuvor ein paar Stunden damit verbracht, gemeinsam mit Dad seine Münzen zu studieren. Anschließend war ich dann doch noch zum Strand gefahren – mit einem Brief, in dem ich Savannah bat, sich mit mir zu treffen. Diesen Brief hatte ich in einem Umschlag an Tims Auto gesteckt, weil ich mich darauf verlassen konnte, dass Tim ihn ungeöffnet weitergeben würde. Obwohl wir einander erst kurze Zeit kannten, war ich zu der Überzeugung gelangt, dass Tim, genau wie mein Vater, ein viel besserer Mensch war, als ich je sein würde.

Wegen der Schlägerei war ich im Strandhaus nicht mehr willkommen und Savannah besaß kein Handy, also blieb mir nur noch die Möglichkeit, ihr einen Brief zu schreiben, um Kontakt aufzunehmen.

Und jetzt fieberte ich schon den ganzen Tag der Entscheidung entgegen – würde sie kommen? Als die von mir vorgeschlagene Uhrzeit gerade verstrichen war, stellte ich erleichtert fest, dass sich eine Frau dem Pier näherte. An den Bewegungen konnte ich erkennen, dass es Savannah war. Ungeduldig beugte ich mich über das Geländer.

Als sie mich sah, verlangsamte sie ihre Schritte und blieb schließlich ein paar Meter vor mir stehen. Keine Umarmung zur Begrüßung, kein Kuss – ihre plötzlich so distanzierte Art tat mir weh.

„Danke für deinen Brief", sagte sie.

„Ich bin froh, dass du gekommen bist."

„Ich musste mich davonschleichen, damit keiner merkt, dass ich mich mit dir treffe", sagte sie. „Die anderen haben nämlich schon darüber gesprochen, was sie tun würden, wenn du wieder auftauchst, und …"

„Es tut mir so leid", fiel ich ihr ins Wort. „Ich weiß, du wolltest nur helfen, und ich habe alles falsch verstanden. Und es tut mir leid, dass ich Tim verletzt habe. Er ist ein großartiger Kerl, und ich hätte nicht sinnlos um mich schlagen dürfen."

Sie musterte mich unverwandt. „Und?"

Ich trat von einem Fuß auf den anderen. „Und das mit Randy und dem anderen Typen tut mir auch leid."

Ihr Blick ließ mich immer noch nicht los. „Und?"

Ich wusste nicht weiter und zermarterte mir das Gehirn. Worauf wollte sie hinaus? „Ich habe keine Ahnung, was du meinst. Aber was immer es ist – es tut mir leid."

In dem Moment umspielte ein leises Lächeln ihre Lippen. Sie kam näher und schlang die Arme um meinen Hals. „Du brauchst dich nicht zu entschuldigen", flüsterte sie. „Ich hätte wahrscheinlich genauso reagiert."

„Aber warum dann die vielen Fragen?"

„Ich wollte wissen, was du sagst, und an deinen Antworten habe ich gemerkt, dass ich dich von Anfang an richtig eingeschätzt habe. Ich wusste gleich, dass du ein gutes Herz hast."

„Wie meinst du das?"

„Genau so, wie ich es sage", antwortete sie. „Tim hat mich noch am selben Abend davon überzeugt, dass mein Verhalten falsch war. Ich kann doch keine professionelle Diagnose abgeben, dafür weiß ich viel zu wenig, aber eingebildet, wie ich bin, habe ich es mir trotzdem angemaßt. Und die Sache mit Tim und den anderen – das war ja eigentlich auch nicht deine Schuld. Aber es ist lieb von dir, dass du dich dafür entschuldigst. Das zeigt mir, dass du jemand bist, der um Verzeihung bitten kann."

EIGENTLICH wäre Savannah verpflichtet gewesen, am nächsten Tag auf der Baustelle zu arbeiten, aber Tim zeigte größtes Verständnis, als sie ihm sagte, es sei unser letzter Tag, bevor ich wieder nach Deutschland müsse.

So verbrachten Savannah und ich den Vormittag im Fort Fisher Aquarium. Wir waren verzaubert von den merkwürdigen Geschöpfen, die es dort zu sehen gab. Anschließend ging ich mit ihr in ein Strandlokal. Hand in Hand beobachteten wir die Segelboote, die an ihren Liegeplätzen schaukelten.

Ich staunte darüber, wie unverkrampft Savannah ihre Gefühle zeigte und wie liebevoll sie reagierte, wenn ich ihr von meinem Dad erzählte. „Eines Tages werde ich dich heiraten", sagte ich.

„Ist das ein Versprechen?"

„Wenn du willst, dass es eins ist …"

Später besuchten wir die Oswald Plantation, ein elegant renoviertes Anwesen aus der Zeit vor dem Bürgerkrieg, mit einer der schönsten Gartenanlagen von ganz North Carolina. Der Charme der Südstaaten umwehte uns, während wir die Kieswege entlangschlenderten, vorbei an Blumenrabatten, die trotz der trägen Hitze in tausend Farben prangten.

„Wann geht dein Flug morgen?", fragte Savannah.

„Ganz früh", sagte ich. „Wenn du aufstehst, muss ich schon am Flughafen sein."

„Und den letzten Abend möchtest du mit deinem Vater verbringen, oder?"

„So hatte ich es mir jedenfalls gedacht, aber er würde es bestimmt verstehen, wenn ich …"

„Nein, du solltest deine Pläne nicht ändern. Ich will, dass du heute Abend mit deinem Vater zusammen bist. Deshalb wollte ich den Tag mit dir verbringen."

Wir gingen einen langen, von kunstvoll getrimmten Hecken gesäumten Pfad entlang. „Was willst du denn jetzt tun?", fragte ich. „Ich meine, was uns betrifft."

„Es wird bestimmt nicht einfach", sagte sie leise.

Ich blieb stehen, schlang die Arme um sie und zog sie an mich. „Ich rufe an, sooft ich kann, und wenn es nicht geht, dann schreibe ich dir. Und nächstes Jahr kriege ich ja wieder Urlaub. Dann komme ich zu dir, egal wo du bist. Mehr kann ich im Moment nicht versprechen. Sobald ich wieder in Deutschland bin, werde ich eine Versetzung beantragen, nur weiß man im Voraus nie, wie so etwas läuft."

„Ich verstehe", murmelte sie.

„Schreibst du mir?", fragte ich sie.

„Natürlich schreibe ich dir! Wie kannst du das fragen? Ich werde dir ständig schreiben. Und nur damit du's weißt – ich schreibe tolle Briefe."

„Das glaub ich dir sofort“, sagte ich und mir brach fast das Herz. „Du wirst mir fehlen.“

„Du mir auch. Aber in meinem tiefsten Herzen weiß ich, dass wir es schaffen werden. Viele Paare schaffen es.“

Ich wollte ihr glauben. Mehr als alles andere auf der Welt wollte ich ihr glauben, doch gleichzeitig fragte ich mich, ob es wirklich so einfach sein würde.

Als die Sonne hinter dem Horizont verschwunden war, brachte ich Savannah mit dem Auto zum Strandhaus. Ich fuhr zum Parken ein Stückchen die Straße hinunter, damit uns niemand sehen konnte. Wir stiegen aus und ich schloss sie in die Arme. Dann küssten wir uns und hielten uns eng umschlungen. Das nächste Jahr würde das längste meines Lebens werden, das wusste ich. Wäre ich doch nie zum Militär gegangen! Aber ich konnte die Zeit nicht zurückdrehen.

„Ich glaube, ich sollte jetzt lieber gehen“, murmelte ich.

Sie nickte, mit Tränen in den Augen. „Es macht mir Angst. Dass du Soldat bist.“

„Mir wird nichts passieren“, tröstete ich sie.

Sie löste sich aus der Umarmung, kramte in ihrer Handtasche und zog einen Brief heraus. „Den habe ich gestern Abend für dich geschrieben. Damit du im Flugzeug etwas zu lesen hast. Aber lies ihn erst dort, versprochen?“

Ich nickte und küsste sie ein letztes Mal. Dann setzte ich mich wieder ans Steuer und startete den Wagen. Während das Auto ins Rollen kam, wurde ihre Gestalt im Rückspiegel immer kleiner und ich spürte, wie mein Traum mir entglitt.

DAS ABENDESSEN mit Dad verlief noch ruhiger als sonst. Ich hatte nicht die Kraft, ein Gespräch in Gang zu bringen, und Dad spürte das. Während er kochte, drehte er sich immer wieder zu mir um und musterte mich mit stummer Sorge. Ich war völlig verblüfft, als er schließlich das Gas abstellte, zu mir kam und mir wortlos die Hand auf den Rücken legte. Ganz ruhig stand er neben mir, so als würde er versuchen, meinen Schmerz in sich aufzusaugen, um ihn mir zu nehmen und zu seinem eigenen zu machen.

Am nächsten Morgen brachte Dad mich zum Flughafen und wartete mit mir, bis mein Flug aufgerufen wurde. Zum Abschied wollte er mir die Hand schütteln, aber ich nahm ihn einfach in die Arme. Er erstarrte, doch das war mir egal. „Ich liebe dich, Dad.“

„Ich dich auch, John."

„Finde ein paar schöne Münzen, hörst du?", sagte ich und ließ ihn los. „Und dann erzähl mir alles darüber."

Er senkte den Blick. „Ich mag Savannah. Sie ist ein nettes Mädchen."

Diese Bemerkung kam aus heiterem Himmel – aber genau das hatte ich hören wollen.

IM FLUGZEUG holte ich Savannahs Brief aus der Tasche und legte ihn auf meinen Schoß. Am liebsten hätte ich ihn gleich gelesen, aber ich wartete, bis wir abhoben. Von meinem Fensterplatz aus konnte ich die Küstenlinie sehen, und ich hielt Ausschau nach dem Pier, dem Strandhaus. Ob Savannah noch schlief? Es war allerdings verlockender, mir auszumalen, dass sie unten am Strand stand und zu meinem Flieger hinaufschaute.

Als ich so weit war, öffnete ich den Umschlag. Savannah hatte ein Foto von sich beigelegt. Lange studierte ich ihr Gesicht, dann legte ich das Bild zur Seite, holte tief Luft und begann zu lesen.

> Lieber John,
> es gibt so vieles, was ich Dir sagen möchte, dass ich gar nicht weiß, womit ich anfangen soll. Soll ich Dir zuerst sagen, dass ich Dich liebe? Oder dass die Tage, die wir miteinander verbracht haben, die glücklichsten meines Lebens waren? Aber ein Gefühl ist stärker als alles andere: Ich wünsche mir so sehr, ich könnte jetzt bei Dir sein!
>
> Ich weiß, dass ich unsere gemeinsamen Tage in Gedanken immer wieder durchleben werde. Ich werde Dein Lachen hören, Dein Gesicht vor mir sehen und Deine Arme um mich spüren. Ach, wie sehr ich Dich jetzt schon vermisse – mehr, als Du Dir vorstellen kannst! Du bist ein Gentleman, John. Du hast mich nie dazu gedrängt, mit Dir zu schlafen, und ich kann Dir gar nicht sagen, wie viel mir das bedeutet. Dadurch wird das, was uns verbindet, noch viel kostbarer.
>
> Ich werde jeden Tag an Dich denken. Ein Teil von mir hat Angst davor, dass Du vielleicht irgendwann nicht mehr so empfindest wie ich und vergisst, was uns verbindet. Darum will ich Folgendes vorschlagen: Wo Du auch bist und egal was gerade in Deinem Leben passiert, bei Vollmond – wie an dem Abend, an dem wir uns kennen gelernt haben – möchte ich, dass Du zum Himmel hinaufschaust und an mich denkst, an unsere gemeinsame Woche. Und ich werde, wo ich auch bin und egal was in meinem Leben gerade passiert, genau das Gleiche tun. Wenn wir schon nicht zusammen *sein* können, wollen wir doch wenigstens das zusammen *tun* – und vielleicht gelingt es uns ja, diesen Brauch für immer zu bewahren.

Kapitel 6

Die Tage mit Savannah hatten mich verändert, und die Männer in meiner Gruppe registrierten den Unterschied sofort. In den nächsten Wochen zog mich mein Freund Tony ständig damit auf. Selbstzufrieden hielt er seine Ansicht darüber, wie wichtig weibliche Gesellschaft war, nun endlich für erwiesen. „Erzähl mir noch mal von deiner wilden Ferienromanze“, sagte er.

Ich versuchte, ihn zu ignorieren.

„Savannah heißt sie, stimmt's? Sa-van-nah. Toller Name. Klingt so … zart, aber ich wette, im Bett war sie 'ne Wucht.“

„Halt die Klappe, Tony.“

„Komm schon! Hab ich dir nicht immer gesagt, dass du aus deiner Höhle raus und dir 'ne Freundin suchen musst? Endlich hast du auf mich gehört, und jetzt wird abgerechnet. Ich will alle Einzelheiten erfahren.“

„Das geht dich nichts an.“

Tony machte eine ungeduldige Handbewegung. „Du bist ein liebeskranker Trottel.“

Ich sagte nichts, aber mir war klar, dass er Recht hatte. Ich war bis über beide Ohren in Savannah verliebt. Ich hätte alles dafür gegeben, bei ihr sein zu können, und hatte bereits einen Antrag auf Versetzung in die USA gestellt. Als mein Vorgesetzter die Gründe dafür wissen wollte, erzählte ich ihm von Dad, nicht von Savannah. Er lehnte sich in seinem Stuhl zurück und sagte: „Die Chancen stehen nicht gut – es sei denn, Ihr Vater hätte ernsthafte Gesundheitsprobleme.“ Als er das Zimmer verlassen hatte, wusste ich, dass es in den nächsten sechzehn Monaten keine Versetzung geben würde. Ich versuchte gar nicht erst, meine Enttäuschung zu verbergen. Beim nächsten Vollmond verließ ich die Baracke und ging zu der Wiese, auf der wir immer Fußball spielten. Dort legte ich mich ins Gras und schaute hinauf zum Mond, dachte an Savannah, an unser Glück – und war todtraurig, dass ich so weit weg war.

Von Anfang an schrieben wir uns regelmäßig. Wir schickten einander auch E-Mails, aber Savannah schrieb viel lieber Briefe und wollte auch von mir welche haben. *Ich mag dieses Gefühl, die Überraschung, wenn ich einen Umschlag im Briefkasten finde*, schrieb sie, *und die Vorfreude, kurz bevor ich ihn öffne*.

Die Tage und Wochen vergingen und meine Liebe zu Savannah wurde immer stärker. Manchmal holte ich ihr Foto hervor und betrachtete es. Merkwürdig – ich glaubte, mich ganz genau an sie zu erinnern, aber wenn ich ehrlich war, musste ich zugeben, dass ich manches vergessen hatte. Oder vielleicht nie bemerkt. Auf dem Foto fiel mir zum Beispiel das winzige Muttermal unter ihrem linken Auge auf. Oder dass sie ein bisschen schief lächelte. Es waren diese kleinen Unvollkommenheiten, die sie in meinen Augen perfekt machten – aber ich fand es schrecklich, dass ich das erst anhand des Fotos feststellen konnte.

Aber sooft ich auch an Savannah dachte, sosehr ich sie vermisste – ich musste meine Arbeit tun. Anfang September wurden meine Gruppe und ich zum zweiten Mal zu einer weiteren Friedensmission in den Kosovo geschickt. Es war relativ ruhig, was allerdings nicht bedeutete, dass ich meine Tage damit verbrachte, Blumen zu pflücken und von Savannah zu träumen. Ich reinigte meine Waffe und hielt Ausschau nach irgendwelchen Irren. Wenn man gezwungen ist, stundenlang auf der Hut zu sein, ist man sehr müde, wenn es Nacht wird. Ich muss ehrlich sagen, dass ich oft zwei, drei Tage lang gar nicht dazu kam, mir zu überlegen, was Savannah wohl gerade machte. Hieß das, dass meine Liebe nachließ? Diese Frage stellte ich mir sicher ein Dutzend Mal während dieses Aufenthalts, aber ich kam immer zu dem Schluss, dass es nicht stimmte – und zwar deshalb, weil ihr Bild oft ganz überraschend vor mir erschien, wenn ich es am allerwenigsten erwartete. Und die Sehnsucht war immer noch genauso stark wie am Tag meiner Abreise.

Savannahs Briefe kamen etwa alle zehn Tage, und als ich wieder nach Deutschland zurückkehrte, erwartete mich ein ganzer Stapel. Die meisten waren im lockeren Plauderton geschrieben. Ich erfuhr, dass Savannah für ihre Herbstkurse offenbar genau die Professoren bekommen hatte, die sie sich gewünscht hatte, und sie freute sich auf ein Seminar in Jugendpsychologie. Am Schluss schrieb sie immer ein paar Sätze, in denen Dinge standen, die mich innehalten ließen, Worte, die ich nicht vergaß und die mich auf wunderbare Weise an unsere gemeinsame Zeit erinnerten. Zum Beispiel stand in ihrem zweiten Brief:

> Wenn ich an Dich und mich denke, an die Zeit, die wir zusammen verbracht haben, dann weiß ich, dass andere Menschen vielleicht sagen würden, ach, das war bloß eine Schwärmerei, die auf lange Sicht nichts zu bedeuten hat. Deshalb erzähle ich auch niemandem von uns. Die anderen würden es sowieso nicht verstehen, und ich verspüre auch nicht den Wunsch, es zu erklären – einfach deswegen, weil ich in meinem Herzen

> weiß, wie *wirklich* es ist. Wenn ich an Dich denke, muss ich lächeln, denn ich weiß, dass Du mich auf irgendeine Art vervollständigt hast, und ich träume von dem Tag, an dem Du mich wieder in die Arme nimmst.

Und dann die Stelle aus einem Brief, den sie mir schrieb, während ich im Kosovo war:

> Ich muss zugeben, dass ich mir nach Deinem letzten Brief Sorgen gemacht habe. Mir stockt der Atem und ich bekomme große Angst um Dich, wenn Du beschreibst, wie Dein Leben jetzt aussieht. Ich bin hier in Amerika, freue mich darauf, zu Thanksgiving nach Hause zu fahren, und mache mir Gedanken um Tests und Klausuren, während Du in einem Gebiet voller Gefahren stationiert bist, umgeben von Menschen, die Dir wehtun wollen.

Weihnachten spielte sich in jenem Jahr trostlos ab. Ein paar Kameraden in unserer Kaserne stellten einen Christbaum auf und schmückten ihn mit blinkenden Lichterketten. Aber mehr als die Hälfte meiner Kumpel war heimgefahren – ich gehörte bedauerlicherweise zu den Pechvögeln, die zurückbleiben mussten. Fast alle Dagebliebenen trotteten in die Stadt, um sich zur Feier des Tages mit gutem deutschem Bier abzufüllen. Das Päckchen von Savannah hatte ich bereits ausgepackt – ein Pullover und eine Dose mit Plätzchen –, und ich wusste, dass das von mir ausgesuchte Parfum schon bei ihr angekommen war. Doch ich fühlte mich sehr einsam, und um mir selbst ein Geschenk zu machen, rief ich sie an. Wir redeten eine ganze Stunde lang miteinander. Ich lehnte mich in meinem Stuhl zurück und stellte mir vor, sie wäre bei mir. Voller Sehnsucht hörte ich zu, wie sie die Schneeflocken beschrieb, die leise durch die Luft wirbelten. Gleichzeitig bemerkte ich, dass es auch bei uns schneite, und einen Moment lang hatte ich das Gefühl, wir wären zusammen.

IM JANUAR 2001 fing ich an, die Tage bis zu unserem Wiedersehen zu zählen. Mein Sommerurlaub war für Juni angesetzt, und in nicht mal einem Jahr würde ich die Army verlassen. Es schien alles schon so nahe, dass ich mir erlauben konnte, davon zu träumen, wieder nach North Carolina zu ziehen.

Mein Dad schrieb mir auch, in seinem gewohnten monatlichen Rhythmus. Zu meiner Verwunderung waren seine Briefe doppelt oder dreifach so lang wie früher, als er mir immer höchstens eine Seite geschrieben hatte. Auf den zusätzlichen Seiten berichtete er ausschließlich von seinen Münzen. In meiner Freizeit ging ich in den Computerraum und stellte meine eigenen

Recherchen an. Ich suchte nach bestimmten Münzen, informierte mich über ihre Geschichte und ließ Dad die gefundenen Informationen zukommen.

Im Februar wurde ich zu einem Manöver mit anderen NATO-Truppen geschickt. Es war eine dieser Übungen mit dem Motto: „Wir tun so, als wären wir in einer Schlacht des Jahres 1944.“ Wir sollten auf deutschen Landstraßen einen Panzerangriff abwehren. Ziemlich absurd, wenn man mich fragt. Derartige Schlachten gibt es nicht mehr, genauso wenig wie spanische Galeonen, die ihre Kanonen abfeuern, oder die amerikanische Kavallerie, die hoch zu Ross zur Rettung kommt. Das Wetter war miserabel. Es war dermaßen kalt, dass sich an meinen Augenbrauen kleine Eiszapfen bildeten, und jeder Atemzug schmerzte. Die Hälfte meiner Männer bekam Frostbeulen, die andere Hälfte litt an Unterkühlung, und als wir fertig waren, bestand meine Gruppe nur noch aus drei oder vier Männern, die alle auf der Krankenstation landeten, sobald wir ins Lager zurückkehrten. Ich ebenfalls. Als Krönung des Ganzen besuchte uns mein Vorgesetzter auf der Krankenstation und gratulierte meiner Gruppe zu ihrem Einsatz. Ich hätte ihm gern gesagt, dass wir unsere Zeit vielleicht besser damit verbracht hätten, moderne Kampfstrategien zu lernen, oder dass wir wenigstens vorher den Wetterbericht hätten hören sollen. Aber stattdessen salutierte ich, wie es sich für einen braven Soldaten gehört.

Die nächsten Monate verbrachte ich in der Kaserne. Es gab keine besonderen Vorkommnisse. Hin und wieder ging ich in die Stadt, um mit den Jungs ein Bier zu trinken, aber die meiste Zeit beschäftigte ich mich mit Krafttraining. Außerdem rannte ich Hunderte von Kilometern und machte Tony fertig, wenn wir in den Boxring kletterten.

Der Frühling in Deutschland war gar nicht so übel, wie man nach der Manöverkatastrophe erwartet hätte. Der Schnee schmolz, die Blumen blühten, die Luft wurde mild und warm. Und dann kam endlich der Juni. Wenn ich an meine Reise nach North Carolina dachte, wurde ich kribbelig. Savannah hatte das College abgeschlossen, aber sie belegte in den Sommermonaten Kurse für ihren Magister. Also beschloss ich, zu ihr nach Chapel Hill zu kommen. Wir würden zwei wunderbare Wochen miteinander verbringen, denn Savannah wollte auch mitkommen, wenn ich meinen Vater in Wilmington besuchte. Trotzdem durchschritt ich ein Wechselbad der Gefühle, wenn ich an den Urlaub dachte – ich freute mich wahnsinnig, aber vor allem war ich sehr nervös.

Ich hatte sie seit fast einem Jahr nicht mehr gesehen. Wie würde sie reagieren, wenn wir uns gegenüberstanden? Würde sie auf mich zueilen und mir in die Arme fallen? Oder würde sie abwarten und mir nur einen zarten Kuss auf die Wange geben? Ich hatte keine Ahnung, ob wir gleich wieder so unbefangen miteinander reden würden wie damals oder ob wir zuerst einmal verlegen Konversation machen würden. Nachts lag ich oft wach und malte mir tausend verschiedene Szenarien aus.

Im Juni 2001 war endlich Urlaubszeit und ich flog nach Hause. Es war ein Freitagabend, und Savannah hatte versprochen, mich am Flughafen in Raleigh abzuholen und mit mir nach Lenoir zu fahren, damit ich ihre Eltern kennen lernen konnte. Diesen überraschenden Vorschlag hatte sie mir ein paar Tage vor meinem Abflug gemacht. Ich hatte nichts dagegen, ihre Eltern zu besuchen. Wäre es allerdings nach mir gegangen, hätte ich Savannah lieber für mich allein gehabt, wenigstens während der ersten paar Tage. Aber sie klang so begeistert, dass ich gar nicht anders konnte, als ihr zu versichern, dass ich mich sehr freuen würde, ihren Eltern zu begegnen.

Als das Flugzeug landete, wuchs meine Vorfreude ins Unermessliche und das Herz klopfte mir bis zum Hals. Trotzdem hatte ich immer noch keine Ahnung, wie ich mich verhalten sollte. Doch bevor ich weiter darüber nachdenken konnte, lief ich schon mit den anderen Passagieren über die Gangway, die ins Flughafengebäude führte. Als ich in die Ankunftshalle kam, konnte ich Savannah in der Menschenmenge zuerst gar nicht entdecken. Ich warf meinen Seesack über die Schulter, dann sah ich sie – und wusste sofort, dass all meine Sorgen grundlos gewesen waren, denn als sie mich erblickte, stürmte sie sofort los, so schnell sie konnte. Ich hatte kaum Zeit, mein Gepäck abzustellen, da fiel sie mir schon in die Arme.

Ich habe keine Ahnung, wie lange wir eng umschlungen dastanden, aber als wir dann schließlich zum Auto gingen, nahm ich sie an der Hand und wusste, dass ich sie noch mehr liebte als bei unserer letzten Begegnung – mehr, als ich je wieder einen Menschen lieben würde.

Während der Fahrt unterhielten wir uns so unbefangen wie früher, und ein paar Stunden später standen wir vor dem Haus ihrer Eltern. Sie warteten schon auf der Veranda ihres hübschen viktorianischen Häuschens. Zu meiner Überraschung umarmte mich Savannahs Mutter ganz selbstverständlich zur Begrüßung. Sie hatte große Ähnlichkeit mit ihrer Tochter: sie war freundlich, unkompliziert und sehr viel intelligenter, als man auf den ersten Blick vermutete. Auch Savannahs Dad war mir auf Anhieb sympathisch. Und es störte keinen von beiden, dass ihre Tochter mich ständig an der Hand hielt. Am späten Abend machten wir zwei noch einen langen

Spaziergang im Mondschein, und als wir ins Haus zurückkamen, hatte ich fast das Gefühl, wir wären nie voneinander getrennt gewesen.

Dass ich im Gästezimmer schlief, war sonnenklar, ich hatte es nicht anders erwartet. Wegen der Zeitumstellung war es für mich ein langer Tag gewesen, und ich schlief sofort ein, wachte aber nach einer Stunde wieder auf, weil sich leise quietschend meine Tür öffnete. Es war Savannah, sie trug einen Baumwollschlafanzug und Socken. Auf Zehenspitzen kam sie an mein Bett geschlichen.

„Meine Eltern bringen mich um, wenn sie erfahren, dass ich hier bei dir bin", flüsterte sie. Dann schlüpfte sie zu mir unter die Decke. Ich nahm sie in die Arme und spürte ihren weichen Körper an meinem.

Wir küssten uns und kicherten fast die ganze Nacht, dann huschte sie zurück in ihr Zimmer. Ich schlief gleich wieder ein und erwachte, als der Duft von gebratenem Speck hereinwehte. Schnell zog ich T-Shirt und Jeans an und ging hinunter in die Küche. Savannah saß schon am Tisch und unterhielt sich mit ihrer Mutter, während ihr Vater die Zeitung las. Ich setzte mich und Savannahs Mutter goss mir eine Tasse Kaffee ein, ehe sie mir einen Teller Rührei mit Speck servierte. Savannah wirkte in dem warmen Morgenlicht unglaublich frisch und munter.

„Hast du gut geschlafen?", fragte sie mich mit einem übermütigen Blitzen in den Augen.

Ich nickte. „Ja – und ich hatte einen wunderbaren Traum."

„Ach wirklich? Worum ging es denn in dem Traum?", erkundigte sich ihre Mutter.

Savannah trat mir unter dem Tisch gegen das Schienbein. Ich muss zugeben, dass mir gefiel, wie sie sich wand, aber ich wollte sie natürlich nicht in Verlegenheit bringen und tat so, als würde ich überlegen. „Ich kann mich nicht mehr erinnern", sagte ich. Dann sah ich Savannah fragend an. „Und was steht heute auf dem Programm?"

„Ich dachte, wir könnten ein bisschen ausreiten. Was hältst du davon?" Als ich zögerte, lachte sie. „Es macht dir bestimmt Spaß – ich verspreche es dir!"

„Du hast gut reden."

SIE RITT MIDAS; mir wies sie ein Pferd namens Pepper zu, das normalerweise ihr Vater ritt. Wir trotteten wunderschöne Pfade entlang, galoppierten über Wiesen, und ich lernte auf diese Weise einen Teil ihrer Welt kennen. Savannah hatte ein Picknick vorbereitet und wir ließen uns schließlich auf einem kleinen Hügel nieder, von dem aus man einen fantastischen Blick auf Lenoir hatte. Sie zeigte mir die Schule, in die sie gegangen war, und die Häuser der Leute, die sie kannte. Ich spürte, wie gern sie an diesem Ort lebte, wie verwurzelt sie darin war – bestimmt würde sie niemals woanders wohnen wollen.

Wir verbrachten insgesamt sechs oder sieben Stunden im Sattel. Erst beim Abendessen merkte ich, dass ich mich kaum noch bewegen konnte.

Am Sonntag gingen wir mit ihrer Familie in die Kirche. Ich hatte solchen Muskelkater, dass ich sonst nichts unternehmen konnte, deshalb machte ich es mir anschließend auf dem Sofa gemütlich und sah mit Savannahs Dad ein Baseballspiel.

Am Abend fuhren wir dann nach Chapel Hill und Savannah zeigte mir ihre Wohnung: Sie war spärlich möbliert, aber relativ modern, und hatte sowohl einen mit Gas befeuerten Kamin als auch einen kleinen Balkon, von dem aus man auf den Campus blickte. Trotz des warmen Wetters zündete Savannah den Kamin an. Wir aßen Käse und Cracker und redeten fast bis Mitternacht, aber Savannah war stiller als sonst. Schließlich verschwand sie in ihrem Schlafzimmer. Als sie nicht zurückkam, folgte ich ihr, blieb aber im Türrahmen stehen. Sie saß auf dem Bett.

Sie holte tief Luft. „Also …“, begann sie. „Es ist schon ziemlich spät. Und ich muss morgen früh in eine Vorlesung.“

Ich nickte. „Dann solltest du allmählich schlafen gehen.“

„Ja.“ Sie blickte zum Fenster und war sichtlich nervös, was ihr aber sehr gut stand.

Ich hob die Hände. „Weißt du was? Ich schlafe auf dem Sofa, okay?“

„Das würde dir nichts ausmachen?“

„Nein, gar nichts.“ Etwas anderes wäre mir lieber gewesen, aber ich konnte sie verstehen.

Sie machte keinerlei Anstalten, vom Bett aufzustehen. „Ich bin einfach noch nicht so weit“, sagte sie mit leiser Stimme. „Ich liebe dich, und du liebst mich … und das tun die Menschen doch, wenn sie einander lieben, nicht wahr? Solange du nicht hier warst, fand ich es völlig logisch, aber jetzt …“ Sie verstummte.

„Ist schon okay“, beruhigte ich sie.

Endlich sah sie mich an. „Bist du nun enttäuscht?“

„Na ja, ein bisschen schon …“, gab ich zögernd zu, und sie musste lachen.

„Nimm’s mir nicht übel“, sagte sie.

„Du brauchst dich nicht zu entschuldigen."

„Das Sofa ist nicht gerade bequem", sagte sie besorgt. „Und es ist so kurz. Du kannst dich gar nicht richtig ausstrecken."

Ich wartete.

„Vielleicht könntest du doch hier bei mir schlafen", schlug sie schließlich vor. „Willst du's versuchen? Aber nur bei mir, nicht *mit* mir, okay?"

„Ganz wie du möchtest."

Endlich entspannten sich ihre Schultern. Sie stand auf und holte einen Schlafanzug aus der Kommodenschublade. Ich ging ins Wohnzimmer, um für die Nacht eine Sporthose und ein T-Shirt anzuziehen. Als ich ins Schlafzimmer zurückkam, hatte sie sich unter der Decke verkrochen. Ich begab mich zur anderen Seite und kletterte zu ihr. Sie machte das Licht aus und schaute auf dem Rücken liegend zur Zimmerdecke hinauf. Ich drehte mich auf die Seite und sah sie an.

„Gute Nacht", flüsterte sie leise.

„Gute Nacht."

„He du", flüsterte sie nach einer Weile.

„Ja?"

„Ich wollte dir nur sagen: das ist das allererste Mal, dass ich mit einem Mann im Bett liege. Die ganze Nacht, meine ich. Das ist doch schon so etwas wie ein erster Schritt, oder?"

„Ja, stimmt, das *ist* der erste Schritt", antwortete ich lächelnd.

„Aber du erzählst es keinem, oder? Ich meine – ich will nicht meinen guten Ruf verlieren."

Ich unterdrückte ein Grinsen. „Ich verspreche dir, dass ich unser kleines Geheimnis für mich behalte."

Bei ihren Eltern war Savannah genau so wie das Mädchen in meiner Erinnerung gewesen. Auch noch an unserem ersten Abend allein. Aber danach … danach bemerkte ich kleine Veränderungen. Ich begriff, dass ihr Leben auch ohne mich erfüllt war. In dem Kalender an ihrer Kühlschranktür waren für fast jeden Tag irgendwelche Termine eingetragen: Konzerte, Vorträge, Partys. Tims Name tauchte immer wieder bei Verabredungen zum Mittagessen auf. Sie besuchte vier Kurse, und als Studentin mit College-Abschluss unterrichtete sie auch selbst einen. Donnerstagnachmittags arbeitete sie mit ihrem Professor an einer Fallstudie. Und wenn sie nach Hause kam, berichtete sie mir von ihrem Tag. Während sie voller Begeisterung erzählte, hörte ich ihr zu, aber mit jeder neuen Geschichte wurde mir schwerer ums Herz. Ich bekam das Gefühl, dass wir einander zwar wirklich sehr mochten – aber irgendwie hatte sie eine andere Richtung eingeschlagen als ich.

Nicht dass mich jemand falsch versteht – ich war immer noch unglaublich verliebt in Savannah und es gab genügend Situationen, in denen ich deutlich spürte, wie sehr sie mich liebte. Alles in allem war es eine wunderschöne Woche. Am Dienstagabend gingen wir mit mehreren ihrer Kommilitonen essen. Am Mittwochnachmittag zeigte mir Savannah, wo ihre Kurse stattfanden. Anschließend trafen wir uns noch mit ein paar von den Leuten, mit denen wir am Vortag gegessen hatten. Abends holten wir uns dann einen chinesischen Imbiss und aßen in ihrer Wohnung. Sie trug ein Top mit Spaghettiträgern, das ihre sommerliche Bräune unterstrich. Ich fand sie unglaublich sexy – in meinem ganzen Leben hatte ich noch nie eine derart attraktive Frau gesehen.

Am Donnerstag beschloss ich, sie mit einem besonderen Abend zu überraschen. Während sie an der Uni war, ging ich ins Einkaufszentrum und investierte ein Vermögen in einen Anzug mit Krawatte und dazu passenden Schuhen. Ich wollte Savannah schick ausführen und reservierte einen Tisch in dem Restaurant, das der Schuhverkäufer mir als das beste in der ganzen Stadt empfohlen hatte. Als aber Savannah am Nachmittag zur Tür hereinkam, verkündete sie gleich, sie wolle den Abend wieder mit den Freunden verbringen, mit denen wir uns bereits zweimal getroffen hatten. Und weil sie so begeistert klang, brachte ich es nicht übers Herz, ihr zu sagen, dass ich mir etwas anderes ausgedacht hatte.

Aber ich war mehr als nur enttäuscht. Ich war wütend. Natürlich war ich gern bereit gewesen, einen Abend mit ihren Freunden auszugehen. Und meinetwegen auch noch einen Nachmittag. Aber doch nicht jeden Tag! Savannah und ich hatten uns ein ganzes Jahr lang nicht gesehen. Und es lagen ja auch nicht endlos viele gemeinsame Wochen vor uns! Ich hatte gedacht, wir würden so viel Zeit wie nur möglich zusammen verbringen, um das Jahr der Trennung wettzumachen. Es ärgerte mich, dass ihr das offensichtlich nicht so wichtig war wie mir.

In Anbetracht meiner schlechten Laune hätte ich vielleicht besser zu Hause bleiben und sie allein gehen lassen sollen. Stattdessen saß ich abseits, weigerte mich, am Gespräch teilzunehmen, und funkelte jeden, der in meine Richtung schaute, böse an. Savannah merkte, dass ich sauer war, aber immer wenn sie mich fragte, was mit mir los sei, versicherte ich ihr in latent aggressivem Tonfall, alles sei bestens.

Nach einer Weile hatte sie meine abweisende Haltung offenbar satt und wurde ihrerseits sauer auf mich. Auf dem Heimweg wechselten wir kaum ein Wort, und im Bett schliefen wir so weit voneinander entfernt wie nur möglich. Am Morgen hatte ich mich wieder beruhigt und war willens, mich mit ihr zu versöhnen. Aber leider verhielt es sich bei ihr anders. Während ich die Zeitung holte, verließ sie das Haus, ohne einen einzigen Bissen gegessen zu haben, und ich musste allein frühstücken.

Ich wusste, dass ich den Bogen überspannt hatte. Deshalb nahm ich mir vor, alles wiedergutzumachen, wenn sie nach Hause kam. Ich wollte ihr sagen, was wirklich los war, wollte ihr von dem geplanten Essen erzählen und mich für mein Verhalten entschuldigen. Bestimmt würde sie mich verstehen. Bei einem romantischen Dinner würden wir alles klären. Genau das brauchten wir jetzt, denn am nächsten Tag wollten wir zu meinem Vater nach Wilmington fahren, um das Wochenende mit ihm zu verbringen.

Um ein Uhr mittags hatte ich meine Sachen so gut wie gepackt und rief im Restaurant an, um erneut zu reservieren. Ich wusste ja, wann Savannah nach Hause kam. Sie musste jede Minute da sein. Aber die Stunden verstrichen, erst eine, dann zwei – ohne jede Spur. Immer wieder ging ich vergeblich nach draußen, um nachzusehen, ob Savannahs Wagen vielleicht schon auf dem Parkplatz stand.

Als ich ihr Auto dann endlich vorfahren hörte, war mein Kiefer ganz verkrampft und ich knirschte mit den Zähnen. Es war jetzt Viertel nach drei! Strahlend kam sie zur Tür herein, als wäre alles völlig normal.

„Hallo John!“, rief sie. „Tut mir leid, dass ich so spät dran bin, aber nach meinem Kurs wollte eine Studentin noch mit mir reden. Sie ist total begeistert – stell dir vor, sie will *meinetwegen* Sonderpädagogik studieren. Was sagst du dazu? Das hat mich echt bestätigt. Es ist schon ein tolles Gefühl, wenn man merkt, dass man einem anderen Menschen wirklich etwas vermitteln kann!“

Ich zwang mich zu einem Lächeln, was sie als Aufforderung zum Weiterreden interpretierte.

„Na, jedenfalls hat sie mich gefragt, ob ich ein bisschen Zeit für sie hätte. Ich meinte, ich müsste in ein paar Minuten gehen, aber irgendwie ergab eins das andere, und schließlich sind wir noch miteinander essen gegangen.“

„Klingt sehr interessant“, murmelte ich nur.

Da erst schaute Savannah mir ins Gesicht, und ich machte keine Anstalten, meine Gefühle zu verbergen.

„Was ist denn los?“, wollte sie wissen.

„Nichts“, log ich.

Sie stellte mit einem genervten Seufzer ihren Rucksack weg. „Heißt das, du möchtest nicht drüber reden? Wie du willst. Aber du solltest wissen, dass ich das langsam ein bisschen ermüdend finde.“

„Was meinst du?“

Sie drehte sich blitzschnell zu mir um. „Was ich meine? Dein ganzes Verhalten! Du bist nicht besonders schwer zu durchschauen, John. Du bist sauer, aber du willst mir nicht sagen, wieso.“

Ich musste mich zwingen, ruhig zu bleiben. „Okay“, fing ich an. „Ich warte seit Stunden auf dich, weil ich dachte …“

Sie hob abwehrend die Hände. „Ach, darum geht’s?! Ich hab es dir doch gerade erklärt und mich, gleich als ich zur Tür hereingekommen bin, bei dir entschuldigt.“

„Ich weiß, aber …“

Sie stemmte die Hände in die Hüften. „Soll ich dir sagen, was ich denke? Du bist immer noch böse auf mich wegen gestern Abend. Aber lass mich raten – darüber möchtest du auch nicht reden, stimmt’s?“

Ich schloss die Augen. „Gestern Abend hast du …“

„Ich?“, unterbrach sie mich und schüttelte den Kopf. „Nein, mein Lieber – gib gefälligst nicht mir die Schuld! Ich habe nicht angefangen. Gestern Abend hätte alles sehr nett sein können, wenn du nicht dauernd mit grimmiger Miene dagesessen und dich aufgeführt hättest, als wolltest du in der nächsten Minute jemanden erschießen!“

„Bist du schon auf die Idee gekommen, dass ich mich so benommen habe, weil ich mit dir allein sein wollte?“

„Du willst mit mir allein sein?! Da muss ich dir leider sagen: So wie du dich aufführst, würde das keiner glauben! Wir waren heute Morgen allein. Wir sind allein, seit ich vorhin zur Tür reingekommen bin. Ich habe versucht, alles wieder ins Lot zu bringen, aber du willst nur mit mir streiten.“

„Ich will mich überhaupt nicht mit dir streiten!“, erwiderte ich. „Ich möchte doch nur, dass alles wieder so ist wie früher. Wie letzten Sommer!“

„Wie war es denn letzten Sommer?“

Ich fand das alles furchtbar. Nein, ich wollte ihr nicht gestehen, dass ich das Gefühl hatte, nicht mehr wichtig für sie zu sein. Deshalb schlich ich lieber um das eigentliche Thema herum. „Ich finde, wir haben letzten Sommer viel mehr Zeit miteinander verbracht.“

„Das ist es, was dich stört? Dass ich so viel zu tun habe? Dass ich ein *Leben* zu führen habe? Was erwartest du von mir? Soll ich die ganze Woche meine Kurse schwänzen? Mich krankmelden, wenn ich unterrichten muss? Willst du wirklich, dass ich nichts für die Uni mache?!"

„Nein, natürlich nicht …"

„Aber du findest es richtig, dass du mich vor meinen Freunden demütigst!"

„Ich habe dich doch nicht gedemütigt!", protestierte ich.

„Ach nein? Wieso hat Tricia mich dann heute beiseitegenommen und mir gesagt, dass ich was Besseres verdient hätte?"

Das tat weh. Ich wandte mich ab und trat ans Fenster. Ratlos blickte ich hinaus ins Freie. Wütend war ich nicht mehr, ich war nur noch … *traurig*. Ich hatte das Gefühl, sie verloren zu haben, und wusste nicht warum – weil ich aus einer Mücke einen Elefanten gemacht hatte? Oder weil ich nur zu gut verstand, was wirklich zwischen uns ablief?

Ich wünschte mir nur eines: dass sie zu mir kommen und mich in die Arme nehmen würde. Dass sie sagen würde, sie verstehe sehr gut, was mich quälte, und ich hätte keinerlei Grund zur Sorge. Aber sie kam nicht. Ich fühlte mich eigentümlich einsam, als ich gegen die Fensterscheibe sagte: „Du hast Recht. Es tut mir schrecklich leid, dass ich mich gestern Abend so bescheuert benommen habe und dass ich sauer war, weil du heute Nachmittag später als sonst heimgekommen bist. Ich will einfach nur so viel wie möglich mit dir zusammen sein."

„So wie du das sagst, klingt es, als würdest du nicht glauben, dass ich das auch will."

Ich drehte mich um. „Ehrlich gesagt – ich weiß wirklich nicht mehr, ob du es willst."

Mit diesen Worten verließ ich die Wohnung.

Ich wusste nicht wohin. Ich wusste nicht einmal, warum ich gegangen war. Nur eines war mir klar: dass ich allein sein musste. Ich ging in Richtung Campus, durch die sengende Sonne. Ich wollte schwitzen – als könnte ich auf diese Weise die Wut, die Trauer und die Enttäuschung loswerden.

Eines war sicher: Savannah war hereinmarschiert, um mit mir zu streiten. Ihre Antworten waren viel zu schnell gekommen, und ich fand, dass sie nicht spontan geklungen hatten, sondern eingeübt, als hätte ihre eigene Wut den ganzen Tag unterschwellig in ihr gebrodelt. Allerdings schien sie keinen Gedanken daran verschwendet zu haben, dass sie vielleicht auch beteiligt sein und meine Gefühle verletzt haben könnte. Diese Kränkung nagte den ganzen Nachmittag an mir.

Die Schatten wurden länger, die Sonne wanderte nach Westen, aber ich war noch nicht bereit zurückzugehen. Stattdessen kaufte ich mir Pizza und ein Bier und schlenderte noch eine Weile weiter, bis es mich schließlich doch nach Hause zog. Es war schon fast neun, und der Aufruhr der Gefühle hatte bei mir eine tiefe Erschöpfung hinterlassen.

Ob sie die Tür abgeschlossen hatte? Nein, der Türknauf ließ sich mühelos drehen. Die Schlafzimmertür war nur angelehnt. Ich holte tief Luft und streckte den Kopf ins Zimmer. Sie saß auf dem Bett, in einem übergroßen T-Shirt, und las. Als sie von ihrer Zeitschrift aufblickte, lächelte ich schüchtern. „Hallo“, sagte ich.

„Hi.“

„Es tut mir so leid“, murmelte ich. „Alles tut mir leid. Du hast vollkommen Recht – ich habe mich gestern Abend wie ein Idiot benommen. Und ich hätte auch nicht sauer werden dürfen, weil du heute später gekommen bist.“

Zu meiner Überraschung klopfte sie neben sich auf die Matratze. „Komm her“, flüsterte sie.

Ich setzte mich zu ihr und legte den Arm um sie.

Sie schmiegte sich an meine Seite. „Eigentlich bin ich diejenige, die sich entschuldigen müsste. Du glaubst, dass ich dich gezwungen hätte, so viel Zeit mit meinen Freunden zu verbringen, weil du mir nicht mehr so wichtig wärst wie früher, stimmt's? Aber genau das Gegenteil ist der Fall. Ich habe es getan, *weil* du mir so wichtig bist. Ich habe das alles nicht arrangiert, damit du meine Freunde kennen lernst oder damit sie dich kennen lernen, sondern meinetwegen.“ Sie verstummte, als wüsste sie nicht weiter. „Der letzte Sommer bedeutet mir unendlich viel. Mehr, als du dir vorstellen kannst. Nach deiner Abreise war ich am Boden zerstört. Frag Tim. Ich konnte kaum arbeiten. Jeden Abend habe ich geweint, und am Tag saß ich oft vor dem Haus und habe mir ausgemalt, du würdest den Strand entlanggelaufen kommen. Immer wenn ich einen Mann mit Bürstenschnitt sah, bekam ich Herzklopfen, obwohl ich genau wusste, dass du es nicht sein konntest. Aber jedes Mal wünschte ich mir, du wärst es. Ich habe einfach nicht geahnt, wie schwer mir alles fallen würde ohne dich. Als du nicht mehr da warst, hatte ich das Gefühl, sterben zu müssen, und erst nach langer, langer Zeit habe ich mich wieder einigermaßen normal gefühlt. Sosehr ich mich auf das Wiedersehen gefreut habe und sosehr ich dich liebe – ein Teil von mir hat schreckliche Angst davor, dass ich wieder zusammenbrechen könnte, wenn die zwei Wochen vorbei sind. Deshalb habe ich immer versucht, für Ablenkung zu sorgen, verstehst du? Damit mir nicht wieder das Herz bricht."

Ich hatte einen Kloß im Hals und konnte nichts erwidern.

„Heute habe ich begriffen, dass ich dich dadurch verletze", fuhr sie fort. „Dass es dir gegenüber nicht fair ist. Aber gleichzeitig muss ich auch fair zu mir selbst sein. In einer Woche bist du wieder fort, und ich muss irgendwie damit fertig werden, ohne daran zu zerbrechen." Sie starrte auf ihre Hände. „Wenigstens ist es diesmal kein ganzes Jahr. Das habe ich mir auch heute immer wieder gesagt: dass du an Weihnachten nach Hause kommst. Noch ein paar Monate, dann ist alles überstanden."

Ich drückte sie an mich und spürte die weiche Wärme ihres Körpers, spürte durch mein dünnes Hemd ihre Finger. Sie zog vorsichtig daran, bis mein Bauch freilag. Es durchzuckte mich wie ein Stromstoß. Ich schloss die Augen, gab mich ihrer Berührung hin und beugte mich dann zu ihr, um sie zu küssen.

Ihr Kuss war leidenschaftlicher als sonst, ihre Lippen bebten. Ich merkte, wie ihr Körper reagierte, und als ihre Hand zum Knopf meiner Jeans wanderte, setzte fast mein Herzschlag aus. Dann öffnete sie meine Hose, richtete sich plötzlich auf und zog ihr T-Shirt aus. Als ich sie nackt vor mir sah, ging mein Atem schneller. Sie beugte sich vor, schob mein Hemd nach oben, und ich spürte, wie ihre Hände an meiner Jeans zerrten.

Wir liebten uns, und es war so wunderschön, wie ich es mir immer erträumt hatte. Danach hielt ich Savannah sanft in meinen Armen und ließ alles noch einmal Revue passieren, jede Bewegung, jede Empfindung. Im Dunkeln flüsterte ich ihr leise ins Ohr, wie sehr ich sie liebte.

DIE RESTLICHEN TAGE meines Urlaubs verliefen genau so, wie ich es mir erhofft hatte. Außer an dem Wochenende bei meinem Vater – er kochte für uns und redete pausenlos über Münzen – waren wir so oft wie möglich miteinander allein. Als wir wieder in Chapel Hill waren, kam Savannah nach ihren Kursen immer gleich nach Hause und wir verbrachten die Nachmittage und Abende zusammen. An meinem vorletzten Abend aßen wir endlich in dem vornehmen Restaurant, das mir der Schuhverkäufer empfohlen hatte.

Wir schliefen nicht mehr miteinander. Als ich am Morgen nach unserer ersten Liebesnacht aufgewacht war, hatte Savannah mich eindringlich angesehen. Tränen liefen ihr über die Wangen. Ich hätte sie gern gefragt, was los war, doch sie legte den Finger an meine Lippen und schüttelte den Kopf. Sie wollte nicht, dass ich etwas sagte.

„Die Nacht war wunderschön", flüsterte sie. „Aber ich möchte nicht darüber sprechen." Sie schmiegte sich an mich und ich hielt sie lange in den Armen. Instinktiv war mir klar, dass sich zwischen uns etwas verändert hatte, aber ich hatte nicht den Mut, dieser Veränderung nachzuspüren.

Am Morgen meiner Abreise brachte Savannah mich zum Flughafen. Wir saßen in der Abflughalle, und als ich durch die Kontrolle musste, fiel sie mir schluchzend um den Hals.

„Bitte sei nicht traurig", erwiderte ich. „Es sind nur sechs Monate. In deinem Leben gibt es so viel Abwechslung – du wirst dich wundern, wie schnell die Zeit vergeht."

Für einen langen Moment blickten wir einander nur in die Augen.

„Denkst du an den Vollmond?", fragte sie schließlich.

„Jedes einzelne Mal", versprach ich.

Wir küssten uns noch einmal, ich drückte sie fest an mich und flüsterte ihr ins Ohr, wie sehr ich sie liebte, dann riss ich mich von ihr los und eilte die Gangway hinauf.

Im Flugzeug lehnte ich mich in meinem Sitz zurück. Ich wusste, dass Savannah mich liebte, dass ich ihr wichtig war, aber ich ahnte auch, dass Liebe und Zuneigung nicht immer genügten. Im Jahr zuvor hatte ich gar nicht bemerkt, dass meine Abreise sie so aus dem Tritt gebracht hatte. Und ich wusste nicht, wie sie die Trennung diesmal verkraften würde. Unsere Beziehung erinnerte mich allmählich an die Bewegungen eines Kinderkreisels. Wenn wir zusammen waren, hatten wir mühelos die Kraft, die Drehung aufrechtzuerhalten, und das Ergebnis war eine Welt voller Schönheit und Zauber; doch sobald wir uns trennten, verlangsamte sich diese kreisende Bewegung ganz automatisch. Wir wurden wacklig und instabil und wussten beide, dass wir eine Möglichkeit finden mussten, die verhinderte, dass wir umkippten.

Ich hatte aus dem vergangenen Jahr meine Lektion gelernt. Im Juli und August schrieb ich Savannah nicht mehr nur Briefe aus Deutschland, ich rief sie auch viel häufiger an. Savannahs Kurse liefen gut. Sie verbrachte zwei Wochen bei ihren Eltern, dann begann das Wintersemester. In der ersten Septemberwoche fingen wir an, die Tage bis zu meiner Entlassung zu zählen. Es waren noch genau hundert. In Tagen zu rechnen war viel leichter als in Wochen oder Monaten. Das Schwierigste lag hinter uns, sagten wir uns immer wieder, und während ich nach und nach die Blätter von meinem Kalender abriss, merkte ich, wie meine Sorgen um unsere Beziehung immer geringer wurden. Ich war mir ganz sicher, dass uns nichts auf der Welt daran hindern könnte, zusammen zu sein.

Dann kam der 11. September.

Kapitel 7

Die Bilder des 11. September werde ich nie vergessen. Ich sah den Rauch, der aus den Zwillingstürmen und aus dem Pentagon quoll, die Menschen, die in den Tod sprangen. Ich sah, wie die Türme zusammenstürzten und eine riesige Wolke aus Schutt und Asche emporstieg und sich über alles legte. Ich raste vor Wut, als das Weiße Haus evakuiert werden musste.

Dass die Vereinigten Staaten auf diesen Angriff reagieren mussten und dass dabei das Militär eine entscheidende Rolle spielen würde, wussten wir sofort. Ich glaube, es gab selten eine Zeit in meinem Leben, in der ich so stolz auf meine Männer war. Alle persönlichen Differenzen und politischen Unstimmigkeiten waren in diesen Tagen wie weggeblasen. Für eine kurze Zeit waren wir alle einfach nur Amerikaner.

Die Rekrutierungsbüros überall in den Staaten waren überfüllt mit Männern, die sich zur Verfügung stellen wollten. Und alle diejenigen, die schon Soldaten waren, wollten sich mehr denn je in den Dienst ihres Landes stellen. Tony war der Erste, der um zwei Jahre verlängerte. Einer nach dem anderen folgte seinem Beispiel. Sogar ich, der ich voller Vorfreude die Tage zählte, bis ich im Dezember endlich zu Savannah zurückkehren konnte, ließ mich anstecken und verpflichtete mich wieder. Die Vorstellung, meine Männer in einer dermaßen gefährlichen Zeit im Stich zu lassen, erschien mir unerträglich feige.

Ich rief Savannah an, um es ihr zu sagen. Zuerst unterstützte sie mich in meinem Entschluss. Wie alle anderen war sie entsetzt von den Ereignissen und verstand, dass mein Pflichtgefühl mich festhielt.

Doch bald kam die Ernüchterung. Unsere Infanteriedivision spielte keine Rolle beim Sturz der Talibanregierung in Afghanistan. Stattdessen verbrachten wir den Winter und den Frühling damit, uns auf den Einmarsch in den Irak vorzubereiten, der, wie jeder wusste, unmittelbar bevorstand.

Es war etwa um diese Zeit, dass sich Savannahs Briefe veränderten.

Sonst hatte ich immer jede Woche mindestens einen Brief erhalten, nun musste ich oft zehn Tage warten, und dann waren es oft sogar zwei Wochen. Mit der Zeit wurde auch der Tenor der Briefe anders. Verschwunden waren die langen Passagen, in denen sie beschrieb, wie sie sich unser gemeinsames Leben vorstellte. Jetzt wussten wir beide, dass dieser Traum noch mindestens zwei Jahre entfernt war. Wenn sie also über die Zukunft schrieb, hatte sie auch immer im Hinterkopf, wie lange wir noch voneinander getrennt sein würden. Das war für uns beide schmerzlich.

Als dann der Mai kam, war mein großer Trost, dass wir einander wenigstens während meines Urlaubs im Juni sehen würden. Doch das Schicksal verschwor sich wieder gegen uns: Ein paar Tage bevor ich aufbrechen sollte, bestellte mich mein Vorgesetzter zu einem Gespräch und eröffnete mir, mein Dad habe einen schweren Herzinfarkt erlitten und man habe mir bereits den erforderlichen Sonderurlaub bewilligt. Statt nach Chapel Hill zu fliegen und zwei wunderbare Wochen mit Savannah zu verbringen, reiste ich also nach Wilmington an Dads Krankenbett.

Bei meiner Ankunft lag Dad auf der Intensivstation. Seine Haut war aschgrau, er atmete schnell und flach. Mehr als einmal nahm ich seine Hand. Auch das war etwas Neues in meinem Leben. Weil er einen Schlauch in der Kehle hatte, konnte er nicht sprechen, also redete ich für uns beide. Ich erzählte ihm nicht von den Ereignissen auf dem Stützpunkt, sondern sprach über seine Münzen. Ich las ihm Ausgaben des Münzfachblattes vor. Ich recherchierte nach Münzen im Internet und berichtete ihm von den Angeboten und Preisen. Die genannten Summen verblüfften mich. Ich vermutete, dass die Sammlung meines Vaters zehnmal so wertvoll war wie das Haus, in dem er wohnte. Mein Dad, der nicht einmal die Kunst eines einfachen Gesprächs beherrschte, war reicher als alle anderen Leute, die ich kannte.

Aber der finanzielle Aspekt interessierte ihn nicht. Für meinen Vater war die Suche nach den Münzen wesentlich wichtiger als die Geldstücke selbst. Deshalb überlegte ich mir, welche Münzen wir damals gemeinsam gekauft hatten, und erzählte ihm die Geschichten von unseren Fahrten nach Raleigh, Charlotte oder Savannah. Dad lächelte in diesen Wochen viel häufiger als sonst. Einen Tag vor meiner geplanten Abreise kam er wieder nach Hause und das Krankenhaus bestimmte jemanden, der während der Erholungsphase täglich nach ihm sehen sollte.

Meine Krankenhausbesuche trugen also durchaus dazu bei, dass das Verhältnis zwischen meinem Vater und mir sich verbesserte, aber für meine

Beziehung zu Savannah waren sie nicht gerade gut. Nicht dass mich jemand falsch versteht – Savannah kam, sooft sie nur konnte, um mich zu begleiten und zu unterstützen. Trotzdem – wir hätten dringend ein paar Tage für uns gebraucht. Ungestört, allein.

Wir schafften es immerhin, einige kurze Spaziergänge zu machen, und zweimal gingen wir abends essen. Aber weil Savannah unterrichten musste und auch selbst wieder Kurse belegt hatte, konnte sie nicht in Wilmington bleiben. Ich bemühte mich, ihr das nicht vorzuwerfen, aber gelegentlich tat ich es doch – mit dem Ergebnis, dass wir uns stritten. Ich wusste genau, was das eigentliche Problem war: die Tatsache, dass ich längst wieder zu Hause hätte sein sollen, aber immer noch Soldat war.

Der Abschied war wieder tränenreich, allerdings etwas weniger als beim letzten Mal. Als ich im Flieger saß, wusste ich, dass etwas zwischen uns anders geworden war. Wir hatten weniger Tränen vergossen, weil die Intensität unserer Gefühle nachließ.

Das war eine sehr bittere Erkenntnis, doch beim nächsten Vollmond machte ich mich wieder auf den Weg zum leeren Fußballplatz. Genau wie ich es versprochen hatte, dachte ich an meinen ersten Urlaub mit Savannah. Ich dachte auch an den zweiten Urlaub, doch den dritten wollte ich lieber vergessen, denn er verhieß nichts Gutes für die Zukunft.

Im Verlauf des Sommers besserte sich der Gesundheitszustand meines Vaters, wenn auch sehr langsam. In seinen Briefen schrieb er mir, er habe sich angewöhnt, dreimal am Tag um den Block zu gehen. Diese Spaziergänge dauerten immer genau zwanzig Minuten. Ich gewöhnte mir an, ihn dienstags und freitags anzurufen, und zwar stets um die gleiche Zeit: wenn es bei ihm ein Uhr mittags war. Ich wollte mich vergewissern, dass alles in Ordnung war. Ich redete viel mehr als er, aber das war ja nichts Neues. Für Dad waren Telefongespräche noch strapaziöser als eine persönliche Unterhaltung. Aber ich wusste, dass er sich auf meine Anrufe freute, denn er nahm jedes Mal nach dem ersten Klingeln ab.

August, September, Oktober – Savannah schloss ihre Kurse an der Uni ab und begann sich einen Job zu suchen. In den Zeitungen las ich, dass die europäischen Regierungen unseren Einmarsch in den Irak verhindern wollten. Ich und alle anderen in meiner Gruppe machten einfach weiter wie bisher und stellten uns mit grimmiger Entschlossenheit auf das Unvermeidliche ein.

In dieser Phase trafen Savannahs Briefe noch immer ziemlich regelmäßig ein und ich meldete mich sehr häufig telefonisch. Meistens rief ich sie vor dem Morgengrauen an, bei ihr war es dann etwa Mitternacht. Obwohl ich sie bisher um diese Zeit eigentlich immer erreicht hatte, kam es jetzt vor, dass sie nicht zu Hause war. Ich redete mir ein, dass sie mit Freunden oder mit ihren Eltern aus war, aber meine Fantasie spielte trotzdem verrückt – ich stellte mir vor, dass sie einen anderen Mann kennen gelernt und sich in ihn verliebt hatte. Manchmal rief ich innerhalb der nächsten Stunde noch zwei- oder dreimal an, und wenn sie dann endlich abnahm, hätte ich sie fragen können, wo sie gewesen sei, aber das tat ich nie. Und von sich aus bot sie nicht immer eine Erklärung an. Meistens hatte das zur Folge, dass ich während unserer Telefonate sehr angespannt war, und darauf reagierte Savannah natürlich auch verkrampft.

Dennoch war meine Liebe zu ihr so stark wie am ersten Tag, und ich dachte voller Sehnsucht an die unkomplizierteren Phasen unserer Beziehung. Natürlich begriff ich, was sich in mir abspielte: Je weiter wir uns voneinander entfernten, desto verzweifelter versuchte ich, das, was wir einmal besessen hatten, zu bewahren, aber es war ein Teufelskreis – denn meine Verzweiflung bewirkte, dass der Graben zwischen uns nur noch tiefer wurde.

Doch trotz unserer Probleme zweifelte ich nie daran, dass wir es schaffen würden. Ich wollte mit Savannah leben – das wünschte ich mir mehr als alles andere auf der Welt.

Im Dezember rief ich sie häufiger an und zwang mich, am Telefon optimistisch und zuversichtlich zu wirken in der Hoffnung, dass sie sich dann auf mich freuen würde. Irgendwie hatte ich auch den Eindruck, dass sich die Stimmung zwischen uns aufhellte, doch dann erinnerte ich sie vier Tage vor Weihnachten daran, dass es ja nur noch ein knappes Jahr sei, bis ich endgültig nach Hause kommen würde. Ich dachte natürlich, sie würde sich freuen. Aber sie schwieg.

„Hast du überhaupt gehört, was ich gerade gesagt habe?“, fragte ich.

„Ja“, antwortete sie leise. „Es ist nur … Das habe ich schon mal gehört.“

Dass sie Recht hatte, wussten wir beide, aber nach dieser kurzen Bemerkung schlief ich fast eine Woche lang sehr schlecht.

Die Welt drehte sich weiter. Der Marschbefehl, auf den wir schon die ganze Zeit gewartet hatten, wurde am nächsten Morgen ausgesprochen und meine Gruppe nach Kuwait verlegt. Dort war überall Sand und wir bewohnten die größte Zeltstadt, die ich je gesehen hatte. Zwischen den Übungseinheiten saßen meine Männer und ich herum und versuchten zu erraten, wann die Invasion beginnen würde. Ich schrieb den Menschen, die ich liebte – meinem Vater und Savannah – für den Fall, dass ich nicht überleben sollte. Und dann, am 17. März, war ich Teil des Konvois, der sich in den Irak vorwagte.

Gekämpft wurde nur sporadisch – zumindest am Anfang. Weil unsere Air Force den Luftraum beherrschte, hatten wir von dort wenig zu befürchten. Die irakische Armee trat so gut wie nirgends in Erscheinung, doch das verschärfte die Anspannung nur. Immer wieder hörten wir von feindlichem Mörserbeschuss und zogen schnell unsere Schutzuniform gegen Chemiewaffen über – aber jedes Mal stellte sich heraus, dass es falscher Alarm gewesen war. Wir Soldaten standen unter Hochspannung. Ich fand drei Tage lang keinen Schlaf.

Als wir das sunnitische Dreieck erreichten, wurden die Kämpfe heftiger. Meine Gruppe schloss sich dem Angriff auf Samawah an, und dort wurden wir zum ersten Mal in ein echtes Feuergefecht verwickelt.

Die Luftwaffe hatte den Weg geebnet. Bomben, Raketen und Granaten explodierten seit dem Vortag, und als wir die Brücke überquerten, die in die Stadt führte, war ich zunächst überrascht, weil alles so still war. Meiner Gruppe war ein Bezirk am Stadtrand zugeteilt worden, in dem wir von Haus zu Haus gehen sollten, um den Feind aufzuspüren. Wir sahen die verkohlten Überreste eines Lastwagens, daneben den leblosen Körper des Fahrers, ein halb zerstörtes Gebäude und hier und da qualmende Autowracks. Immer wieder kamen wir unter Beschuss – extreme Wachsamkeit war angesagt.

Gerade als wir uns am frühen Nachmittag langsam wieder zurückziehen wollten, wurden wir von einem Gebäude aus heftig beschossen. Zwei Männer gaben uns Feuerschutz, während ich den Rest der Gruppe durch den gefährdeten Bereich an eine besser geschützte Stelle auf der anderen Straßenseite führte. Von unserer neuen Position aus belegten wir die feindliche Stellung mit dichtem Feuer. Als ich die Lage für einigermaßen sicher hielt, näherten wir uns mit größter Vorsicht dem Gebäude. Mit einer Granate sprengte ich die Tür und spähte ins Hausinnere. Dichte Rauchwolken schlugen mir entgegen, es stank nach Schwefel. Das Innere des Gebäudes war weitgehend zerstört, doch mindestens ein irakischer Soldat hatte überlebt, und sobald wir näher kamen, schoss er aus dem Kriechkeller unter dem Fußboden. Tony erwischte es an der rechten Hand, wir anderen reagierten mit Hunderten von Schüssen. Es war ein unglaublicher Krach, ich konnte meine eigenen Schreie nicht hören, doch ich behielt den Finger am Abzug und zielte abwechselnd auf Boden, Wand und Decke.

Es war die eindringlichste Erfahrung meines Lebens. Sie dauerte zwanzig Minuten, danach herrschte in der ganzen Straße Totenstille. Ich hörte nur das Klingeln in meinen Ohren und die Geräusche meiner Männer: manche mussten sich übergeben, andere fluchten oder durchlebten das Geschehen ein weiteres Mal. Ich verband Tonys Hand und wir begannen, uns auf demselben Weg, auf dem wir gekommen waren, zurückzuziehen. Nach einer halben Ewigkeit erreichten wir schließlich den Bahnhof, den unsere Truppen gesichert hatten. Dort brachen wir regelrecht zusammen.

Am Abend erhielt ich den ersten Stapel Briefe seit fast sechs Wochen. Sechs davon kamen von meinem Vater, aber nur einer von Savannah. Im Dämmerlicht begann ich zu lesen.

Lieber John,
ich schreibe Dir diesen Brief am Küchentisch, und es fällt mir nicht leicht, weil ich nicht weiß, wie ich das, was ich Dir schreiben möchte, am besten ausdrücken soll.

Ich weiß, Du befindest Dich in einer schrecklichen Situation. Ich bemühe mich zwar, im Alltag nicht an den Krieg zu denken, aber ich kann den Bildern nicht entrinnen und ich habe die ganze Zeit Angst. Ich schaue die Nachrichten, ich lese die Zeitung, und immer muss ich daran denken, dass Du da mittendrin steckst. Jeden Abend bete ich, dass Du unversehrt und wohlbehalten nach Hause kommst. Dich und mich verbindet eine wunderschöne Erfahrung und ich möchte diese Zeit nie vergessen. Und ich möchte auch auf gar keinen Fall, dass Du denkst, Du seist mir weniger wichtig als ich Dir. Du bist ein einzigartiger, wunderbarer Mensch, John. Ich habe mich nicht nur in Dich verliebt, sondern durch die Begegnung mit Dir auch erst begriffen, was wahre Liebe wirklich bedeutet. Während der letzten zweieinhalb Jahre habe ich jeden Monat zum Vollmond hinaufgeblickt und an all das gedacht, was wir zusammen erlebt haben. An jenen ersten Abend, an dem ich mit Dir sprach und das Gefühl hatte, als wäre ich nach Hause gekommen. Und an die Nacht, in der wir uns geliebt haben. Ich bin so froh darüber, dass Du und ich einander auf diese Weise noch näher gekommen sind. Für mich bedeutet das, dass unsere Seelen für immer miteinander verbunden sein werden.

Und es geht sogar noch viel weiter. Wenn ich die Augen schließe, sehe ich Dein Gesicht vor mir; wenn ich irgendwohin gehe, ist es fast so, als würde ich Deine Hand in meiner spüren. All das ist so real für mich, aber während es mich früher immer getröstet hat, empfinde ich es jetzt als schmerzlich. Ich habe verstanden, warum Du noch länger beim Militär bleiben willst, und ich respektiere Deine Entscheidung – immer noch. Aber wir wissen beide, dass sich unsere Beziehung dadurch verändert hat. Vielleicht waren wir einfach zu lange getrennt, vielleicht sind unsere Welten zu verschieden. Ich weiß es nicht. Irgendwie haben wir das Zauberband, das uns zusammenhielt, zerrissen, obwohl wir einander immer noch lieben.

Ich weiß, es klingt wie eine Ausrede, aber bitte glaube mir, dass ich nicht vorhatte, mich in einen anderen zu verlieben. Und wenn nicht mal ich wirklich verstehe, wie es geschehen konnte – wie sollst Du es dann verstehen? Doch weil wir so viel gemeinsam durchgemacht haben, will ich die Wahrheit nicht länger vor Dir verbergen. Eine Lüge würde alles herabmindern, was uns verbindet, und das will ich nicht.

Vielleicht willst Du es nicht hören, aber ich möchte trotzdem, dass Du es weißt: Du wirst immer ein Teil von mir sein. Du bist ein Held und ein Gentleman, Du bist liebevoll und ehrlich, aber was noch viel wichtiger ist: Du bist der erste Mann, den ich wirklich geliebt habe. Ganz gleich was die Zukunft bringt, daran wird sich nie etwas ändern, und ich weiß, dass mein Leben dadurch besser geworden ist. Es tut mir alles so leid …

Savannah

SIE LIEBTE einen anderen.

Mein erster Impuls war, mit der Faust gegen die Wand zu schlagen. Ich hasste Savannah, und ich hasste diesen namenlosen, gesichtslosen Mann, der sie mir weggenommen hatte.

Gleichzeitig verspürte ich den starken Wunsch, mit ihr zu reden. Am liebsten wäre ich sofort nach Hause geflogen. Oder sollte ich sie wenigstens anrufen? Ein Teil von mir wollte, konnte es nicht glauben. Das war doch völlig unmöglich – nach allem, was wir miteinander erlebt hatten! Es waren doch nur noch neun Monate – ein Klacks, oder?

Aber ich flog nicht nach Hause und ich rief sie nicht an. Ich reagierte gar nicht auf ihren Brief. Ich flüchtete mich in die einzige Welt, die mir geblieben war, und meldete mich freiwillig für jeden Einsatz, der als gefährlich eingestuft wurde. Mit den Männern in meiner Einheit redete ich kaum, und oft musste ich mich richtig zusammenreißen, um nicht zu schnell zu schießen, wenn wir auf Patrouille waren. Nur dadurch, dass ich Tag für Tag mein Leben aufs Spiel setzte, konnte ich Savannah vergessen und musste nicht mehr ständig daran denken, dass unsere Beziehung zu Ende war.

Mein Leben wurde nur noch von den Wechselfällen des Krieges bestimmt. Bagdad fiel und es folgte eine kurze Phase der Hoffnung, doch im Lauf der nächsten Wochen und Monate verschlechterte sich die Lage immer mehr und wurde noch komplizierter. Ich weiß nicht, wie ich die Belastung, die Langeweile und die Verwirrung jener neun Monate beschreiben soll. Ich weiß nur so viel: Überall war Sand. Sehr viel Sand. Er drang in die Kleider, in die Waffen, ins Essen, in die Ohren, in die Nase und zwischen die Zähne. Rückblickend kann ich sagen, dass es im Irak zwar die meiste Zeit gar nicht mal so schlimm war – manchmal dafür aber schlimmer als in der Hölle.

Ich erfüllte meine Pflicht, so gut ich konnte, verlängerte meine Dienstzeit und blieb bis Februar 2004 vor Ort. Dann wurde ich wieder nach Deutschland geschickt. Dort versuchte ich mir einzureden, dass ich den Krieg ohne seelische Schäden überstanden hatte, aber die Albträume waren entsetzlich, sie kamen immer wieder und wollten nicht enden. Oft wachte ich morgens schweißgebadet auf. Tagsüber war ich gereizt und bekam beim geringsten Anlass einen Wutanfall. Der Psychologe, zu dem alle Soldaten gehen mussten, meinte, meine Reaktion sei völlig normal und mit der Zeit würde sich das wieder einrenken, aber manchmal fragte ich mich, ob sich mein Zustand je bessern würde.

Nach der Zeit im Irak erschien mir mein Leben in Deutschland bedeutungslos. Ich trainierte morgens, besuchte Kurse, aber alles hatte sich verändert. Tony war wegen seiner Handverletzung das Verwundetenabzeichen *Purple Heart* verliehen und er aus der Armee entlassen worden. Ende 2003 waren vier weitere meiner Männer ehrenhaft entlassen worden, weil ihre Dienstzeit abgelaufen gewesen war. Ich dagegen hatte mich erneut gemeldet, denn ich wusste nicht, was ich sonst hätte tun sollen.

Wenn ich mir meine neue Gruppe so ansah, fühlte ich mich allerdings ziemlich fehl am Platz. Die Jungs waren zwar nett, aber unerfahren und nicht die Freunde, mit denen ich im Krieg gekämpft hatte. Und tief in meinem Innern wusste ich, dass ich mich ihnen nie so nahe fühlen würde wie meinen alten Kameraden. Ich war für sie ein Fremder, und dabei wollte ich es auch belassen.

Im Frühjahr 2004 machte ich zwei Wochen Urlaub bei meinem Dad und besuchte ihn im Verlauf des Sommers sogar noch einmal. Weil er im Ruhestand war, konnten wir den Tag gestalten, wie es uns gefiel. Wir frühstückten, gingen dreimal spazieren und aßen zusammen zu Abend. Dazwischen unterhielten wir uns über Münzen und kauften sogar ein paar neue. Durch das Internet war das viel leichter als früher. Wenn unsere Bestellungen eintrafen, prüften Dad und ich die Münzen abwechselnd. Er konnte stundenlang eine einzige Münze untersuchen, als enthielte sie die Antwort auf die Frage nach dem Sinn des Lebens.

Über andere Dinge redeten wir nicht, aber das war auch nicht nötig. Dennoch machte ich mir Sorgen um ihn. Bei den Spaziergängen litt er oft an Atemnot. Als ich vorsichtig andeutete, zwanzig Minuten seien vielleicht doch zu viel für ihn, erwiderte er, der Arzt habe ihm gesagt, zwanzig Minuten seien genau das, was er brauche. Ich wandte mich ratsuchend an den Arzt. Er teilte mir mit, dass Dads Herz sehr geschwächt war, und nach seiner Ansicht war es ein großes Wunder, dass er sich überhaupt noch so gut bewegen konnte. Je weniger Bewegung er bekäme, desto schlechter würde es ihm gehen.

Bei diesen beiden Besuchen verstand ich mich besser mit meinem Dad als je zuvor. Statt ständig von ihm zu erwarten, dass er sich mit mir unterhielt, saß ich oft einfach bei ihm in seinem Arbeitszimmer und las ein Buch oder löste ein Kreuzworträtsel, während er seine Münzen inspizierte. Und auf diese stille, unspektakuläre Weise wurden wir endlich Freunde. Ich wünschte mir oft, Dad hätte das Foto von uns beiden nicht weggeworfen, und als ich nach Deutschland zurückmusste, spürte ich, dass er mir mehr fehlen würde als sonst.

Der Herbst verging sehr langsam, und auch der nächste Winter und das Frühjahr 2005 erschienen mir endlos. Ohne große Ereignisse plätscherte mein Leben dahin. Zwischendurch wurde die Eintönigkeit kurz durchbrochen, weil das Gerücht aufkam, ich müsste wieder in den Irak, aber da ich schon einmal dort gewesen war, konnte mich selbst diese Vorstellung wenig erschüttern. Ich war jetzt 28 und wurde das Gefühl nicht los, dass ich zwar schon mehr Erfahrungen gesammelt hatte als die meisten anderen Menschen in meinem Alter, mein Leben jedoch trotzdem noch immer nicht richtig begonnen hatte.

Im März 2005 hatte mein Vater einen zweiten Herzinfarkt, der zu einer Lungenentzündung führte und dementsprechend zu einem längeren Aufenthalt auf der Intensivstation. Er wurde entlassen, es wurde Mai und er schluckte jeden Tag zwölf verschiedene Tabletten und lag die meiste Zeit im Bett. Seine Handschrift war inzwischen fast unleserlich. Dads Nachbarin, die als Krankenschwester arbeitete, sah in regelmäßigen Abständen nach ihm. Als ich mit dem Arzt sprach, sagte er mir, ich müsse in Erwägung ziehen, meinen Dad in einem Pflegeheim unterzubringen. Er benötige mehr Fürsorge, als er zu Hause bekommen könne. Schon jetzt sei er nur noch imstande, Suppe zu sich zu nehmen. Der Arzt meinte, er versuche seit Längerem, meinen Vater zu diesem Schritt zu überreden, aber Dad habe sich bislang geweigert, auch nur darüber nachzudenken. Aus irgendeinem Grund wollte er unbedingt, dass ich ihn noch ein letztes Mal zu Hause besuchte.

Es war eine bedrückende Nachricht, und im Taxi vom Flughafen nach Wilmington versuchte ich mir einzureden, dass der Arzt bestimmt übertrieben hatte. Doch das hatte er leider nicht. Als ich zur Tür hereinkam, schaffte es mein Vater nicht, vom Sofa aufzustehen, und ich hatte den Eindruck, als wäre er seit meinem letzten Besuch vor einem Jahr um mindestens dreißig Jahre gealtert. Ich erschrak darüber, wie stark er abgenommen hatte. Mit zugeschnürter Kehle stellte ich gleich hinter der Tür meine Tasche ab.

„Hallo Dad“, sagte ich und setzte mich zu ihm aufs Sofa. „Wie geht es dir?“

„Ganz gut“, antwortete er. Dann saßen wir lange stumm nebeneinander. Schließlich stand ich auf und ging in die Küche. Ich fand eine Dose Nudelsuppe und machte sie warm. Ich füllte sie in ein Schälchen, das ich meinem Vater auf einem Tablett servierte. Er lächelte matt und ich sah ihm an, wie dankbar er war. Dad aß alles auf, bis auf die letzte Nudel, und ich füllte die Schale wieder. Nachdem er auch diese Portion gierig gelöffelt hatte, half ich ihm, es sich auf dem Sofa bequem zu machen, und er schlief sofort ein.

Ich setzte mich ins Wohnzimmer und betrachtete meinen schlafenden Vater. Unter der Wolldecke wirkte er so klein, so zerbrechlich, und als ich ihm über den Kopf strich, hatte ich einige Haarsträhnen in der Hand. Tränen traten mir in die Augen, denn nun wusste ich mit Sicherheit, dass er bald sterben würde. Es war das erste Mal seit vielen Jahren, dass ich weinte, und das allererste Mal in meinem Leben, dass ich seinetwegen Tränen vergoss, ich konnte gar nicht mehr aufhören zu schluchzen.

Später trug ich ihn zu seinem Bett. Federleicht lag er in meinen Armen. Ich deckte ihn sorgfältig zu und richtete mir neben ihm auf dem Fußboden eine Schlafgelegenheit her. Die ganze Nacht hörte ich seinen rasselnden Atem.

Als die Nachbarin am nächsten Morgen kam, sagte ich ihr, ich sei ihr sehr dankbar für ihre Hilfe – dankbarer, als sie sich vorstellen könne.

„Ich habe es gern getan“, versicherte sie mir. „Ihr Vater war in den vielen Jahren, die ich jetzt schon hier wohne, immer nett zu mir. Aber ich bin froh, dass Sie heimgekommen sind. Ich würde nämlich gern mit Ihnen über die Situation Ihres Vaters reden. Ich wüsste ein wunderbares Heim, in das er gehen könnte. Da würde man sich gut um ihn kümmern, das Personal ist erstklassig. Es ist zwar fast immer voll belegt, aber ich kenne den Leiter, und der ist auch mit dem Arzt Ihres Vaters befreundet. Ich weiß, es ist nicht leicht zu akzeptieren, aber ich glaube, es wäre das Beste für ihn.“

Ich brachte kein Wort heraus. Wie sollte ich Dad zu diesem Schritt überreden? Sein Haus war der einzige Ort, an dem er sich aufgehoben fühlte und wo er seinen gleichbleibenden Tagesablauf hatte. Wenn man ihn zwang, anderswo zu wohnen, würde es ihn wahrscheinlich umbringen. Doch die Frage war nicht nur, *wo* er sterben würde, sondern auch *wie*. Allein zu Hause oder umgeben von Menschen, die ihn zwar wuschen und pflegten, aber an einem Ort, der ihm Angst einjagte?

Mit zitternder Stimme fragte ich schließlich: „Wo ist dieses Heim?“

WÄHREND der nächsten zwei Wochen kümmerte ich mich um meinen Vater. Ich sorgte dafür, dass er regelmäßig aß; las ihm das Münzblatt vor und verbrachte die Nacht immer neben seinem Bett auf dem Fußboden.

Auch nachmittags schlief er meistens, und während er auf dem Sofa döste, sah ich mir einige Pflegeheime an und besuchte auch dasjenige, das die Nachbarin mir empfohlen hatte. Es war hell und sauber, und die Leute, die dort arbeiteten, wirkten ausgesprochen professionell. Geld war kein Thema. Das Heim war zwar extrem kostspielig, aber mein Vater bezog eine gute Rente und hatte außerdem auch privat Vorsorge getroffen. Die Entscheidung, ihn ins Heim zu bringen, würde mich also nicht finanziell, sondern nur emotional belasten.

Am Abend sprach ich Dad darauf an, dass er eventuell umziehen müsse. Mein Urlaub ging in ein paar Tagen zu Ende, deshalb hatte ich keine andere Wahl, auch wenn ich dem Gespräch lieber ausgewichen wäre.

Er unterbrach mich nicht, während ich ihm alles darlegte. Er stellte auch keine Fragen, aber seine Augen weiteten sich vor Schreck, so als hätte er gerade sein eigenes Todesurteil gehört.

Als ich geendet hatte, musste ich unbedingt kurz allein sein. Ich tätschelte Dads Bein und ging in die Küche, um mir ein Glas Wasser zu holen. Als ich ins Wohnzimmer zurückkehrte, saß mein Vater vornübergebeugt und zitternd auf dem Sofa. Es war das erste Mal, dass ich ihn weinen sah.

SCHON am nächsten Morgen begann ich, Dads Sachen zu packen. Als ich fertig war, ging ich zu ihm ins Wohnzimmer. Er lag auf der Couch, schlief aber nicht. Seine Augen hatten einen leichten Glanz. Aber warum lehnte am Couchtischchen eine Gartenschaufel? Dad hielt mir einen Zettel hin. Darauf hatte er hastig eine Art Schatzkarte skizziert und mit zittrigen Buchstaben *Garten hinterm Haus* daruntergeschrieben.

„Was ist das?“

„Für dich“, sagte er und deutete auf die Schaufel.

Ich nahm sie und ging mit der Skizze in den Garten. Den Anweisungen folgend begann ich zu graben. Es dauerte nur ein paar Minuten, bis ich auf Metall stieß. Es war eine Kiste. Und darunter noch eine. Und daneben eine weitere. Insgesamt fand ich sechzehn schwere Kisten. Ich setzte mich auf die Veranda und wischte mir den Schweiß von der Stirn, bevor ich mich daranmachte, die erste zu öffnen.

Ich ahnte schon, was ich darin finden würde: Die Goldmünzen glitzerten so hell im Sonnenlicht, dass ich die Augen zusammenkneifen musste. Am Boden der Kiste stieß ich auf den D-Buffalo-Nickel von 1926, den Dad und ich gemeinsam gesucht und gefunden hatten. Dieser Nickel war die einzige Münze, die mir wirklich etwas bedeutete.

Der nächste Tag war mein letzter Urlaubstag, und ich versuchte, die restlichen Dinge zu regeln: Ich sorgte dafür, dass im Haus Strom und Gas abgestellt wurden, stellte einen Nachsendeantrag bei der Post, suchte jemanden, der den Rasen mähen würde. Die Kisten mit den Münzen deponierte ich in einem Bankschließfach. Zum Abendessen gab es für Dad und mich eine Dose Nudelsuppe und weich gekochtes Gemüse, dann fuhr ich mit ihm zum Heim. Dort packte ich seine Sachen aus und dekorierte den Raum mit Gegenständen, von denen ich glaubte, dass sie ihm wichtig waren. Die gesammelten Münzzeitschriften der letzten zwölf Jahre verstaute ich unter seinem Schreibtisch auf dem Fußboden.

Ich versuchte, ihn zu beruhigen, aber er saß reglos da, vor Angst wie gelähmt. Seine verzweifelten Blicke brachen mir fast das Herz. Ich saß traurig neben ihm auf dem Bett. „Es wird alles gut werden“, redete ich ihm beschwichtigend zu. „Die Leute hier kümmern sich um dich.“

„Okay“, sagte er nur und seine Hände zitterten.

Mir stiegen Tränen in die Augen. „Ich möchte dir etwas sagen, Dad“, begann ich und holte tief Luft, um mich zu sammeln. „Ich möchte dir sagen, dass du der beste Dad bist, den man sich denken kann. Du musst ein wunderbarer Mensch sein, denn du hast es geschafft, jemanden wie mich zu ertragen.“

Dad antwortete nicht. In der Stille merkte ich, wie alles, was ich ihm je hatte sagen wollen, an die Oberfläche drängte. „Ich meine das ernst, Dad. Es tut mir leid, dass ich so viel Mist gebaut habe und du damit klarkommen musstest. Du bist der beste Mensch, den ich kenne. Du bist der Einzige, der nie böse auf mich war, du hast mich nie verurteilt, und du hast mir mehr über das Leben beigebracht, als ein Sohn sich nur wünschen kann. Es tut mir leid, dass ich jetzt nicht bei dir bleiben kann, und mich quält es ganz schrecklich, dass ich dir das alles antun muss. Aber ich habe Angst, Dad. Ich weiß nicht, was ich sonst machen soll."

Ich war ganz heiser, meine Stimme bebte, und ich wünschte mir, er würde mich in den Arm nehmen.

„Okay", sagte er nach einer Weile.

„Ich liebe dich, Dad."

„Ich dich auch, John."

Ich umarmte ihn und gab ihm die neueste Münzzeitschrift. Dann ging ich, blieb aber in der Tür noch einmal stehen und drehte mich um.

Es sah aus, als hätte seine Angst etwas nachgelassen. Er hielt sich das Heft dicht vor die Augen, und ich merkte, dass es leicht zitterte. Seine Lippen bewegten sich, während er die Wörter entzifferte. Ich zwang mich, ihn ganz genau anzuschauen, um mir sein Gesicht für immer einzuprägen.

Es war das letzte Mal, dass ich ihn sah.

Kapitel 8

Mein Vater starb sieben Wochen später, und ich bekam Sonderurlaub, um bei der Beerdigung dabei sein zu können.

Ich erlebte den Heimflug wie in Trance. Ich konnte nur dumpf aus dem Fenster blicken. Wenn ich doch in seinen letzten Stunden bei ihm gewesen wäre!

Als ich zu unserem Haus kam, steckte die Visitenkarte eines Anwalts namens William Benjamin in der Tür. Er vertrete meinen Dad, stand hinten drauf. Weil das Telefon längst abgestellt war, rief ich ihn von der Nachbarin aus an. Zu meiner Verwunderung stand er schon am nächsten Morgen mit seiner Aktentasche auf der Matte.

Ich führte ihn ins Haus und bat ihn, auf dem Sofa Platz zu nehmen.

„Ich bin hier, weil ich Ihren Vater sehr gern mochte", sagte er. „Gleich nach Ihrer Geburt kam er zu mir, um sein Testament aufzusetzen, und jedes Jahr erhielt ich ab diesem Tag von ihm ein Einschreiben mit einer Liste aller Münzen, die er in der Zeit gekauft hatte. Ich erklärte ihm die Probleme mit der Vermögenssteuer, also deklarierte er sie immer als Schenkung für Sie."

Ich war so erschüttert, dass ich keinen Ton herausbrachte.

„Jedenfalls hat er mir vor sechs Wochen einen Brief geschrieben, in dem er mir mitteilte, dass Sie die Münzen jetzt bekommen hätten. Er wollte sich vergewissern, dass alles andere geregelt war."

Er suchte etwas in seiner Aktentasche. „Ich weiß, es ist kein besonders günstiger Zeitpunkt, sie müssen sich ja um die Beerdigung kümmern. Aber hier sind die Unterlagen." Er reichte mir einen dicken Umschlag. „Sein Testament und eine Liste sämtlicher Münzen seiner Sammlung, samt Kaufdatum und Anmerkungen über ihren Zustand. Außerdem hat er noch verschiedene Vorkehrungen für die Beerdigung getroffen. Und auch bereits bezahlt, möchte ich hinzufügen. Falls Sie es wünschen, kann ich jemanden beauftragen, den Haushalt aufzulösen und alles zu entsorgen, was Sie nicht behalten möchten. Ich kann auch den Verkauf des Hauses übernehmen." Der Anwalt schloss seine Aktentasche wieder. „Wie gesagt – ich mochte Ihren Vater sehr. In der Regel muss ich meine Klienten erst davon überzeugen, wie wichtig es ist, derlei Dinge zu regeln. Aber bei ihm war das anders. Er war ein überaus systematisch veranlagter, gut organisierter Mensch."

Ich nickte. „Ja, das war er."

DAS BEGRÄBNIS fand an einem warmen, verregneten Augusttag statt. Es kamen nicht viele Leute: zwei seiner früheren Kollegen, der Leiter des Pflegeheims, der Anwalt, die Nachbarin, die sich um ihn gekümmert hatte, und ich. Sonst niemand. Es tat mir in der Seele weh, dass diese wenigen Menschen die einzigen auf der Welt waren, die meinem Vater eine gewisse Wertschätzung entgegengebracht hatten.

Als ich wieder zu Hause war, setzte ich mich fast schüchtern auf Dads Bettkante. In Dads Kopfkissen hing noch eine Spur seines Geruchs. Neben mir lag der Briefumschlag, den der Anwalt mir gegeben hatte. Ich öffnete ihn: Zuoberst lag das Testament, dann kamen verschiedene andere Dokumente. Zuunterst befand sich das gerahmte Foto, das er vor so vielen Jahren von seinem Schreibtisch entfernt hatte – das einzige Bild von uns beiden.

Ich starrte darauf, bis mir die Tränen kamen.

Dann wanderte ich stundenlang unruhig durch das Haus. Ich dachte an Dad, ich dachte an Savannah, und Schritt für Schritt wurde mir klar, dass ich noch woandershin musste.

AM NÄCHSTEN MORGEN nahm ich Dads Autoschlüssel, warf mein Gepäck auf den Rücksitz seines Wagens und suchte im Haus die paar Sachen zusammen, die ich behalten wollte. Außer dem Foto von ihm und mir war es nicht viel. Danach rief ich den Anwalt an, um ihm mitzuteilen, dass ich sein Angebot, dafür zu sorgen, dass jemand den Haushalt auflöste und das Haus verkaufte, gern annahm. Den Hausschlüssel schickte ich mit der Post.

Als Erstes fuhr ich zum Pflegeheim und holte die Sachen meines Vaters ab, dann nahm ich die Autobahn nach Westen Richtung Lenoir. Auf dem Weg kam ich an Chapel Hill vorbei, wo mich die Erinnerungen mit schmerzlicher Intensität überfielen. Unwillkürlich trat ich aufs Gaspedal, um sie schnell hinter mir zu lassen.

Es war schon spät am Nachmittag, als ich vor einem Motel an der Autobahn parkte und ein Zimmer belegte. Die Luft war nicht schwül und heiß wie unten an der Küste, sondern frisch und würzig – ich roch den Duft der Tannen, der von den Hügeln herunterwehte. Dies war der Ort, an dem Savannah aufgewachsen war, und ich fühlte, dass sie noch hier war.

Natürlich hätte ich zum Haus ihrer Eltern gehen und nach ihr fragen können, aber ich verwarf den Gedanken, weil ich nicht sicher war, wie sie auf mich reagieren würden. Also fuhr ich kreuz und quer durch Lenoir und hielt schließlich vor einer alten Spielhalle. In den Fenstern hingen Neonreklamen, und der Parkplatz war ziemlich voll. Hier würde ich die Antwort finden, die ich suchte.

Ich trat ein. Hank Williams tönte aus der Jukebox, die Luft war erfüllt von Zigarettenrauch. Vier Billardtische standen dicht beieinander; die Spieler trugen alle eine Baseballmütze, und an den Wänden hingen Motorsport-Memorabilien. An einer Ecke des Tresens unter einem Foto, das den 2001 verstorbenen Rennfahrer Dale Earnhardt zeigte, stand ein Glas mit Bargeld, davor ein kleines Schild mit der Bitte um Spenden für einen Einwohner der Stadt, der an Krebs erkrankt sei. Unerwarteterweise überkam mich Mitleid und ich warf ein paar Dollar hinein.

Ich setzte mich an den Tresen und begann ein Gespräch mit dem Barkeeper. Er war ungefähr so alt wie ich, und nachdem wir uns vielleicht zwanzig Minuten lang unterhalten hatten, holte ich das Foto von Savannah aus meinem Geldbeutel und zeigte es ihm. Ob sie hier in Lenoir wohne? Ich sei ein Freund der Familie, sagte ich, erwähnte die Namen ihrer Eltern und gab zu verstehen, dass ich früher schon mal hier gewesen sei.

Zuerst war er skeptisch. Kleinstädter schützen sich gegenseitig. Doch schließlich nickte er. „Ja klar, die kenne ich", sagte er. „Sie wohnt jetzt in der Old Mill Road, gleich neben ihren Eltern."

Zehn Minuten später legte ich ein großzügiges Trinkgeld hin und machte mich auf den Weg.

Mein Kopf war eigenartig leer, als ich durch die Pferdegegend fuhr. Die Straße stieg kontinuierlich an, ich erkannte manches und wusste genau, dass ich in ein paar Minuten am Haus von Savannahs Eltern vorbeifahren würde. Und so war es auch. Ich hielt Ausschau nach der nächsten Lücke im Zaun und setzte dann den Blinker, um in einen Kiesweg einzubiegen. Dort entdeckte ich ein handgemaltes Schild mit einem stilisierten Pferdekopf und der Aufschrift *Hoffnung und Hufe*.

Ich parkte unter einer Trauerweide, neben einem ziemlich zerbeulten Pick-up-Truck. Dann fiel mein Blick auf das Haus. Es hatte ein steiles Dach und schien geradewegs aus der Erde zu wachsen. Die weiße Farbe blätterte an manchen Stellen ab. Über der etwas angeschlagenen Haustür brannte eine nackte Glühbirne. Ein kleiner Blumentopf hing neben einer amerikanischen Flagge. Zur Seite befand sich ein verwitterter Stall mit einer kleinen Pferdekoppel; dahinter eine Wiese, die von einem weißen Holzzaun umschlossen war. Neben dem Stall stand eine Art Schuppen, und im Schatten konnte ich die Umrisse veralteter Landmaschinen erkennen. Auf einmal fragte ich mich: Was will ich hier eigentlich?

Es war noch nicht zu spät, um wieder zu gehen. Aber ich konnte mich nicht dazu aufraffen, den Wagen zu wenden. Ich stieg aus und ging auf das Haus zu. Auf das Zirpen der Grillen folgte wie als Antwort der Ruf einer Nachtigall. Ich betrat die Veranda. Aber was sollte ich sagen, wenn sie zur Tür herauskam? Oder wenn *er* herauskam?

Während ich noch grübelte, näherte sich mir schwanzwedelnd ein Golden Retriever. Ich streckte die Hand aus und er leckte sie zur Begrüßung freundlich ab, machte dann aber kehrt, lief die Treppe hinunter und bog um die Hausecke. Mit derselben instinktiven Sicherheit, die mich bis nach Lenoir geführt hatte, folgte ich ihm. Der Hund duckte sich, kroch unter dem Zaun hindurch und trottete in Richtung Stall.

Noch bevor ich weitergehen konnte, trat Savannah mit zwei Ballen Heu unter den Armen aus dem Stalltor. Während sie das Heu auf verschiedene Tröge verteilte, kamen die Pferde von der Weide angetrabt. Savannah klopfte die Halme ab und wollte schon zum Stall zurückgehen, als sie zufällig in meine Richtung blickte. Sie tat einen Schritt, schaute noch einmal zu mir und blieb dann wie angewurzelt stehen.

Eine halbe Ewigkeit rührten wir beide uns nicht vom Fleck. Savannah hatte sich seit unserer letzten Begegnung kaum verändert. Sie trug Jeans und ein T-Shirt, ihre Cowboystiefel waren abgewetzt und ausgetreten. Dieses ländliche Aussehen verlieh ihr eine bodenständige Schönheit.

Auf einmal breitete sich auf ihrem Gesicht ein freudiges Lächeln aus. „John?"

Sie lief auf mich zu und einen Moment später fiel sie mir um den Hals, und ich fühlte ihren Körper, der sich warm an mich schmiegte. Ich wollte sie gar nicht mehr loslassen, doch dann löste sie sich aus meiner Umarmung. Ihr Gesicht stellte mir stumm die Frage, die ich mir selbst während dieser langen Fahrt nicht hatte beantworten können.

„Was tust du hier?"

Ich senkte den Blick. „Ich weiß nicht", sagte ich. „Ich musste einfach kommen."

Ich sah die schattenhaften Umrisse der Pferde im Dämmerlicht und die Erinnerung an die Ereignisse der letzten Tage kam zurück. „Mein Dad ist gestorben", flüsterte ich. „Ich komme gerade von seiner Beerdigung."

„Oh, John … das tut mir so leid. Wie ist es passiert?"

Ich brachte zuerst kein Wort heraus, weil ich mich unfähig fühlte, die letzten beiden Jahre in ein paar Sätzen zusammenzufassen. „Das ist eine lange Geschichte", sagte ich nur. Im Abglanz des Lichtscheins, der aus dem Stall auf sie fiel, glaubte ich in ihrem Blick Spuren von Erinnerungen zu entdecken, die sie nicht mehr an sich heranlassen wollte. Dann sah ich den Ehering an ihrem Finger. Wie eine kalte Dusche holte mich dieser Anblick in die Wirklichkeit zurück.

Sie bemerkte meine Reaktion. „Ja", sagte sie. „Ich bin verheiratet."

„Entschuldige", sagte ich kopfschüttelnd. „Ich hätte nicht herkommen sollen."

Zu meiner Verblüffung erwiderte sie mit einer abwinkenden Handbewegung: „Das ist schon in Ordnung."

Wir waren verlegen und wussten beide nicht, was wir sagen sollten. Ein Teil von mir befürchtete, dass jeden Moment ihr Mann aus dem Haus kommen würde, um mir entweder die Hand zu schütteln oder mich zu einem Zweikampf herauszufordern. Ein Wiehern durchdrang die Stille. Hinter Savannah standen vier Pferde an einem Trog. Drei weitere, darunter Midas, schauten Savannah an, als fragten sie sich, ob sie in Vergessenheit geraten seien.

„Ich muss den anderen auch noch was zu fressen bringen", erklärte sie. „Sie werden immer um diese Zeit gefüttert, deshalb sind sie schon unruhig. Willst du mir helfen?"

Weil ich nicht recht wusste, wie ich mich verhalten sollte, sah ich fragend zum Haus. Savannah bemerkte meinen Blick.

„Mach dir keine Sorgen“, sagte sie. „Er ist nicht da, und ich könnte ein bisschen Hilfe gebrauchen.“

Ich nickte. „Ich helfe gern.“

Im Stall packte sie einen Ballen Heu und dann noch zwei, die sie mir reichte. „Die kannst du einfach in die Tröge werfen. Ich hole den Hafer.“

Gehorsam befolgte ich ihre Anweisungen. Die Pferde kamen sofort angetrabt. Savannah ging mit zwei Eimern hinter mir her und hängte sie an den Zaun.

„Wie oft musst du sie füttern?“

„Zweimal täglich. Jeden Tag. Aber das Füttern ist nicht das Einzige. Es heißt ja immer, wenn man ein Pferd hat, lebt man mit einem Anker am Bein. Man braucht jemanden, der ab und zu aushelfen kann, sonst kommt man so gut wie nicht mehr weg, nicht mal am Wochenende.“

„Können deine Eltern gelegentlich einspringen?“

„Manchmal. Aber mein Dad wird auch nicht jünger. Außerdem ist es ein großer Unterschied, ob man sich nur um ein Pferd kümmern muss oder um sieben.“

In der warmen Nachtluft zirpten noch immer die Grillen. Ich versuchte, den Frieden dieser Zufluchtsstätte auf mich wirken zu lassen. „Das ist genau der Ort, den ich mir immer für dich vorgestellt habe“, sagte ich.

„Ich mir auch. Aber es ist trotzdem wesentlich schwieriger, als ich dachte. Dauernd muss irgendwas repariert werden. Letzten Winter sind große Stücke des Zauns umgekippt. Daran haben wir das ganze Frühjahr gearbeitet.“

Mir fiel natürlich auf, dass sie „wir“ sagte. Aber ich war noch nicht bereit, über ihren Mann zu sprechen. Sie auch nicht, wie mir schien.

Als die Pferde versorgt waren, öffnete Savannah das Gatter und die Tiere trotteten hinaus auf die dunkle Wiese. Dann ging sie zum Schuppen. „So, und jetzt müssen wir hier noch sauber machen“, sagte sie und reichte mir eine Schaufel. „Sonst stinkt es hier bald zum Himmel!“

Ich nahm die Schaufel. „Das machst du jeden Tag?“

„Ist das Leben nicht toll?“, sagte sie lachend und verschwand noch einmal, um eine Schubkarre zu holen.

Während wir schweigend den Pferdemist aufluden, ging die Mondsichel über den Baumwipfeln auf. Außer dem gleichmäßigen Klappern und Scharren unserer Schaufeln war alles still. Als wir fertig waren, stützte ich mich auf meine Schaufel und betrachtete sie. Sie war so wunderschön – und wirkte gleichzeitig so entrückt wie eine Erscheinung aus einer anderen Welt. Sie sagte nichts, aber ich wusste, dass sie meinen Blick spürte.

„Warum bist du hier, John?“

„Das hast du mich doch schon gefragt.“

„Ich weiß. Aber du hast nicht richtig geantwortet.“

Ich trat von einem Bein aufs andere. „Ich hab nicht gewusst, wohin ich sonst gehen soll.“

Sie nickte. „Aha …“

„Ich meine es ernst“, sagte ich. „Du bist die beste Freundin, die ich habe.“

Ihr Gesicht wurde ganz weich. „Okay“, sagte sie nur. Ihre Reaktion erinnerte mich ein bisschen an meinen Vater, und vielleicht merkte sie selbst das auch.

Ich zwang mich, das Thema zu wechseln. „Das ist die Farm, von der du immer geträumt hast, nicht wahr?“, fragte ich. „‚Hoffnung und Hufe‘ … für autistische Kinder, nehme ich an.“

„Ja, das stimmt.“ Sie schien sich zu freuen, dass ich mich an ihre Pläne erinnerte.

„Und ist alles so, wie du es dir vorgestellt hast?“

Sie lachte und warf die Hände in die Luft. „Irgendwie schon“, sagte sie. „Aber glaub nur nicht, dass das Projekt genug Geld abwirft, um die Rechnungen zu bezahlen. Wir haben beide noch unsere normalen Jobs. Und jeden Tag merke ich, dass ich an der Uni nicht so viel gelernt habe, wie ich dachte.“

„Nein?“

Sie schüttelte den Kopf. „Manche der Kids, die hierherkommen, sind kaum zu erreichen. Ich glaube, ich hatte erwartet, dass alle so sind wie Alan. Aber es hat sich gezeigt, dass Alan eher eine Ausnahme ist. Ich weiß nicht warum – vielleicht weil er auf einer Farm aufgewachsen ist. Jedenfalls hat er sich wesentlich schneller zurechtgefunden als die meisten anderen Kinder.“

Ich war verwirrt. „Aber wenn ich mich recht entsinne, hast du mir damals etwas anderes erzählt. Ich dachte, Alan hätte am Anfang auch große Angst gehabt.“

„Ja, ich weiß, aber trotzdem … er hat sich daran gewöhnt. Und genau das ist der Punkt. Viele Kinder profitieren enorm von unserer Arbeit. Sie kommen hierher und verbringen ein paar Wochenenden mit uns, und es ist, als würde … als würde langsam eine Knospe aufgehen und eine wunderschöne Blume entstehen. Ähnlich wie bei Alan. Aber es gibt auch Kinder, die sich einem Pferd nie auch nur nähern, vom Reiten ganz zu schweigen.“

„Aber du weißt, dass das nicht deine Schuld ist. Ich war auch nicht besonders begeistert von der Idee zu reiten, erinnerst du dich?“

Sie kicherte. „Ja, ich erinnere mich sehr gut! Als du zum ersten Mal reiten solltest, da hattest du mehr Angst als viele der Kinder.“

„Stimmt doch gar nicht!“, widersprach ich. „Und außerdem war dieser Pepper ganz schön ungestüm.“

„Ach was!“, rief sie. „Was denkst du, warum ich ihn für dich ausgesucht hatte? Weil er so ziemlich das gutmütigste Pferd ist, das man sich vorstellen kann.“

„Er war ein ganz Wilder“, beharrte ich.

„So spricht ein echter Soldat“, spottete sie. „Aber wenn du auch nicht Recht hast, bin ich doch gerührt, dass du all das noch weißt.“

Ihre Munterkeit löste bei mir eine Welle von Erinnerungen aus. „Klar weiß ich das noch!“, sagte ich. „Für mich waren das die schönsten Tage meines Lebens.“

Da wurde ihr Gesicht traurig. „Ich erinnere mich auch sehr gut an diese Zeit“, sagte sie.

Ihre Worte hingen schwer in der Luft.

„Bist du glücklich, Savannah?“, fragte ich sie leise.

Sie lächelte. „Meistens. Du nicht?“

„Ich weiß es nicht“, sagte ich, was sie erneut zum Lachen brachte.

„Die Antwort ist so typisch für dich! Aber warum stellst du mir nicht die Frage, die du in Wirklichkeit stellen willst?“

„Welche Frage will ich dir in Wirklichkeit stellen?“

„Du willst mich fragen, ob ich meinen Mann liebe. Stimmt's?“

Einen Moment lang war ich sprachlos. Natürlich – das war der eigentliche Grund, weshalb ich hierhergekommen war.

„Ja“, sagte sie, als könnte sie Gedanken lesen. „Ich liebe ihn.“

Die Aufrichtigkeit in ihrem Tonfall versetzte mir einen schmerzhaften Stich, aber bevor ich darüber nachdenken konnte, schaute sie mich wieder an. Irgendwie sah sie besorgt aus, als würde etwas Quälendes sie bedrücken, doch sie fasste sich schnell wieder.

„Hast du schon gegessen?“, wollte sie wissen. „Ich habe noch einen Rest Rindereintopf, den ich dir anbieten könnte. Hast du Zeit?“

Und wo ist ihr Mann?, dachte ich, aber ich fragte nicht. „Ja, klar“, sagte ich.

Wir gingen zum Haus. Auf der Veranda blieben wir stehen, und Savannah hielt sich ganz selbstverständlich an meinem Arm fest, um das Gleichgewicht nicht zu verlieren, während sie ihre Stiefel auszog und sie zu den anderen schmutzigen und abgetretenen Cowboystiefelpaaren stellte. Vielleicht war es diese Berührung, die mich dazu brachte, sie endlich richtig anzuschauen, und ich sah die Rätselhaftigkeit und Reife, die mir an ihr schon immer gefallen hatten, aber ich entdeckte auch eine Spur von Trauer und Verschlossenheit, und diese Kombination machte sie in meinen Augen nur noch schöner.

DIE KLEINE KÜCHE sah genau so aus, wie man es sich bei einem Haus, das in den letzten hundert Jahren vermutlich mehrmals umgebaut worden ist, vorstellt: ein uralter Linoleumfußboden, die Wandfarbe, die an manchen Stellen abblättert, weiße Schränke, immer wieder neu überstrichen. An der Wand ein Holzofen, der sicher so alt war wie das Haus selbst.

Savannah holte ein Weinglas aus dem Schrank. „Hättest du gern einen Schluck?"

Ich schüttelte den Kopf. „Ich habe noch nie besonders gern Wein getrunken."

Zu meiner Überraschung stellte sie das Glas nicht zurück, sondern nahm eine halb volle Flasche Rotwein und füllte es.

„Du hast dich verändert", sagte ich, als wir einander am Tisch gegenübersaßen.

Sie zuckte die Achseln. „Sehr vieles hat sich verändert. Ich hätte auch nie gedacht, dass ich mal zu den Leuten gehören würde, die sich abends auf ihr Gläschen Wein freuen. Aber es ist so."

Für eine Weile schwiegen wir beide, und das einzige Geräusch in der Küche war das Brummen des Kühlschranks.

„Es tut mir leid, dass dein Dad gestorben ist", sagte sie. „Sehr sogar. Ich kann dir gar nicht sagen, wie oft ich in den letzten Jahren an ihn gedacht habe."

„Danke."

„Möchtest du drüber reden?", fragte sie mich.

Die Sätze kamen mir auf einmal ganz mühelos über die Lippen. Ich erzählte ihr von Dads zwei Herzinfarkten und von meinen Besuchen in den letzten beiden Jahren. Ich erzählte ihr, dass wir fast Freunde geworden waren, und beschrieb meine letzten Tage mit ihm. Als ich die Beerdigung und das Foto im Briefumschlag erwähnte, nahm sie meine Hand.

„Wie schön, dass er es für dich aufbewahrt hat", sagte sie. „Aber es wundert mich nicht."

„Mich hat es schon gewundert."

Sie lachte ihr zauberhaftes Lachen und drückte meine Hand. „Weißt du was – ich wärme dir jetzt einen Teller Eintopf auf. Es ist ein altes Familienrezept. Aber um ehrlich zu sein – meine Mom hat ihn gemacht."

„So kommt die Wahrheit ans Licht."

„Das ist das Seltsame an der Wahrheit", sagte sie. „Meistens kommt sie ans Licht."

Wenig später stand die Mahlzeit vor mir. Savannah setzte sich wieder hin.

„Isst du gar nichts?"

„Ich hab keinen Hunger", antwortete sie und trank einen Schluck Wein. „Das geht mir in letzter Zeit öfter so."

„Schmeckt wirklich hervorragend", lobte ich.

Sie lächelte. „Mom ist eine fantastische Köchin. Man sollte meinen, ich hätte mir was davon abgeguckt, aber das ist leider nicht der Fall. Als ich jünger war, hab ich immer für die Schule und Uni gelernt, und in letzter Zeit war ich permanent mit Renovieren beschäftigt." Mit einer Hand deutete sie zum Wohnzimmer. „Das Haus ist uralt. Ich weiß, man sieht es nicht, aber wir haben wahnsinnig viel Arbeit reingesteckt."

„Ich finde es sehr schön hier."

„Du hättest das Haus mal sehen sollen, als ich hier eingezogen bin! Wir brauchten ein neues Dach, Wärmepumpen, Isolierglasfenster." Sie lächelte verträumt. „Wir haben so gut wie alles selbst gemacht. Aber … es hat sich *richtig* angefühlt. Zwei junge Menschen, die miteinander ins Leben starten und gemeinsam ihr Haus bewohnbar machen – was kann man sich Schöneres vorstellen? Es entstand so ein wunderbares Gefühl der … Verbundenheit, der Zusammengehörigkeit."

„Klingt sehr romantisch."

„Das war es auch – in gewisser Weise." Sie strich sich eine Haarsträhne hinters Ohr. „Ich kann's nicht fassen, wie sehr du dich verändert hast. Du wirkst irgendwie … älter."

„Ich bin ja auch älter."

„Natürlich, aber so meine ich das nicht. Es sind deine Augen. Sie sind … ernster als früher. Als hätten sie Dinge gesehen, die sie nicht hätten sehen sollen." Sie schüttelte den Kopf. „Ich kann nur vermuten, was du durchgemacht hast."

Ich aß noch ein paar Löffel Eintopf. „Ich habe den Irak Anfang 2004 verlassen. Seither bin ich wieder in Deutschland stationiert. Wahrscheinlich muss ich bald wieder hin, aber ich habe keine Ahnung wann."

„Müsste deine Zeit beim Militär nicht längst vorbei sein?"

„Ich hab meine Dienstzeit noch mal verlängert", sagte ich. „Es gab nichts, was dagegen sprach."

Wir wussten beide, was ich damit sagen wollte. Savannah nickte. „Wie lange noch?"

„Bis 2007. Aber vielleicht verlängere ich um zwei weitere Jahre. Oder ich gehe aufs College."

Eine Weile schwiegen wir beide.

„Wie lange bist du schon verheiratet?", fragte ich sie unvermittelt.

Sie setzte sich anders hin. „Im November sind es zwei Jahre."

„Bist du froh, dass du wieder hier bist?"

„Vieles ist einfacher für mich. Meine Eltern sind in der Nähe, und ich brauche sie – vor allem jetzt."

Warum *vor allem jetzt*? Sie ging nicht näher darauf ein. Sollte ich nachhaken? Es gab noch hundert andere Fragen, die ich ihr gern gestellt hätte.

„Was ist los, Savannah?"

„Was meinst du?"

„Was ist los mit deinem Mann? Wann werde ich ihn kennen lernen?"

Sie antwortete nicht, sondern stand auf, holte eine Tasse aus dem Schrank und eine Dose Tee.

„Du kennst ihn schon." Sie drehte sich um und straffte die Schultern. „Es ist Tim."

SAVANNAH saß mir wieder gegenüber und rührte klappernd ihren Tee um. „Was möchtest du wissen?", fragte sie dann leise, den Blick starr auf ihre Tasse gerichtet.

„Alles", erwiderte ich. „Oder gar nichts. Ich bin mir nicht sicher."

Sie schnaubte. „Das verstehe ich."

Ich presste die Handflächen gegeneinander. „Wann hat es angefangen?"

„Es lief nicht so, wie du es dir vielleicht vorstellst. Wir haben es beide nicht geplant." Sie legte ihren Löffel auf den Tisch. „Aber um dir eine Antwort zu geben – ich glaube, es war Anfang 2002. Tim war zwar mit dem Studium schon viel weiter als ich, aber in meinem letzten Jahr am College hatten wir ein paar Kurse im selben Gebäude. Anschließend gingen wir oft Kaffee trinken oder haben zusammen gelernt. Wir sind nicht miteinander ausgegangen wie andere Paare. Tim wusste, dass ich dich liebe … aber er war einfach da, verstehst du das? Er hat mir zugehört, wenn ich ihm vorgejammert habe, wie sehr ich dich vermisse und wie schwer es ist, so lange getrennt zu sein. Glaube mir, es war wirklich furchtbar für mich. Ich hatte ja erwartet, dass du längst zu Hause sein würdest."

In ihrem Blick lag etwas, was ich nicht deuten konnte. War es Wehmut? War es Bedauern?

„Im Herbst, gleich nachdem ich mit dem College fertig war und wieder bei meinen Eltern wohnte, um hier am Förderzentrum für geistige Entwicklung zu arbeiten, hatten Tims Eltern einen schrecklichen Unfall. Beide sind gestorben. Tim musste sein Studium abbrechen, damit er sich um Alan kümmern konnte." Sie schluckte. „Es war sehr schlimm für ihn. Er musste nicht nur mit dem Verlust seiner Eltern fertig werden, sondern auch noch damit, dass sein Bruder untröstlich war. Alan hat nur noch geschrien und fing an, sich die Haare auszureißen. Der Einzige, der ihn einigermaßen beruhigen konnte, war Tim. Es hat ihn irrsinnig viel Kraft gekostet. Ich glaube, in der Zeit bin ich zum ersten Mal hierhergekommen. Ich wollte ihm ein bisschen unter die Arme greifen. Dieses Haus hat Tims Eltern gehört. Er ist mit seinem Bruder hier aufgewachsen."

Ja natürlich, jetzt fiel es mir wieder ein – sie hatte mir erzählt, dass Tim auf der Nachbarfarm wohnte.

„Wir haben uns gegenseitig getröstet. Ich versuchte, ihm beizustehen, er war meine Stütze, und gemeinsam haben wir uns bemüht, Alan zu helfen. Und im Laufe der Zeit haben wir uns ineinander verliebt."

Endlich sah sie mich wieder an. „Du hast keine Ahnung, wie das damals war. So vieles ist auf uns eingestürmt – es war emotional unglaublich anstrengend. Ich hatte Schuldgefühle, Tim hatte Schuldgefühle. Aber nach einer Weile kam es uns vor, als wären wir schon immer ein Paar gewesen. Tim bekam auch eine Stelle im Zentrum, und dann hat er beschlossen, ein Programm für autistische Kinder anzubieten: Wochenende auf der Farm. Ich wollte auch auf dieser Farm arbeiten. Von da an waren wir eigentlich die ganze Zeit zusammen. Wir betrachteten es als unsere gemeinsame Aufgabe, die Farm aufzubauen, und für Alan war das auch sehr gut. Er liebt Pferde, und weil es so viel zu tun gab, kam er allmählich damit zurecht, dass seine Eltern nicht mehr da waren. Wir haben uns alle aufeinander verlassen … und später in jenem Jahr hat Tim mir dann einen Heiratsantrag gemacht."

„Lebt Alan auch hier?", fragte ich.

„Ja, er hat immer noch sein Zimmer im oberen Stock."

„Ist er jetzt hier?"

Savannah schüttelte den Kopf. „Nein", sagte sie. „Er ist bei Tim."

„Wo?“

Ehe sie antworten konnte, kratzte der Hund an der Tür und Savannah öffnete ihm. Er kam hereingetrottet, lief zu mir und legte die Schnauze in meine Handfläche.

„Er mag mich“, sagte ich.

Savannah stand immer noch bei der Tür. „Molly mag jeden. Sie ist nutzlos als Wachhund, aber eine Seele von Tier.“ Sie deutete über ihre Schulter. „Hör mal, ich muss noch ein paar Sachen wegräumen. Du kannst gern mitkommen. Es ist eine sehr schöne Nacht.“

Ich folgte ihr. Molly lief voran. Savannah zog wieder ihre Stiefel an. Während wir schweigend in Richtung Stall wanderten, dachte ich über all das nach, was sie mir erzählt hatte. Freute ich mich, dass sie Tim geheiratet hatte – weil die beiden so gut zueinander passten? Oder machte es mich unglücklich – aus genau demselben Grund? Nun wusste ich endlich die Wahrheit, aber richtig froh machte sie mich nicht. Vielleicht wäre es doch leichter gewesen, die Ungewissheit zu ertragen.

Und doch … ich spürte instinktiv, dass es noch etwas gab, was sie mir nicht erzählen wollte. Ich merkte es am Tonfall ihrer Stimme. Da war diese leise Trauer, die einfach nicht weichen wollte.

Die Pferde waren nur mehr schattenhafte Umrisse in der Ferne. Savannah sammelte das Zaumzeug ein, während ich mich um die Schaufeln kümmerte. Wir verstauten alles im Stall, dann kehrten wir zum Haus zurück. Ich sah auf die Uhr. Es war schon fast zehn. „Ich glaube, ich sollte mich langsam auf den Weg machen“, sagte ich. „Das ist eine Kleinstadt. Ich will nicht, dass irgendwelche Gerüchte entstehen.“

„Wo wohnst du?“, erkundigte sich Savannah.

„In einem Motel gleich an der Straße. Es ist eine ziemliche Absteige.“

„Ich kann nicht sagen, dass mich das wundert“, entgegnete sie mit einem Grinsen. „Du hattest schon immer ein Talent dafür, originelle Lokalitäten aufzuspüren.“

„Wie das ‚Shrimp Shack‘?“

„Genau.“

Ich vergrub die Hände in den Taschen. Würde ich Savannah je wiedersehen – oder war dies der endgültige Abschied? „Also dann“, sagte ich etwas ratlos. „Es war schön, dich wiederzusehen.“

„Ganz meinerseits, John. Ich bin froh, dass du gekommen bist.“

Ich ging zu meinem Auto, wie gelähmt von dem Gedanken, dass es wirklich und unwiderruflich vorbei war zwischen uns. Ich weiß nicht, ob ich irgendetwas anderes erwartet hatte, aber die Endgültigkeit brachte all die Gefühle an die Oberfläche, die ich seit ihrem letzten Brief erfolgreich unterdrückt hatte.

Als ich die Wagentür öffnete, hörte ich ihre Stimme. „John?“ Sie war mir gefolgt. „Bist du morgen noch hier?“, fragte sie.

Als sie noch näher kam und ich ihr Gesicht sah, wusste ich es auf einmal ganz sicher: ich liebte sie noch immer. Trotz ihres Briefes, trotz ihres Ehemannes. Trotz der Tatsache, dass wir nun nie mehr zusammen sein konnten. „Warum fragst du?“

„Ich dachte, vielleicht möchtest du ja noch mal vorbeikommen. So gegen zehn? Tim würde dich bestimmt gern …“

Ich schüttelte den Kopf, bevor sie den Satz zu Ende bringen konnte. „Ehrlich gesagt, ich halte das für keine besonders gute Idee …“

Sie nahm meine Hand. „Bitte. Es ist mir wichtig.“

Savannahs Bitte klang so traurig, dass ich sie ihr unmöglich abschlagen konnte. „Okay“, sagte ich. „Morgen um zehn.“

Ich stieg in mein Auto, startete den Motor, fuhr rückwärts vom Hof und bog in die Straße ein. Ihre Gestalt im Rückspiegel wurde immer kleiner. Ganz plötzlich wurde mir schwer ums Herz. Nicht weil sie mit Tim verheiratet war. Auch nicht, weil ich die beiden morgen früh zusammen erleben würde. Nein – weil ich sah, dass sie die Hände vors Gesicht schlug und weinte.

Kapitel 9

Als ich am nächsten Morgen in die Einfahrt bog und den Wagen parkte, erwartete mich Savannah schon auf der Veranda und winkte mir zu. Ich rechnete damit, dass Tim gleich in der Haustür erscheinen würde, aber er war nirgends zu sehen.

„Guten Morgen“, sagte sie. „Danke, dass du gekommen bist. Ich hole nur noch schnell die Schlüssel. Oder willst du fahren?“

Ich begriff nicht, weshalb sie diese Frage stellte. „Wir bleiben nicht hier? Ich dachte, du möchtest, dass ich Tim begrüße.“

„Das stimmt“, erwiderte sie, „aber er ist nicht hier.“

„Wo ist er denn?“

Sie tat so, als hätte sie meine Frage nicht gehört. „Möchtest du fahren?“

„Ja, ich denke schon“, antwortete ich etwas irritiert. Ich hielt ihr die Wagentür auf und ging zur Fahrerseite. „Wohin fahren wir eigentlich?“

Sie antwortete nicht gleich, sondern sah wieder aus dem Fenster.

„Zum Krankenhaus“, sagte sie schließlich.

Ich folgte ihr durch endlose Flure, bis sie vor einer Tür stehen blieb, die einen Spaltbreit offen stand. Sie drehte sich zu mir um. „Vielleicht ist es besser, wenn ich zuerst reingehe“, flüsterte sie.

„Klar.“

Sie holte tief Luft und betrat den Raum. „Hallo, mein Schatz!“, hörte ich sie mit fröhlicher Stimme rufen. „Wie geht's dir heute?“

Dann schloss sie die Tür. Verlassen stand ich draußen auf dem Flur in dieser sterilen, unpersönlichen Umgebung. Die Atmosphäre erinnerte mich an das Pflegeheim meines Vaters. Es roch nach Desinfektionsmittel.

„Okay!“ Savannah streckte den Kopf zur Tür heraus. „Du kannst reinkommen. Er erwartet dich.“

Ich war auf das Schlimmste gefasst. Tim saß im Bett, mit einem Tropf im Arm. Er wirkte erschöpft, seine Haut war so blass, dass sie fast durchsichtig schien, und er hatte stark abgenommen. Mein erster Gedanke war: Er liegt im Sterben. Doch sein Blick war noch so freundlich wie damals. Am anderen Ende des Zimmers saß ein junger Mann – neunzehn, zwanzig Jahre alt –, der den Kopf ständig von einer Seite zur anderen drehte. Ich wusste sofort, dass es Alan sein musste. Überall standen Blumen, Dutzende von Sträußen, und Grußkarten. Savannah hatte sich auf die Bettkante gesetzt und hielt Tims Hand.

„Hallo Tim“, sagte ich.

Er lächelte mühsam. „Hallo John. Schön, dich zu sehen.“

„Ganz meinerseits“, sagte ich.

Alan wackelte nach wie vor mit dem Kopf. Ich musste immer wieder zu ihm hinsehen und fühlte mich wie ein Eindringling.

„Das ist mein Bruder Alan“, erklärte Tim.

„Hallo Alan.“

Als Alan nicht antwortete, flüsterte Tim ihm zu: „He, Alan, es ist alles in Ordnung. Er ist kein Arzt, sondern ein Freund. Du kannst ihn begrüßen.“

Es dauerte ein paar Sekunden, dann erhob sich Alan, kam mit steifen Schritten auf mich zu und streckte mir die Hand entgegen. „Hallo, ich bin Alan“, sagte er mit erstaunlich tiefer Stimme.

„Grüß dich, Alan. Freut mich, dich kennen zu lernen“, sagte ich und schüttelte ihm die Hand. Sie war schlaff. Er entzog sie mir schnell wieder und ging zurück zu seinem Stuhl.

Ich nahm Platz. Ehe ich den Mund aufmachen konnte, beantwortete Tim schon meine unausgesprochene Frage. „Ein Melanom“, sagte er.

„Aber du wirst wieder gesund, oder?“

Alan bewegte den Kopf noch schneller und begann, sich auf die Schenkel zu schlagen. Savannah senkte den Blick und ich begriff, dass diese Frage ein Fehler war.

„Dafür sind die Ärzte doch da“, erwiderte Tim. „Ich bin in guten Händen.“ Ich wusste, dass diese Bemerkung eher an Alan gerichtet war als an mich.

Tim schloss die Augen, als müsste er seine Kräfte sammeln, öffnete sie aber gleich wieder. „Ich bin froh, dass du heil zurückgekommen bist“, sagte er. „Als du im Irak warst, habe ich jeden Tag für dich gebetet. Du bist immer noch Soldat, oder?“

„Ja. Sieht so aus, als würde es auf lebenslänglich hinauslaufen.“

„Gut“, sagte Tim. „Das Militär braucht Leute wie dich.“

Ich schwieg. Die Szene erschien mir völlig surreal – als würde ich mich selbst im Traum beobachten. Tim wandte sich nun an Savannah. „Liebling – würdest du bitte mit Alan eine Cola holen gehen? Und vielleicht kannst du ihn ja auch überreden, etwas zu essen.“

„Ja, natürlich.“ Sie küsste ihn auf die Stirn. „Komm mit, Alan. Wir holen uns jetzt was zu trinken, einverstanden?“

Als die beiden außer Hörweite waren, sah Tim mich an. „Das Ganze ist sehr schlimm für Alan. Er wird nur schwer damit fertig.“

„Verständlich.“

„Lass dich nicht davon täuschen, dass er den Kopf immer so dreht. Mit Autismus oder seiner Intelligenz hat das nichts zu tun. Es ist eine Art Tick, wenn er nervös ist. Genau wie seine Angewohnheit, sich auf die Schenkel zu schlagen. Er versteht, was los ist, aber seine Reaktionen sind sehr eigenwillig und für andere Leute oft unangenehm.“

Ich verschränkte meine Hände ineinander. „Ich finde sie nicht unangenehm“, sagte ich. „Mein Dad hatte auch solche Verhaltensweisen. Alan ist dein Bruder, und man merkt, dass er sich Sorgen um dich macht. Das kann ich gut nachvollziehen.“

„Nett von dir, das zu sagen. Viele Leute erschrecken, wenn sie Alan sehen.“

„Ich nicht. Ich weiß, dass ich mit ihm umgehen könnte."

Zu meiner Verblüffung lachte Tim. „Das denke ich auch", sagte er.

Ich nickte. Mir war klar, dass Tim mir helfen wollte, mich zu entspannen, indem er Smalltalk machte. Aber es funktionierte nicht. „Wann bist du darauf aufmerksam geworden?"

„Vor einem Jahr. Ich hatte ein Muttermal auf der Wade, das anfing zu jucken. Und als ich daran kratzte, fing es an zu bluten. Zuerst habe ich mir natürlich keine Sorgen gemacht, aber dann hat es immer wieder geblutet. Schließlich bin ich doch zum Arzt gegangen, vor sechs Monaten. Das war an einem Freitag. Am Samstag haben sie mich schon operiert, und am Montag fing die Chemotherapie an. Jetzt bin ich hier."

„Du warst die ganze Zeit im Krankenhaus?"

„Nein, hier bin ich nur hin und wieder. In der Regel bekommt man Interferon ambulant, aber ich vertrage das Mittel nicht gut, also muss ich im Krankenhaus bleiben. Falls mir davon übel wird und ich dehydriere. Gestern ist das passiert."

„Das tut mir leid." Ich schaute mich um und mein Blick fiel auf ein gerahmtes Foto von Tim und Savannah, das auf dem Nachttisch stand. Sie hatten beide den Arm um Alan gelegt. „Wie kommt Savannah damit zurecht?"

„Sie ist wunderbar. Nicht nur im Umgang mit mir. Auch in Bezug auf die Farm. Sie muss jetzt alles allein machen, aber sie beklagt sich nie. Sie hat mir erzählt, dass ihr gestern Abend dort gegessen habt."

„Stimmt", sagte ich.

„Ich wette, sie hat sich gefreut, dich zu sehen. Ich weiß, dass es ihr immer noch leidtut, dass es zwischen euch so enden musste, und mir geht es nicht anders. Ich weiß, dass ihr einander sehr wichtig wart."

„Schnee von gestern", sagte ich nur. Dass das nicht stimmte, hatte ich am Tag zuvor deutlich gespürt, und auch Tim glaubte mir nicht. Aber wir wollten nicht weiter darüber reden. „Savannah hat mir erzählt, dass du deine Eltern verloren hast."

„Ja, es war ein Autounfall." Es schien ihm Mühe zu bereiten, darüber zu sprechen. „Es war … unfassbar. Ein paar Tage vorher hatten wir noch mit ihnen zu Abend gegessen, und dann musste ich auf einmal die Vorbereitungen für die Beerdigung treffen." Er lehnte sich zurück. „Ich glaube, für uns beide waren es zwei sehr schwere Jahre. Schwer genug, um am Glauben zu zweifeln."

„Sogar du?"

Er lächelte matt. „Ich habe gesagt, zweifeln. Nicht, den Glauben zu verlieren.“

„Was anderes könnte ich mir bei dir auch nicht vorstellen.“

„Ich bin froh, dass du Savannah besucht hast“, sagte er. „Sie braucht jetzt einen Freund.“

Tim schwieg, und ich wusste, dass er zu diesem Thema nichts mehr sagen würde. Kurz darauf schlief er ein. Ich blieb bei ihm sitzen, und in meinem Kopf herrschte eine merkwürdige Leere.

„SEI MIR nicht böse, dass ich dir gestern nichts davon erzählt habe“, sagte Savannah eine Stunde später zu mir, als wir zusammen in der Cafeteria einen Tee tranken. „Ich nahm innerlich immer wieder Anlauf, es dir zu sagen, aber ich konnte es irgendwie nicht.“

Sie hob die Tasse, um einen Schluck zu trinken, stellte sie dann jedoch wieder ab. „Gestern war ein schrecklicher Tag, weißt du. Ich war stundenlang im Krankenhaus. Ich weiß, ich muss bei ihm sein und ihn unterstützen, und das will ich ja auch, aber gestern ging es ihm nach der Behandlung so schlecht, dass ich dachte, er würde sterben. Er musste sich ständig übergeben. Ich habe ihn in die Arme genommen und versucht, ihn zu trösten, mehr konnte ich nicht tun.“

Ich strich über den Griff meiner Tasse. „Ich wollte, ich könnte etwas Hilfreiches sagen.“

„Es gibt nichts, was du sagen könntest. Deshalb rede ich mit dir. Weil ich spüre, dass du das aushalten kannst. Ich habe sonst niemanden. Meine Freundinnen verstehen nicht, was ich durchmache. Meine Eltern sind sehr lieb … aber das hilft auch nur bis zu einem gewissen Punkt. Sie würden alles für mich tun, sie bieten mir dauernd Hilfe an, und Mom bringt uns ständig Essen vorbei, aber jedes Mal wenn sie zur Tür hereinkommt, ist sie das reinste Nervenbündel. Ich glaube, sie hat furchtbare Angst davor, etwas Falsches zu sagen oder zu tun. Sie will uns beistehen, aber letzten Endes muss ich sie trösten, nicht andersherum. Es ist oft nur noch eine zusätzliche Belastung, wenn sie da ist.“

Ich nickte. „Und wie ist es mit deinem Dad?“

„Er meidet das Thema. Er will nicht darüber sprechen. Wenn wir zusammen sind, redet er über die Farm oder meinen Job – über alles Mögliche, nur nicht über Tim. Als wollte er einen Ausgleich dafür schaffen, dass sich meine Mutter ständig Sorgen macht. Aber er erkundigt sich nie, wie es ihm geht oder wie ich mit der Situation fertig werde.“ Sie schüttelte ratlos den

Kopf. „Und dann ist da noch Alan. Ich bilde mir ein, dass es mir immer besser gelingt, mit ihm umzugehen, aber trotzdem … manchmal verletzt er sich selbst, oder er macht Sachen kaputt, und dann kann ich nur noch weinen, weil ich mir nicht mehr zu helfen weiß."

Es machte mich unsäglich traurig, wenn ich mir ihr Leben vorstellte.

„Hat Tim dir alles erzählt? Von seinem Melanom?", fragte sie.

„Andeutungsweise."

Savannah nickte. „Das ist so verrückt – ich meine, wenn Tim immer in der Sonne gewesen wäre, könnte ich es ja noch verstehen. Aber das Melanom war hinten an seinem Bein. Er trägt so gut wie nie kurze Hosen und hat uns immer alle ermahnt, wir sollten uns mit Sonnencreme einschmieren. Er trinkt nicht, raucht nicht, er achtet auf gesunde Ernährung. Aber aus irgendeinem Grund hat er Hautkrebs bekommen. Sie haben alles entfernt, einschließlich achtzehn Lymphknoten. Und einer war schon befallen. Also wurde er mit Interferon behandelt und wir versuchten, optimistisch zu sein. Aber dann lief alles schief. Zuerst mit dem Interferon, und ein paar Wochen nach der Operation bekam er in der Nähe der Narbe eine schlimme Hautentzündung. Er musste zehn Tage auf die Intensivstation, und ich hatte schon Angst, ich würde ihn verlieren. Er hat es geschafft und die Behandlung konnte fortgesetzt werden, aber letzten Monat fanden die Ärzte nicht weit von der Stelle, wo das Melanom gewesen war, krankhafte Hautveränderungen. Also wurde er wieder operiert. Viel schlimmer ist allerdings, dass man daraus ableiten musste, dass das Interferon nicht richtig anschlägt. Deshalb wurden eine Kernspintomografie und ein PET-Scan gemacht, und dabei haben sie Krebszellen in seiner Lunge entdeckt."

Eine Weile sagten wir beide nichts. „Es tut mir so leid", flüsterte ich schließlich.

Meine Worte rissen sie aus ihren Gedanken. „Ich gebe nicht auf", sagte sie mit brüchiger Stimme. „Er ist ein so guter Mensch und ich liebe ihn so sehr. Das ist einfach nicht fair! Wir sind noch nicht mal zwei Jahre verheiratet."

Sie sah mich an und atmete ein paarmal tief durch. „Er muss hier raus. Raus aus diesem Krankenhaus. Er sollte in eine andere Klinik überwiesen werden, in ein Spezialkrankenhaus wie das MD Anderson Cancer Center oder die Mayo Clinic oder das Johns Hopkins. Dort werden die neuesten Methoden entwickelt. Wenn Interferon nicht wirkt, gibt es vielleicht ein anderes Mittel, als Ergänzung – auch wenn es sich noch im Versuchsstadium befindet. Aber unsere Versicherung übernimmt keine Kosten für Maßnahmen, die sich noch im experimentellen Stadium befinden."

„Um was für Summen geht es denn?"

„Um sehr viel Geld. Viel mehr, als ich je bezahlen kann, das steht fest."

„Was willst du tun?"

„Ich werde das Geld irgendwie beschaffen", sagte sie. „Ich habe keine andere Wahl. Und die Leute hier in der Stadt sind unglaublich hilfsbereit. Sobald bekannt wurde, dass Tim schwer krank ist, brachte die Lokalzeitung einen Artikel und viele Menschen haben versprochen, Geld für ihn zu sammeln. Sie haben ein Spezialkonto eingerichtet. Meine Eltern helfen auch tatkräftig mit. Sogar das Zentrum, an dem wir arbeiten, hat etwas beigesteuert. Und in manchen Geschäften und Kneipen sind Sammelbüchsen aufgestellt worden."

Mir fiel das Glas auf dem Tresen in der Spielhalle wieder ein. Auch ich hatte bereits unwissentlich ein paar Dollar gespendet, aber das fand ich jetzt natürlich völlig unzureichend. „Fehlt noch viel?"

„Keine Ahnung. Es ist alles erst vor Kurzem angelaufen, und seit Tim behandelt wird, bin ich eigentlich nur noch hier und auf der Farm." Sie lächelte mich traurig an. „Ich weiß gar nicht, wieso ich dir das alles erzähle. Ich meine – ich kann ja nicht garantieren, dass man Tim in irgendeinem dieser Krankenhäuser retten kann. Ich weiß nur eines: Wenn er hierbleibt, wird er es nicht schaffen. Vielleicht schafft er es woanders auch nicht, aber es wäre zumindest eine Chance … und mehr gibt es im Moment nicht." Ihr versagte die Stimme und sie starrte blicklos auf die Tischplatte.

„Soll ich dir was Verrücktes erzählen?", murmelte sie nach einer Weile. „Du bist der erste Mensch, mit dem ich darüber rede. Ich spüre irgendwie, dass du der Einzige bist, der versteht, was ich gerade durchmache." Sie nahm ihre Tasse, trank aber nicht. „Ich weiß, es ist unfair, vor allem nachdem eben erst dein Dad …"

„Es ist völlig okay", beruhigte ich sie. „Ich bin froh, dass du mit mir darüber redest – und sei es auch nur, damit du es dir von der Seele schaffst."

Sie zuckte die Achseln. „Tja, und jetzt sitzen wir hier – zwei verwundete Kämpfer, die Beistand brauchen."

„Klingt doch gar nicht so übel."

Sie schaute mir in die Augen. „Wir haben Glück miteinander, wir beide", flüsterte sie.

Mir stockte der Atem. „Ja – wir haben Glück", wiederholte ich leise.

Den grössten Teil des Nachmittags verbrachten wir bei Tim. Als wir zurückkamen, schlief er noch, wachte zwischendurch kurz auf, döste wieder ein. Alan hielt am Fußende des Bettes Wache.

Um die Abendessenszeit brachen wir auf. Savannah drückte Tim zum Abschied einen zärtlichen Kuss auf die Stirn. Dann schlichen wir leise hinaus.

„Und was ist mit Alan?“, fragte ich.

„Alan ist mit dem Fahrrad da“, antwortete sie. „Er radelt jeden Morgen hierher und fährt spätabends wieder zurück. Er schafft das schon.“

Als wir ein paar Minuten später den Krankenhausparkplatz verließen, verfärbte sich der Himmel grau. Am Horizont ballten sich düstere Wolken und kündigten ein Gewitter an. Savannah hing ihren Gedanken nach und redete kaum. In ihrem Gesicht sah ich die gleiche Erschöpfung, die ich auch in mir spürte. Ich konnte mir nicht vorstellen, wie es wäre, wenn ich morgen wieder hierherkommen müsste, und nicht nur morgen, sondern auch übermorgen und überübermorgen, und immer mit dem Gedanken, dass Tim in einem anderen Krankenhaus vielleicht wieder gesund werden könnte.

Als wir in die Einfahrt einbogen, parkte ich wieder unter der Trauerweide neben dem alten Pick-up-Truck. Auf der Windschutzscheibe waren die ersten Regentropfen zu sehen.

„Hast du Hunger?“, fragte Savannah. „Mein Kühlschrank ist randvoll mit Essen.“

Irgendetwas in ihrem Blick sagte mir, dass ich besser ablehnen sollte, aber ich nickte. „Ja, ich könnte gut eine Kleinigkeit vertragen.“

Wir stiegen aus. Der Regen wurde stärker und wir rannten zum Haus. Molly hörte uns, und sowie Savannah die Tür öffnete, schoss der Hund an mir vorbei.

„Wir haben ein reichhaltiges Angebot!“, rief mir Savannah vom Kühlschrank her zu. „Es gibt Eintopf, Chili con Carne, Hähnchen, Schweinebraten, Lasagne …“

„Lasagne klingt gut.“

„Wie wär’s mit Salat? Ich habe einen Kopfsalat und könnte schwarze Oliven und Tomaten dazumischen.“

„Ja, gern.“

Ich sah Savannah dabei zu, wie sie den Salat machte. Ihre Bewegungen wirkten ruhig und gelassen, so als würde diese einfache, überschaubare Aufgabe sie irgendwie trösten.

„Ich weiß nicht, wie's dir geht, aber ich könnte einen Schluck Wein vertragen." Sie deutete auf ein kleines Gestell auf der Arbeitsfläche neben der Spüle. „Ich habe einen exzellenten Pinot noir."

„Ich trinke gern ein Glas", sagte ich.

Sie öffnete die Flasche und füllte zwei Gläser. Wenig später saß sie mir gegenüber, die Lasagne dampfte in unseren Tellern. Nach dem ersten Bissen deutete ich mit meiner Gabel auf ihren Teller. „Isst du gar nichts?"

„Ich habe keinen Hunger mehr." Sie seufzte. „So geht's mir immer, wenn Tim im Krankenhaus ist … Ich mache mir was warm und freue mich eigentlich darauf, aber sobald ich mich an den Tisch setze, ist mein Magen wie zugeknotet."

„Nur einen Bissen", versuchte ich sie zu überreden. „Mir zuliebe. Ich bin es nicht gewohnt, dass mir jemand beim Essen zusieht. Das ist ein blödes Gefühl."

„Na gut." Sie lud sich ein winziges Stückchen Lasagne auf die Gabel und schob es in den Mund. „Zufrieden?"

„Na klar!" Ich schnaubte empört. „Jetzt geht es mir gleich viel besser. Zum Nachtisch können wir uns vielleicht ein paar Kuchenkrümel teilen."

Sie musste lachen. „Ich bin froh, dass du hier bist. Du bist der einzige Mensch, der auf die Idee kommt, in dieser Situation so mit mir zu reden."

„Was meinst du mit ‚so'? Ehrlich?"

„Ja, ehrlich." Sie legte die Gabel zurück auf den Teller und schob ihn weg. „Das konntest du schon immer sehr gut."

„Ich habe das bei dir genauso empfunden."

„Die gute alte Zeit, nicht wahr?"

Ihr Blick brachte die Vergangenheit zurück, und auf einmal war Savannah wieder die junge Frau, die ich am Strand kennen gelernt und die das ganze Leben noch vor sich hatte – ein Leben, das ich mit ihr teilen wollte.

Sie fuhr sich mit der Hand durchs Haar. Ihr Ehering funkelte im Lampenschein. Ich senkte den Blick, sah auf meinen Teller.

„Was ist denn los?", fragte Savannah besorgt. „Bist du sauer?"

„Nein", log ich.

„Aber du wirkst so."

Sie war doch noch dieselbe Frau wie damals – nur dass sie verheiratet war. Ich lehnte mich zurück. „Wieso bin ich hier, Savannah?"

„Ich weiß nicht, was du meinst."

„Das hier." Ich deutete auf die Küche. „Du lädst mich zum Essen ein, obwohl du selbst gar nichts essen willst. Du redest über die Vergangenheit."

„Vielleicht brauche ich einfach jemanden zum Reden“, sagte sie leise.

„Das verstehe ich“, sagte ich. „Es ist nur so, dass ich wirklich nicht mehr weiß, was ich denken soll. Die Vergangenheit. Wir beide. Du bist verheiratet. Tim ist krank. Mir schwirrt der Kopf.“

Sie stellte ihr Glas ab. „Und du meinst, ich verstehe das alles? Willst du die Wahrheit hören? Ich versuche nur, irgendwie den Tag zu überstehen und genug Kraft zu sammeln, um den nächsten in Angriff nehmen zu können. Ich weiß, dass du immer noch etwas für mich empfindest. Und ich würde dir gern sagen, dass ich insgeheim alles erfahren möchte, was du durchgemacht hast, seit ich dir diesen schrecklichen Brief geschickt habe – aber andererseits, wenn ich mir selbst gegenüber ehrlich bin … ich weiß nicht, ob ich es wirklich wissen will. Ich weiß nur eins: Als du gestern plötzlich hier aufgetaucht bist, da habe ich mich … ganz okay gefühlt. Nicht super, nicht gut, aber eben auch nicht schlecht. Und in den letzten sechs Monaten hatte ich mich einfach immer nur schlecht gefühlt. Ich wache morgens auf und schon bin ich nervös, angespannt, wütend und frustriert. Ich habe Angst, den Mann zu verlieren, den ich geheiratet habe. So sieht mein Leben zurzeit aus, und ich weiß, dass es noch schlimmer werden wird.“

Ich wusste nicht, was ich sagen sollte. Für mich gab es nur noch einen Gedanken: dass sie die Frau war, in die ich mich damals verliebt hatte, die Frau, die ich auch jetzt noch liebte – und die mir nie gehören würde.

„Entschuldige, ich wollte dich nicht unter Druck setzen“, sagte sie schließlich. „Eigentlich will ich nur, dass du weißt, wie froh ich bin, dass du hier bist.“

Ich blickte starr auf die Holzmaserung des Tisches. Irgendwie musste ich es schaffen, meine Gefühle unter Kontrolle zu halten. „Gut“, sagte ich.

Savannah goss mir ein bisschen Wein nach. „Ich schütte dir mein Herz aus und du sagst einfach nur ‚gut‘?“

„Was soll ich denn deiner Meinung nach sagen?“

Savannah stand auf und ging zur Wohnzimmertür. „Zum Beispiel dass du auch froh bist, hier zu sein“, erwiderte sie kaum hörbar.

Und dann war sie plötzlich weg.

Ihre letzte Bemerkung verunsicherte mich. Was wollte sie von mir? Sie war es doch, die den Brief geschrieben hatte, sie hatte unsere Beziehung beendet und einen anderen geheiratet. Sollten wir etwa so tun, als wäre das alles nicht passiert?

Ich aß auf und stellte unsere Teller in die Spüle. Der Regen trommelte gegen die Fensterscheibe – aber da war noch ein anderes Geräusch. Es kam aus dem Wohnzimmer. Meine Wut und meine Verwirrung waren wie weggeblasen. Savannah schluchzte.

Ich ging zu ihr. Sie saß auf dem Sofa, das Weinglas zwischen den Händen. Ich setzte mich neben sie.

„Entschuldige“, murmelte sie. „Ich weiß, ich sollte nicht weinen, aber ich kann einfach nicht anders.“

„Das ist doch nur verständlich“, sagte ich leise. „Du machst gerade so viel durch …“

Der Sturm peitschte den Regen in Böen gegen die Fensterscheiben.

„Das ist ja die reinste Sintflut“, sagte ich, um die angespannte Stille irgendwie zu durchbrechen. „Meinst du, Alan kommt zurecht?“

„Er fährt erst los, wenn das Gewitter vorüber ist. Aber solche Unwetter sind hier meistens ziemlich kurz. Erinnerst du dich noch an diesen wahnsinnigen Regenguss, als ich dir das halb fertige Haus gezeigt habe?“

„Ja, klar.“

„An den Abend muss ich oft denken. Damals habe ich dir das erste Mal gesagt, dass ich dich liebe. Erst neulich ist es mir wieder eingefallen. Und auf einmal hatte ich das Gefühl, als hätte ich mir das alles nur eingebildet. Als hätte ein anderer Mensch es erlebt.“ Sie beugte sich näher zu mir. „Woran erinnerst du dich am besten?“

„An alles.“

Sie sah mich eindringlich an. „Es gibt nichts, was sich dir besonders eingeprägt hat?“

„Nein, nichts“, antwortete ich mit fester Stimme. „Aber deshalb wolltest du ja, dass ich immer den Vollmond anschaue, nicht wahr? Damit ich mich an alles erinnere.“ Was ich ihr nicht verriet, war, dass ich immer noch hinausging und den Vollmond ansah, um an sie zu denken. Und obwohl ich im Moment ein schlechtes Gewissen hatte, weil ich hier neben ihr saß, hätte ich doch gern gewusst, ob sie das auch noch tat.

Wieder strich sie ihr Haar hinters Ohr, wie sie es immer machte. Als ich das sah, durchzuckte mich ein tiefer Schmerz.

„Es ist schon seltsam, welche Wege das Schicksal manchmal einschlägt“, sagte sie leise. „Hättest du je gedacht, dass dein Leben einmal so aussehen würde, wie es jetzt aussieht?“

„Nein, nie.“

„Ich auch nicht“, meinte sie. Sie trank einen Schluck Wein. „Als du das erste Mal nach Deutschland zurückgegangen bist, war ich felsenfest davon überzeugt, dass wir eines Tages heiraten würden. Und dann, bei deinem zweiten Urlaub, habe ich mich sogar noch sicherer gefühlt. Vor allem nachdem wir miteinander geschlafen hatten."

„Bitte nicht …" Ich schüttelte abwehrend den Kopf. „Lass uns nicht daran rühren."

„Warum nicht?", fragte sie. „Bedauerst du es etwa?"

„Nein, natürlich nicht. Aber jetzt bist du verheiratet!"

„Es ist aber geschehen", sagte sie. „Für mich war es das erste Mal. Ich werde es nie vergessen, und es wird immer etwas ganz Besonderes in meinem Leben sein. Was zwischen uns passiert ist, war wunderschön. Gestern Abend, nachdem du weg warst, konnte ich an nichts anderes denken." Ihre Stimme bebte, als sie sagte: „Es war doch real, oder? Du und ich?"

Das graue Zwielicht der Abenddämmerung spiegelte sich in Savannahs Augen, während sie auf eine Antwort wartete. Ich spürte geradezu körperlich, wie das Gewicht von Tims Krankheit auf uns beiden lastete. Meine Gedanken rasten, sie waren makaber und falsch, aber ich konnte sie nicht verdrängen. Ich hasste mich selbst dafür, dass ich überhaupt imstande war, an ein Leben nach Tim zu denken, und wollte diese Bilder mit aller Kraft abschütteln. Aber ich konnte nicht. Ich wollte Savannah in die Arme schließen, wollte jede Sekunde nachholen, die wir durch die Jahre der Trennung verloren hatten. Instinktiv beugte ich mich zu ihr.

Sie wusste, was kommen würde, und wich nicht zurück. Jedenfalls nicht gleich. Doch als sich meine Lippen den ihren näherten, wandte sie sich blitzartig ab. Das Weinglas, das sie noch in der Hand hielt, schwappte über und die rote Flüssigkeit ergoss sich auf uns. Sie sprang auf und zupfte an ihrer Bluse.

„Entschuldige", murmelte ich.

„Macht nichts. Ich muss mich nur schnell umziehen und den Fleck rauswaschen. Das ist eine meiner Lieblingsblusen."

Ich schaute ihr nach, während sie den Flur entlangging und in dem zur rechten Seite gelegenen Schlafzimmer verschwand. Fluchend schüttelte ich den Kopf. Wie konnte ich nur so dumm sein! Da erst registrierte ich, dass mein Hemd auch einen Fleck hatte, und machte mich auf die Suche nach dem Bad. Auf gut Glück drehte ich einen Türknauf – und sah mich selbst im Badezimmerspiegel. Im Hintergrund erkannte ich durch die halb offene Schlafzimmertür Savannah: Sie wandte mir den Rücken zu, ihr Oberkörper war nackt. Sie spürte wahrscheinlich, dass ich sie beobachtete, denn sie blickte jetzt über die Schulter in meine Richtung. Ich erwartete, dass sie die Tür schließen oder sich schnell etwas überziehen würde, doch das tat sie nicht. Sie suchte meinen Blick und hielt ihn fest. Und dann, ganz langsam, drehte sie sich um.

Da standen wir und betrachteten uns gegenseitig im Spiegel, nur getrennt durch den schmalen Flur. Ihre Lippen öffneten sich leicht, sie hob das Kinn, und ich wusste, dass ich, selbst wenn ich tausend Jahre alt werden sollte, nie vergessen würde, wie wunderschön sie in diesem Augenblick aussah. Ich wollte zu ihr gehen, sie an mich pressen, denn ich wusste, dass sie mich genauso begehrte wie ich sie. Aber ich rührte mich nicht, stocksteif stand ich da, weil mir auch klar war, dass sie mich eines Tages dafür hassen würde – für etwas, was wir beide so eindeutig ersehnten.

Und Savannah, die mich besser kannte als alle anderen Menschen auf der Welt, senkte den Kopf, als wäre ihr dies auch gerade bewusst geworden. Sie drehte sich wieder um – und genau in dem Moment wurde die Haustür aufgestoßen. Ein lautes Klagen drang durch die Dunkelheit.

Alan …

Ich eilte zurück ins Wohnzimmer. Alan war schon in der Küche, und ich hörte, wie er die Schranktüren aufriss und wieder zuknallte. Dazu heulte er jämmerlich. Gleich darauf erschien Savannah, stopfte ihre Bluse in die Hose und rief: „Alan! Ich bin ja schon da. Es ist alles in Ordnung!“ Sie klang, als wäre sie außer sich.

„Brauchst du Hilfe?“, fragte ich Savannah.

„Nein, nein. Lass mich nur machen. Das passiert oft, wenn er aus dem Krankenhaus heimkommt.“

Sie lief in die Küche. Ich hörte, wie sie Alan zu besänftigen versuchte, aber in dem Lärm ging ihre Stimme fast unter. Trotzdem blieb sie ruhig und redete sehr bestimmt und entschieden auf ihn ein.

Es kam mir vor wie eine Ewigkeit, bis er sich endlich beruhigte. Das Schranktürenknallen wurde etwas weniger und verstummte schließlich ganz, genau wie sein Geheule. Savannahs Stimme wurde ebenfalls leiser.

Ich spähte vom Wohnzimmer aus durch die Küchentür. Savannah und Alan saßen auf dem Boden. Sie lehnte sich gegen einen Schrank, Alan hatte den Kopf an ihre Brust gelegt und sie strich ihm sanft übers Haar. In Savannahs Augen schimmerten Tränen, ich wusste, wie sehr sie litt.

„Ich hab ihn lieb“, hörte ich Alan sagen. Er redete nicht mehr mit der tiefen Stimme wie im Krankenhaus; nein, es war das hilflose Wimmern eines verängstigten kleinen Jungen.

„Ich weiß, mein Schatz. Ich hab ihn auch lieb. Ich weiß, dass du Angst hast. Ich habe auch Angst.“

„Ich hab ihn lieb“, sagte Alan noch einmal.

Sie küsste ihn auf den Scheitel. „Er hat dich auch lieb, Alan. Und ich dich auch. Und ich weiß, er freut sich schon darauf, wenn er wieder mit dir reiten kann. Das hat er mir erzählt. Und er ist so stolz auf dich! Er sagt immer wieder, wie gut du das alles hier machst.“

„Ich hab Angst.“

„Ich auch. Aber die Ärzte tun wirklich alles, was sie können.“

„Ich hab ihn lieb.“

„Ich weiß. Ich liebe ihn auch. Mehr, als du dir vorstellen kannst.“

Ich konnte den Blick nicht abwenden, aber plötzlich wusste ich, dass ich nicht hierhergehörte. Savannah schaute kein einziges Mal in meine Richtung. Und trotzdem – wie sollte ich je vergessen, was wir verloren hatten?

Ich klopfte auf meine Hosentasche. Ja, der Autoschlüssel war da. Tränen brannten mir in den Augen. Ich öffnete die Haustür und taumelte die Stufen hinunter. War ich in meinem ganzen Leben schon einmal so müde gewesen? Auf der Fahrt zu meinem Motel musste ich an einer Ampel warten, und ich wusste, dass die Passanten einen Mann im Auto sitzen sahen, der weinte. Einen Mann, dem die Tränen übers Gesicht strömten, als würden sie nie mehr aufhören zu fließen.

Kapitel 10

Den Rest des Abends verbrachte ich allein in meinem Motelzimmer. Ich versuchte gar nicht erst einzuschlafen. Stattdessen dachte ich an Tim, aber ich sah nicht die ausgemergelte Gestalt im Krankenhaus vor mir, nein, ich sah den jungen Mann, den ich damals im Strandhaus kennen gelernt hatte, den sympathischen Studenten, der gern lachte und für jeden ein freundliches Wort hatte. Ich dachte an meinen Dad und fragte mich, wie er wohl seine letzten Wochen erlebt hatte. Ich dachte an Alan und an die fremde Welt, die sein Geist bewohnte. Doch vor allem dachte ich an Savannah – in Gedanken durchlebte ich aufs Neue unsere gemeinsame Vergangenheit und versuchte, der erdrückenden Leere zu entkommen, die sich in meinem Innern langsam ausbreitete.

Es war neun Uhr morgens, als ich das Krankenhaus betrat und mich anmeldete. Mit dem Aufzug fuhr ich in den zweiten Stock. Tims Tür stand halb offen.

Als er mich sah, lächelte er überrascht. „Hallo John“, sagte er.

Ich setzte mich. Tim sah eindeutig besser aus, obwohl er immer noch Mühe hatte, sich aufzurichten.

„Was führt dich so früh hierher?"

„Ich muss los", sagte ich. „Morgen geht mein Flieger nach Deutschland. Du weißt ja, wie es ist."

Er nickte. „Ich hoffe, dass ich heute wieder nach Hause kann."

„Das freut mich."

„Warum bist du wirklich noch mal zu mir gekommen, John?", fragte er.

„Ich weiß es nicht", gab ich zu. „Irgendwie hatte ich das Gefühl, dass ich dich sehen muss. Und dass du mich sehen möchtest."

Er nickte und sah hinüber zum Fenster. „Willst du wissen, was das Schlimmste an dem Ganzen ist? Ich mache mir Sorgen um Alan. Ich weiß, was mit mir los ist. Ich weiß, dass meine Chancen nicht gut stehen. Es ist durchaus möglich, dass ich es nicht schaffe. Ich kann das akzeptieren. Und Savannah ... ich denke, wenn mir etwas zustößt, wird sie am Boden zerstört sein. Aber soll ich dir sagen, was mir klar geworden ist, als ich meine Eltern verloren habe? Dass man weiterleben kann, auch wenn es zuerst völlig unmöglich erscheint, und dass der Schmerz allmählich ... nachlässt. Wahrscheinlich verschwindet er nie ganz, aber nach einer Weile ist er nicht mehr so überwältigend. So wird es auch Savannah ergehen. Sie ist jung, sie ist stark, sie hat die Kraft weiterzumachen. Aber Alan ... Ich weiß nicht, was aus ihm werden soll. Wer wird für ihn sorgen? Wo kann er wohnen?"

„Savannah wird sich bestimmt um ihn kümmern."

„Ich weiß. Aber ist das ihr gegenüber fair? Ist es fair, einfach davon auszugehen, dass sie diese Verantwortung übernimmt? Er ist noch jung, erst neunzehn. Kann ich von ihr verlangen, dass sie sich die nächsten fünfzig Jahre um ihn kümmert? Für mich war es einfach. Er ist ja mein Bruder. Aber Savannah ..." Er schüttelte den Kopf. „Sie ist jung und schön. Ist es gerecht, von ihr zu erwarten, dass sie nie wieder heiratet?"

„Was redest du da?"

„Meinst du, ihr neuer Mann wäre auch bereit, für Alan zu sorgen?"

Als ich nicht antwortete, zog er die Augenbrauen hoch und fügte hinzu: „Würdest du für ihn sorgen?"

Ich wollte etwas sagen, brachte aber kein Wort heraus.

„Du liebst sie immer noch, stimmt's?"

Ich versuchte, möglichst neutral dreinzuschauen, doch er konnte es mir trotzdem ansehen. „Ist schon okay", sagte er. „Ich weiß es ja sowieso. Ich habe es immer gewusst." Er wirkte fast wehmütig. „Ich werde nie Savannahs Gesicht vergessen, als sie mir zum ersten Mal von dir erzählt hat. So hatte ich sie noch nie gesehen. Als du das erste Jahr weg warst, konnte sie an nichts anderes denken als an dich. Und dann hat sie erfahren, dass du nicht heimkommst, und wir sind beide nach Lenoir gezogen, und meine Eltern sind gestorben, und …" Er brachte den Satz nicht zu Ende. „Du hast immer gewusst, dass ich auch in sie verliebt bin, oder?"

Ich nickte.

„Das habe ich mir gedacht." Er räusperte sich. „Ich liebe sie, seit ich zwölf war. Und ganz allmählich hat sie sich auch in mich verliebt."

„Wieso erzählst du mir das?"

„Weil es nicht das Gleiche ist. Ich weiß, sie liebt mich, aber sie liebt mich nicht so, wie sie dich geliebt hat. Sie hat nie diese glühende Leidenschaft für mich empfunden, aber wir waren dabei, uns unser Leben schön einzurichten. Wir waren so glücklich, als wir die Farm für die Kinder gegründet haben … Dann bin ich krank geworden, aber sie ist immer hier und sorgt für mich, so wie ich umgekehrt für sie sorgen würde." Er schwieg. Ich sah die Qual in seinem Gesicht.

„Als ihr gestern hier wart, habe ich bemerkt, wie sie dich ansieht, und da wurde mir klar, dass sie dich noch liebt. Und mehr als das – ich weiß, dass sie dich immer lieben wird. Das tut mir weh … aber soll ich dir etwas sagen? Ich liebe sie von ganzem Herzen. Und für mich bedeutet diese Liebe, dass ich mir nichts sehnlicher wünsche, als dass sie glücklich ist."

Meine Kehle war jetzt wie ausgetrocknet. „Was willst du damit sagen?", fragte ich heiser.

„Ich will damit sagen, dass du Savannah nicht vergessen darfst, falls mir etwas zustoßen sollte. Und du musst mir versprechen, dass du sie immer auf Händen tragen wirst, so wie ich."

„Tim …"

„Sag nichts, John." Er hob die Hand, um mich zum Schweigen zu bringen und um sich zu verabschieden. „Denk an das, was ich dir gesagt habe."

ALS ICH aus dem Krankenhaus trat, musste ich die Augen zusammenkneifen, weil das helle Morgenlicht mich blendete. Erschöpft setzte ich mich auf eine Bank und ging in Gedanken noch einmal das Gespräch mit Tim durch. Ich sah ihn vor mir, sah seine Angst, seine Sorgen … Vor Müdigkeit musste ich die Augen schließen. Zum ersten Mal seit Jahren fühlte sich meine Liebe zu Savannah irgendwie … *falsch* an. Liebe sollte Freude bringen, sie sollte den Menschen Frieden schenken, doch hier und jetzt bedeutete die

Liebe nur Schmerz. Für Tim, für Savannah und auch für mich. Ich war nicht hierhergekommen, um Savannah in Versuchung zu führen oder um ihre Ehe zu zerstören … oder doch? Ich war mir nicht sicher, ob ich so edel war, wie ich dachte, und durch Tims Bitte, ich solle ihm versprechen, sie mit der gleichen Hingabe zu lieben wie er, wenn er starb, fühlte ich mich noch unwohler in meiner Haut.

Endlich erhob ich mich und ging mit zögernden Schritten zu meinem Auto zurück. Wohin sollte ich aufbrechen? Ich hatte keine Ahnung. Ich wollte nur fort aus Lenoir, und sei es auch nur, um wieder denken zu können.

Erst als ich schon fast vor dem Wagen stand, merkte ich, dass Savannahs Auto direkt daneben geparkt war. Savannah saß hinterm Steuer, und als sie mich kommen sah, stieg sie aus.

Ich blieb stehen.

„John! Du bist gestern einfach so verschwunden, ohne dich zu verabschieden."

„Stimmt."

„Warst du bei Tim?"

„Ja. Es geht ihm besser. Er hofft, dass er heute nach Hause kann."

„Wie schön", sagte sie und fügte dann hinzu: „Fährst du jetzt?"

„Ja, ich muss los. Mein Urlaub ist zu Ende."

Sie verschränkte die Arme vor der Brust. „Ist das der Abschied?"

„Ja", antwortete ich, „ich glaube schon."

„Kann ich dir schreiben?"

Ich zwang mich, nicht wegzuschauen. Ach, wie sehr ich mir wünschte, unsere Karten wären anders gemischt worden! „Ich weiß nicht, ob das eine gute Idee ist."

„Das verstehe ich nicht."

„Doch, du verstehst es sehr gut", entgegnete ich mit Nachdruck. „Du bist mit Tim verheiratet, nicht mit mir." Ich wartete einen Moment, bevor ich weitersprach. Ich wollte, dass diese Worte wirklich bei ihr ankamen. Und ich musste mich sammeln. „Tim ist ein guter Mensch, Savannah. Ein besserer Mensch als ich, so viel ist sicher. Ich liebe dich sehr – aber ich bin nicht bereit, für diese Liebe eine Ehe zu zerstören. Und ich glaube, tief in deinem Innern bist du das auch nicht."

Ihre Augen füllten sich mit Tränen. „Sehen wir uns wieder?", flüsterte sie.

„Ich hoffe nicht."

„Wie kannst du so etwas sagen?!“, rief sie empört.

„Es würde heißen, dass Tim wieder gesund wird.“

Eine Träne lief ihr über die Wange, und obwohl ich wusste, dass es jetzt besser wäre zu gehen, nahm ich ihr Gesicht und wischte sie sanft fort. In Savannahs Augen las ich Angst und Trauer, Wut und Verzweiflung. Aber vor allem sah ich die flehende Bitte, ich möge es mir anders überlegen.

Ich schluckte. „Dein Mann braucht dich. Er braucht dich ganz. Es gibt keinen Platz für mich – und wir wissen beide, dass das richtig ist.“

Nun strömten die Tränen ihr übers Gesicht, und auch meine Augen wurden feucht. Ich beugte mich zu ihr hinunter und küsste sie zärtlich auf die Lippen, dann schloss ich sie in die Arme. „Ich liebe dich, Savannah, und ich werde dich immer lieben. Du bist das Beste, was mir je passiert ist. Du bist meine beste Freundin, du bist meine Geliebte, und ich bereue nichts. Du hast mir das Gefühl gegeben, wieder lebendig zu sein, und das Wunderbarste ist, dass du mir meinen Vater geschenkt hast. Das werde ich dir nie vergessen. Du wirst immer ein Teil von mir sein. Es tut mir unendlich leid, dass es so ist, wie es ist, aber ich muss fort, und du musst zu deinem Mann gehen.“

Während ich sprach, spürte ich, wie sie vom Weinen geschüttelt wurde. Ich hielt sie noch lange fest. Als wir uns schließlich voneinander lösten, wusste ich, dass es das letzte Mal war, dass ich sie in meinen Armen gehalten hatte. Ich trat einen Schritt zurück.

„Ich liebe dich auch, John.“

„Leb wohl.“ Ich hob zum Abschied die Hand.

Und Savannah wischte die Tränen weg und ging zur Krankenhauspforte.

AM STADTRAND fuhr ich zu einer Tankstelle, tankte voll und kaufte mir eine Flasche Wasser. An der Kasse stand ein Glas, in dem Geld für Tim gesammelt wurde. Es waren Münzen und auch ein paar Scheine darin; auf dem Etikett stand die Nummer eines Kontos bei einer örtlichen Bank. Ich fragte den Verkäufer, ob er mir ein paar Dollar in Vierteldollarmünzen wechseln könne, was er bereitwillig tat.

Wie betäubt stolperte ich zurück zum Auto. Dort blätterte ich noch einmal die Unterlagen durch, die mir der Anwalt übergeben hatte, und kramte nach einem Stift.

Ich fand alles, was ich brauchte. Dann ging ich zu einem Münzfernsprecher. Ich wählte die Auskunft und die Computerstimme gab mir die gewünschte Nummer durch. Ich kritzelte sie auf das Dokument und legte auf.

Dann warf ich ein paar Münzen in den Schlitz und wählte. Wieder ertönte eine Computerstimme. Sie wollte mehr Geld. Brav fütterte ich den Apparat mit zusätzlichen Münzen. Endlich hörte ich das Klingeln am anderen Ende der Leitung.

Eine Männerstimme meldete sich. Ich nannte meinen Namen und fragte ihn, ob er sich an mich erinnere.

„Natürlich erinnere ich mich an dich, John. Wie geht es dir?"

„Ganz gut, danke. Aber mein Vater ist leider gestorben."

Nach einer betroffenen Pause sagte der Mann: „Mein herzliches Beileid. Kann ich irgendetwas für dich tun?"

Ich schloss kurz die Augen und dachte an Savannah, an Tim. Hoffentlich konnte Dad mir das, was ich jetzt tun würde, verzeihen. „Ja", sagte ich zu dem Münzhändler. „Es gibt etwas, was Sie für mich tun können. Ich möchte die Sammlung meines Vaters verkaufen und brauche das Geld so schnell wie möglich."

Epilog

Lenoir, 2006

Was ist wahre Liebe?

Ich denke wieder über diese Frage nach, während ich hier auf dem Hügel sitze und beobachte, wie Savannah zwischen den Pferden hin und her geht. Einen Moment lang sehe ich den Abend vor mir, als ich nach dem Tod meines Vaters plötzlich auf der Farm erschien … aber dieser Besuch, der jetzt ein Jahr zurückliegt, kommt mir heute vor wie ein Traum.

Ich verkaufte die Münzen und behielt nur den Buffalo-Nickel. Außer dem Foto ist diese Münze das Einzige, was mir von meinem Vater geblieben ist, und ich trage sie immer bei mir. Sie ist eine Art Talisman. Hin und wieder hole ich den Nickel aus der Tasche und betrachte ihn, und plötzlich sehe ich Dad vor mir, wie er an seinem Schreibtisch sitzt und die Münzzeitschrift liest. Die Erinnerung daran lässt mich lächeln, und einen Moment lang fühle ich mich nicht mehr so einsam.

Aber ich bin allein, und ein Teil von mir weiß, dass es immer so bleiben wird. In der Ferne sehe ich jetzt Savannah und Tim, die Hand in Hand zum Haus gehen; ihre Berührung drückt die tiefe Zuneigung aus, die sie verbindet. Tim ruft Alans Namen, Alan gesellt sich zu den beiden, und gemeinsam betreten sie das Haus. Ich habe gehört, dass Tim keine Behandlung mehr braucht und dass die meisten Leute in der Stadt glauben, er wird wieder ganz gesund.

Das habe ich von dem Anwalt erfahren, den ich mir bei meinem letzten Besuch in Lenoir genommen hatte. Ich ging mit einem Scheck in seine Kanzlei und bat ihn, das Geld auf das Konto einzuzahlen, das für Tims Behandlung eingerichtet worden war. Ich wusste Bescheid über die Schweigepflicht – der Anwalt würde niemandem in der Stadt etwas davon sagen. Ich wollte auf keinen Fall, dass Savannah herausfand, was ich getan hatte. In einer Ehe ist immer nur Platz für zwei Menschen.

Allerdings bat ich den Anwalt, mich auf dem Laufenden zu halten, und im vergangenen Jahr habe ich ihn mehrmals von Deutschland aus angerufen. Er berichtete, er habe Savannah mitgeteilt, dass ein Klient eine anonyme Spende gemacht habe, aber auch über Tims Befinden informiert werden wolle, und als er ihr die Summe nannte, sei sie zusammengebrochen und habe geweint. Innerhalb einer Woche habe sie Tim in das MD Anderson Cancer Center gebracht. Tim war der ideale Kandidat für eine klinische Studie, die dort im November beginnen sollte. Vor zwei Monaten rief mich der Anwalt an, um mir zu eröffnen, dass die Behandlung angeschlagen habe und erfolgreicher verlaufen sei, als die Ärzte zu hoffen gewagt hatten, Tim sei nun in Remission.

Das ist zwar keine Garantie für ein langes Leben, aber er hat dadurch immerhin eine Chance, und das ist es, was ich mir für die beiden gewünscht habe. Ich möchte, dass sie glücklich sind. Ich möchte, dass Savannah glücklich ist. Und nach dem, was ich heute gesehen habe, sind sie das. Ich bin gekommen, weil ich wissen musste, ob es richtig war, dass ich die Münzen verkauft habe, um damit Tims Behandlung zu finanzieren, und dass ich keinen Kontakt mehr zu ihr gesucht habe. Und von meinem Beobachtungsposten aus kann ich sagen, dass ich mit meinem Entschluss Recht hatte.

Ich habe die Sammlung verkauft, weil ich endlich verstanden habe, was wahre Liebe ist. Tim hat es mir gesagt – und mir gezeigt: Liebe bedeutet, dass das Glück des anderen wichtiger ist als das eigene, gleichgültig wie schmerzlich die Entscheidungen sind, die man treffen muss. Aber es war nicht leicht für mich, entsprechend zu handeln. Meine Gefühle für Savannah werden sich nie ändern, und ich werde mich immer fragen, warum ich mich so entschieden habe.

Und fast gegen meinen Willen frage ich mich manchmal auch, ob Savannah vielleicht genauso empfindet wie ich. Und das ist der andere Grund, weshalb ich nach Lenoir gekommen bin.

ICH STARRE auf die Farm, während sich langsam der Abend über alles senkt. Heute ist Vollmond, und für mich heißt das, dass die Erinnerungen kommen. Sie kommen immer. Ich halte den Atem an, als die kreisrunde Silberscheibe langsam hinter den Hügeln aufzutauchen beginnt. Ihr heller, milchiger Glanz erhellt den Himmel und taucht die Bäume in flüssiges Silber. Es ist das Leuchten der Stille.

Nach und nach werden die Lichter im Haus gelöscht. Ich kann den Blick nicht von der Haustür wenden, auf das Unmögliche hoffend. Sie wird nicht kommen, das weiß ich, aber ich bringe es trotzdem noch nicht über mich, von hier fortzugehen. Ich atme tief ein, als könnte ich sie dadurch herausziehen.

Und als ich sie dann tatsächlich aus dem Haus treten sehe, spüre ich ein seltsames Kribbeln im Rücken. Sie bleibt auf den Stufen stehen, dann dreht sie sich um und blickt in meine Richtung. Ich erstarre – dabei gibt es dafür keinen Grund, denn sie kann mich unmöglich sehen. Von meiner Warte aus beobachte ich, wie Savannah leise die Haustür hinter sich schließt, die Treppe hinuntergeht und mitten im Garten stehen bleibt.

Sie verschränkt die Arme vor der Brust und wirft einen kurzen Blick zurück, um sich zu versichern, dass ihr niemand gefolgt ist. Endlich scheint sie sich zu entspannen. Und dann geschieht ein Wunder – langsam, ganz langsam hebt sie den Kopf und wendet ihr Gesicht dem Mond zu. Sie scheint sein Leuchten in sich aufzunehmen. Ich spüre den Strom der Erinnerungen und wünsche mir sehnlichst, ich könnte zu ihr gehen, ihr sagen, dass ich hier bin. Aber ich bleibe, wo ich bin, und schaue wie sie zum Mond hinauf. Und für einen kurzen Moment ist es fast so, als wären wir wieder zusammen.

Foto: Roman Raacke

„Der Film *Casablanca* inspirierte mich zu diesem Roman."

Der berühmte Film mit Humphrey Bogart und Ingrid Bergman ist einer von Nicholas Sparks' Lieblingsfilmen; und ebenso wie Sparks' Buch *Das Leuchten der Stille* handelt *Casablanca* davon, was es bedeutet, jemanden zu lieben. Die Frage, ob er je einen solchen Abschiedsbrief erhalten habe wie John Tyree, der Held seines Romans, verneint Nicholas Sparks: „Aber ich kenne Menschen, die einen solchen Brief bekommen haben. Es ist herzzerreißend." Und was unternimmt Sparks, um die Liebe zu seiner Frau Cathy, mit der er seit 1989 verheiratet ist, lebendig zu halten? Hierfür hat der Autor ein einfaches Rezept: „Wir beide, meine Frau und ich, arbeiten an der Beziehung. Wir nehmen uns Zeit füreinander, auch weil wir denken, dass es das beste Vorbild ist, das wir unseren Kindern geben können."

Seine fünf Kinder verewigt Nicholas Sparks in seinen Büchern, indem er seine Helden nach ihnen benennt – so trägt zum Beispiel Savannah den Namen einer seiner Zwillingstöchter. Noch beeindruckt dies seine Kinder wenig, doch Sparks hofft, dass es ihnen eines Tages Freude machen wird.

Den 11. September verbrachte Nicholas Sparks zu Hause in North Carolina vor dem Fernseher. Vom darauffolgenden Irakkrieg war seine Familie insofern betroffen, als einer seiner Cousins wie die Hauptfigur John in Deutschland stationiert war und dann in den Irak versetzt wurde.

Das Leuchten der Stille ist mittlerweile das elfte Buch des Bestsellerautors. Auch der zwölfte Roman ist bereits erschienen. Darin gerät das Glück zweier Menschen durch einen Unfall in Gefahr …

DER FLUCH DES ABORIGINE
Originalausgabe: *Black Tide*
erschienen bei Orion, London
© 2004 by Caroline Carver
Titel der deutschen Originalausgabe: „Black Tide – Der Fluch des Aborigine“
© für die deutsche Ausgabe: 2007 by Knaur Taschenbuch, ein Unternehmen der Droemerschen Verlagsanstalt Th. Knaur Nachf. GmbH & Co. KG, München

URLAUB MIT PAPA
© für die deutsche Ausgabe: 2008 by Deutscher Taschenbuch Verlag GmbH & Co. KG, München

ZEIT DER EISBLÜTEN
Originalausgabe: *Ice Trap*
erschienen bei Honno Welsh Women's Press, Aberystwyth, Wales
© 2005 by Kitty Sewell
© für die deutsche Ausgabe: 2006 by Verlagsgruppe Lübbe GmbH & Co. KG, Bergisch Gladbach

DAS LEUCHTEN DER STILLE
Originalausgabe: *Dear John*
erschienen bei Warner Books, N. Y.
© 2006 by Nicholas Sparks
© für die deutsche Ausgabe: 2007 by Wilhelm Heyne Verlag, München,
in der Verlagsgruppe Random House GmbH

Übersetzer:
Der Fluch des Aborigine: Antje Nissen
Zeit der Eisblüten: Anita Krätzer
Das Leuchten der Stille: Adelheid Zöfel

Illustrationen und Fotos:
Der Fluch des Aborigine: S. 4 (links), 6/7/8: Aborigine: mauritius images/World Pictures; Landschaft: Photographer's Choice, Imagebank, Lonely Planet Images
Urlaub mit Papa: S. 4 (rechts), 178/179/180/Vignetten: Gerhard Glück
Zeit der Eisblüten: S. 5 (links), 302/303/304: Arco Images/R. Hicker
Das Leuchten der Stille: S. 5 (rechts), 458/459/460: mauritius images/John Warburton-Lee

Die ungekürzte Ausgabe von „Der Fluch des Aborigine“ ist unter dem Titel „Black Tide“ im Buchhandel erhältlich, ebenso die ungekürzten Ausgaben von „Urlaub mit Papa“, „Zeit der Eisblüten“ und „Das Leuchten der Stille“.